马克思主义理论研究
和建设工程重点教材

U0736144

西方文学理论

（第二版）

《西方文学理论》编写组

主　编　曾繁仁

副主编　周　宪　王一川

主要成员

（以姓氏笔画为序）

王　峰　尤战生　石天强

刘　莉　李晓明　李鲁宁

肖锦龙　汪正龙　张志庆

罗　成　周计武　赵奎英

胡疆锋　钱　翰　凌晨光

高等教育出版社·北京

图书在版编目（ＣＩＰ）数据

西方文学理论／《西方文学理论》编写组编. -- 2
版. -- 北京:高等教育出版社,2018.9(2025.8重印)
马克思主义理论研究和建设工程重点教材
ISBN 978-7-04-050197-1

Ⅰ.①西… Ⅱ.①西… Ⅲ.①外国文学-文学理论-
高等学校-教材 Ⅳ.①I106

中国版本图书馆 CIP 数据核字(2018)第 183298 号

责任编辑 梅 咏 胡蔓妮	封面设计 王 鹏	版式设计 范晓红	
责任校对 王 雨	责任印制 赵 佳		

出版发行	高等教育出版社	网 址	http://www.hep.edu.cn
社 址	北京市西城区德外大街 4 号		http://www.hep.com.cn
邮政编码	100120	网上订购	http://www.hepmall.com.cn
印 刷	涿州市星河印刷有限公司		http://www.hepmall.com
开 本	787mm×1092mm 1/16		http://www.hepmall.cn
印 张	24.75	版 次	2015 年 5 月第 1 版
字 数	460 千字		2018 年 9 月第 2 版
购书热线	010-58581118	印 次	2025 年 8 月第 28 次印刷
咨询电话	400-810-0598	定 价	47.90 元

本书如有缺页、倒页、脱页等质量问题,请到所购图书销售部门联系调换

版权所有 侵权必究

物 料 号 50197-00

目　录

绪　　论

一、西方文学理论的研究对象

西方文学理论，简称西方文论，是以西方古希腊以来两千五百多年文学理论的形成、发展与特性为研究对象的学科领域。它的研究范围包括西方文学的思潮、理论与批评，内容涉及文学与社会生活的关系，作品与作家的关系，作品与读者的关系，文学作品的内部构成，作家的创作心理，文学创作、文学生产与文学欣赏、文学接受的基本特征和规律，等等。

西方文论中的"西方"，主要是从地域角度而言的，同时，也包含着文化的维度。从地域而言，所谓"西方"，主要是指西半球的欧美国家，就像东方是指以亚洲为主的东半球国家那样；从文化的角度着眼，所谓"西方"，则是指以古希腊文化与古希伯来文化为其文化源头的国家。古希腊文化是西方文化的主导形态。黑格尔曾言，在欧洲人那里一提到"希腊"这个词"自然会引起一种家园之感"①。但古希伯来文化作为后世西方的基督教文化之根，对于具有深厚宗教传统的欧美国家来说也同样具有不可忽视的重要意义。因此，本书所说的西方文学理论主要是指欧美国家的、以古希腊文化与古希伯来文化为其文化源头的文学理论。俄国在历史上属于东欧国家，经不断扩张而横跨欧亚大陆，并以东正教为其文化根源，故属于西方文化范围，因此，本书将在我国现代文论史上影响甚大的别林斯基、车尔尼雪夫斯基与杜勃罗留波夫等人的文论，俄国形式主义文论，以及苏联时期在西方产生重要影响的巴赫金的文论纳入阐述范围。

西方文学理论与西方美学史和西方艺术理论相邻，但也有所区别。西方美学史是以西方历史上的美学观与文学艺术作品中的审美意识为研究对象的。而西方艺术理论的研究对象则不仅包括西方与艺术有关的艺术理论和批评，还包括艺术品、艺术创造、艺术欣赏、艺术生产与艺术管理等研究。因此，本教材的研究对象虽然在与文学相关的意义上也涉及一些美学家对于艺术的看法，但主要是有关文学这种语言艺术的思潮与理论。它通过对从古希腊以来的每个时期有代表性的文学理论观点和文艺思潮的梳理、分析和评价，既力求在每一点上厘清它们的基本面目、来龙去脉、价值局限，又力求从史的角度勾连出各种观点、思潮之间的

---

① ［德］黑格尔：《哲学史讲演录》第 1 卷，贺麟、王太庆译，商务印书馆 1959 年版，第 157 页。

相互联系，揭示出西方文学理论发生、发展的内在逻辑和基本规律。

作为社会意识形态的西方文论不是一种孤立的现象，而是产生于广阔的经济、社会与文化背景之上。马克思主义经典作家正是从西方经济、社会与文化发展的深广背景上研究古希腊神话、莎士比亚戏剧与巴尔扎克小说等文学现象，提出了有关艺术生产理论与现实主义创作原则等一系列文论思想。马克思坚持经济与社会的分析立场，从古希腊神话、文艺复兴时期莎士比亚戏剧所达到的极高艺术成就与资本主义生产对于艺术生产的"敌对"性相比，提出了"物质生产的发展同艺术生产的不平衡关系"的理论。而恩格斯则在法国现实主义作家巴尔扎克还未取得后来的知名度时，就充分论证了巴尔扎克现实主义创作所取得的巨大成就，并科学地总结了现实主义创作方法的特点。他认为巴尔扎克的现实主义"给我们提供了一部法国'社会'，特别是巴黎上流社会的无比精彩的现实主义历史"，其文学创作战胜了自己的政治偏见，成为"现实主义的最伟大的胜利之一"①。同时，恩格斯还在运用经济与社会分析的立场对哈克奈斯《城市姑娘》的分析中提出了"典型环境中的典型性格"②的现实主义原则。他在评价19世纪英国小说家哈克奈斯的小说《城市姑娘》时曾经指出："您的人物，就他们本身而言，是够典型的；但是环绕着这些人物并促使他们行动的环境，也许就不是那样典型了。"③ 这里主要指哈克奈斯在《城市姑娘》中所写的主人公英国年轻的纺织女工耐丽在压迫中表现出的消极被动状态，在1887年那个时期"工人阶级对压迫他们的周围环境所进行的叛逆的反抗，他们为恢复自己做人的地位所作的令人震撼的努力"的社会背景下，没有达到"真实地再现典型环境中的典型人物"④。也就是说，19世纪后期工人阶级与广大人民已经逐步认清了英国资本家在资本原始积累过程中对于农民与工人进行残酷的经济剥削与人身剥夺的现实，并采取了积极的反抗行动。这是当时社会环境的主导特征，表现出这种主导特征的环境就是一种"典型的社会环境"。而哈克奈斯《城市姑娘》中的主人公耐丽的消极态度则背离了这一典型的社会环境，因而其描写的人物也就不是成功的典型人物了。在这里，恩格斯将经

① ［德］恩格斯：《致玛格丽特·哈克奈斯》，《马克思恩格斯文集》第10卷，人民出版社2009年版，第570—571页。
② ［德］恩格斯：《致玛格丽特·哈克奈斯》，《马克思恩格斯文集》第10卷，人民出版社2009年版，第570页。
③ ［德］恩格斯：《致玛格丽特·哈克奈斯》，《马克思恩格斯文集》第10卷，人民出版社2009年版，第570页。
④ ［德］恩格斯：《致玛格丽特·哈克奈斯》，《马克思恩格斯文集》第10卷，人民出版社2009年版，第570页。

济、社会状况对于作为意识形态的文学之作用提高到根本的地位，这是"社会存在决定社会意识"的历史唯物主义观点在文学批评中的运用，以文学实例生动地说明了文学发展的最终动因在于经济基础这一根本规律。文论与文学同属文化现象，它的产生、发展同样也受到经济、社会状况的制约。

正是基于这样的基本观点，我们力图从西方社会经济发展的角度来探索其文论发展的根本动因。从古代来看，西方文论产生于古希腊特定的经济、社会背景之中，不仅在地理位置上有濒临地中海、气候温和、便于通航的特点，而且在经济上有着发达的工商实业与海洋经济，在政治上有着奴隶社会的民主制，等等。这些决定了它的工商文化与科学精神的发展，并体现于史诗、雕塑与悲剧等艺术上的繁荣。正是在此背景下才有古希腊文论的繁荣，产生了古希腊文论的理念论、模仿说与悲剧观等，并成为整个西方文论的源头。中世纪基督教文化的勃兴，对于彼岸的信仰世界的追求，对其后的浪漫主义文论产生重要影响。文艺复兴开启了资本主义思想的萌芽，是西方文论领域古今激烈斗争及其交互影响的开始。从近代来看，15 世纪末 16 世纪初的地理大发现和对海外殖民地的掠取，为西方资本主义经济发展拉开了序幕。英国 17 世纪中叶的资产阶级革命，和 18 世纪以蒸汽机的发明为代表的工业革命，为资本主义发展开辟了道路。一直到 19 世纪中期，西方资本主义发展处于自由竞争的、生机蓬勃的上升阶段。资本主义文化也从 17 世纪开始走向繁荣发展，出现了极为繁盛的近代西方文论。这一时期的文学理论，包括启蒙主义文论、德国古典文论以及浪漫主义与现实主义文论等，包含着十分丰富的内容，对后世产生了深远的影响。

从 19 世纪末 20 世纪初开始，西方资本主义社会的各种矛盾开始暴露，整个社会笼罩着一种灰暗不满的情绪。资本主义开始进入调整阶段，由自由竞争的资本主义向垄断资本主义过渡。20 世纪中期以来，资本主义虽然经过一系列的经济政策、政治方针的调整仍然在继续发展，但生产的社会性与生产资料的私有性之间的内在矛盾并没有从根本上解决，只是表现形态有所改变，其危机仍然还会爆发，要想暂时消除危机或隐匿矛盾，寻找进一步的发展空间，仍需要在经济、政治、文化等方面再一次进行调整。在这一时期，信息技术的革命使资本主义经济发展到后工业经济阶段，大众文化成为新的意识形态的统治手段。但当代资本主义具有更加隐形的却是更为强烈的扩张性，无论是经济生产的扩张还是文化形式的隐形扩张。19 世纪末 20 世纪初以来形形色色的西方现代和后现代文论，正是在这一经济、社会背景中产生的。它们有的是对这个复杂社会矛盾关系的曲折反映，有的是从一个特定视角出发的对这个社会的反思，有的则是对于这个社会一定程度的批判。从这样的经济、社会视角来审视整个 20 世纪以来的西方文论，研究它们与其所产生的经济基础和社会历史环境的复杂关系，可以更好地理解 20 世纪西方文论的学术理路，并从整体上提示出西方文学理论发展的一般规律。

二、西方文学理论的发展线索

西方文学理论的发展既有它的一般规律，也有它的内在逻辑。从根本上说，西方文论与西方文学一样都是在一定的经济基础和社会历史背景中产生的，并将随着社会经济基础的变革或早或晚地发生变革。但同时，西方文论作为一种对文学现象的理论关注，它也受其研究对象本身的限制。也就是说，文学理论所思考的问题归根结底是以文学实践活动涉及的问题为依据的。文学活动中包含着作家因素，文学理论就要研究作家创作、作家心理等方面的问题；包含着读者因素，就要研究读者阅读、读者接受等方面的问题；包含着世界因素，就要研究文学与现实的关系等方面的问题。西方文学理论发展的内在逻辑是由文学活动中的问题本身所决定的。社会的发展往往使不同时代产生不同的文学问题及提问方式，而问题视域的变化和转换，也就带来文学理论的变化与演进。根据艾布拉姆斯对 19 世纪以前的西方文论发展历程的描述，结合 20 世纪以来的文学理论发展的实际，不难发现，从古至今的西方文论始终是围绕着文学与世界、作家、作品、读者四个要素的关系展开的，只不过 20 世纪以来，人们对于这四个要素含义的理解已经发生了变化。概括地说，西方古代文论，更加强调文学与现实的关系；西方近代文论，更加关注作品与作家的关系；西方现代文论，更加关注文学作品的内在构成规律；西方后现代文论的研究重心则转向作品与读者、作品与社会历史文化的关系了。

但这种研究重心或问题视域的转换，并不意味着在文学活动中就没有基本的问题维度，也并不意味着在文学理论研究中就没有基本的问题视域。这个基本问题就是文学与现实的关系，它也正是本书要梳理的西方文论的基本发展线索。毛泽东曾经指出，人类的社会生活"是文学艺术的唯一源泉"①。恩格斯在评析法国批判现实主义作家巴尔扎克时说道："巴尔扎克，我认为他是比过去、现在和未来的一切左拉都要伟大得多的现实主义大师……他用编年史的方式几乎逐年地把上升的资产阶级在 1816—1848 年这一时期对贵族社会日甚一日的冲击描写出来……

---

① 毛泽东：《在延安文艺座谈会上的讲话》，《毛泽东选集》第 3 卷，人民出版社 1991 年版，第 861 页。

围绕着这幅中心图画，他汇编了一部完整的法国社会的历史，我从这里，甚至在经济细节方面（诸如革命以后动产和不动产的重新分配）所学到的东西，也要比从当时所有职业的史学家、经济学家和统计学家那里学到的全部东西还要多。"①列宁在《列夫·托尔斯泰是俄国革命的镜子》中说："如果我们看到的是一位真正伟大的艺术家，那么他在自己的作品中至少会反映出革命的某些本质的方面。""作为俄国千百万农民在俄国资产阶级革命快要到来的时候的思想和情绪的表现者，托尔斯泰是伟大的。托尔斯泰富于独创性，因为他的全部观点，总的说来，恰恰表现了我国革命是农民资产阶级革命的特点。从这个角度来看，托尔斯泰观点中的矛盾，的确是一面反映农民在我国革命中的历史活动所处的矛盾条件的镜子。"② 在马克思主义经典作家看来，伟大的文学是应该反映现实的，呈现文学与现实的关系是一切文学现象的基本规律。这种观点也正是马克思主义"社会存在决定社会意识"的基本原理在文学理论研究中的具体运用。

　　文学与现实的关系是理解、思考文学现象的一个基本尺度。其实上述艾布拉姆斯有关文学四要素的理论也都直接或间接地反映了文学与现实的关系。在艾布拉姆斯看来，围绕着文学与"世界"的关系，形成了"模仿说"；围绕着作品与"作家"的关系，形成了"表现说"；围绕着作品与"读者"的关系，则形成了"实用说"；把"作品"作为独立的客体加以客观分析，则有了"客观说"。③ "客观说"在 20 世纪的表现形态是俄国形式主义、英美"新批评"、法国结构主义这些把语言作为文学活动本体的文学理论。"实用说"在 20 世纪的代表则是把读者作为文学活动中心的读者接受文论。在这些理论形态中，有的和文学与现实的联系更为直接，有的则较为间接。但无论如何，都不得不同文学与现实的关系问题发生联系。从历史的发展来看，古代希腊以柏拉图的"理念论"与亚里士多德的"模仿说"为代表，呈现出表现与再现的二重主题，开辟出西方文论发展历程中两个不同的基本路向。文艺复兴以降，西方文论开始凸显"人的主体性"，现实主义文论更加强调现实人生，浪漫主义文论则更加强调艺术理想和人的创造能力。但无论是现实主义还是浪漫主义，都无不与现实发生关系。诚如席勒所言："诗人或

———————————

① ［德］恩格斯：《致玛格丽特·哈克奈斯》，《马克思恩格斯文集》第 10 卷，人民出版社 2009 年版，第 570—571 页。

② ［苏联］列宁：《列夫·托尔斯泰是俄国革命的镜子》，《列宁选集》第 2 卷，人民出版社 1995 年版，第 241、243 页。

③ ［美］艾布拉姆斯：《镜与灯——浪漫主义文论及批评传统》，郦稚牛等译，北京大学出版社 1989 年版，第 6 页。

者是自然，或者寻求自然。前者造就素朴的诗人，后者造就感伤的诗人。"①席勒所说的"素朴的诗人"就是现实主义诗人，"感伤的诗人"就是浪漫主义诗人。这可以看作西方古典形态的文论对文学与现实关系的概括。到了19世纪末以后，特别是20世纪以来，西方主导形态的文学与文论出现分化，呈现出更为复杂的情形。出现了精神分析文论、俄国形式主义文论、英美新批评文论、结构主义文论、后结构主义文论、读者接受文论、西方马克思主义文论、后现代主义文论等多元发展的态势。有的研究者将这种19世纪末20世纪初的文论形态概括为三个"圆心"：其一是以语言、结构、文本为圆心的形式批评文论；其二是以创作、接受、阅读为圆心的意义批评文论；其三是以话语权力、意识形态为圆心的文化批评文论。这三个"圆心"也都离不开文学与现实的关系。在意义批评中，文本与意义的关系成为最重要的关系，而文本与意义的关系还是在文学与现实关系的大范围之内。因为要探讨意义，就不能不涉及文学与世界的关系。相比于意义批评文论，形式批评文论应该说是彻底斩断了文学与社会现实的关系。但就像马克思所说："无论思想或语言都不能独自组成特殊的王国，它们只是现实生活的表现。"② 因此文学的语言、形式、结构是无法独立于现实之外的。结构主义诗学的代表人物托多罗夫（又译托多洛夫），在他晚年出版的《批评的批评》中对结构主义的"内在批评"进行激烈的批评也就不足为怪了。托多罗夫指出，只有我们改变对文学的既成观点，才能改变我们对批评的看法。"二百年以来，浪漫派以及他们不可胜数的继承者都争先恐后地重复说：文学就是在自身找到目的的语言。现在是回到（重新回到）我们也许不会忘记的明显事实上的时候了，文学是与人类生存有关的、通向真理与道德的话语。让那些害怕这些大词儿的人见鬼去吧！萨特说：文学是对社会与人生的揭示，他说得对。如果文学不能让我们更好地理解人生，那它就什么也不是。"③由此可以看出，托多罗夫后期正因为看清了文学与现实无法斩断的联系，才彻底突破了结构主义的模式，得出上述激烈言论的。而当今风行世界的文化批评，实际上也正是由于看到形式主义批评的弊端，才重返了文学与社会、历史与现实的联系。只不过这时人们对于社会、历史与现实的理解被语言化、文本化、文化化了，或者说人们更加突出的是社会历史现实的文化建构性质。

---

① ［德］席勒：《席勒美学文集》，张玉能编译，人民出版社2011年版，第312页。

② ［德］马克思：《德意志意识形态》，《马克思恩格斯全集》第3卷，人民出版社1960年版，第525页。

③ ［法］茨维坦·托多洛夫：《批评的批评——教育小说》，王东亮、王晨阳译，生活·读书·新知三联书店2002年版，第188—189页。

但无论如何，各种理论都难以完全无视文学与现实的关系，因此文学与现实的关系及其在各个时代的不同表现形态可以作为西方文学理论的发展线索。

三、学习西方文学理论的意义

西方文论是西方文学研究与阐释的结晶，是西方文明的重要组成部分，学习领会西方文明创造的这一重要的文化成果无疑具有重要的意义。

首先，学习西方文论有利于学习与掌握马克思主义文论。马克思主义文论是马克思主义的有机组成部分，是正确分析与认识中外文学现象的有力武器，也是一切文学工作者的基本理论素养。而学习西方文论是掌握马克思主义文论的必要途径。因为两者尽管有着本质的区别，但都产生于西方的文化背景之下，有着共同的问题视域，马克思主义文论吸收了西方文论的大量资源。马克思主义文论中有关典型形象、喜剧和悲剧、文学生产、现实主义与浪漫主义、古代神话等的论述均与西方文论密切相关。因此，学习西方文论是学习马克思主义文论的必由之途。

其次，从"洋为中用"的角度来说，西方文论是建设中国特色的文学理论的重要资源。要建设具有中国特色的文学理论，我们一是要坚持以马克思主义理论为指导，批判地继承，要以中华文化为坚实根基，对西方文论批判其糟粕，吸取其精华，决不能"以洋为美""唯洋是从"，搞什么"去中国化""去思想化"那一套；二是要立足本土资源，挖掘吸收本民族的优秀文学、文论、文化遗产；三是要以开放的姿态，学习、吸取西方文论中的优秀成果。从1921年中国共产党诞生以来，就开始了马克思主义理论与中国实际相结合的进程。从新中国成立前马克思主义与中国实际相结合的中国革命道路的探索与成功实践，到新时期"中国特色社会主义道路"的提出与取得巨大成就，无不说明马克思主义与中国实际相结合的巨大威力。在中国的文学理论领域，新中国成立前，我们有以毛泽东《在延安文艺座谈会上的讲话》为代表的重要成果，之后则有"双百方针"的成功实践。1979年10月30日，邓小平在中国文学艺术工作者第四次代表大会上代表党中央发表重要讲话，阐发了新时期以来我国文艺工作的总方向，也就是"文艺为人民服务、为社会主义服务"的"二为"方向。此后，中国学人不断地解放思想，冲破桎梏，我们的文学理论研究更是取得了重要的发展。在这些成果中，除了凝聚着马克思主义理论与中国文学实际相结合的经验外，还与吸收借鉴西方文论中的优秀资源分不开。进入21世纪，习近平于2014年10月15日在北京主持召开文艺工作座谈会并发表了《在文艺工作座谈会上的讲话》。他明确提出，要建设和发展具有中国特色的文学理论，同样必须进一步贯彻"洋为中用"的方针，批判借鉴西方文论的重要成果。

再次，学习西方文论有利于准确把握两千多年来西方文学理论的发展线索与理论范畴。本书努力做到在马克思主义、历史唯物主义的指导下科学地揭示西方文论以文学与现实关系为主轴的发展线索，在历史的发展中探讨了古代、近代与现代西方文论的各种理论范畴，并吸收了马克思主义重要理论家对于西方文论中有关理论范畴的论述，这对于科学而准确地学习与把握西方文论具有极大的帮助。

最后，学习西方文论也有利于更好地学习掌握西方文学艺术。历史和现实都证明，人类文明是由世界各民族共同创造的。长期以来，以欧洲为代表的西方文化涌现出了丰富多彩的文学艺术成果，这些成果是人类文明的结晶和人类的共同财富，不断地滋养着一代又一代的人们特别是青年人。无论是古代的希腊神话、荷马史诗、希腊悲剧，近代的莎士比亚、歌德、巴尔扎克、托尔斯泰，还是现代的艾略特、乔伊斯与马尔克斯等作家的作品，无不像一颗颗璀璨的明珠，闪烁着绚烂的光彩。而西方文学理论正是在概括、总结这些优秀成果的基础上产生的。例如，亚里士多德的《诗学》就很好地总结了古希腊文学，特别是古希腊悲剧的经验；莱辛的《汉堡剧评》则是对于启蒙主义戏剧的总结；别林斯基、车尔尼雪夫斯基、杜勃罗留波夫的俄国革命民主主义文论则是对于具有深厚人文精神的俄罗斯文学的总结；以俄国形式主义、新批评、结构主义为代表的形式主义文论则是对现代主义文艺思潮的形式创新和语言实验的总结。因此，学习西方文学理论，无疑是人们更好地理解和把握丰富灿烂的西方文学的重要途径。

四、学习西方文学理论的方法

一般地说，要想学好西方文论，一方面需要把西方文论作为一种知识对象来学习，力图搞清楚每一种观点、每一种思潮、每一个概念的来龙去脉、基本内容，另一方面则需要能够对各种观点主张、理论思潮作出评价和判断，明了它们是否真的合理，它们的意义和价值在何处，它们的局限和不足又在哪里。要想厘清一个概念范畴的来龙去脉，只要肯下功夫总是可以做到的，但要对一种理论作出正确、合理的评价并非易事。因为正确、合理的评价必须首先有正确、合理的依据。那么，人们应该依据什么进行评价呢？

首先，要始终坚持以马克思主义的立场、观点和方法为指导来认识与评价西方文学理论现象。当前，特别要坚持以习近平新时代中国特色社会主义思想关于文艺的重要论述为指导。2016年11月30日，习近平发表了《在中国文联十大、中国作协九大开幕式上的讲话》。他对广大文艺工作者提出了几点希望：一是要坚定文化自信，用文艺振奋民族精神；二是要坚持服务人民，用积极的文艺歌颂人民；三是要勇于创新创造，用精湛的艺术推动文化创新发展；四是要坚守艺术理想，用高尚的文艺引领社会风尚。习近平对文艺工作者提出的这几点希望也为我们学习与研究西方文论指明了立场和原则。第一，在西方文论的学习与研究中应当坚持不忘本来、吸收外来、面向未来，在学习中超越的立场。第二，应当将"文艺为人民"的基本原则作为我们学习与研究西方文学理论的统领性指导原则。第三，在西方文学理论的学习与研究中应采取创新创造的原则，防止食洋不化，简单地套用西方理论来剪裁中国人的审美的不良倾向。第四，在西方文论的学习与研究中应重视文论经典的重要作用，特别要对其进行创造性的转化和创新性的运用，真正做到落地生根，使之融入当代中国文论的建设中；同时应当坚持"古为今用，洋为中用，辩证取舍，推陈出新，摒弃消极因素，继承积极思想"的原则。在理论观点上要自觉坚持以唯物史观为指导，坚持马克思主义"社会存在决定社会意识"的观点，以及马克思主义有关经济基础、上层建筑与意识形态的理论。在考察任何文学理论时都将其放在一定的经济社会与历史的背景之下，认真分析其赖以产生的经济、社会基础，从而对于一定文论现象得出正确的认识。同时，要从一定文论现象作为一种社会意识形态必然要受到一定上层建筑与经济基础制约的角度，深入分析其内涵、影响与得失。要坚持运用马克思主义的人学理论分析、认识文论现象。西方文学理论作为人文学科包含着极为丰富的人文内涵。要运用马克思主义有关人的本质"是一切社会关系的总和"的观点，以及人的自由发展、无产阶级解放与人类解放的理论，将特定的文论形态与特定社会中人的生存、情感以及人的自由解放相联系，使文论研究具有更强的人文精神、现实指向性与阐释力。在方法上要自觉坚持和运用马克思主义的唯物辩证法，全面辩证地研究西方文学理论。从我们接触到的大量西方文学理论现象与文论家的情况来看，许多理论与理论家都不乏某种真知灼见，但往往缺乏全面辩证的论析。或者是强调了所谓"外部研究"而忽视了"内部研究"，或者强调了语言形式而忽视了内涵意义，忽视了外部与内部、语言与意义总是紧密相连不可分割的问题。只有坚持运用马克思主义辩证法才有利于克服这种片面性，从而更加全面科学地认识有关文学理论现象。

目前一个非常重要的问题是，如何坚持以马克思主义为指导，评析西方20世纪以来的文论现象。20世纪以来西方经济社会发生了巨大的变化，资本主义也经过了重大的调整，而社会主义的东欧和苏联也先后于20世纪80年代末90年代初发生剧变。马克思、恩格斯与列宁等马克思主义经典理论家也早已辞世。这使得一些人对于马克思主义理论失去了信心。在这种情况下更应坚持马克思主义理论的指导，并以此为准绳来研究、评析西方文学理论。当然，在运用马克思主义观点评析 20 世纪西方文学理论时也要看到它的复杂情形。由于时代的发展变化，文论领域也呈现出颇为复杂的情况，不可以简单粗暴的方式加以对待，而要充分注意到其复杂性。要充分看到理论家阵线的分化，许多理论家尽管是非马克思主义者，但对资本主义持批判态度；看到许多理论本身尽管与马克思主义并不一致，但具有某种社会与美学的价值；看到许多理论是在片面中包含某种真理。因此，要避免"是就是是，非就是非"的二元对立思维，要采取辩证的全面的态度。而且，我们在运用社会存在决定社会意识、经济基础决定上层建筑的观点分析文学现象时还应注意到，文学作为一种更高的"悬浮于空中的意识形态"，经济基础对它的影响还要经过政治、道德等的中介作用才能完成。同时，在对文学坚持社会分析时也不能排斥审美的、心理的、文化的与生态的视角。马克思主义的本质是与时俱进的，随着时代的发展，马克思主义也会不断充实自己的内涵而更具生命力。在这种与时俱进的马克思主义指导下的西方文学理论的研究与学习才会取得更大的成绩。

其次，要努力运用马克思主义的美学与文论思想作为指导。马克思、恩格斯虽然没有专门的美学和文学理论著作，但他们有关文学的论述几乎散见于其所有的著作中，包含着十分丰富的内容。马克思主义关于文学的"意识形态形式"的本质属性的论述，把文学作品放在一定社会关系与文化语境中进行全面、辩证、发展与实践的分析的科学方法，强调从人类改造自然和求得全面解放的社会实践中认识文学的价值与功能的论述，高度肯定人民在文学中的主体地位的论述，有关文学生产中物质生产同艺术生产不平衡的论述，有关文学评价中坚持历史观与美学观相统一的论述，有关政治倾向不要特别地说出来而要从场面和情节中自然而然流露出来的论述，有关人也按照美的规律建造的论述，以及关于古代希腊神话的论述、关于现实主义的论述、关于悲剧的论述、关于典型的论述等，都应该成为我们评析西方文学理论相关现象的重要指导。我们在阐释与研究西方文学理论时还要自觉地运用毛泽东思想、邓小平中国特色社会主义理论和习近平新时代中国特色社会主义思想作为指导，特别要坚持我国当前有关物质文明、政治文明、精神文明、社会文明与生态文明建设的理论以及社会主义核心价值体系的指导。

再次，在学习中把握好三个环节。一是把握好重要理论家的理论。重要理论家是一个时代的代表，把握好他们的理论就掌握了西方文论的主要成果。二是把握好转型期的理论变化，抓住由古代到近代再到现代的转型期的理论表现。这样有利于理解历史发展中西方文论纷纭复杂的变化与内涵。三是要把握好原著的阅读，真正领略西方文论的确切表述。

最后，要做到三个"结合"。一是与社会历史知识的学习相结合。只有很好地把握住每个时代的社会历史语境，才能科学把握该时代文论现象的实质。二是与一定时代的文学作品的学习相结合。文学理论是对于文学现象的理论总结，学好西方文论必须与学习有关的西方文学作品相结合，这样才能把握文论的真谛。三是要与对于中国古代文论的学习相结合。只有在两者的比较中才能更好地把握中西文论的特点，更好地思考中国当代文论的建设。

五、本书的体例与特点

本书的体例是按照时期列章，按照文论家立节，按照问题列目。每一章开头都有概述，每一章最后都有小结。在概述部分简要介绍了该时期的经济、社会与文学背景，以帮助学习者理解该时期文论现象产生的历史、社会与经济原因。并对该章的代表人物、主要理论论著与基本观点进行简介，以便学习者对于本章内容有一个提纲挈领、开门见山的了解。在小结部分，则对本章的主要内容进行概括总结，并以马克思主义观点分析评价有关理论家与理论现象的贡献与局限。

本书的主要特点是坚持思想性与学术性的统一。在整个编写过程中，我们坚持马克思主义立场、观点与方法的指导，坚持马克思主义的批判精神，并将之贯彻始终。同时也认识到，作为一本高校的文学理论教材，它理应具有学术性，具有自身的学科特点。因此，我们力争按照教学的要求编写出一本既具有高度的思想性又反映本学科最新成果的思想性与学术性都过硬的教学用书。本书根据西方文论的学科特点，坚持以文学与现实的关系作为基本线索，分别揭示其在各个不同历史时期的不同表现形态，体现出唯物史观的理论指导。由于西方文论的地域特点，对于20世纪以前的许多理论形态与理论家马克思主义经典作家都有论述，因此我们尽量结合学科特点将这些论述吸收进来。而在知识点的安排上，我们将学术重点与学术发展的时代性紧密结合，将教材内容延伸到目前非常活跃的后结构主义与后现代文论，包括广受关注的文化诗学与生态批评等，并对之进行实事求是的马克思主义分析，使本教材具有鲜明的时代意义。

本书的另外一个特点是尽力做到史与论的统一。本书尽管不完全是西方文论史，但总体上是按照史的线索来阐述的，尽量将历史上最重要的文学理论家的主要文学理论观点加以呈现，并努力照顾到各个时期之间、各个理论家之间的历史关联；但本书作为一种理论教科书又非常注重以马克思主义为指导的理论评述，每一章均有概述以阐明有关理论产生的经济社会与文化背景，每章的最后均有小结对有关理论的得失加以评价。本书在编写过程中结合教学特点，尽力吸收当前西方文学理论领域最新的研究成果，因此也具有相当的前沿性。

第一章　古希腊罗马文论

概　述

古希腊文论是西方文论的源头。恩格斯曾经指出："在希腊哲学的多种多样的形式中，几乎可以发现以后的所有看法的胚胎、萌芽。"[①] 这句话同样适用于古希腊的文学理论。古希腊文论不仅是西方文论的一个辉煌的开端，而且它所包含的文论观点对后世的西方文论产生了深远的影响。古罗马的文学自觉以古希腊文学作为学习的典范，其文学理论也是对古希腊文学理论的传承与发展。

古希腊罗马文论的形成和发展深受当时的经济基础与社会生活的影响。古希腊文论大致产生于公元前 6 世纪，在公元前 5 世纪至公元前 4 世纪达到高峰。此时的希腊各城邦，奴隶制经济获得了长足的发展。奴隶制不仅解放和发展了社会生产力，而且为文化的繁荣创造了条件。"只有奴隶制才使农业和工业之间的更大规模的分工成为可能，从而使古代世界的繁荣，使希腊文化成为可能。没有奴隶制，就没有希腊国家，就没有希腊的艺术和科学。"[②] 当时的雅典城邦，不仅海上交通便利，工商业和贸易发达，而且经过伯里克利等人的改革，在政治上确立了奴隶主民主政体，因而成为希腊的经济、政治和文化中心。在雅典城，生活着大批本邦和异邦的诗人与艺术家，文学艺术还被奴隶主民主派当作政治宣教的重要工具，这一切都促进了雅典文艺的繁荣。政治上的相对民主、哲学的兴盛和批评辩论的时代风气也对文学理论的产生具有重要的促进作用。公元前 4 世纪末，希腊联军败于马其顿，希腊本土的文化开始衰落，希腊化时代开始。随着罗马的日益强盛和对各个希腊化国家的征服，到公元前 2 世纪中叶，西方的政治、经济、文化中心转移到罗马。罗马虽然在军事上取得了胜利，但在文化上自觉以希腊为师，它在文学创作和文艺理论方面的成就都没有从根本上超越古希腊。

古希腊罗马文论深受当时的宗教、哲学等其他文化形态的影响。对酒神狄俄尼索斯的崇拜在早期希腊社会有着广泛的影响，这种崇拜具有野蛮和迷狂的仪式。后经改革发展而来的奥尔弗斯教，更加强调音乐对人的灵魂的净化作用。而净化

---

① ［德］恩格斯：《自然辩证法》，《马克思恩格斯文集》第 9 卷，人民出版社 2009 年版，第 439 页。

② ［德］恩格斯：《反杜林论》，《马克思恩格斯文集》第 9 卷，人民出版社 2009 年版，第 188 页。

观念和涤罪仪式在日神崇拜中也占有重要的地位。柏拉图的诗的迷狂说和亚里士多德的悲剧净化理论都深受上述宗教观念的影响。古希腊罗马文论也深受当时哲学的影响。柏拉图和亚里士多德本身就是哲学家，他们的文学理论都是各自哲学体系的有机组成部分。古罗马时期的哲学，无论伊壁鸠鲁学派、斯多葛学派、怀疑派，都认为人生最高的目标是心灵的快乐和宁静，而心灵的快乐和宁静来自理性。受这种哲学观念影响，当时的文学理论大都主张文学应当遵循理性原则，承担教化心灵的功能。

文学理论是对文学实践的总结，因而，古希腊罗马文论的基本命题和理论特征都与当时的文学创作息息相关。古希腊的神话、史诗和戏剧都长于叙事，这就在一定程度上形塑了其文论以模仿论为核心的特征。荷马史诗的巨大教育意义和希腊戏剧的政治宣教意图也必然会使当时的文论不得不深入思考文学的社会功能。古罗马文学家自觉以希腊文学为范本，这就使得古罗马文论不但主张文艺模仿自然和社会人生，而且强调文艺应当模仿古典文艺作品。古罗马文学重视修辞技巧和格律的特点也使得其文论突出强调文艺的形式特征。

古希腊早期的一些哲学家在其哲学论著中也曾谈及文艺问题，但真正形成文论体系并对后世产生重大影响的是柏拉图和亚里士多德。古罗马文论最鲜明的特点就是确立了向古希腊文学艺术学习的古典主义观念，这在贺拉斯那里体现得最为典型。朗吉弩斯的崇高理论针砭罗马过于柔靡感伤的文学风气，也可以看作古希腊英雄主义文学精神的回声。

第一节 柏 拉 图

柏拉图（前427—前347），古希腊时期雅典著名的哲学家、教育家、文学家。他的著作主要以对话形式写成，内容涉及哲学、政治、伦理、教育、法律、美学、文艺等各个领域。其中，集中涉及文艺理论问题的主要有《伊安篇》《高尔吉亚篇》《斐德若篇》《会饮篇》《理想国》《法律篇》等。在绝大多数对话中，苏格拉底都是主角，柏拉图自己始终没有出过场。在这些对话中，苏格拉底的发言在多大程度上代表了柏拉图自己的看法？对此，学界历来存在争议，观点不一。①

---

① 朱光潜在《西方美学史》中指出，苏格拉底的发言在多大程度上代表了柏拉图的观点，我们很难断定；汪子嵩等人的《希腊哲学史》第2卷中将柏拉图的对话分为早期、中期和晚期，认为早期的对话代表了苏格拉底的观点，而中期和晚期的对话则表达了柏拉图自己的观点。

一、理念与模仿

理念论是柏拉图整个哲学的出发点和基本原则。理念（idea，eidos），本义是"看见的东西"，即形状，转义为灵魂所见的东西，它包含着理念（idea）和形式（form）两重意思，因此也有人将其翻译为"理式""相""型相"。理念并非抽象的概念，而是超越于个别事物之外并且作为其存在根据的实在。在柏拉图看来，感官所及的一切事物都只是处于生灭变化中的现象，现象之中不可能有永恒不变的存在，所以一定存在着另一个稳定的、绝对的和永恒的世界作为现象世界的根据，而这个世界就是理念的世界。理念是现实感性世界的根据，现实世界中存在的事物因为"分有""模仿"理念而成为自身。理念作为现实事物模仿的模型是完满的，而现实事物则是它的不完满摹本。理念作为事物的共相，或者说事物的本质，是不生不灭、不变不动的，是理性和绝对知识的对象。相反，人们感官所及的现象世界并非绝对真实的存在，人们靠感觉生成的不是绝对真理，而是不具有普遍必然性的意见。

柏拉图以理念论为基础提出了颇具特色的艺术模仿论。他认为，艺术是对现实世界的模仿（mimesis，又译摹仿），而现实世界又是对理念世界的模仿。如此一来，世界就被区分为三重：理念的世界、现实的世界与艺术模仿的世界。柏拉图在《理想国》中曾举床的例子说明这种区分。他指出，自然中本有的床或者说神造的床是"床之所以为床"的理念，也就是床的真实体，具有唯一性；木匠制造的床是感性的现实世界中的个别的床，它受特定的时间、空间、材料、用途等限制，是生灭变化的，不具有唯一性和永恒性；而画家所画的床是对木匠的作品的模仿，只是模仿了床的外形。

在柏拉图看来，艺术作为模仿的模仿，无法达到真理性的认识。在他的三重世界中，理念世界是唯一的真实体，感性的现实世界作为对理念世界的模仿，只是近似真实体的东西，而艺术世界作为对现实事物的外形和影像的模仿，只是摹本的摹本，影子的影子，"和真理隔着三层"①。模仿的艺术不但与真实的理念相隔甚远，而且对现实世界这一"近似真实体的东西"也无法做到真实的了解和掌握。依照他的观点，我们对每件东西都有三种技艺：应用、制造、模仿。应用者在使用一个东西时能根据其用途来判定它的性能的优劣，因而有知识；制造者则通过请教应用者能够获得对所制作产品的正确意见；而模仿的艺术家只是"根据普通

---

① ［古希腊］柏拉图：《文艺对话集》，朱光潜译，人民文学出版社 1963 年版，第 79 页。

无知群众所认为美的来摹仿"①，他对实际事物的知识还不及现实的应用者和一般工匠。由此，柏拉图认为，作为模仿的艺术既缺乏真实性，也没有实际的价值，不过是制造些类似镜中幻象的东西，本身是低劣的技艺，而不是一桩严肃的事业。

柏拉图认为，诗与艺术原本不同，其本质也不在模仿，但现实中出现了大量模仿的诗，它们与绘画、雕塑等模仿的艺术一样，只是制造现实世界的影像，"并不曾抓住真理"②。在古希腊人通常的观念中，诗歌并不属于艺术。如果说艺术是经验、规则、技巧的产物，那么诗歌则是诸神启发的结果。诗歌的主要任务不是给人们带来快乐，而是承担着沟通人神关系或进行道德训导的使命。柏拉图继承了这一流行的观念，认为诗歌接近哲学，属于高级的知识。但他指出，现实中的许多诗人放弃了诗歌的神圣性和严肃性，专以模仿为能事，并以自己的作品取悦普通民众世俗的心理欲望。在柏拉图看来，这无疑是诗的堕落。这种堕落的诗是低级的、模仿的、工匠型的诗。与绘画、雕塑等视觉艺术相比，这些诗的模仿对象不再仅仅局限于自然中的个别事物或者生活中个别人的形象，而是扩展为社会生活中人的行动、性格、德行、心理等。虽然在模仿对象上存在着这种差异，但模仿的诗与绘画、雕塑等模仿的艺术一样，都不过是制造现实世界的影像而已，无法达到对现实世界的真理性认识。柏拉图指出，荷马史诗中虽然描述过医疗、政治、战争、教育等方面的内容，但同医生、政治家、将军和教师相比，荷马在上述一切方面都没有真知识。③

拓展阅读

柏拉图《理想国》节选

柏拉图提出诗即文学的模仿对象不仅是自然，而且主要是社会人生，这和古希腊早期的"文艺模仿自然"观念比起来，无疑是一个巨大的进步。然而，由于柏拉图的文艺模仿论奠基于理念论的基础之上，这就从根本上否定了现实生活是文艺的"唯一的最广大最丰富的源泉"④。此外，他对文艺反映现实生活的主观能动性和创造性认识不足。因为文艺虽然源于生活，"但是文艺作品中反映出来的生活却可以而且应该比普通的实际生活更高，更强烈，更有集中性，更典型，更理想，因

---

① ［古希腊］柏拉图：《文艺对话集》，朱光潜译，人民文学出版社 1963 年版，第 79 页。
② ［古希腊］柏拉图：《文艺对话集》，朱光潜译，人民文学出版社 1963 年版，第 76 页。
③ 柏拉图在不同的著作中对荷马的看法与态度并不一致：依照《伊安篇》，荷马应当是一位凭灵感作诗的诗人；但在《理想国》中，他又把荷马视为模仿的诗人。
④ 毛泽东：《在延安文艺座谈会上的讲话》，《毛泽东选集》第 3 卷，人民出版社 1991 年版，第 861 页。

此就更带普遍性"①。

二、诗的迷狂

柏拉图认为，不同于画家和雕刻家，也不同于工匠型诗人，真正的诗人在神灵感发的迷狂状态中，不靠模仿的技艺就能创作出好的作品。

《伊安篇》中指出，诗人的创作靠的是灵感，即神灵感发或凭附。伊安是一位善于朗诵荷马史诗的诵诗人，他认为自己成功的原因在于在诵诗技艺上下过很大功夫。柏拉图借苏格拉底之口反驳了伊安，指出他善于解说荷马只是因为受了神灵的凭附。不仅伊安这样一位诵诗人是这样，所有高明的诗人都是如此。"凡是高明的诗人，无论在史诗或抒情诗方面，都不是凭技艺来做成他们的优美的诗歌，而是因为他们得到灵感，有神力凭附着。"② 同样，正是借助神灵凭附，有些平庸的诗人有时也能说出优美的诗句。因此，诗本质上是神的诏谕，"诗人只是神的代言人"，"诵诗人又是诗人的代言人"。③ 也就是说，从根本上讲，诗不是诗人的作品，而是神的作品。

被神灵凭附的诗人处于迷狂状态。《斐德若篇》中指出，世间有四种迷狂：预言的迷狂、教仪的迷狂、诗兴的迷狂和爱情的迷狂。柏拉图对诗歌创作的迷狂作了如下描述："此外还有第三种迷狂，是由诗神凭附而来的。它凭附到一个温柔贞洁的心灵，感发它，引它到兴高采烈神飞色舞的境界，流露于各种诗歌，颂赞古代英雄的丰功伟绩，垂为后世的教训。若是没有这种诗神的迷狂，无论谁去敲诗歌的门，他和他的作品都永远站在诗歌的门外，尽管他自己妄想单凭诗的艺术就可以成为一个诗人。他的神智清醒的诗遇到迷狂的诗就黯然无光了。"④ 从这段话可以得知：其一，诗人在迷狂状态下创作的诗远远胜于他在理智清醒的状态下创作的诗，也就是说，得自灵感的诗优于得自模仿技巧的诗；其二，诗人在迷狂的状态中感情高度亢奋，无法自主，失去平常的理智。需要指出的是，柏拉图这里所说的迷狂是一种心灵的激情状态，而非病理学意义上的丧失理智或癫狂。

柏拉图认为，诗人在神灵凭附的迷狂中，可以领会真理并宣示真理。柏拉图的哲学体现出希腊理性主义与希腊宗教相结合的特征。在他的观念中，理念的世

---

① 毛泽东：《在延安文艺座谈会上的讲话》，《毛泽东选集》第 3 卷，人民出版社 1991 年版，第 861 页。

② ［古希腊］柏拉图：《文艺对话集》，朱光潜译，人民文学出版社 1963 年版，第 8 页。

③ ［古希腊］柏拉图：《文艺对话集》，朱光潜译，人民文学出版社 1963 年版，第 9 页。

④ ［古希腊］柏拉图：《文艺对话集》，朱光潜译，人民文学出版社 1963 年版，第 118 页。

界是真善美统一的世界，也是神的世界。诗人受到神的凭附，就能够领会到理念世界的真实；诗人作为神的代言人，言说的不仅是优美的诗句，而且也包含着理念世界的真理。所以，如果说模仿的诗与模仿的艺术制造的都是远离真理的幻象，那么迷狂的诗则臻于真理，受神灵凭附的诗人则近似于哲学家。柏拉图的迷狂说并非一味强调文学创作的非理性，而是在神秘主义的外衣下，包含着对文学的真实性的追求。

在柏拉图之前，已经有理论家注意到文学创作中的灵感与迷狂问题，如德谟克利特和苏格拉底，但柏拉图是西方文论史上最早对这一现象作出生动描绘和系统研究的人。他认为仅靠理智和技艺创作不出优美的文艺作品，诗人在迷狂的状态中可以言说真理性内容，这些看法在当时是难能可贵的。柏拉图这一理论的不足在于，一方面，对灵感和迷狂现象作出了过于神秘化的解释，另一方面，简单地将灵感与理智、技艺对立起来，就会忽略乃至抹杀理智和技艺训练对于文艺创作的重要性。

三、文艺的社会作用

作为一个有着远大政治抱负的哲学家，柏拉图从他的政治理想出发，提出文学艺术必须为提升公民的品德服务，进而为建立理想国的目标服务。在《理想国》中他指出，人的灵魂分为三个部分：理性、激情和欲望。完善的灵魂应当是以理性引导激情，并在激情的辅助下约束欲望。只有每个公民都具备完善的灵魂和高尚的品德，理想国的建立才有可能。同时，他认为，理想的国家和完善的灵魂相类似，需要其中各个阶层的人组成有序和谐的关系。在他的设想中，理想国或者说理想的城邦应有三个主要阶层：哲学家、城邦的守卫者和农工商等劳动者。哲学家对应于理性，其道德原则是智慧，其职责是为城邦制定法规。城邦的守卫者对应于激情，其道德原则是勇敢，其职责是守护城邦。普通劳动者对应于欲望，其道德原则是节制，其职责是从事生产。理想城邦的建立需要这三个阶层的人各司其职，也需要城邦的守卫者和普通劳动者这两个阶层的人共同接受哲学家的统治。因此，文学艺术若要对个体的灵魂有益，就必须有助于培养个体的理性。在哲学家统治的理想国里，诗人和艺术家若要获得一席之地，就必须有助于培养城邦守卫者勇敢的品质，教育普通民众以理性节制欲望。

在柏拉图看来，模仿的文艺制造谎言，滋长欲望，摧残理性，无论对公民品质的培养，还是对理想国的建立，都有着巨大的危害。第一，它以虚构的谎言歪曲神和英雄的性格，不利于青年人品德的培养。在柏拉图的观念中，"神不是一切事物的因，只是好的事物的因"①。并且，神作为完善的存在，应当是永恒不变的。然而，荷马等人的作品中却经常出现神和神的战争、神和神的搏斗、神谋害神之类的故事，也经常描写诸神乔装模样、改变形状。柏拉图认为，这类对神的描写是不正确的，是对神的渎犯。另外，英雄的性格应当是勇敢、镇静、诚实、重视荣誉等，但诗人经常把英雄写成动不动大哭大笑，遇到灾祸时心生恐惧，甚至贪财作恶。这类描写是对英雄的歪曲和贬低。经常接触这类文艺作品，年轻人就会对神和英雄丧失崇敬之心，也容易对自己的品德修养放松要求，即使自己做了坏事，也能找到自宽自解的理由，因为神和英雄们也做过同样的坏事。第二，模仿的文艺"培养发育人性中低劣的部分，摧残理性的部分"②。人性中低劣的部分，指人性中无理性的部分，包括"感伤癖""哀怜癖"以及诙谐、性欲、愤恨等各种欲念。人的内心有一种自然倾向，遇到灾祸往往痛哭哀诉，这是感伤癖。人们还习惯于对别人的悲伤表示同情，并从这种同情中获得快感，这是哀怜癖。感伤癖和哀怜癖会使人们遇到灾祸不镇静，哀恸无节制，还会使战士懦弱而不勇敢，所以需要理性的约束。然而，悲剧为讨好观众，却逢迎并助长人们的这些不健康的心理。喜剧则会助长人们的诙谐欲念，使人们容易染上小丑的习气。此外，模仿的诗与艺术还滋养人性中其他一些不健康的欲望。由此，柏拉图认为，模仿的文艺不但败坏人心，而且会影响到国家的秩序与安危。

鉴于模仿文艺的巨大危害，柏拉图主张建立严格的文艺审查制度。这种审查遵循道德原则和城邦政治原则，具体到文艺作品的题材、体裁等各个方面。柏拉图建议，所有不良的文艺作品都应禁止上演，而对于那些模仿的诗人和艺术家，甚至可以对他们下逐客令。经过这一番清洗后，城邦中能够保留的文艺就只剩下歌颂神、英雄和好人的颂歌，以及一些描写自然美的艺术品了。

朱光潜指出，柏拉图攻击诗，并非由于他不懂诗或是不爱诗，而是"因为他认识到诗和艺术的深刻影响，所以在制定理想国计划时，便不能不严肃地对待这种影响"③。作为西方最早深入探讨文艺与政治关系的理论家，柏拉图高度重视文艺的社会功能，尤其是政治教化

拓展阅读

柏拉图《理想国》节选

① ［古希腊］柏拉图：《文艺对话集》，朱光潜译，人民文学出版社1963年版，第28页。
② ［古希腊］柏拉图：《文艺对话集》，朱光潜译，人民文学出版社1963年版，第84页。
③ 朱光潜：《西方美学史》上卷，人民文学出版社1979年版，第52页。

功能。其实，重视文艺的政治功能本身并无问题，柏拉图的问题在于他过于强调文艺的政治功能，以致几乎取消了文艺的审美功能。事实上，文艺的政治功能和审美愉悦功能并非完全不相容，后来古罗马的贺拉斯提出的"寓教于乐"理论就对柏拉图的理论作出了纠正。

第二节　亚里士多德

亚里士多德（又译亚理斯多德，前384—前322），古希腊著名的哲学家、自然科学家、逻辑学家、文艺理论家。他流传下来的文艺理论方面的著作主要有《诗学》和《修辞学》。《诗学》是亚里士多德的讲稿，这部著作在亚里士多德去世后饱经战火浩劫，并长期湮没不闻，直到16世纪初期才重新为西方学界所知。流传下来的《诗学》已经残缺不全，由于传抄者和校订者的增删、改动，该书中有不少含混、矛盾、缺漏的地方。

一、模仿论

亚里士多德认为，文艺起源于人的模仿天性和天赋的美感能力。模仿出自人的天性，人们既从模仿中获得知识，又从模仿的作品中获得快感。因此，文艺作为模仿，总体上是一种理性的创造行为，其中也包含着感性的愉悦。

文艺模仿的对象是现实人生。在《诗学》中亚里士多德明确指出，文艺的模仿对象是"在行动中的人"①。在谈到悲剧时他又指出，悲剧的模仿对象是人的行动、遭遇、性格和思想。可见，亚里士多德是把人的生活确立为文艺的模仿对象。古希腊早期的文艺模仿论认为文艺是对自然的模仿。到了苏格拉底，特别是柏拉图那里，文艺模仿的对象由自然事物转向了社会人生。但是，由于受到唯心主义理念论的影响，柏拉图认为，文艺模仿的现实世界不过是理念世界的影像，本身就缺乏真实性，文艺作为现实世界的影像就更加不真实。亚里士多德批判了柏拉图的理念论，认为一般只存在于个别之中，不存在脱离具体事物的一般理念。列宁曾经肯定了这一点，认为"亚里士多德对柏拉图的'理

---

① ［古希腊］亚理斯多德、［古罗马］贺拉斯：《诗学·诗艺》，罗念生、杨周翰译，人民文学出版社2008年版，第7页。

念'的批判，是对**唯心主义，即一般唯心主义**的批判"①。亚里士多德抛弃了柏拉图的玄虚的理念世界，肯定了现实世界的真实性，因而也就肯定了模仿它的文艺的真实性。

模仿的文艺能够揭示出现实生活的普遍本质和必然规律。亚里士多德把诗与历史作了比较，认为"写诗这种活动比写历史更富于哲学意味"②。也就是说，与历史相比，诗对生活的描述更具有普遍性与必然性。之所以如此，在于历史叙述的是已经发生的个别事情，而诗则描述可能发生的事情，"即按照可然律或必然律可能发生的事"③。可见，在亚里士多德看来，诗的可贵之处不在于它对生活中的事件作出如实的模仿，而在于它描写的事情符合事物的内在规律和发展趋势。一方面，历史学家记述的事情是真实发生过的，但可能是偶然的、个别的，未必具有普遍必然性。而诗人所描述的事情，则是某一种人，可能或必然要做出的事情。另一方面，在历史学家的记述中，两件前后发生的事情之间可能只有时间上的承续关系。但在诗人的描写中，前后相继发生的事情之间存在着因果必然关系。因此，诗人所描写的事件，虽然也是特定人物的特定行动，也具有个别性，但其中能见出普遍必然性。需要指明的是，由于历史的局限，亚里士多德只看到编年纪事体的历史，而没有看到能揭示事物的发展规律的历史著作，所以对历史作了不恰当的贬低。

为了达到更高的艺术真实，文艺需要虚构，需要对现实生活进行提炼加工。亚里士多德认为，诗的模仿对象主要有三种：过去有的或现在有的事、传说中的或人们相信的事、应当有的事。其中，他更加推崇第三种模仿对象。可见，为了达到更高的艺术真实，诗人不必受现实真实性的局限，他可以虚构一些现实生活中并不存在的事物，只要他的虚构合情合理，能够体现事物的普遍必然性。古希腊的悲剧作家欧里庇得斯善于描写现实题材，其作品更加贴近日常生活。而索福克勒斯的作品既以现实生活为依据，又体现出英雄气和理想性。相比较而言，亚里士多德对索福克勒斯更加推崇。因为在他看来，欧里庇得斯只是按照人物本来的样子去描写，而索福克勒斯则按照人物应当有的样子去描写。亚里士多德还提

---

① ［苏联］列宁：《黑格尔〈哲学史讲演录〉一书摘要》，《列宁全集》第 55 卷，人民出版社 1990 年版，第 243 页。

② ［古希腊］亚理斯多德、［古罗马］贺拉斯：《诗学·诗艺》，罗念生、杨周翰译，人民文学出版社 2008 年版，第 28 页。

③ ［古希腊］亚理斯多德、［古罗马］贺拉斯：《诗学·诗艺》，罗念生、杨周翰译，人民文学出版社 2008 年版，第 28 页。

拓展阅读

亚里士多德文艺模仿思想评论摘要

出诗人要向画家宙克西斯学习，因为他所画的人物比原来的人物更美。亚里士多德的这些主张表明，文艺创作不应照搬现实，而要对现实生活进行艺术的提炼和加工。

总之，亚里士多德既强调现实生活是文艺的最终源泉，又认为文艺应当对现实生活进行虚构和加工，以达到更高的艺术真实，因而对文艺与生活的关系作出了比较科学的阐释。

二、悲剧理论

什么是悲剧？亚里士多德在《诗学》第六章中为悲剧下了这样一个定义："悲剧是对于一个严肃、完整、有一定长度的行动的摹仿；它的媒介是语言，具有各种悦耳之音，分别在剧的各部分使用；摹仿方式是借人物的动作来表达，而不是采用叙述法；借引起怜悯与恐惧来使这种情感得到陶冶。"[①] 在同一章中他又对悲剧的构成要素作出了明确的说明："因此整个悲剧艺术的成分必然是六个——因为悲剧艺术是一种特别艺术——（即情节、'性格'、言词、'思想'、'形象'与歌曲），其中之二是摹仿的媒介，其中之一是摹仿的方式，其余三者是摹仿的对象，悲剧艺术的成分尽在于此。"[②] 综合以上两段文字，可以比较完整地把握亚里士多德对悲剧的理解。在他看来，悲剧的模仿对象是人物的行动，人物的行动既体现为具体情节，又同人物的性格和思想相关；悲剧的模仿媒介是语言，分为人物的台词和合唱的歌曲；悲剧的模仿方式是形象，即通过演员的表演呈现出来的总体舞台形象；悲剧的社会功用则是对怜悯、恐惧之情的净化。

亚里士多德认为，情节是悲剧的灵魂。与近代以性格为中心的悲剧观念不同，亚里士多德认为，在悲剧中，情节比性格更重要。原因主要有二。第一，由悲剧的目的决定。悲剧的目的不在于模仿人的品质，而在于模仿人的行动、生活、幸福与不幸。人物的品质由他们的性格决定，但他们的幸福与不幸则取决于他们的行动。所以，"悲剧中没有行动，则不成为悲剧，但没有'性格'，仍然不失为悲

---

① ［古希腊］亚理斯多德、［古罗马］贺拉斯：《诗学·诗艺》，罗念生、杨周翰译，人民文学出版社 2008 年版，第 19 页。"陶冶"又译为"净化"或"疏泄"。

② ［古希腊］亚理斯多德、［古罗马］贺拉斯：《诗学·诗艺》，罗念生、杨周翰译，人民文学出版社 2008 年版，第 20—21 页。

剧"①。第二，由悲剧预期的效果决定。悲剧期望达到的效果是引起人们的怜悯与恐惧并将这种感情净化。剧作家即使运用各种语言充分表现人物的性格，也未必能产生悲剧的效果。相反，只要情节安排得当，展现出人物由幸福转入不幸的厄运，就能产生惊心动魄的效果。亚里士多德之所以认为悲剧的情节比性格重要，还有着具体的社会历史原因。一方面，在亚里士多德生活的年代，绝大部分悲剧作品都以情节为中心而非以性格为中心，亚里士多德的悲剧理论作为对那个时代的悲剧创作经验的总结，更加重视情节是不足为奇的。另一方面，在古代社会，社会发展总体上处于较低水平，还没有为普遍的个性解放提供足够的条件，因此，个人的行动在很多时候与自然外力、伦理观念、国家命运等息息相关，而不是完全由个人的性格决定。

亚里士多德对悲剧情节的安排提出了具体的建议。首先，情节应当完整。"完整"主要有三方面的含义：其一，情节必须有开头，有中间，有结尾；其二，构成情节的各个事件之间必须有紧密的必然关系，事件的位置不可挪动；其三，各个事件必须服务于整体的情节，不能是可有可无的。对情节的这种要求体现出亚里士多德的有机整体观念。其次，情节应当具有一定的长度。从戏剧的内在要求来看，情节的长度应当足以完整地展现出一个由顺境转入逆境的行动。从现实的观剧情况来说，情节不宜太长，否则不便于观众记忆。从戏剧的比赛规则来说，情节也不能太长。因为古代雅典的戏剧比赛一般规定，一个白天之内要演完一个诗人的至多三部作品。亚里士多德确实提出悲剧要模仿一个完整的行动，但没有对悲剧的故事发生时间作出规定，也没有要求故事发生地点的一致性。文艺复兴时期的卡斯特尔维屈罗在《亚里士多德〈诗学〉的诠释》中提出的"三一律"主张显然是误解了亚里士多德的原意。

亚里士多德认为，悲剧冲突的根源在于悲剧主角的过失。悲剧主角既不十分善良，也不十分公正，他之所以由顺境转入逆境，"之所以陷于厄运，不是由于他为非作恶，而是由于他犯了错误"②。比如，在索福克勒斯的悲剧《俄狄浦斯王》中，主角俄狄浦斯王聪明诚实，热爱真理，关心民众，并敢于承担责任，但他并不完美，性格中有冲动易怒的一面，正是由于冲动易怒，他错杀了自己的父亲，并由此遭遇了娶母等一系列厄运。因为悲剧主角遭受了不该遭受的厄运，所以会

---

① 〔古希腊〕亚理斯多德、〔古罗马〕贺拉斯：《诗学·诗艺》，罗念生、杨周翰译，人民文学出版社 2008 年版，第 21 页。
② 〔古希腊〕亚理斯多德、〔古罗马〕贺拉斯：《诗学·诗艺》，罗念生、杨周翰译，人民文学出版社 2008 年版，第 39 页。

引起我们的怜悯之情；又因为他与我们相似，所以我们会恐惧他所遭受的厄运也会落到我们自己头上。亚里士多德指出，为了使悲剧的情节能够引起怜悯与恐惧之情，剧作家在安排情节时，第一，不应写好人（即完美的人）由顺境转入逆境；第二，不应写坏人由逆境转入顺境；第三，不应写极恶的人由顺境转入逆境。因为这三种类型的情节都不能引起怜悯与恐惧之情。好人由顺境转入逆境会使人厌恶，坏人由逆境转入顺境不能打动慈善之心，恶人由顺境转入逆境是罪有应得。亚里士多德把悲剧冲突的根源归于人的行动过失而非神秘的命运力量，在当时是一个很大的进步。但是他只把悲剧归之于个人的原因，没有认识到悲剧冲突的社会根源，则显示出他的理论的局限性。

　　亚里士多德认为悲剧有益无害，对人的心理具有净化作用。在古希腊，"净化"（katharsis）既是一个医学术语，也是一个宗教用语。作为医学术语，它的含义是"宣泄"，指通过放血或吃泻药来医治病症。作为宗教用语，它的含义是"涤罪"，指通过特殊的宗教仪式来祛除罪恶。亚里士多德认为，悲剧能够激发起人们的怜悯与恐惧之情，并把这种过于强烈的情绪宣泄出去，使人们的内心归于平静，所以有利于心理健康。只不过悲剧治疗的主要不是人的身体，而是人的心理。他还认为，过度的激情有害于理性，悲剧能够宣泄并涤除过度的怜悯与恐惧，从而有助于理性和道德。亚里士多德并不强调悲剧的宗教功能，而是重视它通过净化人心而具有的道德作用。柏拉图谴责悲剧，认为它浇灌人的"感伤癖"与"哀怜癖"，对人的理性和道德起到败坏作用。亚里士多德同样认为过度的激情属于心灵的病态，但与柏拉图不同，他认为悲剧反而能够宣泄并净化过度的情绪，因而对理性和道德有益无害。亚里士多德的悲剧净化说纠正了柏拉图对悲剧的不恰当指责，具有重要的进步意义。

三、艺术分类

　　在古代希腊，"艺术"和我们今天所使用的"技术"一词很接近，泛指各种需要技艺的活动以及这些活动的产品，不仅包括"美的艺术"，而且包括各种生产性、应用性技艺。但是，早期希腊的"艺术"一词也有其狭窄的一面，它一般不包括音乐和诗。自从毕达哥拉斯学派发现了音乐的音程原理之后，音乐才逐渐被视为一种遵循数学法则并能够被人们掌握的艺术。柏拉图虽然仍在宽泛的意义上使用"艺术"一词，但他对生产性的技艺和模仿的艺术进行了区分，认为前者生产事物，后者只产生影像。他还对诗作了区分，认为颂诗是得自灵感的迷狂性的诗，是真正的诗；而史诗、悲剧和喜剧则是模仿的技巧性的诗，近似艺术。亚里士多德继承了柏拉图对生产性技艺和模仿的艺术的区分，但他反对柏拉图将诗区分为迷狂的诗和模仿的诗，而认为所有诗歌本质上都是模仿的艺术。此外，他还对模仿的艺术作出了更加系统、细致的分类。

首先，他把艺术归为创制的科学，以区别于理论的科学和实践的科学。与理论的科学不同，创制的科学并不以知识本身为目的，它具有外在的目的。与实践的科学不同，实践的科学以实践行为本身为目的，而创制的科学以创制的产品为目的。

其次，在创制的科学之中，亚里士多德区分了模仿性的艺术与生产性技艺。生产性技艺创制自然中没有的事物以补充自然，而艺术则模仿自然中已有的事物。也就是说，生产性技艺创制的是物质产品，而艺术创制的是形象产品。

再次，亚里士多德抛弃了柏拉图对模仿的诗与迷狂的诗的区分，把诗歌（包括史诗、戏剧、颂诗等）全部归入艺术之中。在他看来，所有的诗本质上都是模仿，都需要依靠技能和规则。亚里士多德并没有提出"美的艺术"这一概念，但他的"模仿的艺术"大体相当于我们今天的艺术概念，包括史诗、戏剧、颂诗、音乐、绘画、雕刻等门类。

最后，亚里士多德根据模仿的媒介、模仿的对象、模仿的方式三方面的不同对各类艺术作了进一步的区分。

从模仿的媒介来看，绘画、雕刻用颜色和姿态来模仿，舞蹈用节奏来模仿，双管箫乐、竖琴乐、排箫乐等器乐用节奏和音调来模仿，史诗以语言为媒介，悲剧、喜剧、颂诗则兼用语言、节奏和音调三种媒介。

从模仿的对象来看，艺术模仿的是在行动中的人，而人依照品格不同可区分为比一般人好的人、比一般人坏的人和恰似一般人的人。比如，悲剧和喜剧在模仿对象上的区别就是前者模仿的是比一般人好的人，而后者则模仿的是比一般人坏的人。

从模仿的方式来看，史诗交替使用作者叙述和作品中主人公的叙述，颂诗始终以作者自己的口吻来叙述，悲剧、喜剧则以演员的动作来模仿。其实，柏拉图在《理想国》中已经指出，各类诗和故事依照叙述方式的不同可以分为三种：悲剧和喜剧从头到尾用模仿叙述，颂诗只靠诗人单纯叙述，而史诗等则兼用模仿和单纯叙述。亚里士多德从模仿的方式入手对文学艺术的分类显然是受柏拉图的影响。

亚里士多德把艺术区分于理论科学、实践科学以及一般生产性技艺，并将艺术的本质归于模仿，这对于正确认识艺术的本质和特征，具有重要的价值。他从模仿媒介、模仿对象和模仿方式三个方面对艺术门类的划分，也是西方艺术史上第一次对艺术门类进行的系统划分，同样具有重要的意义。

第三节 贺拉斯与朗吉弩斯

贺拉斯与朗吉弩斯是古罗马时期古典主义文学理论家的主要代表。贺拉斯（前65—前8），罗马帝国初期奥古斯都（又译奥古斯督）时代著名的诗人和文学批评家，其文学理论主要体现在他的两封书信《上奥古斯督书》与《致皮索父子》中。前者又被称为《诗话》，后者又被称为《诗艺》。《论崇高》是古罗马时期古典主义文论的一部重要著作。过去一般认为这部著作的作者是3世纪的雅典政治家、修辞学家卡修斯·朗吉弩斯。19世纪以后，有些西方学者指出，这部著作的作者应该是公元1世纪的另一位朗吉弩斯或罗马修辞学家达奥尼苏斯。鉴于以上观点均无充分证据，多数学者将该著作的作者假定性地称为伪朗吉弩斯，或简称为朗吉弩斯（又译朗吉努斯、朗加纳斯）。《论崇高》这部著作长期被湮没，到了文艺复兴时期，由意大利学者罗伯特洛将其出版。

一、古典主义原则

作为罗马古典主义的奠基人，贺拉斯推崇古希腊文学，认为罗马文学应当在题材、形式等各方面全面学习古希腊文学。在《诗艺》中，贺拉斯劝告皮索父子等诗人，学习写诗，"应当日日夜夜把玩希腊的范例"①。贺拉斯尤其推崇荷马史诗、埃斯库罗斯的悲剧等古希腊早期的文学作品，他要求罗马诗人认真研究、反复琢磨这些作品，并以这些作品作为学习创作的范例。比如，他认为，罗马诗人如果还无法驾驭那些人所不知、人所不曾用过的新题材，还不如尝试把荷马史诗改编成戏剧。再如，他建议，诗人在选材技巧和作品的整体布局方面，要向荷马等古希腊诗人学习。诗人最好不要把一场大型战争的全部过程都作为描写对象，而是要像荷马那样，只选择战争过程中的一个插曲集中描写。诗人也尽量不要按时间先后顺序对描写的事件平铺直叙，最好学习荷马，在作品开始的时候就尽快揭示结局。

---

① ［古希腊］亚理斯多德、［古罗马］贺拉斯：《诗学·诗艺》，罗念生、杨周翰译，人民文学出版社2008年版，第138页。

　　虽然主张罗马诗人要学习并模仿古希腊文学，但贺拉斯认为，罗马诗人的根本任务不是重复古希腊的文学，而是要表现罗马帝国的丰功伟业。贺拉斯非常自信地说："我们罗马在文学方面（的成就）也决不会落在我们光辉的军威和武功之后，只要我们的每一个诗人都肯花功夫，花劳力去琢磨他的作品。"① 罗马文学要创造属于自己时代的辉煌成就，就必须以本国、本时代的事迹为题材。这就要求那些已经懂得写什么的作家"到生活中到风俗习惯中去寻找模型，从那里汲取活生生的语言"②。

　　贺拉斯反对厚古薄今，倡导罗马作家要在学习古希腊文艺的基础上敢于创新。他说："假如希腊人像我们那样非今重古，他们对今日的读者又有甚么用处？我们又怎能各从所好读他们的书？"③ 正因为希腊作家并不厚古薄今，才创造了古希腊文学的辉煌。所以，罗马文学要创造属于自己时代的辉煌，也不能对古希腊的作品亦步亦趋。

　　贺拉斯认为，"合式"是文学的最高理想，也是罗马作家应当遵循的最高创作原则。所谓"合式"（decorum），就是符合理性，符合传统和习惯，符合规则，恰当得体。在贺拉斯看来，文学创作包含想象和虚构，是作家天才的独创，但同时也需要作家的刻苦学习训练，使其创作遵循一定的理性规则。如何才能使创作的作品达到合式的标准？贺拉斯对作家提出了几条具体的要求。第一，要讲求作品的整体一致性。一部作品的细节无论多么生动逼真，但如果不符合作品的总体效果，就是失败的。在质朴的语言中夹杂几句绚烂的辞藻，也是不合适的。第二，作品中的人物性格要与其年龄相符，与人们习惯性的认知相符。比如，青年人和老年人性格不同，作家在描写人物时要注意其性格特征与年龄的一致。再比如，阿喀琉斯是荷马史诗中的一个著名人物，其性格特征早为人们所熟知，罗马的作家若想把他的故事重新搬上舞台，最好遵循传统，不要随意更改他的性格。第三，作品中人物的语言要与其遭遇或身份相符。第四，作品的体裁要适合主题。第五，作品要力戒粗鄙，追求趣味高雅。

　　由贺拉斯所奠定的古典主义追求文学继承与创新的统一，规则与天才的统一，

---

① ［古希腊］亚理斯多德、［古罗马］贺拉斯：《诗学·诗艺》，罗念生、杨周翰译，人民文学出版社 2008 年版，第 139 页。

② ［古希腊］亚理斯多德、［古罗马］贺拉斯：《诗学·诗艺》，罗念生、杨周翰译，人民文学出版社 2008 年版，第 141 页。

③ ［古罗马］贺拉斯：《诗话——上奥古斯督书》，见《缪灵珠美学译文集》第 1 卷，中国人民大学出版社 1998 年版，第 66 页。

理性与感性的统一，因而具有较大的理论合理性。但这种理论也存在着明显的不足。毛泽东曾指出："文学艺术中对于古人和外国人的毫无批判的硬搬和模仿，乃是最没有出息的最害人的文学教条主义和艺术教条主义。"① 贺拉斯虽然也提出罗马作家应当在学习模仿古希腊文学的基础上进行创新，但他对如何创新缺乏详细的论述，他提出的所谓创新还主要局限于罗马作家应当以罗马的丰功伟业为新题材。而且，贺拉斯所总结制订的文学规则过于僵化教条，不利于作家创造性才能的发挥。

二、寓教于乐

亚里士多德及其嫡传弟子认为，诗对人有教育作用，并能够带给人快感，诗的教育作用与娱乐作用不可偏废。贺拉斯继承了这一看法，并将其发展为"寓教于乐"理论。

贺拉斯承认并重视文学艺术的教育功能。在人类从蒙昧走向文明的过程中，诗歌发挥了重要的作用，它教导人们"划分公私，划分敬渎，禁止淫乱，制定夫妇礼法，建立邦国，铭法于木"②。在古希腊社会中，诗歌依然具有多方面的作用，它能传达神的旨意，激发战士的雄心，为人们指示生活的道路，并提供劳动之余的欢乐。贺拉斯提出，罗马诗人也应当为国家社稷效劳：要教育儿童知耻识礼；要净化人的心灵，矫正人的粗暴行为；要歌颂帝国和伟人的功业，从而为后世垂范。

文学艺术无疑能给人带来快感，但贺拉斯反对粗鄙的快感和粗俗的文艺。在他看来，罗马民族勤劳刻苦，但和古希腊民族比起来却粗野不文。在罗马帝国取得军事的成功并迎来帝国的辉煌后，吟风弄月、爱好文艺成为一时之风气，但是大多数民众缺乏教养，趣味低级。有些罗马诗人特别是喜剧诗人为了金钱利益，一味迎合民众的粗鄙趣味。贺拉斯倡导高雅的文风，对戏谑成风、粗俗放纵的文艺趣味极为反感。

因此，贺拉斯主张文学艺术应当兼备教育与娱乐功能，并借助娱乐作用更好地发挥教育功能。他指出，诗歌"应该给人以快感，同时对生活有帮助"③。不能

---

① 毛泽东：《在延安文艺座谈会上的讲话》，《毛泽东选集》第 3 卷，人民出版社 1991 年版，第 860 页。

② ［古希腊］亚理斯多德、［古罗马］贺拉斯：《诗学·诗艺》，罗念生、杨周翰译，人民文学出版社 2008 年版，第 144 页。

③ ［古希腊］亚理斯多德、［古罗马］贺拉斯：《诗学·诗艺》，罗念生、杨周翰译，人民文学出版社 2008 年版，第 141 页。

带来快感的诗歌无法受到欢迎，没有益处的诗歌也不会受到尊重，只有两种功能兼备的诗歌，才能"寓教于乐，既劝谕读者，又使他喜爱，才能符合众望"①。贺拉斯既期望借助文艺的娱乐功能更好地实现其教育功能，也期望通过强调文艺的教育功能以保证其娱乐功能免于粗俗。

贺拉斯的"寓教于乐"理论认识到文艺发挥教育功能的特殊性，无疑是值得肯定的。但是，在贺拉斯的理论中，存在着重视文艺的教育功能而相对轻视其娱乐功能的倾向。同时，他的理论也隐含着将文艺当作教化工具的危险。

三、崇高论

作为罗马古典主义的另一个重要代表，朗吉弩斯认为，古希腊文学体现出的最高理想不是贺拉斯所说的"合式"，而是崇高。所谓崇高，包含着伟大、雄伟、雄浑、庄严、壮丽、高远、遒劲等含义。作为一种心灵品质与精神境界，崇高源自我们人类对一切伟大的、比我们更神圣的事物的渴望，表现出我们对既定的生活、世界与思想界限的超越。崇高还是伟大文学作品具有的一种风格。具有崇高风格的文学作品能够提升人的精神境界，使人心灵扬举，襟怀磊落，意志激昂。这些作品带给人的不是一般的心理愉悦，而是心灵的狂喜和惊叹。这些作品的魅力是不可抵抗的，是牢固的、永恒的、不可磨灭的。

朗吉弩斯认为，文学作品的崇高风格主要源于文学艺术家深刻的思想情感，即"庄严伟大的思想"和"慷慨激昂的热情"。② 其中，庄严伟大的思想是崇高的首要条件。他指出，崇高的风格是伟大心灵的回声，所以只有胸襟旷达、志气远大的人才会有崇高的谈吐。只有那些超越了利欲、奢欲和现实功利的人，才能获得心灵的自由，并孕育出雄浑的思想。热情也是崇高的一个重要源泉。在朗吉弩斯看来，并非所有的热情都对崇高风格有益。有助于崇高风格的热情一方面必须是恰到好处的真情，而非浮夸造作的矫情。另一方面，这类热情必须是激昂雄壮的高贵的热情，而非怜悯、烦恼、恐惧等卑微的热情。慷慨激昂的热情能够激发诗人的灵感，使他展开丰富的想象，将伟大的思想寓于合适的形象，创造出崇高的意象，并最终将崇高的意象形之于慷慨铺张的语言。

崇高还源于文学作品恰当的形式，即"辞格的藻饰""高雅的措辞""尊严和高

---

① ［古希腊］亚理斯多德、［古罗马］贺拉斯：《诗学·诗艺》，罗念生、杨周翰译，人民文学出版社 2008 年版，第 142 页。

② ［古罗马］朗吉努斯：《论崇高》，见《缪灵珠美学译文集》第 1 卷，中国人民大学出版社 1998 年版，第 83 页。

雅的结构"。① "辞格的藻饰"要求作家选用恰当的修辞手法使其崇高的思想获得完美的表现，慷慨的激情得以自然地流露。"高雅的措辞"要求作家合理地组织语言，以增强作品的气势和感染力。"庄严伟大的思想""慷慨激昂的热情""辞格的藻饰"和"高雅的措辞"四种成分还需借助"尊严和高雅的结构"组成一个有机的整体，否则，"雄伟的成分彼此分离，各散东西，崇高感也就烟消云散"②。与形式技巧相比，朗吉弩斯认为，作家深刻的思想情感，尤其是崇高的思想才是崇高风格的主要来源。他甚至说："一个素朴不文的思想，即使不形之于言，也往往仅凭它本身固有的崇高精神而使人赞叹。"③

要创作崇高的作品，既需要自然天赋，也需要后天的训练。朗吉弩斯认为，庄严的思想和激越的感情主要来自天赋的心灵，但作家若不注意时时陶冶自己的性情，即使伟大的心灵也容易堕落，深刻的思想感情也就无从产生。创作的形式技巧则既可以来自作家天赋的文艺才能，也可以从后天的训练中获得。后天的学习训练可以提高作家的表达技巧，使他能够精确恰当地传达深刻的思想情感，从而使其作品尽善尽美。

要创作崇高的作品，有一个切实可行的方法，那就是"摹仿古代伟大散文家和诗人们，并且同他们竞赛"④。这种模仿主要是思想精神方面而非表达技巧方面的模仿。通过模仿，当代作家可以受到古代伟大作家的崇高精神的感召和浇灌，并由此获得创作的灵感。在模仿的同时，当代作家也应当具有同古代伟大作家竞争和抗衡的勇气，以创作出属于自己和自己时代的伟大作品。

崇高作品的产生还与社会环境不无关系。朗吉弩斯曾引述当时一位哲学家的话说："民主制度是伟大天才的好保姆，卓越的文才一般是与民主同盛衰。"⑤ 因为民主制度能够赋予作家以自由，而自由能够培养志气，激励雄心，引生希望，促进竞争，从而有助于崇高天才的诞生。相反，专制制度则推行奴性教育，压制自

---

① ［古罗马］朗吉努斯：《论崇高》，见《缪灵珠美学译文集》第 1 卷，中国人民大学出版社 1998 年版，第 83 页。

② ［古罗马］朗吉努斯：《论崇高》，见《缪灵珠美学译文集》第 1 卷，中国人民大学出版社 1998 年版，第 119 页。

③ ［古罗马］朗吉努斯：《论崇高》，见《缪灵珠美学译文集》第 1 卷，中国人民大学出版社 1998 年版，第 84 页。

④ ［古罗马］朗吉努斯：《论崇高》，见《缪灵珠美学译文集》第 1 卷，中国人民大学出版社 1998 年版，第 92 页。

⑤ ［古罗马］朗吉努斯：《论崇高》，见《缪灵珠美学译文集》第 1 卷，中国人民大学出版社 1998 年版，第 122 页。

由，禁锢灵魂，因而不利于天才的培养。需要指出的是，朗吉弩斯反对把天才和崇高作品的缺乏完全归因于社会环境。在他看来，罗马时代之所以缺乏天才，更应当归咎于人心的祸乱。正是追求金钱的利欲和贪图享受的奢欲腐蚀了人们的灵魂，毁坏了崇高的最重要根源。

作为一个古典主义者，朗吉弩斯同贺拉斯在不少观点上是一致的：他们都主张罗马的文学艺术应当在向古希腊学习的基础上勇于创新，都认为作家的创作才能是感性与理智、天资与训练的结合，都强调文学作品应当具有严肃的题材和高雅的趣味。但是，他们之间的区别也是明显的：在文学的本质问题上，如果说贺拉斯是一个再现论者，朗吉弩斯则是一个表现论者；在如何学习古典方面，贺拉斯重视的是对文学创作的规范法则的学习，而朗吉弩斯重视的是对古代伟大作家崇高精神的领受。在西方文论史上，朗吉弩斯首次对崇高作出了系统的阐释。他的崇高理论不仅突破了古希腊罗马时期流行的文艺模仿说，而且对后世的浪漫主义文论产生了重要的影响。不过我们也必须看到，朗吉弩斯主要还是在修辞学意义上，将崇高作为一种文章风格来讨论的。

小　　结

古希腊罗马时期的文论主要探讨了五个方面的问题。第一，文艺与生活的关系。柏拉图承认文艺对现实生活的模仿，但受他的理念论唯心主义哲学的影响，他否定了现实生活的真实性，进而否定了文艺的真实性。亚里士多德则认为，模仿的文艺能够揭示出现实人生的普遍本质和必然规律，而且文艺的真实性与其虚构性并不矛盾。亚里士多德的模仿论既强调了生活是文艺的源泉，又注意到文艺对生活的模仿是一种创造性的模仿，因而对文艺与生活的关系作出了比较辩证的理解。朗吉弩斯虽然认为天才的产生与社会环境有着密切的关系，但他强调文艺的崇高风格主要源于作家伟大的思想和慷慨的热情，因此他开启了西方文论史上表现论的先声。第二，作家创造力的来源。柏拉图指出诗人在迷狂状态下创作的诗好于在清醒状态下创作的诗，但他把诗人的创作解释为神灵凭附，从而否定了诗人自身的创造力。亚里士多德把文艺创作视为一种理性活动，对文艺创作的天才性和非理性特征认识不足。贺拉斯和朗吉弩斯则对作家的创造力有着较为正确的认识，他们指出，作家的创造力是天才加后天训练的结果。第三，文艺的社会功能。柏拉图指责文艺具有摧残理性、败坏道德的负面作用。亚里士多德则认为，文艺不但能够净化人的心灵，有助于道德的提升，而且文艺的娱乐功能应当得到肯定。贺拉斯在继承亚里士多德的基础上，提出了"寓教于乐"理论。第四，文学艺术的语言修辞问题。柏拉图和亚里士多德已经论及文学的语言修辞问题，但没有给予充分的重视。贺拉斯和朗吉弩斯则注意到语言修辞对于文学艺术的重要性。贺拉斯指出，文学的"合式"离不开恰当的语言。朗吉弩斯认为，高雅的措辞对于崇高的文学风格不可或缺。第五，文艺的继承与创新问题。面对古希腊辉煌的文艺成就，古罗马的文论家指出，文艺既应当模仿古典文艺作品，又应当力求创新。但是在继承与创新的关系上，他们更侧重强调文艺的继承问题。这一点则显示出他们理论的不足。

上述五个方面的问题几乎涵盖了文艺理论最基本的问题。对于这些问题，古希腊罗马的文论家都作出了比较系统深入的论述。他们的文艺观点和具体论述被后世的文论家不断引证，反复阐释，展示出强大的生命力和深远的影响力。因此，古希腊罗马时期的文论既是西方文论的源头，也是西方文论史上的第一座高峰。

思考题：

  1. 柏拉图对文艺有哪些指控？

  2. 亚里士多德的文艺模仿论主要包含哪些内容？

  3. 亚里士多德如何理解悲剧的社会作用？

  4. 贺拉斯提出的"合式"原则的具体含义是什么？

  5. 朗吉弩斯如何论述文学作品的崇高风格的来源？

第二章　中世纪文论

概　述

西罗马帝国的灭亡（476），标志着欧洲进入了封建社会，史称中世纪（5—15世纪）。

欧洲中世纪的突出特征是，基督教在社会生活各个方面占据统治地位。自4世纪末开始，基督教成为罗马帝国唯一合法的宗教，从而得以迅速扩大和发展。至16世纪宗教改革前，以罗马教宗（又译教皇或罗马教皇）为首的基督教会是一个具有强大的经济实力、政治势力的跨国度的统一组织。对于中世纪的欧洲人而言，基督教不仅仅是思想上必须信仰的宗教，也是生活中必须从属的组织。教会垄断了文化，控制着人们的生活和思想，正如恩格斯所说："中世纪的历史只知道一种形式的意识形态，即宗教和神学。"①

中世纪文学主要有教会文学、英雄史诗、骑士文学和城市文学等。教会文学如基督故事、圣徒传、祷告文、赞美诗、"奇迹剧"和"神秘剧"等；英雄史诗如《贝奥武夫》《罗兰之歌》等；骑士文学出现在11世纪，随着骑士阶层的壮大而兴盛，如骑士抒情诗和骑士传奇等；城市文学在11世纪后，随着城市的出现而产生，如以列那狐为共同主人公的系列韵文故事等。

由于基督教的影响，中世纪文学宗教色彩浓厚，且发展缓慢。文学艺术的题材、主题、形象和形式很少变化，常常是一个相当长的时期内，文学作品重复着同一的创作题材、同一的主题思想、同一的人物形象和同一的艺术形式。如骑士文学，反复出现的创作题材就是骑士的冒险故事和与贵妇的恋爱；主题就是赞颂骑士对封建主和对自己所倾慕的贵妇的忠诚不贰；作品的主要人物一定是出身贵族和信仰基督教的骑士，且主要就是那几个人物，如亚瑟王、高文等。

中世纪虽然没有严格的现代意义上的文学理论专著，但有关论述还是很丰富的，而且学界越来越认识到其承接古代和近现代的巨大价值。奥古斯丁、（托名）狄奥尼修斯、波纳文杜拉、大阿尔伯特、托马斯·阿奎那等都有关于美、文学艺术及其性质、形式等方面的论述。其中，奥古斯丁和托马斯·阿奎那分别是中世

---

① ［德］恩格斯：《路德维希·费尔巴哈和德国古典哲学的终结》，《马克思恩格斯文集》第4卷，人民出版社2009年版，第289页。

纪初期和中期的重要代表。以奥古斯丁等为代表的中世纪欧洲文论的主流是神学文艺观。作为神学的一部分，中世纪文论在神学信仰的范畴内谈论文学艺术，却对实际的文学艺术创造本身，尤其是民间创造很少加以关注。中世纪欧洲文论信仰至上，强调超验的真、精神的美，论证上帝的美高于一切，并因此关注象征及其与形象的关系。中世纪关于文艺的一个普遍看法是：严肃的文艺应当是象征性或寓言性的，背后都藏有隐含的意义。中世纪欧洲文论中把诗歌、音乐等视为和修辞学、机械技艺等一样的技艺。作为人工产品，作为一种技艺，文艺的价值在于效用和目的。

第一节　奥古斯丁

奥古斯丁（354—430）出生于罗马帝国所属的北非小城塔加斯特，他生活的时代正值罗马帝国衰亡期。奥古斯丁青年时代在迦太基接受过系统的修辞学训练，19岁那年开始信仰波斯的摩尼教。后来，在米兰任修辞学教师期间，受米兰基督教大主教安布罗斯的影响，于387年接受洗礼，改信基督教。第二年，奥古斯丁返回北非，于396年出任希波主教，直至逝世。奥古斯丁的文艺观主要体现在他的以下著作中：《论美与适宜》（已佚）、《论音乐》、《忏悔录》、《上帝之城》。另外，在《论秩序》《论宗教的本质》《论自由意志》中也有关于美和文学艺术的论述。

一、美学思想及象征理论

作为后期拉丁教父，奥古斯丁是中世纪初期西方基督教神学的奠基者和主要代表，也是基督教美学和文艺观的开创者。他继承了古希腊罗马的美学和文艺思想，又以基督教的上帝替代了先前哲人提出的"理念""至善"的概念，形成了具有中世纪特征的基督教美学体系。

世界美和神性美构成了奥古斯丁美学思想的核心。奥古斯丁认为，任何事物都不能孤立地看待，一切事物的美（世界美）来源于差异和多样性所构成的整体统一。于是，奥古斯丁从基于数的秩序、尺度、比例与和谐等角度考察善的和美的事物，正因为此，在奥古斯丁这里，艺术的规则和美的规则是一致的，具有共同的形式特征。比如，他从比例的原则看待和理解音乐。奥古斯丁认为，如果我们能够感受到世界整体，就会认识到世界中的恶并不破坏世界整体的善，而且有恶的反衬还愈加显出它的美。对此，鲍桑葵在其《美学史》中论述道："奥古斯丁将古代形式美学中与统一相联系的多样性深刻地理解为矛盾双方对立。他说，从本质上看，宇宙的对称中包含着矛盾双方的对立，在一支美妙的乐曲中，在修辞学谈论的对偶中，在一幅绘画作品的明暗中，全都是这种情形。如果阴影安排得恰当，画就不会变得很丑。这世界上，毒药、猛兽都占据应有的地位，所以，它们也是构成世界之美的因素。"①

　　奥古斯丁认为，物质美、世界美低于神性美，即上帝之美；上帝作为美的本原、"美本身"，是至美、绝对美，上帝"是我最慈爱的父亲，万美之美"，"你是灵魂的生命，生命的生命；你以自身生活，你绝不变易，你是我灵魂的生命"②。包括艺术在内的所有事物之所以美，是因为它们具有了上帝赋予它们的节奏、尺寸、比例与和谐。美由建立在数字基础上的形象或关系组成，呈现在可感世界中的美是更高的、不变的神圣理性的象征和反映。而对于无形的上帝之美，即神性美的感知，不是以感觉，而是以心灵来观照的。"我为至高至美的相等而欣喜，对此，我不是凭肉眼，而是凭心灵去认识。……如果你用肉眼看它，就会错误地断定尽管这些物体含有它的某些迹象，但毕竟与它相去甚远。因为你以肉眼只能看到物质的事物；只有用心灵我们才能看到整一性。"③

　　近现代文艺理论非常关注象征问题，而象征理论是中世纪神学，也是其文艺理论的重要部分。（托名）狄奥尼修斯认为，一方面，由于人们缺乏被直接提升至概念性玄观的能力，另一方面，又由于《圣经》里理性的神圣和隐秘的真理隐藏了起来，所以，有必要"为无形式者创造形式与给予实际上无形状者以形状"④，"启示的工作首先是自然地从神圣的形象开始进行的"⑤。当然，这种将不可见的上帝可视化，将不可表述的至善加以描述的工作，总是不能合适的，因为"上帝远远超出于一切存在和生命的表现之上；'光'的说法无法描述上帝，一切理智或理性均不能与他相似"⑥。

　　使不可见的可见，也就是说，为了理解不可理解的上帝、超验的至善，中世

---

①　［英］鲍桑葵：《美学史》，彭盛译，当代世界出版社 2008 年版，第 109 页。

②　［古罗马］奥古斯丁：《忏悔录》，周士良译，商务印书馆 1996 年版，第 41、43 页。

③　见［波兰］塔塔科维兹：《中世纪美学》，褚朔维等译，中国社会科学出版社 1991 年版，第 77 页。

④　（托名）狄奥尼修斯：《神秘神学》，包利民译，生活·读书·新知三联书店 1998 年版，第 109 页。

⑤　（托名）狄奥尼修斯：《神秘神学》，包利民译，生活·读书·新知三联书店 1998 年版，第 110 页。

⑥　（托名）狄奥尼修斯：《神秘神学》，包利民译，生活·读书·新知三联书店 1998 年版，第 110 页。

纪采用的途径是将一切符号化、象征化，或者说，一切都从象征的角度加以理解。可以说，在中世纪，世界本身就是"象征的森林"。除了上帝自身而外，每一件事物都是一种象征——鸵鸟是正义的象征，鹈鹕是耶稣的象征，荆棘中盛开的红玫瑰和白玫瑰象征着殉道与贞洁。其中，红色象征着鲜血，白色象征着圣洁，荆棘象征着迫害。确切地讲，对中世纪而言，象征不是一种方法（途径），而是一种思想，一种认识，一种关于能否和如何"看见"上帝的理论。

奥古斯丁是中世纪象征理论的奠基者，他从宗教的角度首先注意到并谈论了象征问题。奥古斯丁认为，世界美、物质美是神性美的映像，虽然较之永恒的、绝对的、至高无上的神性美而言，它们是短暂的、相对的美，但它们也具有自身的价值：其一，它们是上帝的创造物；其二，它们的美是作为一种象征而非自身获得的，譬如对于太阳的欣赏与其说是因为它的灿烂火焰，不如说是它象征着神的光辉。

二、艺术的真实性与功用性

古希腊是在技艺的范畴内谈论艺术的。柏拉图将应用和制造的艺术与模仿性艺术进行了区分，并偏重于艺术的模仿功能。到了古罗马时代，普罗提诺（205—270）强调彼岸世界的超验的理念为艺术创作提供了范本。奥古斯丁的文艺观受到从柏拉图到普罗提诺等前人的影响，同时和他的基督教神学思想结合。

艺术，在奥古斯丁这里，是一个宽泛的概念，包括音乐、诗歌、修辞学、机械技艺等。他把艺术与美联系起来看待，理由很简单，上帝、神性美，是包括艺术在内的一切事物的根源、目的和归宿。在艺术与审美的关系上，奥古斯丁强调审美要诉诸感性直观和形象感受。审美经验的产生有赖于主客体两者的共同作用，即审美主体心灵与美的事物之间必须有某种和谐或相似，否则心灵便不会为这一美的事物所感动。美虽然是感性事物的表现，但它又是超越感官层次的，它是外物与人的心灵、精神、理性共同作用的结果。奥古斯丁认为，人的审美经验本身也具有美的特质，即节奏。他在分析节奏时，将节奏分为音响的节奏、感知的节奏、运动的节奏、记忆的节奏和判断的节奏五种。这就是说，节奏不仅存在于审美对象中，同时存在于主体的感知、运动、记忆和判断中。

奥古斯丁的文艺思想集中体现在他对文艺的真实性以及文艺的社会功用等问题的认识和论述中。青年时代的奥古斯丁曾经为诗的虚构和戏剧表演进行辩护，而当他皈依基督教以后，他对《圣经》和基督教文学之外的世俗文艺、古代神话总体上持一种否定的态度。

在文艺的真实性问题上，艺术作品的虚构问题与宗教信仰所要求的道德真诚始终构成一种张力。柏拉图将诗人赶出他的理想国基于两个理由：其一，艺术是模仿的模仿，不真实；其二，艺术诉诸人的情感，不健康。奥古斯丁对艺术的否定显然受到柏拉图的影响，也是出于他的基督教信仰和体验。他认为艺术亵渎上帝（如荷马史诗描写众多的神），诉诸情感，毒害心灵，是认识和热爱上帝的障碍。然而，柏拉图否定艺术却正确地指出了艺术的模仿性以及艺术与情感的关系，所以克罗齐说柏拉图"是第一个，也是唯一的一个对艺术做过真正伟大否定的人"[1]。奥古斯丁否定艺术，却是一个对艺术极为敏感的人，他意识到了艺术的虚构性和感染力。奥古斯丁认为：艺术是允许虚构的，艺术的欺骗不是真正的欺骗。他认为，艺术作品确有虚构成分，虚构是艺术作品所必不可少的；没有虚构，它们便不成其为真正的艺术作品。不能接受艺术作品中的虚构即不能全面地欣赏艺术。[2] 而在改信基督教以后，奥古斯丁的艺术观出现了转变，宗教信仰和与此相应的教化、道德要求占据绝对主导地位。因此，他谴责艺术的虚构，倡导建立检查制度，把诗视为虚假的、不必要的和堕落的。他完全从宗教道德的眼光来看待文艺作品，如对荷马史诗，他采取了否定的态度："荷马编造这些故事，把神写成无恶不作的人，使罪恶不成罪恶，使人犯罪作恶，不以为仿效坏人，而自以为取法于天上神灵。"[3] 但值得注意的是，奥古斯丁对于艺术的形式并没有彻底否定，他说："我并不归罪于这些文词，它们只是贵重精致的容器，我只归罪于迷人的酒，被沉醉的博士先生们斟在器中要我们喝，不喝便打，而且不许向一个清醒的法官申诉。"[4] 由此可知，作为神学家，奥古斯丁更加关注的是内容而非艺术形式本身。

在文艺的社会功用问题上，奥古斯丁从道德和宗教信仰的角度对艺术的功能加以肯定。他强调文学艺术的使命在于歌颂上帝，在于服务教会，比如诗歌、音乐，都要为教会的礼拜、传教等服务。奥古斯丁年轻时受过系统的修辞学训练，改信基督教后，他认为基督教传教士应该掌握雄辩术，以使传教更加具有吸引力，更有效果。修辞学中诸如设问、对比、隐喻以及其他修辞手段的审美和艺术要素得到奥古斯丁的肯定，在中世纪，也得到教会的认可。奥古斯丁坚持情感必须服

---

① ［意］克罗齐：《作为表现的科学和一般语言学的美学的历史》，王天清译，中国社会科学出版社 1984 年版，第 4 页。

② 参见［波兰］塔塔科维兹：《中世纪美学》，褚朔维等译，中国社会科学出版社 1991 年版，第 70 页。

③ ［古罗马］奥古斯丁：《忏悔录》，周士良译，商务印书馆 1996 年版，第 19 页。

④ ［古罗马］奥古斯丁：《忏悔录》，周士良译，商务印书馆 1996 年版，第 20 页。

从于理智，艺术的手段必须服从于信仰的内容与目标，强调艺术应该有利于道德的教化和对上帝的信仰。

奥古斯丁关注文艺能否有利于认识和热爱上帝，能否为教会所用，关注文艺的内容而非表现形式。因此，对于文艺创作中内在美与外在表现的问题，奥古斯丁显然重视内省的价值，注重内在美，认为内省既是发现真理的手段，又是净化道德的条件，内在美是根本。在《忏悔录》中，奥古斯丁说道："人们对衣、履、器物以及图像等类，用各种技巧修饰得百般工妙，只求悦目，却远远越出了朴素而实用的范围，更违反了虔肃的意义；他们劳神外物，钻研自己的制作，心灵中却抛弃了自身的创造者，摧毁了创造者在自己身上的工程。"①奥古斯丁要求人们不能只关注外在修饰的悦目而忽略最为根本的内在美的重要性。他认为世俗的、感性的美根源于上帝的至美，创造或追求外界的美应从这至美中取得审美的法则，把至美至善作为根本目标和创造依据。

总之，奥古斯丁把上帝作为美的本体，从基督教神性美的角度，从信仰及其道德要求角度思考文学艺术问题。他关于上帝美、精神美和世界美的思想，关于内在美和外在美的关系，关于象征、文艺的形式、文艺的真实性与社会功用等问题的论述，既奠定了中世纪文艺观的基础，也影响了后世的文艺思想与文学批评。

第二节　阿　奎　那

托马斯·阿奎那（约 1225—1274）诞生于意大利阿奎那城附近的一个古老城堡洛卡塞卡。阿奎那幼年即被父亲送到卡西诺山本笃会隐修院接受教育，奠定了他的基督教信仰和神学思想基础。他在少年时期进入那不勒斯大学文学院哲学系学习，从这里开始了对亚里士多德著作的学习。1245 年，他到巴黎大学学习，后来在这里任教。1272 年，阿奎那接受了为多明我修会创办高级神学研究院的任务。1273 年 12 月 6 日起，阿奎那突然停止写作，也同时停止了对秘书的口授，直至去世只字未写。1274 年 3 月 7 日，阿奎那病逝于意大利弗萨诺瓦西斯特希安修道院。

阿奎那一生勤奋学习，著述丰富，其中三部著名的著作集中体现了他的思想：《彼得·伦巴德〈箴言录〉注疏》《反异教大全》《神学大全》。阿奎那的美学思想、文艺观散见于他的神学著作中（以《神学大全》为主），并和他的神学思想结

---

① ［古罗马］奥古斯丁：《忏悔录》，周士良译，商务印书馆 1996 年版，第 218 页。

合在一起，是他的神学体系的一部分。在这个体系中，世俗的文学艺术不是真正的创造，而是制作，因而并不具有严肃的意义。然而，从"释经"（即阐释《圣经》）的角度，阿奎那论述了语言的多义性以及想象、寓意、象征等近现代文学艺术理论一直非常关注的问题。

一、释经四义

释经可以说是与基督教的诞生同时产生的。人们应该注意到，《圣经》的传播过程，也就是其不断被翻译成各种文字的过程。这个"译"的过程本身就是"释"的开始。整部《圣经》从希伯来文、拉丁文，到希腊文，再到英语、法语、德语等的翻译、编辑过程，就是一次又一次的阐释。① 更不用说从教父时代形成的系统神学到经院哲学的鸿篇巨制，这些神学著作都是基于对《圣经》的阐释，都是为了对《圣经》进行阐释，是一种自觉的阐释。18 世纪在西方发展和兴盛起来的阐释学就源于对经文的解释和文献考证。当海德格尔和伽达默尔将方法论阐释学发展为本体论阐释学并为众多美学家与文论家运用时，误解、语言的多义性、语义的不确定性等阐释中存在的问题便凸显出来。而 20 世纪西方学界对《圣经》文学性的研究热情，使隐喻、象征、语言的多义性等倍受关注。

在中世纪，奥利金、奥古斯丁、圣维克多的雨果、哈勒斯的亚历山大、阿奎那等都讨论了释经问题。早期基督教的释经大师奥利金就已经区分了《圣经》的"字面义"与"精神义"或者说"寓言义"。奥古斯丁说《圣经·旧约》有四解：历史、词源、类比、寓言。圣维克多的雨果提出《圣经》有历史的、隐喻的和引申的三义。阿奎那受奥古斯丁等人的影响，也承认自然理性（知识）之上还有更高的学问——受神默示的学问（智慧的言语）。但是，基于亚里士多德哲学，阿奎那又强调人的理性的重要。他认为，我们所有的知识都是通过感官，并运用理性获得的，也只有通过那些物质的、外在的事物我们才能理解智慧的事物、精神的真理、内在的启示。② 因此，对《圣经》的理解和解释必须依于文本，运用理性。在《神学大全》第一卷第 1 题第 10 文，阿奎那提出了他的释经四义：

---

① 伽达默尔在《真理与方法——哲学诠释学的基本特征》中说："一切翻译就已经是解释（Auslegung），我们甚至可以说，翻译始终是解释的过程，是翻译者对先给予他的语词所进行的解释过程。……所有翻译者都是解释者。"参见［德］伽达默尔：《真理与方法——哲学诠释学的基本特征》，洪汉鼎译，商务印书馆 2011 年版，第 540—545 页。

② ［意］St. Thomas Aquinas, *Summa Theologica*（《神学大全》）, translated by Fathers of the English Dominican Province, New York: Benziger Brothers, 1948. Vol. 1, p. 6.

《圣经》的作者是上帝，他不仅运用文字（人也能如此），还运用事物本身表达他的意思。任何一种科学都是用文字表达的，但在神学这种科学中，被文字表达的事物本身也传达意义。因此，文字所表达的意义属于第一种意义，也就是历史的或字面的意义。由文字所表达的事物本身所具有的意义，叫作精神义，它基于字面义，以字面义为先决条件。精神义可分为三种。……寓意义，……道德义，……神秘义。……所有的意义都基于一种意义——字面义——之上，任何论证都只能从字面义得出，而不能从引申的寓意得出，这样，对《圣经》的解释就不会混乱。①

阿奎那认为，《圣经》词语都有字面义（历史义）和精神义，其中精神义又可分为寓言义、道德义、神秘义三种。针对《圣经》"不应该一词多义，否则会发生混乱和欺骗，摧毁论证的力量"的异议，阿奎那指出，意义的多重性不会使《圣经》意义本身和论证的力量被误解、混淆和破坏，因为三种精神义基于字面义，以字面义为先决条件。阿奎那的释经四义以及对它们之间关系的界定，一方面，坚守了他的神学立场——精神义高于字面义，神的智慧高于人的知识；另一方面，对文本本身的强调影响了 16 世纪宗教改革家们对《圣经》文本的关注，于是就有了保罗·蒂利希关于"经院哲学、神秘主义、圣经主义这三种态度在大多数情况下是在同一个人中结合起来的"②的观点的产生。马丁·路德和加尔文都认为字面义与精神义不可分割。伽达默尔在说明宗教改革派的《圣经》"自解原则"时指出，对马丁·路德来说，《圣经》是自身解释自身的，《圣经·旧约》不能通过一种隐喻的解释而获得其特殊的基督教要义。"我们必须按照字义理解它，而且正是由于我们按照字义去理解它，并把它视为基督拯救行为所维护的法则的表现，《旧约圣经》才具有一种基督教义的重要性。"③

二、艺术与自然

阿奎那对艺术与自然关系的认识，是建立在对艺术的基本认识之上的。阿奎

---

① ［意］St. Thomas Aquinas, *Summa Theologica*（《神学大全》）, translated by Fathers of the English Dominican Province, New York：Benziger Brothers, 1948. Vol. 1, p. 7.

② ［美］保罗·蒂利希：《基督教思想史》，尹大贻译，汉语基督教文化研究所有限公司 2004 年版，第 204 页。

③ ［德］伽达默尔：《真理与方法——哲学诠释学的基本特征》，洪汉鼎译，商务印书馆 2011 年版，第 253 页。

那认为，艺术是一种制作，这显然是源于古希腊的观念。但是，众所周知，亚里士多德区分了一般技艺（实用的艺术）和模仿的技艺（诗歌等艺术），并对以模仿为本质的艺术进行了深入的分析，从而奠定了人们对艺术的一些基本认识，如艺术的再现性、创造性，艺术的认识作用、净化功能等。而在阿奎那这里，所谓艺术就是人的制作，所谓艺术家也就是手工艺人。

艺术作为一种制作、一种方法，与制作者的意愿、感情无关。阿奎那在《神学大全》第二卷第57题第3文中说：

> 艺术不是别的，只是制作某些东西的适当方法。这些制作物的善，不在于人的欲念的意向，而在于制作物本身的质量。因此，一个工匠是否值得赞赏，不是看他制作某一作品的意愿，而是看这件作品的质量。所以，确切地说，艺术是一种操作的习性。而这种习性与思辨的习性有某些共同点：思辨习性所关注的也是所思考事物的结果，而不是人们对这些事物的意图。只要几何的证明是正确的，几何学家的意图和态度如何，他高兴或者发怒，都与证明的结论不相干。①

显然，阿奎那继承了从古希腊一直流传至中世纪的观点，即把包括诗歌等在内的艺术，视为按照某种方法、规则进行的制作，制作本身与情感、美没有关系，而与效用（目的）相关，这在阿奎那的时代是为大部分人所接受的普遍看法。阿奎那和经院学者们将艺术与手工制作看作一回事，并且认为，诗歌作为制作的一种形式，既不能揭示真理，也无助于道德建设。因而，他们即使不完全否定诗歌，也对它没有太大的兴趣，仅仅将它视为一种制作行为而有所论及。

艺术既然是制作，判断艺术作品的标准，即制作的好坏优劣，在于制作的效果、作品的效用，而不在制作者，上面那段话已经表达了这种倾向。在《神学大全》第二卷第57题第5文中，阿奎那进一步指出："艺术并不要求制作者的活动是一种善行，但他所制作出来的作品应该是善的，应该有良好的效用（如刀子应该好削物，锯应该利于切割）。"②

艺术与自然的关系是西方艺术理论的重要课题。无论是古希腊的苏格拉底、

① ［意］St. Thomas Aquinas, *Summa Theologica*（《神学大全》）, translated by Fathers of the English Dominican Province, New York：Benziger Brothers, 1948. Vol. 2, p. 829.

② ［意］St. Thomas Aquinas, *Summa Theologica*（《神学大全》）, translated by Fathers of the English Dominican Province, New York：Benziger Brothers, 1948. Vol. 2, p. 831.

柏拉图、亚里士多德，中世纪的奥古斯丁、阿奎那，还是近代的康德、黑格尔，都讨论了艺术与自然的关系问题。对这一问题的不同回答，是与对艺术本身的不同认识相联系的。前面所论阿奎那对艺术的看法，决定了他对艺术与自然关系的认识。阿奎那对艺术与自然关系的论述，有两个方面的内容：其一，艺术模仿自然；其二，艺术低于自然。

艺术模仿自然是古希腊的普遍看法。赫拉克利特、苏格拉底、柏拉图、亚里士多德等都认为艺术模仿自然，尽管他们的具体论述各有不同。阿奎那也认为艺术模仿自然，在他看来："艺术在运作方式上模仿自然。"① 这里值得注意的是，阿奎那不是直接说艺术模仿自然，而是强调了"在运作方式上"。也就是说，艺术不是直接模仿自然现象，而是模仿自然活动方式。

阿奎那受柏拉图、奥古斯丁的影响，相信有一个先在的理念或曰理式（在神学里，此先在的理念就是绝对的善，就是上帝）。但同时，受亚里士多德的影响，阿奎那又强调这个先在的作为共相的理念不是独立存在的，而是实在化于个别事物之中。阿奎那在《论真理》卷三第一章中引用奥古斯丁的话：一切生物皆在那神圣的心灵之中，诚如一件家具是存在于其制作者的心中。阿奎那引奥古斯丁这段话，自然使人联想到柏拉图《理想国》卷十中关于"床"的著名比喻。但是，阿奎那同时强调，一件家具在其制作者的心中，是靠了这家具的理念和这一件家具的相似性。在《神学大全》第一卷第 15 题第 2 文中，阿奎那说："在建筑师头脑中，一间房屋的形式，就是建筑师理解之后，根据同这形式的相似性，用质料建筑房屋的那种东西。"② 显然，阿奎那将亚里士多德的形式质料说运用到了模仿说中。艺术制作根源于艺术家的理念，而艺术家头脑中的理念，实质上相当于亚里士多德形式质料说中的形式，而远离了柏拉图的理念。这就是说，艺术家头脑中的理念既不是物质，也不是某种先在的形式（谈到上帝的时候，阿奎那才承认并强调这种先在性及其神秘性），而是将物质与形式结合起来的一种行为。另外，艺术源于艺术家的理念，而艺术家及其理念都是上帝的创造物。艺术家的行为，实际上是模仿上帝创造自然的活动，犹如学生模仿老师。阿奎那在其《政治学》中说：

---

① ［意］St. Thomas Aquinas, *Summa Theologica*（《神学大全》）, translated by Fathers of the English Dominican Province, New York：Benziger Brothers, 1948. Vol. 1, p. 569.

② ［意］St. Thomas Aquinas, *Summa Theologica*（《神学大全》）, translated by Fathers of the English Dominican Province, New York：Benziger Brothers, 1948. Vol. 1, p. 88.

艺术的过程必须模仿自然的过程，艺术的产品必得模仿自然的产品。学生进行学习，必须细心观察老师怎样做成某种事物，自己才能以同样的技巧来工作。与此相同，人的心灵着手创造某种东西之前，也须受到神的心灵的启发，也须学习自然的过程，以求与之相一致。①

可见，阿奎那在艺术模仿自然这一问题上，受到了柏拉图和亚里士多德的共同影响。但他没有从艺术创造性角度推进亚里士多德的形式质料说，而把艺术仅仅看作一种制作，一种模仿性制作，因而，在阿奎那这里，艺术必然低于自然。如果说柏拉图驱赶艺术，奥古斯丁否定艺术，那么，阿奎那则是贬低艺术。阿奎那对艺术的贬低，基于他对艺术的认识，即将艺术视为制作。作为制作的艺术，不是创造，因而低于自然。这可从两个方面来解释。

首先，从艺术的材料讲。阿奎那认为，艺术产品的材料来自自然，而自然是上帝的创造。取材于自然的艺术如何能与源于上帝的自然相比？石材无论怎样坚固，也比不上上帝的永恒。

其次，从艺术的形式讲。阿奎那多次指出，艺术模仿自然，而其形式（艺术家心中的理念）是偶然的。他说："艺术形式源于艺术家的理念，艺术形式不是别的，不过是事物的组合、秩序和形状。"②因此，"与自然的运作相比，艺术是不足的。因为自然给出实体形式，艺术却不能。一切艺术形式都是偶然的"③。在《论自然原理》中，阿奎那表达了同样的观点。他以青铜雕像为例："一个青铜雕像的形状不是一种实体形式，因为在雕像的形状被制作之前，青铜实际上已经存在，而这种存在并不依赖（制作的）形状。相反，（制作的）形状是一种偶然的形式，所有艺术形式都是偶然的。"④这就是说，与神造的自然相比，人造的艺术，由于源于艺术家的理念，源于偶然的形式，故缺乏鲜活的力量，缺乏辉煌的创造性和神圣的规定性。艺术是一种制作活动，只是再现或变形，而没有真正的创造。真正的创造是无中生有，即从虚无中创制出东西来，而这种创造属于上帝，只有上帝才是真正的创造者，这是中世纪普遍的、一贯的看法。在中世纪，人们一方面认

---

① 引自伍蠡甫主编：《西方文论选》上卷，上海译文出版社 1979 年版，第 154 页。
② ［意］St. Thomas Aquinas, *Summa Theologica*（《神学大全》）, translated by Fathers of the English Dominican Province, New York：Benziger Brothers, 1948. Vol. 3, p. 1604.
③ ［意］St. Thomas Aquinas, *Summa Theologica*（《神学大全》）, translated by Fathers of the English Dominican Province, New York：Benziger Brothers, 1948. Vol. 4, p. 2377.
④ ［美］Mary T. Clark, *An Aquinas Reader：Selections from the Writings of Thomas Aquinas*（《托马斯·阿奎那著作选读》）, New York：Fordham University Press, 1988, p. 165.

为人之所以高于其他动物，在于人能够观察并模仿自然事物，艺术就是模仿；另一方面，又认为模仿不是创造。如波纳文图拉在这个问题上也持与阿奎那基本相同的看法，他认为，世界上有三种力量，一是上帝，从无中创造；二是自然，在潜能上运行；三是艺术，依自然而行，以存在的事物为先决条件。因此，艺术家对于事物的本质一无所能。① 艺术家只是模仿事物，从本质上讲，他既不能增加也不能减少事物。在阿奎那看来，自然、人都是上帝的创造物，而且人居于自然的中心，高于自然中的其他生物，但是人仍是被造者，而不是创造者。

柏拉图、奥古斯丁和阿奎那都认为艺术低于自然，艺术美低于自然美，这与他们的哲学观、神学观有关。他们都预设和强调一个先在的超然的理念或曰神，这个至善至美的神创造的自然无疑高于人创造的艺术。

阿奎那对诗歌等艺术的认识以及对艺术的不重视，以今天的观点来看或许是落后的，而在中世纪则是普遍的。圣维克多的雨果在 12 世纪就区分了哲学与科学，并将诗歌列入科学之中，但同时，他将诗歌视为所有科学当中最低的。阿奎那的老师大阿尔伯特也持同样的观点。多数经院哲学家对诗歌没有兴趣，因此也没有现代意义上的关于诗歌和其他艺术的专门的理论。当然，我们还应该看到，在中世纪也有经院学者对艺术如诗歌给予了积极的评价。如哈勒斯的亚历山大，他认为诗歌是一种新的知识类型；贝纳的胡安说，写诗是上帝的恩赐；阿尔伯忒·马萨托是拉丁诗人，也研究诗歌理论，他认为，正如律法来自上帝，诗歌也是来自上天的科学，有着存在的神圣权利，诗是第二神学，古代诗歌是上帝的预言。当然，他们都是在神学的范畴中谈论诗歌，但毕竟将诗歌与一般的制作技艺作了一定的区分。

由于中世纪的人是在神学范畴中看待和谈论诗歌，就不免使诗歌具有神秘主义色彩。换句话说，在中世纪的语境中，诗歌只要与一般制作技艺区别开，就必然是神秘的，或者说，诗歌本来就有的神秘特性就被突出出来。始于柏拉图而在中世纪进一步发展的神秘主义及其诗学，播下了一粒种子，它的结果就是后来美学上的直觉主义，诗学上的灵感论。

三、艺术与形式

值得注意的是，阿奎那在谈论美和艺术时，注重"形式"因素。阿奎那在很

---

① ［意］Bonaventure, *Sent II*, 1, 7, Umberto Eco, *Art and Beauty in the Middle Ages*（《中世纪的艺术和美》）, translated by Hugh Bredin, New Haven and London: Yale University Press, 1986, pp. 95-96.

多人谈论了美的形式因素如大小、比例等的基础上，将美的形式因素既融入他的神学思想中，使之具有超验的实质，又将它们放入亚里士多德的形式质料论中加以解释，使之具有经验的特征。阿奎那明确规定了美的三个条件：第一，整一或者说完善；第二，比例或者说和谐；第三，鲜亮或者说明晰。对这三个条件，阿奎那都从超验与经验、形式与质料两个方面加以阐发。整一作为事物完整的规定性，与善相通；作为具象的审美尺度，与比例相连。比例，作为完备、均匀、适度的规定性，体现着上帝赋予的整一与完善。有了完善，事物之间、事物的各个部分之间、事物的整体与部分之间获得可感的量的和谐关系，也就是说，使人感觉到美的感性的和谐，如悦耳的音乐、美丽的人体，就是超验的完善的体现。明晰的色彩具体可见，而它之所以是美的，在于它能够照亮事物，使之生动可辨，这正是上帝以"光"的形式显现的结果。可见，美的三个条件是"形式"要素，即是使美成为现实的要素。

为了说明可感的形式，阿奎那对人的感觉进行了论述。阿奎那将人的感觉分为外部感觉和内部感觉。外部感觉包括视觉、听觉、嗅觉、味觉和触觉五种感官活动。内部感觉分为综合感、想象、辨别力和记忆力四种。①

阿奎那认为，感觉是审美愉悦的基础，但外部的感官感觉只有在理智的参与下，与人的精神能力相联，才能产生审美愉悦。正因此，外部的五官感觉活动中，阿奎那特别强调视觉，因为视觉最具有精神性，更为敏锐，更能洞察事物间的差异。也因此，阿奎那在谈论视觉时，有时用"理解"一词，有时用"视觉"一词，因为视觉就是判断力、理解力的一部分。而视觉的基本要素是色彩，这也许正是阿奎那将明晰设为美的三个条件之一并讨论光的原因。

在内部感觉中，阿奎那特别关注的，是也与审美活动关系最密切的想象。想象，阿奎那有时又称作"影像"，是一种认知能力。综合感、辨别力和记忆力三种内部感觉都只是归纳外部感觉感受到的各种印象，想象则使人不仅能够接受感官感觉到的各种印象，而且能够将感官感觉到的各种印象经过改造与重新组合储存在记忆里，并且是以"影像"形式保存的。这种影像"形式"，既是形象，又是观念。相对于理智，它是形象；相对于"感觉到的各种印象"（质料），它是观念。想象无论多么抽象，多么具有精神性，也必然伴随着可感形式，伴随着影像，也只有通过影像才能获得。例如，我们对颜色的抽象，可以脱离具体的质料（石头、

---

① ［意］St. Thomas Aquinas, *Summa Theologica*（《神学大全》）, translated by Fathers of the English Dominican Province, New York: Benziger Brothers, 1948. Vol. 1, pp. 382-396.

木材等），却无法脱离形状本身，也就是说，我们不能想象没有面积大小的颜色。阿奎那指出，人对上帝的认识也可以通过影像加以实现。通过想象，人们可以虚拟一个从未见到过的事物，就好像它实际上存在于人们面前一样。阿奎那在《神学大全》第一卷第 78 题第 4 文中举例说，人们想象金子的形状，又想象山的形状，将两者结合，就获得了"金山"的形象。因此，想象不仅仅是接受，还具有将所接受到的东西联系起来并形成新的东西的能力。阿奎那还指出，只有人具备这种能力，其他动物并不具备。

阿奎那关于想象的论述，可以说具备了进一步认识艺术而不把艺术只是视为制作行为的可能性，然而，仅仅是可能性。阿奎那只是在讨论人胜过动物、人的内在的灵魂的力量时讨论想象。《神学大全》第一卷第 78 题的主题就是"灵魂的特殊力量"，而人具有这种特殊力量是人认识上帝的基础。阿奎那没有进一步讨论想象的创造力以及这种创造力与艺术之间的关系。

四、艺术与象征

前面说过，象征理论一直是神学的一个重要理论。艾柯在他的《中世纪的艺术和美》中对中世纪的象征理论进行了区分，认为在中世纪，象征有两种形式。一种形式是形而上学的象征主义，与中世纪普遍的哲学认识相联系，即上帝创造了世界，而这种创造只有在世界的美中才能加以辨识。另一种形式是宇宙论的象征（寓言）。中世纪的人们有着对自然的崇拜，因为自然，包括人的世界，是上帝的创造物。也正因此，自然是一部寓言，像一幅画、一本书。自然作为神圣的艺术作品，每一件事情，在其表面的意义之外，都蕴含着道德的、寓言的和神秘的意义。艾柯特意指出，象征的这两种形式在中世纪是同时存在的，只不过第一种形式更加哲理化，而第二种形式则较为普遍、流行。①

阿奎那的象征理论更倾向于第一种形式。《圣经》可以使用隐喻和象征吗？《圣经》语言具有多重含义吗？对这两个问题，阿奎那都作了肯定的回答。阿奎那认为，人的所有知识都来源于感觉。如果能够通过感性的知识加以把握，那么，精神的、超验的东西就更容易理解。人的理性不能完全认识上帝，上帝永远高于他的创造物，因此，人不能使用确切的语言描述上帝，而人也不能使用不确切的语言言说上帝，因为这将使人完全无法认识上帝。这就需要一种在确定与不确定

---

① ［意］Umberto Eco, *Art and Beauty in the Middle Ages*（《中世纪的艺术和美》），translated by Hugh Bredin, New Haven and London: Yale University Press, 1986, pp. 54-59.

之间的语言，也就是隐喻。"因为在隐喻里，不像在确定的语言中，观念只是相同的一个，也不像在不确定的语言里，观念完全不一样。隐喻语言有多重意义，表示某一样事物各不相同的部分。"① 因此，在《圣经》中使用隐喻是必要的和有用的。在语言的多重意义理论之下，阿奎那提出了对《圣经》的四种解释。阿奎那认为，自然事物本身没有什么寓意，艺术作品也仅仅具有字面的意义，只有在《圣经》中，自然事物、语言文字才是隐喻的，才具有了象征意义。也就是说，离开了《圣经》，就没有象征，无所谓"象征的森林"。显然，阿奎那的象征理论只是用来释经的，并且是一种形而上学的象征主义。

耶稣基督形象是一种象征吗？阿奎那的回答是肯定的。但究竟该怎样看待耶稣基督形象，一直是神学界一个争议很大的问题。争议既表现在三位一体的神学教义方面，如怎样看待圣父、圣子、圣灵的关系，基督的神人二一性等，也表现在是否可以和应该如何将耶稣形象可视化，即把耶稣形象看作一种物化的象征。因此，耶稣形象的象征问题，是一个神学与艺术交织在一起的问题。

犹太教反对物化的形象崇拜，《圣经·旧约》摩西十诫中明确禁止形象崇拜："不可为自己雕刻偶像；也不可作什么形象仿佛上天、下地和地底下、水中的百物。不可跪拜那些像；也不可侍奉它，因为我耶和华你的神，是忌邪的神。"②《圣经·旧约·申命记》中指出，耶和华只是让人们听到了火焰中他的声音，却始终没有让人们看见他的形象。耶和华这样做，是怕人们"败坏自己，雕刻偶像"③。

基督教接受《旧约》，也就接受了禁用形象的教规。但是，起初，基督教教会的势力和影响有限，而古希腊的宗教艺术却有着巨大影响，渐渐地，耶稣、圣母玛利亚、圣徒们的画像、雕像不断出现。到 8 世纪圣像破坏运动兴起时，有关耶稣等的绘画、雕像已经很多。

阿奎那赞同耶稣形象的象征性，并根据自己的神学和哲学立场作了解释。他将基督形象化、可视化，一方面是因为他受奥古斯丁等人的影响，认为作为上帝的儿子，基督是美的。更重要的，是基于他对客观形式的肯定，对视觉的重视。由于受亚里士多德的影响，阿奎那在本体的、超验的范畴中讨论问题的时候，充分注意了具体的、经验的东西。在《神学大全》第一卷第 12 题第 12 文、第 13 文中，阿奎那指出，通过自然理性获得的知识包括两个方面：从可感的客体获得的

---

① ［意］St. Thomas Aquinas, *Summa Theologica*（《神学大全》）, translated by Fathers of the English Dominican Province, New York: Benziger Brothers, 1948. Vol. 1, pp. 6–16.

② 《圣经·旧约》，中国基督教协会 1996 年版，第 71 页。

③ 《圣经·旧约》，中国基督教协会 1996 年版，第 170 页。

形象和自然的可理解的光，人们从中可以获得抽象的概念。人们的知识来源于感觉（虽然感觉不是知识的唯一来源），有感觉才能有理解，感觉精确，观念才能确立，比如一个盲人无法具有颜色的观念。这就是说，人们可以认识那些能够感觉到的事物。只是人的感觉不能引导人们的思想去认识上帝的实质，去全面地认识上帝。虽然如此，既然可感觉的一切都是上帝的创造，人就可以由此认识上帝的存在，认识作为万物之始、万物之源的上帝。因此，人的感觉，如视觉上的形象、听觉上的声音，虽然不是神圣的事物本身，却可以被赋予神圣的形式以表达神圣的意义，而且，人只有通过这一途径才能认知上帝。人的视觉和听觉最具精神性，但人的感觉、想象无论多么抽象，多么具有精神性，也必然伴随着可感形式，伴随着"影像"，也只有通过"影像"才能获得。人对上帝的认识也可以通过"影像"加以实现。换句话说，上帝通过这一途径为人所知。所以，"在浸礼仪式中，圣灵以鸽子的形象出现，我们听到圣父说：这就是我的被爱戴的儿子"①。正是基于这种认识，阿奎那将耶稣形象、耶稣的言行视为一种隐喻，一种象征。

　　如果说模仿只是一种制作方式，那么，象征则是一种阐释方式。对阿奎那等经院哲学家而言，象征就意味着要将超验的变为经验的，无形的变为有形的，不可见的变为可见的，并对此作出隐喻的解释。中世纪的审美意识是象征主义的，而这种象征主义建立在神学基础之上，具有超验的神秘主义倾向。18 世纪启蒙思想用理性取代信仰，用经验否定神秘，用客观贬低主观。19 世纪浪漫主义者为了反对这种倾向，则试图用诗歌融会主观与客观、经验与超验、人与自然。于是，神学史上被形象化、艺术化的耶稣基督被进一步诗化。

　　阿奎那的著作极为丰富，他的百科全书式的神学思想体系是经院哲学的典型代表。他的文艺观继承了古希腊的传统，是中世纪文艺观的总结和深化。阿奎那将传统的、中世纪的文艺思想统一起来，纳入自己庞大的思想体系之中，并使它们在这个体系中得到更加充分的阐释。这种阐释与阿奎那试图在信仰与理性、超验与经验之间建立一致性的努力是相同的。因此，阿奎那的文艺观表现出超验性与经验性的统一。

　　阿奎那是中世纪美学、文艺思想的集大成者，因而是近现代美学和文艺思想不可或缺的渊源。这种渊源关系不仅表现为阿奎那对一些后世美学家、文论家、艺术家的直接影响，还体现在后世美学家、文论家和艺术家们对一些美学和文艺

---

① ［意］St. Thomas Aquinas，*Summa Theologica*（《神学大全》），translated by Fathers of the English Dominican Province，New York：Benziger Brothers，1948. Vol. 1, pp. 58-59.

基本问题的讨论中。阿奎那的某些美学论述，尤其是关于文艺的言论，今天看来也许是幼稚的，但是从整体上看，阿奎那的文艺观不仅具有与近现代文艺观同等的认识价值，而且还能够促使人们对现代文学艺术的过度关注物质世界，过度追求感观刺激、直觉经验，过度迷恋外在形式的变异等倾向进行反思和批判。

小　结

中世纪神学是在吸收古希腊罗马思想的基础上建立和发展起来的，蕴含在中世纪神学中的美学思想、文艺观也是如此，既吸收了以柏拉图和亚里士多德为代表的古代美学思想、文艺观，同时根据神学的需要进行了改造和丰富，从而形成自己的特色。从整体上看，中世纪美学和文学艺术理论有以下几个主要特征：

第一，中世纪美学与文艺思想深受基督教神学影响，甚至在很大程度上以基督教神学为思想基础，上帝被视为美本身、美的事物的创造者。如果说古代美学更多关注的是自然，近现代美学关注的中心是人，那么，中世纪美学和文艺思想关注的则是上帝。因而在本体论上，中世纪美学和文艺观具有高度的一致性，即强调美和艺术的超验性。超验的美与善是同一的。

第二，在中世纪美学和文艺思想中，自然高于艺术，自然美高于艺术美，上帝的美高于自然美。艺术，包括诗歌、音乐、修辞学、机械技艺等，其价值在于效用和目的。

第三，如果说古代文艺理论在文艺本质论上是模仿论的，中世纪则是象征主义的，万物都是上帝及其智慧的象征。象征使不可见的美成为可见的形象。

虽然中世纪的美学和文艺思想受到古代思想的影响，但是由于基督教及其神学在中世纪的绝对统治地位，在中世纪的美学和文艺思想中，上帝是至高无上的，是一切事物，包括文学艺术的出发点和根本归宿。因此，中世纪的文艺理论，一方面，信仰至上，强调超验的真、精神的美，这对于近现代西方文论，尤其是浪漫主义文学创作和文论有着直接影响，也有利于反思"为艺术而艺术"，过度追求艺术形式的新颖、变异的艺术创造和理论的局限性。另一方面，中世纪美学和文艺思想的超验的向度、精神的追求固然有其价值，却是以否定人间的幸福、牺牲艺术的多样性和生动性为前提的。基督教信仰的唯心主义本质、禁欲主义要求和在中世纪的排他主义特征，决定了中世纪文艺理论与那个时代的生活、文学艺术的创作相脱节，更多地在信仰的、纯理论的范畴中展开，而文学艺术本身在中世纪文论中或者被否定，或者被贬低，失去了其应有的丰富性与多样性。诚如马克思在《〈黑格尔法哲学批判〉导言》中所说："宗教是被压迫生灵的叹息，是无情世界的情感，正像它是无精神活力的制度的精神一样。宗教是人民的鸦片。"[1] 因此，我们在看到中世纪文论进步性的同时，还要充分看到其作为唯心主义文论的消极方面。

也因此，中世纪之后，文学艺术创造和文艺理论要实现真正的繁荣，就必然把中世纪视为"黑暗时代"而追求古代文化和文艺思想的全面复兴，这就是文艺复兴时代的到来。

思考题：

    1. 试比较奥古斯丁与托马斯·阿奎那在文艺观上的异同。

    2. 说一说托马斯·阿奎那对艺术与自然关系的看法。

    3. 试述中世纪文论的主要特征及其在西方文论史上的地位和价值。

---

[1] ［德］马克思：《〈黑格尔法哲学批判〉导言》，《马克思恩格斯文集》第 1 卷，人民出版社 2009 年版，第 4 页。

第三章　文艺复兴文论

概　述

　　文艺复兴是 14—16 世纪在欧洲许多国家先后发生的文化和思想上的解放运动。这一时期，古希腊罗马文化重新得到研究和重视，故有"文艺复兴"之名。但文艺复兴并非古代文化的简单复活，而是新兴资产阶级文化的萌芽。同样，这一时期的文学理论，也不是向古希腊罗马文论思想的简单回归，而是体现出新的时代要求和时代特征。

　　文艺复兴的产生具有深刻的社会历史根源。从 13 世纪末至 14 世纪，欧洲各国先后出现了较大规模的手工工场，市民阶级开始形成。15 世纪末的地理大发现以及随之而来的海外殖民与海外市场开拓，进一步促进了欧洲资本主义生产关系的发展，并加速了新兴资产阶级的壮大。如此一来，无论是欧洲原有的封建生产关系，还是占统治地位的基督教神学意识形态，都成为束缚新的生产力与新的生产关系发展的桎梏。所以，文艺复兴运动，反映了新兴资产阶级反抗中世纪封建的和神学的精神禁锢、建立自己的思想文化体系的要求。

　　文艺复兴的产生受到多种文化的广泛影响。首先是古希腊罗马文化的影响。1453 年，东罗马帝国灭亡，大批学者携带着古希腊的学术资料逃到意大利。15、16 世纪在罗马废墟上又发掘出许多古希腊罗马时期的艺术珍品。这些古代学术著作和艺术品"在惊讶的西方面前展示了一个新世界——希腊古代；在它的光辉的形象面前，中世纪的幽灵消逝了；意大利出现了出人意料的艺术繁荣"①。其次是阿拉伯、印度和中国等东方文化的影响。比如，中国四大发明的传入就推动了西方由中世纪向近代文明的发展。最后是中世纪基督教文化的影响。公元 9 世纪前后的加洛林王朝和 10 世纪的奥托王朝，都不同程度地重视对古希腊罗马文化的继承和研究。中世纪后期的经院哲学在基督教神学的总体框架之内，吸收了不少古希腊罗马的思想文化，越来越重视理性精神与经验观察，并对世俗文艺采取越来越宽容的态度。这都对后来的文艺复兴运动产生了重要的影响。正如有的学者所言，"从许多意义上讲，文艺复兴是从中世纪鼎盛时期丰富的、蓓蕾初放的文化中直接

---

① ［德］恩格斯：《自然辩证法》，《马克思恩格斯文集》第 9 卷，人民出版社 2009 年版，第 408—409 页。

发展出来的"①。

文艺复兴运动广泛发生于哲学、科学、教育、文学、艺术等各个领域，它的核心精神是人文主义。人文主义主张一切以人为中心，肯定人的尊严、价值和幸福，要求人的个性解放和平等自由，推崇人的感性经验和理性思维。体现于哲学与科学领域，它要求哲学与科学应当为现实人生谋福利，应当以理性精神代替盲目的迷信，以观察实验来代替中世纪神学的烦琐思辨；体现于教育领域，它强调"人文学科"的价值，重视人的个性培养和人的全面发展；体现于文艺领域，它强调文艺对现实生活的反映和对人性的描写，重视文艺的现实教育功能。文艺复兴运动在文学艺术、自然科学等多个领域都取得了辉煌的成就，因此，恩格斯说："这是地球从来没有经历过的一场最伟大的革命。"②

在文艺复兴时期，欧洲的文学取得了辉煌的成就。这一时期的文学创作渗透着强烈的人文精神，各国文学逐渐从神学观念中解放出来，普遍关注世俗生活，生机勃勃的人取代了神和教士成为文学的主角。这一时期的文学创作还体现了欧洲各主要国家的民族觉醒意识与民族独立要求，绝大多数人文主义作家自觉以本国、本民族语言进行创作，奠定了欧洲各主要国家民族语言和民族文学的基础。"这是一个需要巨人并且产生了巨人的时代，那是一些在学识、精神和性格方面的巨人。"③ 这一时期，在文学方面涌现出但丁、彼特拉克、薄伽丘、拉伯雷、塞万提斯、乔叟、莎士比亚等一大批杰出的文坛巨匠，他们塑造了一系列具有不朽意义的文学形象。

文艺复兴时期的文论家，或者同时是著名作家，或者同时是希腊罗马古典文化的研究者。因此，这一时期的文学理论，与文学创作实践紧密相关，而相对缺乏体系的严整性与理论的独创性。本章将重点讲述但丁、卡斯特尔维屈罗和锡德尼的文论思想。

第一节　但　丁

但丁（1265—1321），意大利文艺复兴的先驱，意大利民族文学的奠基者，同

---

① ［美］理查德·塔纳斯：《西方思想史》，吴象婴等译，上海社会科学院出版社 2011 年版，第259 页。
② ［德］恩格斯：《自然辩证法》，《马克思恩格斯文集》第 9 卷，人民出版社 2009 年版，第405 页。
③ ［德］恩格斯：《自然辩证法》，《马克思恩格斯文集》第 9 卷，人民出版社 2009 年版，第405 页。

时也是意大利民族语言理论的奠基者。他的文学作品以《新生》和《神曲》为代表，在文学理论方面的著作主要有《论俗语》《飨宴篇》和《致斯加拉亲王书》。

一、论俗语

《论俗语》是但丁最重要的理论著作。在这部著作中，他主张规范统一意大利的俗语，以建立一种新的民族语言，取代拉丁语。同时，他还指出以这种新的民族语言为基础，可以创造出伟大的文学与文化。

但丁认为，语言是人类的自然天赋能力，是人类必需的交流思想情感的媒介。在一切生灵中，只有人类获得了自然赋予的语言，也只有人类真正需要语言。人类需要借助一种特殊的信号媒介来交换思想。这种信号一方面必须是感性的，否则就难以成为人与人之间交流沟通的媒介；另一方面又必须是理性的，否则思想内容无法从一个人的理性传递给另一个人的理性。而语言恰恰具有这两方面的特征：就它是声音而言，它是感性的；就它能随意传达某种意义而言，它是理性的。语言的这种双重特征决定了它是人类传达思想情感的必备工具。

就传达思想感情而言，俗语既有文言无法比拟的优越性，也有其自身的不足。"所谓俗语，就是孩提在起初解语之时，从周围的人们听惯而且熟习的那种语言，简而言之，俗语乃是我们不凭任何规律从摹仿乳母而学来的那种语言。"① 俗语是自然生成的语言，是人类最初使用的语言，它不需要人们专门花费时间去学习。俗语又是使用范围最广的语言，它为更多的人喜爱，全世界一切民族都在使用它。文言，产生自俗语，是官方书面语言。文言不是自然的，而是人为的。它的使用范围相对狭窄，因为它需要勤学苦练才能掌握，所以只有少数人才能使用，而且也不是一切民族都有文言。文言的优点在于它的规范性和稳定性，而俗语则在这方面存在不足。俗语具有变化性和差异性。地域环境的差异、交际场合的不同、时代的变迁都会导致俗语的变异，甚至导致语言的混乱和交际的障碍。

鉴于俗语的上述特点，但丁认为，要建立光辉的意大利民族语言，应当以俗语为基础，同时又要对俗语加以规范统一。在但丁生活的时代，拉丁语是欧洲各地的官方语言。意大利当时尚未完成统一，各个城市的方言存在差异，影响交流，所以他期望建立一种统一的、规范的意大利民族语言，以取代拉丁语的统治地位。但丁经过广泛考察，发现意大利各个城市的方言都各有缺点，都不适合作为意大

---

① ［意］但丁：《论俗语》，见《缪灵珠美学译文集》第 1 卷，中国人民大学出版社 1998 年版，第 263 页。

利光辉的民族语言的基础，但是这些方言又同出一源，具有统一的可能性。因此，但丁建议对意大利所有城市的方言进行广泛筛选，从中筛选提炼出"光辉的、中枢的、宫廷的、法庭的俗语"①，以之为基础建立统一的意大利民族语言。所谓"光辉的"，指的是语言的优美动人，被筛选出的俗语不仅要方便日常交际，而且要适合文学创作；"中枢的"意味着核心性和基础性，被筛选出的俗语应该是各个城市方言中那些核心的、较少地域色彩的语言，否则很难被不同城市的民众理解；"宫廷的"即高雅的，但丁一直期望意大利的独立和统一，他也希望以俗语为基础建立的意大利语言能够成为未来统一国家的官方语言；"法庭的"意指语言的规范性和准确性，被筛选出的俗语必须能经得起推敲斟酌。

这种筛选提炼出的意大利俗语不仅方便日常交流，而且适合用来写作。但丁认为，光辉的意大利俗语是优秀的语言，若配之以最好的主题、最优越的体裁、最高尚的风格和最庄严的诗句，就能创作出最优秀的文学作品。但丁以此要表明的是，统一规范后的意大利俗语在文学创作与文化创造中，也完全可以取代拉丁语。

但丁倡导建立意大利的民族语言还有着深刻的政治原因。在但丁所处的时代，拉丁语是基督教教会的官方语言。因此，他主张以新俗语取代拉丁语，展示出他对基督教教会的批判。另外，但丁热爱祖国，反对大一统的神圣罗马帝国，渴望意大利的独立和统一。对祖国的热爱也使他对祖国的俗语充满深情，在《飨宴篇》中他为意大利的俗语进行辩护，并谴责了那些轻视祖国俗语的人。他还身体力行，以意大利俗语写成了不朽名著《新生》和《神曲》。这一切都可以见出他为祖国统一作出的努力。

但丁的《论俗语》涉及文学理论中两个非常重要的问题：一个是文学革新与语言革新的关系问题，一个是文学创作中的俗语使用问题。就第一个问题而言，但丁显然意识到了语言革新对文学革新的重要意义，但他并没有把文学的革新完全归之于语言的革新。这种观念无疑是正确的。就第二个问题而言，但丁既主张俗语更适合表达思想感情，以俗语创作的文学作品更为人们喜闻乐见，又强调俗语要经过提炼才适合文学创作。这种看法也是很有见地的。

二、诗的寓意

在《致斯加拉亲王书》中，但丁指出，诗具有超出字面意义的寓言意义。他

---

① ［意］但丁：《论俗语》，见《缪灵珠美学译文集》第 1 卷，中国人民大学出版社 1998 年版，第 282 页。

以《圣经》中的一句诗为例作出说明：

> "以色列出了埃及，雅各宾离开说异言之民，那时犹太是主的圣所，以色列是他的领土。"如果只看字义，这句诗对我们说的是在摩西时代以色列的儿女离开埃及；如果看它的讽喻意义，它说的是基督为我们赎罪；如果看它的道德意义，它说的是灵魂从罪恶的哀伤悲惨中转入蒙恩的状态；如果看它的神秘意义，它说的是神圣的灵魂摆脱尘躯的奴役而享得永光的自由。这些神秘的意义虽则有种种名称，但是这一切一般地可以称作讽喻的或寓意的，因为它们和字义的或历史的意义有所不同。①

但丁认为，《圣经》中的这句诗是多义的，除了字面意义之外，还有另外三种意义，即讽喻意义、道德意义和神秘意义，这三种意义可以归并为一种，统一命名为讽喻意义或寓言意义。在但丁之前，象征寓意理论早已流行，并主要用来解释《圣经》。如阿奎那就曾指出，《圣经》具有字面义、寓言义、道德义和神秘义四种意义。但丁继承了上述观点，但又力图摆脱神学的烦琐，将诗的意义简化归并为两种，即字面意义和寓言意义。

但丁还解释了《神曲》的寓意。在中世纪，神学家或《圣经》的阐释者通常认为，只有《圣经》或基督教文学才具有多义性和寓言性，一般的世俗文学则只具有字面意义。但丁则明确指出，自己以意大利俗语创作的《神曲》同样是多义的，同样具有寓言性。他说，从表面上看，《神曲》这部作品的主题不外是灵魂在死后的境遇，但是，"如果从讽喻方面来了解这部作品，它的主题便是'人，由他自由意志的选择，照其功或过，应该得到正义的赏或罚'"②。《神曲》的主题是人而不是神，寓示的不是神意而是善有善报、恶有恶报这种世俗人生的哲理。但丁把这样一种观念作为寓意注入《神曲》，目的在于引导人们弃恶从善，从而解脱生活的苦难，并获得幸福的报偿。

但丁以象征寓意理论解释世俗文学，从而有意无意地把世俗文学提到与基督教神学同等的地位。但丁反对基督教神学对世俗文学的贬低，他认为，世俗文学同样具有严肃神圣的意义。

---

① ［意］但丁：《致斯加拉亲王书》，见《缪灵珠美学译文集》第 1 卷，中国人民大学出版社 1998 年版，第 309 页。

② ［意］但丁：《致斯加拉亲王书》，见《缪灵珠美学译文集》第 1 卷，中国人民大学出版社 1998 年版，第 309 页。

在但丁对《神曲》的寓意的解释中，包含着他对文学和文学语言的一般性看法：首先，文学语言具有多义性和寓言性。强调文学语言的多义性无疑是正确的，但文学语言超出字面意义的意义未必都是寓言性的，这显示出但丁文学语言观念的局限性。其次，但丁认为文学的本质即寓言。主张文学应当具有严肃的主题和深邃的意义，无疑是值得肯定的。然而，寓言性是否就是文学的本质？可以说，中世纪的宗教文学是寓言性的，但寓言性并非所有文学共有的本质属性。而且，过于强调文学的寓言性，就难免会忽略文学多方面的艺术特征与价值。

但丁创作的《神曲》等作品在题材和形式方面同中世纪的宗教文学颇多相似，但他的作品关注普通人的幸福，蕴含着强烈的人文精神。恩格斯对但丁有一个非常准确的评价："他是中世纪的最后一位诗人，同时又是新时代的最初一位诗人。"[①] 同样，但丁的文学观念也展示出这种由中世纪转向文艺复兴的过渡性。一方面，他强调文学应当以人为中心，并应当运用俗语进行创作，这种观念无疑是近代的；另一方面，他又强调文学语言的寓言性和文学作为寓言的本质，这又显示出中世纪神学的影响。

第二节　卡斯特尔维屈罗

卡斯特尔维屈罗（又译卡斯忒尔维特洛、卡斯特尔韦特罗，1505—1571），意大利文艺复兴时期卓越的文学批评家。他的最有影响的文论著作是《亚里士多德〈诗学〉的诠释》（又译《亚里士多德〈诗学〉疏证》）。

一、对《诗学》的阐释

在《亚里士多德〈诗学〉的诠释》中，卡斯特尔维屈罗对亚里士多德的《诗学》进行了逐章逐节的评述。他的评述既是对亚里士多德文学思想的阐发，也包含着他自己的独创性见解。其中，他对文学的真实感的解释以及由此推绎出来的戏剧"三一律"尤其引人注目。

卡斯特尔维屈罗认为，诗的真实不同于历史的真实，它是诗人借助想象力创造出来的逼真的艺术效果。亚里士多德曾指出，历史的真实在于它记载的是已经

---

① ［德］恩格斯：《〈共产党宣言〉1893年意大利文版序言》，《马克思恩格斯文集》第2卷，人民出版社2009年版，第26页。

发生的事情，而诗的真实则在于它描述的是可能发生的事情。卡斯特尔维屈罗继承了这一看法，他说，与历史学家相比，"诗人有发现素材的聪明"，"诗人懂得如何处理自己所想象的故事，创造出从未发生过的事情，同时又能使这故事像历史那样可喜和真实"。① 在卡斯特尔维屈罗看来，诗的题材来自诗人的发现和想象，经过诗人的处理，却能达到不逊色于历史的真实，所以，诗比历史更富有创造性。亚里士多德提出诗比历史更富于哲学意味，强调的是诗能够达到比历史更高的真实性。卡斯特尔维屈罗认为诗能够把从未发生的事情描述得真实可信，强调的重点则是诗的想象性和创造性。

诗人虽然拥有想象与虚构的权利，但不能完全违背历史事实和现实真实。卡斯特尔维屈罗指出，如果诗人以历史上的君王为题材创作史诗或悲剧，就不能任意虚构。因为君王在历史上实有其人，他们的重要事迹一般也是家喻户晓的。相比较而言，喜剧诗人在组织情节方面的自由度要大得多。因为喜剧描写的主要是默默无闻的普通人，他和他的遭遇一般既不出现于历史记载中，也不见于传说中。但即便如此，诗人的描述也要做到合情合理，既不能凭空捏造子虚乌有的事物，也不能随意改变自然事物的程序。

因为舞台表演的需要，剧体诗（戏剧）比史诗在真实感方面有着更高的要求，因而在情节安排方面应当遵循更严格的形式规则。卡斯特尔维屈罗指出，悲剧"只能表现发生在同一地点与时间不超过十二小时的行动"②。他还指出，悲剧和喜剧的情节应当只包括一个完整的行动。综合起来，这就是对戏剧情节安排的"三一律"（three unities）要求。这种要求体现为三个方面：第一，故事的发生必须限制在一个固定的地点。与史诗不同，戏剧所表现的事物全部展现在观众的视觉之下，为了增强戏剧表现的可信性，戏剧表现的故事要发生于同一个地点。第二，故事发生的时间不超过 12 小时。考虑到观众观剧的方便，戏剧表演的时间不应超过一天。而为了使表演更加逼近现实真实，"戏剧应该是原来的行动需要多少小时，就应用多少小时来表现"③。也就是说，故事发生的时间应当与表演的时间一致，也不能超过一天时间。第三，戏剧的情节应当只包括一个行动，或者虽然是

① ［意］卡斯特尔韦特罗：《亚里士多德〈诗学〉的诠释》，见《缪灵珠美学译文集》第 1 卷，中国人民大学出版社 1998 年版，第 431、432 页。
② ［意］卡斯忒尔维特洛：《亚里士多德〈诗学〉疏证》，吴兴华译，《古典文艺理论译丛》第 2 卷，知识产权出版社 2010 年版，第 1027 页。
③ ［意］卡斯忒尔维特洛：《亚里士多德〈诗学〉疏证》，吴兴华译，《古典文艺理论译丛》第 2 卷，知识产权出版社 2010 年版，第 1004 页。

两个行动，但是由于相互依附，可以被认为是一个行动。这是因为时间和地点的限制不允许表演过多的行动。在《诗学》中，亚里士多德提出了悲剧的情节一致律，但他并没有对悲剧的故事发生时间作出规定，也没有对故事发生地点作出限制。卡斯特尔维屈罗提出的"三一律"可以说是对亚里士多德诗学思想的曲解，也可以说是借阐释亚里士多德的诗学思想，提出的自己的戏剧主张。

卡斯特尔维屈罗的文学真实感理论来自亚里士多德，但与亚里士多德有所不同，他抬高文学的地位，但并不把文学比附于哲学，而是强调文学区别于哲学，强调文学独特的真实性。这种观念无疑具有进步意义。由他的文艺真实感理论推绎出来的"三一律"无疑是对亚里士多德《诗学》原义的误读。这种"三一律"观念又对后来新古典主义的戏剧理论产生了重要影响。

二、文艺的娱乐功能

卡斯特尔维屈罗认为，文学艺术的主要功能就是为平民大众提供娱乐。他说："诗人的功能在于逼真地描绘出人们的遭遇，以这逼真的描绘来娱乐读者。"[①] 他甚至还说："我们发明诗完全是为了娱乐和消遣。"[②] 在他看来，诗人不是哲学家也不是科学家，他的职责不是去发现隐藏在事物之中的真理，也不是为那些有文化教养的人提供教益。诗为平民大众而设，诗追求描绘的逼真主要是为吸引大众，并为他们带来娱乐。因为平民大众很难明白哲学与科学中常用的那些微妙的推理、分析和论断，所以科学技术的题材不应当进入诗的领域。诗的题材应当是日常发生的，应当是平民所能了解而且了解之后就能感到愉快的事情。

悲剧作为诗的一种类型，其主要功能同样是为人们提供快感。卡斯特尔维屈罗指出，亚里士多德之所以强调悲剧具有净化人的怜悯与恐惧之情的功能，是针对柏拉图对悲剧的攻击而言的。事实上，并非所有的悲剧都具有净化人的激情的功能，许多悲剧的目的只在于为人们提供快感。他还进一步指出，即使那些能够净化人的激情的悲剧，也能够给观众带来快感。这种悲剧能够引起观众的怜悯与恐惧之情，所以首先会令观众产生不快感，但是它会带来间接的快感。在观众对悲剧主人公产生怜悯之情时，观众会认识到自己是善良的。这种认识会让观众感到愉快。在观众意识到悲剧主人公遭受的厄运也会降临到自己头上时，会产生恐

---

① ［意］卡斯特尔韦特罗：《亚里士多德〈诗学〉的诠释》，见《缪灵珠美学译文集》第 1 卷，中国人民大学出版社 1998 年版，第 432 页。
② ［意］卡斯特尔韦特罗：《亚里士多德〈诗学〉的诠释》，见《缪灵珠美学译文集》第 1 卷，中国人民大学出版社 1998 年版，第 433 页。

惧之情，但观众同时也会领会到世途艰险和人事无常的道理。观众在观看悲剧时，是靠自己领会到人生的道理，而不是向专门的教师求教，所以他不需向教师低头承认自己的无知，也不需对教师表示领情。这种获取人生道理的方式会令观众产生强烈的快感。

文艺复兴时期的大多数文论家，或者强调文学艺术的教化功能，或者主张文学艺术兼具教化和娱乐功能。卡斯特尔维屈罗把娱乐功能视为文学的主要功能乃至唯一功能，因而显得与众不同。应当说，重视文学艺术的娱乐功能，并将其娱乐功能和教育功能分开，具有理论上的合理性与进步性。但过度主张文学艺术的娱乐功能，忽视其教育功能，也存在着理论上的不足。

拓展阅读

卡斯特尔维屈罗诗学思想评论摘要

第三节　锡　德　尼

锡德尼（1554—1586），文艺复兴时期英国杰出的诗人和学者。《为诗辩护》是他在文论方面的代表作。

一、诗的虚构

锡德尼的《为诗辩护》是为反驳《骗子学校》一书而作。斯蒂芬·高森在《骗子学校》一书中攻击文学，认为文学虚掷光阴，孕育谎言，败坏道德。针对文学孕育谎言这一指责，锡德尼指出，诗即文学虽然虚构，但并不等同于谎言，相反，诗因虚构而具有极大的自由创造性，并因此能够为人们提供关于社会人生的真知灼见。

首先，虚构使诗具有高于人间其他所有学术的自由创造性。锡德尼认为，除了诗以外，人类的其他所有学术，都以大自然的作品为其主要对象，"没有大自然，它们就不存在，而它们是如此依靠它，以致它们似乎是大自然所要演出的戏剧的演员"[1]。大文学、几何学、数学、音乐、自然哲学、道德哲学、法学、历史学、语法、修辞学、逻辑学，甚至形而上学等都是如此，都深受自然中的实体对

---

[1]　［英］锡德尼、扬格：《为诗辩护·试论独创性作品》，钱学熙、袁可嘉译，人民文学出版社1998年版，第9页。

象的束缚。与这些学问不同，诗的本意不是技艺，而是创造。凭借虚构，诗能够创造出比自然所产生的更好的事物。在诗的世界中，大地被装饰得更为华丽，自然万物更加可爱悦人。如果说自然的世界是铜的，诗的世界则是金的。诗还能创造出完全崭新的、自然中从未有过的形象，如那些英雄、半神、独眼巨人、怪兽、复仇神等。因此，诗虽然也模仿自然，但能够突破自然的束缚，创造另一种自然。如果说其他学问家必须服从自然，诗人则能够"与自然携手并进"，"自由地在自己才智的黄道带中游行"。①

其次，虚构的诗在提供知识方面，胜于历史，也有着哲学不具备的优点。锡德尼受亚里士多德的影响，认为诗从事于普遍事物的研究，历史从事于特殊事物的研究。历史学家局限于存在的事物而不知道应当存在的事物，局限于事物的特殊性而不知道事物的一般真理，所以不能提供普遍必然的知识。与历史学家不同，诗人不受"曾然"的事物的局限，能够提供"当然"的知识。他既能揭示出现存事物中不可容忍的东西，也能虚构创造出比现实更加合理的东西。所以，诗比历史更加富有哲学性。与哲学相比，诗所提供的知识更形象生动，也更便于记诵。因为诗所提供的不是概念和论证，而是会说话的图画。一般诗作都以韵文写成，比哲学适合记诵，也更适合向群众传达知识。

再次，诗人虽然虚构，但不说谎。锡德尼认为，说谎就是把虚伪的肯定为真实的。除诗人之外，天文学家、几何学家、医生、历史学家等学问家都在追求一种肯定的结论，然而在人类的知识尚处于朦胧的状态下，这些肯定的结论中不可避免地包含着许多虚假和错误的东西。尤其是历史学家，常在证据不足的情况下作出许多肯定的结论，所以他的作品中充满了谎言。与上述学问家不同，诗人运用虚构和想象进行写作，他所描写的人物和行动只是"当然"的图画，而不是"曾然"的故事。他也从不援引别人的记载，来证明自己所写的就是真实的事实。因此，"在白日之下的一切作者中，诗人最不是说谎者；即使他想说谎，作为诗人就难做说谎者"②。

最后，从历史的角度讲，诗是一切知识学问之母。锡德尼说："诗，在一切人所共知的高贵民族和语言里，曾经是'无知'的最初的光明给予者，是其最初的

---

① ［英］锡德尼、扬格：《为诗辩护·试论独创性作品》，钱学熙、袁可嘉译，人民文学出版社1998年版，第10页。

② ［英］锡德尼、扬格：《为诗辩护·试论独创性作品》，钱学熙、袁可嘉译，人民文学出版社1998年版，第42页。

保姆，是它的奶逐渐喂得无知的人们以后能够食用较硬的知识。"① 正是依靠诗的哺育，人类的知识才不断发展，各门学术才逐渐形成，这可以从以下三点得到证明：第一，诗人的出现要早于其他学问家。比如，在古希腊，最早出现的是穆塞俄斯、荷马和赫西俄德等诗人，其后才有专门的学问家出现，而这些学问家也大多首先以诗人的面目出现。第二，是诗的怡情悦性的甜蜜使人们的头脑变得柔软和敏锐，从而产生对于知识的喜好，并认识到知识的益处。第三，许多学问家在写作时都曾借用过诗的形式或力量。比如，不少历史学家都借用诗词的热情来描写强烈的感情和难以证实的战场细节。再比如，柏拉图的作品虽具有哲学的内容和力量，却拥有诗的外表和美丽。他的作品均以对话形式写成，其中充满了虚构的人物和诗意的细节描写。鉴于以上几个理由，锡德尼认为，哲学家和其他学问家对诗的攻击是一种忘恩负义的行为，就如没良心的学徒，自己开了店铺还不知足，还要用尽方法中伤自己的师傅。

二、诗的教化

锡德尼认为，诗并不败坏道德，恰恰相反，在促进道德方面，诗胜过历史，亦胜过哲学，位居一切关于人的学问之首。

诗的教化功能远胜于历史。历史的教化功能靠的是个别的实例，它记载了历史上的英雄和好人的事迹，可以为人们提供学习的典范。但是历史同样记载了不少没有德行的人的言行，甚至记载了一些好人不得好报、而恶人却一帆风顺的实例。历史著作受个别真实性的限制，不能提供普遍的道理和明辨是非善恶的标准，会导致人们不知何去何从，不知究竟应该以谁为榜样。有时，历史著作甚至"常常成为善行的鉴戒和放肆的邪恶的鼓励"②。与历史相比，诗在德行教化方面具有两大优势。第一，诗的教化不但提供实例，而且提供普遍的道理。诗能够虚构出比现实更合理的世界，能够揭示出应当存在的事物。第二，诗提供的道德模范更加完美，也更加感人。

诗比哲学更富有教育力量。哲学的教诲靠的是概念，不但枯燥，而且难懂。因此，只有真正有学问的人才能理解，也只有真正爱好德行的人才愿阅读哲学著作。与哲学相比，诗的教导要通俗得多，诗能够提供生动的图画，使普通人都能

① ［英］锡德尼、扬格：《为诗辩护·试论独创性作品》，钱学熙、袁可嘉译，人民文学出版社 1998 年版，第 4 页。
② ［英］锡德尼、扬格：《为诗辩护·试论独创性作品》，钱学熙、袁可嘉译，人民文学出版社 1998 年版，第 26 页。

明白其教诲。正如锡德尼所言，"诗作是适合最柔弱的脾胃的食物，诗人其实是真正的群众哲学家"①。同样，诗的教化更加感人。借助其怡情悦性的力量，诗不但能阐发德行，而且能够吸引人们向往德行，感动人们自觉去行善。诗的教育力量是哲学和其他学问难以比拟的。锡德尼曾以亚历山大大帝的例子来证明。亚历山大大帝在征战中抛下了他活着的老师亚里士多德，却携带着已死的荷马的诗作，因为他能从阿喀琉斯的榜样中获得更多的勇敢。

诗因巨大的道德功能而位居各门人学之首。锡德尼认为，一切人间学问的终极目的就是德行，最能启发德行的学问就是各门学问的君王。在各门关于人的学问中，哲学、历史、诗同道德的关系最为密切。诗的道德教化功能不但远胜历史，也强于哲学，因此，诗是人学中最高的学问，是严肃神圣的事业，而非徒耗光阴的无聊事情。相应地，诗人在各种学问家中应当享有最高的荣誉，他不应当受到指责，更不应当受到柏拉图式的驱逐，而应当得到充分的尊重。

锡德尼的《为诗辩护》是文艺复兴时期一部光辉的文论著作。在此著作中，他彻底摆脱了中世纪基督教神学的束缚，把文学当作人学来研究，而且对文学的社会功用作出了较为系统的论述。锡德尼无疑是继承了亚里士多德和贺拉斯的理论，但他在此基础上又有所推进和发展。亚里士多德把诗置于历史之上，锡德尼则更进一步，认为诗的教化功能高于哲学。贺拉斯强调诗的娱乐功能与教育功能不能偏废，锡德尼则于此之外又强调了诗的感动效果。然而，锡德尼文论思想也存在如下缺陷：其一，他突出了文学至上的地位，对哲学、历史等人文学科作了不恰当的贬低；其二，他虽然注意到文学的怡情悦性作用和巨大的感动效果，却将它们视为道德教化的辅助，显然对文学审美功能的独立价值重视不足。

拓展阅读

锡德尼诗学理论评论摘要

小　结

综合来看，文艺复兴时期的文学理论具有如下几个特点：第一，肯定了文学反映现实生活的真实性。中世纪的神学文艺学深受柏拉图和新柏拉图主义的影响，

---

① ［英］锡德尼、扬格：《为诗辩护·试论独创性作品》，钱学熙、袁可嘉译，人民文学出版社1998年版，第22页。

认为世俗文学不能显示真理。在文艺复兴的初期，但丁主张文学的寓言性，指出世俗文学能够寓含现实生活的哲理。到了后期，更多的文论家受到亚里士多德诗学理论的影响，强调诗比历史更富于哲学意味。锡德尼等人更是指出，在表现真知灼见方面，文学不仅能够同哲学比肩，而且文学表现的真理更加形象，更利于普通民众接受。第二，突出了文学的虚构性与创造性。文艺复兴时期的文论家虽然主张文学的真实性，但他们认为，文学的真实性并非源自对生活的亦步亦趋的模仿，而是想象和虚构的结果。这样，在文学与生活的关系上，他们既注意到了文学对生活的再现反映，也注意到了文学反映生活的能动性和创造性，因而对文学与生活的关系作出了比较辩证的理解。第三，强调文学具有重要的现实功能。中世纪基督教神学通常指责文学具有败坏道德的作用。文艺复兴时期的文论家大都继承了亚里士多德和贺拉斯的观点，认为文学有助于道德教化，同时也具有娱乐功能。卡斯特尔维屈罗甚至指出文学的唯一功能就是娱乐消遣。这既反映出文艺复兴时期文论家对文学的社会价值的肯定，也反映出文艺复兴时期个人的幸福权利得到充分重视。恩格斯曾经指出，文艺复兴"本质上是城市的从而是市民阶级的产物，同样，从那时起重新觉醒的哲学也是如此"[①]。文艺复兴时期的文学理论也不例外，它反驳了中世纪神学对世俗文学的指责和贬低，赋予了文学和文学家以崇高的地位，有力地推动了当时的文学发展。

思考题：

1. 如何理解但丁的俗语观？
2. 试述卡斯特尔维屈罗关于文学的真实感的观点。
3. 锡德尼是怎样为诗进行辩护的？

---

① ［德］恩格斯：《路德维希·费尔巴哈和德国古典哲学的终结》，《马克思恩格斯文集》第4卷，人民出版社2009年版，第308页。

第四章　新古典主义文论

概　　述

新古典主义之"新"，是相对于古典主义而言的。古典主义文论，指以亚里士多德、贺拉斯为代表的古希腊罗马理论家的文艺理论。新古典主义文论则指以古希腊罗马的艺术实践和理论著述为典范，遵从古代艺术规则，有意直接模仿古代艺术，在此种思想指导下形成的文学理论。

17世纪欧洲各国的社会政治经济发展呈现明显的不平衡状态。意大利、德国、西班牙、俄国等国家或内忧外患或战乱频仍，自身发展停滞不前，而英法两国的资本主义则进入快速发展轨道。英国完成了资产阶级革命，成为欧洲政治体制上最为先进的国家，但由于资产阶级和封建势力的妥协，导致王权复辟。法国于16世纪末加强了中央集权的君主专制体制，国内的重商主义促进了工商业的发展，资产阶级与王权之间相互妥协让步，使其成为中央集权高度发达的封建国家，统治者为维护和强化自己的权力，在文化思想领域强调秩序和理性，这就为新古典主义的形成提供了社会土壤。

在当时的欧洲，法国哲学家笛卡儿的唯理主义思想广为盛行。笛卡儿强调理性和思考的重要性，提出了"我思故我在"的名言。理性主义注重秩序、推崇法则，从理性的角度探索宇宙万象，建设国家的道德法制。这一思潮符合当时国家统治的需要，因此理性精神成为整个社会赖以维持和发展的基础。当理性主义渗透到文学理论领域的时候，新古典主义文论便拥有了自己的哲学根基。

新古典主义文艺思想的建立还与一个特殊的文化机构有关，那就是"法兰西学院"。它是在法国国王路易十三和首相黎塞留庇护下成立的法国官方最高学术团体，定期讨论文化特别是文艺方面的问题，并进行裁决，其结果具有法律权威和效力。法兰西学院是中央集权政治体制在学术领域的一种权力象征，同时也为新古典主义文论提供了一套基本信条，即一切要遵循法则、一切要符合规范、一切要服从权威。

新古典主义的文学实践主要体现在法国的戏剧创作方面。高乃依、拉辛、莫里哀是法国新古典主义戏剧作家的三大代表。布瓦洛则是这种文学实践的理论总结者，同时又是新古典主义文学规则的制定者和阐释者。由于法国文化在17世纪欧洲的领先地位和广泛影响，新古典主义也在英国、德国等国家成为被普遍追随的思潮。英国新古典主义文论家主要有屈雷顿、蒲柏、约翰生，德国则是高特雪特和温克尔曼。

法国人作为拉丁民族，自认为是古罗马的继承人，政治上他们效法古罗马帝国，文学艺术方面也是如此。布瓦洛《诗的艺术》中的很多内容都可以看作贺拉斯《诗艺》的转述和扩充。然而新古典主义毕竟产生在 17 世纪由封建社会向资本主义社会过渡时期的欧洲，虽然表面上它是向古代尤其是古罗马时期回归，但实际上是人们面临当时社会的现状而采取的符合时代要求的新对策。正如马克思所言："当人们好像刚好在忙于改造自己和周围的事物并创造前所未有的事物时，恰好在这种革命危机时代，他们战战兢兢地请出亡灵来为自己效劳，借用它们的名字、战斗口号和衣服，以便穿着这种久受崇拜的服装，用这种借来的语言，演出世界历史的新的一幕。"①

第一节　布　瓦　洛

布瓦洛（1636—1711），法国著名诗人、美学家、文艺理论家，被称为新古典主义的立法者和代言人。1674 年出版的《诗的艺术》是他最重要的文艺理论专著，被称为新古典主义的法典。

一、理性与自然

布瓦洛以笛卡儿的唯理主义为思想指导，在《诗的艺术》中开宗明义地宣称："首须爱理性：愿你的一切文章永远只凭着理性获得价值和光芒。"② 布瓦洛认为，理性是文学的基础和出发点，也是文学的目的和归宿。只有遵守理性，艺术才能完美。文学创作中，人们不管是驾驭文词，还是表达情感，最终目的都是为了更好地表现和服从理性。

布瓦洛强调的理性，指人生来就有的辨别是非好坏的能力，是普遍永恒的人性中的主要组成部分。这种能力具有普遍、绝对和永恒性，能够超越时代、民族和阶级差异。因此，当布瓦洛在探讨文艺创作中的诸多矛盾（如情与理、雅与俗、简与繁、形式与内容、语言与思想）时，始终以理性为出发点，强调用理性来认

---

① ［德］马克思：《路易·波拿巴的雾月十八日》，《马克思恩格斯文集》第 2 卷，人民出版社 2009 年版，第 471 页。
② ［法］布瓦洛：《诗的艺术》，任典译，人民文学出版社 2009 年版，第 5 页。

识和衡量一切，理性原则贯穿于文艺创作全过程。他劝导诗人，在构思阶段不能放纵自己的癫狂的兴趣，而应循着常情常理去寻找文思。在写作阶段要避免浮词滥调和累赘无用的细节描写，"谁不知适可而止就永远不会写作"①。他赞赏那些会用"灵活的歌喉"的诗人，"由庄重转入柔和，由诙谐转入严肃"②，因此要求诗人"提高你的格调吧，要从工巧求朴质，要崇高而不骄矜，要隽雅而无虚饰"③。总之，适度、合体、保持中道便是符合理性的诗歌写作规范和要求。

在《诗的艺术》中，布瓦洛多次强调艺术要模仿自然，要描写自然人性。在谈到喜剧创作时他说："因此，你们，作家呵，若想以喜剧成名，你们唯一钻研的就该是自然人性。"④ 并告诫道："切不可乱开玩笑，损害着常理常情：我们永远也不能和自然寸步相离。"⑤ 布瓦洛的这种观点虽然源自亚里士多德和贺拉斯的艺术模仿自然的观念，但赋予了自然以特殊的含义。在布瓦洛那里，"自然"不再是单纯的客观现实生活，而是指合乎常理常情的事物，是在合乎理性的人眼中所呈现的自然。这种自然因和理性统一在一起而失去其具体性、个别性，变成一般的自然或普遍的自然，即自然的原理和秩序。"这种概念过分轻率地假定：天下的人都是一样的，一个人所处时代的人物典型是人类唯一合适与合宜的典型。就实践方面而论，'普遍的自然'说意味着对于所表现的人物的伦理以及心理特性有着非常明确的要求，言外之意就是摈除一切不符合当时社会理想的东西。"⑥ 可以说布瓦洛的自然原则，是借自然表现情理，让自然服从理性，这种主张一旦与僵化静止的历史观念相结合，极易导致艺术的概念化和公式化。布瓦洛要求描写悲剧人物时应写出一种定型化的性格，比如阿伽门农的骄傲和自私，伊尼对天神的恭顺与敬畏等；描写喜剧人物则应写出人物的类型化的共性，比如风流、吝啬、荒唐、嫉妒等类型的性格。这些要求忽视了性格发展变化的可能性，使得作家笔下的人物失去了现实生活中人的性格的丰富性、复杂性和多变性，势必削弱文学艺术的表现力。

二、古典原则

新古典主义强调文艺应描写普遍永恒的人性，这样才能经受时间考验，得到

---

① ［法］布瓦洛：《诗的艺术》，任典译，人民文学出版社 2009 年版，第 7 页。
② ［法］布瓦洛：《诗的艺术》，任典译，人民文学出版社 2009 年版，第 7 页。
③ ［法］布瓦洛：《诗的艺术》，任典译，人民文学出版社 2009 年版，第 9 页。
④ ［法］布瓦洛：《诗的艺术》，任典译，人民文学出版社 2009 年版，第 52—53 页。
⑤ ［法］布瓦洛：《诗的艺术》，任典译，人民文学出版社 2009 年版，第 55 页。
⑥ ［美］韦勒克：《近代文学批评史》第 1 卷，杨岂深、杨自伍译，上海译文出版社 1987 年版，第 21 页。

古往今来的一致赞赏。而久经考验的作品必定是抓住了普遍人性的作品。古希腊罗马的文学作品经过时间的洗练，因此成为新古典主义者模仿和学习的对象。

新古典主义重视对古代经典作品的研读与学习，基于这样一种思考："既然古典经过长久时间的考验而仍为人所赞赏，它们就是抓住了自然（人性）中普遍永恒的东西，符合理性的东西，真实的和美的东西。它们可以教会我们去怎样看自然，怎样表现自然。"① 这样一来，学习古典作品就与模仿自然、遵从理性的要求完全一致了。模仿古人也就是模仿自然。学习用古人的方法去模仿眼前的自然，就是寻求一种理性和自然原则指导下的艺术创造。

学习古典作品就要学习古代作家塑造人物和处理题材的方法，而这些方法经过后人总结，被抽绎成限制性的规则。像"三一律"这样的规则，在当时广受争议，西班牙和英国的剧作家们并没有对此多加关注，布瓦洛却视其为必须遵循的规则。他对当时无视"三一律"的戏剧创作进行了批评："剧情发生的地点也需要固定，说清。比里牛斯山那边诗匠能随随便便，一天演完的戏里可以包括许多年：在粗糙的戏曲里时常有剧中英雄开场是黄口小儿终场是白发老翁。但是我们，对理性要服从它的规范，我们要求艺术地布置着剧情发展；要用一地、一天内完成的一个故事从开头直到末尾维持着舞台的充实。"② 布瓦洛对"三一律"言简意赅的总结与坚持，便是他的古典原则的一个突出例证。

布瓦洛在对荷马、柏拉图、维吉尔等古希腊罗马作家深表敬意的同时，解释说："我尊敬这类作家，并不是因为他们的作品流传得这样长久，而是因为它们在这样长久时期里博得人们的赞赏。"③ 也就是说，时间只是一个参照坐标，真正的衡量标准是经由理性检验而激发出来的赞赏。古典原则在此成为理性原则的补充。在布瓦洛看来，像高乃依、拉辛、莫里哀这样的法国戏剧作家，他们之所以能写出优秀作品，取得非凡成就，原因就在于他们成功地借鉴和仿效了古希腊罗马时期的经典作品。在布瓦洛那里，古典原则为文艺创作提供了所有的可能性。

布瓦洛的文学理论虽然以贺拉斯的《诗艺》为蓝本，但他把诗艺规则与理性相联系，针对路易十四时代法国文坛的实际情况进行论述，具有鲜明的理性主义色彩和明确的现实目的，在理论上为法国新古典主义文学作了总结。就他的文艺思想本身而言，多重复前人，少有创建。但他的成名"并不是由于天才出众或者

---

① 朱光潜：《西方美学史》上卷，人民文学出版社 1963 年版，第 192 页。
② ［法］布瓦洛：《诗的艺术》，任典译，人民文学出版社 2009 年版，第 32—33 页。
③ ［法］布瓦洛：《郎加纳斯〈论崇高〉读后感》，见伍蠡甫主编：《西方文论选》上册，上海译文出版社 1979 年版，第 304—305 页。

学识深奥，而是由于他的思想特点和局限也正是他的时代的特点和局限"。"他所做的事，就是把新的趋向比他以前任何一个人说得更透彻，而且说得如此之好，已没有再说的必要，他能够做到这一点，也是足可引以为荣的。"①

第二节　屈雷顿、蒲柏、约翰生

英国新古典主义的产生迟于法国，其文学理论观念和批评准则的建立深受法国新古典主义的影响。英国新古典主义文学理论的代表作家是屈雷顿（又译德莱登、德莱顿）、蒲柏（又译蒲伯）和约翰生（又译约翰逊）。

一、古典主义戏剧原则

屈雷顿（1631—1700），英国诗人、剧作家、批评家，英国新古典主义的创始人，享有"英国文学批评之父"的美誉。文学理论和批评方面的主要论著有《论诗剧》（又译《论戏剧诗》）、《论英雄剧》、《悲剧批评的基础》等。

《论诗剧》以四人对话的形式写成，用论辩的口吻主要讨论了三个问题，即古今之争、法英之争和诗韵之争。

关于古今之争，对立双方一方强调古典作家和作品的示范作用，认为现代作家在模仿和表现自然方面尚未达到古人的成就。现代作家只能加倍努力，才能与他们匹敌。另一方则认为，应当承认，现代作家从古人那里获益良多，但要想超越前人，就要加上自己的辛勤劳动。"如果我们只知因袭陈规，便会丢掉他们原有的一些完美，而创造不出自己的新东西，所以我们不能照抄他们的线条，而是模仿自然的原形；我们既面对真实的生活，又有古人的经验，便无疑会发现古人尚未看到的生活上某些气质与姿态。"② 这样也才能保证诗与其他艺术由于今日的刻苦钻研而愈益完善。

关于法英之争，一方认为，英国戏剧应模仿和学习法国戏剧，法国剧作家信奉古典的"三一律"原则，重视对韵的运用，而这些都是无须证明的戏剧艺术的正确规则。另一方认为，戏剧是对自然的生动模仿，法国戏剧虽然遵守规则、结构整齐，但想象狭隘，缺少激情，情节贫乏单一，人物没有个性。相比之下，英

---

① ［美］佛朗·霍尔：《西方文学批评简史》，张月超译，南京大学出版社 1987 年版，第 68 页。
② ［英］屈雷顿：《论诗剧》，中国社会科学院外国文学研究所编：《文艺理论译丛》第 2 辑，殷宝书译，中国文联出版公司 1984 年版，第 67 页。

国戏剧则是想象雄伟，气势恢宏，情节变化有致，人物气质独特。因此，英国戏剧高于法国戏剧，莎士比亚的戏剧成就可为佐证，他超越其他剧作家，"像参天松柏高出短小的灌木一样"①。

关于诗韵之争，一方认为，戏剧既然要模仿自然，就应该越真实越好，因此严肃剧中不应用韵。另一方指出，严肃剧用韵可以自然。"戏剧要真的像自然，就必须摆得高于自然。"② 诗韵可以平衡和限制作家的想象力，防止他的头脑充斥幻想，从而保证戏剧的结构紧凑与均衡。

《论诗剧》的对话论辩体裁，让当时文坛的不同观点正面交锋，各抒己见。屈雷顿通过人物之口，先介绍和维护了法国戏剧家、评论家提出的新古典主义戏剧原则，但接着就表现了他对英国戏剧的偏爱，并设法把法国新古典主义戏剧理论与 17 世纪英国剧作家们的实践协调起来。有人指责屈雷顿的《论诗剧》故意写得八面玲珑，不作定论。然而，如果考虑到他在法国新古典主义原则与英国文学传统之间建立联系的努力，这种行文方式反而应当得到肯定。"他的思想在法国批评家那一边，但他的感情却与英国过去伟大的诗歌息息相通。"③

屈雷顿《悲剧批评的基础》一文从对亚里士多德《诗学》就悲剧所下定义的解读和分析入手，主要论述了悲剧中的行为和人物性格问题。首先，悲剧描写与刻画的行为必须是伟大人物的单一的行为，而不能是双重的行为，否则就会"分散观众的注意力和关怀，因而破坏诗人的本意"④。其次，性格决定人的行为。戏剧中的性格表现应明确，与实际人物相符，整出戏中保持一贯。屈雷顿着重探讨了激情与性格的统一问题："在性格这个总标题之下激情自然是包含在内，属于人物性格的……自然地描写它们，巧妙地激动它们，这是能够给予一个诗人的最大的赞美。"⑤ 但描写激情也应适度，要借助诗人的判断力把握好分寸。莎士比亚在这方面也有缺点，但"莎士比亚有一颗通天之心，能够了解一切人物和激情"⑥，

① ［英］屈雷顿：《论诗剧》，中国社会科学院外国文学研究所编：《文艺理论译丛》第 2 辑，殷宝书译，中国文联出版公司 1984 年版，第 97 页。

② ［英］屈雷顿：《论诗剧》，中国社会科学院外国文学研究所编：《文艺理论译丛》第 2 辑，殷宝书译，中国文联出版公司 1984 年版，第 115 页。

③ ［美］佛朗·霍尔：《西方文学批评简史》，张月超译，南京大学出版社 1987 年版，第 76 页。

④ ［英］德莱顿：《悲剧批评的基础》，中国社会科学院文学研究所编：《文艺理论译丛》下，袁可嘉译，知识产权出版社 2010 年版，第 875 页。

⑤ ［英］德莱顿：《悲剧批评的基础》，中国社会科学院文学研究所编：《文艺理论译丛》下，袁可嘉译，知识产权出版社 2010 年版，第 883 页。

⑥ ［英］德莱顿：《悲剧批评的基础》，中国社会科学院文学研究所编：《文艺理论译丛》下，袁可嘉译，知识产权出版社 2010 年版，第 890 页。

仅这一点，他就堪称塑造人物、刻画性格的典范。

屈雷顿的戏剧理论既保持了古典主义精神，又同情莎士比亚为代表的英国文学传统，在理论上有所突破。

二、古典诗评的原则

蒲柏（1688—1744），英国著名诗人、批评家，重要文论著作有《论批评》《荷马史诗序》《莎士比亚全集序》等。

蒲柏的《论批评》是用诗体写成的，分三个部分。第一部分总论文学批评的重要性和批评家的素养学识；第二部分讨论错误的批评与判断力，分析了坏的批评的弊病与形成原因；第三部分树立批评的正确原则，并对欧洲文学批评的历史作了简要回顾。

与大多数新古典主义理论家一样，蒲柏最为关注的也是艺术和自然的关系问题。"无疵的'自然'，一种清澈的、不变的、普遍的光芒，她总是神圣地明亮。她把生命、力量和美灌注万物中间，她既是艺术的源泉，也是艺术的目的和考验。"[1] 他把古希腊罗马的作品奉为典范，认为古典的就是自然的。"那些古代的法则，是被发现的而非发明，它们就是'自然'，不过把'自然'理成条文。"[2] 因此，批评家要熟读荷马等人的经典作品，以便形成正确的判断力。他以古罗马诗人维吉尔为例，说明此观点。维吉尔曾为写作歌颂不朽的罗马的史诗，专向自然而不顾法则，但当他回过头来检视自己写的每一个部分，"他发现自然与荷马原来相等"[3]。古典、自然和规则在蒲柏那里完全统一起来。

蒲柏在历数错误的文学批评观念及其弊病的同时，表达了对如何进行有益的文学批评的看法。他指出防止判断力犯错误的第一步是批评者知识渊博，目光远大，而且要以同情之心看待作品，不吹毛求疵。"审视整体，不在自然动人销魂暖心之处，硬去找作品的微不足道的缺点错误。"[4] 他提醒说，太多的机智和矫伪的雄辩在作品中应当避免，因为它们有损于自然的描写和真实的表现。他把夸饰的

---

[1]　［英］蒲伯：《论批评》，《文艺论丛》第 13 辑，应非村译，上海文艺出版社 1981 年版，第 130 页。

[2]　［英］蒲伯：《论批评》，《文艺论丛》第 13 辑，应非村译，上海文艺出版社 1981 年版，第 131 页。

[3]　［英］蒲伯：《论批评》，《文艺论丛》第 13 辑，应非村译，上海文艺出版社 1981 年版，第 133 页。

[4]　［英］蒲伯：《论批评》，《文艺论丛》第 13 辑，应非村译，上海文艺出版社 1981 年版，第 136 页。

语言比作耀人眼目、让人看不清自然面目的三棱镜，适度而真实的描写则如照亮世间万物的太阳。蒲柏对那些傲慢、愚蠢并惯于恶意中伤的批评者深恶痛绝，把他们比作传染病人："传染病人看来一切都已把细菌染上，黄疸病者眼中万物都似发黄。"① 蒲柏理想中的优秀批评者是这样一种形象：谦逊而果敢，公正而直率，"他享受一种真实无限的审美本领，他拥有书本和人心的两种学问；他谈笑风生；灵魂毫不傲慢；喜扬人善，道理在他一边"②。

在《论批评》的最后，有这样几句话："不介意人的斥责，不太爱惜名声，常乐于扬善，但也敢于批评；对人的阿谀或冒犯同样地厌憎；难免犯些错误，但也不惮于改正。"③ 这段结束语既可看作对一个批评者应有品德和胸襟的概括，也可视为蒲柏的自我描画。蒲柏关于文学批评的一系列思想，虽然不是他的创见，多为概括总结已有的观点，若单独抽取这些说法，则看似老生常谈，但他能用诗歌的形式，结合生动的比喻和巧妙的对比，写得如此生动简练，做到了有力而文雅，这就使得这些文字具有了不可替代的意义和价值。蒲柏的思想受布瓦洛影响颇深，他试图将布瓦洛的新古典主义传统与英国的批评理论统一起来，成为英国新古典主义的集大成者。

三、莎士比亚戏剧评论

约翰生（1709—1784），英国著名作家，写过诗歌、戏剧，编过词典和《莎士比亚戏剧集》，其主要文学理论著作是《莎士比亚戏剧集序言》。

约翰生的新古典主义理论集中体现在他对莎士比亚戏剧的评论之中。他反对文学批评界厚古薄今的倾向，指出像莎士比亚这样的作家，已具有古典作家的所有尊严。他称赞莎士比亚是"独一无二的自然诗人；他是一位向他的读者举起风俗习惯和生活的真实镜子的诗人"④。像其他新古典主义理论家一样，强调真实，怀疑虚构，这是约翰生文学见解的基调。他认为，莎士比亚笔下人物的真实性在于，他们是共同人性的真正儿女，具有普遍性的感情，因此能够震撼和感动所有

① ［英］蒲伯：《论批评》，《文艺论丛》第13辑，应非村译，上海文艺出版社1981年版，第149页。
② ［英］蒲伯：《论批评》，《文艺论丛》第13辑，应非村译，上海文艺出版社1981年版，第152页。
③ ［英］蒲伯：《论批评》，《文艺论丛》第13辑，应非村译，上海文艺出版社1981年版，第156页。
④ ［英］约翰生：《莎士比亚戏剧集序言》，中国社会科学院文学研究所编：《文艺理论译丛》下，李赋宁、潘家洵译，知识产权出版社2010年版，第834页。

人的心灵。这与约翰生强调类型化人物的一贯观点是一致的。在他主编的《漫步者》杂志上，他曾撰文道："诗人的任务不是考察个别事物，而是考察类型；是注意普遍的特点和大体的形貌。他不数郁金香的纹路或描写森林的深浅不同的绿荫。"① 他认为，莎士比亚的过人之处，正在于他塑造了一个类型。莎士比亚的文学世界没有不真实的英雄人物，而是一些能够代表读者所思所想、所说所做的普通人。莎士比亚忠实于普遍人性，他笔下的人物分别代表天生性格的类型而又各具个人的特征。"如此广阔而普遍的人物身上不易看出细微的差别，也不易保持他们的独特性，但是可能没有任何一个诗人比莎士比亚更能使他的人物互不相同。"② 约翰生的类型虽未达到现实主义典型的高度，但已经注意到了人物的普遍性和个性化两个方面，可以说其中已包含了现实主义典型理论的成分。

约翰生对莎士比亚的评论，一方面体现了他的新古典主义理论标准，另一方面又显示了他力图超越新古典主义的明达态度和进步精神。就前一方面而言，他对莎士比亚剧作中的诸多缺点——指摘：牺牲美德，迁就权益；情节松散，结局匆忙；不重视时间、地点变化间的区别，违反或然律；人物对话不够雅驯检点；思想驾驭不力，滥用比喻双关；等等。然而在最为关键的关于莎士比亚的悲喜剧类型和他漠视"三一律"的问题上，却全力辩护。约翰生认为，莎士比亚的戏剧既不是悲剧，也不是喜剧，而是一种特殊类型的创作。"它表现普通人性的真实状态，既有善也有恶，亦喜亦悲，而且错综复杂，变化无穷。"③ 这虽然违背已有的悲剧、喜剧严格区分的法则，却能更加有力地表现人性。对于守旧者普遍诟病的莎士比亚剧作违反"三一律"规则的问题，约翰生的看法是，对于戏剧情节而言，除行动的一致性外，其他都无关紧要，一味强调时间和地点的一致性，只会限制戏剧的表现范围，削减戏剧的多样性。因此莎士比亚不依"三一律"并非憾事。"对于一出好戏来说，时间和地点的一致性并不是最重要的因素；虽然这些一致性有时会有助于引起快感，但是为了使剧本具有多样性和教育意义这些更高贵的品质，就必须随时牺牲掉这两种一致性了。"④ 这些思想已经明显越出了新古典主义的界限，足可以看作法国和德国启蒙主义文论家狄德罗和莱辛等人倡导"严肃剧"

---

① ［美］佛朗·霍尔：《西方文学批评简史》，张月超译，南京大学出版社1987年版，第87页。
② ［英］约翰生：《莎士比亚戏剧集序言》，中国社会科学院文学研究所编：《文艺理论译丛》下，李赋宁、潘家洵译，知识产权出版社2010年版，第836页。
③ ［英］约翰生：《莎士比亚戏剧集序言》，中国社会科学院文学研究所编：《文艺理论译丛》下，李赋宁、潘家洵译，知识产权出版社2010年版，第837页。
④ ［英］约翰生：《莎士比亚戏剧集序言》，中国社会科学院文学研究所编：《文艺理论译丛》下，李赋宁、潘家洵译，知识产权出版社2010年版，第849页。

和"市民剧"的先声了。

总之，约翰生在尊崇新古典主义文学理论主要信条的同时，又用一种面向现实的态度对当时的文学现状进行不拘格套的阐释，开始了从新古典主义向启蒙现实主义的过渡。

第三节　高特雪特、温克尔曼

德国新古典主义的产生比法国新古典主义晚了近一个世纪。在基本理论和原则问题上，德国新古典主义学者几乎是照搬了法国新古典主义的信条，但同时他们又面临提高本民族文学地位的任务，从而使德国新古典主义文学理论具有了自己的特殊语境。高特雪特（又译高特舍特）和温克尔曼（又译文克尔曼）是德国新古典主义文学艺术理论的主要代表。

一、法国古典主义理论的德国回声

高特雪特（1700—1766），德国著名学者，文学和哲学教授。最重要的文学理论著作是《批判的诗学》。

《批判的诗学》发表于 1730 年，在当时的德国影响巨大，成就了高特雪特在德国文学界的权威地位。面对当时德国文学特别是戏剧中怪诞的巴洛克风格和粗野的民间形式，高特雪特为自己确定的任务就是"创造同其他国家的文学相比毫无愧色的德国文学，尤其是德国戏剧"[1]，于是他着手引入法国的新古典主义文学理想和原则，并找到了布瓦洛的《诗的艺术》作为范本。用他的话讲："现在法国人之于我们所处的地位，正如以前希腊人之于罗马人一样。"[2]

《批判的诗学》分两个部分，论述了文学的一般原理和文学的种类问题。其理论基础是古希腊的模仿论和古罗马文艺思想中对文艺道德功能的强调。他要求诗人实地观察对象，写出人性的真实的一面；劝告诗人不但要研究贵族的生活，也要体察平民的痛苦。下面一段关于构造悲剧情节和描写人物的操作规则的表述，显示了高特雪特文学理论的新古典主义特征："诗人先挑选出一个他要用感性形式去刻印在读者心上的道德学说。为此，他拟好一个故事的轮廓，以便把这个道德

---

① ［英］鲍桑葵：《美学史》，张今译，商务印书馆 1985 年版，第 275 页。
② ［法］让·贝西埃等主编：《诗学史》上册，史忠义译，百花文艺出版社 2002 年版，第 426 页。

学说显示出来。接着他就从历史里找出生平事迹同所拟故事情节有类似的名人，就借用他们的名字来称呼剧中人物，这样就可以使剧中人物出名了。"① 至于"注意使整体结构统一，各个情节有滋有味，再把它们小心翼翼地分成分量相当结构平衡的五个场次"② 的要求则完全就是法国新古典主义戏剧结构原则的翻版了。

18 世纪初期，德国文学状况十分混乱，诸侯割据局面使一般诗人局限于他们所服务的宫廷，思想褊狭、目光短浅。高特雪特借用新古典主义理论，主张建立民族文学。为达此目的，他提倡统一规范化的语言，排除方言俚语，强调德语的纯洁性。同时在戏剧规则方面，他坚持"三一律"，固守悲剧和喜剧的分界。在与对立派别的论争中，高特雪特主张以法国的高乃依和拉辛为唯一的模仿对象，而无视英国诗人弥尔顿、莎士比亚的文学功绩。他认为作家应凭借理性的指导来写出现实世界中人性的真实，反对依靠想象来寻求惊奇的效果。

高特雪特的新古典主义文论的缺陷和贡献并存。他搬用布瓦洛的理论，却没有布瓦洛的诗才；他推崇新古典主义的理性、规则与明晰，却不考虑这种法国化戏剧是否适合德国人的心理。但另一方面，他的理论又为德国文艺逐渐走向近代文明社会，走向规范化、统一化和语言的纯洁化起到了有力的推动作用。他的理论引发了改革德国戏剧的要求，为启蒙主义者莱辛的戏剧理论铺平了道路。"莱辛对于他面临的问题——按照亚里斯多德和莎士比亚的原则建立民族戏剧——的看法，只是在高特雪特做了很多工作，使德国戏剧粗具文学形式之后，才成为可能，也只是由于高特雪特做了这样的工作，才成为可能。"③ 可以说高特雪特既是法国新古典主义的忠实追随者，又是德国启蒙主义文论的先驱。

二、古典艺术史的奠基

温克尔曼（1717—1768），德国艺术史家和艺术理论家。主要论著有《关于在绘画和雕刻中模仿希腊作品的一些意见》《古代艺术史》等。

温克尔曼的研究对象不是文学，而是古代造型艺术。但他在文论史上的重要性在于，"他影响了其后的全部文学理论，这主要并非在于他学说的内容，而在于他备极推崇希腊人而置罗马人和拉丁传统于不顾，在于他的格调、热忱和风格影

---

① ［英］鲍桑葵：《美学史》，张今译，商务印书馆 1985 年版，第 277 页。

② ［法］让·贝西埃等主编：《诗学史》上册，史忠义译，百花文艺出版社 2002 年版，第 427 页。

③ ［英］鲍桑葵：《美学史》，张今译，商务印书馆 1985 年版，第 276 页。

响到德国古典主义运动的整个进程"①。仅就他向艺术家们提出的模仿古代作品，遵从古希腊艺术家制定的艺术法则等要求来看，并无多少新见。他认为希腊艺术中不仅有美好的自然，还有比自然更多的东西，那就是某种理想的美。类似的观点也曾出自别的新古典主义理论家之口，然而，他对待古希腊艺术品的态度和对古希腊艺术特点的总结，却使他能够在林林总总的理论家中独树一帜。

温克尔曼赞赏那些面对艺术品时训练有素的眼睛，强调要与艺术品直接接触。他对那些一味讲述艺术规则的书籍进行批评，认为它们虽学识渊博，却缺少明确性和指导性，读后反而增加人们的困惑。"因为这些著作是由那些仅仅凭着书本去认识艺术品而不是在直接观察实物的基础上来进行研究的人编纂的。"② 鉴于温克尔曼对学究气的蔑视，他的文章行文不很精致，但表现出强大的直觉力和感染力。后人对此的评价是："这不仅说明他忽视了理论的细致，而且说明他的思想是真正具体的。"③

温克尔曼认为，古希腊艺术杰作的一种普遍和主要的特点是"高贵的单纯和静穆的伟大"。"正如海水表面波涛汹涌，但深处总是静止一样，希腊艺术家所塑造的形象，在一切剧烈情感中都表现出一种伟大和平衡的心灵。"④ 以此为依据，他赞赏古希腊雕塑《拉奥孔》，反对文艺复兴时期米开朗基罗，尤其是巴洛克时期雕塑家贝尼尼的作品，认为它们对激情的过度表现破坏了心灵的平衡。他的结论是："身体状态越是平静，便越能表现心灵的真实特征。"⑤ 但是，温克尔曼的艺术敏感及时地弥补了他理论上的武断。他补充道："表现平静的，但同时要有感染力；表现静穆的，但不是冷漠和平淡无奇。"⑥ 温克尔曼似乎并不太介意行文中的矛盾和不一致，而是更乐于让这些文字在具体的语境和对艺术对象的实际解读中显示出其内涵的对立统一性和丰富性。

在《论古代艺术》中，温克尔曼对希腊艺术繁荣原因的思考，显示了一个艺术史家的历史感。他指出："希腊人在艺术中所取得优越性的原因和基础，应部分地归结为气候的影响，部分地归结为国家的体制和管理以及由此产生的思维方式，

① ［美］韦勒克：《近代文学批评史》第 1 卷，杨岂深、杨自伍译，上海译文出版社 1987 年版，第 199 页。

② ［德］温克尔曼：《论古代艺术》，邵大箴译，中国人民大学出版社 1989 年版，第 183 页。

③ ［英］鲍桑葵：《美学史》，张今译，商务印书馆 1985 年版，第 313 页。

④ ［德］温克尔曼：《论古代艺术》，邵大箴译，中国人民大学出版社 1989 年版，第 41 页。

⑤ ［德］温克尔曼：《论古代艺术》，邵大箴译，中国人民大学出版社 1989 年版，第 42 页。

⑥ ［德］温克尔曼：《论古代艺术》，邵大箴译，中国人民大学出版社 1989 年版，第 42 页。

而希腊人对艺术家的尊重以及他们在日常生活中广泛地传播和使用艺术品，也同样是重要的原因。"[1] 在他看来，气候介于冬夏之间，处于适中状态，有助于大自然在希腊创造更完善的人种。而在国家体制和管理意义上，希腊人享有的"自由"是希腊艺术繁荣发展的关键。温克尔曼推崇古希腊的民主制，视古希腊为自由的故乡，以此对他那个时代的德国封建专制制度进行抗议，而对"自由"的标举并以之作为艺术和人生的最高追求，则是发出了颇具浪漫主义色彩的心声。

温克尔曼"把艺术看做是一种有自己的历史和兴衰的东西，而且艺术的这种历史和兴衰还符合于和植根于各民族的历史和条件。歌德竭力把这种看待艺术的有机观点归功于文克尔曼"[2]，今天，他已成为艺术史和考古学两个学科的奠基者。温克尔曼关于《拉奥孔》的论述直接激发了莱辛的积极回应，而他的艺术史见解也深刻影响了歌德、席勒、黑格尔、谢林、泰纳等文学家和理论家。

小　结

17 世纪到 18 世纪初，欧洲各国进入相对稳定时期。封建阶级和资产阶级势均力敌，民族战争和宗教战争暂时平息，发展农业和商贸活动是当时的经济需要，加强王权统治是当时的政治需要，建立统一的民族文学是当时的文化需要。在这种情况下，新古典主义文艺思潮产生了。法、英、德等国的新古典主义具有共同的基本主张，它们以笛卡儿的唯理主义为思想基础，崇尚古典，遵从权威，提倡真实，模仿自然，严守规范。但不同国家和不同时期新古典主义的理论主张和关注焦点也有区别：法国新古典主义受到皇宫贵族支持，更多地反映了他们的思想和需要；英国新古典主义关注古今之争，更多体现了知识界的自发声音；德国新古典主义着力于建立民族文学的地位，渗透了更多的民族民主意识。新古典主义文论既是对文艺复兴之后强调运动与激情的巴洛克文艺精神的反拨，又以其复古的姿态为启蒙运动中文艺思想的传播提供了挑战和超越的目标。恩格斯在分析 18 世纪英国的民主状况时曾说："16 世纪和 17 世纪创造了社会革命的一切前提。"[3]

---

① ［德］温克尔曼：《论古代艺术》，邵大箴译，中国人民大学出版社 1989 年版，第 133—134 页。

② ［英］鲍桑葵：《美学史》，张今译，商务印书馆 1985 年版，第 315 页。

③ ［德］恩格斯：《英国状况——十八世纪》，《马克思恩格斯文集》第 1 卷，人民出版社 2009 年版，第 95 页。

这句话同样适用于我们对新古典主义在历史中的地位和作用的理解。

思考题：

1. 布瓦洛新古典主义文学理论中理性原则和自然原则的关系是什么？

2. 屈雷顿是如何评价莎士比亚戏剧的？与法国新古典主义的观点有何不同？

3. 为什么说温克尔曼是艺术史的奠基者？

第五章　启蒙主义文论

概　述

17世纪至18世纪，在欧洲，特别是英国、法国、德国、意大利等国，发生了一次广泛而影响深远的思想运动，人称启蒙运动。"启蒙"一词的原意是"照亮"，启蒙运动实则为思想解放的运动。"勇于使用你的理性"是这个运动的口号；拒绝迷信和神秘，对人的理性力量和科学进步抱乐观的态度是这个运动的特点。启蒙运动的思想家们以人的世俗理性为尺度，对以往各种学说进行衡量，对长期占据思想界的权威观念加以质疑，努力摆脱教会对人类事务的控制。正如恩格斯指出："在法国为行将到来的革命启发过人们头脑的那些大人物，本身都是非常革命的。他们不承认任何外界的权威，不管这种权威是什么样的。宗教、自然观、社会、国家制度，一切都受到了最无情的批判；一切都必须在理性的法庭面前为自己的存在作辩护或者放弃存在的权利。"[1] 启蒙运动崇尚科学，倡导按自然科学的方法来公开自由地研究人周围的一切。政治上，启蒙运动强调自由和人权，提倡宗教宽容。哲学上，启蒙运动产生了多种形式的唯物主义思想和物质决定论。由狄德罗和达朗贝尔主编的《百科全书》是启蒙运动的代表文献。

启蒙运动的产生有其深刻的社会历史原因和思想文化背景。18世纪欧洲各国发展进程虽各不相同，但面临的社会矛盾却大致相似。处于上升时期的资产阶级意识到了自身处境的巨大反差，经济上的优势地位和政治上的大权旁落使资产阶级和封建贵族阶级的矛盾日益尖锐，资产阶级革命的要求成为最为有力的社会呼声，启蒙运动由此应运而生。就思想文化层面而言，文艺复兴开启了思想革命的大门，基督教作为知识和心灵智慧的大厦，受到了彻底的冲击和颠覆。文艺复兴的人文主义培育了培根、哥白尼和伽利略的实验科学，也培育了笛卡儿、莱布尼兹和牛顿的数学理性，马丁·路德的宗教改革则把人类理性用于探求宗教的真理。在这种思想土壤中，生长出了英国哲学家洛克的经验主义认识论体系，将人的一切知识建立在经验之上。与此相应，科学技术取得长足进步，通过对人类经验的总结和对自然对象的观察实验，提出一系列定理、证明和学科建设主张。科学的

---

① ［德］恩格斯：《反杜林论》，《马克思恩格斯文集》第9卷，人民出版社2009年版，第19—20页。

发展促进了人类理性的发展，从根本上动摇了封建统治和宗教迷信的理论根基，激发了人们思想解放的要求。

　　启蒙运动文学理论是启蒙运动思想的重要组成部分，与政治上的反对封建制度、否定绝对君权，思想上的提倡科学理性、反对宗教愚昧相一致，在文学上，启蒙主义文学理论家要求文艺反映新兴资产阶级和广大市民阶层的现实生活，反对盲目崇拜古人，批判古典主义。他们把文学看作宣传和教育的工具，为宣传启蒙思想服务。启蒙运动时期的文学理论家一般都不是文学理论领域的专门研究者，而是集哲学家、美学家、文学家于一身的思想家，因此他们有关文学的思考大都渗透着变革社会、移风易俗的意图和要求。法国的启蒙作家主要有伏尔泰、卢梭、狄德罗等，伏尔泰的文学发展观、卢梭的"返回自然"的主张、狄德罗的严肃剧理论，都是法国启蒙主义文艺思想中的重要内容。18 世纪 70 年代德国兴起的"狂飙突进"运动，是启蒙运动的继续和发展，标志着德国民族意识的觉醒。这个运动的先驱和主要领导者是莱辛和赫尔德等人，他们的文学理论被视为启蒙主义文艺思想的重要财富。

第一节　狄　德　罗

　　狄德罗（1713—1784），法国哲学家、文学家、启蒙运动时期著名思想家，《百科全书》主编。他的文学理论著作主要有《关于〈私生子〉的谈话》《论戏剧诗》《演员奇谈》等。

一、自然原则与真实原则

　　狄德罗的文学理论，尤其是戏剧理论，继承了亚里士多德的模仿说，认为艺术是对自然的模仿，真实与否是衡量艺术美的首要标准。狄德罗在深刻阐释艺术与现实的辩证关系的基础上，提出艺术的自然原则和真实原则。狄德罗对自然和真实的强调直接针对新古典主义戏剧的虚假与造作，后者注重宫廷礼仪，剧中人物衣着华丽、油头粉面，与此相比，古代戏剧中的形象则更接近自然和真实。当时新古典主义的戏剧保存了古人夸张的做法，却放弃了简单的情节、对话以及真实的场面。因此狄德罗才发出这样的声音："我将不倦地向我们法国人呼吁：真实！自然！学习古人！"①

---

① ［法］狄德罗：《关于〈私生子〉的谈话》，《狄德罗美学论文选》，张冠尧等译，人民文学出版社 2008 年版，第 70 页。

狄德罗眼中的"自然"是指客观存在的世界，包括物质世界、精神世界和人类社会的历史和现实。艺术模仿自然，"就是形象与实体相吻合"①。在狄德罗看来，严格地、完整地模仿自然，并不是简单描写转瞬变异的现象，他说："只有建立在和自然万物的关系上的美才是持久的美。如果把万物设想在时移物易的一刹那之中；一切描写只不过代表转瞬的时刻，那么，一切摹仿就都将是无益的了。"②因此，艺术形象与对象实体相吻合，不是指外在的相仿，而是关系的一致。对象的特质只有在与其他对象和周围环境的关系中才能完整深刻地体现，而对于这种关系中对象的模仿也才达到真正意义上的自然和真实。狄德罗在回答"自然在什么时候对艺术提供范本"这个问题时，设想了一系列的情景与关系：儿女们在垂死的父亲的床边扯发哀号；披头散发的寡妇，因死神夺去她的丈夫，用指甲抓破自己的脸；远离故土的儿子终返家乡，抱住久别的父母的双腿，匍匐地等候祝福……他认为，这种场景所体现出来的人性关系，是富有诗意的，这才是艺术应着力模仿的自然。

"真实"在狄德罗那里指的是艺术在模仿自然的基础上，揭示事物之间的"关系"，达到"逼真"的效果。对于真实与逼真的论述，体现了狄德罗艺术辩证思维的力度。艺术模仿自然，其使命是揭示对象关系中的自然秩序，因此艺术的真实不同于历史的或生活的真实。历史叙述已经发生的事情，艺术却描述必然发生或可能发生的事，与前者的事实性真实相比，后者则属情理性真实，也就是狄德罗所谓的"逼真"。"在自然界中我们往往不能发觉事件之间的联系，同时由于我们不认识事物的整体，我们只在事实中看到命定的相随关系，而诗人却要在他的作品的整个结构中贯穿一个明显而容易觉察的联系。所以比起历史学家来，他的真实性虽少些，而逼真性却多些。"③生活中不易觉察的事物间的关系在诗中变得显而易见，生活中片断或相继呈现的事物在诗中呈现为整体，可见诗所描绘的自然比现实的自然更集中、更明确、更完整、更具普遍意义。这时的真实就不可能是按照事物本来面目简单照搬的结果，而是"与诗人想象中的理想范本保持一致"④。

① ［法］狄德罗：《关于〈私生子〉的谈话》，《狄德罗美学论文选》，张冠尧等译，人民文学出版社 2008 年版，第 105 页。
② ［法］狄德罗：《关于〈私生子〉的谈话》，《狄德罗美学论文选》，张冠尧等译，人民文学出版社 2008 年版，第 105 页。
③ ［法］狄德罗：《论戏剧诗》，《狄德罗美学论文选》，张冠尧等译，人民文学出版社 2008 年版，第 143 页。
④ ［法］狄德罗：《演员奇谈》，《狄德罗美学论文选》，张冠尧等译，人民文学出版社 2008 年版，第 265 页。

在这种具有典型意义的"理想范本"引导下，诗人就会写出一切他认为最感人的东西。

狄德罗认为，诗人高于历史之处，在于诗人更长于想象。他说，想象是人们追忆形象的机能，是理智的最后一个阶段，即理智休息的阶段。在这一阶段，人们头脑中抽象的问题显现为具体的形象。"如已知某一现象，而把一系列的形象按照它们在自然中必然会先后相联的顺序加以追忆，这就叫做根据假设进行推理，或者叫做想象。"① 当诗人充分发挥想象，进行艺术创作时，就达到了高于历史的境界。这时，他笔下的人物和情景，才是最为自然和真实的。狄德罗在称赞英国小说家理查逊时说道："历史只描写几个人，你描写人类；历史把这几个人并未说过、并未做过的事情归在他们名下，你笔下的'人'的一言一行，却都是他说过、做过的；历史只捕捉时光的一瞬间，地球表面的一个点，你却抓住了各个地方和各个时代。人的心曲在过去、现在和未来始终如一，它是你临摹的范本。……历史往往是一部坏的小说，而像你写的那种小说，才是一部好的历史。自然的画师啊！只有你才从来不说假话。"② 狄德罗的艺术自然观和真实观内容丰富而深刻，他对浪漫主义的艺术想象理论和现实主义的典型塑造理论都产生了积极影响。

二、严肃剧与文艺的启蒙功能

古希腊严格区分悲剧和喜剧的界限，规定悲剧用来表现崇高精神，喜剧用以讽喻世态人情。到了新古典主义那里，悲剧中充斥英雄伟人、王公贵胄，而平民百姓则在喜剧里受到揶揄嘲讽。然而资本主义的发展激发了城市平民提高自身社会地位的要求，狄德罗站在启蒙主义立场，提出戏剧改革的主张，创立了严肃剧这一新的剧种。狄德罗认为，"不论什么样的作品都应表现时代精神"③。而市民阶级的社会处境和社会经历，他们的感情欲望和道德面貌，正是 18 世纪时代精神的体现。严肃剧的目的就是让城市平民成为戏剧的正面角色，通过戏剧引起人们对社会问题的严肃思考，发挥戏剧的启蒙教育作用。

严肃剧的性质，在于打破悲剧、喜剧之间的界限，扩大戏剧反映和表现生活

---

① ［法］狄德罗：《论戏剧诗》，《狄德罗美学论文选》，张冠尧等译，人民文学出版社 2008 年版，第 149 页。

② ［法］狄德罗：《理查逊赞》，《狄德罗美学论文选》，张冠尧等译，人民文学出版社 2008 年版，第 234 页。

③ ［法］狄德罗：《关于〈私生子〉的谈话》，《狄德罗美学论文选》，张冠尧等译，人民文学出版社 2008 年版，第 78 页。

的范围。狄德罗指出人并不总是生活在极端的悲哀或者喜乐里，两极之间的生活才是人的正常生活，因此应该有一个介于喜剧和悲剧之间的剧种。"任何戏剧作品，只要题材重要，诗人格调严肃认真，剧情发展复杂曲折，那么即使没有使人发噱的笑料和令人战栗的危险，也一定会有引起兴趣的东西。而且据我看来，由于这些行动是生活中最普遍的行动，以这些行动为对象的剧种应该是最有益、最普遍性的剧种。我把这种戏剧叫做严肃剧。"① 狄德罗进一步区分了严肃剧的两个分支——"家庭悲剧"和"严肃喜剧"。家庭悲剧描写身边人们的不幸，狄德罗认为，这比描写僭主的暴亡或孩子牺牲在罗马祭坛上更能打动观众。严肃喜剧以人的美德和责任为对象，而不是以人的缺点和可笑之处为对象。"所以我再重复一遍：要正派，要正派。它会比那些只会引起我们的轻视和笑声的剧本更亲切、更委婉地感动我们。"② 因此，严肃剧又被称为"正剧"。严肃剧具有严肃、正派的主题，能够发挥道德教化的积极作用；严肃剧描绘普通市民的生活和情感，更易受到观众的肯定和赞赏；严肃剧语言平易通俗，更符合艺术模仿生活的要求。

狄德罗十分重视戏剧的社会作用，尤其是对观众的道德提升作用。他明确指出，一部戏剧作品的目的"是引起人们对道德的爱和对恶行的恨"③。狄德罗特别看重德行，他说："一切都要过去，惟有德行和真理永存。"④ 德行就是明辨伦理秩序、区分善恶，并乐于为善和具有自我牺牲精神。狄德罗认为戏剧具有提高人生境界、变易社会风俗的作用："任何一个民族总有些偏见有待摒弃，有些恶习需要谴责，有些可笑的事物有待贬斥。任何一个民族都需要适合于它们的戏剧。假使政府在准备修改某项法律或者取缔某项习俗的时候，善于利用戏剧，那将是多么有效的移风易俗的手段啊！"⑤ 狄德罗设想，一个坏人进入剧院，他也会憎恶舞台上的丑恶，从而灵魂得到净化。剧作家的宗旨就是彰显德行，批判丑恶。可见在狄德罗那里，戏剧在建立民族风尚、扫除社会偏见、弃恶扬善、提升境界方面，具有不可估量的作用。

---

① ［法］狄德罗：《关于〈私生子〉的谈话》，《狄德罗美学论文选》，张冠尧等译，人民文学出版社 2008 年版，第 83 页。
② ［法］狄德罗：《论戏剧诗》，《狄德罗美学论文选》，张冠尧等译，人民文学出版社 2008 年版，第 125 页。
③ ［法］狄德罗：《关于〈私生子〉的谈话》，《狄德罗美学论文选》，张冠尧等译，人民文学出版社 2008 年版，第 97 页。
④ ［法］狄德罗：《关于〈私生子〉的谈话》，《狄德罗美学论文选》，张冠尧等译，人民文学出版社 2008 年版，第 77 页。
⑤ ［法］狄德罗：《论戏剧诗》，《狄德罗美学论文选》，张冠尧等译，人民文学出版社 2008 年版，第 186 页。

对于狄德罗的戏剧理论主张，美国当代学者韦勒克认为："可以把它们看作是反对法国剧坛的清规戒律，主张现实主义戏剧的一种呼吁。"① 这一评论无疑是正确的，然而面对狄德罗戏剧思想中的丰富而发展变化着的内容，韦勒克作出了一个否定性的判断，认为"狄德罗是处于两个世界之间而又无从作出抉择这样一个人物"②。其实这句话只说对了一半，"处于两个世界"即新古典主义和浪漫主义之间这一点，韦勒克没有说错，但"无从作出抉择"则是基于误解而得出的结论。狄德罗的早期理论重视情感表达和诗意的自发性展示，偏向于日后成为文学潮流的浪漫主义立场，后期则趋于情感的节制和气质的冷静，这并不能简单地如韦勒克那样理解为向古典主义的回归，而是在艺术理想的辩证发展中迈向了现实主义的阶梯。也正因为如此，狄德罗才得到了马克思主义经典作家的赞赏和肯定："如果说有谁为了'对真理和正义的热诚'（就这句话的正面的意思说）而献出了整个生命，那么，例如狄德罗就是这样的人。"③

第二节 莱 辛

莱辛（1729—1781），德国文艺理论家、批评家、剧作家。他的主要文艺理论著作有《关于悲剧的通信》《关于当代文学的通信》《拉奥孔》和《汉堡剧评》等。

一、诗与画

《拉奥孔》发表于 1766 年，又名《论画与诗的界限》。在这部著作中，莱辛深入辨析了诗与画，实际上是文学与造型艺术的不同艺术特征，批判了以温克尔曼为代表的新古典主义艺术趣味，表达了强调真实、重视冲突和发展的文学观。

拉奥孔是希腊神话中特洛伊城日神庙的祭司。在特洛伊与希腊战争的最后阶段，他曾警告特洛伊人，希腊联军将用木马计攻陷特洛伊城。偏袒希腊一方的海

---

① ［美］韦勒克：《近代文学批评史》第 1 卷，杨岂深、杨自伍译，上海译文出版社 1987 年版，第 64 页。

② ［美］韦勒克：《近代文学批评史》第 1 卷，杨岂深、杨自伍译，上海译文出版社 1987 年版，第 83 页。

③ ［德］恩格斯：《路德维希·费尔巴哈和德国古典哲学的终结》，《马克思恩格斯文集》第 4 卷，人民出版社 2009 年版，第 286 页。

神波塞冬为惩罚拉奥孔，放出两条巨蛇将拉奥孔和他的两个儿子缠死。大约在公元前半世纪，当时的希腊罗得岛雕塑家以拉奥孔父子的垂死挣扎为题材，雕刻了一座群像。维吉尔在史诗《伊尼德》中也描写了这段神话故事。雕像和史诗对拉奥孔的描绘和表现有所不同，在史诗中，拉奥孔的剧烈痛苦展露无遗，而在雕像里，这种痛苦却被大大地淡化和抑制了。在诗里拉奥孔放声哀号，而在雕塑中他的面孔却好像是在叹息。温克尔曼在分析拉奥孔雕像的时候，谈到了他对古典艺术的总体看法，认为希腊艺术家所雕刻的拉奥孔形象，在一切剧烈情感中都表现出一种伟大平衡的心灵，指出"希腊杰作有一种普遍和主要的特点，这便是高贵的单纯和静穆的伟大"①。莱辛的《拉奥孔》则针对温克尔曼的上述理论进行争辩，他认为希腊造型艺术的最高法则是美而不是所谓"静穆"，绘画和雕塑不宜表现丑，而剧烈痛苦所伴随的面部扭曲是丑的。拉奥孔雕像不同于维吉尔诗篇的地方，说明雕塑家要表现美而避免丑。相比较而言，诗在表现物体美方面不如绘画和雕塑，但在表现人物的情感时却自如奔放得多。对造型艺术的美的要求，于诗而言没有任何约束力。因此对于维吉尔写拉奥孔临终前放声哀号的那行诗，"谁如果要在这行诗里要求一幅美丽的图画，他就失去了诗人的全部意图"②。莱辛从拉奥孔入手，划定了诗与画，广而言之是文学与造型艺术之间的界限，在它们的异同比较中，探讨了一切艺术的共同规律以及各门艺术的特殊法则。

莱辛重申了亚里士多德一切艺术都是模仿的看法，认为模仿自然是艺术的共同规律，诗与画当然也不例外。但莱辛强调的是诗与画的特殊规律，亦即它们之间的差异和界限问题，以反对诗画一致的理论。在莱辛看来，诗与画的差异主要有以下几点：第一，从媒介看，"绘画运用在空间中的形状和颜色"，"诗运用在时间中的明确发出的声音"。③ 绘画的媒介是形体和色彩，它们有在空间中并置排列的特点；诗的媒介是语言，它的呈现方式则是在时间中前后承续、线性发展的。第二，从模仿对象看，由于媒介符号与模仿对象应互相协调，因此"在空间中并列的符号就只宜于表现那些全体或部分本来也是在空间中并列的事物，而在时间中先后承续的符号也就只宜于表现那些全体或部分本来也是在时间中先后承续的事物"④。莱辛将空间中并列的事物称作"物体"，时间中先后承续的事物称作"动作"，进而推论说，物体是绘画的特有题材，动作是诗的特有题材。画的题材

① ［德］温克尔曼：《论古代艺术》，邵大箴译，中国人民大学出版社 1989 年版，第 41 页。
② ［德］莱辛：《拉奥孔》，朱光潜译，人民文学出版社 1979 年版，第 22 页。
③ ［德］莱辛：《拉奥孔》，朱光潜译，人民文学出版社 1979 年版，第 181 页。
④ ［德］莱辛：《拉奥孔》，朱光潜译，人民文学出版社 1979 年版，第 82 页。

限于可以眼见的事物，只适宜表现美的事物，诗则可以描写丑，描写喜剧性的、悲剧性的、可嫌厌的和崇高的事物。第三，从艺术效果来看，画是通过眼睛来感受的，眼睛可以把很大范围内并列的事物同时摄入眼帘，所以适宜感受静止的物体；诗是通过耳朵来接受的，耳朵在某个时间点上只能听到声音之流中的一瞬，声音稍纵即逝，耳朵只能凭记忆追溯印象，所以不适宜把握并列事物的描绘，而易于把握事物的发展。

莱辛没有满足于从模仿媒介的时间、空间特征出发去限定绘画和诗的表现对象与效果的时空范围，而是通过探讨不同艺术样式对物体和动作的模仿表现规律，表达了对艺术表现时间和空间关系的辩证思考。事物都是在统一的时空中存在的，物体和动作是不能分开的，所以模仿和表现物体的各类艺术也不可能只抽取时间或空间之一端加以处理。物体不仅在空间中存在，也在时间中存在，时间中存在的物体就成为一个动作的中心。"因此，绘画也能摹仿动作，但是只能通过物体，用暗示的方式去摹仿动作。"[1] 这种暗示的方法是通过选择"最富于孕育性的那一顷刻"来实现的。这一顷刻处于动作发展到顶点之前的瞬间，它可以使此前和此后的动作得以理解。同理，动作并非独立存在，而须依存于人或物，这些人或物是诗所要描写的对象，"所以诗也能描绘物体，但是只能通过动作，用暗示的方式去描绘物体"[2]。诗的暗示方法是通过选择"能够引起该物体的最生动的感性形象的那个属性"[3] 实现的。

莱辛对诗画进行比较的目的在于说明诗的优越性。诗在描绘肉眼可见的有血有肉的形象时，固然不及绘画、雕塑那样鲜明、丰富，但诗能全面、广泛、透彻地描写事物的动作以及情绪的发展变化，这又是绘画、雕塑所不能及的。当诗要表现物体的美时，常用的有效方法有两种：一是就美的效果来描写美。例如荷马没有直接描写海伦的美，而是写出了她走到特洛伊元老们面前所引起的赞叹。二是化美为媚。媚就是运动中的美，诗人比画家更适宜表现这种美。"媚落到画家手里，就变成一种装腔作势。但是在诗里，媚却保持住它的本色，它是一种一纵即逝而却令人百看不厌的美。"[4] 动态之美给人的印象更生动，因此，媚比起美来，所产生的效果更强烈。

对于诗与画的关系的讨论由来已久，古希腊时期的西摩尼德斯曾说画是一种

① ［德］莱辛：《拉奥孔》，朱光潜译，人民文学出版社 1979 年版，第 83 页。
② ［德］莱辛：《拉奥孔》，朱光潜译，人民文学出版社 1979 年版，第 83 页。
③ ［德］莱辛：《拉奥孔》，朱光潜译，人民文学出版社 1979 年版，第 83 页。
④ ［德］莱辛：《拉奥孔》，朱光潜译，人民文学出版社 1979 年版，第 121 页。

无声的诗，而诗则是一种有声的画。古罗马时代的贺拉斯，在其《诗艺》中也说："诗如此，画亦然。"新古典主义艺术史家温克尔曼也持此主张，认为在描写无形的对象方面，诗与画可以并驾齐驱。莱辛的《拉奥孔》则与其针锋相对。正如莱辛自己所言："这篇论文的目的就在于反对这种错误的趣味和这些没有根据的论断。"① 应当看到，在论述诗与画的界限问题上，莱辛并不以纯粹的学术研究为目的，而是据此为契机，表达他积极进取、注重行动的文艺观。诗如画的理论，在温克尔曼那里被概括为古典美的法则——"高贵的单纯和静穆的伟大"，以此推崇宁静高贵的艺术趣味。在当时，这种趣味与贵族宫廷文学的气息颇为投缘。莱辛通过批判诗如画的论断，反对当时贵族宫廷爱好的寓意画和闲散文人喜欢的描绘诗，进而突出以展现人物行动、真实描绘现实为特征的戏剧体诗的文学地位。他把戏剧看作文学的最高体裁样式，这固然受亚里士多德的《诗学》标举悲剧地位的影响，也与他个人对抒情诗等体裁缺乏了解有关，但更重要的是，戏剧对行动的直接表现、与民众的广泛接触、更具感染力的表达方式最能体现他的人生和艺术理想。对这种理想的热情执着，使他不屑于"从几条假定的定义出发，顺着最井井有条的次第，随心所欲地推演出结论来"②，而宁愿舍弃一般性的原则和系统化的论述，采用明确甚至不乏激烈的笔调，记录下自己的感想和思考。这种论证式笔锋，在他后来写作《汉堡剧评》时更显尖锐。

二、市民剧理论

莱辛为建立德国民族的新型戏剧，大力从事市民剧的写作实践。他的剧作《萨拉·萨姆逊小姐》开创了德语"市民悲剧"的先河，1767—1768 年写作的《汉堡剧评》更是体现了莱辛关于市民剧理论的重要成就。《汉堡剧评》的基本主题是，以法国新古典主义戏剧作家高乃依、拉辛和伏尔泰作为评论对象，借他们的剧作在汉堡剧院上演的机会，对法国新古典主义戏剧的写作目的、人物塑造、语言运用、规则设置等方面问题进行深入分析和批判。

莱辛以亚里士多德的悲剧理论为依据，指出莎士比亚的悲剧优于高乃依，胜过伏尔泰，应成为德国民族戏剧学习的榜样。莎士比亚的剧作看上去缺乏规则，悲喜交混，但这恰恰反映了人类生活的真实状况。如果说莎士比亚的历史剧是巨幅壁画，那么法国新古典主义的历史剧不过是镶嵌在戒指上的小品。莱辛指出，

---

① ［德］莱辛：《拉奥孔》，朱光潜译，人民文学出版社 1979 年版，第 3 页。
② ［德］莱辛：《拉奥孔》，朱光潜译，人民文学出版社 1979 年版，第 3—4 页。

当时德国学界对法国同行盲目地崇拜和一味地模仿严重阻碍了德国民族戏剧的生长，原因基于一种认为法国戏剧完全是按照亚里士多德的规则创作出来的偏见，因此"对于我们的作家来说，摹仿法国人跟按照古人的规则创作，是一码事"①。然而"幸运的是，几出英国戏剧把我们的感情从昏迷中唤醒过来，使我们终于认识到，悲剧除了高乃依和拉辛给予它的效果之外，还能产生一种截然不同的效果"②。莱辛认为，以莎士比亚为代表的英国剧作并没有按照法国剧作的规则写作，却取得了更加优异的效果。因此，法国戏剧的规则并不是戏剧的真正规则。通过研究亚里士多德的著作可以看到，"没有哪一个民族对于古代戏剧规则的误解比法国人更严重"③。为打破这种盲目崇拜法国戏剧的偏见，莱辛强调要回到亚里士多德的诗学理论和戏剧理论。

莱辛反对把悲剧变成纪念大人物的工具，提倡在剧作中表现市民阶层的日常生活。莱辛的这种"反英雄主义"早在他的《关于悲剧的通信》中就有充分体现。在谈到悲剧效果问题时，莱辛明确比较了"赞赏"与"同情"这两种情感反应，他认为，悲剧的特有情感是同情而不是赞赏，"悲剧的天职就是，扩展我们的感知同情的能力"④。而赞赏的对象往往是"冷漠的英雄"，我们通过悲剧关注的不是王公贵族的丰功伟业，而是他们与普通人一样的情感波澜。莱辛由此开始了从平民立场向贵族阶级戏剧观念的挑战。

在对待戏剧规则的态度上，莱辛区别了两类人：法国人和古代人。"有的人听任规则摆布；有的人确实重视规则。前者是法国人干的；后者似乎只有古代人懂得。"⑤ 莱辛认为，法国新古典主义戏剧作家把规则变成一种繁文缛节的形式对戏剧加以限制，妨碍了戏剧对行动的叙述和性格的塑造。在"三一律"问题上，莱辛指出，"行动整一律是古人的第一条规则；时间整一律和地点整一律仿佛只是它的延续，古人对待后者并不像对待前者那样严格"⑥。古希腊的戏剧有歌队，所以需要在时间和地点上有所限制，法国新古典主义者在不用歌队的情况下仍机械照搬老规矩，反而忽视了根本性的东西，那就是人物性格的塑造。"最严格的规则也无法补偿性格上最小的缺点。"⑦ 莱辛指出："对于作家来说，只有性格是神圣的。

---

① ［德］莱辛：《汉堡剧评》，张黎译，上海译文出版社 1981 年版，第 514 页。

② ［德］莱辛：《汉堡剧评》，张黎译，上海译文出版社 1981 年版，第 514 页。

③ ［德］莱辛：《汉堡剧评》，张黎译，上海译文出版社 1981 年版，第 514 页。

④ ［德］莱辛：《关于悲剧的通信》，朱雁冰译，华夏出版社 2010 年版，第 19 页。

⑤ ［德］莱辛：《汉堡剧评》，张黎译，上海译文出版社 1981 年版，第 241 页。

⑥ ［德］莱辛：《汉堡剧评》，张黎译，上海译文出版社 1981 年版，第 241 页。

⑦ ［德］莱辛：《汉堡剧评》，张黎译，上海译文出版社 1981 年版，第 242 页。

加强性格，鲜明地表现性格，是作家在表现人物特征的过程中最当着力用笔之处。"① 一味纠缠于细枝末节和清规戒律，只会离戏剧的真实动机越来越远。莱辛对戏剧人物的性格与戏剧行动的情节之间关系的论述，超越了亚里士多德关于性格从属于情节的见解，突出了人物性格塑造的重要地位。正如英国美学家鲍桑葵所言，莱辛戏剧理论的价值在于"不是靠了把亚里士多德的见解加以表面上的引申（我们不妨这样说），而是靠了探索这些见解的根源——人性"②。

在悲剧的净化效果的问题上，莱辛依据他对亚里士多德《诗学》的理解，指责高乃依曲解了亚里士多德。怜悯和恐惧，是亚里士多德谈到悲剧净化作用时提到的两种情感。高乃依认为，这两种情感中的任何一种本身都可以具有净化功能，除此之外，还有别的情感，如愤怒、嫉妒等，而这是亚里士多德没有注意到的，因此他所提到的悲剧情绪是偶然列举出来的，是不完备的。莱辛则把亚里士多德《修辞学》中怜悯与恐惧的交互定义运用到对高乃依的质疑上，强调"悲剧应该引起我们的怜悯和我们的恐惧，仅仅是为了净化这种和类似的激情，而不是无区别地净化一切激情"③。莱辛认为，"这种净化只存在于激情向道德的完善转化中"，道德存在于激情的两个极端之间，中和适度才是净化之道。而怜悯与恐惧就在相互制约中避免了各自的极端发展："就恐惧而言，悲剧性的怜悯必须对过多感觉到恐惧的人和过少感觉到恐惧的人进行控制；而就怜悯而言，悲剧性的恐惧也当如此。"④ 这样，恐惧和怜悯在悲剧作用问题上就成为两种不可自顾宣泄的激情，而共同以向道德完善的转化为目的了。

鲍桑葵认为，对莱辛的戏剧理论，可以作如下粗略但大致不错的概括："莱辛一心一意想要证明，按照索福克勒斯和亚里士多德的见解来衡量，正确的是莎士比亚而不是拉辛。"⑤ 法国新古典主义不仅让德国启蒙主义者看到了它与真正的古代精神的距离，而且也唤起了德国同英国的意识和语言之血脉关系的认同。《汉堡剧评》对法国新古典主义戏剧的批判，澄清了一系列重大理论问题，也提出了一系列重要的观点，但正如莱辛自己所言，《汉堡剧评》并不涉及戏剧体系问题。"我没有义务把我提出的全部难题加以澄清。我的思想可能没有多少联系，甚至可能是互相矛盾的：只供读者在这些思想里，发现自己进行思考的材料。我只想在

---

① ［德］莱辛：《汉堡剧评》，张黎译，上海译文出版社 1981 年版，第 125 页。

② ［英］鲍桑葵：《美学史》，张今译，商务印书馆 1985 年版，第 304—305 页。

③ ［德］莱辛：《汉堡剧评》，张黎译，上海译文出版社 1981 年版，第 396 页。

④ ［德］莱辛：《汉堡剧评》，张黎译，上海译文出版社 1981 年版，第 400—401 页。

⑤ ［英］鲍桑葵：《美学史》，张今译，商务印书馆 1985 年版，第 301 页。

这里散播一些'知识的酵母'。"① 的确，莱辛的文艺理论以其革命性和启示性，拉开了"狂飙突进"运动的帷幕。

第三节 赫 尔 德

赫尔德（1744—1803），德国启蒙主义批评家，"狂飙突进"运动的先驱和精神领袖。赫尔德的著作主要包括《论德国现代文学片断》《批评之林》《论语言的起源》《莎士比亚》《论莪相和古代民间的诗歌》《关于人类发展的另一种历史哲学》《论希伯来诗歌的精神》《民歌》《散论集》和未完成的《人类历史哲学大纲》等。

一、民族文学论

赫尔德关于民族文学和文学的民族性的理论，是与 18 世纪德国思想界对包括德国文学艺术在内的德国文化的独立性思考相一致的。"18 世纪的德国人念念不忘他们的国家尚未有过自己辉煌的世纪这一点。因此，许多人探索有利于激发德国诗学的知识环境。这种动向与普遍的爱国潮流是不可分割的。"② 当时的一批具有爱国意识的学者，开始认真思考源自古典主义的美学和艺术原则应用于德意志民族文学的可能性问题。赫尔德对当时德国文学现状的考察便是基于上述思考展开的。"与莱辛一样，他喜欢压压法国人的盛气；与青年歌德一样，他更乐意从德国古诗及其支柱德语中吸取营养。"③ 应当看到的是，赫尔德并不是一个唯我独尊的狭隘民族主义者，他的民族主义体现在用推己及人的方式将爱国主义与世界主义完美地结合起来。"换言之，他的目的不是把德国强加于世界，而是教导每个民族超越所有外国范式从而拥有真正的自我。"④

赫尔德通过比较各民族诗歌之后，得出结论说，每个民族总会爱自己的诗人

---

① ［德］莱辛：《汉堡剧评》，张黎译，上海译文出版社 1981 年版，第 480 页。
② ［法］让·贝西埃等主编：《诗学史》上册，史忠义译，百花文艺出版社 2002 年版，第 438 页。
③ ［法］让·贝西埃等主编：《诗学史》上册，史忠义译，百花文艺出版社 2002 年版，第 441 页。
④ ［法］让·贝西埃等主编：《诗学史》上册，史忠义译，百花文艺出版社 2002 年版，第 441 页。

胜过其他，不愿弃己而求诸外，唯独德国人却往往盲目崇拜外国而忽略了自己人。在批评"德国人对母语最优秀的诗人视而不见"这种现象的同时，赫尔德用一连串的设问表达了对发展民族语言和文学的必要性的思考："我们的文学品位和写作风格，应该如何培养？我们语言的结构和规则应该如何发展？除了经由本民族最优秀的作家，如何还有别的途径？除了藉着本国的语言，藉着用这种语言讲述如珍宝藏于其间的最优秀的思想和最真挚的情感，我们如何还有别的方法学会爱国？"① 赫尔德认为，只有充分重视和热爱本民族的诗人，才能促进本民族语言和文学的发展，进而将本民族最优秀的思想和最真挚的情感记录下来、传承下去。

赫尔德对民族文学问题的思考具有辩证色彩，他敏锐地意识到正确对待本民族文学与公正对待世界各个时代、各个民族的文学遗产之间的矛盾与联系。他说："尽管如此，并不能因为爱国，就看不到无处不在的善是随着历史和民族的演进日益丰盈。"② 他认为世间各个民族、各个时代的诗也如同美丽缤纷的大花园里的花朵，它们共同营造了百花齐放的美景。诗是一面反映民族性情、民族理想的镜子，通过对各民族诗歌的阅读，最终得到的是对世界各民族思维方式、理想愿望、人生态度的理解。因此，赫尔德呼吁一种视界高远和包容全局的胸怀："不站在高处，你可否视野宽广？如果你把脸紧紧贴在一幅画上，把这里的一小块敲下来，目不转睛盯着那里的一团油彩，那你永远也不会看到整幅画面——实际上，你所看的根本就不是一幅画。如果你脑子里满是一个民族，为它迷恋不能自拔，那么你又怎么可能看到整体的历史长河波涛起伏、流变不居？"③ 在此，赫尔德表达了一种世界化的民族观和变化发展的历史观，而这一切都指向对丰富而多变的人性的理解。

赫尔德明确指出了理解各个时代、各个民族的诗和文学的有效途径，那就是设身处地、感同身受，进入具体对象的时代、地方和历史，以领会它的全部细节。这种理解基于一种同情的态度和相对主义的历史观，只有这种同情式的理解，才能避免妄下结论和误读误译。在评论莎士比亚的戏剧时，赫尔德认为不同的民族孕育了不同的戏剧，犹如特别的种子只能在它适宜的土地上生长。不能用希腊悲

---

① ［德］赫尔德：《反纯粹理性——论宗教、语言和历史文选》，张晓梅译，商务印书馆 2010 年版，第 147 页。

② ［德］赫尔德：《反纯粹理性——论宗教、语言和历史文选》，张晓梅译，商务印书馆 2010 年版，第 147 页。

③ ［德］赫尔德：《反纯粹理性——论宗教、语言和历史文选》，张晓梅译，商务印书馆 2010 年版，第 4 页。

剧的规则来要求和限制莎士比亚的悲剧，两种悲剧的起源不同，不可能符合同一种规范。如果看不到事物的起源，往往就会引发对它的误解。情节的简单、风俗的质朴以及时间、地点的统一等希腊悲剧的风格，是由希腊悲剧的起源所决定的，而在希腊悲剧中自然而然、毫无做作的那些悲剧品质如果脱离其起源，单纯抽出来作为僵死的美学规则以规范和评判后代的悲剧，比如莎士比亚的悲剧，那么这一切所作所为则终归是严重的误解。因为如果不是从那个起源出发，事物就不可能以那样的方式存在。

对世界各民族文学的理解，真正目的不在于诗和文学本身，而在于其映照的人性，赫尔德的研究抱负和学术视野远远不限于文学，文学研究是他整个人类历史哲学的组成部分，人道和人性才是他文学研究的出发点和最终归宿。在用对话体写成的《论希伯来诗歌的精神》一文中，赫尔德回答了研究希伯来诗的原因和目的这个问题："因为这诗本身就是世界之启蒙初肇，而且仍然是真正的人类童年之诗。我们在这种诗中看到人心最初的直觉，最简朴的思维方式，规范它和引导它的最基本的要素。……我们应该欣赏人对事物最初的直觉，因为我们从中是可以学到很多东西。这种诗展现了感官最初的逻辑，概念最基本的分析，道德最本原的原则，简而言之，就是人之思想和灵魂最古老的历史。"① 赫尔德用一种生物学的观点解释诗歌的生长过程，正如树木从根部生长的道理一样，要推究一门艺术的发展和繁荣，也必须从它的起源谈起。它的起源包含着它的产品的全部生命，正如一种植物的整体连同它的各个部分全部蕴藏在一颗种子里一样。"起源揭示了事物的本质。"② 通过倾听人类的童年之声，感受人类的本质和人性的光辉，赫尔德达到了他研究民族文学的目标。

二、诗、自然、社会

诗是赫尔德历史主义文学研究的主要对象。与莱辛将戏剧诗视为文学的最高形式不同，赫尔德认为，诗的最高代表是抒情诗。他对抒情诗在文学中不可替代之地位的确定是以他"感觉主义"的美学观为理论基础的。为回应莱辛与温克尔曼关于古希腊雕塑《拉奥孔》的论争，赫尔德在 1768—1770 年写作了《雕塑论》，并于 1778 年出版。在《雕塑论》中，赫尔德区分了三种在艺术活动中发挥作用的

① ［德］赫尔德：《反纯粹理性——论宗教、语言和历史文选》，张晓梅译，商务印书馆 2010 年版，第 190 页。
② ［美］韦勒克：《近代文学批评史》第 1 卷，杨岂深、杨自伍译，上海译文出版社 1987 年版，第 250 页。

人类感官。"我们有一个器官，它同时并存地把握在自身之外的各部分，另一个器官则先后依次地把握它们，第三个器官却相互交错地把握它们：这就是视觉、听觉和触觉。"① 与这三种感官对应的是三种艺术样式：绘画、音乐和雕塑。在这种艺术格局中，似乎找不到诗歌的位置，然而赫尔德将人的感官与动物相比较，认为就某个单一感官来说，人可能不如动物更敏锐和发达，但"动物的敏感、技能和艺术本能的强弱程度，与其活动领域的大小和丰富程度成反比"②，这反而造成了动物活动领域的单一与狭小。而人类感官在某些方面不如动物感官灵敏，恰恰是这一点赋予人类感官的普遍自由的优势。"人类的感官，正因为它们不是专为服务于单一的目的，恰是整个世界的更为普遍的感官。"③ 人用想象的能力超越了单一对象，用灵魂的力量拥抱整个世界，如此一来，诗歌就占据了一个特殊的不可替代的位置。因为诗歌是想象的艺术，"唯一通向灵魂的美的艺术"，是"灵魂的音乐"，"打动着内在的感官，而不是艺术家的肉眼"。④ 诗歌凭借人的想象力把"时间、空间、能量"这三个方面合为一体，用一种综合的表现力完成了人类精神世界的表达。

赫尔德对诗的理解，与他的语言起源问题研究密不可分。他认为，要谈论一个国家、一个民族的文学，就不能无视这种文学所运用的语言。语言是文学创作的依凭，一种语言的天才也是一国文学的天才。诗歌的起源与语言的起源是同一件事，最初的语言无非是诗歌元素的总汇。赫尔德认为人的语言产生于人的反思认知能力。所谓反思认知，就是超越了对对象的属性加以清晰知觉的一种对对象特征的区别能力。比如在一只白色、柔软、毛茸茸的绵羊身上，区别出"咩咩叫"这个特征，并用人的方式认出它——"这就是那只咩咩叫的羊"，这就是反思认知能力。这种能力是人之所以为人的特性，它是相对于动物的感性和本能而言的全部人类思维的综合力量，它孕育了人的理性和自由意志。诗便是在这种理性与自由意志的基础上产生的，因此诗歌不仅是抒情的呼喊，而且是寓言和神话。诗人不是在模仿自然，而是用一种意象来比拟自然，这更像是对造物主的创造力的模

---

① ［德］赫尔德：《雕塑论》，《赫尔德美学文选》，张玉能译，同济大学出版社 2007 年版，第 14 页。

② ［德］赫尔德：《论语言的起源》，《反纯粹理性——论宗教、语言和历史文选》，张晓梅译，商务印书馆 2010 年版，第 41 页。

③ ［德］赫尔德：《论语言的起源》，《反纯粹理性——论宗教、语言和历史文选》，张晓梅译，商务印书馆 2010 年版，第 43 页。

④ ［美］韦勒克：《近代文学批评史》第 1 卷，杨岂深、杨自伍译，上海译文出版社 1987 年版，第 246 页。

仿。于是，诗成为人类自我塑造的一种手段。

诗是人类一种不可替代的有目的的艺术活动，其目的在于人的自我塑造，在于"人性"。赫尔德指出，自然的首要法则就是"让人为人"。"让他们按自己认为最好的方式塑造自己的生活。为此之故，人们依其所能划地而居。在世界上不同的地方，婚姻、国家、奴隶制度、衣饰、房屋、娱乐、食物、科学，还有艺术，都是人们按着自己认为于己于人最好的方式做成的。如此，无论何处，我们都看到人们有权利并运用权利去塑造自身，成为自己认得的那一种人。"① 这种"让人为人"的自然法则具体融会到文学活动中，就形成两种关于文学创造和文学生存发展的观念：一是诗人在自我塑造的过程中，不能一味模仿前人，而应依照自己的天性，凭借天才去勇敢和自由地创造。二是诗或文学的发展就像植物的生长受到周围气候、土壤条件的影响，文学的发展也受到自然环境和社会历史条件的制约。文学的类型、样式、规则的出现和成熟是与它周围的自然、社会历史条件密切相关的，自然气候、风土人情、政治制度等都不同程度地影响文学的发展。于是，我们在赫尔德对文学、自然、社会的诸多思考和论述中看到了一种综合对应的关系。他用自然界植物的发展比拟文学的发展，用社会中人性的特征解读各民族、各时代文学的特质。虽然文学研究是他内心深处的一种需要，但其视野和胸怀远远不限于文学领域。他力图消化吸收他那个时代的全部知识，表达他对于世界和历史的整体观念。

像莱辛一样，赫尔德不能算是一个拥有严格而完整的学科构架的文艺理论家，但他是一个热情、敏锐并且具有独创精神的文学批评家。他对于文学，尤其是抒情诗的理解是超越前人的，而他关于文学历史发展的思想更是具有开创性的意义。赫尔德的文学史研究更像是广义的文化史研究，他首先是从社会学的角度来考察文学发展的问题的。就强调气候、民族、习俗以及民主政体之类的政治条件与文学的关系而言，他已被视为法国历史社会学文论家泰纳的先驱。作为赫尔德曾经的老师，康德用批评的口吻谈及赫尔德关于人类历史哲学的思想，认为这种历史哲学不去规定概念的正确性，不对法则进行仔细的区分和证明，因此与人们习惯上指称的历史哲学完全不同。但康德的这一评价恰从反面衬托出赫尔德历史哲学思想的独创性和超越前人的价值所在。这样看来，康德接下去对赫尔德思想的概括就有了完全不同的意味，甚至可以视为对他的赞赏之词了：他的历史哲学"是

---

① ［德］赫尔德：《反纯粹理性——论宗教、语言和历史文选》，张晓梅译，商务印书馆 2010 年版，第 26 页。

一掠而过而又非常全面的一瞥，是一种探究相似性的机智，但在使用这种机智时，又很熟练地依靠感情和感觉大胆想象那始终是模糊而遥远的对象，这种感情和感觉作为思想的非常博大的内涵的影响，或者作为多义的暗示，会使人猜测它们不光只是冷静的评价"①。康德以其哲人的敏锐目光，捕捉到一个狂飙突进姿态的身影。

小　结

启蒙主义文论在历史上的承上启下地位令其受到特别关注。一方面，它将理论批判的矛头指向新古典主义文论，另一方面，它又以对自然人性的肯定和对现实生活的关注开启了浪漫主义文论和现实主义文论的大门。

启蒙主义文论家有以下共同特点：第一，相信知识的力量。狄德罗、莱辛、赫尔德等人都受过良好的学校教育，较为系统地掌握了自然、历史、社会、文学诸方面的知识，这使得他们可以充分运用古代和外国的思想资源，为批判因循守旧的社会风气和文艺陈规服务。第二，关注现实，呼唤变革。启蒙主义文论家具有强烈的社会意识和责任感，努力为新兴的市民阶层和资产阶级提供展示自身的舞台，力图通过严肃剧、市民剧和凸显民族性格的诗歌等倡导启蒙思想主张。

启蒙主义文论既尊重历史的逻辑，又富有辩证的色彩。狄德罗的严肃剧理论打破僵化的戏剧观念，创立了新的戏剧种类；莱辛的市民剧理论则从德国社会文化背景出发，与狄德罗相呼应，进一步推进了启蒙主义戏剧理论的发展；赫尔德则以抒情诗为主要对象和出发点，探讨诗与自然和社会的关系，提出民族文学和文学民族性的理论主张。另外，莱辛在关注各门艺术的内在规律和表现特征基础上的诗画比较研究，狄德罗对艺术的自然真实原则的强调和文艺的道德启蒙功能的重视，都成为世界文学理论宝库中的重要财富。

需要指出的是，启蒙思想家所标举的真理、正义、平等和人权尚未摆脱资本主义社会的时代局限，正如恩格斯所言："现在我们知道，这个理性的王国不过是资产阶级的理想化的王国；……18 世纪伟大的思想家们，也同他们的一切先驱者一样，没有能够超出他们自己的时代使他们受到的限制。"② 恩格斯这段对启蒙思

---

① ［德］卡岑巴赫：《赫尔德传》，任立译，商务印书馆 1993 年版，第 79 页。

② ［德］恩格斯：《社会主义从空想到科学的发展》，《马克思恩格斯文集》第 3 卷，人民出版社 2009 年版，第 524 页。

想家的评判，同样适用于指导我们正确认识和理解启蒙主义文论本身。

思考题：

1. 狄德罗的严肃剧与传统文论中的悲喜剧的区别何在？

2. 莱辛是如何论述诗与画的界限的？

3. 莱辛对莎士比亚和拉辛戏剧创作成就的评价如何？从中体现了什么样的戏剧理论观念？

4. 赫尔德是如何理解诗、自然、社会三者关系的？

第六章　德国古典文论

概　　述

　　德国古典文论是在德国古典哲学基础上产生的一种文学理论流派。德国古典哲学指 18 世纪末至 19 世纪上半叶的德国资产阶级哲学，康德是德国古典哲学的创始人，经过费希特和谢林的发展，黑格尔成为德国古典哲学的集大成者，费尔巴哈是最后的代表。就经济、政治和社会发展而言，这一时期的德国是落后的和可鄙的，但在思想文化领域，德国近代资产阶级却取得了非常丰硕的成果，创造了一个文化上的繁盛时期，德国人在哲学、美学、文论、文学、音乐、戏剧等方面的成就不但达到了欧洲领先水平，而且至今仍然是人类的宝贵遗产。这一时期的德国典型地体现了精神生产和物质生产的不平衡状况。

　　从时间上说，德国古典文论大致从 1770 年康德哲学由前批判时期转向批判时期开始，以 1832 年歌德逝世为终结，主要代表包括康德、歌德、席勒和黑格尔。

　　18 世纪的德国虽然被称作"神圣罗马帝国"，但这个帝国事实上早已名存实亡，皇权衰微，诸侯割据，经济落后，民不聊生。恩格斯曾经用犀利的笔触描述了这一时期的德国现实："这是一堆正在腐朽和解体的讨厌的东西。没有一个人感到舒服。国内的手工业、商业、工业和农业极端凋敝。农民、手工业者和企业主遭到双重的苦难——政府的搜刮，商业的不景气。贵族和王公都感到，尽管他们榨尽了臣民的膏血，他们的收入还是弥补不了他们的日益庞大的支出。一切都很糟糕，不满情绪笼罩了全国。没有教育，没有影响群众意识的工具，没有出版自由，没有社会舆论，甚至连比较大宗的对外贸易也没有，除了卑鄙和自私就什么也没有；一种卑鄙的、奴颜婢膝的、可怜的商人习气渗透了全体人民。一切都烂透了，动摇了，眼看就要坍塌了，简直没有一线好转的希望，因为这个民族连清除已经死亡了的制度的腐烂尸骸的力量都没有。"[①]

　　1789 年法国大革命触动了这片混乱的土地，德国先进的知识分子无不对之欢欣鼓舞，但随着革命的深入，这些德国知识分子又开始对暴力感到恐惧，充分显现了马克思、恩格斯所尖锐批判的德国人的庸人习气。就这一时期的思想文化背

---

① ［德］恩格斯：《德国状况》，《马克思恩格斯全集》第 2 卷，人民出版社 1957 年版，第 633—634 页。

景而言，德国资产阶级也在以自己的特有方式进行着思想革命，为政治革命做准备，这就诞生了德国古典哲学。作为"法国革命的德国理论"，德国古典哲学以一种思辨、晦涩的语言曲折传达了德国资产阶级的历史要求，在继承了文艺复兴之后欧洲思想史上的优秀成果的基础上，德国古典哲学建立了以理性和主体性为前提、以"自由"为核心的意识形态体系。在政治方面，"自由"表现为反抗封建专制、要求德国统一的呼声；在伦理方面，"自由"表现为反对封建等级制度、对个性自由与和谐的追求；在历史观方面，"自由"表现为历史发展的终极目的；在人生观方面，"自由"表现为人生在世的最高状态；在审美观方面，"自由"表现为将感性与理性、现实与理想统一起来的游戏。

在这一时期，德国在文学艺术方面取得了举世公认的成就，产生了一批至今仍然具有巨大影响力的作家和艺术家。在文学领域，从 1770 年到 1832 年，德国经历了"狂飙突进"运动和"德国古典文学"两个时期，歌德和席勒是这两个时期文学潮流的卓越代表。正如恩格斯所言："这个时代在政治和社会方面是可耻的，但是在德国文学方面却是伟大的。"[①] 歌德的《葛兹·冯·伯里欣根》成为德国第一部现实主义历史剧，《少年维特之烦恼》成为德国第一部产生重大国际影响的文学作品，其晚年完成的《浮士德》是西方文学史上最伟大的诗体小说之一。席勒的悲剧《强盗》《阴谋与爱情》和著名诗篇《欢乐颂》，无不体现了渴望自由、反抗专制、追求人类福祉的思想主题。其中《阴谋与爱情》被恩格斯誉为"德国第一部有政治倾向的戏剧"[②]。

第一节 康　　德

康德（1724—1804），德国哲学家，德国古典哲学和古典美学创始人，以《纯粹理性批判》《实践理性批判》《判断力批判》建立了自己的批判哲学体系。康德的文艺思想从属于其哲学美学体系，主要表现在《判断力批判》中。

一、艺术论

康德对审美判断力的批判分为两部分：分析论和辩证论。前者是从四个逻辑

---

① ［德］恩格斯：《德国状况》，《马克思恩格斯全集》第 2 卷，人民出版社 1957 年版，第 634 页。
② ［德］恩格斯：《致明娜·考茨基》，《马克思恩格斯文集》第 10 卷，人民出版社 2009 年版，第 545 页。

范畴来对美和崇高进行分析，后者探讨鉴赏中二律背反的表现和解决途径。康德在《判断力批判》"导言"部分论述了判断力在联结知性与理性、认识与道德、自然与自由、真与善的过程中所起的桥梁作用，指出审美判断力作为一种反思性判断力，将"自然的形式的合目的性"作为自身的先验原理。在"分析论"和"辩证论"之间的"纯粹审美判断的演绎"部分，康德集中探讨了艺术问题，这些对艺术的理解为整个德国古典文论奠定了思想基础。康德首先通过三个比较区分出了"一般的艺术"，概括了艺术所具有的一般特征。

第一，与自然相区别，艺术是人的创造物。"我们出于正当的理由只应当把通过自由而生产、也就是把通过以理性为其行动的基础的某种任意性而进行的生产，称之为艺术。"① 蜜蜂的蜂巢尽管很精巧，但它不是艺术品，因为"蜜蜂绝不是把自己的劳动建立在自己的理性思虑的基础上，则我们马上就会说，这是它们的本性（本能）的产物，而一个产品作为艺术只应被归之于艺术的创造者"②。也就意味着，一块在沼泽地里发现的砍削的木头，虽然粗糙，却是一件艺术品，因为它出自人的心灵，其形式服从于一个目的。

第二，与科学相区别，艺术是技能的活动，科学是知识的活动。在此，康德将技能和知识、实践和理论对立起来。他认为，如果我们知道怎样去做，而且如果熟悉我们所欲求的结果，就可以做到的话，这样的活动不是艺术，"只有那种我们即使最完备地知道但却还并不因此就立刻拥有去做的熟巧的事，才在这种意义上属于艺术"③。康德的这种区分和对立，可以看出他非常重视艺术活动的形式规律和艺术技巧。在论述艺术家（天才）和科学家的不同之处时，康德再次表达了类似的看法。

第三，与手工艺相区别，艺术是自由的游戏，手工艺是雇佣的劳动。康德认为："艺术甚至也和手艺不同；前者叫做自由的艺术，后者也可以叫做雇佣的艺术。我们把前者看作好像它只能作为游戏、即一种本身就使人快适的事情而得出合乎目的的结果（做成功）；而后者却是这样，即它能够作为劳动、即一种本身并不快适（很辛苦）而只是通过它的结果（如报酬）吸引人的事情、因而强制性地加之于人。"④ 康德在此初步揭示了私有制社会状况下人的劳动所具有的异化性质。手工艺活动和艺术活动具有很大的相似性，但前者是出于谋生的需要而被迫从事

---

① ［德］康德：《判断力批判》，邓晓芒译，杨祖陶校，人民出版社 2017 年版，第 112 页。
② ［德］康德：《判断力批判》，邓晓芒译，杨祖陶校，人民出版社 2017 年版，第 112 页。
③ ［德］康德：《判断力批判》，邓晓芒译，杨祖陶校，人民出版社 2017 年版，第 112 页。
④ ［德］康德：《判断力批判》，邓晓芒译，杨祖陶校，人民出版社 2017 年版，第 113 页。

的一种雇佣劳动，手工艺人在劳动中感到的不是快乐，而是被剥削、被压榨的痛苦；后者本质上是自由的活动，看上去就像无忧无虑的游戏，无论是创造还是欣赏，都能让人获得情感的愉悦、身心的舒畅和健康的满足感。

从以上三个方面，康德区分出了"一般的艺术"，并且着重强调了"一般的艺术"的自由本质和理性特征。自由是康德对艺术的核心规定，渗透了艺术活动的各个环节。例如，康德认为审美的快感是"唯一自由的愉悦"①，并称之为"惠爱"，以区别于与功利结合在一起的"爱好"和"敬重"；又如，当人获得审美愉悦的时候，康德认为此时审美者的想象力和知性两种心理功能处于自由和谐的游戏状态。与这种自由的游戏活动相伴随，理性是艺术的重要特征，艺术品正是通过理性的介入，成为某种观念的感性显现，从而使作品具有深刻的伦理意义和深远的社会价值。

从"一般的艺术"之中，康德又区分了两种艺术：机械的艺术和审美的艺术。如果艺术单纯地满足于实现对一可能对象的认识，这种艺术就是机械的艺术；如果艺术以愉快的情感作为自身直接的企图，这种艺术就是审美的艺术。在审美的艺术中，康德又区分了两种：快适的艺术和美的艺术。快适的艺术的目的是快乐，"是使愉快去伴随作为单纯感觉的那些表象"，美的艺术的目的也是快乐，但是"是使愉快去伴随作为认识方式的那些表象"②。快适的艺术是康德所轻视的一种艺术，因为它单纯以享乐为目的，如宴席间的一切高谈阔论和欢愉消遣等；美的艺术是康德心目中真正的艺术，又可以分为"语言的艺术""造型的艺术"和"感觉游戏的艺术"。

关于美的艺术，康德在"一般的艺术"的基础上又作了进一步规定："愉快的普遍可传达性"和"自然性"。

美的艺术是这样一种表象方式，它具有突出的"形式的合目的性"，它不是通过感官的快适，而是在反思判断中能够普遍地激发起心理的自由的愉快状态，使审美愉悦具有不依赖于概念而产生的广泛的社会性。"美的艺术是这样一种表象方式，它本身是合目的性的，并且虽然没有目的，但却促进着对内心能力在社交性的传达方面的培养。""一种愉快的普遍可传达性就其题中应有之义而言，已经带有这个意思，即这愉快不是出于感觉的享受的愉快，而必须是出于反思的享受的愉快；所以审美的艺术作为美的艺术，就是这样一种把反思判断力、而不是把感官感觉作为准绳的艺术。"③"在我们诸认识能力的、毕竟同时又必须是合目的性的

---

① ［德］康德：《判断力批判》，邓晓芒译，杨祖陶校，人民出版社 2017 年版，第 35 页。
② ［德］康德：《判断力批判》，邓晓芒译，杨祖陶校，人民出版社 2017 年版，第 114 页。
③ ［德］康德：《判断力批判》，邓晓芒译，杨祖陶校，人民出版社 2017 年版，第 114 页。

游戏中的这种自由情感的基础上，就产生那种愉快，它是唯一可以普遍传达却并不建立在概念之上的。"① 康德不断强调艺术活动和审美活动中愉快的普遍性，不断强调审美愉快不依赖于概念但具有必然性，事实上，这种强调是德国新兴资产阶级自由平等的政治思想在审美领域的含蓄表达。当现实处处存在不平等的时候，德国资产阶级思想家们便幻想出一个审美的国度，在这个领域中，每一个人的审美判断力都依据先验原则起到立法作用，从而每一个人的审美愉快就是所有人的审美愉快。康德通过这种愉快的普遍传达性，初步探索了审美活动的社会性问题，表现了康德美学的进步性。但是，康德将这种普遍性的愉快奠基在"共通感"之上，又陷入了近代资产阶级抽象人性论的藩篱之中。

"自然性"与"人为性"是对立的。康德认为，美的艺术虽然是人创造的，但"在它的形式中的合目的性却必须看起来像是摆脱了有意规则的一切强制，以至于它好像只是自然的一个产物"②。康德把艺术理解为自由的游戏，但依然强调艺术应该遵循一些形式规则，比如"语言的正确""语汇的丰富""韵律学和节奏"等。他认为，没有这些规则的话，"在艺术中必须是自由的并且唯一地给作品以生命的那个精神就会根本不具形体并完全枯萎，这是不能不提醒人们注意的"③。但就美的艺术而言，所有这些形式规律都不应该显现出任何人为的痕迹。"尽管这产品唯有按照规则才能成为它应当所是的那个东西，而在与这规则的符合中看得出是一丝不苟的；但却并不刻板，看不出训练有素的样子，也就是不露出有这规则悬于艺术家眼前并将束缚套在他的内心能力之上的痕迹来。"④ 对于艺术作品的意图来说，自然性同样重要，美的艺术尽管必然体现出一定的意图和目的，但是它应该看不出有什么意图和目的，就好像是自然天成的一样。"所以美的艺术作品里的合目的性，尽管它是有意的，但却不显得是有意的；就是说，美的艺术必须看起来像是自然，虽然人们意识到它是艺术。"⑤ 康德关于艺术的自然与人为、自由与法则的辩证关系的思想，对德国古典哲学时期乃至以后的文论思想影响深远。

二、天才论

康德写作《判断力批判》的时代正是欧洲浪漫主义开始兴起的时代，与这种

---

① ［德］康德：《判断力批判》，邓晓芒译，杨祖陶校，人民出版社 2017 年版，第 115 页。
② ［德］康德：《判断力批判》，邓晓芒译，杨祖陶校，人民出版社 2017 年版，第 115 页。
③ ［德］康德：《判断力批判》，邓晓芒译，杨祖陶校，人民出版社 2017 年版，第 113 页。
④ ［德］康德：《判断力批判》，邓晓芒译，杨祖陶校，人民出版社 2017 年版，第 115 页。
⑤ ［德］康德：《判断力批判》，邓晓芒译，杨祖陶校，人民出版社 2017 年版，第 115 页。

思潮相吻合，康德把艺术才能理解为艺术家天生的心灵禀赋，具有这种才能的艺术家就是天才。康德说："由于这种才能作为艺术家天生的创造性能力本身是属于自然的，所以我们也可以这样来表达：天才就是天生的内心素质（ingenium），通过它自然给艺术提供规则。"①

康德认为，美的艺术不能为自身设想出规则，以便人们据以完成其作品，但美的艺术又需要这些规则，因为没有先行的规则，我们永远无法将一件作品唤作艺术。"既然没有先行的规则一个作品就仍然绝对不能被叫作艺术，那么自然就必须在主体中（并通过主体各种能力的配合）给艺术提供规则，就是说，美的艺术只有作为天才的作品才是可能的。"②

关于天才的心理能力，康德认为大致由四种机能构成：想象力、知性、精神和鉴赏力。③ 其中鉴赏力是天才心理能力的核心，只有通过鉴赏力，其他三种心理能力才能结合在一起。鉴赏力是一种自由的情感判断，它可以使天才受到训练和磨砺，指引天才扩展自身以保持其合目的性，同时它还以自身的清晰和秩序支撑起诸理念，获得别人的赞扬和追随。当在一部作品里发生了鉴赏力和天才的矛盾时，换句话说，当判断力与想象力发生矛盾时，康德宁愿牺牲掉天才，宁可损及想象力的丰富性，也要保留鉴赏力中的知性充分发挥作用。④

想象力是天才心理机能中最活跃的力量，它始终活动在直观的感性表象之中。康德认为："想象力（作为生产性的认识能力）在从现实自然提供给它的材料中仿佛创造出另一个自然这方面是极为强大的。"⑤ 想象力通过象征、类比等手法，把理念的东西具体化，或者把经验的东西完全具体化，同时，想象力是形成审美理念的重要心理因素。

知性在康德看来比想象力还要重要，正是由于知性能力，作为想象力成果的审美理念才变得有意义，并具有内在逻辑。知性不但运用想象力提供的材料以达到客观的知识，而且主观地鼓动认识能力。康德认为，天才的想象力和知性两种心理能力处在一种幸运的关系之中，"天才真正说来只在于没有任何科学能够教会也没有任何勤奋能够学到的那种幸运的比例，即为一个给予的概念找到各种理念，

---

① ［德］康德：《判断力批判》，邓晓芒译，杨祖陶校，人民出版社 2017 年版，第 115—116 页。
② ［德］康德：《判断力批判》，邓晓芒译，杨祖陶校，人民出版社 2017 年版，第 116 页。
③ ［德］康德：《判断力批判》，邓晓芒译，杨祖陶校，人民出版社 2017 年版，第 127 页。此处将"精神"译为"天才"为错译。
④ ［德］康德：《判断力批判》，邓晓芒译，杨祖陶校，人民出版社 2017 年版，第 127 页。
⑤ ［德］康德：《判断力批判》，邓晓芒译，杨祖陶校，人民出版社 2017 年版，第 121—122 页。

另一方面又对这些理念加以表达，通过这种表达，那由此引起的内心主观情绪，作为一个概念的伴随物，就可以传达给别人"①。想象力虽然是自由的、积极的，但是应该适合知性规律。"为了美起见，有丰富的和独创的理念并不是太必要，更为必需的却是那种想象力在其自由中与知性的合规律性的适合。因为前者的一切丰富性在其无规律的自由中所产生的无非是胡闹；反之，判断力却是那种使它们适应于知性的能力。"②

精神"在审美的意义上，就是指内心的鼓舞生动的原则。但这原则由以鼓动心灵的东西，即它用于这方面的那个材料，就是把内心诸力量合目的地置于焕发状态，亦即置于这样一种自动维持自己、甚至为此而加强着这些力量的游戏之中的东西"③。精神就是灌注生气于对象之中的能力，它使心理诸能力处在自由的、积极的、昂扬的状态，使心理诸能力持续地趋向于审美理念的生成，并赋予生机和魅力。

经过以上分析，康德认为，天才所具有的想象力、知性、精神和鉴赏力，对于美的艺术的创造是必不可少的四种心理因素，天才的特征就是这些心理能力表现出来的结果。

第一，独创性是天才的第一特征。天才和模仿是完全对立的，他的作品是独一无二的，天才虽然为艺术立法，但是并不提供现成的、特定的艺术公式，而且这种独创性是无法传授的。第二，典范性是天才的又一特征。有的独创性可能没有意义，而天才的独创性却可以成为评价其他艺术作品的准绳，成为后世艺术创作的范例。第三，天才对自身的创作过程无法描述出来或者作出科学的说明，艺术形象如何在天才内心产生出来，这是一个不受控制的过程，不能随意地或者按照规划设想出来，也无法传达给他人。天才的创作过程和结果，是天才的一种无意识的、自然的流露，这就是天才的自然性。第四，天才活动的领域是艺术，而不是科学。自然科学领域中的知识都是可传授的，在科学中最伟大的发明家和学徒之间只有程度的差异，而在艺术中，天才和一般人却有着种类上的区别。第五，天才的想象力和知性两种能力之间的自由的比例及其协调是天生的，是由主体的自然本性造成的。第六，天才除了具有卓越的鉴赏能力之外，更具有通过表象对审美理念的传达能力。"为了把美的对象评判为美的对象，要求有鉴赏力，但为了

---

① ［德］康德：《判断力批判》，邓晓芒译，杨祖陶校，人民出版社 2017 年版，第 124 页。
② ［德］康德：《判断力批判》，邓晓芒译，杨祖陶校，人民出版社 2017 年版，第 126 页。
③ ［德］康德：《判断力批判》，邓晓芒译，杨祖陶校，人民出版社 2017 年版，第 121 页。

美的艺术本身，即为了产生出这样一些对象来，则要求有天才。"①

康德对艺术天才的分析加深了人们对艺术活动，尤其是艺术创造活动中的主观心理世界的认识，对艺术家的培育具有积极意义，但在科学和艺术、先天和后天、大师和普通人之间划出一条截然对立的鸿沟却是失之偏颇的。

三、审美理念

审美理念是康德艺术理论的核心概念，接近于当代文学理论中的"典型"概念。"理念"是指包含了丰富内容的不确定的理性概念，如果它停留在概念的形式，没有直观表象与之契合，就形成理性理念；如果它获得了现实的直观感性形象，就是审美理念，也可称为感性理念。从字面上看，感性和理念是相互矛盾的，但实际上，审美理念是感性的和理性的、具体的和抽象的、有限的和无限的、特殊的和一般的、现实的和理想的统一体。这样一种矛盾的统一体，事实上也就是我们所理解的"典型"。

康德在《判断力批判》第 17 节探讨了"美的理想"问题，在第 49 节又提出了"审美理念"问题。其实，这两节讨论的内容密切相关，只不过前者从审美鉴赏的角度出发，而后者从艺术创造的角度入手。在第 17 节，康德把我们鉴赏的原型、最高的典范、评判的标准称为"美的理想"，也就是理性的不确定的理念，不是通过概念，而是在个别的描绘中表现出来。② 而且，"要想从中寻求一个理想的那种美，必定不是什么流动的美，而是由一个有关客观合目的性的概念固定了的美"③。由此可见，康德在美的理想中抛弃了对美的纯粹形式主义的理解，指出一个事物必须趋向于一个目的才可能具有理想性，因为通过目的我们才能判定其是否完满。康德认为，只有人才能凭借自身的理性规定自己的目的，只有人才在一切事物当中独具完满性的理想，所以，只有人才能有美的理想。

康德进一步指出，美的理想包含了两部分："审美的规格理念"和"理性理念"。审美的规格理念，就是想象力通过平均方法形成的对某类事物的经验性标准，也就是表象的类型或者共性；理性理念，对于人而言，就是体现在人的形体上的道德精神，如慈祥、纯洁、刚毅、宁静等，这是普遍地同时又积极地给人快感的原因所在。可以看出，美的理想实际上就是理念体现在具体的、不与经验性

① ［德］康德：《判断力批判》，邓晓芒译，杨祖陶校，人民出版社 2017 年版，第 119 页。
② ［德］康德：《判断力批判》，邓晓芒译，杨祖陶校，人民出版社 2017 年版，第 53 页。
③ ［德］康德：《判断力批判》，邓晓芒译，杨祖陶校，人民出版社 2017 年版，第 53 页。

标准相矛盾的形象之中，比较接近文学理论中经常提到的"类型化的典型"概念。

在《判断力批判》第 49 节，康德从艺术创造的角度又对"审美理念"作出论述。"我把审美［感性］理念理解为想象力的那样一种表象，它引起很多的思考，却没有任何一个确定的观念、也就是概念能够适合于它，因而没有任何言说能够完全达到它并使它完全得到理解。"① 在审美理念之中，表象是具体的、高度丰富的，没有一个概念可以完全概括它，因而具有"言有尽而意无穷"的特点，也就是感性和理性、具体和抽象、有限和无限的统一。另一方面，在审美理念之中，表象也努力无限地接近理性理念，以高度的完满性、完全性成为理性理念的感性外观。"诗人敢于把不可见的存在物的理性理念，如天福之国，地狱之国，永生，创世等等感性化；或者也把虽然在经验中找得到实例的东西如死亡、忌妒和一切罪恶，以及爱、荣誉等等，超出经验的限制之外，借助于在达到最大程度方面努力仿效着理性的预演的某种想象力，而在某种完整性中使之成为可感的，这些在自然界中是找不到任何实例的。"② 这也就是说，审美理念是理性理念的最完满的感性显现，它要么赋予永恒、无限的理性理念以感性形象，要么赋予经验中的理念以高度的、理想的感性外观，使人从感性世界上升到超感性世界，达于审美的超越和自由。与"美的理想"相比，"审美理念"所具有的完善性的表象特征，使"审美理念"比"美的理想"更接近于现代"典型"理论。

康德的审美理念理论突出强调了审美表象所赖以建立的理性基础，如人的自由、目的、道德等，这是与上升时期的资产阶级世界观和 18 世纪的启蒙精神相吻合的。此外，对感性外观的高度完善性的强调也是他的审美理念理论的一个特点。康德的审美理念理论直接启发了黑格尔"美是理念的感性显现"的美学观念。

康德的文艺思想是他的美学思想的组成部分，总体来看，康德的文艺思想具有两个突出特征：第一，康德的文艺思想是西方近代思潮和价值理念的产物，是西方资产阶级在审美领域诉求的体现。例如，康德在审美和艺术中对自由的强调，对愉快的普遍可传达性的强调，都渗透了欧洲资产阶级对自由平等的追求和向往。康德在文艺创作上强调天才，在审美欣赏上重视崇高，这也体现了资产阶级革命时期在美学和文论方面的必然要求。第二，康德的文艺思想充分反映了人类文艺现象的矛盾特征，深化了我们对文艺现象的理解和认识。例如，康德作出了内容与形式、知性与想象力、理想与现实、先天与后天、自由与法则、艺术与自然等

---

① ［德］康德：《判断力批判》，邓晓芒译，杨祖陶校，人民出版社 2017 年版，第 121 页。
② ［德］康德：《判断力批判》，邓晓芒译，杨祖陶校，人民出版社 2017 年版，第 122 页。

的区别，并因此把艺术理解为一个矛盾的存在。应该说，这种理解加深了我们对艺术现象特殊性的认识，推动了文学理论的发展，尽管康德在其形而上学哲学基础上并没有将这些对立真正统一起来。

<h1 style="text-align:center">第二节 歌 德</h1>

歌德（1749—1832），德国文学家、文艺理论家。作为"狂飙突进"运动和"德国古典文学"的代表，歌德在文学创作上为德国民族文学提升到欧洲先进水平作出了卓越贡献。歌德的文艺思想除了散见于一些杂志文章、演讲、书信、游记和自传（《诗与真》）之外，主要体现在爱克曼所辑录的《歌德谈话录》中。

一、艺术与自然

艺术和自然的关系是歌德全部文艺思想的核心所在，对此关系的看法决定了歌德对文学创作方法、文学风格、文学作品，以及文学发展的看法。歌德在青年时代便接受了泛神论思想，认为整个自然是至高无上的，它遵循自身的规律发展和演变，人生的使命和意义在于发现自然、遵循自然。在此，"自然"并不仅仅指自然界，也包括了人类的社会生活。

在艺术与自然的关系上，歌德首先强调了自然的优先地位，他认为自然是文学活动的基础，离开这个基础，文学创作便会变成无源之水、无本之木。歌德曾经给青年诗人提出这样的忠告："世界是那样广阔丰富，生活是那样丰富多彩，你不会缺乏作诗的动因。但是写出来的必须全是应景即兴的诗，也就是说，现实生活必须既提供诗的机缘，又提供诗的材料。……我的全部诗都是应景即兴的诗，来自现实生活，从现实生活中获得坚实的基础。我一向瞧不起空中楼阁的诗。"[①]在歌德看来，无论文学艺术借助瑰丽的想象和天才的翅膀可以达到怎样自由的境地，它始终无法脱离现实生活的土壤，因为正是现实生活为文艺活动提供了丰富、生动的素材，并且提供了文艺创作的情境和契机，没有现实生活，就没有文学艺术。因此，歌德号召艺术家应该仔细观察自然，深入现实生活，透彻了解每一事物，"依靠自然，研究自然，模仿自然，并创造出与自然现象毕肖的作品来"[②]。歌

---

① ［德］歌德：《论文学艺术》，范大灿等译，上海人民出版社 2005 年版，第 6 页。
② ［德］歌德：《论文学艺术》，范大灿等译，上海人民出版社 2005 年版，第 49 页。

德非常推崇莎士比亚,就是因为莎士比亚的人物非常真实、自然地反映了英国文艺复兴时期的社会百态。当莎士比亚遭受新古典主义的责难时,歌德却大声疾呼,"这是自然!是自然!没有什么比莎士比亚的人物更为自然了"①。

艺术模仿自然并不是新鲜的文艺命题,自古希腊以来偏向于现实的文艺流派大多持这种主张。歌德坚持自然的优先地位,并非要求艺术拘泥于现实,跟在现象后面亦步亦趋,相反,在承认自然是艺术的基础的前提下,歌德认为,艺术品事实上是一个可与自然匹敌的精神有机体,它源于自然又超越自然。

自然虽然是素材的宝库,但把素材加工成艺术品,却需要艺术家的艰苦努力。艺术家面对无限丰富的现实世界,必须去粗取精、去伪存真,把握对象的本质,并且使作品整体上服从一个较高的意旨,具有更深刻的意义。"艺术家一旦把握住自然界的一个对象,这个对象就已经不再属于自然,甚至可以说,艺术家在把握住对象的那一刻就创造出了那个对象,因为他从对象中提取出意义重大的、有典型意义的、引人入胜的东西,或者甚至给它注入了更高的价值。"② 在这个意义上,歌德认为好的艺术作品总是既没有脱离自然,同时又超越自然:"一部完美的艺术作品是人的精神的作品,在这个意义上,它也是自然的一个作品。但是,由于它把分散的对象集中在一起,把甚至最平凡的对象的意义和价值也吸收进来,这样它就超过了自然。它必然贯穿一种和谐地产生和形成的精神,这种精神找到了恰如其分的东西,找到了就是按照它的自然属性也是完美无缺的东西。"③ 在歌德看来,艺术能够超越自然,在于艺术是艺术家心灵的产物,它是一种经过艺术家生气灌注的整体,这个整体在反映自然的真理、揭示社会人生的真相方面所具有的能力和所达到的层次要远远超过零散的现象,并且,艺术家为了这个目的甚至可以违背自然的真实。1827 年 4 月 18 日,歌德在跟爱克曼一起欣赏吕邦斯(现译"鲁本斯")的一幅风景画时指出,尽管在一幅画中出现了方向相反的光影效果,这种情况在自然界是不可能发生的。但是,歌德指出:"吕邦斯正是用这个办法来证明他伟大,显现出他本着自由精神站得比自然要高一层,按照他的更高的目的来处理自然。光从相反的两个方向射来,这当然是牵强歪曲,你可以说,这是违

---

① 〔德〕歌德:《纪念莎士比亚命名日》,《歌德文集》第 10 卷,范大灿等译,人民文学出版社 1999 年版,第 5 页。

② 〔德〕歌德:《〈雅典神殿入口〉发刊词》,《歌德文集》第 10 卷,范大灿等译,人民文学出版社 1999 年版,第 53 页。

③ 〔德〕歌德:《论艺术作品的真实性和或然性》,《歌德文集》第 10 卷,范大灿等译,人民文学出版社 1999 年版,第 43 页。

反自然。不过尽管这是违反自然，我还是要说它高于自然，要说这是大画师的大胆手笔，他用这种天才的方式向世人显示：艺术并不完全服从自然界的必然之理，而是有它自己的规律。""艺术家在个别细节上当然要忠实于自然，要恭顺地摹仿自然……但是，在艺术创造的较高境界里，一幅画要真正是一幅画，艺术家就可以挥洒自如，可以求助于虚构（Fiktion），吕邦斯在这幅风景画里用了从相反两个方向来的光，就是如此"。①

总之，歌德在探讨艺术与自然的关系时，表现出了唯物的和辩证的倾向，一方面，他指出了自然对艺术的决定作用，另一方面，他又强调了艺术超越自然，是"第二自然"。歌德认为艺术家与自然有着双重关系："他既是自然的主宰，又是自然的奴隶。他是自然的奴隶，因为他必须用人世间的材料来进行工作，才能使人理解；同时他又是自然的主宰，因为他使这种人世间的材料服从他的较高的意旨，并且为这较高的意旨服务。"② 歌德的这一观点既是对前人思想的继承，同时又是歌德本人漫长创作生涯的反思和结晶，应该说是符合实际的。

从艺术与自然的关系出发，歌德提出了一系列艺术创作原则。例如，艺术创作应当从客观世界出发，"在特殊中显现一般"，而不应当从观念出发，"为一般寻找特殊"；艺术应该是"象征的"，而不应是"寓意的"；艺术作品应该是"生气灌注的""显出特征的整体"；艺术作品应该介于纯客观的"简单模仿"和纯主观的"虚拟"之间，形成反映事物特殊本质的"风格"；古典的艺术是"健康的"，浪漫的艺术是"病态的"；等等。由此可以看出，歌德的艺术理想还是古典主义的，但从歌德的艺术实践来看，由于他重视客观、强调现实，所以又呈现出现实主义的色彩。

二、民族文学与世界文学

在歌德登上德国文坛之前，意大利、西班牙、英国、法国等国家的文学作品已经具有了世界影响；在歌德以《少年维特之烦恼》在全欧洲产生了轰动效果之后，德国文学才被提升到世界水平。歌德一方面热切地期待着民族文学的繁荣和发展，另一方面也预言了"世界文学"时代的到来。"世界文学"这一概念由歌德首次提出。

当歌德在文学创作上崛起而成为世界瞩目的文学大师的时候，德国在欧洲还是一个落后的、四分五裂的封建国家，德国作家在其成长过程中所遭遇的社会条件、教育水平、审美趣味、经济状况等都不同程度地阻碍了他们文学才能的发挥，

---

① ［德］爱克曼辑录：《歌德谈话录》，朱光潜译，人民文学出版社 1978 年版，第 136—137 页。
② ［德］爱克曼辑录：《歌德谈话录》，朱光潜译，人民文学出版社 1978 年版，第 137 页。

使他们无法创作出伟大的、有世界影响的文学作品。但歌德也很清楚，尽管处在这种不利的境地，德国的民族文学还是在艰难地发展着的，优秀的作家作品还是不断涌现的，所以歌德坚决反对对待民族文学的各种激进的虚无主义态度，他把这种虚无主义态度称作"文学上的无短裤主义"①。

民族文学需要民族作家，歌德认为民族作家产生的条件是："他在自己民族的历史上发现了伟大的事件同它们的后果处在幸运的和意义重大的统一之中，他不放过他同胞的思想中的伟大之处，不放过他们感情中的深沉，不放过他们行为中的坚定不移和始终如一，他自己充满民族精神，并且由于内在的禀赋感到有能力既对过去也对现在产生共鸣；他发现，他的民族已有很高的文化，因而他自己受教育并不困难；他搜集了很多资料，眼前有他的前人做过的完善或是不完善的试验，如此众多的外在和内在的情况汇总在一起，使他不必付高昂的学费就可以在他风华正茂之年构思，安排一部伟大作品，并能一心一意地完成它。"② 从外在条件来看，一个民族作家必须深刻理解本民族的历史和文化，必须扎根本民族的土壤，使自身与整个民族精神保持高度统一，让个体的小我与民族的大我在思想情感上保持高度一致；从内在条件来看，一个民族作家必须具有一定的教育水平，能够广泛搜集素材，总结前人创作经验，并且具有一定的构思和传达等内在禀赋。应该说，歌德作出的这个理论总结对于一切民族作家的培养来说至今仍然是有重要意义的。

在孤陋寡闻的德国社会现实面前，歌德是一位少有的具有世界眼光的作家，正是这种宽广的视野、宽容的气度让歌德提出了"世界文学"的概念，并对民族文学和世界文学的关系作出了辩证的阐发。歌德对古希腊、中世纪的文艺创作非常熟悉，对近代意大利、法国、英国等国取得的文艺成就如数家珍，即使是对古老东方的中国文学也能指出其独到之处。他说："我喜欢环视四周的外国民族情况，我也劝每个人都这么办。民族文学在现代算不了很大的一回事，世界文学的时代已快来临了。现在每个人都应该出力促使它早日来临。"③

歌德在晚年还多次谈到世界文学问题，但他对这个概念始终没有详细界定。韦勒克认为，"世界文学"这个术语"从历史的角度来设想民族文学的演进；它们

①　［德］歌德：《文学上的无短裤主义》，《歌德文集》第 10 卷，范大灿等译，人民文学出版社 1999 年版，第 12 页。

②　［德］歌德：《文学上的无短裤主义》，《歌德文集》第 10 卷，范大灿等译，人民文学出版社 1999 年版，第 13 页。

③　［德］爱克曼辑录：《歌德谈话录》，朱光潜译，人民文学出版社 1978 年版，第 113 页。

将彼此混合，最终融汇成一个宏伟的混合总体"①。韦勒克的理解应该说比较符合歌德的思想。世界文学实际上指的是一种民族文学共同体，这个共同体就像一个完整的文学有机体，每一种民族文学都是这个有机体的一部分，民族文学的高涨使得精神交往日益频繁，相互之间可以取长补短，这必定会促成世界文学时代的到来；而世界文学的发展，又为各民族文学之间的交往提供了坚实的平台，最终又将推动民族文学的繁荣。所以，关于这样一种文学共同体，歌德曾经强调过，"这并不是说，各个民族应该思想一致；而是说，各个民族应当相互了解，彼此理解，即使不能相互喜爱也至少能彼此容忍"②，"……我们一方面这样重视外国文学，另一方面也不应拘守某一种特殊的文学，奉它为模范"③。

歌德是在 19 世纪 20 年代末提出"世界文学"概念的，20 多年以后，马克思、恩格斯也谈到了世界文学。在《共产党宣言》中，他们指出资产阶级开拓了世界市场，摧毁了过去各民族的自给自足状态，从而"各民族的精神产品成了公共的财产。民族的片面性和局限性日益成为不可能，于是由许多种民族的和地方的文学形成了一种世界的文学"④。虽然他们所说的世界文学在范围上要比歌德的概念宽广，而且歌德也没有找到世界文学产生的真正原因，但是歌德对世界文学时代的预言还是表现出了深远的前瞻性，尤其是在全球化时代的今天。

第三节 席 勒

席勒（1759—1805），德国近代著名诗人、剧作家、美学家和历史学家。席勒的文艺思想主要体现在《论悲剧题材产生快感的原因》《悲剧艺术》《秀美与尊严》《审美教育书简》《论素朴的诗与感伤的诗》等论著之中。

一、素朴诗与感伤诗

歌德曾经在文学上作出过"古典的"和"浪漫的"的区分，指出古典主义是

① ［美］韦勒克：《近代文学批评史》第 1 卷，杨岂深、杨自伍译，上海译文出版社 1987 年版，第 291 页。
② ［德］歌德：《关于"世界文学"的重要论述》，《歌德文集》第 10 卷，范大灿等译，人民文学出版社 1999 年版，第 410 页。
③ ［德］爱克曼辑录：《歌德谈话录》，朱光潜译，人民文学出版社 1978 年版，第 113 页。
④ ［德］马克思、恩格斯：《共产党宣言》，《马克思恩格斯文集》第 2 卷，人民出版社 2009 年版，第 35 页。

健康的，浪漫主义是病态的。席勒则将文学的发展区分为"素朴的"和"感伤的"，与歌德的区分大致相似，只是席勒认为这两种文学类型各有所长，而文学的未来发展应该将两者统一起来。

席勒将文学作品区分为"素朴的诗"和"感伤的诗"，将文学家区分为"素朴的诗人"和"感伤的诗人"。"素朴的诗"对应于古代而"感伤的诗"对应于近代，主要根据就是"自然"这个概念。席勒的"自然"内涵是指事物的自然而然状态，在这种状态中，事物按其本性和规律存在着、发展着。希腊人是自然的，其想象力、感受力、风俗习惯、社会生活都是和谐、自然的，因此希腊人能够幸福、亲密地与大自然生活在一起，其艺术也成为大自然的忠实画卷。而"我们这些新时代的人"，怀着感伤的情绪眷恋自然景色和自然性格。"这是由于自然从我们人类中间消失了，而我们只是在人类之外、在没有生灵的世界上偶遇了真实的它。并不是由于我们更合乎自然，正好相反，是因为我们的现状、处境和习惯违背自然。"① 所以，我们眷恋自然就像悲叹逝去的童年和天真岁月一样。由此，席勒得出结论："诗人或者是自然，或者寻求自然。前者使他成为素朴的诗人，后者使他成为感伤的诗人。"② 当人处在自然状态时，艺术家只需模仿现实就可以创作出伟大作品，从而成为一位素朴的诗人；当人失去了自然的时候，艺术家只能在理想中寻求人的和谐、美好的自然，他就成为一位感伤的诗人。"在自然的素朴状态中，由于人以自己的一切能力作为一个和谐的统一体发生作用，他的全部天性因而表现在外在生活中，所以诗人的作用就必然是尽可能完美地模仿现实；在文明的状态中，由于人的天性的和谐活动仅仅是一个观念，所以诗人的作用就必然是把现实提高到理想，或者换句话说，就是表现或显示理想。"所以，"在古代诗人那里，打动我们的是自然，是感性的真实，是活生生的现实，在近代诗人那里，打动我们的是观念"③。

值得关注的是，席勒并没有依据这些区分而简单地停留在厚古薄今或者厚今薄古之上，而是指出这两种文学类型各有其长处和缺陷。素朴的诗人（古代诗人）长于描述有限的事物，感伤的诗人（近代诗人）长于表现无限的精神；素朴的诗人与自己的对象只有单一的关系，他只能模仿现实，所以素朴的诗所引发的情感

---

① 《席勒文集》第6卷，张佳珏等译，人民文学出版社2005年版，第93—94页。

② ［德］席勒：《论素朴的诗与感伤的诗》，见伍蠡甫、胡经之主编：《西方文艺理论名著选编》上卷，北京大学出版社1985年版，第473页。

③ ［德］席勒：《论素朴的诗与感伤的诗》，见伍蠡甫、胡经之主编：《西方文艺理论名著选编》上卷，北京大学出版社1985年版，第474—475页。

在性质上也是完全一样的；感伤的诗人与自己的对象是双重的关系，感伤的诗人在沉思对象以及对象产生的印象时是联系着观念来考察的。所以"感伤的诗人经常打交道的是两个互相冲突的感觉和印象，是当作有限看的现实，和当作无限看的他的观念"①。并且感伤的诗也引发一种混合的情感反应。当诗人把现实当作厌恶的对象来处理时，就会产生讽刺诗；当诗人把理想当作喜爱的东西来处理时，就会产生哀歌诗。素朴的诗让人感到心灵的平静，引发松弛和宁静的感觉；感伤的诗引发人的心灵处在活跃的紧张状态，使人的情感摇摆不定。素朴的诗人以现实性取胜，但要受到感性事物的限制；感伤的诗人以理想性取胜，但无法彻底完成他的任务。素朴的诗人依赖经验，依赖于他所生活的和接触的世界，在素朴诗人结束活动的地方，感伤诗人才开始活动，他依赖自身，依赖于心灵内在的努力，因此"素朴诗人需要的是外面的帮助，而感伤诗人则用自己的内在力量来滋养自己和净化自己"②。

席勒的这一系列区分，实际上就是试图确定古典主义文艺和浪漫主义文艺各自的特征。由于席勒所谓的"素朴的诗"既有古代古典主义的特点（如诗人内心的和谐），又有近代现实主义的特点（如一切从现实出发、描绘现实等），所以席勒的区分为近代现实主义和浪漫主义的发展都提供了合法性。在席勒的一系列区分中，值得注意的是，席勒认为双方都有陷入危险的可能：素朴的诗人由于无法分辨"真实的自然"和"实际的自然"，使自己的作品庸俗乏味；感伤的诗人由于放纵想象力，无限地拔高对象，使对象理想化，或者"飞翔在幻想世界之中"，使自己的作品夸张荒谬。席勒提醒素朴的诗人要把真实的自然和实际的自然严格区分开来，真实的自然是体现了生活的内在必然性的自然，体现了道德的尊严和人性的高贵的自然，这才是素朴的诗人需要描绘的对象；实际的自然是偶然的、不表现真理内容的自然，是庸俗的、低劣的、虚假的自然，对实际自然的描绘会造成庸俗的情感和作品。因此，席勒认为："实际的自然到处都有，而真正的自然是非常罕见的，因为它需要有存在的内在必然性。"③ 这种区分表明了席勒对近代现实主义的发展有自己的内在尺度，他要求素朴的诗人亲近自然，接触现实，但应

① ［德］席勒：《论素朴的诗与感伤的诗》，见伍蠡甫、胡经之主编：《西方文艺理论名著选编》上卷，北京大学出版社 1985 年版，第 477—478 页。
② ［德］席勒：《论素朴的诗与感伤的诗》，见伍蠡甫、胡经之主编：《西方文艺理论名著选编》上卷，北京大学出版社 1985 年版，第 481 页。
③ ［德］席勒：《论素朴的诗与感伤的诗》，见伍蠡甫、胡经之主编：《西方文艺理论名著选编》上卷，北京大学出版社 1985 年版，第 482 页。

对自然进行概括，把握自然中的真理；如果对现实全盘接受，不加分析和梳理，这种现实就是实际的自然，它只能把素朴的诗人从现实主义引向自然主义，这是席勒坚决反对的。由于感伤的诗人理性发达，理性的法则就是追求绝对，所以感伤的诗人往往无法保持冷静，把想象的自由限制在和谐人性的范围内。"因此，如果在素朴天才的创作中有时候缺乏智力，那末在感伤诗人的作品中往往就找不到客体。"① 席勒提醒感伤的诗人不要陷入空想，事实上也就是认为浪漫主义的发展不能停留在夸张的表现之中，浪漫主义所表达的真理应该以想象力为支撑，没有客体的艺术是违背艺术规律的。

在席勒看来，"不论素朴的性格或感伤的性格，如果单独来看，都不能完全包括美的人性这个观念，这个观念只有在两者的密切结合中才能产生出来"②。也就是说，美的人性是各种对立因素的和谐统一，是感性与理性、现实与理想、必然与自由、思维与情感的完美统一，体现这种人性的艺术就应该是素朴的诗与感伤的诗的统一，正如审美的人属于未来一样，这样的美的艺术也属于未来。由此可见，席勒的审美理想带有浓厚的古典主义色彩。

《论素朴的诗与感伤的诗》是席勒最成熟的文艺理论著作，他深刻分析了现实主义和浪漫主义两大艺术类型的特征，指出人类个体的发展、人类社会的发展与艺术的发展所具有的同步特征。尽管以抽象人性论和唯心史观为思想基础，但在一定程度上却是符合艺术规律的一种理论总结，在今天依然具有现实的指导意义。

二、悲剧论

像其他处在资产阶级上升时期的理论家一样，席勒非常关注文艺的教化功能，文艺在多大程度上能够提升人的自由的自主意识和道德意志，这是席勒判断文艺作品价值高低的一条准绳。

在各种文学体裁中，席勒非常重视戏剧。他认为戏剧就像"人类生活的一面坦诚的镜子"，向人们"述说美好珍贵的预言"，"比感性直观更有力地把幸福和痛苦的纯粹概念印到心灵之中"。③"戏剧艺术比其他任何姊妹艺术都更优越。这个种

---

① ［德］席勒：《论素朴的诗与感伤的诗》，见伍蠡甫、胡经之主编：《西方文艺理论名著选编》上卷，北京大学出版社 1985 年版，第 487 页。

② ［德］席勒：《论素朴的诗与感伤的诗》，见伍蠡甫、胡经之主编：《西方文艺理论名著选编》上卷，北京大学出版社 1985 年版，第 495 页。

③ ［德］席勒：《论当代德国戏剧》，《秀美与尊严——席勒艺术和美学文集》，张玉能译，文化艺术出版社 1996 年版，第 1 页。

类的最高产品也许又是人类精神的最高产品"①，"在人间的法律领域终止的地方，剧院的裁判权就开始了"②。

在戏剧艺术中，席勒最重视悲剧，因为悲剧更容易激发人们的道德感，"悲剧的感动和我们由痛苦而生的快乐，是以道德上合情合理之感为基础的"③，"悲剧艺术的第一条法则是表现受苦的自然，第二条法则是表现对痛苦的道德的反抗"④。

在《悲剧艺术》一文中，席勒阐发了自己的悲剧观念："悲剧可以说是对一系列彼此联系的事件（一个完整的行动）进行的诗意的摹拟，这些事件把身在痛苦之中的人们显示给我们，目的在于激起我们的同情。"⑤ 第一，悲剧是对行动的模仿，其直观性让一切往事变成现在的事情。第二，悲剧模仿"一系列彼此联系的事件"或者说"一个完整的行动"，这使悲剧不但表现悲剧人物的感受和激情，而且模仿了这些感受和激情得以展示的情节、行动。第三，悲剧要模仿完整的情节行动，情节行动必须是一个有目的、统一的有机整体，自然而然地层层推进。第四，悲剧是一种诗意的模仿，这种模仿只追求艺术真实。历史真实要服从于艺术真实。因此，悲剧作家面对客观材料，需要发挥主观能动性，去掉那些偶然的东西，突出那些必然的和可能的东西。第五，悲剧主人公必须是那些"像我们自己这样的有感情有道德的生物"，理想的主人公具有"善恶交织的性格"，"介乎完全堕落和完美无缺的人物之间"。⑥ 席勒的这种主张明显受到近代市民阶级价值观念的影响。最后，悲剧的最终目的是引起同情。

席勒的戏剧理论尤其是他的悲剧理论具有鲜明的针对性和时代性，他要求戏剧打破法国新古典主义的"合式"原则，要求戏剧真实、活泼；他把剧院理解为一种道德机关⑦，反对悲剧表现单纯的痛苦，强调对痛苦的道德的反抗；他要求普通人成为悲剧的主角，而不是过去的帝王将相；等等。但席勒受历史和阶级

---

① ［德］席勒：《好的常设剧院究竟能够起什么作用?》，《秀美与尊严——席勒艺术和美学文集》，张玉能译，文化艺术出版社 1996 年版，第 9 页。
② ［德］席勒：《好的常设剧院究竟能够起什么作用?》，《秀美与尊严——席勒艺术和美学文集》，张玉能译，文化艺术出版社 1996 年版，第 12 页。
③ 《席勒文集》第 6 卷，张佳珏等译，人民文学出版社 2005 年版，第 27 页。
④ ［德］席勒：《论激情》，《秀美与尊严——席勒艺术和美学文集》，张玉能译，文化艺术出版社 1996 年版，第 159 页。
⑤ 《席勒文集》第 6 卷，张佳珏等译，人民文学出版社 2005 年版，第 46 页。
⑥ 《席勒文集》第 6 卷，张佳珏等译，人民文学出版社 2005 年版，第 49—50 页。
⑦ 《席勒文集》第 6 卷，张佳珏等译，人民文学出版社 2005 年版，第 3 页。

的局限，并不能真正理解悲剧的本质，而且其戏剧理论总体上也没有超越以往的戏剧理论。

第四节　黑　格　尔

黑格尔（1770—1831），德国古典哲学、美学的集大成者，近代西方客观唯心主义哲学的主要代表。黑格尔被恩格斯誉为"所有时代中最有学问的人物之一"[1]。"他不仅是一个富于创造性的天才，而且是一个百科全书式的学识渊博的人物，所以他在各个领域中都起到了划时代的作用。"[2] 黑格尔的文艺思想主要表现在《美学》中。

一、艺术的历史类型

黑格尔对美的定义是其美学体系的核心，而艺术作为自在自为的理念的感性存在，是美的积极的承担者。在黑格尔看来，美是理念和感性的矛盾统一体，理念在其中占据主导地位，理念的运动变化产生了艺术类型的变化和发展。同时，艺术的内在演进又要求各种确定的感性形式来显现自身，这就造成了一系列具体的艺术门类。虽然每一个艺术门类都可以表现所有的艺术类型，但由于每一个艺术门类特殊的感性材料，使得"每门艺术都各特属于一种艺术类型，作为适合这种类型的表现"[3]。

黑格尔认为，美的事物必须是真的，但是，当真的概念获得感性直观的时候，"理念就不仅是真的，而且是美的了"，因此，"美就是理念的感性显现"。[4] 黑格尔对美的定义，实际上综合了近代以来唯理论和经验论美学的两个方面，继承了德国古典美学传统的一般原则，康德对想象力和知性（理性）和谐关系的强调，歌德对艺术与自然关系的辩证理解，席勒对素朴和感伤两种艺术类型统一起来的设想，都渗透了试图超越近代形而上学片面性、寻求辩证统一的德国古典精神，

---

① ［德］恩格斯：《卡尔·马克思〈政治经济学批判。第一分册〉》，《马克思恩格斯文集》第2卷，人民出版社 2009 年版，第 602 页。

② ［德］恩格斯：《路德维希·费尔巴哈和德国古典哲学的终结》，《马克思恩格斯文集》第4卷，人民出版社 2009 年版，第 272 页。

③ ［德］黑格尔：《美学》第 1 卷，朱光潜译，商务印书馆 1979 年版，第 104 页。

④ ［德］黑格尔：《美学》第 1 卷，朱光潜译，商务印书馆 1979 年版，第 142 页。

只是黑格尔的定义更直接、更鲜明、更概括地表达了美的本质所包含的感性与理性、现象与本质、具体与抽象、有限与无限、现实与理想、必然与自由的统一。

从这个概念出发，黑格尔指出，理念的发展和借以显现的形象之间会形成三种关系，这三种关系就表现为三种艺术类型：象征型艺术、古典型艺术和浪漫型艺术。

人类艺术发展的第一个阶段是象征型艺术阶段。在这个阶段，理念本身还是抽象的、模糊的，当这种理念寻求自身的现实表达时，只能在"许多自然事物形状中徘徊不定，在它们的骚动和紊乱中寻找自己"①，结果发现没有合适的纯自然形状可以表现自己，只能对自然形状和实在现象进行夸张、切割，"企图用形象的散漫、庞大和堂皇富丽来把现象提高到理念的地位"②。显然，象征型艺术中理念和感性、内容和形式的关系是消极的、外在的，而不是融合的、统一的，这种艺术给人以怪诞离奇、神秘崇高的感觉。象征型艺术是为真正艺术到来而做的准备，是"艺术前的艺术"。"一切象征型艺术都可以看作对内容意义和形象的互不适应所进行的持续不断的斗争。"③ 根据这种斗争，又可以把象征型艺术分为三个阶段：不自觉的象征、崇高的象征和自觉的象征。从时间上看，象征型艺术是古老东方民族如波斯、印度、埃及的主要艺术形态。在各种艺术门类之中，黑格尔认为建筑是"地道的象征型艺术"。"因为建筑一般只能用外在环境中的东西去暗示移植到它里面去的意义。"④ 典型的象征型建筑是埃及金字塔，"它们立在那里，是为着标志出一种已摆脱单纯自然性（物质性）的内在的东西，而且也只靠这个情况才有它们的意义"⑤。

人类艺术发展的第二个阶段是古典型艺术阶段。在这个阶段，理念获得了确定性，成为"具体的心灵性的东西"，也就是人的心灵；形象也不是原始的自然事物或现象，而是能够完美地符合"自由的个别的心灵性"的人的形象。因此，古典型艺术克服了象征型艺术的双重缺陷，"它把理念自由地妥当地体现于在本质上就特别适合这理念的形象，因此理念就可以和形象形成自由而完满的协调"⑥。在黑格尔看来，只有古典型艺术才体现了艺术美的理想。由此可知，并非任何内容

---

① ［德］黑格尔：《美学》第 1 卷，朱光潜译，商务印书馆 1979 年版，第 96 页。
② ［德］黑格尔：《美学》第 1 卷，朱光潜译，商务印书馆 1979 年版，第 96 页。
③ ［德］黑格尔：《美学》第 2 卷，朱光潜译，商务印书馆 1979 年版，第 26 页。
④ ［德］黑格尔：《美学》第 3 卷上册，朱光潜译，商务印书馆 1979 年版，第 29—30 页。
⑤ ［德］黑格尔：《美学》第 2 卷，朱光潜译，商务印书馆 1979 年版，第 71—72 页。
⑥ ［德］黑格尔：《美学》第 1 卷，朱光潜译，商务印书馆 1979 年版，第 97 页。

与形式一致的艺术都可以称作古典型艺术，只有真正体现人的价值的具体的、真理性的观念才可以成为古典型艺术的内容，只有经过纯化的、必然的、理想的人的形象才能成为古典型艺术的形式，只有两者的完美契合才能称作古典型艺术。"人体形状用在古典型艺术里，并不只是作为感性的存在，而是完全作为心灵的外在存在和自然形态，因此它没有纯然感性的事物的一切欠缺以及现象的偶然性与有限性。"① 在此，我们可以看出黑格尔实际上是以晦涩的言辞表达了西方古代社会，尤其是古希腊时代朴素的人文主义艺术观念。古希腊艺术也被黑格尔认为是古典型艺术的代表，希腊民族之所以创造出这种有高度生命力的艺术，黑格尔认为这是因为"希腊人生活在自觉的主体自由和伦理实体的这两领域的恰到好处的中间地带"②，也就是说，希腊人的美的个性造就了希腊人的美的艺术。在所有艺术门类之中，黑格尔认为雕刻最能体现古典型艺术的特征。"从一方面看，雕刻在两点上超出了象征型艺术，一点是它把作为精神来掌握的内容很明晰，另一点是它的表现方式和这种内容意义完全吻合。从另一方面看，雕刻还没有走到专注意主体的内心生活而对外在形象漠不关心的境地。"③ 宙斯、赫拉、阿波罗、狄俄尼索斯、雅典娜、阿佛洛狄忒等雕像，在普遍与特殊、共性与个性、内在与外在的融合方面都达到了完美的程度，是古典型艺术的代表作。

人类艺术发展的第三个阶段是浪漫型艺术阶段。理念按其本性是无限的、绝对自由的，它要突破具体的人体形状把自己自由地表现出来。因此古典型艺术内容与形式的统一性被打破了，艺术表现的内容变成了"自由的具体的心灵生活"，心灵的世界赢得了对外部感性世界的胜利；另一方面，感性现象失去了古典型艺术中自在自为的价值，凭情绪、幻想任意驱使，在艺术中成为非本质的、偶然的东西了。从时间上看，浪漫型艺术是指从中世纪一直到黑格尔时代的艺术发展类型。在各种艺术门类中，黑格尔认为绘画、音乐和诗是最适宜于浪漫型艺术的表现方式，其中音乐又是浪漫型艺术的中心，它是"由绘画所用的抽象的空间感性到诗的抽象的心灵性之间的转捩点"④。诗是最富于心灵性的表现，是艺术发展的最高阶段。艺术发展到这儿，就会让位于更高的宗教和哲学。"我们尽管可以希望艺术还会蒸蒸日上，日趋于完善，但是艺术的形式已不复是心灵的最高需要了。我们尽管觉得希腊神像还很优美，天父、基督和玛利亚在艺术里也表现得很庄严

① ［德］黑格尔：《美学》第 1 卷，朱光潜译，商务印书馆 1979 年版，第 98 页。
② ［德］黑格尔：《美学》第 2 卷，朱光潜译，商务印书馆 1979 年版，第 169 页。
③ ［德］黑格尔：《美学》第 3 卷上册，朱光潜译，商务印书馆 1979 年版，第 130—131 页。
④ ［德］黑格尔：《美学》第 1 卷，朱光潜译，商务印书馆 1979 年版，第 111—112 页。

完善，但是这都是徒然的，我们不再屈膝膜拜了。"① 黑格尔的这个观点被后世称作"艺术终结论"。

综观黑格尔关于艺术发展的历史类型思想，我们可以看出，黑格尔是把艺术理解为绝对理念自我认识的一个环节。"艺术愈向前发展，物质的因素就逐渐下降，精神的因素就逐渐上升。"② 象征型艺术是形式压倒内容，古典型艺术是内容与形式和谐一致，浪漫型艺术是内容压倒形式。由此黑格尔认为，人类艺术的发展不是杂乱无章的，而是有规律可循的，这是黑格尔艺术哲学在总结前人（如温克尔曼、歌德、席勒等）智慧的基础上取得的巨大成绩之一，但其唯心主义体系又使得他的艺术类型理论僵硬、刻板，有时不得不以理论裁剪事实。

二、诗论

黑格尔认为，在浪漫型艺术中，诗是艺术发展的最高阶段。作为语言艺术的诗，实际上是指广义的文学，"是把造型艺术和音乐这两个极端，在一个更高的阶段上，在精神内在领域本身里，结合于它本身所形成的统一整体"③。在观念性的浪漫型艺术中，诗在理念和形象两个方面都达到了极致。诗又分为三种类型：史诗、抒情诗和戏剧体诗，三者之间的关系依然是正题、反题和合题的关系。

采取造型艺术的原则、按照本来的客观面目描述客观事物和事件，这种诗就是史诗。"一种民族精神的全部世界观和客观存在，经过由它本身所对象化成的具体形象，即实际发生的事迹，就形成了正式史诗的内容和形式。"④ 史诗的艺术原则是客观性，艺术手段是叙事。史诗诗人不露痕迹地把自己的整个灵魂和精神都放进了作品，所以，"伟大史诗风格特征就在于作品仿佛是在自歌唱，自出现，不需要有一个作家在那里牵线"⑤。与艺术发展的历史类型一致，黑格尔又把史诗分为三个发展阶段：第一阶段是象征型的东方史诗，如印度的《罗摩衍那》《摩诃婆罗多》和阿拉伯的《牟尔拉卡特》《哈玛莎》；第二阶段是古典型的希腊罗马史诗，如古希腊的《荷马史诗》和古罗马维吉尔的《伊涅意特》；第三阶段是浪漫型的基督教各民族史诗，如但丁的《神曲》和密尔顿的《失乐园》。

---

① ［德］黑格尔：《美学》第 1 卷，朱光潜译，商务印书馆 1979 年版，第 132 页。
② 朱光潜：《西方美学史》，人民文学出版社 1979 年版，第 483 页。
③ ［德］黑格尔：《美学》第 3 卷下册，朱光潜译，商务印书馆 1981 年版，第 4 页。
④ ［德］黑格尔：《美学》第 3 卷下册，朱光潜译，商务印书馆 1981 年版，第 107 页。
⑤ ［德］黑格尔：《美学》第 3 卷下册，朱光潜译，商务印书馆 1981 年版，第 113 页。

抒情诗是对史诗的否定，心灵从事物的客观性转而沉浸于自身之中，诗人的内心生活成为诗歌表现的对象。"具体地说，就是他的具体的情调和情境。"① 虽然内心的活动和情感是个人的，但具有普遍性和真实性。抒情诗的艺术原则是主体性，艺术手段是抒情。按照艺术发展的历史类型，黑格尔把抒情诗的发展分为三个阶段：以中国人为代表的象征型的东方抒情诗是第一个阶段，以希腊人和罗马人为代表的古典型抒情诗是第二个阶段，以中世纪以来日耳曼民族、拉丁民族和斯拉夫民族为代表的浪漫型抒情诗是第三个阶段。

戏剧体诗是史诗和抒情诗的结合，达到了诗歌的合题阶段，黑格尔把戏剧体诗看作"诗乃至一般艺术的最高层"②。其中，我们既能看到由冲突造成的事件从开端到结局的客观的、完整的发展过程，又能看到表现在客观进程当中的人物性格和内心世界。所以，戏剧体诗的艺术原则就是"史诗的客观原则和抒情诗的主体性原则"③ 的统一，通过舞台表演，把完整的动作情节以及人物性格和目的冲突生动鲜明地展现在观众眼前。根据动作目的、人物性格、冲突和结果，可以将戏剧体诗分为悲剧、喜剧和正剧三种类型。黑格尔认为，喜剧的目的是把绝对理性显现为一种力量，防止非理性的、无实体性的、虚假的目的、性格与手段、环境之间的对立在现实世界中取得胜利；正剧则是悲剧和喜剧之间的调解，性格充满了严肃性，但是冲突被削弱到可以使不同的旨趣、不同的人物、不同的目的之间达成和解的程度。黑格尔的悲剧理论将在下面专门论述。

三、悲剧理论

在各种戏剧门类中，黑格尔无疑最重视悲剧，悲剧的冲突与和解被黑格尔认为是体现了对立统一的发展原则，普遍的伦理实体正是通过悲剧在现实生活中为自己的发展开辟道路。

悲剧首要的因素在于，它表现的对象是由一系列关系和力量构成的、普遍的、完整的伦理实体，这种伦理性因素是形成悲剧人物性格的基础，它推动着悲剧人物追求自己的目的、做出自己的行为。"形成悲剧动作情节的真正内容意蕴，即决定悲剧人物去追求什么目的的出发点，是在人类意志领域中具有实体性的本身就有理由的一系列的力量：首先是夫妻、父母、儿女、兄弟姊妹之间的亲属爱；其次是国家政治生活，公民的爱国心以及统治者的意志；第三是宗教生

---

① ［德］黑格尔：《美学》第 3 卷下册，朱光潜译，商务印书馆 1981 年版，第 192 页。
② ［德］黑格尔：《美学》第 3 卷下册，朱光潜译，商务印书馆 1981 年版，第 240 页。
③ ［德］黑格尔：《美学》第 3 卷下册，朱光潜译，商务印书馆 1981 年版，第 241 页。

活，不过这里指的不是不肯行动的虔诚，也不是人类胸中仿佛根据神祇的判别善恶的意识，而是对现实生活的利益和关系的积极参与和推进。真正的悲剧人物性格就要有这种优良品质。"① 这三种力量在伦理实体中是统一的、和谐的，但现实生活中具体的悲剧人物在领悟伦理实体并作出自己的诉求时，只能显现出伦理实体的某一种力量、某一个方面，这就造成了不同悲剧人物之间不可避免的冲突。

悲剧的第二个因素是它基于冲突的必然性。由于每一性格具体化的伦理力量各不相同，原有的各种力量之间的和谐被否定了，各种性格之间、性格的目的和行为之间就会产生相互排斥和对立，"从此每一动作在具体情况下都要实现一种目的或性格，而这种目的或性格在所说的前提之下，由于各有独立的定性，就片面孤立化了，这就必然激发对方的对立情致，导致不可避免的冲突"②。在悲剧冲突之中，冲突双方从自身来看都是合理的，但从伦理整体来看，又都是片面的。

悲剧的第三个因素是悲剧冲突需要解决，解决的结果就是冲突双方的片面性、特殊性遭到毁灭，永恒正义把伦理的完整性重新实现出来。所以，悲剧的效果除了引起亚里士多德所说的"哀怜"和"恐惧"之外，还引起人们"调解"的感觉。"只有在这种情况之下，悲剧的最后结局才不是灾祸和苦痛而是精神的安慰，因为只有在这种结局中，个别人物的遭遇的必然性才显现为绝对理性，而心情也才真正地从伦理的观点达到平静，这心情原先为英雄的命运所震撼，现在却从主题要旨上达到和解了。"③ 最能体现黑格尔悲剧观念的，也尤其受到黑格尔推崇的悲剧是索福克勒斯的《安提戈涅》。

黑格尔是亚里士多德之后对悲剧作出较为深刻思考的哲学家、美学家，他指出悲剧发生的范围是人类现实社会生活，悲剧以冲突为基础，悲剧的发生具有必然性，悲剧感除了恐惧和怜悯，还有一种更高层次的和解的、平静的感觉，所有这些都深化了我们对悲剧艺术的理解。但是，黑格尔的客观唯心主义体系也对其悲剧观产生了一些明显的束缚。例如，黑格尔认为，悲剧冲突的根源在于观念性的伦理实体，而不是社会现实的矛盾；冲突双方都是正义的，反对悲剧表现邪恶的、坏的人物；冲突结果是所谓"永恒正义"对冲突双方各打五十大板，而完全无法区分正义与邪恶、先进与落后、正确与谬误。只有到了马克思、恩格斯那里，

---

① ［德］黑格尔：《美学》第 3 卷下册，朱光潜译，商务印书馆 1981 年版，第 284 页。
② ［德］黑格尔：《美学》第 3 卷下册，朱光潜译，商务印书馆 1981 年版，第 286 页。
③ ［德］黑格尔：《美学》第 3 卷下册，朱光潜译，商务印书馆 1981 年版，第 310 页。

在唯物史观的基础上，才真正解决了悲剧的本质问题。

小　结

正如德国古典哲学是西方哲学发展史上一个重要的枢纽一样，德国古典文论也是西方文论史上一个承前启后、综合创新的发展阶段。

德国古典文论家继承了古希腊人文主义、文艺复兴和近代启蒙主义的精神实质，倡导以理性、自由为核心的现代性价值观念，强调文学艺术的目的是促进社会的进步、道德的提升和人生的幸福；德国古典文论家大都是哲学家，或者是具有高度哲学素养的文学家，他们视野开阔，善于综合，能够批判继承以往文艺思想的精华，吸收自古希腊柏拉图、亚里士多德以来，包括近代大陆唯理论和英国经验论在内的美学和文论的合理成分，在新的哲学基础上加以创新；他们对文学艺术并非作孤立考察，而是在以往两千多年文艺实践和文艺观念的基础上，构建了一些宏大的体系，把文学艺术当作构成这个体系的一个有机组成部分，试图对人类文艺现象作总体把握；他们的文论思想是全面而深刻的，在文艺的本质、文艺与现实的关系、艺术与宗教和哲学的关系、艺术的历史发展规律、文艺家的身份及其在文艺活动中的地位、文艺的内容与形式的关系、典型的塑造、悲剧的本质等方面都提出了新的观点、概念和范畴，作出了超越前人的理论贡献，大大推进了人类对文艺自身规律的研究，是继古希腊文论之后西方文艺理论发展史上的又一座高峰。

德国古典文论较为深刻地认识到文艺与现实、文艺的现实依存性与主体创造性之间的辩证关系。康德提出，"天才就是天生的内心素质，通过它自然给艺术提供规则"[1]，一方面强调了艺术家的天才独创性，另一方面也强调了艺术的自然现实来源。歌德则直接指出，艺术家"既是自然的主宰，又是自然的奴隶"[2]。黑格尔认为，文艺创作除了艺术家的天才和主观努力之外，还要受到"一般世界情况"的影响和制约。这样一些文论观念突破了欧洲文论史上长期存在的感性派与理性派、模仿论与灵感论、再现说与表现说的对立，极大地推动了西方文论的发展。此外，德国古典文论强调审美和文艺在消除感性与理性的对立、摆脱人的异化状

---

① ［德］康德：《判断力批判》，邓晓芒译，杨祖陶校，人民出版社 2017 年版，第 115—116 页。

② ［德］爱克曼辑录：《歌德谈话录》，朱光潜译，人民文学出版社 1978 年版，第 137 页。

态、实现人的自由解放方面的重要价值。这无疑突破了以往文论家主要从认识功能、道德教化功能和娱乐功能等方面来认识文艺的社会功用的局限，将西方文论对文艺的价值的认识提到一个新的高度。

德国古典文论对 19 世纪以来的西方文艺思想具有重要影响，其中许多美学、文艺观念直接启发了西方现代主义和后现代主义文艺理论；同时，德国古典文论对马克思主义文艺思想的产生也具有重大影响，可以说，没有德国古典哲学、美学和文论，就没有马克思主义的哲学、美学和文论。

但是，我们也要看到，德国古典文论思想中存在着现代与传统、革命与保守、激进与软弱、理论与现实等方面的深刻矛盾，表现出两面性。比如，德国古典文论所关注的人的解放主要还停留于精神解放的领域。恩格斯对歌德的两面性就有非常深刻的认识："在他心中经常进行着天才诗人和法兰克福市议员的谨慎的儿子、可敬的魏玛的枢密顾问之间的斗争；前者厌恶周围环境的鄙俗气，而后者却不得不对这种鄙俗气妥协、迁就。因此，歌德有时非常伟大，有时极为渺小；有时是叛逆的、爱嘲笑的、鄙视世界的天才，有时则是谨小慎微、事事知足、胸襟狭隘的庸人。"①

对于德国古典时期的文论思想，我们应当站在马克思主义唯物史观和唯物辩证法的立场上，深刻挖掘其现代性内涵，对其合理内核进行唯物主义的改造和发展，从而推动当代文论思想的发展。

思考题：

1. 如何理解康德的审美理念理论？
2. 如何理解歌德的艺术与自然的关系理论？
3. 如何理解席勒对素朴的诗和感伤的诗的区分？
4. 如何理解黑格尔关于艺术发展的历史类型理论？
5. 如何理解黑格尔的悲剧理论？

---

① ［德］恩格斯：《诗歌和散文中的德国社会主义》，《马克思恩格斯全集》第 4 卷，人民出版社 1958 年版，第 256 页。

第七章　浪漫主义文论

概　　述

18世纪末至19世纪上半叶，欧洲各国先后出现了一种反对古典主义、崇尚个性解放、追求情感表现、倡导想象自由、鼓吹艺术天才的文学思潮，这种思潮持续近半个世纪，影响深远，被称为浪漫主义文学运动，其理论上的表达就是浪漫主义文学理论。

浪漫主义文学思潮与文学理论的产生有其深刻的社会历史背景。1789年法国大革命爆发之后，欧洲社会急剧动荡，封建贵族日趋没落，资产阶级逐渐建立了自己的统治。但是，启蒙思想家的预言并没有实现，阶级矛盾复杂，贫富分化加剧，欧洲社会弥漫着一种对现实强烈不满的气氛。恩格斯在《反杜林论》中对这一时期的社会状况有一段非常精彩的论述。他说，富有与贫困的对立更加尖锐，犯罪状况日益恶化，商业变成欺诈，博爱变成嫉恨，金钱成为至高权力，卖淫增加到了前所未有的程度，婚姻以不胜枚举的通奸为补充。"总之，同启蒙学者的华美诺言比起来，由'理性的胜利'建立起来的社会制度和政治制度竟是一幅令人极度失望的讽刺画。"[1] 理性王国的破产，为浪漫主义的到来提供了肥沃的土壤。

从思想文化的传承来看，卢梭和德国古典哲学对浪漫主义文学理论有深刻影响。在启蒙思想家中，浪漫主义先知卢梭有着崇尚自然和感情至上的独特倾向，正是这种独特性对浪漫主义文艺思潮产生了重大影响，卢梭对人类自然状态的讴歌、对文明状态的厌恶本身就是对法国社会现实不满的产物。德国古典哲学的唯心主义特征也为浪漫主义文艺思潮的到来提供了思想武器，康德提倡艺术的无功利和无目的性，席勒把艺术理解为自由的游戏，这些思想成为浪漫主义文学运动的基本原则。费希特和谢林的唯心主义哲学则对浪漫主义文学理论产生了直接作用。浪漫派理论家认识到，"费希特的自我学说以完全抽象的方式阐释了人类心灵的无限能力，即在一切中发现自身、又在自身中发现一切的能力"[2]。费希特的"自我"概念让浪漫派作家返回自身、探究心灵。"谢林原则上复活了新柏拉图主义；艺术乃是洞见或

---

① ［德］恩格斯：《反杜林论》，《马克思恩格斯文集》第3卷，人民出版社2009年版，第527页。

② ［丹麦］勃兰兑斯：《十九世纪文学主流》第2分册，人民文学出版社1981年版，第58页。

理智直观。哲学家和艺术家都参悟到宇宙本质，即绝对。所以艺术打破了实在世界与理想世界的障碍。艺术以有限表现无限，是自然与自由的统一，因为它是意识和无意识的共同产物，是无意识地创造出我们的实在世界和有意识地创造出艺术的理想世界这样一种想象力的产物。"① 他们的思想深刻影响了施莱格尔兄弟、诺瓦利斯和柯勒律治等浪漫派思想家，为浪漫主义提供了理论基础。

第一节　施莱格尔兄弟与海涅

德国是一个宗教传统非常牢固的国家，对社会现实不满的人，很容易逃向宗教的虚幻世界。德国浪漫主义的一个重要特征就是它所具有的浓厚的基督教色彩，以及对中世纪的美化和缅怀。这种情况到了 19 世纪 30 年代，随着海涅的《论浪漫派》的发表才有所改观。

一、心灵的无限和自由

德国浪漫派的产生是和施莱格尔兄弟联系在一起的。弗雷德里希·施莱格尔（1772—1829）和奥古斯特·施莱格尔（1767—1845）是兄弟，两人都是德国浪漫派重要理论家，其中弟弟弗雷德里希·施莱格尔（以下简称弗·施莱格尔）的浪漫个性更突出，理论成就更大。弗·施莱格尔是德国浪漫主义理论家、文学批评家，出身于牧师家庭，曾在耶拿大学任教，1798 年与哥哥一起创建文学刊物《雅典娜神殿》，成为德国浪漫派的精神领袖。1808 年皈依天主教，更加强调文学表达宗教观念，在政治上也更加保守。其主要文论著作有《断片》《文学史讲演》等。

在席勒对"素朴的诗"和"感伤的诗"的区分之中，弗·施莱格尔显然完全倾向于"感伤的诗"。在他看来，正是浪漫主义才使文学达到了哲学的高度，趋向于无限和自由，体现了文学应有的价值。他说："现代诗的全部历史，便是对简短的哲学正文所作的无穷无尽的注解；……诗和哲学应统一起来。"② 弗·施莱格尔所说的哲学不是一般的哲学，而是基督教哲学。他认为，文学应该努力成为基督教观念的体现者。"按照日耳曼精神的倾向，来解决当代的思想问题，那就是完全承认永恒世界，

---

① ［美］韦勒克：《近代文学批评史》第 2 卷，杨岂深、杨自伍译，上海译文出版社 1989 年版，第 93—94 页。

② ［德］弗·施莱格尔：《断片》，见伍蠡甫主编：《西方文论选》下卷，上海译文出版社 1979 年版，第 320 页。

这个世界永远真实，并且通过整个人世间的科学、艺术而反映出来。这种观念是跟信仰和知识的重新统一、调和紧密地联在一起的。我们不能用基督教哲学以外的任何其他名词，来称呼这种知识的重新统一……"① 文学与基督教哲学观念的统一，是弗·施莱格尔对文学的一般要求，这种要求反映了耶拿浪漫派整体的消极倾向。

在文学的内容方面，弗·施莱格尔要求文学反映时代，艺术应该发挥认识功能。"浪漫主义的诗是包罗万象的进步的诗。它的使命不仅在于把一切独特的诗的样式重新合并在一起，使诗同哲学和雄辩术沟通起来。它力求而且应该把诗和散文、天才和批评、人为的诗和自然的诗时而掺杂起来、时而融合起来。它应当赋予诗以生命力和社会精神，赋予生命和社会以诗的性质。它应当把机智变成诗，用严肃的具有认识作用的内容充实艺术，并且给它以幽默灵感。"② "只有浪漫主义的诗像史诗那样能够成为整个周围世界的镜子，成为时代的反映。"③ 弗·施莱格尔在此强调浪漫主义文学是一面反映整个世界的镜子，似乎表现出一种现实主义追求，但实际上相反，弗·施莱格尔所说的对时代的反映、对生命和社会的认识，都是经过主观化了的认识，现实仅仅是观念的化身。也就是说，在弗·施莱格尔的文论思想中，观念始终是第一位的，观念是现实的依据。所以他说："诗的核心或中心应该在神话中和古代宗教神秘剧中去寻找。当您以无限的观念充满您的生活感觉的时候，您便开始理解古代人和一般的诗了。"④

弗·施莱格尔强调艺术家的创作是完全自由的，是艺术才华的自由挥洒，不遵循任何既定的规律。"究竟是什么样的哲学降临到诗人头上呢？这是创造的哲学，它以自由的思想和以对自由的信念为出发点，它表明，人类精神强迫着一切存在物接受它的法则，而世界便是它的艺术作品。"⑤ "唯有它是无限的和自由的，

---

① ［德］弗·施莱格尔：《文学史讲演》，见伍蠡甫主编：《西方文论选》下卷，上海译文出版社 1979 年版，第 327 页。

② ［德］弗·施莱格尔：《断片》，见伍蠡甫主编：《西方文论选》下卷，上海译文出版社 1979 年版，第 321 页。

③ ［德］弗·施莱格尔：《断片》，见伍蠡甫主编：《西方文论选》下卷，上海译文出版社 1979 年版，第 321 页。

④ ［德］弗·施莱格尔：《断片》，见伍蠡甫主编：《西方文论选》下卷，上海译文出版社 1979 年版，第 323 页。

⑤ ［德］弗·施莱格尔：《断片》，见伍蠡甫主编：《西方文论选》下卷，上海译文出版社 1979 年版，第 321 页。

它承认诗人的任凭兴之所至是自己的基本规律，诗人不应当受任何规律的约束。"①弗·施莱格尔把艺术家理解为人类精神的代表，是人类的"精神器官"，因此赋予艺术家高度的自由，这对于打破古典主义教条的束缚具有积极的意义，但是，不承认艺术本身内在的客观法则，对于艺术创作来说又是有害的。

由于弗·施莱格尔给了艺术家极大的自由，为了能够很好地把艺术家心中的流动的精神表达出来，他对浪漫主义文学形式的理解也很特别。在他看来，浪漫主义的文学形式应该是包罗万象的，包容各种文体形式的，甚至是永远处在未完成状态的。他认为，"浪漫主义的诗的样式，是独一无二的东西，是比任何个别的样式还要大的东西。它是诗的全部总和，因为任何的诗在某种意义上都是而且也应当是浪漫主义的"②。"其他种类的诗已经结束了自己的发展，完全听任于分析了。浪漫主义的诗却仍旧处在形成过程中；况且它的实质就在于它将始终在形成中，永远不会臻于完成。"③

奥古斯特·施莱格尔（以下简称奥·施莱格尔）也曾在耶拿大学教书，同为耶拿浪漫派精神领袖，他跟法国的浪漫主义文论家史达尔夫人关系密切，把德国浪漫主义传入法国。他本人也是莎士比亚剧作的德译者。他的文论思想主要体现在《关于美文学和艺术讲座》《关于戏剧艺术和文学讲座》等著作中。奥·施莱格尔同浪漫派一样，要求文学创作讲究个性，崇尚独创，重视比喻和象征，鼓吹作家是神话创造者，创造出一个象征和对应物系统。奥·施莱格尔文艺思想一个突出之处在于他非常强调艺术的无功利性，这显然受到了康德美学思想的影响。他认为，"一座房屋是用来在里面住人的。但是，在这个意义上，一幅画或一首诗又有什么用处呢？一点用处也没有……毋宁说，不愿意有用，才是美的艺术的本质"④。

二、海涅对浪漫主义的批判

海涅（1797—1856），德国著名革命民主主义诗人、散文家和政论家。其文学理论主要体现在《论浪漫派》（1833）、《论德国宗教和哲学的历史》（1834）等著

---

① ［德］弗·施莱格尔：《断片》，见伍蠡甫主编：《西方文论选》下卷，上海译文出版社 1979 年版，第 322 页。

② ［德］弗·施莱格尔：《断片》，见伍蠡甫主编：《西方文论选》下卷，上海译文出版社 1979 年版，第 322 页。

③ ［德］弗·施莱格尔：《断片》，见伍蠡甫主编：《西方文论选》下卷，上海译文出版社 1979 年版，第 322 页。

④ ［德］奥·施莱格尔：《关于美文学和艺术讲座》，见《欧美古典作家论现实主义和浪漫主义》（2），中国社会科学出版社 1981 年版，第 360 页。

作中。其中，《论浪漫派》对以施莱格尔兄弟为代表的德国浪漫主义进行了批判，指出德国文学发展的道路应该是吸收歌德和席勒两人文学创作的精华。

海涅早期曾经受到浪漫主义的熏陶，但在19世纪40年代，他开始更加关注现实。在文艺与现实的关系上，海涅坚持"镜子说"，认为艺术应该反映生活，这种朴素的观点使得海涅坚决反对德国浪漫派对中世纪的缅怀、对现实的无视。

在《论浪漫派》中，海涅一开始就指出："艺术只是反映生活的镜子，天主教在生活里逐渐消失，那么它在艺术里也就逐渐减弱，慢慢死亡。"① 艺术要反映生活，这是海涅对德国古典文学，尤其是歌德文艺思想的继承。在现实中消亡的东西，在艺术中也应该消亡。此外，中世纪的浪漫艺术表现方式本身存在重大缺陷，因为它要表达无限，所以只能采取象征的手法，这会削弱艺术家对艺术形象的驾驭能力，使得中世纪的浪漫艺术充满了神秘的、怪诞的、虚夸的成分。海涅指出，中世纪"浪漫主义艺术表现的，或者确切地说暗示的，乃是无限的事物，纯粹是灵性的关系，它最后求助于一套传统的象征手法，或者不如说最后求助于譬喻，基督自己就已经试图通过各种各样美好的譬喻来阐明他的唯灵主义的思想。因而在中世纪的艺术作品里充满了神秘主义的、莫名其妙的、令人惊异的和虚假浮夸的成分；幻想以极大的努力通过感性的图像，来表现纯粹的精神之物，它臆造了极其癫狂的行为"②。在19世纪的上半叶，中世纪的宗教哲学已经过时了，失去了生命力，而且，与这种时代相适应的艺术本身也存在重大缺陷，所以，德国浪漫派试图回到中世纪、美化中世纪的做法就是没有必要的，也是不可行的。

那么，德国浪漫派就其精神实质而言究竟是什么呢？海涅确信，"它不是别的，就是中世纪文艺的复活……这种文艺来自基督教，它是一朵从基督的鲜血里萌生出来的受难之花"，海涅称这朵花"古怪离奇""颜色难看""阴森恐怖"。③ 在抨击了德国浪漫派之后，对于德国文艺发展要走怎样的道路，海涅认为应该将歌德和席勒结合起来，歌德的长处在于艺术形象的真实塑造，使所描述的一切都臻于完美，席勒的长处在于他所具有的动人的诗情以及对德国现实的强烈关注。

---

① ［德］海涅：《论浪漫派》，章国锋、胡其鼎主编：《海涅全集》第8卷，孙坤荣译，河北教育出版社2003年版，第23页。

② ［德］海涅：《论浪漫派》，章国锋、胡其鼎主编：《海涅全集》第8卷，孙坤荣译，河北教育出版社2003年版，第21页。

③ ［德］海涅：《论浪漫派》，章国锋、胡其鼎主编：《海涅全集》第8卷，孙坤荣译，河北教育出版社2003年版，第13页。

两者相比较，海涅更倾向于席勒，他认为歌德的泛神论使其变成"冷漠主义者"，离现实太远；而"席勒为伟大的革命思想而写作，他摧毁了精神上的巴士底狱，他建造了自由的庙堂"①。但是，海涅并没有因为喜欢席勒而贬低歌德，相反，他认为"再没有比贬低歌德以抬高席勒更愚蠢的事了"②，而且他饱含着热情赞颂了歌德的《浮士德》以及歌德晚年的《西东诗集》，所有这些都表现了诗人海涅独到的、深刻的文学眼光。

第二节　华兹华斯与柯勒律治

英国浪漫主义文论的产生有其经济、社会以及文化的原因。首先从经济上看，以蒸汽机的发明和改进为标志，英国的工业革命进入深入发展阶段，迅速的工业化、城市化与大规模的圈地运动使得传统的田园经济受到极大冲击，田园牧歌式的乡村迅速消失，社会阶级迅速分化。而 1789 年的法国大革命，则使得"自由、平等、博爱"成为被普遍接受的社会价值。德国古典哲学与耶拿浪漫派也在欧洲产生广泛影响。由此，在英国逐步酝酿产生了以追求田园生活、激情表现与自由想象为标志的浪漫主义文论。这种文论以突破新古典主义为其目的，主要以被称为"湖畔派"的华兹华斯与柯勒律治为代表。

一、情感与自然

华兹华斯（1770—1850），出身于律师家庭，曾就读于剑桥大学。童年失去父母，生活孤独，寄情于大自然之中。早年受到法国启蒙运动影响，对于法国大革命表示同情。长期隐居乡间，与柯勒律治等诗人一起曾在英格兰北部湖区居住，其诗多以湖区为描写对象，因此被称作"湖畔派"诗人。在这派诗人中，华兹华斯是最孚众望和最有代表性的一个。他与柯勒律治共同出版的《抒情歌谣集》是英国浪漫主义的代表作，他为《抒情歌谣集》第二版所写的《序言》以及其后所写的《序言附录》被认为是英国浪漫主义的宣言与纲领。

---

① ［德］海涅：《论浪漫派》，章国锋、胡其鼎主编：《海涅全集》第 8 卷，孙坤荣译，河北教育出版社 2003 年版，第 51 页。

② ［德］海涅：《论浪漫派》，章国锋、胡其鼎主编：《海涅全集》第 8 卷，孙坤荣译，河北教育出版社 2003 年版，第 56 页。

（一）论诗的题材

新古典主义以贵族的高雅生活为其文学题材，而浪漫主义在题材方面则有着重要突破，是一些"本质上与今日一般所称赞的诗完全不同的诗歌"①。华兹华斯在《〈抒情歌谣集〉序言》中明确提出以日常生活特别是田园生活为诗歌的题材。他说："我在这些诗中提出的主要目的，是从日常生活中选取一些事件和情景……我一般地是选择卑微的和乡村的生活。"② 之所以在题材上作出如此重大的调整，是因为在华兹华斯看来，作为一名秉持"人类心灵之某些固有而不可磨灭的品质"的作家，面对激烈变化而日益颓废的社会现实，理应作出如此反应。他将这些社会现实归结为城市人口的积累、日常事务的单调，以及文学作品的颓废，诸如狂妄的小说、病态而愚蠢的悲剧、无聊的故事诗的泛滥等。为此，他试图以清新的日常生活与乡村的田园生活对这种颓废之风有所矫正。他认为，乡村生活与大自然离得最近，也最朴实无华，可以借以矫正时下颓风。"在乡村情况中，人们的激情往往与大自然的美丽而恒久的形式结合起来。"乡下人"社会地位卑微，身份相同，交际范围狭小，而受到社会虚荣的影响也较少，所以他们都用朴素无华的词句来表达自己的感情和见解"。③ 另外一个重要原因，就是出于人与自然亲近的本性。他说："人与自然根本上是彼此适应的，而人的心灵本来就是反映大自然的最美丽最有趣的景象的一面镜子。所以，诗人在研究自然之时，这种快感自始至终伴随着他，受到快感的鼓舞，他就与自然万象交谈，其热情正像科学家终生与作为他的研究对象的大自然那些部分交谈，而在心中养成了热爱那样。"④ 这就从作家反思、批判社会现实的社会责任与热爱大自然的本性两个层面论证了他选择日常生活特别是乡村田园生活作为诗歌题材的原因。其中，对于人类亲近大自然本性的论述具有重要的理论意义与价值。

（二）论诗的本质

诗的本质是什么呢？古希腊将之归结为模仿，新古典主义认为是理性，但华兹华斯则认为是激情的直接流露。这就是浪漫主义文论著名的表现说。"一切

---

① ［英］华兹华斯：《〈抒情歌谣集〉序言》，《缪朗山文集》第3卷，中国人民大学出版社2011年版，第4页。
② ［英］华兹华斯：《〈抒情歌谣集〉序言》，《缪朗山文集》第3卷，中国人民大学出版社2011年版，第4页。
③ ［英］华兹华斯：《〈抒情歌谣集〉序言》，《缪朗山文集》第3卷，中国人民大学出版社2011年版，第5页。
④ ［英］华兹华斯：《〈抒情歌谣集〉序言》，《缪朗山文集》第3卷，中国人民大学出版社2011年版，第12页。

好诗都是强烈感情的自然流露"①，诗人"一般是因现实事件唤起的激情而写作的"②。"诗人之作诗只受到一种限制，那就是，他必须把直接的快感授给一个人，使之获得所期望于他的见识。"③ 在这里，他提出了"直接的快感"的概念，并认为这在诗歌创作中是非常重要的。为什么会这样呢？华兹华斯认为，首先是由诗歌创作的特点决定的。诗人与律师、医师、航海家、天文家及自然科学家不同，"诗人与事物形象之间绝无障碍，但是传记家及历史家与事物形象之间就有成千障碍了"④，所以诗人就以常人的姿态、生活原本的样子来表达"直接的快感"，是一种感情的自然流露。这就是诗歌作为艺术创作的特点所在。另外一个重要原因，他认为是"爱"的人性使然。他认为，诗人都是"以爱的精神来看世界的人"⑤。"诗人是维护人性的碉堡，他是人性的支持者和保存者，不论到何处都带来亲和爱。"⑥ 正是由于这种"爱"的人性，所以诗人要传授"直接的快感"，要表达"激情"。他认为，"这是对天赋而又明显的人之尊严的崇拜，对快感的博大基本原则的崇拜"，也是"对宇宙之美的道谢"⑦。

（三）论诗的语言

对于华兹华斯《〈抒情歌谣集〉序言》争论最多的就是有关该文力主诗歌应该运用日常乡间语言进行写作的观点，甚至柯勒律治最后也发表了不同看法，这也是柯勒律治写作《文学生涯》一文的重要原因之一。但诗歌语言的确也是作为语言艺术的诗歌的重要要素，新古典主义力主运用所谓典雅高贵的韵文进行创作，这是其重要原则之一。华兹华斯突破了这一点，力主运用日常的乡下人的语言进行写作。他说："我也采用了这些乡下人的语言（当然清除了其中那些似乎是真正的缺点，清除了一切经常会而且必然会使人厌恶或唾弃

---

① ［英］华兹华斯：《〈抒情歌谣集〉序言》，《缪朗山文集》第 3 卷，中国人民大学出版社 2011 年版，第 5 页。

② ［英］华兹华斯：《〈抒情歌谣集〉序言附录》，《缪朗山文集》第 3 卷，中国人民大学出版社 2011 年版，第 20 页。

③ ［英］华兹华斯：《〈抒情歌谣集〉序言》，《缪朗山文集》第 3 卷，中国人民大学出版社 2011 年版，第 11 页。

④ ［英］华兹华斯：《〈抒情歌谣集〉序言》，《缪朗山文集》第 3 卷，中国人民大学出版社 2011 年版，第 11 页。

⑤ ［英］华兹华斯：《〈抒情歌谣集〉序言》，《缪朗山文集》第 3 卷，中国人民大学出版社 2011 年版，第 11 页。

⑥ ［英］华兹华斯：《〈抒情歌谣集〉序言》，《缪朗山文集》第 3 卷，中国人民大学出版社 2011 年版，第 12 页。

⑦ ［英］华兹华斯：《〈抒情歌谣集〉序言》，《缪朗山文集》第 3 卷，中国人民大学出版社 2011 年版，第 11 页。

的因素），因为此等人时时刻刻都接触到最精彩的语言所从出的最精彩的事物。"① 他有时也说采用"日常的语言""真正的语言"等。同时，他也对于新古典主义对韵文的偏爱进行了反驳，主张打破韵文与散文的界限。他说："散文的语言是大可以适用于韵文的；……每一首好诗的大部分的语言同好的散文的语言丝毫没有区别。"② 他认为，其实将散文与韵文加以对比不如将韵文与应用文以及科学论文对比更加贴切。他在语言上作出这样的变革的原因何在呢？除了前面已提到的乡村日常语言具有朴实无华的特点容易产生良好的效果之外，他还认为这是一种艺术创作上抛弃"虚伪的描写"，以期"明达合理"的追求。为此就要割弃传统的语言和修辞传统，也就是与传统的新古典主义划清界限。他说："这就必然令我割弃了大部分的词藻和修辞格式，而这样的词藻和修辞格式却是父传子传孙久已被视为诗人们的共同遗产。"③ 当然，他也认为这是人性使然，也是散文与韵文没有根本差别的原因所在。他说："这两者都用一样的器官说话，而且诉诸一样的器官；这两者所具备的形骸可以说是一样的物质造成的；它们的感情是类似的，几乎是相同的，甚至在程度上也不一定有区别；韵文所挥洒的不是'天使所泣的'泪，而是自然的，人类的泪，它不能夸耀有什么天国的仙血灵液，所以它的生命血液和散文的有所不同，一样的人类血液循环在它们两者的脉络里。"④ 最后也是最重要的就是华兹华斯认为诗歌创作的最重要的原则是思想内容对于词语的决定作用。他说："思想和感情越有价值，无论作品是散文的或是诗体的，它们就越需要而且务求同一的语言。诗作韵律不过是外加的因素。"⑤

二、想象与天才

柯勒律治（1772—1834），出身于牧师家庭，英国著名浪漫主义诗人和批评

① ［英］华兹华斯：《〈抒情歌谣集〉序言》，《缪朗山文集》第 3 卷，中国人民大学出版社 2011 年版，第 5 页。
② ［英］华兹华斯：《〈抒情歌谣集〉序言》，《缪朗山文集》第 3 卷，中国人民大学出版社 2011 年版，第 8 页。
③ ［英］华兹华斯：《〈抒情歌谣集〉序言》，《缪朗山文集》第 3 卷，中国人民大学出版社 2011 年版，第 7 页。
④ ［英］华兹华斯：《〈抒情歌谣集〉序言》，《缪朗山文集》第 3 卷，中国人民大学出版社 2011 年版，第 8—9 页。
⑤ ［英］华兹华斯：《〈抒情歌谣集〉序言附录》，《缪朗山文集》第 3 卷，中国人民大学出版社 2011 年版，第 24 页。

家。他曾到德国学习哲学，其诗歌理论明显受到康德哲学与耶拿浪漫派诗学的影响。早年同情法国革命，后来愈来愈趋向神秘。他的文学批评著述除了 1800 年与华兹华斯共同出版的《〈抒情歌谣集〉序言》，主要还有《文学生涯》（又译《文学传记》）、《莎士比亚评论集》等。他的文学理论在英语世界具有很高地位，被认为是亚里士多德之后的第一人。他并不完全同意华兹华斯的观点，在《文学生涯》中明确表示诗歌的主要特点是韵律，但其对于想象与天才的论述却影响巨大，有关艺术创作中人与自然关系的论述也颇有价值。

（一）论想象

对于想象的突出强调是浪漫主义诗歌理论的重要特点，是其突破新古典主义"三一律"等程式化写作的重要理论支撑。柯勒律治在《文学生涯》中运用相当的篇幅论述了艺术想象。什么是想象呢？柯勒律治说："诗人撒播一种统一的情调与精神，以那综合之魔力来混合一切，并且（仿佛）逐个融合起来，这种魔力我专给予一个名称叫做'想象'。"① 很明显，他给"想象"确定的两个内涵是统一的精神与融合的魔力，可以将艺术创作中各种因素综合起来加以发酵式地创造出具有无比感染力的艺术作品。他还认为，想象是将作家的主动性与对象的被动性在相当的深度与限度上加以综合的"中间力量"②。柯勒律治还进一步分清了想象与幻想以及第一性与第二性想象的关系。对于想象与幻想，他说："幻想和想象并不是如普通所理解的那样词异而义同，或者至少是同一能力的低级和高级的区别。幻想和想象乃是两种截然分立、大不相同的性能。……弥尔顿的头脑富有想象，柯莱的头脑富有幻想。"③ 可见，在他看来，幻想是一种简单的联想，而想象则是一种创造性的精神活动。接着他又分辨了第一性与第二性想象。他说："我把想象看作第一性或第二性的。第一性的想象，我认为是一切人类知觉所具有的活力和首要功能，它是无限的'我在'所具有的永恒创造活动在有限的心灵中的重现。第二性的想象，我认为是第一性的想象的回声，与自觉的意志并存；但它在功能上与第一性的想象完全合一，只在程度

---

① ［英］柯勒律治：《文学生涯》，《缪朗山文集》第 3 卷，中国人民大学出版社 2011 年版，第31 页。
② ［英］柯勒律治：《文学传记》，见伍蠡甫主编：《西方文论选》下卷，上海译文出版社1988 年版，第 30 页。
③ ［英］柯勒律治：《文学传记》，见伍蠡甫主编：《西方文论选》下卷，上海译文出版社1988 年版，第 30 页。

上，在活动形式上，有所不同。"① 可见，他的第一性想象即为再现性想象，而第二性想象则为创造性想象，是一种艺术的想象。

（二）论天才

天才是浪漫主义文论的重要内涵，就像新古典主义强调规则一样，浪漫主义文论强调天才。柯勒律治对于天才有着多重阐释，他曾经说天才就是在人们见惯的事物中唤起清新感觉的价值与能力。"因此，天才的首要价值，它的最明白不过的表现形式，就是他能把见惯的事物如此表达出来，使它们能够在人们心目中唤起同样的感觉——即一种经常伴随着肉体与精神健康的恢复而来的那样清新的感觉。"② 犹如彭斯的诗，"就像雪片落在江上，一刹那间的白——随即永远消逝！"他又认为天才是一种调和外部与内部、有意识与无意识的特殊天赋，"能够将两者结合起来的就是有天才的人；而为了这个缘故，他必须兼有两者"③。他综合了天才的素质："良知是诗才的躯体，幻想是它的衣衫，运动是它的生命，而想象则是它的灵魂。"④ 最后他也没有否定天才与规则的联系。他说："请不要以为我有意把天才与规则对立。……诗的精神，只要是为了将力量与美结合，就得与其他活力一样，必须使它自己受一些规则的限制。"⑤

（三）论艺术活动中人与自然的关系

柯勒律治的诗论中包含着明显的自然论或有机论内涵，这是非常可贵的。诚如《镜与灯——浪漫主义文论及批评传统》的作者艾布拉姆斯所说："如果说柏拉图的论证是镜子的原野，柯勒律治的则是植物的丛林。"⑥ 柯勒律治首先明确界定了艺术与自然的关系："艺术隶属于自然。"⑦ 这显然是对于新古典主义崇尚理性的反拨，也是其湖畔派自然诗人的身份使然。接着他给予自然美一个全新的解释：

---

① ［英］柯勒律治：《文学传记》，见伍蠡甫主编：《西方文论选》下卷，上海译文出版社 1988 年版，第 30 页。

② ［英］柯勒律治：《文学传记》，见伍蠡甫主编：《西方文论选》下卷，上海译文出版社 1988 年版，第 29 页。

③ ［英］柯勒律治：《论诗或艺术》，见伍蠡甫主编：《西方文论选》下卷，上海译文出版社 1988 年版，第 34 页。

④ ［英］柯勒律治：《文学传记》，见伍蠡甫主编：《西方文论选》下卷，上海译文出版社 1988 年版，第 32 页。

⑤ ［英］柯勒律治：《莎士比亚的判断力与其天才同等》，见伍蠡甫主编：《西方文论选》下卷，上海译文出版社 1988 年版，第 36 页。

⑥ ［美］艾布拉姆斯：《镜与灯——浪漫主义文论及批评传统》，郦稚牛等译，北京大学出版社 1989 年版，第 267 页。

⑦ ［英］柯勒律治：《文学传记》，见伍蠡甫主编：《西方文论选》下卷，上海译文出版社 1988 年版，第 31 页。

"样子美好的东西与有生命的东西的统一。"① 从而将形式美与生命美并列并将生命美放到重要位置。对于如何创造自然美的艺术作品，他也阐述了自己的看法："人的心灵是那些散在自然界的各种形象中的智力光线的焦点。"② "艺术家必须首先使自己离开自然，为的是以充分的力量归返自然。"③ "必须先有良好的教育，或者天赋的敏感，或者两者兼而有之。"④

华兹华斯与柯勒律治位列欧洲最早的浪漫主义诗人与诗论家，他们的浪漫主义诗论在整个西方浪漫主义文论发展史中具有奠基的作用。他们提出的有关诗歌题材、诗的情感表现本质、语言、想象、天才与自然论的观点都具有重要理论价值。但其理论的片面性、唯心主义的神秘性以及对抽象人性论的鼓吹都是错误的，其诗歌与文论中对于日渐没落的封建宗法制农村的缅怀也是消极的。

第三节　夏多布里昂与雨果

法国浪漫主义产生的时间晚于德国和英国，从社会政治背景来看，它受 1789 年法国大革命的影响尤为直接和深刻。以启蒙思想为引导的法国大革命曾令社会各界进步人士兴奋不已，但其失败的结局却引发了人们的反思："它最后以革命吞噬自己的儿女这种可怕的场面告终。结果，人们回过头来重新审视理性时代的种种前提假定，然后予以拒斥，从而促成浪漫主义的转向。"⑤ 与法国革命相呼应，康德哲学则标志着思想界的革命，使哲学研究的重心从客观世界转向主观世界，从客体转向主体，人的精神世界的创造性和它参与塑造现实的能力得到肯定。由此，浪漫主义的思想基础进一步得以稳固。在法国，大革命既改变了贵族阶级的生活，又激起了资产阶级的失望与不满之情，于是出现了在情感寄托和理想表现

---

① ［英］柯勒律治：《论诗或艺术》，见伍蠡甫主编：《西方文论选》下卷，上海译文出版社 1988 年版，第 34 页。
② ［英］柯勒律治：《论诗或艺术》，见伍蠡甫主编：《西方文论选》下卷，上海译文出版社 1988 年版，第 34 页。
③ ［英］柯勒律治：《论诗或艺术》，见伍蠡甫主编：《西方文论选》下卷，上海译文出版社 1988 年版，第 34 页。
④ ［英］柯勒律治：《文学生涯》，《缪朗山文集》第 3 卷，中国人民大学出版社 2011 年版，第 35 页。
⑤ ［美］罗兰·斯特龙伯格：《西方现代思想史》，刘北成、赵国新译，中央编译出版社 2005 年版，第 210 页。

方面相互矛盾甚至对立的浪漫主义思想。"夏多布里昂的浪漫主义是天主教的和保皇派的，而雨果的浪漫主义（虽然最初是保守的）却是共和主义的、自由主义的，甚至是革命的。"①

一、神秘为美

夏多布里昂（1768—1848），法国浪漫主义作家、理论家。他的《基督教真谛》是其文论的代表作，其他文论著述还包括《莎士比亚》《文学和文人》以及一些书评。

夏多布里昂出身贵族，从小受耶稣会教士的熏陶。在《基督教真谛》一书中，他从诗学的角度为基督教进行辩护，宣扬"基督教诗意"，试图证明，在以往存在过的一切宗教中，基督教是最富有诗意的、最人道的，是最有利于自由、艺术和文学的。这部洋洋百万言的巨著体现了作者在精神与艺术上的双重追求：在精神上，他力图证明基督教是人类文明的归宿和精神家园；在艺术上，则以感情充沛、语言奔放、想象奇诡，开创了浪漫主义的一代文风。

夏多布里昂极力推崇基督教，认为"它能促进天才，纯洁趣味，发展善良的情欲，赋予思想以精力，献给作家以高贵的形式，献给美术家以完美的模型"②。于是，基督教就成为诗之根本、艺术之源泉、天才生长的滋养、思想发展的动力。基督教本身就如同诗一般完美，它甚至成为诗人创作的依傍和楷模。在基督教中，对象的自然性格和理想化描绘完美地融合在一起。诗人要想拒绝平庸，追求完美，就要学习基督教文本中的人物表现。"基督教被建构得如此完美，以致它本身就是一种诗，因为它将人的性格置于美好的理想中：……因此，由于诗人厌恶平庸、适度的风格，它就应该永远满足于这样的宗教——它总是表现超越人类或低于人类的人物。"③

"神秘""孤独""忧郁"是《基督教真谛》中反复出现的词语，其中蕴含了夏多布里昂浪漫主义诗学的核心内容。他说："除了神秘的事物以外，再没有什么美丽、动人、伟大的东西了。"进而反问道："在宇宙中，一切都是隐藏着的，一

---

① ［美］罗兰·斯特龙伯格：《西方现代思想史》，刘北成、赵国新译，中央编译出版社 2005 年版，第 230 页。
② ［法］夏多布里昂：《基督教真谛》，《欧美古典作家论现实主义和浪漫主义》（2），中国社会科学出版社 1981 年版，第 67—68 页。
③ ［法］夏多布里昂：《基督教真谛》，李焰明选译，《夏多布里昂精选集》，山东文艺出版社 2000 年版，第 207 页。

切都是未知的。人本身不正是一个不可解释的神秘事物吗?"他的结论是:"没有一种宗教是没有神秘的,正是神秘和牺牲构成信仰的根本:上帝本身就是自然界中伟大的神秘。"① 诗人只有在心灵中体会这种神秘,才能接近上帝的崇高与伟大。夏多布里昂设想了诗人在森林中孤独漫游这样一种典型景象,"森林里只有他一个人;但是人类精神却广泛地占据着大自然的空间,人间的所有僻静地都不如他心里的一个想法广大"②。在夏多布里昂看来,此时孤独的诗人正与上帝同在,"森林是上帝的最早教堂"③,"在这之前,孤独一直被视为可怕的;可是基督徒发现它极其迷人。"④ "基督教诗人与上帝一起在孤独中漫游,他是多么幸运啊!"⑤ 享受孤独的诗人天性多情而又忧郁,夜晚的沉寂、树林的黑暗、山岳的孤独、墓穴的宁静,这些才是忧郁诗人喜爱的图像,忧郁的诗人在他们的作品中呈现了令我们陶醉的幻想世界。夏多布里昂认为,在文学才华上,维吉尔胜过拉辛,原因之一就在于他的声音更哀怨。"如果我们浏览一下拉辛所描绘的人间盛衰图景,我们会以为是在凡尔赛宫荒无人烟的公园里漫游。……维吉尔所展现的画面同样是庄严的,但不限于某些生活景象;它们描绘的是整个大自然:树林的深处、山峦的面貌、海岸。"⑥

夏多布里昂的基督教诗学思想和以神秘为美的艺术理想,在他谈论"废墟的诗意"的文字中得以集中表现。他说:"废墟使我们心灵产生了崇高的回忆,给艺术带来了激动人心的作品。""人人对废墟都怀有一种神秘的好感。这种感觉来自于我们本性的脆弱,来自于这些倒塌的建筑物与我们存在的短暂之间神秘的一致。"⑦ "人类不过是一座倒塌的建筑,一块罪孽与死亡的碎片;他温柔的爱情,他动摇的信仰,他有限的仁慈,他不完整的情感,他贫乏的思想,他破碎的心,他

① ［法］夏多布里昂:《基督教真谛》,徐继曾译,《古典文艺理论译丛》第 1 卷,知识产权出版社 2010 年版,第 306—307 页。
② ［法］夏多布里昂:《基督教真谛》,李焰明选译,《夏多布里昂精选集》,山东文艺出版社 2000 年版,第 271 页。
③ ［法］夏多布里昂:《基督教真谛》,李焰明选译,《夏多布里昂精选集》,山东文艺出版社 2000 年版,第 334 页。
④ ［法］夏多布里昂:《基督教真谛》,李焰明选译,《夏多布里昂精选集》,山东文艺出版社 2000 年版,第 275 页。
⑤ ［法］夏多布里昂:《基督教真谛》,李焰明选译,《夏多布里昂精选集》,山东文艺出版社 2000 年版,第 270 页。
⑥ ［法］夏多布里昂:《基督教真谛》,李焰明选译,《夏多布里昂精选集》,山东文艺出版社 2000 年版,第 216 页。
⑦ ［法］夏多布里昂:《基督教真谛》,李焰明选译,《夏多布里昂精选集》,山东文艺出版社 2000 年版,第 351 页。

身上的一切都只是废墟。"① 在此,废墟成了人类的一面镜子,人在废墟上看到的
是自己。

夏多布里昂的基督教浪漫主义文论思想,一方面与奥古斯丁的神学美学和文
艺思想有渊源,另一方面,也是在基督教影响日渐衰微的社会背景下,企图重新
恢复其地位而直接为其辩护的产物,因此注定会受到进步思想的批判。马克思对
他的评价是:"这个写起东西来通篇漂亮话的家伙,用最反常的方式把十八世纪贵
族阶级的怀疑主义和伏尔泰主义同十九世纪贵族阶级的感伤主义和浪漫主义结合
在一起。"② 对于自己的不合时宜和被时代抛弃的命运,夏多布里昂自己也有所意
识。下面一段话就以他惯用的比喻手法描绘了一个被时代遗忘者的自画像:"当今
鼓吹道德和宗教的人们在他们的废墟高处向被时代激流牵引的人发出的警告是徒
劳的;废墟的宏伟,废墟传出的声音的柔美以及由此产生的壮丽的回忆,都会使
游人惊诧,但他不会停止行程。河水刚一转道,一切都被遗忘了。"③

二、美丑对照

雨果(1802—1885),法国浪漫主义作家、诗人、戏剧家、文艺理论家。他在
文论上的成就主要是批评理论著作《〈克伦威尔〉序言》和《莎士比亚研究》。

1827 年发表的《〈克伦威尔〉序言》是雨果为自己的第一部喜剧《克伦威尔》
写的序言,戏剧本身由于不合当时剧场的要求而没有上演,但其序言却非常引人
关注,被视为浪漫主义的宣言,也使得雨果一举成为浪漫主义运动的中坚。

在《〈克伦威尔〉序言》中,雨果首先将整个人类与个人的生长发展阶段
相类比,进而将诗歌的发展过程划分为三大阶段,并对每个阶段的不同特点进
行了阐发。"整个人类如同我们每一个人一样,经历过生长、发展和成熟的阶
段。他通过了孩提时代、成人时期,而现在到达了老迈之年。……而由于诗总
是建筑在社会之上,那么,根据社会发展的形式,我们来分析一下诗在原始时
代、古代和近代这三大人类发展阶段中的特点究竟是怎样的。"④ 雨果有意识

---

① [法]夏多布里昂:《基督教真谛》,李焰明选译,《夏多布里昂精选集》,山东文艺出版社
　　2000 年版,第 353 页。
② [德]马克思:《致恩格斯》,《马克思恩格斯全集》第 28 卷,人民出版社 1973 年版,第 401
　　页。
③ [法]夏多布里昂:《基督教真谛》,李焰明选译,《夏多布里昂精选集》,山东文艺出版社
　　2000 年版,第 397 页。
④ [法]雨果:《〈克伦威尔〉序言》,《雨果精选集》,柳鸣九译,山东文艺出版社 1998 年
　　版,第 836 页。

地将文学的发展与人类社会历史的发展相联系，认为文学艺术不是孤立自足的领域，不会独自演进，而是随着社会的发展变化而发展。他对诗歌发展的三个阶段进行了具体分析，认为第一阶段的诗是原始时期的抒情短歌，它歌唱永恒，具有淳朴的特征，诗中人物是亚当、诺亚这样的伟人。第二阶段的诗是古代的史诗，它传颂历史，具有单纯的特征，诗中人物是阿喀琉斯这样的巨人。第三阶段的诗是近代的戏剧，它描绘人生，真实是它的特征。诗中人物是哈姆雷特、麦克佩斯、奥赛罗这样的凡人。"抒情短歌靠理想而生，史诗借雄伟而存在，戏剧则以真实来维持。总之，这三种诗是来自三个伟大的源泉，即《圣经》、荷马和莎士比亚。"[1] 雨果将文学的不同类型与人类历史发展的不同阶段相对应，实际上是要证明戏剧是人类成熟的果实。他把原始的抒情诗比作湖水，史诗比作河流，戏剧比作大海。"总起来说，戏剧既像是湖泊，照映着天空，又像是江流，反照出两岸。但只有戏剧才具有无底的深渊和凶猛的风暴。"[2] "事实上，社会始则歌唱它的梦想，继而叙述它的所为，而最后才描绘它的思想。我们顺便说一句，正是由于最后那种原因，戏剧糅合了一切最相反的特性，才能够同时既深刻而又突出，既富有哲理意味而又不乏诗情画意。"[3] 这段话一方面已颇有历史与逻辑相统一的意味，另一方面对"戏剧糅合了一切最相反的特性"的强调，则蕴含了雨果文论思想中更具价值的内容，即他的美丑对照的理论。

　　雨果着力区分了第二阶段和第三阶段，即古代和近代的文学艺术，并沿用了"比较含糊但却流行的话"[4]，把前者称为"古典主义"，后者称为"浪漫主义"。他认为，这种区分的实现，源于文学艺术对一种新的类型的引入，这个新的类型就是滑稽丑怪。他说，古代的诗歌艺术如同古代的多神论和古代哲学一样，仅关注自然中美的那一方面，这种典型美在开始的时候是光彩夺目的，但到后来就像一切秩序化的事物常有的情形一样，变得虚伪、浅薄和陈腐了。与此相对，基督教把诗引向真理。"近代的诗神也如同基督教一样，以高瞻远瞩的目光来看事物。她领会到，万物中的一切并非都是合乎人情的美，她会发觉，丑就在美的旁边，

---

① ［法］雨果：《〈克伦威尔〉序言》，《雨果精选集》，柳鸣九译，山东文艺出版社 1998 年版，第 855 页。

② ［法］雨果：《〈克伦威尔〉序言》，《雨果精选集》，柳鸣九译，山东文艺出版社 1998 年版，第 858 页。

③ ［法］雨果：《〈克伦威尔〉序言》，《雨果精选集》，柳鸣九译，山东文艺出版社 1998 年版，第 856 页。

④ ［法］雨果：《〈克伦威尔〉序言》，《雨果精选集》，柳鸣九译，山东文艺出版社 1998 年版，第845 页。

畸形靠近着优美，丑怪藏在崇高的背后，美与丑并存，光明与黑暗相共。"① 于是诗歌开始像自然一样动作，在作品中，把阴影掺入光明，把滑稽丑怪与崇高优美相比。"滑稽丑怪作为崇高优美的配角与对照，要算是大自然给予艺术的最丰富的源泉。"② 因此可以说，和滑稽丑怪的接触已经给予近代的崇高以一些比古代的美更纯净、更伟大、更高尚的东西，因为滑稽丑怪可以让我们"带着一种更新鲜更敏锐的感受朝着美而上升"③。作为第三阶段的诗，戏剧的特点就是真实，而真实产生于崇高优美与滑稽丑怪的非常自然的结合。正是基于这种理论，雨果对莎士比亚的天才观给予了充分的褒扬，进而把莎士比亚戏剧中崇高优美与滑稽丑怪这两种因素的结合比作修辞学中的"对称法"。他说："天才的特征之一，就是把相距最远的一些才能结合在一起。"④ "在一切天才身上，这种双重反光的现象把修辞学家称之为对称法的那种东西提升到最高境界，也就是说，成为从正反两个方面去观察一切事物的那种至高无上的才能。"⑤ 雨果指出，这种天才来自对大自然的体悟，而非来自对古代经典的模仿，因此，像"三一律"这样的教条必须推倒。"让我们强调一下，诗人只应该从自然的真实以及既自然又真实的灵感中得到指点。"⑥ 什么规则，什么典范，都是不存在的，艺术的最高境界是自由。

雨果通过倡导美丑对照的原则，完成了对古典主义的超越，对推动整个欧洲的浪漫主义文学运动起到了不可替代的积极作用。

小　结

浪漫主义作为一场文学运动已经过去了，但是作为一种文学创作方法却具有

---

① ［法］雨果：《〈克伦威尔〉序言》，《雨果精选集》，柳鸣九译，山东文艺出版社 1998 年版，第 844 页。

② ［法］雨果：《〈克伦威尔〉序言》，《雨果精选集》，柳鸣九译，山东文艺出版社 1998 年版，第 849 页。

③ ［法］雨果：《〈克伦威尔〉序言》，《雨果精选集》，柳鸣九译，山东文艺出版社 1998 年版，第 849 页。

④ ［法］雨果：《莎士比亚的天才》，柳鸣九译，《古典文艺理论译丛》第 1 卷，知识产权出版社 2010 年版，第 505 页。

⑤ ［法］雨果：《莎士比亚的天才》，柳鸣九译，《古典文艺理论译丛》第 1 卷，知识产权出版社 2010 年版，第 507 页。

⑥ ［法］雨果：《〈克伦威尔〉序言》，《雨果精选集》，柳鸣九译，山东文艺出版社 1998 年版，第 875 页。

永恒的、独特的审美价值。浪漫主义大大拓展了人类审美活动的主体空间，高举"情感""想象""天才"的大旗，强调个体的自由和个性的解放，对于发挥艺术家的主观能动性、突破以往的艺术戒律具有精神解放的意义。但是，浪漫主义从18世纪末到19世纪上半叶的发展过程中，也出现了诸多问题，比如在哲学上倡导基督教导致神秘主义，在政治上美化中世纪导致蒙昧主义，在艺术上违背客观规律导致无限夸大艺术家的倾向，等等，这些明显的消极倾向也损害了浪漫主义的艺术实践。

浪漫主义是一个复杂的文学现象。当工业文明刚刚萌芽、资本主义制度初步确立之时，浪漫主义作家就敏锐地感受到了科技理性的弊端和物质主义的巨大的异化力量，成为第一批对现代性进行激烈抵抗和批判的力量。然而，在浪漫主义作家中，有些作家在批判早期资本主义社会现实的同时寄希望于人类的未来；有些作家则对社会的发展进步感到迷茫，进而逃避现实，通过对中世纪田园牧歌式生活的歌颂，寄托其对现实的某种否定与自己的艺术理想。我们今天在评价浪漫主义时应当具有充分的历史观点和语境意识，既不否认这一文学运动负面消极的方面，也要清楚地意识到浪漫主义面对的社会历史状况，充分肯定它对科技理性以及资本主义制度的弊端的反思意识和批判精神。

思考题：

1. 如何理解弗·施莱格尔的文学创作主张？

2. 如何理解海涅对德国浪漫派的批判？

3. 如何理解柯勒律治的想象理论？

4. 如何理解雨果的美丑对照原则？

第八章　现实主义文论

概　　述

现实主义文论是 19 世纪初期在欧洲萌发，随后盛行于全欧洲的以如实反映现实生活、创造典型环境中的典型人物为特征的文学创作与批评思潮。从文学创作态度看，现实主义具有挑战此前已产生强大影响的浪漫主义文学思潮的鲜明姿态。它提倡客观地观察社会生活，着力按照生活的本来面貌，以精确细腻的手法去再现现实。文学因此被视为能够真实反映现实生活的一面"镜子"。

现实主义文学创作与批评观念有着丰富而深远的历史渊源。古希腊时期亚里士多德曾明确指出诗的本质在于描述可能发生的事情，这意味着诗所表现的不仅是事物本来的样子，还意味着这本来样子中蕴含普遍性与必然性。到文艺复兴时期，莎士比亚借助哈姆雷特之口，说出戏剧不过是现实的镜子。现实主义文学创作的"反映"观念，不过是这种镜子观念的延伸。

作为文艺思潮的现实主义，其实并不直接源于文学，而是源于绘画。1850 年前后，法国画家库尔贝和小说家尚弗勒里等人初次使用"现实主义"一词标示当时的新型文艺，并由杜朗蒂等人创办一种名为《现实主义》的刊物。刊物发表了库尔贝的宣言，主张艺术家要如实刻画普通人的日常生活，不美化现实。这种现实主义潮流明确把狄德罗、司汤达和巴尔扎克奉为现实主义创作的楷模，主张现实主义的任务在于创造为人民的艺术，而在文学上的基本形式则是现代风格的小说。如此，才逐渐产生了文艺中以"现实主义"正式命名的流派。

现实主义文学深刻地折射着资本主义社会的阶级关系。由于现实主义文学在时间和空间上的跨度很大，因此在不同的国家和民族中也就具有了不同的色彩。法国现实主义深刻折射了资产阶级和封建贵族的尖锐冲突，并体现在巴尔扎克和左拉的文艺实践中。英国现实主义在狄更斯对现实的思考中展示出工业资产阶级和劳动阶级之间的激烈碰撞，詹姆斯的叙述理论是这种现实主义的深入发展。以别林斯基、车尔尼雪夫斯基和杜勃罗留波夫为代表的俄国现实主义则将批判的锋芒指向封建农奴制及其残余。

第一节 巴尔扎克和左拉

巴尔扎克是继司汤达之后法国现实主义文论最重要的代表人物，他对文学真实性的论述，对典型人物和典型环境的思考，都极具建设意义。左拉所开创的自然主义文艺观点，既是对现实主义文论的一种发扬，也是对它的一种反叛。

一、现实主义的文学观

奥诺雷·德·巴尔扎克（1799—1850），法国 19 世纪现实主义小说家。父亲出身农民，大革命期间通过商业投机，跻身于资产阶级行列。巴尔扎克小时候曾在保王党开办的学校中学习，1814 年随父亲来到巴黎，1816—1819 年学习法律，后曾在诉讼代理人和公证人事务所中当见习生，而这也成为年轻的巴尔扎克接触法国社会黑暗面的开始。巴尔扎克经过十年的准备，于 1829 年发表了历史小说《朱安党人》，并获得名声，从此开始了《人间喜剧》的写作。

《人间喜剧》包括九十余部互相联系的小说，共两千四百多个人物，作者以生动的笔法，勾画出了从 1816 年到 1848 年的法国社会现实。恩格斯指出："他在《人间喜剧》里给我们提供了一部法国'社会'，特别是巴黎上流社会的无比精彩的现实主义历史。"[1] 巴尔扎克对资本主义的揭露达到了空前的高度和广度，《人间喜剧》的成就是"现实主义的最伟大的胜利之一"[2]。巴尔扎克的文学观散见于他为作品所写的前言和序言之中，有些则是通过作品中的人物之口转述出来的，还有的则见之于作者的通信当中。

巴尔扎克的现实主义文学观首先表现在对"风俗史"的阐述中。他认为，描写社会是文学的使命，也因此，他以法国社会的"秘书"自居："法国社会将成为历史家，我只应该充当它的秘书。编制恶习与美德的清单，搜集激情的主要表现，刻画性格，选取社会上的重要事件，就若干同质的性格特征博采约取，从中糅合出一些典型；做到了这些，笔者或许就能够写出一部许多历史家所忽略了的那种历史，也就是风俗史。"[3] 正是这种记录"风俗史"的意识和职责，使得巴尔扎克

---

[1] ［德］恩格斯：《致玛格丽特·哈克奈斯》，《马克思恩格斯文集》第 10 卷，人民出版社 2009 年版，第 570 页。

[2] ［德］恩格斯：《致玛格丽特·哈克奈斯》，《马克思恩格斯文集》第 10 卷，人民出版社 2009 年版，第 571 页。

[3] ［法］巴尔扎克：《〈人间喜剧〉前言》，丁世中译，《巴尔扎克论文艺》，人民文学出版社 2003 年版，第 258—259 页。

像从事科学研究一样，编织《人间喜剧》的结构：风俗研究、哲理研究、分析研究。其中，以风俗研究内容最为丰富，内中有巴黎、外省、军旅、政治、私人等诸多"生活场景"的划分。正是通过这种形式，法国社会以所谓"风俗史"的面貌呈现了出来。

作家的职责不仅仅在于记录社会，还在于记录一个社会的真实，这种真实并不等同于历史事件的客观记录，而是一种存在于客观事件之外的"风俗史"。可见，巴尔扎克的"历史"并不等同于历史学家的历史，而是选取所谓的"重要事件"，并要从"同质"的性格特征中发现所谓的"典型"，恰恰也就等同于亚里士多德所谓的诗的职责在于记录可能发生的事情，即发现"重要事件"与"典型"背后的可然性与必然性，而这构成了巴尔扎克所谓"真实"的一个十分重要的维度，即推动整个时代存在、发展、变化的力量。可以说，正是这一真实的维度，构成了恩格斯称赞巴尔扎克的地方：巴尔扎克的同情是在贵族的一面，但是他的笔触，即对于时代真实的尊重，促使他总是走到贵族的反面，对这些所谓的贵族予以无情的抨击。而恰恰是那些为巴尔扎克所厌恶的新兴的资产阶级的人物，倒是充满了各种力量，展示着那个时代中的新的东西。

巴尔扎克同时认为，这种重要事件和典型的呈现，并不存在于抽象的道理中，而这正是巴尔扎克赞颂苏格兰小说家瓦尔特·司各特的原因。巴尔扎克相信，呈现这种重要事件和典型，需要的是"诗意和融化成生动形象的哲理"[①]。这正是司各特成功的地方所在，后者努力将史诗的两大要素——神奇与真实兼收并蓄，高雅的诗意与粗俗的俚语相映成趣，而情节、对话、风景与肖像等戏剧因素熔为一炉。这种艺术的诗意性，构成了小说独特的魅力所在。但巴尔扎克同时认为，司各特的描写缺少一个"体系"，即司各特的作品，每一章都色彩纷呈，但这些章节并没有相互串联起来，构成一部包罗万象的历史。这意味着司各特的作品缺少对历史深层面的揭示，即缺少历史背后隐含的可然性与必然性的东西。而恰恰就在司各特写作止步的地方，是巴尔扎克写作得以前进的地方。

显然，巴尔扎克的论述已经蕴含着一种朴素的辩证思想，即历史真实与艺术真实之间的关系问题。艺术真实只有与历史真实融为一体，即诗意性与哲理性相融为生动的形象，小说所揭示的才是存在于历史事件之外的"风俗史"。

与这种"风俗史"的观念相联系的，是巴尔扎克对小说写作中细节真实的特

---

① ［法］巴尔扎克：《〈人间喜剧〉前言》，丁世中译，《巴尔扎克论文艺》，人民文学出版社2003年版，第257页。

殊关注，因为细节真实构成了巴尔扎克"风俗史"的重要基础。在作品《法西诺·卡讷》中，巴尔扎克借助叙述人之口谈论他对细节的看法。对巴尔扎克来说，对细节的观察已经成为一种直觉，他能做到既不忽略外表，又能深入对方的心灵。巴尔扎克认为因为他能很好地抓住外表的一切细节，所以才能马上透过外表，深入内心。此外，当观察一个人的时候，观察者能够使自己处于被观察者的地位，过着他的生活，就如同《一千零一夜》里的法师一样，可以附在别人身上，借别人之口说出话来。显然，在巴尔扎克看来，优秀的作者之所以能够洞察一个人的内心，关键还在于他能捕捉外在的细节，而作者的能力来自于他可以附在别人身上，从别人的角度思考和生活。这种力量，即源于作家对细节的把握。

细节，因之不仅成为塑造现实主义小说的基本方法，同时也是构成现实主义小说真实性力量的基本源泉。巴尔扎克不止一次谈到，小说如果丧失了细节真实，则无可取之处。同时在阅读的过程中，每当我们看到一个不正确的细节，真实感就会向我们大叫起来："这是不能相信的。"而当这样的叫喊太多了的时候，这样的作品也就不会再有价值了。因此，从创作的角度看，作家应该尊重生活真实。从巴尔扎克的创作来看，他的作品向我们展示了丰富的细节，而巴黎各个社会阶层的生存状态，它的整个社会风貌，也在巴尔扎克细节化的塑造手法中，生动了起来。但是，巴尔扎克笔下的细节，其意义不在于向人们提供琐碎的生活场景，而是试图通过细致而逼真的描摹，揭示生活和时代的本质，即他在前面所强调的，把握住某种人的内心的东西。这样，历史、社会，还有生存于其中的人物，就不是一个枯燥的抽象的哲理，而是一种诗意性的形象。显然，细节是诗意生成的基本形式，它与历史融合为一体，成为一种本质性力量表现的方式。

二、典型的艺术形象

巴尔扎克对于现实主义艺术真实要求的进一步延伸，就是对典型的要求。在《〈古物陈列室〉、〈冈巴拉〉初版序言》中，巴尔扎克有过这样一段文字，表述他对典型的基本看法：

> 文学使用绘画上应用的手法：在绘画上，为了画出一个美人，从这个模特儿身上取其手，从另一模特儿身上取其足，从这个模特儿身上取其胸，从另一模特儿身上取其肩。画家的任务就是赋予这精选的各个部位以生命，并

且叫人信以为真。如果他为诸位临摹某一个真实的女人，诸位大概会掉头而去。①

巴尔扎克的这一认识并不是什么新的东西，因为早就有前人提出过类似的观点。但巴尔扎克的论述有两点值得注意：首先，画家的职责并不在于从某个模特身上取出某个漂亮的部位，而是赋予这些部分以整体性的生命。显然，单纯的部位选取，是无法实现生命化的过程的，它需要画家将自己的艺术体验融入各个部分之中，这显然是一个综合的过程。这一过程的完成需要的是画家自己的艺术创造，而这正是艺术典型得以产生的基础。其次，画家塑造的人物形象绝不等同于现实中某个真实的人。这意味着，画家的创造过程必然是一个艺术化的过程，即艺术虚构的过程。而艺术虚构，正是人物获得新的生命的创作手段。

巴尔扎克在随后的陈述中特意指出，一部文学著作的主题完全依赖于虚构，但这虚构是以现实为基础的，因为任何远离现实、不着边际的作品无疑都是死胎，而恰恰是现实生活使作品获得长寿的荣光。作家的职责不在于凭空捏造出一个人物来，而在于以现实为基础塑造出一个人物来。"每一个史诗式的人物都是穿上了服装、用两条腿走路、行动的一种思想感情，这种思想感情就可以从灵魂深处走出来了。这样的人物，在某种程度上是我们愿望的幻影，是我们希望的化身。他们使作者摹拟的真实性格的真实性更加突出地表现出来，更提高了这些性格的普遍性。不采取这一切小心谨慎的措施，就不会有什么艺术，也不会有什么文学。"②显然，作家艺术虚构的过程，即是赋予人物形象以思想感情的过程，它不仅来自现实，还要高于现实，并因此成为我们的"愿望的幻影"和"希望的化身"。也只有如此，这个艺术形象才会获得比现实更为突出的真实性，并因之而具有了一种普遍性。因此，艺术虚构正是典型形象获得真实性和普遍性的基本途径。

从巴尔扎克的论述中，我们可以看到，他已经触及艺术典型问题的核心，即特殊性和普遍性的关系。从巴尔扎克多次的陈述可以看到，在特殊性和普遍性的关系上，他更倾向于突出如何使艺术形象获得一种普遍性的价值，因为普遍性得以确立的基础，正是真实性，这种真实性也是艺术形象获得生命力的根本来源。巴尔扎克认为，生活本身是艺术创作的基本源泉，但这个源泉并不能等同于艺术，

---

① ［法］巴尔扎克：《〈古物陈列室〉、〈冈巴拉〉初版序言》，袁树仁译，《巴尔扎克论文艺》，人民文学出版社 2003 年版，第 366 页。
② ［法］巴尔扎克：《〈古物陈列室〉、〈冈巴拉〉初版序言》，袁树仁译，《巴尔扎克论文艺》，人民文学出版社 2003 年版，第 368 页。

因为它要么过分戏剧性，要么缺少艺术所需要的文学性，"常常是真实的不一定像真实，同样，文学的真实也不可能是自然生活中的真实"①。巴尔扎克实际上更为准确地把握住了生活和艺术之间的辩证关系。以为自己的创作在模拟真实的生活，则可能是一种虚假，因为文学真实不是对生活的简单复制，文学真实恰恰是对生活的一种提炼，这个提炼的结晶，在人物形象的塑造上，即表现为一个高度综合之后的、融会了艺术虚构的典型形象。而所谓的"真实的不一定像真实"实际意味着对生活简单地摹写，恰恰是忽略了生活背后的东西，即那种普遍性的东西，这样的"真实"将沦为简单的偶然性。

巴尔扎克进而论述了典型形象得以诞生的环境，即典型环境。因为巴尔扎克认为，人物性格是环境的产物，丧失了环境的人物无疑也就失去了赖以存在的基础。在《人间喜剧》的序言中，巴尔扎克写下过这样一段文字：

> 一位作家只要刻意从事这类谨严的再现，就可以成为绘制人类典型的一名画师，或多或少忠实的、成功的、耐心的或大胆的画师；成为私生活戏剧场面的叙事人，社会动产的考证家，各种行话的搜集家，以及善行劣迹的记录员。但是，如果想要得到一切艺术家所渴求的激赏，不是还应当研究一下产生这类社会效果的多种原因或一种原因，把握住众多的人物、激情和事件的内在意义么？此外，在努力寻找（且不提"找到"）这种原因、这种社会动力之后，不是还应当思索一下自然法则，推敲一下各类社会对永恒的准则、对真和美有哪些背离，又有哪些接近的地方？②

显然，巴尔扎克相信在人物的言行、思想、心理背后，存在着某种更为基本的力量，作家的职责就是要把握这种力量，并通过对人物的行为、心理、语言等方面的刻画，传达出这种力量。这种力量即所谓的"社会动力"。巴尔扎克相信这种社会动力与动物界存在的自然法则相对应，但又要高于这种自然法则，因为人类社会的斗争是远复杂于动物之间的争夺的。而描写出来的社会形象就应该包含这种动因。因此，对社会动力的把握，自然有助于理解、认识人类的言行举止，从而更为有效地塑造人物的典型性。

---

① ［法］巴尔扎克：《〈古物陈列室〉、〈冈巴拉〉初版序言》，袁树仁译，《巴尔扎克论文艺》，人民文学出版社 2003 年版，第 365 页。

② ［法］巴尔扎克：《〈人间喜剧〉前言》，丁世中译，《巴尔扎克论文艺》，人民文学出版社 2003 年版，第 259 页。

总体上，巴尔扎克相信人虽有与生俱来的本能与才干，但毕竟是在社会动力的推动下不断向上发展的。因此，他不认同卢梭的如下观念：现代社会正是人类堕落的根源。巴尔扎克认为，作家应该积极描述社会中某些理想性的东西，促人上进，而这也是作家高于政治家的所在，即作家总是某种信条的坚守者。而巴尔扎克的写作实践也印证了他对文学的上述理解，并体现出恩格斯所称赞于他的"现实主义的最伟大的胜利之一"①。

三、自然主义

左拉（1840—1902），法国 19 世纪后期自然主义作家和文艺理论家。生于巴黎，家境贫困，19 岁开始独立谋生，当过仓库管理员和书店雇员，对法国下层社会有着深刻的认识。他从新闻写作开始转向文学写作，并完善了自然主义文艺理论。1868 年开始以法国第二帝国为背景，创作小说《卢贡-马卡尔家族》，左拉的目的在于描写一个家族在遗传法则的影响下，其盛衰兴亡的历史。作品包括二十多部小说，它们反映了法国社会的巨大变化，尤其是左拉对劳资关系尖锐对立的描述、劳动者苦难经历的刻画，给人印象深刻。

"自然主义"一词非左拉首创，它产生于 16 世纪，在 19 世纪 40 年代以前只是用于哲学领域。其含义是指除自然外，任何事物均存在于自然法则之内，此外不存在超自然的事物。19 世纪 40 年代开始用于绘画，是指对自然的写实。受圣伯夫的传记批评和泰纳的种族、环境、时代三因素决定论的影响，在法国实证主义思想的影响下，左拉成为自然主义文学思潮的重要理论家。这一思潮的基本观念就是回到自然，从物体和现象出发，借助于实验和分析，寻求物体和现象的本源。文学上的自然主义即回到人的自然状态，借助直接的观察、精确的解剖以及对世上事物的描写，塑造艺术世界。在左拉的写作实验中，《卢贡-马卡尔家族》成为这一理论的直接实践。左拉将工人的贫困归结为包括遗传、酗酒在内的生理行为，把工人的反抗描述为一种向上爬的生理本能。左拉在完善自然主义理论的同时，具有比较明确地反现实主义创作过程中的"典型"理论的意识。他认为所谓的"典型"必须是以人的存在的生物本源为基本前提，也只有如此才有可能把握并认识人。

那么，左拉所谓的自然主义到底是什么意思呢？在《实验小说论》中，左拉

① ［德］恩格斯：《致玛格丽特·哈克奈斯》，《马克思恩格斯文集》第 10 卷，人民出版社 2009 年版，第 571 页。

写道："在作品中必须反映自然，至少是科学已为我们揭开秘密的那部分自然。我们没有权力对这部分自然进行杜撰。实验主义小说家因而是接受已证实的事实的小说家，他描写人和社会，指出科学已掌握的现象的原理，只有在表现其决定因素尚未弄清的现象时，才表现个人情感，同时竭尽所能用观察和实验来检验这种个人情感，这种先验思想。"① 结合左拉的定义，可以看到他所说的自然主义文学创作涉及以下两个大的问题：

其一是文学的真实性问题。左拉之所以将其所倡导的文学思潮命名为"自然主义"，其目的是为了与司汤达、巴尔扎克等人的现实主义文学写作拉开距离。所以，在他的论述中，可以看到其明显的反现实主义观念的论证，包括对所谓的"典型"观念的反对。但这并不意味着左拉否定文学真实是以现实真实为基础的这一基本律则，相反左拉是文学真实性的积极倡导者，他坚持认为艺术真实必须以现实真实为基础，这尤其表现在他早期的文艺观念中。但是，当左拉倡导自然主义的时候，他对真实的认识就与现实主义的真实观念拉开了距离。左拉的真实更多地强调其必须以自然科学研究的真实为基础，即一种科学真实。事实上，在左拉看来，所谓的社会现实中的真实也是可以还原到科学真实的层面来的，如对于人的认识，人是可以依靠科学进行测量的，还原为一系列的心理学、生理学的数据记录，这些数据正是人的"自然"状态的真实表现。所以，在左拉的"自然主义"的定义中可以看到，他刻意要求作家所反映的艺术世界，必须是以科学真理为前提，即科学所揭示的自然的秘密；而超出科学真理的地方，也正是文学无能为力的地方。

其二则是文学创作的基本依据问题。在自然主义理论对科学观念膜拜的同时，左拉积极倡导科学方法对文学创作的指导作用，其结果就是文学创作成为科学观念的具体体现。左拉的这一认识还有另外一个基础，即对人的认识的根本性改变。左拉认为科学的不断发展已经证明，客观条件对于生物和非生物所产生的影响是一样的；因此对于人的研究，生理学的价值将和物理、化学具有等同的意义。科学的发展已经证明人不过是一架机器，如同齿轮系统一般，人的身体可以按照科学实验者的要求进行组装。而随着科学的不断进步，人的情感心智必然也会成为科学关注的对象，这也就意味着文学写作必然也会成为科学写作的一种。左拉将这种科学写作命名为"实验小说"。所以，在左拉"自然主义"文学创作的定义

① ［法］左拉：《实验小说论》，吕永真译，见柳鸣九主编：《自然主义》，中国社会科学出版社1988年版，第497页。

中，可以看到作家的职责已经转化为如何证明科学观念的正确性了。即使是未能为科学所证实的情感领域，也需要以科学的方式反复检验认证。

左拉毫不回避自己对科学家克洛德·贝尔纳医学观点的遵从，在其《实验小说论》中，可以看到他大段大段引证贝尔纳在《实验医学研究》导论中的观点。他以此为据，展开对自然主义文学观念的论证，并在这种观念的指导下开始《卢贡-马卡尔家族》的写作，刻意表现人物在医学和遗传学方面的自然状况。

左拉的这一观点具有一定的积极意义。通过对人的生理学和医学状态的细致观察，可以更为准确地把握人的自然生理状态，从而深化对既定条件下的人的认识。在左拉的自然主义文艺观念中，隐含着后来弗洛伊德从心理学角度思考文学的影子。此外，这一做法无疑也是现实主义文艺观念的一种深化，是现实主义在新的历史条件下的一种延伸，对于更为准确地把握人、认识人具有积极的意义；对于更为准确、细致地塑造人，也具有推动作用。就左拉个人而言，他也不回避自然主义对现实主义的承继关系，并将现实主义的大师司汤达、巴尔扎克诸人列为自然主义的文学大师。

左拉的自然主义文艺观念同样缺陷明显，最主要的就是混淆了科学和文学的根本区别，并使文学沦为科学的附庸。这无疑取消了文学的独立性，曲解了文学的创作规律，并忽略了文学创作的基本特征。此外，由于刻意强调生理学和医学对文学写作的指导性意义，文学写作不仅颇显烦琐、刻板、冰冷，其社会性价值也受到了伤害；它使生理性的人得以突出，而社会性的人受到了压制。它不仅会降低文学的社会意义，还成为左拉文学实践的不足所在。

第二节　狄更斯和詹姆斯

在英国的现实主义小说理论中，狄更斯的意义不仅表现在其小说创作实践，还表现在他对小说真实性意义的阐发；而詹姆斯无疑是继狄更斯之后英国小说理论的集大成者，他不仅坚持文学反映现实的基本观点，还通过对小说视角的研究，深化了这一观点。

一、批判现实主义

狄更斯（1812—1870），英国19世纪批判现实主义作家。狄更斯少年贫苦，11岁即外出谋生，做过律师事务所的学徒、法庭书记员等。1836至1837年他以漫画的笔法创作了《匹克威克外传》，讽刺英国现实，引起轰动。狄更斯一生创作中长篇小说三十多部，另有大量短篇、速写、游记传世。狄更斯对于英国文学的贡献，首先表现在他精湛深入的批判现实主义精神，也是从他开始，英国文学的发展发生了深刻的变化。

对于文学理论，狄更斯并没有系统性的阐释，其文论思考多见于其小说的序言中，这些序言也展示出狄更斯文学创作的一个共同之处，即对于现实的忠实。他在《双城记·初版序》中写道："本书凡提及（哪怕略微提及）革命前或革命时期法国人民的状况，都忠实地根据最可靠的见证。"① 狄更斯期望，他的描写可以帮助人们了解那个恐怖流行的时期所发生的形形色色的事情。狄更斯的写作是以历史和生活为基本原型的，同时他在从事文学创作中，也尽可能地让描写贴近现实。狄更斯毫不讳言为了描写某些情节，他花了相当多的时间对事件进行调查。为了了解 19 世纪的巴黎社会，狄更斯不仅阅读了卢梭的著作，梅尔锡对法国专制统治崩溃前的巴黎社会的描写，还走访过撰写法国革命的历史学家和当年坐过牢的报社编辑。他还多次阅读苏格兰思想家卡莱尔的《法国革命史》，甚至在作品中部分引证其中的史实。狄更斯期望，他的描写不只是小说中的情节，还能成为时代的证据。

与这种实证精神相统一的是出身贫寒的狄更斯对英国文学的根本性改变，这主要表现为英国下层民众成为他描写的中心人物。尽管英国文学中对民众形象的塑造并非始于狄更斯，但以热情的、正面的、积极的笔触塑造普通民众，狄更斯无疑是空前的。狄更斯以生动热情的文字描写了下层民众以及他们的悲惨生活，贫民窟、小客栈、收容所、监狱这些场景如此大规模地进入他的文学作品中，在他笔下勾画着新的文学空间，并塑造出了一个完全不同于传统贵族世界的欧洲文化景观。狄更斯用精心的笔墨塑造出一个个典型环境，并让普通民众在这些环境中获得了新的生命，而这也是狄更斯同情之笔的生花之处。

同时，狄更斯充分发挥了现实主义文学写作的讽刺性，投之于资本主义上流社会的工厂主、银行家、法官等新旧权贵，讽刺性成为狄更斯现实主义作品中的一个必要因素。在《荒凉山庄·序言》中，狄更斯以嘲讽的笔墨，写下了现实中的大法官如何面对一百五十多位没有精神病嫌疑的男女们，向他们抱怨，尽管在

---

① ［英］狄更斯：《双城记·初版序》，石永礼、赵文娟译，人民文学出版社 1993 年版，第 1 页。

审理案件的进度上存在着某些缺憾，但这完全是因为"公众舍不得出钱"① 造成的。事实是，狄更斯的这种写作方式使得他的现实主义产生了一种辛辣的讽刺性，而且他是在有意运用这种讽刺性，以表现他对某一人物、某一事件的价值态度。在小说《马丁·瞿述伟》的卷头语中，狄更斯写到他在记录美国的部分特意挑选了滑稽可笑的地方，而对于英国社会，狄更斯更言及"国内的可笑或是不合理的事情，在我的小说里，我从来都无意把它轻描淡写，……"② 狄更斯的这个解释，恰好暗示出他小说叙述中的讽刺性并非是针对某一个国家或民族的，而是针对某一个阶层的、某一种道德状况的。所以在《匹克威克外传·作者序》中，狄更斯写到他的讽刺，就是要揭露这种伪善的道德、虔诚、宗教构成了"当年社会中最邪恶、最有害的虚伪事物之一"③，这种讽刺性与狄更斯对英国现实社会黑暗面的无情揭露，构成了其小说重要的价值维度。

与这种现实主义写作观念并行的，是狄更斯明确的道德意识。这种道德意识不仅仅表现在塑造人物时的价值判断上，还表现在他从事文学写作的目的上。狄更斯讲过，虽然有很多的恶德败行招致了千人恨万人骂，却从来没有人为了益世教人，肯去深思细想，探究其根本原因。而写作的目的不仅仅是呈现现实，还要探究这一事件背后的东西。狄更斯对于整个社会的根本性改变，寄希望于一种道德教化，他期望通过自己的描写，让人们看到这个社会破败残酷的一面，以激起人们的同情，并使相应的情况得到根本性的改善。也是在这个地方，显示出了狄更斯的思想局限所在，因为狄更斯的道德意识缺少基本的社会支撑，没有马克思所强调的经济基础和社会关系的根本性变革，道德的作用毕竟是有限的。当然，狄更斯也十分清楚，这种道德诉求必须通过形象塑造才能够完成，文学毕竟不同于道德说教，而且所有的人物只有在形象中才能获得生命，用狄更斯自己的话讲："画像使他变成了一个现实的人。"④

二、小说叙述的视角

亨利·詹姆斯（1843—1916），英国小说理论家。詹姆斯出生于美国一个较富

---

① ［英］狄更斯：《荒凉山庄·序言》，黄邦杰、陈少衡、张自谋译，上海译文出版社 1979 年版，第 1 页。

② ［英］狄更斯：《马丁·瞿述伟（上）·卷头语》，叶维之译，上海译文出版社 1983 年版，第 2 页。

③ ［英］狄更斯：《匹克威克外传·作者序》，蒋天佐译，上海译文出版社 1979 年版，第 Ⅵ 页。

④ ［英］狄更斯：《匹克威克外传·作者序》，蒋天佐译，上海译文出版社 1979 年版，第 Ⅴ 页。

裕的家庭，因倾慕欧洲文化于 1875 年移居英国。他不仅在小说实践方面收获颇丰，而且在小说评论上也颇有见地。詹姆斯在小说批评上最有影响的莫过于 1884 年 9 月在《朗曼杂志》上发表的长篇论文《小说的艺术》，而他对小说理论的突出贡献，则是此后对小说叙事视角的深入阐发。

　　詹姆斯对小说的认识首先表现于对小说存在的价值意义这一问题的论述上。在他看来，一部小说存在的唯一理由，就是它"确实试图表现生活"①。离开了这一目的，小说就会陷入一种困境。詹姆斯之所以强调这一认识，与人们认为小说以"虚构"的方式欺骗世人这一观念有一定的关系。詹姆斯并不否认小说的虚构性，但他以为，重要的是小说在呈现历史，如同绘画在呈现现实一样；而历史也是生活的表现。因此，詹姆斯努力捍卫小说的地位，他认为小说家和历史学家的作用是一样的，即表现出过去以及人们的行为，呈现出一个真实的世界。詹姆斯不否认小说家的真实与历史学家的真实存在着部分区别，小说家总是要通过细节性的真实再现，制造一种生活的幻觉——凭借艺术错觉制造真实的效果。但小说家也许比历史学家更为辛苦，因为他在搜集证据方面面临着更大的困难，而这也是小说家的荣光。

　　另外一点值得注意的是，詹姆斯提出了小说有机体的观念。他认为，一部小说就是一个有生命的东西，正是这种生命赋予了小说以整体感，并使小说的每一个部分都流淌着其他部分的生命。一部小说总要有一定的主题，一方面小说的主题会影响小说的各个部分，它不仅赋予小说以生命，还支撑着小说的每一个部分；另一方面，小说中的每一个词甚至是标点符号，都在积极地展现着主题。小说的主题和形式，就如同针和线，是密不可分的。

　　詹姆斯对小说理论的最大贡献还表现在他对小说写作视角的研究，而他也无疑是最早对这一问题进行系统阐述的理论家。詹姆斯注意到了小说叙述存在着两种模式，一种他称之为戏剧法，还有一种他名之为图画法。二者的差异在于，戏剧法的叙述意味着读者在阅读的过程中不得不直接面对看得到、听得见的事实，这些事实似乎在自动讲述故事；图画法的叙述意味着所有的事件都在读者的阅读过程中得到了呈现，读者似乎可以看到并听到一切。戏剧法的叙述模式大致类似于今天所说的限制视角的叙述方式，图画法的叙述模式则类似于全知视角的叙述方式。

　　詹姆斯如此区分小说叙述模式，其目的是服务于他的一个观念，即小说如何

_____

① ［英］亨利·詹姆斯：《小说的艺术》，朱雯等译，上海译文出版社 2001 年版，第 5 页。

才能更好地再现现实。一方面它要避免作家和读者对小说叙述的介入，另一方面它又要呈现出一种绝对的客观真实感。显然，詹姆斯在这里所推崇的对真实的再现，已经是一种叙述幻觉制造的客观效果，即似乎事件是在自我推动发展，而不是作者的写作行为和读者的阅读行为制造出来的，这就涉及小说家叙述视角的问题。对于这种叙述模式的区分，詹姆斯早在论述屠格涅夫和雨果的论文中就有所涉及，而且他对戏剧法的叙述模式大为激赏。也是这种思考，让他认为屠格涅夫在叙述上要高于雨果，因为前者充分利用了戏剧法的模式制造叙述效果。但对这种观念的完善，则是詹姆斯晚年的事情了，尤其体现在其晚年写作的一些小说序言之中。

詹姆斯的确认为，在制造真实性幻觉上，戏剧法叙述要优于图画法叙述。所谓戏剧法叙述，在今天看来，实即叙述视角的单一化，即全部故事只能以某一个人为基点展开，这个人物就是小说中的"视点人物"，他也就成为小说建构有机结构的中心所在。在这一叙述中，重要的是主人公的视野和他的所想与所欲，因为整个世界只有通过他的所见、所闻、所感才能被呈现出来，而任何人、事、物也只有通过他才能进入读者的视野。这一手法恰恰是制造戏剧性效果的重要方式，所以在詹姆斯看来，围绕一个中心人物，精心编织各种与之有关的情节，并从很远的地方向小说表现的中心主题推进，是很困难的。它意味着小说必须有一个精心塑造出的有序的结构，通过这个结构，小说的主题得以自我呈现。詹姆斯将这个过程视为一种高度戏剧化的过程，因为"这就是那样的一种情景极为自然地包含着的和产生的东西"①。在这里要注意詹姆斯所强调的"自然"二字，它正是小说主题自我呈现的结果。

视点人物，在詹姆斯的理论中还被命名为见证人、报告人等，他们的存在就是为所有的读者提供一双见证全部事件过程的眼睛，而他们未必是小说中的主要人物，甚至最好不卷入任何情节。他们可能全然不知道到底发生了什么，或者有些半明半昧，或者是机警过人。在所有的视点人物类型中，詹姆斯更偏爱一个机智的见证人，因为这个人物可以替代作者，在叙述中影响情节的发展、人物的命运、故事的呈现形式等，这个人物将极大地推动全部情节的戏剧化效果，他甚至可以说出作者想说的话却不为读者所知。这样的视点人物，在詹姆斯看来，是非常值得信赖的。

还有一个需要考虑的问题是，在这样一种叙述过程中，作者将扮演什么样的

---

① ［英］亨利·詹姆斯：《小说的艺术》，朱雯等译，上海译文出版社 2001 年版，第 302 页。

角色？詹姆斯认为，作者必然会引退，这也是小说戏剧化的重要条件。詹姆斯很早就对福楼拜的非人格化叙述大加赞赏，因为福楼拜小说叙述中的作者对所有事件的发生演变、人物的命运变化，都采取了一种置身局外、不动声色、听之任之的方式，他似乎丧失了自己的感情和价值判断。这种不动情、不介入的形式，当然是一种叙述技巧带来的结果，但詹姆斯所欣赏的正是作者放弃干预故事发展的任何企图，他斥责作者的这种冲动为一种滥用知识的行为。詹姆斯倡导作者的引退，目的还在于在叙述层面制造一种真实性的幻觉，从而最大限度地实现小说的真实性。

第三节　别林斯基、车尔尼雪夫斯基和杜勃罗留波夫

别林斯基、车尔尼雪夫斯基和杜勃罗留波夫是俄国民主革命时期最重要的文学理论家，他们不仅发扬了文学的现实主义理论，还极大地推进了现实主义文学创作在俄罗斯的发展。

一、形象思维

别林斯基（1811—1848），俄国革命民主主义者、文艺批评家，出生于斯韦阿博尔格城。1829 年入莫斯科大学语文学系学习，曾组织"文学社"，撰文抨击沙俄专制，要求废除农奴制。19 世纪 30 年代开始，在《望远镜》《祖国纪事》《同时代人》等进步刊物担任编辑，1848 年病逝于彼得堡。

别林斯基是俄国革命民主主义美学和现实主义的创始人，被列宁誉为"俄国社会民主主义的先驱"之一。19 世纪 40 年代以后，别林斯基的思想日益成熟，逐渐摆脱早期所受黑格尔哲学思想的影响，强调文学创作的民族性、独创性，认为文学艺术来源于社会生活，文学艺术应该创造一种可能的现实，这种可能的现实是一种人和社会的关系。这种现实主义文学观念的逐步确立，成为别林斯基所思考的另外两个重要问题的前提，其一是形象思维的问题，其二是文学典型的问题。

在 1841 年，别林斯基一篇未完成的论文《艺术的概念》中就谈到了形象思维的问题："艺术是对于真理的直感的观察，或者说是用形象来思维。"[1] 别林斯基

---

[1] ［俄］别林斯基：《艺术的概念》，《别林斯基文学论文选》，满涛、辛未艾译，上海译文出版社 2000 年版，第 390 页。

试图以此去调和艺术和哲学的关系，并将艺术理解为一种形象的思维形式。这一概念的确既包含着艺术的形象化特征，也隐含着艺术的哲理性维度。但是在他深受黑格尔哲学影响的论述中，可以看到别林斯基对于真理用形象来思维的表述，更接近于黑格尔于《美学》中所表述的"美是理念的感性显现"的观点，即艺术形象来自作家的抽象观念。

晚年的别林斯基，其文学观念发生了根本性的变化，在《一八四七年俄国文学一瞥》中，别林斯基对科学与艺术作出区别并进行了如下论述："哲学用三段论法讲话，诗人则是用形象和图画，但它们两者讲的都是同一件事。……诗人则以生动而鲜明地描绘现实而装备自己，对他的读者的想象起作用，在忠实的图画中显示，社会中某个阶级的处境是否真正有了许多改善，或者由于某一种原因而变得更坏了。一个是证明，一个是显示，但两者都是在于说服，只不过一个用的是逻辑的论据，一个是用图画。"① 别林斯基这段论述的目的在于区别科学和艺术的不同，由此突出形象思维的根本特征。别林斯基以为，艺术与科学（或哲学）之间的区别并不表现在内容上，而是表现在具体的形式手段上。科学和哲学侧重的是形式逻辑、科学性的数据分析，但艺术则是运用形象。同时，两者之间诉诸读者的方式和效果也不同，哲学作用于人的理智力量，艺术则诉诸人的想象。哲学与科学的目的在于证明事实，艺术的目的则在显示事实。也是在这种差异性中，形象思维本身的特点凸显了，即它是一种形象传达。不过，需要看到，别林斯基的这种艺术与科学的差别只在于形式的观点，是有问题的，因为艺术形式的差别其实同时显示了艺术内容的差别。还要注意到，别林斯基此处的形象传达，其基础是丰富而生动的现实生活。也因此，别林斯基不断批判那些囿于观念传达的、贵族式的文艺观念，张扬像果戈理那样有着鲜明的民族特征、现实基础的自然派作家。形象已经不仅仅是理念的感性显现了，而同时具有对社会生活的形象传达的特征了。

另一个值得注意的地方，是别林斯基对艺术想象在塑造形象中的作用的重视。这种想象，从艺术创作的角度看，是作者独创性的表现；而就阅读而言，形象思维也将作用于读者的想象。显然，想象成为艺术建构作者和读者关系的直接方式。就创作而言，作家的想象能力意味着作家运用形象进行思考的能力，也是在这个地方见出作家才华的高下。"要忠实地再现事实，光依靠博学是不可能的，还得有

---

① ［俄］别林斯基：《一八四七年俄国文学一瞥》，《别林斯基文学论文选》，满涛、辛未艾译，上海译文出版社 2000 年版，第 704 页。

想象。史料中所包含的历史事实，无非是一些石块与砖头，只有艺术家才能利用这些材料建造起优美的房屋。"① 因此，想象是赋予材料以生命的方式。别林斯基认为，一个作家的想象能力表现的就是他的创造性才能，这种才能意味着作家形象思维能力的高低，同时也是作家得以摹写现实、虚构真实的基础。因此，艺术创作中，想象的关键性作用还体现在它对创作的积极引导上。

二、典型化

别林斯基认为想象的价值还突出表现于对人物形象的刻画，就是艺术典型的塑造。对于典型，别林斯基在《论俄国中篇小说和果戈理君的中篇小说》中有过一段精彩的论述：

> 创作独创性的，或者更确切点说，创作本身的显著标志之一，就是这典型性——如果可以这样说的话，——这就是作者的纹章印记。在一位具有真正才能的人写来，每一个人物都是典型，每一个典型对于读者都是似曾相识的不相识者。②

从这段话中我们可以看到别林斯基对于典型的认识具有如下基本特点：

首先，典型是创作本身获得独创性的标志之一，而独创性也是一个作家之为作家的重要标志。如同灵感不能在一个人身上同时发生两次，或者是同一个灵感不可能同时发生在两个人身上，作家在从事艺术创作时也是如此。作家的这种独创性一方面来自于作家的个人才华——对于这种才华，如像果戈理这样的，别林斯基从来不吝啬自己的赞扬。另一方面，这种独创性还来自于作家对社会生活的真实感受。他发现了生活，用自己的眼睛观察了生活，并赋予生活以其独特的意义，而这就是作家独创性的来源。与此相一致的是，这种独创性的表现就是艺术典型，是作家通过对生活的体悟而发现的"这一个"。独创性使得作家笔下的典型具有了独一无二性，同时也成为作家之为作家、作家得以区别于其他作家的"纹章印记"。别林斯基认为，正是在果戈理笔下，诞生了如此多的独一无二的人物。

而典型对于读者而言，则是似曾相识的不相识者。所谓"似曾相识"，暗示的

---

① ［俄］别林斯基：《一八四七年俄国文学一瞥》，《别林斯基文学论文选》，满涛、辛未艾译，上海译文出版社 2000 年版，第 711 页。

② ［俄］别林斯基：《论俄国中篇小说和果戈理君的中篇小说》，《别林斯基文学论文选》，满涛、辛未艾译，上海译文出版社 2000 年版，第 159 页。

是典型来自于读者的日常生活，来自于读者的身边，甚至是来自于读者本身。别林斯基认为以果戈理为代表的自然派之所以在俄国文学历史中具有独一无二的地位，一个重要原因就是他们让俄罗斯的普通民众走入了文学的殿堂，成为文学写作所表现的主要对象，而这正是这种似曾相识的阅读体验得以生成的现实基础。但这个似曾相识的人物毕竟又是一个"不相识者"，即在他的身上存在的许多方面是不同于每一个具体的个体的，这也是典型形象的重要特征。别林斯基认为，典型既是一个人，同时又是很多人。但他必须首先是一个人，即他必须首先表现的是他自己，随后在自己身上，可以看到许多类似的人的影子。别林斯基不否认典型是一类人的代表形象，甚至要传达某一类人的思想情感，但这个人必须以保持其个性特征为前提。也只有如此，这个人才会具有无法复制的独创性。

更为重要的是，别林斯基的典型观念与民族性观念有着辩证的关系。别林斯基认为，在每一个人身上，都可以区分出两个方面来，一是作为一般的、人类的人，一是作为特殊的、个人的人。别林斯基认为，任何个体都必须首先是人，即具有人的一般本质特征，其次才能成为所谓的伊凡、西多尔等具体的人。以此为据，别林斯基认为作品也是如此，首先是作为作品的共性，其次是作为某一个作家的作品所具有的个性。别林斯基似乎认为，这种共性的人和个体的人的统一，是构成艺术典型的两个重要维度。这似乎与别林斯基一直提倡的艺术形象的独创性有些矛盾。但别林斯基在后期修正了这一认识，将人物形象塑造的重点转移到了个体性上。

以此为基点，别林斯基强调文学的民族性，并认为这是人物形象获得独特性的重要前提。果戈理的文学创作在俄国文学史上之所以地位极高，就在于他笔下的人物使得俄国文学表现出了独特的民族性。别林斯基极为辩证地认识到，要想真正地表现出民族性，并不需要诗人去刻意钻研所谓的民族特征的诸多问题，他所要做的是忠实于现实生活。因为"任何民族的生活都表露在只被它所固有的形式之中"①，所以作家需要做的就是忠实于其所生活的现实。果戈理之所以能做到如此，就在于他所描写的一切都存在于小俄罗斯的生活中。② 当果戈理忘记了自己的小俄罗斯性，并专注于生活本身的时候，俄罗斯的民族性就存在于这种对生活本身的刻画中了。而别林斯基对于典型的更有意义的认识，还来自于他对典型的阶级性的认识。如在论述形象思维时所引用的，别林斯基认识到了人总是存在于

———————————

① ［俄］别林斯基：《论俄国中篇小说和果戈理君的中篇小说》，《别林斯基文学论文选》，满涛、辛未艾译，上海译文出版社 2000 年版，第 158 页。

② "小俄罗斯"是乌克兰的别称，在列宁、斯大林等人早期的论述中常用此称谓。

一定的社会阶级关系中，典型形象在一定程度上就是一定社会阶级关系的折射。因此，由一个人物形象我们可以了解到某个阶级在社会中的生存处境和政治处境。

别林斯基的典型观念还存在着一些理论不足，如他忽略了情感在文学创作中的作用，他的"似曾相识的不相识者"的典型认识也存在着没有严格区分艺术和生活的关系等问题。但不可否认的是，别林斯基的艺术认识是建立于其浓厚的唯物主义哲学基础之上的，是他鲜明的民主主义文艺观念的必然结果，代表着其时俄罗斯文艺理论的进步力量，并深刻地影响了俄罗斯文学理论的发展。

三、艺术与现实的审美关系

车尔尼雪夫斯基（1828—1889），19 世纪 60 年代俄国革命民主主义批评家。他出生于一个神甫家庭，从小受过良好的教育，中学时即受到了别林斯基和赫尔岑的影响。1846 年入彼得堡大学学习。1853 年迁居彼得堡，并完成了硕士学位论文《艺术对现实的审美关系》，奠定了其文学思想的基础。1856 年任《同时代人》杂志主编，并逐渐使这本杂志成为民主主义思想的论坛。他赞扬资产阶级革命，捍卫农民利益，揭露沙皇的统治骗局。1862 年之后，车尔尼雪夫斯基因倡导革命被捕，并遭流放，1889 年回归故里后病逝。

车尔尼雪夫斯基的文学观点主要反映在其硕士论文中，其后的批评活动，都是此一论文思想的延伸。在这篇论文中，车尔尼雪夫斯基提出了著名的"美是生活"的观点。与别林斯基深受黑格尔思想影响不同的是，车尔尼雪夫斯基深受费尔巴哈的影响，这使得他的观点从一开始就有坚实的唯物主义基础。与费尔巴哈将人的自然属性绝对化不同的是，车尔尼雪夫斯基在承继这一观念的同时，承认人的阶级属性，即人总是一定阶级的代表；同时车尔尼雪夫斯基承认物质生活对于社会生活的重要作用，承认社会斗争实践对人的重要意义。这些都是他超越费尔巴哈的地方，也是他的"美是生活"的文艺观的哲学前提。

"任何事物，凡是根据我们的见解我们从其中看到应当这样生活的，这就是美的；任何对象，凡是其中表现了生活、并且使我们想起生活来的，这就是美的"。[1] 车尔尼雪夫斯基在给美下定义时，有意对黑格尔的美学思想进行了批判，并认为这是与从观念出发完全不同的一种对于美的认识。"美是生活"的认识首先肯定了美的客观性，即美的存在是不以任何观念为前提的，而只以现实本身为前提。因

---

[1] ［俄］车尔尼雪夫斯基：《艺术对现实的审美关系（学位论文）》，《车尔尼雪夫斯基文学论文选》，辛未艾译，上海译文出版社 1998 年版，第 9—10 页。

此现实生活成为美得以产生的源泉，也成为塑造美的主要力量。其次，这一认识意味着，艺术是对现实生活的反映，而不是对某种观念的反映。这么说，并不是讲艺术中不存在人的观念，而是说，艺术所反映的观念是生活化的，不是抽象化的。对于此，车尔尼雪夫斯基解释说，来自生活的农家女性会拥有一种勃勃的生命力，她的健康、她的肤色都会有着鲜明的生活印记，并与苍白、瘦弱的上流社会的女性完全不同。这便是一种生活形象，这两种形象折射的实际上是不同的观念。而在黑格尔美学从观念出发的思考方式中，是不可能出现这种生活的差异性的。

因此，车尔尼雪夫斯基认为，艺术再现生活时，不是凭借一种抽象的观念，而是从现实出发，以生活本身的样态反映生活。这涉及艺术创造的问题，即艺术创造世界的方式是什么样的？车尔尼雪夫斯基认为，艺术的创造过程应当尽可能避免抽象的观念，以生动的图画和个别的形象呈现生活。因为自然和生活本身是不存在任何抽象性的东西的，它总是一种具体的形态。这种具体性、形象性，正是艺术认识现实的基本方式。

车尔尼雪夫斯基"美是生活"的定义自然隐含着生活高于艺术的理念。"现实与想象相比，不仅更生动，而且更完整。"① 艺术不可能和生活竞赛，因为艺术根本就没有生活的那种鲜活的生命力。这样，艺术本身的价值就出现了危机，既然生活已经是完美的了，那么艺术还有存在意义吗？艺术因此面临着被取消的困境。对于此，车尔尼雪夫斯基的回答是，艺术不仅要再现生活，更重要的是要解释生活；并且相对于其他形式，艺术对生活的解释更容易达到目的，因为艺术具有有血有肉的形象，而这正是生活本身所欠缺的。生活只向我们呈现其自身，并且这种呈现比艺术更为艺术化；生活从来不解释所发生的一切，也不关心社会公理的价值意义。而这恰恰是艺术所要做的，艺术就是一种形象性的生活解读，而"对生活现象下判断也被提到首要的位置上"②。

车尔尼雪夫斯基"美是生活"的观念，使文学创作回到了坚实的现实基础上，深化了俄国文艺创作的现实主义精神。但是，"他尽量地缩小创造想象的作用以及艺术典型化的作用，尽量地夸大现实一方面的决定意义，因而混淆了生活的真实

---

① ［俄］车尔尼雪夫斯基：《艺术对现实的审美关系（学位论文）》，《车尔尼雪夫斯基文学论文选》，辛未艾译，上海译文出版社1998年版，第148页。
② ［俄］车尔尼雪夫斯基：《艺术对现实的审美关系（学位论文）》，《车尔尼雪夫斯基文学论文选》，辛未艾译，上海译文出版社1998年版，第142页。

与艺术的真实以及割裂了内容与形式的关系。这就是他的缺点方面的总的情况"①。

四、文学的人民性

杜勃罗留波夫（1836—1861），俄国民主主义批评家。出身于神甫家庭，1853年入彼得堡中央师范学院学习，并以他为中心，形成了一个小的革命性的学术团体。在学期间结识了车尔尼雪夫斯基，深受其影响。1857年毕业后，参与到《同时代人》杂志的编辑工作中，并与车尔尼雪夫斯基一起，成为杂志的精神领袖。1861年不幸因病去世。杜勃罗留波夫是沙皇专制统治的坚定的反抗者，并积极投身于革命实践中。也是在斗争中，他撰写了《俄国文学发展中人民性渗透的程度》《俄国平民性格特征》《什么是奥勃洛摩夫性格》《黑暗的王国》等论文，阐述其文学人民性的观念，极大地推动了俄国现实主义文学的发展。

杜勃罗留波夫对文学人民性的考察首先表现在以唯物主义的态度对待文学和人民性的关系，他认为文学的改变是以社会生活的改变为前提的，文学中新的内容、新的观念、新的形式的出现正是因为社会生活提供了这些内容、观念、形式得以存在的现实基础。同样，文学中的人民性之所以日益突出也是一种新的现实的折射，即在现实生活斗争中，人民日益觉醒，并不断地从农奴制的压迫中解放出来，文学也成为人民捍卫自身利益和需求的表现。杜勃罗留波夫更为深刻的地方是，他认为这种新的文学所反映的观念只有为人民接受以后，文学的社会作用才会转化为现实，而这也是现实的文学写作无法满足人民需求的原因。文学还不能有效地反映人民的生活与呼声，还不能理解人民的疾苦，因此也就无法反映这种疾苦。基于上述认识，文学需要进一步贴近人民的现实生活。

在《俄国文学发展中人民性渗透的程度》和《俄国平民性格特征》等论文中，杜勃罗留波夫集中探讨了文学中的人民性问题。在他看来，文学中的人民性不是简单地记录人民的生活习惯、方言俚语。"我们〔不仅〕把人民性了解为一种描写当地自然的美丽，运用从民众那里听到的鞭辟入里的语汇，忠实地表现其仪式、风习等等的本领……可是要真正成为人民的诗人，还需要更多的东西：必须渗透着人民的精神，体验他们的生活，跟他们站在同一的水平，丢弃等级的一切偏见，丢弃脱离实际的学识等等，去感受人民所拥有的一切质朴的感情，……"② 从他的

---

① 朱光潜：《西方美学史》下卷，人民文学出版社1964年版，第583—584页。

② 〔俄〕杜勃罗留波夫：《俄国文学发展中人民性渗透的程度》，辛未艾译，见伍蠡甫、胡经之主编：《西方文艺理论名著选编》中卷，北京大学出版社1986年版，第389页。

论述中我们可以看到，文学中的人民性具有如下特征：

首先是反映人民的生活，表现人民的愿望。这种反映不仅仅是一种对自然的生活现象的记录，还要善于发现人民身上一切美好的愿望。杜勃罗留波夫的这一要求在俄罗斯当时的社会语境中是有着积极的现实意义的，它是对当时俄国社会中国粹主义者所宣扬的"国民性"的一种反抗。这种"国民性"是忠实于沙皇专制政权的，忠实于其宗教利益的，忠实于其贵族体制的，而这恰恰是逆社会进步思潮而行的。

其次，新的人民的文学思潮是从普希金的诗歌创作发轫，到果戈理等文学家手中成熟的一个发展过程。普希金使文学深入到社会现实之中，并成为有教养的贵族生活的一部分。但普希金还没有理解人民性的真正含义，他的诗歌获得了新的形式，即生活的形式，但还没有新的内容，即人民的生活。这种对人民生活的反映，则是要到果戈理、莱蒙托夫等作家出现后，才转化为现实。因为在这些作家手中，当代生活的缺陷、人民的生活内容成为文学表现的内容。

最后，站在人民的立场，饱含人民的情感，与他们站在同一水平线上，体验人民的质朴的精神生活。文学反映的内容可以是人民的，但如果这种立场、情感、观念缺少人民性，则反映这种内容有可能是反人民的，即普通民众在文学中以丑陋的、卑劣的形象出现。而这就要求作家必须站在人民的立场上面对社会，观察生活，思考问题，如此才有可能反映人民的利益。同时，他还必须获得人民的情感，如此才有可能以同情的方式表现人民的生活，发现人民身上的善良和美好。杜勃罗留波夫的这一认识，对于俄罗斯彼时以贵族出身的作家的写作而言，是有着积极的意义的。这意味着作家必须放弃自己的阶级偏见，主动接近民众，体会民众的疾苦，努力贯穿人民的精神。

小　结

现实主义文艺思潮的产生和发展，有着深刻的历史和社会原因，它与浪漫主义文学思潮一起，构成了19世纪初期最重要的两种潮流。现实主义在不同国家的演变有着不同的特征。巴尔扎克的现实主义凸显了文学真实性的意义，使典型塑造成为现实主义的核心观念。他试图发现构成艺术形象背后的社会性力量，并认为这是构成艺术真实的根本原因。左拉所倡导的自然主义，一方面是对现实主义的一种发展，但另一方面又因过度凸显人的生理状态而对现实主义构成一种背离。不过在实际写作中，他依然遵循了典型理论的原则。英国的小说理论十分发达，狄更斯在写作上极大地张扬了批判现实主义，影响了英国小说创作的风尚。而詹姆斯则站在世纪之交，通过对叙述视角的开拓而完善了小说创作理论，对后世产生了深远的影响。俄国由于特殊的历史语境，其现实主义理论的产生发展一直贯穿着民主主义和民族性的声音。别林斯基开创了这一传统，使文学观念回到唯物主义理论基础上，并张扬了典型化及典型形象的价值。他的认识由车尔尼雪夫斯基和杜勃罗留波夫发扬，前者对艺术与生活关系的探讨，后者对文学人民性的阐发，都可以视为这一理论观念的发展。而三位理论家对俄罗斯文学的影响一直持续到 20 世纪。

今天我们应当如何看待欧洲现实主义文学思潮及其理论？不妨从马克思主义创始人对待现实主义的姿态中寻求启迪。第一，马克思恩格斯之所以标举现实主义，恰是由于它把关怀和再现现实生活作为根本宗旨。这样做，既体现了马克思恩格斯有关社会存在决定社会意识的思想原则，同时又显示了他们对所处时代的杰出的文学实践经验的高度重视和理论概括。针对 19 世纪三四十年代德国唯心主义哲学和消极浪漫主义思潮泛滥，马克思恩格斯积极倡导以莎士比亚为代表的欧洲文学史上的现实主义传统，强调艺术创作要"更加莎士比亚化"，反对把文学作品变成"席勒式"的"时代精神的单纯传声筒"。① "我们不应该为了观念的东西而忘掉现实主义的东西，为了席勒而忘掉莎士比亚"②。第二，马克思恩格斯之所以强调并推崇现实主义的创作原则，正是由于它可以视为马克思关于"美的规律"思想在叙事文学中的成功体现。正如恩格斯所说："现实主义的意思是，除细节的真实外，还要真实地再现典型环境中的典型人物。"③ 在恩格斯眼中，只有通过"细节"刻画去"真实地再现典型环境中的典型人物"的现实主义，才是成功地实现"美的规律"的艺术创作原则。第三，马克思恩格斯都欣赏伟大的现实主义作家莎士比亚和巴尔扎克，认为他们才是作家的楷模。马克思说"莎士比亚塑造的典型在 19 世纪下半叶也还在涌现"④，又说"巴尔扎克不仅是当代的社会生活的历史家，而且是一个创造者，他预先创造了在路易·菲力浦王朝时还不过处于萌芽

---

① ［德］马克思：《致斐迪南·拉萨尔》，《马克思恩格斯文集》第 10 卷，人民出版社 2009 年版，第 171 页。

② ［德］马克思：《致斐迪南·拉萨尔》，《马克思恩格斯文集》第 10 卷，人民出版社 2009 年版，第 175 页。

③ ［德］恩格斯：《致玛格丽特·哈克奈斯》，《马克思恩格斯文集》第 10 卷，人民出版社 2009 年版，第 570 页。

④ ［德］马克思：《啤酒店主和礼拜日例假。——克兰里卡德》，《马克思恩格斯全集》第 14 卷，人民出版社 2013 年版，第 53 页。

状态，而直到拿破仑第三时代，即巴尔扎克死了以后才发展成熟的典型人物"①。恩格斯不仅同样推崇巴尔扎克，而且也主张"多注意莎士比亚在戏剧发展史上的意义"②。他们告诫作家们应继承以莎士比亚、巴尔扎克为代表的现实主义精神，以个性鲜明的典型形象去反映现实生活的本质和规律，因为"典型人物所达到的高度，就是文艺作品的高度，也是时代的艺术高度"③。

可见，现实主义作为一种反映现实生活、崇尚美的规律，并且拥有伟大作家作为楷模的文学思潮，对我们今天的文学艺术创作及批评具有积极的借鉴价值。

思考题：

1. 如何理解巴尔扎克对于现实主义的认识，尤其是他对典型的认识？
2. 左拉的自然主义具有什么样的内涵？它的不足体现在什么地方？
3. 试谈詹姆斯对于小说叙述视角的认识。
4. 别林斯基形象思维理论的内涵是什么？
5. 如何理解车尔尼雪夫斯基的"美是生活"？
6. 谈谈杜勃罗留波夫对于文学人民性的认识。

---

① ［法］拉法格：《忆马克思》，《回忆马克思恩格斯》，人民出版社 1973 年版，第 6 页。"拿破仑第三"应译为"拿破仑三世"。
② ［德］恩格斯：《致斐迪南·拉萨尔》，《马克思恩格斯文集》第 10 卷，人民出版社 2009 年版，第 175 页。
③ 习近平：《在中国文联十大、中国作协九大开幕式上的讲话》，人民出版社 2016 年版，第 16 页。

第九章　19世纪末20世纪初文论

概　述

19世纪中叶以来的欧洲，随着资本主义制度的建立和以电力应用为特点的第二次工业革命的发展，经济和科技取得了令人瞩目的进步，改变了人类的生产和生活方式。由于科技的巨大进步，使得"资产阶级在它的不到一百年的阶级统治中所创造的生产力，比过去一切世代创造的全部生产力还要多，还要大"①。人们的生活环境发生了很大的变化，人口从乡村向城市迁移的速度逐渐加快，传统的田园生活被工厂的烟囱所取代，并且完成了新的阶级分化，阶级矛盾日益突出。应接不暇的革命和战争使欧洲在血与火之中构建了现代的政治和国家体制，工业大发展和思想文化上的大变革使欧洲发生了翻天覆地的变化。马克思和恩格斯的思想体系就是在这样的背景下创立起来，回应了现代化社会的历史需求。

文艺复兴和新教革命以来，神权的地位日益下降，无论在物质工具上，还是精神领域，人本身逐渐成为世界舞台的主角。这是一个"祛魅"的时代，自然科学取得了令人炫目的进步和成就，科学的神奇魔力不仅表现在对经济和物质生产的巨大推动作用，而且体现在人类生活的各个方面，物理、化学和生物学的新发现激励着人们的好奇心和征服世界的雄心壮志，也使很多人乐观地认为通过科学手段就可以掌握人和宇宙的全部秘密和规律，19世纪确立了我们今天称之为"现代社会"的基础。19世纪中叶以后的欧洲涌现了一大批现实主义作家，他们从内心情感的吟诵走向对现实世界的记录，观察和研究代替了抽象的玄思，创作出一大批优秀的现实主义文学作品。科学实证性研究的成果和方法也对人文学科产生了巨大的影响，历史学、人类学、社会学和政治经济学等新的学科逐渐建立，从传统神学院脱胎重生的新型大学出现在德国、法国和英国，成为现代社会知识生产和确立价值标准的重要场所。一部分文学批评家和理论家在人文研究中借鉴科学精神及方法，相信通过客观化研究和分析可以获得解读人类精神世界的钥匙；而另一部分人在浪漫主义的后续影响下，反对资本主义社会中实用主义的蔓延和泛滥，对现代社会提出质疑，反思工业文明，追寻纯粹的精神世界，捍卫传统价

---

① ［德］马克思、恩格斯：《共产党宣言》，《马克思恩格斯文集》第2卷，人民出版社2009年版，第36页。

值。这些不同的价值取向使 19 世纪后期至 20 世纪初的文论呈现出纷繁复杂、异彩纷呈的状态。本章主要讲述这一时期欧洲出现的四种文论思潮：法国文学史批评、英法唯美主义文论、法国象征主义文论和尼采的文论思想。

第一节　圣伯夫、丹纳和朗松

19 世纪中后期法国出现了三位重要的文学批评家：圣伯夫、丹纳和朗松。他们把注意力集中在作家和作品的关系上，创立了法国的文学史批评。

一、传记批评理论

19 世纪后期欧洲文论和批评发生了一次"哥白尼式革命"，在此之前的文学批评家和理论家要么是诗人和剧作家，如雪莱、华兹华斯、席勒和歌德等，他们在创作之余，在一些文章或者作品序言中，表达自己的文学观念，或者总结自己的创作经验；要么是哲学家，如柏拉图、康德、谢林等，他们从各自的哲学体系出发，讨论美的问题，并就文学问题提出自己的观点，像布瓦洛这样的专门的文学批评家为数甚少。19 世纪后期，伴随着文学史批评的奠基，出现了一批专门的文学研究专家，他们把文学批评、史学和社会学相互结合，创立了文学史研究方法和文学史批评。文学史批评以前的文学批评所关注和提出的问题是：戏剧和诗歌应当怎样写？什么样的诗才是好诗？而文学史批评则提出了全新的问题：为什么会出现这样的诗？荷马或者高乃依这样的诗人是如何产生的？这些问题在今天看起来似乎已是老生常谈，但它们的提出标志着文学理论和批评的新时代的来临，并延续至今。

从社会条件上说，文学史批评的创立与现代大学制度息息相关。19 世纪后期，因为普法战争的失利，法国开始全面学习普鲁士的大学体制，使大学成为新知识的工厂。[①] 在新建的文学系中，教授们既不是传统的作家也不是哲学家，而是专门的文学研究者，他们的职责就是要探究有关文学的种种知识。从思想史角度上说，文学史批评的基础是 19 世纪得以充分发展的三大主题：人、科学和历史。

19 世纪是自然科学突飞猛进的时代，新的知识一方面创造了巨大的生产力，

---

① 见［法］Antoine Compagnon, *la troisième République des lettres*（《文学第三共和国》），Paris, Seuil, 1983.

另一方面深刻地影响了人类关于世界和自身的认识。"认识你自己",实现这一任务不再完全依赖个人冥想和哲学思辨,也不依赖上帝。人们相信只要采用正确的方法,就可以最终认识世界的真理。对社会现象的分析也开始使用自然科学的方法,并卓有成效,在人类的精神领域,科学知识取得了至高无上的地位。在这种情况下,传统的人文学科也开始向科学看齐,普遍吸纳自然科学方法进行研究。长期以来,文学被当作个人的教养和美学修辞,但是在19世纪的大学中,它作为一个学科,必须提供知识。贡巴尼翁认为,文学批评有两大主要的动力,一种是求知,一种是美学的判断。① 19世纪后期,在"人文科学"的大潮中,文学走向了求知之路。

在19世纪的欧洲,新建立的历史学具有博学和实证的特性,这使它很快在人文学科中建立了强大的权威,而且成为解释人类社会变化的有力武器:一方面历史学为社会的变迁确立了时间上的轴线,并建立了从古到今的连续体;另一方面,它也为现实世界提供"我们从何处而来"的说明,并且对未来提出种种构想。对"永恒秩序"的思考让位于对人类变化历程的解释,19世纪成为"历史"的世纪:从黑格尔到马克思,从米什莱到丹纳,历史成为人类反观自身的关键词。

对文学的思考同样也与上述制度和思想的变化紧密联系在一起,通过圣伯夫、丹纳和朗松以及其他批评家的努力,文学史作为研究文学的专业逐渐建立起来,直到现在还是大学文学系的知识体系中最重要的组成部分。文学史被当作实证主义的文学理论,其最主要的特征就是通过对作家背景和身世的研究,包括作家的家庭、社会、教育、生活背景以及生活圈子,来解释作家的作品和创作,这是一种发生学的研究,文学史家们希望以自然科学中的因果律方式来回答文学创作过程中的因果规律。

圣伯夫(又译圣佩韦,1804—1869),法国著名传记批评家,也是法国现代批评的先驱之一。他的批评关注作家的生活,通过分析作家来理解作品,故称传记批评。他的主要作品有《保尔-罗亚尔修道院》《星期一漫谈》《新星期一漫谈》《文学肖像》等。作为一位杰出的批评家,圣伯夫认为批评自身并不具有独立的价值,它的目的是为了帮助人们更好地理解文学作品:"批评并不创造什么,并不出产什么完全属于它自身的东西,它邀请甚至强迫他人参加一场盛宴。当所有人都彻底地享受了它最先发现的东西之后,它自己就悄然隐匿。它的职责是教育读者

---

① 见 [法] Antoine Compagnon, art. *Littéraire* (*Critique*)(《辞条:"文学批评"》), *Encyclopaedia Universalis*, 1996.

大众，就像丰特列尔等优秀的教育者所说的那样，他的工作就是要让自己显得毫无作用……"①对他而言，文学批评既非权威的审判官，也不是自娱自乐的独语者，面对伟大的文学作品，批评必须总是保持一种谦卑的态度。

圣伯夫的文学评论主要是为同时代的作家勾画肖像，在他的主要作品文集《星期一漫谈》中，他观察和描写同时代作家生活中的点点滴滴，记录他们的生活琐事，梳理他们的心路历程，从而对作家的性格特点、生活方式和思想加以评判，力图在作品和作家的人生之间建立起确切而真实的联系。从人到作品，从作品到人，"知人论世"的传记批评是圣伯夫批评的主要方法。他这样总结自己的文学观："对我而言，文学和文学创作与人的整体是密不可分的。我可以品味一部作品，但是缺少对这位作家的知识，我很难作出判断。我想说的是：什么树结什么果。因此文学研究很自然地会走向对精神的研究。"② 在圣伯夫眼中，文学作品就是作家个人的性格、气质和精神状态的反映，并表现作家的意图，因此对文学作品的研究，也就意味着对作家这个人的研究。那么，我们如何才能把握一个人呢？圣伯夫提出的方法是从一个人出生的地方、种族开始，然后是他的家庭，父母、兄弟姊妹甚至他的孩子，从这些人身上可以观察作家可能具有的遗传的性格特征，最后应当研究伟大的作家所处的团体。而他所说的团体，"并非偶然形成的一群为完成某项目标所构成的群体，而是一个时代的杰出青年才俊，他们也许并不类似也不属于同一家族，然而却像是在某一个春天同时起飞的鸟群，他们在同一片星空下孵育出壳。虽然他们的职业和志趣并不完全相同，却好像是为了一个共同的事业诞生在这个世间。例如开启了一个伟大的世纪的团体：布瓦洛、拉辛、拉封丹和莫里哀"③。圣伯夫设想过，我们可以像研究植物和动物一样研究人的精神和性格，探寻人的心理规律，解释作家的日常生活和创作心理活动。

---

① ［法］Charles Augustin Sainte-Beuve, Victor Hugo. Les Feuilles d'automne（《秋天的树叶》），*Revue des Deux Mondes*, 15 décembre, 1831. Repris dans *Pour la critique*（《为了批评》），édité par Annie Prassoloff et José-Luis Diaz, coll. Folio/essai, Gallimard, 1992, p. 126.

② ［法］Charles Augustin Sainte-Beuve, Chateaubriand jugé par un ami intime en 1803（《1803年一位亲密朋友对夏多布里昂的判断》），*Le constitutionnel*, 21 et 22 juillet 1862. Repris dans *Pour la critique*（《为了批评》），édité par Annie Prassoloff et José-Luis Diaz, coll. Folio/essai, Gallimard, 1992, p. 147.

③ ［法］Charles Augustin Sainte-Beuve, Chateaubriand jugé par un ami intime en 1803（《1803年一位亲密朋友对夏多布里昂的判断》），*Le constitutionnel*, 21 et 22 juillet 1862. Repris dans *Pour la critique*（《为了批评》），édité par Annie Prassoloff et José-Luis Diaz, coll. Folio/essai, Gallimard, 1992, pp. 152-153.

圣伯夫认为，为了彻底了解一位作家，应当尽可能收集有关作家的一切资料，许多过去看上去与文学毫无关系的问题在他那事无巨细的观察之下都成为解释文学问题的钥匙。他说："关于一位作家，必须涉及一些问题，它们好像跟研究他的作品毫不相干。例如对宗教的看法如何？对妇女的事情怎样处理？在金钱问题上又是怎样？他是富有还是贫穷……每一答案，都和评价一本书或它的作者分不开。"① 圣伯夫开创的作家传记研究至今依然是文学史研究中的重要方法之一。

二、文学发展"三要素"

伊波利特·丹纳（1828—1893），法国 19 世纪哲学家、历史学家和文学史家。他是法国文学史批评的先驱之一，其主要著作有《批评与历史文集》《艺术哲学》《英国文学史》。

与圣伯夫通过作家传记了解其作品的方法不同，丹纳所设想的文学艺术史具有更强烈的科学基础，他的哲学思想与科学，尤其与博物学息息相关。丹纳的一生都在建构某种科学的观念，把自然看成有机组织起来的整体秩序。在他眼里，整体和多样性、变化和连续性是结合在一起的。丹纳像一位博物学家观察自然界那样来观察文学和艺术的历史，艺术家和作家被视为人的森林中生长出来的花朵。他提出的问题是：为什么会有这些花朵？它们为什么在这个时候出现在这个地方？他提出解释艺术特征成因的步骤和方法，就是把作品和作家都置入更为宏观的背景中加以解释。在《艺术哲学》中，他这样说明他的三个研究步骤：艺术品并不孤立存在，而是从属于艺术品的总体。首先，艺术品属于一个艺术家的全部作品。其次，艺术家本身和他的全部作品还属于他所隶属的同时同地的艺术宗派或艺术家家族。最后，艺术品属于整个时代。"这个艺术家庭本身还包括在一个更广大的总体之内，就是在它周围而趣味和它一致的社会。因为风俗习惯与时代精神对于群众和对于艺术家是相同的；艺术家不是孤立的人。我们隔了几世纪，只听到艺术家的声音；但在传到我们耳边来的响亮的声音之下，还能辨别出群众的复杂而无穷无尽的歌声，像一大片低沉的嗡嗡声一样，在艺术家四周齐声合唱。只因为有了这一片和声，艺术家才成其为伟大。"②

传统观念把艺术家视为无法解释的天才，然而丹纳试图给艺术家的产生提出

---

① ［法］圣佩韦：《新星期一漫谈》，见伍蠡甫主编：《西方文论选》下卷，上海译文出版社 1979 年版，第 195 页。

② ［法］丹纳：《艺术哲学》，傅雷译，广西师范大学出版社 2000 年版，第 39 页。

一个合理的解释。在《英国文学史·导言》中，丹纳把种族、环境和时代当作对作家起决定作用的三种力量或三要素。种族指的是"天生的和遗传的那些倾向，而且根据规律，与在性格和身体结构上的明显区别联系成一个整体"。种族的自然因素是最初的决定因素，在此之上就是包围着他的环境，"人不是孤立生活在世界上；自然环境围绕着他，人类围绕着他，偶然的和第二性的倾向叠加在他的最初倾向之上，物质和社会环境会干扰或强化他的性格"。而第三个因素就是时代，因为"民族的性格和周围的环境发生作用的时候，并不是作用在一块白板之上"，那块土地已经打上了时代的烙印。同样都是法国戏剧，高乃依时代的戏剧迥异于伏尔泰，埃斯库罗斯异于欧里庇得斯。种族是内因，环境是外力，时代则是后继的推动力，只要认真研究了这三个方面，就"不仅仅穷尽了当前的全部原因，而且穷尽了所有可能的动力之源"①。丹纳对作家的研究效仿了生物学的方法，把作家置入一个同心圆结构，认识的范围一层一层从外圈到圆心。生物学从界、纲、目、类、种、属的方式对生物分类，并解释生物的形态如何被其环境决定。而丹纳试图以类似的方法解释艺术品的相似和不同之处，并以这个同心圆模式来加以解释：作品由作家决定，作家由作家的群体决定，作家的群体由风俗和精神状态决定，精神状态由种族、环境和时代决定。

丹纳第一次把作家纳入一个更大的范围之内研究其创作的动力学和因果关系。作家和艺术家的特色，不再仅仅归之于神秘、难以言说的天才，而属于自然和社会总体结构之一部分。艺术家特性的源头不再是神或者缪斯，也不是难以言表的灵感或特殊的心灵，而是可以观察、研究和说明的自然和社会因素。在丹纳眼里，之所以在古希腊出现了那样完美绝伦的雕塑，是因为希腊民族的特性：聪明而早熟，热爱科学和抽象思维能力的发达。尽管希腊的地形狭小，然而外形明确，空气明净。这是一个快乐的民族，多神教并不严格，城邦政治使人性获得全面的发展。这一切都把希腊人造就成最好的艺术家，善于辨别微妙的关系，意境明确，中庸有度，创造出细腻而富于表现力的雕塑，还有比例和谐、庄严而宁静的神庙建筑。

在解释艺术的特征的时候，丹纳已经具有初步的系统性思想。他最为重视的概念是"时代精神"，也就是某个国家或者文化圈在某一时期形成的具有鲜明特色的哲学、宗教和文化特征，它们是一个你中有我、我中有你的有机体，"无论在任

---

① ［法］Taine, Introduction, *Histoire de la littérature anglaise*（《英国文学史》）, Paris, Hachette, 2e éd. t. I, 1866, p. XXXIV.

何地方，艺术都是哲学变成可感知的形式，而宗教则是被视为真实的诗歌，哲学是一种艺术和抽象为纯粹观念的宗教"①。人类的精神是相互依赖和联系的系统。因此，我们既可以见微知著，也可以从整体来观察局部的特征，在宏观和微观之间建立起解释的循环。"在一种文明中，宗教、哲学、家庭形式、文学、艺术构成了一个系统，任何局部的变化都会导致整体的变化，因此一个有经验的历史学家只要研究其中的一小部分，就可以大致明了并预知其他的部分。"② 例如，我们可以一方面从 19 世纪法国的文化现实来总结和抽取出巴尔扎克小说的特征，并解释其成因；同样也可以从他的小说的细节描写推论出当时法国的政治、经济、文化和思想观念。丹纳这种文化系统观的影响一直延续到今天，20 世纪中后期的文化研究的思路中也可以看到丹纳的影子。

三、文学史建构

朗松（1857—1934），法国文学史研究的奠基者，其主要作品有《法国文学史》《文学史与社会学》等。他在法国大学体制大改革的时期，走上了学术生涯的高峰。他不仅是一位学者，而且是一位文学教育家，把文学史方法推广到大学和中学的教学中。他继承了圣伯夫的传记批评和丹纳的科学精神，并加以取舍，奠定了文学史的主要方法。

在朗松看来，丹纳过分机械地理解了作家和环境之间的关系。毕竟人不是植物，尤其对于伟大的诗人和作家来说，总有仅凭环境所不能完全解释的问题。譬如，在同一个国家、同一个时代，为什么还是会有不同类型的作家，表现出不尽相同的风格，体现出高低不一的价值？朗松对丹纳过分机械的决定论加以修正，对作家的研究既考虑到社会环境的影响，同时又承认作家的个性和天才的部分。

与丹纳一样，朗松认为文学研究要参考历史学的方法，像历史学解释社会变迁一样来探索文学的规律，一位文学史家应当如一位真正的史学家一样博学，才能进行客观的批评。他强调社会的因素，因为这是作家的精神状态得以形成的基础，同时也重视对作家个人生活史的考察。朗松认为可以通过社会学和传记的方法说明作家的部分特点的来源，要用科学精神对作家加以研究，这样的话，批评家才不会陷入主观的陷阱。他说："我们要加入科学的生活，唯一不会欺骗人的，

① ［法］Taine, Introduction, *Histoire de la littérature anglaise*（《英国文学史》）, Paris, Hachette, 2e éd. t. I, 1866, p. XXXVI.
② ［法］Taine, Introduction, *Histoire de la littérature anglaise*（《英国文学史》）, Paris, Hachette, 2e éd. t. I, 1866, p. XL.

这就是要发展我们身上的科学精神。我们与［自然科学］都有自然的工作工具，蒙田把它们称为理性和经验。我们也有相同的对象，就是事实，就是现实……"①他认为，实证的知识对于我们了解作家来说不可或缺。然而，毕竟作家还有一部分是不能说明的。社会学和传记研究只能考察作家的外部条件，即所谓作家与社会和他的生活圈子的共性，但是作品的独特之处难以解释其发生的因果关系，这就是作家的天才，而只有通过阅读作品，才能体会作家的灵感，这个部分是留给审美的。在朗松所著的《法国文学史》中，他比较了皮埃尔·高乃依和托马斯·高乃依两兄弟，他们属于相同的家庭，接受类似的教育，受到同一个时代的影响，然而前者的戏剧是法国古典主义的巅峰之作，后者则相对平庸。朗松说托马斯"属于这样一些人，他们虽与众不同，但还是平庸，虽样样都能，却做不出超于常人的成就"②。对于这样的差别，只能归之于不可知的个人因素。然而，朗松要求我们尽可能搜集客观的资料，只有在客观的资料和逻辑推理无法应用之处，才能归之于神秘的个人因素。

另一方面，朗松批评圣伯夫把注意力集中在作家身上，把作品当作研究人的工具。在《人与书》的导言中，他写道：

> 在令人佩服的心理直觉和对生活不容置疑的感觉的带领之下，圣伯夫把传记变成了批评的全部工作。……实际上，当他构建这些精神解剖学的档案的时候，就已经放弃了文学批评的工作；……他在应用其方法的时候犯了严重的错误。因为他不是用传记来解释作品，而是用作品来建构传记。在他的传记方法中，文学杰作与一位将军急就而成的回忆录和一位妇女的信件没有什么不同，所有的文字都被他用于同一个目的，就是理解人的灵魂或心灵，这样的话，他就取消了文学的价值。③

朗松的文学研究一方面重视社会学的因果关系，另一方面也重视文学自身的审美价值。在《法国文学史》的前言中，他就对过于简化的倾向提出过严厉的批

---

① ［法］Gustave Lanson, *Méthodes de l'Histoire Littéraire*（《文学史的方法》），Paris, Les belles lettres, 1925, p. 24.

② ［法］Gustave Lanson, *Histoire de la Littérature française*（《法国文学史》），remaniée et complétée pour la période 1850-1950 par Paul Tuffrau, Paris, Hachette, 1952. p. 535.

③ ［法］Gustave Lanson, Introduction, *Hommes et Livres*（《书与人》），Paris, Lecène Oudin, 1895, p. VII et VIII.

评："如果这样……人们就会通向没有文学品质的知识本身。文学简化为事实和规则的干巴巴的合集，其结果就是让年轻的心灵对作品感到厌恶。"① 文学研究与科学研究不同，是个人心灵的相互接触，其结果一定是不确定的，因此文学研究既具有客观性，同时又与自然科学有区别。人们探索高乃依或雨果的心灵，"并不是通过可以被任何人重复的经验和方法，也不能得出普遍不变的答案，而是因人而异，只能是相对的和不完全确定的"②。朗松试图通过这样的方式把丹纳的科学精神、圣伯夫的知人论世的传记批评和传统的审美感受融合在一起，试图调和其间的矛盾，对作者进行全方位的研究。然而，后来有些研究者把文学研究完全归结为考证和社会学考察，试图在作家的生活经历和文学作品之间建立直接的因果联系，把朗松的文学史研究归结为实证主义，这其实是对朗松文学史研究的庸俗化和简单化，没有把握他博采众长、中庸调和的特质。

与丹纳强调特定历史时期的时代精神不同，朗松格外强调文学的社会学影响，一方面是作家受到时代的影响，例如自然科学对文学的影响，并对此深感忧虑③；另一方面是时代与文学之间的相互关系。在《法国外省文学生活研究计划》中，他就提出了对法国外省的阅读史和阅读生活进行研究，"读书的是怎样的人？他们读些什么？这是两个首要的问题，通过对这两个问题的回答，我们就可以把文学移置于生活之中"④。例如我们应当研究某地的文学爱好者如何组织读书俱乐部，如何出版内部刊物，这些活动产生了什么样的影响，对于文学作品的创作和传播有什么意义。如果说在 20 世纪初，他的这些设想还仅仅是计划，那么在今天，就已经在文学阅读史研究中取得了丰硕成果，并且对于文学本身的理解起到了重要作用。

朗松是法国文学史研究的集大成者，他确定了对文学批评的"科学要求"。文学史研究使文学批评从审美感受转向了学术认识，把文学评论从文学家的事转向了文学研究者的学术工作，使文学批评和研究得以在大学体系内占据一席之地，并且成为现代文学领域内知识生产体系中的重要组成部分。从某种意义上来说，

① ［法］Gustave Lanson，*Histoire de la littérature française*（《法国文学史》），remaniée et complétée pour la période 1850–1950 par Paul Tuffrau，Paris，Hachette，1952. p. VI.

② ［法］Gustave Lanson，*Histoire de la littérature française*（《法国文学史》），remaniée et complétée pour la période 1850–1950 par Paul Tuffrau，Paris，Hachette，1952. p. VIII.

③ 参见［法］朗松：《文学与科学》，《朗松文论选》，徐继曾译，百花文艺出版社 2009 年版，第 84—127 页。

④ ［法］朗松：《法国外省文学生活研究计划》，《朗松文论选》，徐继曾译，百花文艺出版社 2009 年版，第 71 页。

文学史研究是现代文学批评的奠基之作。

第二节 王 尔 德

唯美主义运动是19世纪中后期到20世纪初盛行于欧洲的文艺思潮,维多利亚时代晚期的英国文学在其中扮演了举足轻重的角色。瓦尔特·佩特在1867年之后发表一系列文章,主张热情拥抱生活,艺术的目的在于丰富瞬间的美感,人们应当寻求美的享受,追求生活的艺术化,而不应受制于社会政治或道德观念。在法国,泰奥菲尔·戈蒂耶推广了这一观念,提出"为艺术而艺术"的口号。以英法为中心的唯美主义思潮发挥了康德的"审美无功利"思想,继承了浪漫主义的个人化和心灵主义的审美态度,大力强化"美"的价值对于人生的重要性。19世纪晚期,唯美主义发展至高潮,奥斯卡·王尔德的艺术创作、思想和生活方式都成为这一思潮的标志,也是"为艺术而艺术"这一口号的现实体现。19世纪晚期欧洲的资本主义显示出赤裸裸的功利主义,唯美主义一方面反抗功利主义,另一方面却又步入极端个人主义的歧途。

一、为艺术而艺术

奥斯卡·王尔德(1854—1900),生于爱尔兰,是英国著名的剧作家、诗人和散文家,唯美主义的旗手。他的代表作品有戏剧《莎乐美》《温德密尔夫人的扇子》,童话《快乐王子》。王尔德设想出美的乌托邦,相信美对于人生的拯救力量,艺术具有其独特的价值,不受其他价值的制约,艺术的价值仅仅在其自身。他在《英国的文艺复兴》、《谎言的衰落》(也译作《谎言的衰朽》)、《作为艺术家的批评家》、《〈道连·格雷的画像〉自序》等论文里阐述了自己的艺术观,并在一系列文学作品中加以体现。

第一,艺术要超越生活和自然。王尔德厌恶英国资本主义社会物质至上的市侩哲学和虚伪道德,对实用主义不屑一顾,他说:"一切艺术都是无用的。"① 他认为美高于一切,具有至高无上的价值,艺术高于生活,使人摆脱日常生活的束缚。与自然美学相反,王尔德喜爱人工的东西,讨厌自然的景色。因为在他眼

---

① [英]王尔德:《〈道连·格雷的画像〉自序》,黄源深译,人民文学出版社2004年版,第1页。

里，越是艺术，就越远离自然，艺术只是人的世界。他说："我自己的经验是：我们越研究艺术，就越不关心自然。艺术真正向我们揭示的，是自然在构思上的不足，是她那难以理解的不开化状态，她那令人惊奇的单调乏味，她那绝对未经加工的条件。"① 他瞧不起普通人的日常琐碎生活，因此在他的文艺创作中，很少描写身边现实的人和事。无论是纯真的童话，还是小说和戏剧中的人物都充满奇异的色彩，如《快乐王子》中的那个雕像，《道连·格雷的画像》中的主人公，仿佛都处于另外一个奇幻世界。

第二，为艺术而艺术，艺术与道德无关。从古希腊开始，文学艺术被要求具有"真善美"这三种不同的价值。在古典主义的观念中，艺术不仅要美，要真实，还要善，从而达到寓教于乐、认识真理的效果。但是，唯美主义者宣称艺术有完全独立的价值，只应该以艺术本身作为自身的价值尺度。王尔德不仅反对当时的现实主义，而且反对古希腊以来的文艺传统，切割了美与真和善之间的关系，期待制造出一个如梦如幻的"为艺术而艺术"的唯美王国。王尔德提出："书没有道德和不道德之分，只有写得好坏之分……艺术家没有道德取向，如有，那是不可原谅的风格的矫饰。"他宣称："艺术家从来没有病态的，艺术家可以表现一切。"② 艺术家为了享乐而生活，并不在意善恶。他在给友人的信中说："先生，一个艺术家是毫无道德同情的。善恶对于他来说，完全就像画家调色板上的颜料一样，无所谓轻重主次之分。"③

在王尔德眼中，循规蹈矩的好人缺乏变化，而人性恶的表现则千奇百怪，如果作家要写的是好人，他必须从现实生活中寻找善良的代表，总结其特征。而现实生活恰好是王尔德所蔑视的，他希望恶的想象超越现实的限制："从艺术角度来看，恶人是有趣的，他们代表色彩、变化和奇特。好人则增强人们的理智，坏人则煽动人们的想象。"④ 在这样的想象中，人们不仅要摆脱现实利益，而且应当排斥投向现实的目光，从而沉浸在想象的世界中。

王尔德甚至提出艺术应当撒谎，远离真实。王尔德认为，19 世纪的文学大都

---

① ［英］王尔德：《谎言的衰朽（对话录）》，杨恒达译，见赵澧、徐京安主编：《唯美主义》，中国人民大学出版社 1988 年版，第 105 页。

② ［英］王尔德：《〈道连·格雷的画像〉自序》，黄源深译，人民文学出版社 2004 年版，第 1 页。

③ ［英］王尔德：《致〈司各兹观察者〉编辑》，尹飞舟译，见赵澧、徐京安主编：《唯美主义》，中国人民大学出版社 1988 年版，第 182 页。

④ ［英］王尔德：《致〈圣·詹姆斯公报〉编辑》，尹飞舟译，见赵澧、徐京安主编：《唯美主义》，中国人民大学出版社 1988 年版，第 184 页。

平庸陈腐，原因是很多作家养成了一种病态的说真话的习惯。他厌恶左拉的小说，认为一切坏的艺术都是返归生活和自然造成的，描写现实的小说将被时光所抛弃："作为一种方法，现实主义是一个完全的失败。每一个艺术家应该避免的两件事是形式的现代性和题材的现代性……生活比现实主义跑得快，但是浪漫主义却总是在生活的前头。"① 与其相信现实，追求真理，不如用谎言来打开幻想的大门。王尔德的童话作品讲述美而不真实的故事，在《快乐王子》中，金属做的雕像会流泪，小燕子因为爱上一根芦苇而误了南飞的行程，这都是艺术想象与虚构的结晶。

二、生活模仿艺术

王尔德不仅在作品中用他的鹅毛笔体现出了他的审美观念，而且在自己的生活中遵循美学高于伦理学的原则。他自己在装束上与众不同，孔雀羽毛、向日葵、百合、陶器、长发和棉质的天鹅绒马裤成为他的标志，这种外观让他成为唯美主义运动的"活标本"。王尔德在生活上也很颓废，在糜烂的英国上流社会中纵情声色，却常常陷入痛苦的情感不能自拔，并因为挑战了当时的社会规范而身陷囹圄，最后在巴黎的一家小旅馆结束了悲剧的一生。

唯美主义不仅仅是一种艺术观念，而且还是一种人生哲学。在王尔德眼中，人们不是从自然中睁开双眼，打量世界，学习生活，而是通过凝结着想象的艺术作品来获得生活的意识、观念和价值观。"生活模仿艺术远甚于艺术模仿生活。"② 人们不仅在生活中模仿艺术作品中的主人公，像维特那样自杀，像于连那样奋斗，连自然也深受艺术的影响。他说："如果不是从印象派那里，我们又是从哪里得来那些缓缓降到我们街上、将瓦斯灯弄得模糊不清、把房屋变成可怕阴影的奇妙褐雾呢？……而在过去10年期间伦敦气候发生的非凡变化，完全是由于一个特定的艺术流派……现在，人们看见雾不是因为有雾，而是因为诗人和画家教他们懂得这种景色的神秘的可爱性。"③ 也就是说，艺术作品会改变人们对于世界的感知。

他把生活的优先权赋予美学，以美感主导生活法则。王尔德在此处表现出非凡的洞察力，他看到了现代化印刷出版技术的发展，导致小说和各种艺术作品的

---

① ［英］王尔德：《谎言的衰朽（对话录）》，杨恒达译，见赵澧、徐京安主编：《唯美主义》，中国人民大学出版社1988年版，第143页。

② ［英］王尔德：《谎言的衰朽（对话录）》，杨恒达译，见赵澧、徐京安主编：《唯美主义》，中国人民大学出版社1988年版，第143页。

③ ［英］王尔德：《谎言的衰朽（对话录）》，杨恒达译，见赵澧、徐京安主编：《唯美主义》，中国人民大学出版社1988年版，第133页。

迅速普及，这些艺术作品将深深地影响人们的社会生活，艺术作品中表现的价值观和生活方式对现代社会中的人们的生活将产生极大的影响。

王尔德认为生活的伦理是相对的，道德法则随着时代和风俗的变化而改变，正邪善恶是有可能相互转化的，所以就没有必要在生活中遵循道德的规定，只需在美感的享受中陶醉人生。由于生活的善恶是不确定的，那么生活的另一种价值——"美"就凸显出来。王尔德不仅要创作出美妙而充满幻想的作品，而且更要把自己的生活本身当作一件艺术品。舞台就是生活，生活就是舞台。人生艺术化使美的法则代替道德标准成为指导人生的新指南，如果说伦理的法则要求社会中的每个人为他人承担一定的责任，那么把美作为唯一追求的人生实际上就放弃了所有的社会责任，在生活中仅仅需要顺从天生的本能的指引，走向了绝对的个人主义。

第三节　波德莱尔、马拉美和瓦雷里

波德莱尔、马拉美和瓦雷里是法国诗歌从浪漫主义走向象征主义的关键人物，在他们的诗歌中，强烈的情感渐渐退隐，神秘而深邃的象征发出悠远的光芒。他们的诗歌观念在现代诗学中占有重要的地位。

一、感应论

夏尔-皮埃尔·波德莱尔（1821—1867），出生于巴黎的中产阶级家庭。他是法国19世纪的伟大诗人，浪漫派晚期的代表和象征主义的先驱，被称为那个时代的但丁。他的主要著作有《恶之花》《巴黎的忧郁》等。

波德莱尔继承了继父的遗产，过着有钱闲适的生活，但是青年时期的波德莱尔热衷于社会革命，1848年巴黎工人武装起义，反对复辟王朝，波德莱尔还登上街垒，参加战斗。然而革命的失败使波德莱尔对现实的政治丧失了兴趣，转而投向浪漫主义和唯美主义的怀抱，接受了戈蒂耶的"为艺术而艺术"的理念。

19世纪的文学有两个明显的潮流：现实主义小说顺从科学主义的潮流，睁大眼睛打量外面的世界，以强烈的好奇心渴望认识事物和人；而象征主义的诗歌则皈依想象，接续浪漫主义个人化的传统，在心灵的内向探索中，感触世界神秘的本源。象征使用暗示性的手法寄寓某种超越自身形象的内涵，常常具有某种神秘的色彩。黑格尔说："凡是作为象征的形象而表现出来的都是一种由艺术创造出来的作品，一方面见出它自己的特性，另一方面显出个别事物的更深广的普遍意义而不只是展示这些个别事物本身。"① 象征的艺术总是通过某种个别的形象指向遥远而模糊的事物，甚至诗人自己也并不清楚他到底写的是什么，但是他很清楚，在表面的诗句背后，有一个广阔而深沉的空间，有一个只有心灵才能抵达的神秘世界。象征主义通过"客观对应物"来表达思想和感情，这种表现不是直接描述思想和感情，也不是描绘具体意境，而是一种暗示，通过使用不加解释的象征符号，在读者心里将它们重新创造出来。

波德莱尔的美学总是追寻一个统一的世界。进入现代社会以来，这个世界变得越来越复杂多变，人类的科学对事物的认识也越来越细致入微，大至辽阔的星空，小至生物的细胞，世界的丰富性以前所未有的面目呈现在我们眼前。但是波德莱尔却更关心世界的本源，他相信，我们这个繁复的生活世界一定都有一个统一的源头，而诗人就应该用他的灵感探索这个根本的统一性。他在评论雨果的文章中这样写道：

> 在他的眼中，自然的各个方面不断地生出问题。一这个父亲何以能生出二？何以最终变成了数这个不可胜计的民族？神秘啊！数的无限的整体应该或者能够再度聚合在原初的统一之中吗？神秘啊！在诗人最近的作品中，对于天空的暗示性的观照占有一个巨大的、主导的位置。不论什么题材，总有天空主导着它，控制着它，仿佛一个不动的穹顶，神秘以光明为伴，在其中飞翔、闪烁，诱发好奇的梦幻，把灰心丧气的思想驱走。啊！尽管有了牛顿，有了拉普拉斯，今天，天文学的确实性并非那么大，梦幻仍可存身于尚未被现代科学探索过的那些巨大的空白之中……繁多能变作单一吗？能复又变作万有吗？而万有出于其惟一的幸福和惟一的职能就是不断地产生的上帝的思想吗？这产生出来的东西有朝一日会取代我们的世界以及我们看见恩在我们周围的那些存在物吗？②

在波德莱尔眼中，虽然科学的进步已经让我们认识到宇宙的诸多秘密，解释了恒星和行星的运行规律，但是并不足以消除我们对这个世界的梦幻遐思，只有

---

① ［德］黑格尔：《美学》第2卷，朱光潜译，商务印书馆1979年版，第28页。
② ［法］波德莱尔：《对几位同代人的思考》，《1846年的沙龙：波德莱尔美学论文选》，郭宏安译，广西师范大学出版社2002年版，第90页。

在诗情中才能体验那种万物一体的感受。世界是一个整体，万物相应，自然与人之间，人的各种感官之间，各种艺术形式之间，都有某种神秘的联系，科学不能帮助我们达到它，而他的诗歌《应和》则完美地表达了这种万物合一的感受，被当作象征主义的宪章：

> 自然是座庙宇，那里活的柱子
> 有时说出了模模糊糊的话音；
> 人从那里过，穿越象征的森林，
> 森林用熟识的目光将他注视。
>
> 如同悠长的回声遥遥地汇合
> 在一个混沌深邃的统一体中
> 广大浩漫好像黑夜连着光明——
> 芳香、颜色和声音在互相应和。
>
> 有的芳香新鲜若儿童的肌肤，
> 柔和如双簧管，青翠如绿草场，
> ——别的则朽腐、浓郁、涵盖了万物
>
> 像无极无限的东西四散飞扬，
> 如同龙涎香、麝香、安息香、乳香
> 那样歌唱精神与感觉的激昂。①

在这首诗中，视觉、触觉、嗅觉之间的界限不复存在，不同的感觉交互贯通，人的一体和自然的一体形成了完美的对应。

在波德莱尔的美学思想中，美是以特殊的方式存在的，他否定传统的永恒静止的美学，强调美感仅仅属于它的那个时代。他说："如同任何可能的现象一样，任何美都包含某种永恒的东西和某种过渡的东西，即绝对的东西和特殊的东西。绝对的、永恒的美不存在，或者说它是各种美的普遍的、外表上经过抽象的精华。

---

① ［法］波德莱尔：《恶之花》，郭宏安译，北京燕山出版社 2005 年版，第 136 页。这首诗的标题后来成为"通感"修辞手法的来源。

每一种美的特殊成分来自激情，而由于我们有我们特殊的激情，所以我们有我们的美。"① 这段话说明了两点内容：其一，美是特殊的；其二，美主要来自于主体的激情，而没有客观的标准。因此诗人可以选择普通人认为丑陋的对象作为诗歌的题材，只要它们能激发诗人的感情和想象。波德莱尔诗歌中的丑与雨果的丑不同，对于后者来说，描写丑，主要是为了与美形成强烈的对照，产生更加强烈的艺术效果；而对于前者来说，丑可以是整个诗歌的世界。在他的诗歌里，大量出现的地狱、死亡、坟墓、腐尸、蛆虫和荡妇等形象就是如此。他的世界什么也不排斥，可以容纳一切。这种藏污纳垢的风格被称为颓废精神，如戈蒂耶所说："《恶之花》的作者喜爱着人们很不明智地称之为'颓废'的那种文学风格。"② 这种颓废精神在他所描绘的浪荡子形象中得到了充分的展现："这些人被称作雅士、不相信派、漂亮哥儿、花花公子或浪荡子，他们同出一源，都具有同一种反对和造反的特点……"③ 在对丑的欣赏和感情中，一方面波德莱尔挑战了现存的伦理和美学秩序，免于落入平庸，以一种奇异的方式重新打量世界；另一方面，这种新奇的感受让他拥抱被文明世界所排斥的一切，他认为丑的东西常常更能表现时代和世界，更能产生众生一体的感受。

波德莱尔的《恶之花》（*Les Fleurs du Mal*）中的 mal，在法语中除了"恶"的意思，还指肉体和精神上的痛苦。波德莱尔对生活中阴暗面的描写，并不是他赞成恶，否定善。一方面，他认为诗作不应受到伦理的直接限制；另一方面他要把人类的痛苦写入他的诗歌。在古典艺术的悲剧中，人的痛苦也是重要的表现对象，但是，悲剧中受苦的英雄通常都经过拔高，他们的痛苦经历艺术之光的照耀，闪闪发光，夺人耳目。然而波德莱尔却看到夜幕降临："正是恶魔，拿住操纵我们的线！／我们从可憎的物体上发现魅力；／我们一步步堕入地狱，每天每日，／没有恐惧，穿过发出臭气的黑暗。"④

波德莱尔虽然把"丑恶的事物"变成他的诗歌的内容，但并没有完全抛弃古典艺术，他的诗歌创作依然以十四行诗这种最为严谨的格律为主。他反对写史诗，

① ［法］波德莱尔：《论现代生活的英雄》，《1846年的沙龙：波德莱尔美学论文选》，郭宏安译，广西师范大学出版社2002年版，第264页。
② ［法］泰奥菲尔·戈蒂耶：《回忆波德莱尔》，陈圣生译，上海译文出版社2011年版，第19页。
③ ［法］波德莱尔：《现代生活的画家》，《1846年的沙龙：波德莱尔美学论文选》，郭宏安译，广西师范大学出版社2002年版，第438页。
④ ［法］波德莱尔：《致读者》，《恶之花·巴黎的忧郁》，钱春绮译，人民文学出版社1991年版，第6页。

他认为，过短的诗没有力量，太长的诗则缺乏统一性，因此古典的十四行是最和谐的诗歌形式。想象力和技艺相结合才能写出好诗，他反复推敲韵律和节奏，把技艺的锤炼当作优秀诗人不可缺少的劳作。诗作内容的"丑恶"可以与构思精巧的诗歌形式相结合，狂躁的黑暗情绪与华丽复杂的韵律相结合可以产生奇妙的艺术效果。

波德莱尔是浪漫主义与唯美主义、象征主义之间的桥梁，使诗歌的观念从纯粹的感情流露和唯美的形式主义中解放出来，探索诗歌背后深沉的象征世界。

二、纯诗论

马拉美（1842—1898），法国著名的象征主义诗人和散文家，现代派诗歌理论的奠基人，著有《诗与散文》、诗集《徜徉集》等，长诗《希罗狄亚德》《牧神的午后》是其代表作。

马拉美在诗歌创作的过程中开始反思诗歌语言自身的问题：像文学这样的东西存在吗？如果存在的话，文学是什么？在此之前，当人们提出诗是什么、文学是什么之类的问题时，实际上问的是：好诗是怎样的？好的文学是怎样的？而马拉美第一次对文学本身的存在提出疑问，并且不断尝试作出回答。

马拉美认为文学是通过解释世界来消除"偶然"，达到绝对性。"偶然"指的是违背人类理解的无序的精神现象，诗人的职责就是通过诗歌来赋予这个世界一个秩序，恢复世界的统一性。在他的诗作《骰子一掷永远取消不了偶然》中就提出了这一问题，这首诗有着特殊的文体，印刷留白和字体的变化构成了诗歌的组成要素：

　　　　骰子一掷

　　　　永远

　　　　然而却投入

　　　　永恒的处境

　　　　在沉没的深处

　　　　……

　　　　星声的数点

　　　　警醒

　　　　疑惑

> *流动*
>
> *闪烁和沉思*
>
> *在停留在*
>
> *某个使之珠光迷离的新点之前*
>
> *全部思想掷出一把骰子*①

我们的世界和人生是偶然的，还是必然的？是上帝掷出的骰子，还是有深刻的必然性？马拉美在诗歌中隐含着这个根本性的存在问题。他的诗歌意象的塑造无疑受到了柏拉图和黑格尔的影响，现象世界的背后隐藏着更真实的世界，每一个诗句都对应着整体的诗歌。他相信，在相对的世界背后有一个绝对的世界，而诗歌就是通过象征的方法探索这个纯粹之物。他这样来定义诗歌："诗歌是通过人类的语言来表现多样存在的神秘意义，这个语言有其本质的韵律：诗歌就这样独特地展示了我们的生活并完成了它唯一的精神任务。"②

马拉美诗歌中的象征不是简单的比喻和暗喻，而是指向永远神秘的形而上学式的世界精神旅行。柏拉图的哲学认为在此岸的现象世界之外还有另外一个理念的世界，马拉美相信，在日常语言之后还有一个纯粹的神秘的语言世界，现实的感性世界的美并不重要，真正重要的是观念。在《诗句的危机》中他写道：

> 我说：一朵花！我的声音中遗忘了真实的花的任何轮廓，在遗忘之中音乐般升起某种东西，与人们熟悉的花萼无关，只是花本身的甜美概念，使它远离一切现实的花束。③

在他看来，语言仅仅只是概念，而不是它所指的现实事物。诗句中"花朵"这个词对我们来说仅仅意味着"概念的效果"，而不是现实花朵的效果，诗歌并不是用来描绘世界的，诗句仅仅展现了它们自身的联系。20世纪的文论家们常常提及

---

① ［法］马拉美：《马拉美诗全集》，葛雷、梁栋译，浙江文艺出版社1997年版，第119—140页。

② ［法］Mallarmé, Sure la Poésie（《论诗》）, in *Œuvres complètes*, t. II, édition présentée, établie et annotée par Bertrand Marchal, Pléiade, 2003, p. 657.

③ ［法］Mallarmé, Crise de vers（《诗句的危机》）, in *Œuvres complètes*, t. II, édition présentée, établie et annotée par Bertrand Marchal, Pléiade, 2003, p. 213.

"文学不及物"①，马拉美就是这个观念的发起人之一。他把目光从"世界"和
"人"那里转向组成诗歌的语言。在此之前，诗歌语言被当成某种艺术的工具，用
来表现世界的美或者人的心灵，而在马拉美这里，语言既不表现自然，也不表现
作者的感情，而仅仅表现它自身。诗艺并不让人真正投入现实的生活，而是使用
语词和诗句，这就说明诗歌的来源和目标并非现实生活，他说："尤其在诗句中，
何必又要随着语言的游戏把自然之物奇妙地转换成必然会消失的声音振荡呢？这
是为了从中引出纯粹的观念，而无需具体贴近的回想。"② 而这种纯粹的观念才是
世界真正的秘密，也是诗人努力触摸的不可触摸之物，努力看到的不可见之色，
努力听到的不可闻之音。

如果说，波德莱尔是法国浪漫主义诗歌的尾声，那么马拉美的诗论和创作则
完全否定了浪漫派"诗歌表现作者"的观念。在马拉美看来，诗的创作是一门可
以学习和训练的艺术，而不是浪漫派所谓"天才的灵感"，苦思冥想的"语言炼金
术"才是诗人的工作。他隐居外省，远离尘嚣，一心一意探索语言的秘密，试图
写出纯粹的诗歌。文学与作者分开，这是从 19 世纪后期直到今天的文学危机所不
断触碰的话题。诗人的存在是偶然的，社会、历史和情感的因素也是偶然的，仅
仅属于某个特定的时空环境，因此诗人在世间的存在方式妨碍了他探索那个纯一
的理念世界：

> 纯粹的作品必然要隐去说话的诗人，他把主动权让给词语，词语的不均
> 等性被调动起来；这些词语仿佛宝石上划过一道闪光，彼此交相辉映，它们
> 取代了古老的抒情气息之上的呼吸或者句子中个人的热情所指的方向。③

也就是说，纯诗要排除个人的因素，从而让词语的世界绽放出光芒。

语言本身也许并不是足够完美的工具，对于纯粹的诗歌来说，不仅杂多的世
界和诗人是不完美的，而且语言本身也受到质疑。他说："语言是不完美的，因为
它是杂多的，而不是唯一的崇高之物：由于思维是在不借助辅助工具、不发出声

---

① 参见［法］茨维坦·托多罗夫：《象征理论》，王国卿译，商务印书馆 2005 年版，第 221—
226 页。

② ［法］Mallarmé, Crise de vers（《诗句的危机》），in *Œuvres complètes*, t. II, édition présentée,
établie et annotée par Bertrand Marchal, Pléiade, 2003, p. 213.

③ ［法］Mallarmé, Crise de vers（《诗句的危机》），in *Œuvres complètes*, t. II, édition présentée,
établie et annotée par Bertrand Marchal, Pléiade, 2003, p. 211.

音的情况下书写那尚属沉默的不朽之言，所以，世界上语言的多样性使得任何人都不可能以独一无二的节拍说出那也许会是真理的物质化身的词语。"① 真理只有一个，语言则千奇百样。因为人类的语言多种多样，所以语言自身也不是那个纯一的理念世界的直接表现。在马拉美的哲思中，世间的丰富并不意味着美好，反而意味着杂多，远离了真理。

诗歌存在的理由就是用来弥补语言的缺陷："我们知道，诗句从哲学上说，弥补了语言的缺陷，是上等的补偿，若非如此，诗歌将无法存在。"② 日常语言就像商品交换中的货币，只是世间事物的替代品，而诗歌的语言则表达纯粹的观念，它使语言获得拯救，赋予语言更纯粹的意义，在诗歌的特殊语言结构中，指向那个本质的存在。

马拉美心目中的诗是神圣的，如同柏拉图的理念世界属于神一样。他似乎是代替神来完成创造世界的任务，然而又自感无能为力。老子曰："道可道，非常道；名可名，非常名。"（《道德经》）虽然老子否定了以语言的方式呈现世界真理的可能性，然而马拉美却以其一生的时间，用炼金术士的耐心试图写作一部举世无双的"书"（Le Livre），揭示世界的真理。他在很多的书信和评论文章中都提到了这部绝对的杰作。尽其一生，他也没有完成这部根本不可能完成的著作，但是他留下了不少为这部著作准备的笔记。在这些笔记中，既有诗句、格言，也有不少数学公式和几何图形，他似乎准备把整个世界的理念都纳入这世界上唯一的一本真正的书中。

三、诗歌语言论

瓦雷里（1871—1945）是法国著名的诗人和哲学家，1925年被选为法兰西学院的院士。瓦雷里年轻时与马拉美交往密切，深受前辈诗人的影响，并成为马拉美诗学最杰出的继承人。其代表作有诗集《海滨墓园》和五卷《文艺杂谈》。

与马拉美一样，瓦雷里也对浪漫主义的诗歌感情论和灵感论颇为怀疑。在诗歌形式上，他完全支持古典主义的和谐、固定的形式、格律和各种限制。他认为这些形式上的要求不仅不会限制诗歌创作，反而可以给词语以秩序，形成真正的

---

① ［法］Mallarmé, Crise de vers（《诗句的危机》）, in Œuvres complètes, t. II, édition présentée, établie et annotée par Bertrand Marchal, Pléiade, 2003, p. 208.

② ［法］Mallarmé, Crise de vers（《诗句的危机》）, in Œuvres complètes, t. II, édition présentée, établie et annotée par Bertrand Marchal, Pléiade, 2003, p. 208.

诗意。诗不是为所欲为，写所欲写，而是服从格律的要求，把声音和意义按照已规定好的秩序结合在一起。瓦雷里认为诗律本身并没有必然性，而仅仅是一种约定俗成，其本质是"任意性"的。无论是中国的七律还是西方的十四行诗，都没有绝对的理由，但是"所有这些任意性一旦被接受并与我们自己相对立，就具有了一种特别的和哲理性的美"①。韵律写诗是戴着脚镣的舞蹈，一旦诗人突破韵律的限制，这脚镣反而成为才华的表现，同时也象征着宇宙的绝对秩序。"秩序的统治，即象征与符号的统治。"② 人类的符号世界就是用约定俗成的秩序建立起来的富有魔力的大厦。瓦雷里没有读过索绪尔的语言学著作，但是象征主义的诗人在对语言孜孜以求的艰难探索中，已经隐约触摸到结构主义语言学和文论的核心之处。

瓦雷里把诗的语言与散文的语言对立起来，认为后者是日常生活的语言，重要的是它的所指和意义，而诗歌则超越实用和意义之外。他举了一个例子来说明这一问题：

> 诗是语言的艺术。然而，语言却是现实生活的产物。首先请注意，人与人之间的任何交流只有在现实生活中才具有某种确定性，并且只有通过现实生活才能得到证实。我向你要火。你给我火：你明白了我的意思。
>
> 但是，当你向我要火的时候，当你说出这几个无关紧要的词语时，可以带着某种我能够注意到的语气，某种音色，——某种语调，或紧或慢。我听懂了你的话，因为我几乎不假思索就递给你所要的东西，那一点点火。然而事情还没有完。奇怪的是：声音，如同你那句短短的话的形象，回到我这里，在我脑子里重复；好像它很高兴在我这里；而我呢，我喜欢听它重复，这个短短的句子几乎已经失去了意义，已经不再起作用，但它还想活下去，但和从前的生活完全不同。它获得了一种价值；它是以牺牲已完成的意义来获得这种价值的。它制造了继续被听见的需要……现在我们接近了诗歌状态的边缘。这个微不足道的经验将足以向我们揭示不止一个真理。③

---

① ［法］瓦雷里：《关于〈阿多尼斯〉》，《文艺杂谈》，段映虹译，百花文艺出版社 2002 年版，第 32 页。

② ［法］瓦雷里：《论女人费得尔》，《文艺杂谈》，段映虹译，百花文艺出版社 2002 年版，第 62 页。

③ ［法］瓦雷里：《诗与抽象思维》，《文艺杂谈》，段映虹译，百花文艺出版社 2002 年版，第 287—288 页。

也就是说，日常语言的目的是交流的实用目的，而在诗歌中，语言之所指失去了意义，反而是语言本身成为被关注的对象。诗人使用语言，然而语言本来是实用的工具，而诗歌的艺术就是要"与实用、与现代日益加剧的实用做斗争。它要突出所有能将它与散文区分开来的东西"①。瓦雷里进一步发展了马拉美所说的"纯诗"的概念，他所说的纯诗，其"纯"并不是伦理上的纯洁，而是指精神上的"绝对"，没有任何实际意义，被封闭在自身内部，绝无所指，纯粹展示自身绝对秩序。也就是说，纯诗之中绝无任何"非诗"的杂质，就像实验室的纯水。也许这种纯诗只是乌托邦式的遐想，然而这种面向"绝对理念"的寻求却使诗人创作出现实的优美的诗作。

纯诗要求特殊的语言形式，需要计算、构思、寻找合适的词语，构建恰当的诗句，这是一项需要技艺的辛勤劳作。瓦雷里尤其强调理性对于诗人的意义，写诗不仅需要形象思维，而且需要抽象思维。在《诗与抽象思维》中，他论述了智力活动对于诗歌的重要性。写诗跟音乐和舞蹈一样是特殊的艺术，然而，"音乐艺术的世界，是乐音的世界，它与杂音的世界泾渭分明"②。但是，诗人使用的语言却与日常语言一样，都是词语，而词语有多重维度，可以用多种方法来分析，既有语音的层面，又有语义的层面。"诗人就这样被这些词语材料所纠缠，他不得不同时考虑声音和意义两个方面；不但要满足和谐和音乐性，而且要满足不同的智力和美学条件，尚且不论约定俗成的规则。"③

因此，诗人必须像一位舞蹈家一样加以训练，舞蹈家使用与普通人一样的身体器官、肌肉和神经，同样的，"散文和诗使用同样的词语、同样的形式、同样的音色"④。舞蹈家在严格而理性的训练之后，才能用普通人的筋骨和肌肉展现出与众不同的身姿，诗人同样要经过训练才能用词语写出超越散文的诗作。舞蹈家的训练不是为了达到使用的目的，他的高难度动作不是为了走到哪里去，诗人的才能也不是用语言交流，而是返回词语自身。他不走直线，而是曲线。诗人并不表达意义，诗句的意义仅仅是诗人创作的工具而已。例如：

---

① ［法］瓦雷里：《美学创造》，《文艺杂谈》，段映虹译，百花文艺出版社 2002 年版，第 354 页。
② ［法］瓦雷里：《诗与抽象思维》，《文艺杂谈》，段映虹译，百花文艺出版社 2002 年版，第 290 页。
③ ［法］瓦雷里：《诗与抽象思维》，《文艺杂谈》，段映虹译，百花文艺出版社 2002 年版，第 291 页。
④ ［法］瓦雷里：《论诗》，《文艺杂谈》，段映虹译，百花文艺出版社 2002 年版，第 335 页。

有人对你说：如果你想说下雨的话，就说下雨了！但诗人的目的永远不是也不能是告诉我们下雨了。不需要一位诗人来说服我们带上伞。如果我们将诗置于说下雨了这个体系，看看龙沙①、雨果会变成什么，节奏、形象、音韵以及世上最美的诗句会变成什么！只有分不清不同体裁和时刻的人才会责备诗人使用了间接的表达法和复杂的形式。他不懂得诗意味着决定改变语言的功能。②

诗人就是将日常生活的语言材料转化成另一个领域的纯粹形式，使它丧失所指性。这样的诗歌就必然晦涩难懂，以各种暗示代替明说，瓦雷里的诗作也体现了这一点，充满形而上的思考和玄思，非常难懂。"就连在瓦雷里的诗注中，也是哲学家的话音一落，文献学家便匆匆登场。"③ 难懂不仅不是一种缺陷，相反是贴近纯诗的必要特征，因为只有难懂，才能保持暗示的生命力，才不会变成有明确意思和指向的散文，隐喻才会一直是隐喻。

瓦雷里的理性同样体现在对个人性和偶然性的排斥上："只对我们有价值的东西没有任何价值。"④ 诗歌所寻找的是普遍性，偶然的灵感没有价值，仅仅属于个人的情感和经验也没有意义。诗情属于全体，而不是具体生活中的某个人。

第四节 尼 采

在 19 世纪的欧洲，一方面，一些人继续对基督教权威提出挑战；另一方面，在科学迅速发展的同时，一部分思想家对理性传统也开始进行反思。德国哲学家叔本华（1788—1860）把生命的意志作为世界的基本动因，进而认为意志是一种无法从根本得到满足的冲动和欲望，它使人陷入无法摆脱的痛苦中，只有艺术才能使人获得暂时的超越。尼采继承了叔本华的生命意志论，但把他的悲观主义转换成充满悲剧意识的乐观主义——权力意志论，试图以男性气概去获得生命的超

---

① 龙沙（1524—1585），法国文艺复兴时期的著名诗人。
② ［法］瓦雷里：《论诗》，《文艺杂谈》，段映虹译，百花文艺出版社 2002 年版，第 335—336 页。
③ 陈力川：《瓦雷里诗论简述》，《国外文学》1983 年第 2 期，第 91—92 页。
④ ［法］瓦雷里：《论诗》，《文艺杂谈》，段映虹译，百花文艺出版社 2002 年版，第 341 页。

越和面对痛苦的勇气。

一、酒神精神与日神精神

弗里德里希·威廉·尼采（1844—1900），生于德国但泽（今属波兰，更名为格但斯克），他是德国著名哲学家，西方现代哲学的开创者之一，同时也是卓越的诗人和散文家。尼采的权力意志论对20世纪的哲学、美学和文学都产生了不容忽视的重要影响。

尼采的悲剧理论源自对古希腊戏剧的反思，在他眼里，只有古希腊人的艺术中保持了完美的精神生命，而复兴古希腊思想和艺术，正是他的理想。尼采对古希腊戏剧的思考，主要不是通过文献的证据，而是通过心理的体验和哲学的思索。之前人们常常把希腊悲剧之成就归之于希腊精神的和谐，尼采则提出，希腊艺术突出地表现了人生的痛苦和精神冲突。因为看清了人生不可解决的悲剧境遇，希腊人通过艺术来超越生死苦痛。尼采认为，在人类本性的冲动之中，有两种相互对立又相互渗透调和的力量：酒神精神与日神精神，或者说狄俄尼索斯精神与阿波罗精神。狄俄尼索斯是古希腊的牧羊神和酒神，代表的是酒醉、非理性、冲动与狂欢。现代典型的酒神精神的表现场景是足球场和狂欢节等，狂欢的人在巨大的悲喜的冲击之下激动不已，融入到群体之中。而阿波罗是太阳神，他所代表的是优雅、单纯和理性，是梦幻的美，犹如人们常常在憧憬和幻想中建造一个完美理想的乐园。

日神阿波罗代表的是梦境。人类在梦境制造美好的幻象，给我们带来宁静的快感，体现了个体的原则，它的表现形式是幻想和外观，故而日神代表造型艺术。"关于日神的确可以说，在他身上，对于这一原理的坚定信心，藏身其中者的平静安坐精神，得到了最庄严的表达，而日神本身理应被看作个体化原理的壮丽的神圣形象，他的表情和目光向我们表明了'外观'的全部喜悦、智慧及其美丽。"① 这是属于个人梦幻的世界，而当个体的原则突然被打破的时候，人们就会投入一种"忘我"的境地，在群体的喜悦之中感受到沉醉的狂喜。

酒神艺术的代表是音乐，因为音乐没有形象，应和的是内心的节奏，它的表

---

① ［德］尼采：《悲剧的诞生——尼采美学文选》，周国平译，生活·读书·新知三联书店1986年版，第5页。

现形式是狂喜和忘我。在狂喜中，"随着这激情的高涨，主观逐渐化入浑然忘我之境"①。常有的一个误会是把宁静的日神精神当作理性的，把酒神精神当作非理性的。实际上，无论酒神精神还是日神精神，都属于人类的自然的、本能的非理性冲动，只不过日神精神的冲动是追求个体的外观的优美，酒神精神的冲动是追求群体相融合的狂喜。

虽然日神精神和酒神精神都是人类的根本情绪，但是日神精神还处于现象界，而酒神精神更接近生命的本体状态。在这个世界的生命意志的生死循环之中，个体的生命总是不断毁灭和新生，然而群体的生命总是生生不息。尼采向我们描绘了中世纪酒神节日中，人们在酒神的魔力之下，忘记个体的自我，体会到神秘的众生一体的感觉："此刻，在世界大同的福音中，每个人感到自己同邻人团结、和解、款洽，甚至融为一体了。摩耶②的面纱好像已被撕裂，只剩下碎片在神秘的太一之前瑟缩飘零。人轻歌曼舞，俨然是一更高共同体的成员……觉得自己就是神，他如此欣喜若狂、居高临下地变幻，正如他梦见的众神的变幻一样。人不再是艺术家，而成了艺术品。"③

尼采认为希腊悲剧的最基本动力是酒神精神，古希腊悲剧中向萨提儿致敬的歌队的功能不是辅助，而是真正的悲剧之母。因为，"酒神悲剧最直接的效果在于，城邦、社会以及一般来说人与人之间的裂痕向一种极强烈的统一感让步了，这种统一感引导人复归大自然的怀抱……每部真正的悲剧都用一种形而上的慰藉来解脱我们：不管现象如何变化，事物基础之中的生命仍是坚不可摧和充满欢乐的。这一个慰藉异常清楚地体现为萨提儿歌队，体现为自然生灵的歌队，这些自然生灵简直是不可消灭地生活在一切文明的背后，尽管世代更替，民族历史变迁，它们却永远存在"④。悲剧向观众所展示的是生命之脆弱和痛苦。人在面对世界的时候不能把握自己的命运，追求快乐的意志并不总是得到满足，他会挫败，甚至会毁灭。这是人类的意志所遇到的最大的危险，即厌世。但是在悲剧歌队的合唱中，在梦幻般的日神的照耀之下，"艺术作为救苦救难的仙子降临了。唯她能够把

---

① ［德］尼采：《悲剧的诞生——尼采美学文选》，周国平译，生活·读书·新知三联书店1986年版，第5页。

② 印度教术语，其基本意思是，世界是"梵"通过其幻力创造出来的，因而是不真实的，只是一种幻象。

③ ［德］尼采：《悲剧的诞生——尼采美学文选》，周国平译，生活·读书·新知三联书店1986年版，第6页。

④ ［德］尼采：《悲剧的诞生——尼采美学文选》，周国平译，生活·读书·新知三联书店1986年版，第28页。

生存荒谬可怕的厌世思想转变为使人借以活下去的表象……酒神颂的萨提儿歌队是希腊艺术的救世之举；在这些酒神护送者的缓冲世界中，上述突发的激情宣泄殆尽"①。

古希腊悲剧中赞颂狄俄尼索斯的合唱队在一定程度上把现实与舞台隔开，抵御了虚伪世界的压力，真实的人得以创造和显现出来。此时，观众被融入剧场之中，消除了个人的区隔。然而另一方面，剧场又构建了一个美轮美奂的崇高世界，这个梦幻般的美的形象给予悲剧的生命一种安慰。圆形剧场中的每一位观众都与歌队合为一体，仿佛就是歌队的一员。酒神的颂歌队在歌唱中发生魔变，日神精神参与其中，舞台和情节被当成幻象，成为歌队的梦幻。因此，"必须把希腊悲剧理解为不断重新向一个日神的形象世界迸发的酒神歌队……在接二连三的迸发中，悲剧的这个根源放射出戏剧的幻象"②。在梦幻中，他们的痛苦得到安慰。"希腊人深思熟虑，独能感受最细腻、最惨重的痛苦，他们用这歌队安慰自己。他们的大胆目光直视所谓世界史的可怕浩劫，直视大自然的残酷，陷于渴求佛教涅槃的危险之中。艺术拯救他们，生命则通过艺术拯救他们而自救。"③ 在希腊悲剧的舞台上，俄狄浦斯的形象所表现的既是一种痛苦，同时又是一种拯救，个体的毁灭在悲剧中转化为一种人群融合的快感。这是尼采所理解的艺术和悲剧的作用和功能：把人们从面对荒谬生活的悲观厌世情绪中拯救出来，在日神所造就的梦幻世界中宣泄激情。

尼采对希腊悲剧的理解源自他的悲剧意识，即对于人生悲剧性的乐观理解，也就是说对于世界现实无所畏惧的全盘接受，无论有什么样的痛苦艰难，都要生活在"现世"，而不去幻想什么"彼岸"。生活在地上的快乐，就如同牧羊神萨提儿，春天到来之时，在鲜花中饮酒欢歌，同时也接受冬天到来之时的严寒冰霜。生命不在于其舒适和远离痛苦，而是在其生命力的完满张扬。原始的动物般的生命力驱使人类行动、感知和体验，而艺术和悲剧则给人类精神上的拯救。

尼采认为，埃斯库罗斯和索福克勒斯的悲剧都表现了酒神精神的充沛生命力，而后期的欧里庇得斯则渐渐衰退，因为他过分强调了理性的力量。尼采对悲剧的

---

① ［德］尼采：《悲剧的诞生——尼采美学文选》，周国平译，生活·读书·新知三联书店1986年版，第29页。

② ［德］尼采：《悲剧的诞生——尼采美学文选》，周国平译，生活·读书·新知三联书店1986年版，第32页。

③ ［德］尼采：《悲剧的诞生——尼采美学文选》，周国平译，生活·读书·新知三联书店1986年版，第28页。

理解与亚里士多德截然不同，后者认为悲剧具有道德教化的功能，人的种种情绪是一种负面的能量，需要通过观看悲剧来加以疏泄，从而达到某种净化的效果。而在尼采那里，人类的非理性冲动和情绪是生命的本能，不应否定，是我们应当拥抱和赞美的能量，而道德是一种偏见，会削弱人的生命力，使人颓废。尼采的悲剧意识源自他对人生价值的独特理解。

二、重估一切价值

对于尼采而言，酒神精神并不仅仅是悲剧理论，也是人和生命的关键词，他后来把这种源自生命冲动，向外不断扩张的力量称为"权力意志"①。尼采所言之权力所指的范围远远超出政治权力范畴，是一种面对生命和事物的支配手段和力量。他认为，生命是欲望和意志的载体，其本能就是不断扩张，人生最重要的使命就是实现生命本能的完满和充盈，超越种种社会和现实的限制，成为超人。他在《查拉图斯特拉如是说》中宣布上帝死了，超人降生，"从前，亵渎上帝是最大的亵渎，然而上帝已经死了，因此这些亵渎者也就死了。现在，最可怕的亵渎就是对于大地的亵渎"②。而"超人乃是大地的意义"③。尼采的超人哲学所赞赏和期盼的是一种意志充盈的生命力，无视一切束缚和限制，无论是理性还是道德、宗教。尼采计划中的最后一部著作是《权力意志——重估一切价值》，这个书名集中反映了尼采一生的思想事业。欧洲历史上已经确立的哲学、认识论、道德和心理学的定见，被人不假思索接受的公理和概念，对真理和道德的崇拜，对博爱的要求，对基督教和彼岸世界的信仰，这些都受到尼采的强烈质疑，视之为日落西山的偶像。他要求重估一切价值，彻底清算古希腊哲学、中世纪基督教和现代思想之种种弊端，消除所有使生命弱化的东西，为超人的降临做好准备。

尼采对欧洲的基督教传统发起了攻击。他认为，基督教只是一种驯化人类的手段和思想，原罪的观念迫使人无休止地忏悔和自责，成为虚弱的罪人，就像动物园的动物一样，丧失了本性。他说：

> 把对一头动物的驯化称作对它的"改善"，就我们听来简直是开玩笑。知道动物园里发生什么事的人，会怀疑野兽真会得到"改善"。它会被弄得虚弱，不再那么有害，由于恐惧的沮丧情绪，疼痛，伤口，饥饿，变成病恹恹

---

① Der Wille zur Macht，也有翻译为强力意志或强势意志。
② ［德］尼采：《查拉图斯特拉如是说》，孙周兴译，商务印书馆 2010 年版，第 11 页。
③ ［德］尼采：《查拉图斯特拉如是说》，孙周兴译，商务印书馆 2010 年版，第 10 页。

的野兽。——教士"改善"的、被驯服之人的情况别无二致……教会懂得这一点：它败坏人，它使之虚弱，——可它自称，它"改善"了人……①

在尼采眼中，基督教之堕落并非是道德意义上的堕落，而是生命的退化，因为基督教使人对自己的力量发生怀疑、忧惧甚至自戕。权力意志是人类的生命之源，而基督教对人类的"改善"恰恰损伤了人的权力意志，跪拜在上帝的面前，俯首请罪。人类的精神力量不是向外生长，而是作用于内部，在内心的冲突中自我消耗。

基督教对情欲的态度也是尼采所反对的，尼采把情欲看成是人类生命的自然本能，是人类创造力的源泉之一，而基督教则把情欲视为"恶"的渊薮。尼采为情欲辩护说：

> 把某事看做是坏的，就意味着使它变坏。——如果激情被看做是坏的和险恶的，那么激情就真的变成是坏的和险恶的了。通过所有人在情欲发作时所必然萌发的良心折磨，基督教就这样成功地从象征着伟大的实现自己的理想的力量的爱洛斯和阿芙洛狄特之中创造出了狰狞而可怕的山妖和骗人精。把各种必然性的和正常的感觉曲解成了一种内在困苦的源泉，并企图在此基础上把每一个人所遭遇到的内在困苦说成是必然的和正常的，这难道还不令人触目惊心吗?!……情欲和诸如同情以及崇拜之情在这一点上是相同的，这就是：一个人通过自己的快乐而使别人快乐，——在大自然中我们可以说是很难再遇到这样的好事的！可是竟然还有人会去诽谤这样一桩好事，并居心叵测地要毁灭它!②

在尼采看来，基督教敌视情欲，因为基督教敌视生命，与强大健康的生命势不两立。为了扩张人类的权力意志，使生命充满力量感，就必须消灭基督教。教会的目的是为了"揭示世界的丑陋和恶劣，却反倒造成世界的丑陋和恶劣"③。在基督教的观念中，人类的肉身是沉重的、不洁的和痛苦的，要想获得纯净的灵魂和永远的幸福，就必须放弃身体的快感与现世的快乐，在对彼岸的向往中期待上帝的拯救。尼采歌颂健康的身体、现世的快乐，并且乐观地承担此岸世界的痛苦，

---

① ［德］尼采：《偶像的黄昏》，卫茂平译，华东师范大学出版社2007年版，第91页。
② ［德］尼采：《反基督》，陈君华译，河北教育出版社2003年版，第16页。
③ ［德］尼采：《快乐的知识》，黄明嘉译，中央编译出版社2001年版，第131页。

在悲剧中静观人类的生死，获得艺术的安慰。

尼采从不掩饰对希腊早期艺术和悲剧的热爱，但是对苏格拉底以来的希腊哲学则充满敌意，苏格拉底可以说是尼采一生的敌人，"反苏格拉底"是尼采的哲学和思想中最重要的关键词。尼采认为苏格拉底建立了"理性＝德行＝幸福"① 的公式，尼采厌恶这样的幸福，"绝对的理性，明亮、清醒、小心、自觉、拒绝本能、抵抗本能的生活，其自身只是一种疾病"②。因为理性所对抗的是生命的自然本能。另外，理性本身并不可靠，因为语言是理性的前提，而语言本身起因于人类的意志，那个超出人的生命意志之外的所谓客观理性是一个幻觉，一个谬误："它相信意志根本就是起因；它相信'我'，相信我是存在，相信我是实体，并且把对于我是实体的信仰，投射到万物之上——它借此才创造了'事物'这个概念。"③ 我们所感知的现象世界是人类意志的产物，因此就根本不可能存在一个意志之外的理性来把握这个世界。只有我们感官经验中的世界才有意义，而苏格拉底和柏拉图哲学中所谓"真正的世界"，只是一个幻觉，所谓理性也是无理性的自我意志构建出来的谬误，应当废除。尼采对非理性的关注为 20 世纪的存在主义和精神分析开辟了道路，但是他过度贬斥苏格拉底以来的理性传统，把理性和科学都抛弃了。

尼采对道德也提出了强烈的批判，因为在他看来，传统的道德是弱者束缚强者的游戏。尼采道德哲学的出发点是人类的不平等，他偏爱强者与主人，弱者不能因为受到强者的压制而抱怨，人人都希望成为强者，都希望满足自己的欲望，尽可能征服这个世界，因此"不能因猛兽捕食羊羔而责怪猛兽……要求强者不表现为强者、要求他不表现征服欲、战胜欲、统治欲，要求他不树敌，不寻找对抗，不渴望凯旋，这就像要求弱者表现为强者一样荒唐。一定量的力相当于同等量的欲念、意志、作为，更确切些说，力不是别的，正是这种欲念、意志"④。力量显示了人类的高贵，而乏力的弱者为维护自己的生存，制造了道德的话语，把代表主人和强者的行为称为野蛮，把自己的柔弱称为善良，这是一种堕落的道德，是弱者的阴谋。基督教的道德就属于这种奴隶的道德，弱者的道德要求"多数人享有特权"，而以拿破仑为首的强者则呼喊"少数人享有特权"⑤。尼采的伦理学所

① ［德］尼采：《偶像的黄昏》，卫茂平译，华东师范大学出版社 2007 年版，第 52 页。
② ［德］尼采：《偶像的黄昏》，卫茂平译，华东师范大学出版社 2007 年版，第 53 页。
③ ［德］尼采：《偶像的黄昏》，卫茂平译，华东师范大学出版社 2007 年版，第 58—59 页。
④ ［德］尼采：《论道德的谱系》，周红译，生活·读书·新知三联书店 1992 年版，第 28 页。
⑤ ［德］尼采：《论道德的谱系》，周红译，生活·读书·新知三联书店 1992 年版，第 36 页。

强调的并非具体的社会制度，他从未系统地提出理想社会的规划，他孜孜以求的是人生的积极进取，昂扬向上，永不停歇，不断创造。因此要打破善恶的束缚，在善恶的彼岸激发生命的意志。然而，尼采的强者道德观走向了极端，他歌颂等级主义，甚至因此支持印度野蛮的种姓制度，划分主人和贱民的等级，不得不说，这与历史发展的方向背道而驰。

尼采对于艺术和美的认识总是从有利于生命的角度出发，因此他并不赞成康德的审美无功利的理性美学观，而是强调艺术和美对于人生之效用和利益。尼采美学的基础是生物学，真正的美有助于身体的健康，提升人的生命力。因此并不存在所谓自在之美，人是美的尺度和标准。"没有什么是美的，只有人是美的：全部的美学都建立在这样一种简单的事实上，它是美学的第一真理。让我们立刻添上它的第二真理：没有什么比蜕化的人更丑——审美判断的领域由此被限定。"①因此，美和艺术的真正的秘密并不是其是否具有美的外观，而在于它对人生会产生什么影响和效用，审美的本质不是外观所引发的快感，而是迷醉。

> 为了艺术能存在，为了某种审美的行为和关照能存在，一种心理的前提必不可缺：迷醉。迷醉得先提高整个机体的敏感性，否则不会产生艺术。所有受不同条件所决定的迷醉类型都具有对此的力量：首先是性冲动的迷醉，这是迷醉最古老和最原始的形式。同时还有随同所有巨大欲望、所有强烈感情而来的迷醉；节庆、比赛、精彩表演、胜利、一切极限运动的迷醉；残酷的迷醉，摧毁的迷醉……迷醉的本质是力量的升华和充溢的感情。出于这种感觉，人施惠于万物，强迫万物向己索取，强奸事物。②

艺术是对生命的形而上的肯定，使人类的痛苦、灾难和缺陷得以安慰，在虚构中创造出梦幻般的世界。艺术家要超越道德，获得超尘拔俗的自由。

尼采的悲剧理论及权力意志论在欧洲知识界独树一帜，振聋发聩，对19世纪末以来的文论都产生了很大影响。20世纪德国和法国的以海德格尔、萨特为代表的现象学和存在主义文论，都可以追溯至此。中国的王国维、鲁迅、朱光潜等的文艺观也曾受到尼采思想的影响。但是，尼采把人类的生命完全看成是本能和非理性冲动，忽视了理性对于人类生存和文明的重要价值，过于极端和片面，陷入

---

① ［德］尼采：《偶像的黄昏》，卫茂平译，华东师范大学出版社2007年版，第134—135页。
② ［德］尼采：《偶像的黄昏》，卫茂平译，华东师范大学出版社2007年版，第122—123页。

了神秘主义和专断论。

小　　结

马克思和恩格斯在《德意志意识形态》中说："思想、观念、意识的生产最初是直接与人们的物质活动，与人们的物质交往，与现实生活的语言交织在一起的。人们的想象、思维、精神交往在这里还是人们物质行动的直接产物。"① 社会生活是人在经济基础和上层建筑各个领域中形成的现实关系和全部活动的总和，也就是人在一定现实关系中的物质生活和精神生活的总和。法国的文学史批评家从作家所处的社会生活环境中探索文学作品产生的原因，站在历史的角度分析作家和文学流派的特点，与马克思的社会反映论有一定的契合之处，对文学发展史的问题有着较强的解释力。只不过，他们对于历史发展的脉络和动力，没有得出整体性的答案。

关于唯美主义，应当看到，一方面，纯粹个人主义的审美乌托邦只是王尔德等人营造的幻象，最终陷入自己也无法摆脱的悖论。但另一方面，唯美主义本身就是历史的产物，是资本主义社会精神危机的产物，而不是永恒美感在个人身上的呈现，因而对把握 19 世纪晚期至 20 世纪初期欧洲社会及文化状况，无疑具有重要的认识价值。作为一个美学潮流，唯美主义在 19 世纪晚期兴起并在 20 世纪初衰落，这个过程恰好说明了社会现实生活对美学意识的决定性作用。马克思认为："人的本质不是单个人所固有的抽象物，在其现实性上，它是一切社会关系的总和。"② 王尔德虽然宣称放弃道德的责任，为美感开拓更广阔的空间，但是既然"生活模仿艺术"，如果生活没有伦理道德的原则，作为其榜样的艺术岂能真正与道德无关？人的生活必然既与待人处世的伦理相关，又与审美的体验紧密相连，彻底取其一边在现实上并无可能。王尔德也不得不自相矛盾地在自己的作品中发现道德的意义。在提到《道连·格雷的画像》的时候，他说："他们将会发现这是一部含有道德教训的小说。那道德教训就是：一切的过分，跟一切的压抑一样，

---

① ［德］马克思、恩格斯：《德意志意识形态》，《马克思恩格斯文集》第 1 卷，人民出版社 2009 年版，第 524 页。

② ［德］马克思：《关于费尔巴哈的提纲》，《马克思恩格斯文集》第 1 卷，人民出版社 2009 年版，第 505 页。

会招致惩罚。"①

　　波德莱尔、马拉美和瓦雷里对诗歌语言和象征的探索为现代诗歌开辟了新的空间，并且加深了人们对"诗"本身的认识。然而他们所设想的可以超越社会生活的纯粹语言，毕竟具有强烈的乌托邦色彩。根据马克思主义的观点，语言从本质上来说是一种社会交流工具，社会性是语言的基本属性。诗歌由于具有特殊的象征意义，看起来可以远离日常生活，但是它永远也无法真正摆脱它的社会性。象征诗学和纯诗理论强调了诗歌的超越性，但诗歌所使用的语言却源于人们的实际生活和经验，真实的诗歌必然处于经验和超验的中间地带。

　　尼采的权力意志理论和悲剧学说对现代西方非理性主义文论产生了巨大影响，对现代西方文论走出理性主义的认识论范式起到了推波助澜的作用。但是，他既没能正确地认识理性与非理性之间的关系，又过度强调个人至上主义，把个人和社会不恰当地对立起来，因而，他的理论带有极大的片面性与偏激性。

思考题：

　　1. 试论述科学与文学史之间的关系。

　　2. 谈谈朗松的文学史批评的特点。

　　3. 谈谈唯美主义的主要特征。

　　4. "生活模仿艺术"还是"艺术模仿生活"？请谈谈你的看法。

　　5. 说说你对瓦雷里的"纯诗的语言"的看法。

　　6. 简述尼采的悲剧理论。

　　7. 请结合具体文本，谈谈酒神精神在文学艺术创作及作品中的具体体现。

---

① ［英］王尔德：《致〈司各兹观察者〉编辑》，尹飞舟译，见赵澧、徐京安主编：《唯美主义》，中国人民大学出版社1988年版，第185页。

第十章　心理分析文论

概　　述

心理分析文论（又译精神分析文论），是 20 世纪初在弗洛伊德心理分析学说基础上形成并盛行于欧洲的文学理论与批评流派。心理分析学说在 20 世纪的影响遍及心理学、人类学、哲学、社会学、美学、文学和艺术等诸多领域，成为 20 世纪影响最大的理论之一。弗洛伊德将心理分析学方法引入文学研究，以图更深入地理解作家的创作动因、作品的编码形式和文本的内在含义等问题，从而开创了心理分析文论。除弗洛伊德外，心理分析文论的主要代表还有荣格、拉康、德勒兹等。这一思潮对现代西方文学理论与批评产生了深远影响。

心理分析文论的创始人弗洛伊德生活在 19 世纪后半期至 20 世纪初期，这是一个多事之秋，战争频仍，社会动荡。弗洛伊德在少年时代目睹了普法战争、日俄战争、意奥战争带来的毁灭性灾难，亲历了第一次世界大战所造成的巨大伤痛，这些都深深地影响了他对人性本质的思考。他在战后发表了论文《目前对战争与死亡的看法》，显示出他对人的本性的探索兴趣。第二次世界大战初期，纳粹德国将弗洛伊德的理论列为"犹太人的科学"，将其著作列为禁书，并下令烧毁，已近晚年的弗洛伊德被迫迁居英国。遭遇了两次世界大战的弗洛伊德对人的本能、人性进行了深刻的反思。此外，当时欧洲维多利亚时代的清教主义伦理观大行其道，禁欲主义风靡一时，社会的道德规范十分保守，人们谈性色变。这些都为弗洛伊德以性本能、欲望为核心的非理性主义思想的诞生创造了客观条件。此外，达尔文的进化论、莱布尼茨的单子论为弗洛伊德提供了自然科学的借鉴。赫尔巴特的意识阈理论、叔本华的欲望理论、尼采的哲学等为弗洛伊德提供了哲学社会科学的借鉴。在这些综合因素的影响下，弗洛伊德开创了心理分析学派。

第一节　弗 洛 伊 德

西格蒙德·弗洛伊德（1856—1939），奥地利精神病医生及心理分析学家，心理分析学派的创始人。弗洛伊德出生于奥地利一个犹太商人家庭，年少时就显示出非凡的智力，17 岁考入维也纳大学医学院。他在学医的过程中对人类心灵产生了浓厚的兴趣，进而从对躯体的研究转向对心理的研究，并取得了一系列震惊世界的重要成果。其主要代表作有《歇斯底里研究》、《释梦》（又译《梦的解析》）、《性欲三论》、《论无意识》、《自我与本我》、《焦虑问题》、《自我和防御机制》等。

1895 年，《歇斯底里研究》一书的出版，为弗洛伊德的心理分析学奠定了理论基础。在这里，弗洛伊德第一次使用了"心理分析学"这个概念。此后，弗洛伊德以一系列骄人的成果，成为"心理分析之父"。

作为 20 世纪西方众多思潮中的一种，弗洛伊德的心理分析学对文学及其理论的研究产生了巨大的影响。他以前所未有的研究视野和理论维度，对文学领域中的一些传统问题提出了大胆而独特的见解，其对心理空间的开掘展现了人类认识自己的执着探索精神。

一、无意识理论与人格结构

弗洛伊德的人格理论中最震撼人心之处是他对无意识的揭示和分析。"凡是精神方面的东西，首先是无意识的。"[1]　"精神历程根本上是在无意识的情况下进行的，意识的东西兀自作用着，且只是整个心灵实体的一部分而已。"[2]"将心理区分为意识与无意识，这是精神分析学的基本前提。"[3]　在人类思想史上，弗洛伊德并非第一个提出无意识理论。莱布尼茨、赫尔巴特、叔本华、尼采都曾探讨过无意识，但只是在弗洛伊德的心理分析学创立以后，无意识问题才得到更全面深入的研究。

以往的学者多认为无意识是个静态的系统，但弗洛伊德通过大量的临床病例的分析，认为无意识是一个动力系统，即人的无意识中存在着动机、欲望和压抑力量之间的激烈冲突。弗洛伊德指出存在两种无意识：一种是处于深层的无意识，叫"被压抑的无意识"；一种处于较浅的层面，接近意识，叫"前意识"或"潜伏的无意识"。他用冰山来作形象化的比喻，认为浮出水面的冰山一角是人们可见到

---

①　［奥］弗洛伊德：《弗洛伊德自传》，顾闻译，上海人民出版社 1987 年版，第 41 页。

②　［奥］弗洛伊德：《精神分析学引论·新论》，罗生译，百花洲文艺出版社 1997 年版，第 11 页。

③　［奥］弗洛伊德：《自我与本我》，《弗洛伊德后期著作选》，林尘等译，上海译文出版社 1986 年版，第 160 页。

的意识，而深藏于水下的大部分冰山却是无意识部分。弗洛伊德认为，无意识不可缺少、无法清除，而且无意识的成分远远大于意识的成分，在人的心理活动中居于绝对支配地位。无意识是一种不能为意识所知的活动，是一个有巨大能量的心理系统，它具有非理性、无逻辑性的特征。

弗洛伊德的人格理论存在一个逐渐发展的过程，从《自我与本我》到随后结集出版的《精神分析引论新编》，人格理论整个内容就是无意识的全面展开，它成为弗洛伊德理论的重要组成部分。

弗洛伊德详细论说了人格心理结构由本我、自我和超我三部分构成的理论。本我是人格中最原始、模糊而不易把握的部分，由遗传的本能和性欲构成，无视逻辑、理性和社会的风俗习惯，奉行"快乐原则"。自我在本我的表面，处于前意识和无意识之间，代表着理性和审慎，自我除了具有知觉、记忆、思考和动作等一般机能外，对外主要是感受现实，处理个体与现实之间的关系，奉行"现实原则"。现实原则承认社会标准和社会规范，对"快乐原则"进行控制和压制。于是，本我中的"快乐原则"就不得不通过迂回曲折的方式发泄，或者向宗教、文学、艺术和哲学升华。超我也称理想自我，主要作用是按照个体所属的社会道德观念，鉴别善恶，作为自我行动的准则。它代表着理想和良心，奉行"道德原则"。人格中的这三个层次互相交织，形成一个有机的整体。

在弗洛伊德看来，操纵人格运转和作用的能量叫作心理能。心理能来自于人的生机能，但是生机能如何转换成心理能仍不得而知。本能是决定心理过程方向的先天状态，其能量用于满足基本的生命本能和死亡本能。当本我的能量改道注入构成自我潜在的心理过程时，自我才真正存在。本我的能量流动不居，而自我的能量具有较大的稳定性和约束性。超我奉行监察批判，起到抑制的作用。人格的动力状态是由能量在整个人格的不同分布决定的，而一个人的行为则取决于他所具有的动力状态。通常情况下，这三者处于协调和平衡的状态，从而保证了人格的正常发展。一旦三者关系失调，就会产生神经紊乱，危害人格的健康发展。

从早期的无意识理论到晚期的三重人格理论，是弗洛伊德心理分析学对人类心灵纵深层次探索的重要体现。它引导我们在现实的思想文化领域中全方位、多角度地对人的本质、人格的健康成长等问题进行重新思考。值得注意的是，一个正常的心理历程应同时包括意识和无意识，弗洛伊德过于强调无意识而忽略了意识的重要性。一方面他否定了马克思的人与动物的区别在于人的行为是有意识的思想；另一方面，他把人的无意识和认知的局限性混同了起来。列宁在《哲学笔记》中，特别强调"人的意识不仅反映客观世界，并且创造客观世界"①。正是人类的意识和社会实践创造了辉煌的世界文明。弗洛伊德认为人的一切行动都取决于无意识的欲望，显然是忽视了意识的重要性。

二、力比多的升华与白日梦

"力比多"（Libido，又译里比多）是弗洛伊德心理分析学的基础，它不仅牵涉到众多心理分析理论概念，并且还在心理分析变革史上扮演了极其重要的角色。"凡自我对于自身的性欲对象的能力的投资，我们称之为'里比多'"②，即力比多"以专称性生活的本能力"③。在弗洛伊德的本能理论中，力比多理论关乎性、性的发展、性对人格的影响等，因此占有特殊的地位。力比多是本我中的性欲冲动，它为各种本能冲动、欲望提供力量，是整个精神活动的基础和源泉。其中，性欲既包括生物本能的性的狭义内容，又包括同爱有关的广义内涵，即自爱、父母之爱、子女之爱等人类的普遍情感。

弗洛伊德认为，力比多是性冲动转化到客体或性目标的能量基础。"你们要记得性生活——我们称之为里比多机能——不是一经发生就有最后的形式，也不是遵循着它的最初形式的途径而扩大起来的，而是经过了一系列各不相同的形相；总之，它经过的变化很多，和毛虫变为蝴蝶的所有变化不相上下。这个发展的关键就是在使一切关于性的部分本能受生殖区统治势力的支配，而且同时又使性生活从属于生殖的机能。"④ 客观条件常常限制个体的本能冲动，某种冲动可以替代另一种冲动，某种冲动亦可接管另一种冲动的强度。假使一种冲动的满足在现实中受到挫折，另一种冲动的满足则常常能够提供完满的补偿。因此，当人的力比多受到束缚时，它的性倾向就会放弃获取部分的或生殖的快乐的目标，代之以另一个在起源上与所放弃的目标有联系的，本身已不再是性的，而是关乎社会的目标，即实现力比多的升华。

升华，是指人将原有的本能冲动、欲望转向崇高的目标、方向和对象的过程。一方面，它将原先用以满足本能的活动被更高尚的精神活动所取代，性本能直接化解成非性的行为，这样就使力比多得到适当的释放。另一方面，由于它将本能欲望向合乎文明和社会规范的方向转化，避免了与社会道德、法律、习俗相冲突

---

① ［苏联］列宁：《哲学笔记》，人民出版社 1993 年版，第 182 页。
② ［奥］弗洛伊德：《精神分析引论》，高觉敷译，商务印书馆 1986 年版，第 333 页。
③ ［奥］弗洛伊德：《精神分析引论》，高觉敷译，商务印书馆 1986 年版，第 332 页。
④ ［奥］弗洛伊德：《精神分析引论》，高觉敷译，商务印书馆 1986 年版，第 260—261 页。

或违背，从而将欲望转变为更远大、更有价值的智慧创造活动。

1908 年，弗洛伊德发表了《作家与白日梦》，开创了运用心理分析理论分析作家、艺术家创作的奥秘的先河。弗洛伊德认为，艺术对于每一个社会成员来说都是十分必要的。"艺术所创造的产品，通过使人有机会分享那些具有极高价值的情感经验，从而使他的自居作用的情感得到升华，这对每一个文化社会来说都是十分必要的。而当这些艺术创造描绘了人类的特殊文化成就，并且以一种令人难忘的方式使人想起文明社会的理想时，这些艺术创造也同时使人获得了自恋的满足。"① 但艺术是怎样产生的呢？弗洛伊德认为，艺术家从事创作，纯属性本能冲动升华的结果。"正如我们久已发现的那样，艺术为最古老的，并且迄今仍能最深切感受到的文化放弃提供了替代的满足。正是出于这个理由，艺术的作用无非是把一个人和他为文明而做出的牺牲调和起来。"②

弗洛伊德认为，人的智力活动和精神生活大多来自于生物性的本能冲动，甚至整个文明的造就也是这种无意识冲动和刺激的结果。作为作家精神活动的文学创作，与这种潜意识的活动密切相关，即文学作品是作家无意识心理的外部表达，艺术创作就是作家自己的白日梦。"许多富于想象的作品和天真的白日梦模式相距甚远，但我仍不能放弃这种推测：即使偏离白日梦模式最远的作品也可以通过不间断的、一系列的过渡事件与白日梦相联系。""对于作家生活中童年时代的记忆的强调——这种强调或许令人不明所以——归根到底来自于这种假设：一篇具有创见性的作品像一场白日梦一样，是童年时代曾经做过的游戏的继续，也是这类游戏的替代物。"③ 弗洛伊德认为，正像孩子们想要在游戏里满足一种欲望一样，文学是作家的欲望无法在日常生活里得到发泄或者满足而以一种伪装的方式表达出来。艺术的精华在于怎样克服读者心中的厌恶感，其方法有两种：第一，作家改变或掩饰其利己主义的白日梦；第二，以美学的快感来收买读者，这叫"额外刺激"或"前期快乐"。对于接受者来说，人们对于一部富有想象力的作品的欣赏来自精神上紧张状态的消除。在欣赏的过程中，接受者可以心安理得地放纵自己平时在宗教、政治、社会和性的方面压抑着的冲动，进行任意的发泄，通过作品获得心理上的共鸣来继续自己的白日梦。

弗洛伊德认为，艺术家与普通人不同，他们知道如何对自己的白日梦进行加

① ［奥］弗洛伊德：《一个幻觉的未来》，杨韶刚译，华夏出版社 1999 年版，第 86—87 页。
② ［奥］弗洛伊德：《一个幻觉的未来》，杨韶刚译，华夏出版社 1999 年版，第 86 页。
③ ［奥］弗洛伊德：《作家与白日梦》，《弗洛伊德文集》第七卷，杨韶刚译，长春出版社 2004 年版，第 63—64 页。

工、塑造与伪装。在《释梦》中，弗洛伊德认为梦和文学作品有着明显的一致性。一部文学作品就像一个经过改装的梦，懂得梦的解析方法将更有助于理解文学作品的意义。首先，梦是欲望的满足。文学作品和梦都源于儿时受压抑的欲望为了躲避稽查而以伪装的形式出现。其次，梦含有"显意"和"隐意"两个方面。梦的显意相当于文学作品中表层的意义，梦的隐意相当于作品中的深层意义。要深入理解梦和文学作品，必须通过表层意义去挖掘深层意义。最后，梦有四种语法规则：一是凝缩，即多种隐意通过一种象征出现。二是移置，即通过意象材料的删减、变更或重新组合，用不重要的情景替换重要的。三是再现，即将抽象的观念和欲望表现成具体可见的视觉形象，使梦的隐意更加生动、形象。四是润饰，即梦者醒后把颠倒错乱的梦境材料加以条理化，使梦的隐意更加隐蔽。作家也正是通过复杂的凝缩、移置、再现、润饰这四种形式进行一系列的艺术加工和处理，因而梦的语法也是文学的语法，释梦的语法规则亦可运用到对文学的解释上。心理分析对梦的语言性和语法规则的探索，为人们研究艺术结构、修辞方式开辟了一条崭新的路径。

弗洛伊德从压抑的欲望角度对文学艺术的起源和发生提供了另一种解释。他引导人们从内在需要寻找文学艺术创造的根源，而且还启示创作者在作品中表现出人的最根本的需要，这样才能创造出伟大的作品。但应该明确的是，弗洛伊德只提供了艺术作品发生的一种可能，并不是艺术作品的全部含义。关于人的本质，如前所述，马克思指出，"它是一切社会关系的总和"。在这些关系中，生产关系对人类的心理具有决定性的意义。弗洛伊德将他的学说建立在生物学的基础之上，认为生物有自存和存种两大目的，因此人类有两种本能——饥和爱，他尤其强调爱或性，最后滑向了泛性论，抹杀了社会文化或社会历史条件的重要性。

三、俄狄浦斯情结

古希腊悲剧作家索福克勒斯在《俄狄浦斯王》中讲述了一个震撼人心的故事：俄狄浦斯（又译伊谛普斯）在诞生伊始，有神谕告知这孩子将犯下弑父娶母的弥天大罪，于是其父母就让牧人将他弄死，而牧人出于怜悯又将之送给了邻国。俄狄浦斯长大之后，果真杀了父亲，娶了母亲。最后，他悲愤交加地刺瞎自己双眼自我放逐去了。由此，弗洛伊德依据古希腊知识，为乱伦的欲望发明了"俄狄浦斯情结"（Oedipus Complex）这一术语。

俄狄浦斯情结，又名恋母情结，是指男孩对母亲的依恋心理。与之相对应，女孩的恋父情结被称为埃勒克特拉情结。弗洛伊德认为，在无意识领域中，性本能对人类心理的发展具有决定性作用。观众之所以被《俄狄浦斯王》感动，是因为"他们的反应好像用自我分析而发觉自己内心也有伊谛普斯情结，知道神和预兆的意志就是他自己潜意识的光荣的化装物，好像是他记起了自己也有驱父娶母的愿望，而又不得不憎恶这个念头"①。

弗洛伊德根据性本能满足的不同，将人类心理发展分成前俄狄浦斯阶段（出生到 2 岁）和俄狄浦斯阶段（2~5 岁）。在俄狄浦斯阶段，儿童开始向外界寻求性对象。男孩多以母亲为选择对象，而女孩则常以父亲为选择对象。这一方面是自身的性本能使然，同时也是由于双亲的刺激加强了这种倾向。在此情形之下，男孩对他的母亲发生了一种特殊的柔情，视母亲为自己的所有物，而把父亲看成是争得此所有物的敌人，并想取代父亲在父母关系中的地位。同理，女孩也有暗恋父亲、嫉恨母亲的乱伦倾向。要成长为健康正常的个人，就必须发展道德和良知，就必须把握俄狄浦斯情结和埃勒克特拉情结，而这个过程就是超越快乐原则通往现实原则的人格发展之径。

在《释梦》中，弗洛伊德认为《俄狄浦斯王》是人类恋母情结的一个缩影，戏剧的主人公俄狄浦斯与我们每一个人一样，是一个恋母者。由于未能成功转化、升华自己的力比多、性冲动，最终导致了弑父娶母的悲剧。在这一意义上，《俄狄浦斯王》成为了一部不朽的文学经典：在俄狄浦斯身上，我们每一个人实现了童年时就已存在、一直延续至今的弑父娶母愿望。此外，弗洛伊德在《释梦》中还用俄狄浦斯情结分析了莎士比亚的著名悲剧《哈姆雷特》，指出该剧的基础是哈姆雷特在完成复仇任务时的犹豫不决。哈姆雷特可以做任何事，就是不能报复，因为叔父帮他实现了童年时代被压抑的愿望。

在弗洛伊德看来，索福克勒斯的《俄狄浦斯王》、莎士比亚的《哈姆雷特》、陀思妥耶夫斯基的《卡拉马佐夫兄弟》都指向了同样的主题——弑父。《俄狄浦斯王》中主人公无意识的动机呈现为乖戾的命运；《哈姆雷特》中主人公的俄狄浦斯情结，只能透过叔父的罪行在他身上的影响才能间接地识别；《卡拉马佐夫兄弟》则除了起反衬作用的阿辽莎之外，所有的兄弟都是冲动的好色之徒，都在心理上犯有同样的罪。

弗洛伊德借助俄狄浦斯情结理论对梦、神经病症状、日常生活中的失误、人类文化现象等进行了独特的解释。同时，这一概念的引入给传统文学理论带来了巨大的冲击，它在解读文艺作品的主题和艺术家的创作心理方面提供了新颖独特

① ［奥］弗洛伊德：《精神分析引论》，高觉敷译，商务印书馆 1986 年版，第 262—263 页。

的视角。在俄狄浦斯情结理论的启发下，许多经典文艺作品得到了重释，文艺批评得以开拓出一条崭新的路径。不过，俄狄浦斯情结理论自产生起就争议不断。批评者认为，俄狄浦斯情结无非是证明了神谕的正确。因为对于俄狄浦斯本人来说，弑父娶母的恋母情结是不存在的，因为他事先并不知道父母是谁。此外，针对俄狄浦斯情结的合理性、普适性、泛性色彩和男权意识等方面都引起了激烈的讨论。批评者认为，俄狄浦斯情结理论以生物学为基础，忽略了文化、环境、家庭、个人经历等社会因素对人类行为和心理产生的影响。

作为心理分析学派的创始人，弗洛伊德在研究文艺时，将重心放在了探究艺术家与作品之间的关系上，并视此为"最有魅力的课题之一"。与此同时，他也清醒地认识到，心理分析学"既不能说明艺术天才的本质，也无法解释艺术家创作中运用的方法——艺术技巧"[①]。"在诗人心目中，一切真正创造性作品都不是一个单独的动机或冲动的产物，所以也不止只有一种单独解释。我所论述的只是企图对富有创造性作家的心灵最深处的冲动进行解释。"[②] 可以说，尽管外行人对心理分析学说有着种种过高的期待，但弗洛伊德本人还是较为清醒地认识到它在应用于文学研究时有着一定的局限性。

第二节 荣 格

卡尔·古斯塔夫·荣格（1875—1961），瑞士著名的心理学家和心理分析医生，分析心理学的创立者。荣格一生著述丰富，主要著作有《精神分析学理论》《无意识心理学》《心理类型》《心理学与宗教》《分析心理学》《心理学与文学》《集体无意识的原型》等。荣格是一位具有极强的自主性和独立性的学者，后与老师弗洛伊德学术观点产生分歧而另立门户。作为弗洛伊德最具争议性的弟子，荣格在 1912 年发表了《转换的象征》，发展出一套"分析心理学"模式，将神话、哲学、宗教等引入分析心理学派中，将研究的中心从个体无意识转移到集体无意识，强调人类心理的社会文化因素，超越了弗洛伊德的泛性主义心理学局限，成为现代思潮中重要的变革者和推动者之一。

荣格和弗洛伊德的分歧主要表现在三个方面。首先，是对力比多的解释不同。

---

① ［奥］弗洛伊德：《弗洛伊德自传》，顾闻译，上海人民出版社 1987 年版，第 95 页。
② ［奥］弗洛伊德：《释梦》，张名之译，商务印书馆 1996 年版，第 266 页。

弗洛伊德认为力比多是性能量，早年力比多冲动受到伤害会引起终生的后果。荣格认为力比多是一种广泛的生命能量，在生命的不同阶段有不同的表现形式。其次，是对人格发展的认识不同。弗洛伊德认为人格为童年早期经验所决定，荣格认为人格在后半生仍有希望加以引导和塑造。此分歧导致两人对人性本身看法上的原则不同，荣格更强调精神的先定倾向，反对弗洛伊德的自然主义立场，认为人的精神有崇高的抱负，不限于弗洛伊德在人的本性中所发现的那些黑暗势力。最后，是对人格结构构成的认识不同。弗洛伊德认为人格由本我、自我、超我构成，但荣格认为人格由意识、个体无意识、集体无意识构成。

荣格的分析心理学不仅对心理分析作出了伟大的贡献，对心理学和精神病学产生了重大的影响，而且深深波及宗教、历史、哲学和文学等研究领域。

一、集体无意识与原始意象

集体无意识是荣格分析心理学中最重要的基本假设，它贯穿荣格的全部理论。根据对中国、印度等多民族文化的研究考察，荣格将集体无意识解释为在漫长的历史演化过程中世代积累的人类祖先的经验，是人类必须对某些事件作出特定反应的先天遗传倾向。它在每一世纪只增加极少的变异，是个体始终意识不到的心理内容。

在著作《寻找灵魂的现代人》中，荣格认为人类的心灵包括意识、个体无意识、集体无意识三个层次。意识是人的心灵中唯一能够被个体直接感知的部分。它对进入心灵的各种材料进行筛选，使个体的人格结构保持同一性、连续性。个体无意识是无意识的表层，它包含了一切被个体遗忘了的记忆、知觉和被压抑的经验。个体无意识的主要内容与形式是"情结"。所谓"情结"，就是个人的包括观念和情感在内的一组一组的心理内容聚集在一起，形成一簇难以解开的心理丛或心理结。此外，"还有第二个精神系统存在于所有的个人之中，它是集体的、普遍的、非个人的。它不是从个人那里发展而来，而是通过继承与遗传而来，是由原型这种先存的形式所构成的"①。荣格认为，弗洛伊德虽看到了无意识这一概念具有古老和神话色彩的思想形式，却仍赋予无意识以完全个人的特性，片面地强调其个体性和后天性，是个体无意识论。实际上，无意识的表层含有个体无意识，更深层次则是集体无意识。

---

① ［瑞士］荣格：《心理学与文学》，冯川、苏克译，生活·读书·新知三联书店 1987 年版，第 95 页。

荣格进而将集体无意识定义为原型（archetype）。个体无意识中情结的核心要素包括产生创痛的意象或心灵痕迹，以及与此相关的原型意象，情结的形成依赖于更深层次的原型。原型也可以叫"原始意象""古代残存物"。他认为原型是一切心理反应的具有普遍一致性的先验形式。它们是一切心理过程的必不可少的先天要素，正如一个人的本能迫使他进入一种特定的存在模式一样，原型也迫使知觉与领悟进入某些特定的人类范型。集体无意识普遍地存在于每一个人的心灵深处，它是个体生来即有的，与个人后天经验无关，是全人类所共同拥有的。

荣格认为，组成集体无意识的是本能和与之相关的原型。正像每个人具有种种本能一样，他同样拥有一整套原型意象。原型与本能的区别在于：本能是执行某种高度复杂的行动时合目的的冲动，原型则是对高度复杂的情境无意识、合目的的领悟，两者是同一活动的两面。

东方文化的原型曾给予了荣格意味深长的启示，如中国的龙凤原型、千里马原型、龟寿原型、松鹤原型、月亮原型等。在荣格看来，生活中有多少种典型环境，就有多少个原型。荣格描述了大量的原型，如再生原型、英雄原型、树林原型、太阳原型、大地母亲原型等。原型普遍存在，只要人们遇见普遍一致和反复发生的领悟模式和行为模式，就是在与原型打交道，而不管它是否具有容易辨认的神话性质。原型本身是空洞的、纯形式的，它们仅仅是人类心灵中一些先天的倾向或可能，但这些倾向或可能一旦被触发，就能够以特殊的形式和意义表现出来。

荣格认为原型有着自身的动力系统，该系统的核心就是情感。荣格的原型理论不是以生物学的方法来实证人的心理，而是恢复了心理本身的巨大情感力量。他认为情感是人的情绪变化及日常行为表现的动力与源泉。情感分为具体情感和抽象情感。具体情感因外界刺激而变化，而抽象情感却完全独立于外界刺激而存在，其来源是集体无意识。因为集体无意识不仅是原始初民生存经验在我们当代人心灵深处的投影，同时也是初民在与自然相协调的过程中产生的强烈的情感积淀，因而情感也是抽象的、形式化了的，它具有普遍性和非个人性。以抽象情感为动力源泉的原型的表达，跨越了理性，以顿悟与直觉的方式呈现于人类行为之中。这种领悟模式在人类心理深层的保留和存活，就使个体不能丧失与原始初民的精神联系，同时又为我们现代人以祖先的方式体验世界、领悟自然提供可能。原型的表达机制是象征。荣格认为人是以象征把握世界的动物，并一直生活在自己所虚拟和想象的世界中。象征的表达就是将原始初民的生存经验即集体无意识的内容披上现代的外衣，获得今天的外表，才可能获得我们今天可理解的意义。

原型的流传机制是依靠生物遗传的方式，这里荣格采用了由生理而推测心理的方法，这也是其原型理论中最受争议的部分。

集体无意识虽不为个人所知觉，却时刻制约和束缚着个人的精神、心灵和行为方式。它的表现方式具体分为三个方面：第一，集体无意识是类似神话和宗教的原始意象，是人类共同的、普遍的深层心理形式。第二，集体无意识具有种族的、历史的积累性质，是先民们生活之幻想与幻想之生活的积淀形成的深层心理形式。第三，集体无意识潜隐于人类心灵深处，它是一个超越所有文化和意识的共同基底，所有意识和无意识现象都从集体无意识中生发出来。

集体无意识理论是针对当时的社会现象和弗洛伊德的无意识理论而提出的。荣格指出，在现代西方社会存在着两大怪异现象：一是对物质利益贪得无厌，二是人格面具过度膨胀。为此，荣格批判了现代西方社会片面发展的理性文明对于和谐完整的精神的宰割。同时，他又希望以古老的东方智慧来弥补西方现代文明之缺憾。集体无意识这一共同的根基为人类精神超越文化和意识的差异提供了相互渗透和融合的可能性。

马克思主义艺术反映论重视意识的作用，荣格则强调了无意识在反映过程中的重要作用。从表面上看，荣格的无意识、原型理论与马克思主义的艺术反映论背道而驰。如果我们仔细考察荣格的无意识、原型理论以及它们与艺术创作的关系，便可发现从反映主体的内在精神背景和心理特征方面来看，它们是对马克思主义艺术反映论的有益补充。首先，马克思主义艺术反映论认为人的一切精神现象都来源于人的实践，都可以找到物质的根源。马克思曾多次讲过，人的五官的感觉、生命的机能是以往全部历史的产物，荣格集体无意识中的祖先的生命模式无疑是人类实践的产物。其次，马克思主义艺术反映论认为艺术从特定时代的现实生活中吸取精神养料，荣格则强调集体无意识是艺术表现的主要内容，同时特定时代社会显意识所缺乏的东西激励艺术家从集体无意识原型意象中吸取活力，从而产生出代表一种民族和时代的精神要求的作品。这与马克思主义关于艺术反映时代精神的原理相得益彰。再次，马克思主义艺术反映论强调艺术家在创作中的主观能动性，荣格从心理学角度主要强调了无意识在反映过程中的重要作用，强调情感的体验和直觉领悟。最后，马克思主义艺术反映论认为艺术的源泉是生活经验，荣格更加强调原始经验。荣格把从古到今的艺术作品分为两类，一类叫作"心理的"，另一类被称为"幻觉的"。心理的作品包括大部分古典作品及现实主义艺术创作，幻觉的作品主要包括古代神话、传说和许多西方现代主义的艺术创作。

荣格的无意识原型理论对于理解艺术创作具有深刻的启迪作用。它揭开了艺术创作中的非逻辑性、非理性的秘密，形成对马克思主义艺术反映论的有益补充。但同时，我们也要辩证地认识荣格理论的缺憾：过于夸大原型和原始经验在艺术创作中的作用，把艺术的源泉和动力放在挖掘原始经验上，把集体无意识看成纯粹的原始经验，切断了艺术与现实生活的联系。完整的人性需要意识与无意识的有机协调，同样，完美的艺术也需要意识与无意识的有机融合。

二、文学中的原型分析

荣格对原型和文艺心理学问题多有论述。《集体无意识的原型》《集体无意识的概念》《分析心理学与诗的艺术》《美学中的类型问题》《心理学与文学》等论著，更是较为集中地运用集体无意识理论阐明了他的文学观。荣格以集体无意识和原型为出发点观照艺术起源，在其基础上建构起来的原型批评理论涉及文学、人类学、神话学和心理学，并日益成为一种跨学科的研究方法，在文学批评界引起了广泛重视，对研究文本提供了一个全新的分析视角。如果说英国文化人类学家弗雷泽的《金枝》是原型批评的基础，它使批评家们学会了用神话的眼光观照文学，那么荣格的集体无意识理论为原型批评奠定了第二块基石，它使批评家们学会了从心理学的视角观照文学。"原型""神话"和"集体无意识"是原型批评的三个重要概念，它们以集体无意识为核心，相互联系、相互补充、相互说明，为这一新兴的批评学派注入了丰富的心理学内涵，使批评家们有可能透过神话和原型这些人类童年时代经验事实的凝聚和升华，洞悉人类心灵史的演变。

在《心理学与文学》中，荣格以《浮士德》为例，从原型批判对象、原型批判目的和作用等若干方面，对原型批判理论和方法的基本内涵和原则，以及其区别于单纯意识（理性）批判和单纯无意识（非理性）批判的特殊性质作了说明。荣格认为："不是歌德创造了《浮士德》，而是《浮士德》创造了歌德。……它所代表的东西尚未认识清楚，然而却根深蒂固地存在，这里有某种东西，它活在每一个德国人的灵魂中，而歌德则促成了它的诞生。"① 在荣格看来，一切伟大的艺术并不是个人意识的产物，而恰恰是集体无意识的造化。正像并非歌德创作了《浮士德》，而是德意志民族的浮士德精神造就了歌德一样。荣格认为，与其说是达·芬奇、米开朗琪罗、波提切利等创作了不朽的作品，还不如说是某种冥冥之中的集体无意识成全了他们的艺术悟性，使他们为艺术历史长廊留下了《最后的

① ［瑞士］荣格：《心理学与文学》，冯川、苏克译，生活·读书·新知三联书店1987年版，第142—143页。

晚餐》《摩西》《维纳斯的诞生》等。在马克思主义看来，人是历史的人，历史是人的历史，历史活动是人的历史活动。人的劳动、实践和生产活动是人类存在的第一个前提。"现代唯物主义把历史看作人类的发展过程。"①"在社会历史领域内进行活动的，是具有意识的、经过思虑或凭激情行动的、追求某种目的的人。"②正是德意志民族优秀的历史文化创造滋养了歌德，才使得他成为自己领域内的"奥林波斯山上的宙斯"③。正如恩格斯评论歌德的思想结构和文本结构时指出的："歌德在德国文学中的出现是由这个历史结构安排好了的。"④

荣格的艺术批评表现出两个方面的鲜明特色：一是将弗洛伊德的"艺术是无意识象征的定型"改写为"艺术是集体无意识象征的定型"；二是用"综合建构方法"补充或部分取代了弗洛伊德的"分解简化和因果还原方法"。在批评实践中，荣格对弗洛伊德的观点进行了补充、修正或批驳。在《集体无意识的概念》中，荣格用来说明集体无意识的例子，恰恰是弗洛伊德用来说明俄狄浦斯情结的例子——达·芬奇和他那幅著名的圣安妮、圣母玛丽亚和幼年基督的画。弗洛伊德认为，达·芬奇的这幅画与画家本人有两个母亲这一童年经历有着内在联系。荣格则认为这幅画所表现的还有一个非个人和超个人的神话母题。荣格认为，在神话和比较宗教领域里存在"双重血统"，即同时拥有来自人类父辈的血统与来自上帝的血统，例如赫拉克勒斯因不知情地受到天后赫拉的收养而获得了不朽。埃及法老在本质上且人且神，因而也经历了"两次诞生"，埃及神庙出生室的墙上刻绘着法老的第二次的神圣的孕育及诞生。基督教中基督通过在约旦河的洗礼，从水与精神之中获得了再生或者新生。荣格以对"两次诞生"的母题的解读，否定了弗洛伊德的看法。他指出：两次诞生的母题与两位母亲的幻想无处不在的联系应合了人类中一种普遍存在的需要。

原型批评试图发现文学作品中反复出现的各种意象、叙事结构和人物类型，找出它们背后的基本形式，进而发现人类精神真相，揭示艺术本质。原型批评在长期的发展过程中，它的人文表征变得愈加鲜明而具体，往往超越了时代、民族、

---

① ［德］马克思：《社会主义从空想到科学的发展》，《马克思恩格斯文集》第 35 卷，人民出版社 2009 年版，第 543 页。

② ［德］恩格斯：《路德维希·费尔巴哈和德国古典哲学的终结》，《马克思恩格斯文集》第 4 卷，人民出版社 2009 年版，第 302 页。

③ ［德］恩格斯：《路德维希·费尔巴哈和德国古典哲学的终结》，《马克思恩格斯文集》第 4 卷，人民出版社 2009 年版，第 272 页。

④ ［德］恩格斯：《诗歌和散文中的德国社会主义》，《马克思、恩格斯论文学与艺术》上册，人民文学出版社 1982 年版，第 492 页。

国家和意识形态而被普遍接受，成为原型意象。这些原型意象在文本结构中通过不断的移位和重建得以延续并被赋予新的文化历史内涵。正是因为每一原型意象对任何时代的任何作品都具有潜在的普遍一致性，所以在风格截然不同的文艺作品中，我们也可以看到深藏在文本内部的原型意象的共通之处。

在原型批评的发展中，一些西方论著不同程度地存在着偏重神话、原型而忽视集体无意识的现象，从而带给原型批评以某种原始主义与形式主义倾向。

第三节　拉　康

雅克·拉康（1901—1981），法国杰出的心理分析学家和心理学家，也是当代法国思想界非常有影响的人物之一，被称为"法国的弗洛伊德"。拉康个性独立，标新立异，极爱争论，擅长演讲。他的著作神秘、隐晦、充满诗意。1953 年 7 月，拉康在《象征，真实和想象》一文中，首次提出"回到弗洛伊德"的口号。同年 9 月，拉康于罗马大学发表了长篇报告《言语和语言在心理分析学中的作用和领域》，即著名的"罗马报告"，对弗洛伊德主义进行了一场革命性的改造。1960年，随着《主体的颠覆和在弗洛伊德无意识中的欲望的辩证法》的发表，他基本上完成了其理论建构的两大基石——主体理论和欲望学说，这构成了拉康式结构主义心理分析学的根本支柱，进而深深地影响了后现代主义思潮。

一、无意识的语言结构

拉康的理论及实践是心理分析学说发展的新阶段，他不满于心理分析学的过分主观化倾向，试图运用结构主义语言学的科学性来加以修正。针对无意识与语言的关系问题，拉康对弗洛伊德主义进行了重新阐释，实现了对传统心理分析学的一次语言学革命。无意识理论是拉康整个心理学理论赖以建立的基础，在这里，他和弗洛伊德产生了分歧。

首先，弗洛伊德认为无意识先于语言而存在，拉康则认为这两者几乎是同时出现的，并把无意识看作语言的产物。拉康最著名的论断是："无意识就是他人的话语。"① 这句话提纲挈领地表达了两方面的含义：其一，无意识和语言都不是自

---

① ［法］拉康：《关于〈被窃的信〉的研讨会》，《拉康选集》，褚孝泉译，上海三联书店 2001年版，第 6 页。

我内在的心理活动或机制，而是自我与非我间的主体际关系，因而包含着"他者"结构；其二，暗示了语言实际上先于无意识心理体验，由言语行为才产生了无意识。

其次，弗洛伊德把无意识看作纯粹的欲望本能，拉康则强调欲望是在无意识之后，即有了在结构和效果方面都不受主体约束与控制的语言之后才存在的。总是先有语言及相应的无意识的存在，才产生欲望，而且欲望的大显身手之处正是语言中超出意识控制的部分。因此，无意识是语言的一种特殊作用，是语言对欲望加以组织的结果。

最后，弗洛伊德认为意识是理性的，无意识是混乱的、任意的，非理性欲念在暗中有力地支配着意识。拉康则认为无意识是一种特殊的语言效果，具有语言一样的结构，是一个因为语言的差异运动而形成的欲望过程。无意识像语言一样有规律、有结构，像镜子一样能够折射出心理的和社会的想象世界。

拉康用心理分析的观念对索绪尔的语言学（详见本书第十三章）进行了改造。索绪尔认为符号分成能指和所指，能指是符号所产生的声音意象，所指是符号所代表的概念，它们依赖于同其他能指和所指的差异性建立自己的意义。能指和所指的关系是任意性的，但一旦关系确立，符号就被固定下来，并且符号的这两个功能相互对称、互相依赖。拉康颠覆了索绪尔确立的能指和所指的这种对称关系，认为两者之间的关系是不稳定的。他进一步指出有一个只有纯粹能指存在的领域，而且能指先于所指存在，这个领域就是无意识。对拉康来说，语言不是由符号构成的，而是由能指构成的。索绪尔强调所指，而拉康强调能指。索绪尔将能指与所指置于平等地位，而拉康却提出了一个激进的观点，即所指不过是能指的产物。拉康认为意识中的话语由符号构成，无意识中的话语则是由那些同所指分离的能指构成。能指与主体的联系基于一个简单的事实，即人类是一种符号生物、语言生物，人类使用语言的目的就是满足表达欲望。

拉康赞同索绪尔关于能指、所指间的关系具有任意性的说法，认为个体心理的无意识状态正是个体欲望的能指与所指之间的随意对应的状态。为了使这种状态得到控制，就需要一个他者——语言，只有语言自身作为一种规则的介入才能够使个体欲望发展步入正轨，使原本处于无意识层面上的能指拥有明确的所指意义。

针对弗洛伊德的名著《释梦》，拉康进行了结构主义语言学的解读。弗洛伊德认为，梦的本质是无意识中被压抑的欲念经过伪装后的满足，其基本途径是移置和压缩。拉康就把梦这种无意识心理现象并入语言结构的范围，进而用语言学方法对梦进行结构的分析。他的基本策略是用修辞理论来替换和重释弗洛伊德的梦的理论，即对弗洛伊德的移置、压缩等概念作了修辞学的改造。拉康认为，省略或烦琐、倒置或合并、退行、重复、并列等这些都是句法上的移置，隐喻、误用、换名、讽喻、转喻和提喻等这些都是语文上的压缩，弗洛伊德用它们来分析主体由此而构成其梦境的各种意图。拉康则创造性地将雅各布森有关隐喻与转喻的概念同弗洛伊德的压缩/置换的概念结合起来，提出隐喻压缩和转喻置换的说法，认为这两种象征的表达方式为理解人的心理机制提供了一个模式。雅各布森认为隐喻和转喻是语言的两个显著特征，隐喻建立在字面所指事物和它的隐喻替代物相类似的基础上，而转喻则建立在字面所指事物和它的替代物相邻近的关系上。隐喻和转喻是二元对立的两极，语言在两者之间进行着选择、合并的双向过程，每一句话的形成都要经过"垂直的"选择和"水平的"的合并这两个过程，每一句话都是合并着选择出来的成分。拉康用心理活动中能指关系中的空缺理论来接纳、引入雅各布森的隐喻与转喻相对立的理论。弗洛伊德认为梦是符号通过移置与压缩向想象的回归，拉康则认为梦是符号通过隐喻与转喻向想象的转变。具体地说，隐喻是用一个能指代替另一被压抑的能指，是梦的压缩；转喻则是用一个能指代替另一不在场的能指，是梦的移置。这样，拉康将心理分析学的无意识编码原则和语言学的能指与所指有机地结合起来，构成了拉康式的无意识心理系统。

拉康把结构主义语言学运用于心理分析学研究中，构建了既不同于弗洛伊德心理分析学，又不同于结构主义语言学的理论体系。他在对人类的心理结构进行分析的同时，也对语言的结构、功能、意义以及语言与意识的关系等方面的问题进行了研究，这些都对文学理论的研究具有积极的促进作用。

二、镜像理论与文本解读

镜像阶段理论是拉康结构心理分析学的出发点，在他的整个理论体系中占有举足轻重的位置。在1936年发表、1949年又予以修正的演讲稿《作为"我"的功能形成的镜像阶段》中，拉康对镜像阶段作了详细的阐述：镜像阶段发生在6~18个月的婴儿生长期，在这个阶段中，婴儿能从镜子中认出自己，他虽然还不会说话，却会以不同寻常的面部表情和兴奋状态来表达他对这一发现的喜悦。起初，婴儿还不能区分自己的镜像与他人他物的镜像；后来，区别了自己的镜像与自己；最后，知道了自己的镜像是自己的形象，并认识到自己与别人别物是有区别和联系的。婴儿的这种喜悦的反应，是认出自己的开始，拉康把这个过程命名为"一次同化"，即婴儿与镜像的"合一"。这个镜中映像给了他全面的映像，使他能把昔日破碎的断片连缀成为一个整体，从而取得自我认证。所以，婴儿这种想象控制能力的获取是以成像认同为基础的。以镜像认同为基础，婴儿就逐渐变成有情感和观念的人了。镜像理论告诉我们：任何一种"认同"，本质上都是一种"误认"。虽然婴儿与镜中的形象达成了关联乃至合一，但是镜中之像毕竟只是虚幻之像而非人，因此，这种对镜像的认同，本质上都是误认。镜像理论对文学阅读和电影解读都有重要的启示意义。

拉康的镜像阶段理论是关于主体心理发展最初的一个阶段，是自我人格觉醒和确立的过程。在镜像阶段理论的基础之上，拉康又进一步提出了关于个性或人格的三界说：现实界、想象界、象征界。此三界理论与镜像理论互为印证，并进一步拓展了镜像理论。

拉康认为，现实界处于三界之中的最底层，是一种原始的混沌，不能被清晰地表达出来，相当于弗洛伊德的本我、康德的物自体。现实界与婴儿刚出生的状态相对应，这一阶段婴儿的主体性还没有确立，这也就是镜像阶段确立之前的主体的"空白"状态。现实界虽然不可言说且无规律可循，但它确实存在。在后来的梦境中，在无意识的行动中都能看到现实界的影子，它伴随着人的一生。

想象界处于三界的中间位置，属于人的主观意识领域，贯穿于个体发展的始终。在想象界的镜像阶段，婴儿所产生的只是意识的幻象和片段，没有完整和独立的自我。婴儿在镜中看到自我形象并错误地与其认同，这种认同的镜像只是一个虚幻的存在。这个阶段自我意识的错觉为完全发展的、带有自恋幻想的个体提供了前语言期的刺激。由于自身认知能力的不断更新与视阈的不断扩大，个体越来越不自恋般地关注"理想自我"，而更多地与外部融合，从而走向象征界，由"理想自我"向"自我理想"过渡。

象征界位于三界中最上层。当儿童形成了他者的观念并将自我与他者认同时，就开始进入了象征界。婴儿看着镜中的形象，通过主体语言对自己的镜像进行组织，因此，镜像是按以语言为主，包括法律、习俗等整个体制的象征界所组织起来的。象征界实际上是主体被凝视的阶段，即主体感觉到自己被凝视了。由此可见，拉康与弗洛伊德的差异很明显：弗洛伊德的"超我"是个体受到社会伦理的附加压抑而在无意识中形成的一种内在的妥协；而拉康的象征界虽然也属于无意识结构，但是它并没有受到外部力量的压制，而是主体在无意识中被他者认定的阶段。在这里，语言实际上起到了沟通想象界与象征界的作用。进入象征界就等于进入了语言，因为语言本身就是建立在缺失和缺席的前提上，语言总是先于我们，等待着指定我们在语言中的位置。

这三界虽层次上有异，但它们之间在时空上并没有明显的界限。三界之间是一种相互包容的关系，一环连着一环，每一环的错位都会导致个体人格形成混乱。镜像阶段是自我意识形成的关键时期，如果在这一时期主体心理发生了任何的偏差或者缺少作为他者的参照物，那么主体的自我意识将不能实现。在拉康的"象征秩序"中，人总是不断地在重复着镜像阶段的过程，人是在反复的认同—破灭—认同的螺旋模式中构成主体的发展和自我实现的。也就是说，人不断地经历认同镜像、发现之前认同的误认性、镜像破裂、走出镜像而后开始新的认识过程。此三界说实际上是对拉康的镜像理论的进一步拓展，将其所触及的范围从个体的人拓展到了整个人类集体，人类的整体发展轨迹不能脱离此三界而独立存在。

拉康的三界说，指向的是主体性的形成这一根本问题，即当人处于结构中不同的位置时，形成了相应不同的主体性。主体性不是一个固定的形而上学之物，它永远与人的"观看"位置有关。当人完全视而不见时，他就处于现实界，只具有客体性的意义；当人自以为看见其实有所不见时，他就处于想象界，形成了自为的主体性；当人能把握住见与不见背后的结构时，他就处于象征界，形成了自觉的主体性。

拉康对美国作家爱伦·坡的侦探小说《被窃的信》的解读正是其理论实践的产物。拉康在 1966 年编辑出版其此前 30 年的重要学术论文集时，打破了一般文集按年代编排顺序的做法，将作于 1956 年的《关于〈被窃的信〉的研讨会》置于首篇位置，可见这篇文章在拉康心目中非常重要。拉康的目的不是要进行一般意义上的文学批评，爱伦·坡的小说本身只是他拿来演示自己的理论观点的材料，即通过在一篇故事中展示主体从能指的旅程中接受决定性的定向来说明弗洛伊德的著作所揭示的真理。在《关于〈被窃的信〉的研讨会》中，拉康力图表达如下观点：象征能指链及其法则决定着与心理分析理论相关的主体性之效果，想象的产物在此过程中只是表现为影子和映像。一言以蔽之，象征秩序对主体来说是建构性的。

《被窃的信》讲述了一个窃信的双重故事。王后收到了一封密信，国王突然返回寝宫，王后在匆忙间只好把信倒扣在桌子上，认为这样不致引起国王的疑心。恰好此时大臣前来，他察觉到王后的慌张并发现了这封信，于是大模大样地用外表相像的另一封信换走了那封密信，王后碍于国王的在场只能眼睁睁地看着这封信被窃。之后，王后命令警长找回这封信。警长经过几轮地毯式的搜索一无所获后只好求教于侦探杜宾。杜宾经过推理，认定大臣必定效仿王后的做法把信藏在明处，结果发现密信经过伪装随便插在壁炉架上挂着的袋子里，遂引开大臣的注意力在原处放了一封相似的信并把密信拿走。

拉康在这部情节并不惊险的小说中，发现了一个重复的三角结构。（如下图一、图二）图一发生在王后的卧室，国王、王后和大臣分别代表了现实界、想象

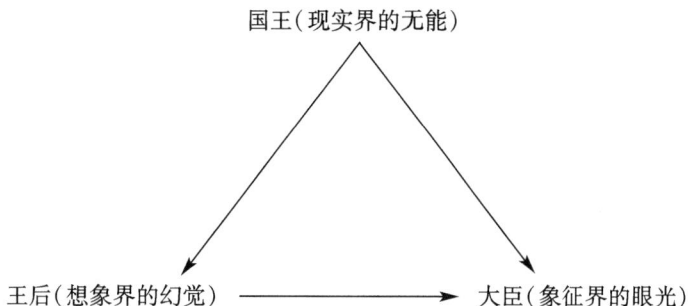

图一

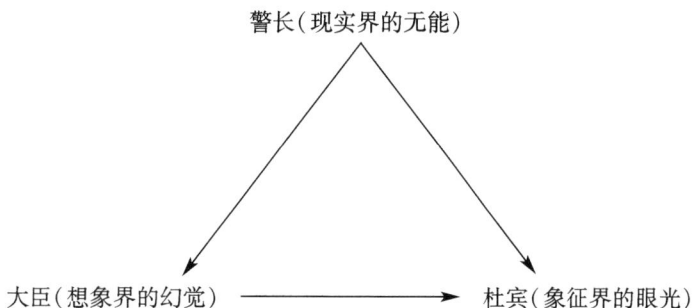

图二

界和象征界的三角形。国王代表了唯实论者的无能，书信虽然就在他的面前，可他视而不见；王后掩耳盗铃，沉湎于幻觉、想象和错觉中，代表想象界的脆弱；大臣看透国王的无能和王后的幻想，代表象征界的眼力。图二发生在大臣的家里，在这里发生的一切是对图一结构的重复。警长自以为侦探技术高明，目空一切，代表唯实论者的无能；大臣自以为是，误以为自己隐藏信件的方法已经成功，从而成为想象界幻觉的牺牲品；杜宾看出警长的无能和大臣的错觉、幻想，找到了书信，再次代表了象征界的眼力。通过结构的重复，权力转换和主体颠覆清晰地展现在读者的面前。

作为能指的信的所有权和隐蔽性成为拉康分析的重点。因信的内容不为读者所知，它是漂浮的能指，对信的角逐体现了一种权力关系。拉康通过沿着能指（即"被窃的信"）的替换轨迹对文章进行了分析，并充分证明了能指举足轻重的地位。拉康指出，信的位置在被窃过程中的变化，决定了故事中人物的行为。对于王后来说，这封信随着它的被窃意义发生了改变；对于大臣来说，这封信也随

着杜宾的发现而改变意义。概言之，随着信的持有者的不同，信的意义也在发生着变化。信随着它的给定象征改变了对于信的实际想象，进而改变实际的人生。王后控制着这封信，信的能指是一种安全的状态。信被大臣偷走以后，信对于王后的给定象征由控制变成了被控制的状态，信的能指变成了不安全的状态，信的失窃使王后深感不安。最后，侦探杜宾将信交还给了王后，并留下了一封写有两行诗的替换信，有意让大臣知道是他窃取了那封信。他因此被拖曳进了三角结构的二号位，即他也像王后、大臣那样陷入了想象的错觉之中。作为分析者的杜宾尽管能够理解第二个场景只是第一个场景的重复，但自己也受困于这一过程。拉康的分析试图表明，一旦拥有了信，个体在三角结构中的位置就会变化，会陷入一种幻觉和错觉，因此在这个三角结构中，没有人会真正地获胜，真正的胜者是那封信（能指）。信的易手过程类似于能指在语言链上的位移运动，《被窃的信》成为拉康关于语言符号（即能指），支配话语主体的隐喻。在此，拉康对弗洛伊德的无意识理论作了结构主义的发挥：在弗洛伊德那里，无意识领域对主体的支配是盲目的冲动；而在拉康这里，支配者是具有某种深层结构的能指链条。

　　针对拉康对《被窃的信》的解读，德里达发表了《真理的转换站》一文加以驳斥。之后，巴巴拉、霍兰德也对拉康的分析作了自己的阐释，从而为解构主义和读者反应批评的发展铺平了道路。从这个意义上讲，拉康对于《被窃的信》的分析具有不可低估的意义。

小　结

　　心理分析文论是弗洛伊德开创的心理分析理论在文学批评领域运用和拓展的结果。弗洛伊德、荣格和拉康分别以具体文学文本为例，呈现了文本的欲望维度、文化维度和语言维度，为文学批评提供了具有可操作性的理论模型和方法，并共同推动了文学批评从文学外部研究逐渐深入人物的内在精神世界。心理分析文论的主要特色在于，通过具体的文本分析去解释文学的心理动力和意义的生成模式。他们认为，文学的本质是被压抑的无意识欲望的符号化显现，文学批评的对象主要在于文本语言的隐含层面，文学研究的重点是文本显意和隐意之间的复杂转化关系，具体的研究方法则是用梦境分析法来解读文学文本，力图穿越文本表层而直达其深层内涵。

　　在拉康之后，心理分析运动持续发展，并在三个主要方面显示出了巨大的社会影响力。其一为科学研究，即以研究和治疗各种精神类疾病为目标的临床医学实践。其二为文化研究，即围绕电影、文学、女性主义而展开的深切的文化关怀。其三为后殖民主义研究，即在全球化的语境中表达着文化反抗的诉求。从 20 世纪后半期到现今，文化研究和后殖民主义研究一直居于学术主流的地位，形成一种全球化时代的"文化论转向"。

近一个多世纪以来，尽管传统弗洛伊德心理分析理论及其方法不断受到新出现的批评理论的挑战，但是心理分析不可否认地为探索人类精神领域开辟了一个全新的批评范式。因此，当代众多的文学批评家都以心理分析话语为出发点进行批评理论和方法上的探索。正如巴赫金在《弗洛伊德主义》中指出的那样，心理分析学不是表面的时髦，而是欧洲资产阶级的某些本质方面比较稳定和深刻的表现。心理分析形成了精神病疗法和普通心理学，最后形成了文化哲学，是现代的富有代表性的学派。

我们要站在马克思主义哲学的高度，用整体性、系统性的方法全盘考查弗洛伊德的思想，取其精华，去其糟粕，不仅要克服其非理性主义的泛滥，而且要积极地吸收其中的合理因素。20 世纪 20 年代末、30 年代初，以奥地利的威廉·赖希和美国的赫伯特·马尔库塞、埃里希·弗罗姆为代表，产生了弗洛伊德主义的马克思主义。作为西方马克思主义的流派之一，该流派声称要把马克思主义与弗洛伊德的心理分析学说综合起来，更注重从个体层面来认识并分析社会发展的基础，把人的心理个性结构分析嵌入马克思主义分析之中。这在一定程度上开拓了马克思主义的发展空间，为认识和分析当代资本主义提供了一个新视角。

但是，心理分析文论毕竟存在一个根本性的迷误，就是仅仅满足于从个体内心深处去寻找文艺作品的无意识精神动力源，而忽略了这些无意识精神活动归根到底是人类社会实践的心理投影。正是社会实践或劳动过程的状况，会在个体内心深处留下复杂的无意识投影。同时，任何来自个人的文学创作，都不能不受到既成的历史文本的影响和制约。文学文本非但无法超越和摆脱历史结构，反而是历史结构在文本结构中的投射和折光。心理分析文论忽视了以劳动为基础的社会实践活动，也忽视了历史文本的复杂性，这都是我们应当警觉的。

思考题：

1. 为什么说弗洛伊德是"心理分析之父"？他的无意识理论对文学研究产生了怎样的影响？

2. 怎样认识弗洛伊德在《作家与白日梦》中提出的艺术家从事创作是性本能冲动升华的观点？

3. 荣格集体无意识理论的主要观点是什么？如何辩证地评价它？

4. 拉康的三界说是什么？他怎样运用此说分析美国作家爱伦·坡的侦探小说《被窃的信》？

5. 心理分析文学理论的主要特点是什么？

第十一章　俄国形式主义文论

概　　述

俄国形式主义是 20 世纪早期在俄国兴起的一股文学批评理论潮流，它主张研究文学的形式特征与艺术技巧。俄国形式主义诞生于 1914 年至 1915 年间，彼得堡诗歌语言研究会和莫斯科语言学学会相继成立之际①，在 20 世纪 20 年代达到全盛，在 30 年代后逐渐销声匿迹。诗歌语言研究会以维克托·什克洛夫斯基为首，成员包括艾亨鲍姆、雅库宾斯基、迪尼亚诺夫、日尔蒙斯基等，成员多是文学理论研究者，主要致力于运用现代语言学方法解决文学理论或文学史的基本问题。莫斯科语言学学会则以罗曼·雅各布森为首，成员包括维诺库尔、布里克、托马舍夫斯基等语言学家。它最初致力于俄国方言和民间故事的讨论，后来转向诗歌语言研究。总体而言，语言学学会是一场"语言学家进入诗学研究的集体性历险"，而诗歌语言研究会则是"语言学家和文学理论家两个边界分明团体的一次联合"②。

巴赫金是与俄国形式主义同时代出现的一位文论家，他既反对形式主义将语言与意识形态相剥离，也反对庸俗马克思主义的社会学批评，主张沟通文学艺术的内部因素和外部因素。他出生于没落贵族家庭，自幼多次迁居，有过俄罗斯、乌克兰、立陶宛等多民族文化环境的生活经历，并习得德、法、拉丁等多种语言，还接受了东正教神学影响，也曾研习过古典语文学，在彼得堡大学曾加入一个诙谐作品讨论小组，并受过康德哲学、爱因斯坦相对论的影响。独特的成长背景，使巴赫金具有了独特的理论个性。他早期致力于批判心理主义、形式主义和结构主义的研究，提出"超语言学"的理论，注重语言、心理与社会意识形态的辩证思考，后来又提出"对话""复调""狂欢化"等文学理论命题，成为了后结构主义思想的重要来源。

俄国形式主义与巴赫金思想的兴起，恰好处于 19 世纪终结和 20 世纪拉开帷幕

---

① ［俄］罗曼·雅各布森：《序言：诗学科学的探索》，蔡鸿滨译，见 ［法］茨维坦·托多罗夫编选：《俄苏形式主义文论选》，中国社会科学出版社 1989 年版，第 1 页。

② ［美］Victor Erlich, *Russian Formalism*：*History-Doctrine*（《俄国形式主义：历史与原理》），third edition，Yale University Press，1981，p. 66.

的关键时刻，两个世纪之交的标志性事件便是 1917 年爆发的俄国十月革命。这一时期，自由资本主义向垄断资本主义过渡。在俄国，列宁领导的布尔什维克政党取得了社会主义在一国内的胜利，同时，新生的苏维埃政权受到国际资本主义敌对势力的军事包围与经济封锁。在这种复杂的背景下，诞生于二月革命前夕的俄国形式主义具有进步和保守的双重特性，既坚持艺术的先锋性，反对代表 19 世纪保守思想的象征主义，又不改政治的保守性，抵制倾向布尔什维克革命思想的未来主义。由此，它也遭到了来自托洛茨基、卢那察尔斯基等苏维埃主流意识形态的强烈批评，最终宣布自我检讨放弃形式主义。巴赫金则由于其复杂的身世背景和丰富的学术经历，在一个动荡不已的时代中以其深湛的理论素养潜心构建出了"对话""复调"等一系列影响深远的学术思想。

第一节　什克洛夫斯基

维克托·什克洛夫斯基（1893—1984）是彼得堡诗歌语言研究会的主要创始人。1914 年出版《词的复活》，开始形式主义方法探讨。1930 年宣布放弃形式主义。先后发表《马雅可夫斯基的〈穿裤子的云〉》《论诗与玄奇的语言》《作为手法的艺术》《艺术的形式和材料》《散文理论》《怎样写电影剧本》《汉堡纪事》等论著。1930 年后，他的写作遍及文艺理论、作家评论与历史文学。这里仅介绍他在 1930 年前的形式主义文论方面的代表性观点。

一、诗歌语言与日常语言

诗歌，究竟有没有独特而不可替代的特质？20 世纪以前的诗人、文论家们多把目光聚集在情感和形象之上。浪漫主义诗人高调张扬自我情感的膨胀外化，象征主义诗人隐秘传递终极真相的形象暗示。诗歌要么是"心"的外化，要么是"理"的暗示。尽管诗歌在浪漫主义和象征主义时代获得了极大成就，但从一个更深的层面来看，这些探讨有着更多的哲学或宗教色彩，都还欠缺有关诗歌本身，特别是诗歌语言的深入探讨。我们还记得，古希腊哲学家苏格拉底在与智者希庇阿斯的对话中曾执着追问过"美本身"。这种本质论的追问，到了 20 世纪又得以各种颜面再度浮现。20 世纪初的西方思想经历了一次重大的路向调整，胡塞尔现象学、索绪尔语言学等思潮将哲学、语言学的聚光灯移回了"现象"和"语言"本身。而在文学领域，法国诗人瓦雷里更是认为日常语言是用以交流的，而诗歌语言则丧失了所指，使得语言本身成为被关注的对象，因此诗歌完全以自身为目的，纯粹展示自身的绝对秩序。这些来自语言学与诗学的转变，无疑就为俄国形式主义对"诗本身"问题的探讨作了相当充分的理论准备。

1913 年，在未来主义的一次讨论会上，什克洛夫斯基发表了题为《未来派在语言史上的地位》的学术报告，引起轰动。1914 年，他以该报告为基础整理出版了《词的复活》，拉开了俄国形式主义文论的序幕。什克洛夫斯基认为，以往象征主义对形象的关注是不能令人满意的，未来主义诗歌带给了我们一种更新的理解，诗歌的要义不在于形象，而在于语言，形象本身其实也是由语言所塑造的。因此只有更新我们的语言，才能更新人与世界之间的感受关系。显然，依据这一视角，诗歌探讨亟须由形象转向语言，文学的根本任务就是通过复活语词来恢复我们与世界的亲近感、新鲜感与趣味感。文学不再只为"心"和"理"服务，它必须开始关心自己，使自己成为一种可以津津有味进行品鉴赏玩的语言艺术品。

由此，对"诗本身"的探讨落脚在了诗歌语言上，这便成为了整个形式主义的思考出发点。诗歌语言研究会成立后，什克洛夫斯基开始明确以诗歌语言为探讨路径，试图替文学艺术的自律性寻找到坚实的科学基础，这一努力完整地体现在其著名论文《作为手法的艺术》中。

首先，在影响文学的外部因素与内部规则之间，什克洛夫斯基倾向于探讨语言这一文学的内部要素：一方面，承认语言受社会关系的影响，另一方面，又强调词语不是现实的影子。在他看来，词的寿命应比现实社会关系更长久。这种对语言因素本身的看重，明显受索绪尔共时语言学理论的影响，为形式主义文论奠定了反历史意识的理论基调。

其次，在决定文学内部规则的各种要素之间，什克洛夫斯基倾向于肯定手法的基础地位，批驳传统对形象的重视。自别林斯基到波捷布尼亚，乃至象征主义，"艺术是形象思维"一直都是俄国文论的主流观点。他认为这个论点存在两个问题：第一，有些艺术不靠形象来思维，甚至有些艺术并不是一种思维方式，比如抒情诗、音乐、建筑。第二，在文学艺术发展历史中，形象本身是停滞不变的，真正的诗歌发展依靠的并非形象的创造，而是形象的配置与加工的手法。因此，艺术手法而非艺术形象才是诗歌发展的要义。

最后，聚焦到文学中以语言为核心的手法本身，什克洛夫斯基提出了与形象思维相对立的诗歌言语。波捷布尼亚和象征主义认为"诗歌＝形象性＝象征性"，什克洛夫斯基则指出，这一观点没有分辨诗歌语言和散文语言。诗歌语言是一种加强印象的手段，创造的是诗意性形象；散文语言则是一种思维实践的手段，创造的是散文式形象。诗歌与散文都创造形象，形象不构成二者的区别。两者的真正区别在于：诗歌不是一种思维，而是以诗意语言强化印象的一种手段。此外，美学家斯宾塞曾提出"节省注意力"的观点，认为诗歌是"要最少地耗费力量，或者说，要得到最大的效果"。维谢洛夫斯基更是说："高超的文体恰恰就妙在以最少的字数传出最多的思想。"① 但什克洛夫斯基却认为，这并没有分辨诗歌语言和实用语言。他举例指出，日语诗歌语言中有些音就是日语口头语中所没有的，诗歌语言中还允许日常有发音难度的音组合起来，这些现象都表明了诗歌语言和实用语言的对立。与斯宾塞和维谢洛夫斯基的看法迥异，什克洛夫斯基强调诗歌语言的"难度"而非"节省"。

在与散文语言、实用语言相区分的基础上，他作出了对诗歌言语的界定：

> 我们给诗歌下定义：它是一种障碍重重的、扭曲的言语。诗歌言语——是一种言语结构。散文——则是普通言语：节约、易懂、正确的语言。②

这一独特界定，是通过分析诗歌语言的内在规则而获得的。从直观经验上，诗歌语言的障碍性和扭曲性，与散文语言的节约性和易懂性构成了鲜明对比；从理论依据上，两者对比的关键是将语言视为言语结构，诗歌语言有着更多的系统自律性要求。这里隐现着康德以来的艺术自律论美学思想在诗歌研究中的幽微踪迹。无疑，什克洛夫斯基对诗歌语言的界定，强调了诗歌语言与日常语言所造成的心理经验效果差异。诗歌语言不会是直截了当、一览无余的，其本质在于，它可以提供一种似乎脱离于日常交流而别有意味的语言效果。

此外，就诗歌语言与日常语言问题，托马舍夫斯基从语言功能方面也进行过探讨。他认为，日常语言是传递消息的手段，具有交际功能，文学语言更重视语言表达本身，注重词语的选择和配置。因此，他区分了艺术语与实用语："包含着表达意向的话语被称为艺术语，以区别于不包含这种表达意向的实用语。"③ 值得关注的是，托马舍夫斯基更进一步指出，艺术语言并不等于艺术作品。艺术作品

① 斯宾塞与维谢洛夫斯基的观点，均转引自［苏］什克洛夫斯基：《散文理论》，刘宗次译，百花洲文艺出版社 1997 年版，第 8 页。
② ［苏联］什克洛夫斯基：《散文理论》，刘宗次译，百花洲文艺出版社 1997 年版，第 22 页。
③ ［俄］托马舍夫斯基：《艺术语与实用语》，见《俄国形式主义文论选》，方珊等译，生活·读书·新知三联书店 1989 年版，第 83—84 页。

的本质不在于具体表达的特性上，而在于将表达结合成为统一体，在于词语材料的艺术构成。可见，无论是什克洛夫斯基，还是托马舍夫斯基，对于形式的理解，都是通过基于对诗歌语言的理解而展开的。

二、陌生化与突出

既然诗歌语言要造成一种特殊的接受障碍和表达意向，那么什克洛夫斯基就为诗歌语言的这一特殊效果创造出了"陌生化"这一核心理论表述：

> 正是为了恢复对生活的体验，感觉到事物的存在，为了使石头成其为石头，才存在所谓的艺术。艺术的目的是为了把事物提供为一种可观可见之物，而不是可认可知之物。艺术的手法是将事物"陌生化"的手法，是把形式艰深化，从而增加感受的难度和时间的手法，因为在艺术中感受过程本身就是目的，应该使之延长。艺术是对事物的制作进行体验的一种方式，而已制成之物在艺术之中并不重要。①

在此，他将艺术语言的构成特点称为"陌生化"，这一概念的提出基于他的整体艺术观：

第一，艺术要与日常生活相区分。他指出，艺术的目的是要恢复人对生活和事物的体验与感受。日常生活使得我们对事物的感受往往沦为一种无意识的自动化状态，视而不见，觉而不察。相比日常生活的"去感觉化"，艺术则致力于唤醒我们对于事物的"存在"的感受。

第二，艺术要与科学认识相区分。他指出，这种"存在"感受，通过"可观可见"而非"可认可知"而获得。正是认知态度造成了我们知觉的机械性，所以，艺术不是要对事物形成认知上的理解和把握，而是要对事物产生观感上的视觉效果与印象。

陌生化理论，是指通过形式的艰深化，增加审美主体对审美客体的感受难度，同时延长感受时间。它的核心仍是"形式即手法"，无论是"形式艰深化"，还是"对事物的制作进行体验"，都是强调以形象、语言为基本材料进行特殊组织、结构和配置的过程。因此，"制成之物"无关紧要，重要的是"制作过程"本身。陌

---

① ［苏联］什克洛夫斯基：《散文理论》，刘宗次译，百花洲文艺出版社 1997 年版，第 10 页。引文中的"陌生化"，原译为"奇异化"，也有译为"反常化"，这里统一用"陌生化"。

生化正是这一特殊过程及其所带来的特殊效果。

在什克洛夫斯基看来，托尔斯泰的作品是使用陌生化手法的典范："他不说出事物的名称，而是把它当作第一次看见的事物来描写，描写一件事则好像它是第一次发生。而且他在描写事物时，对它的各个部分不使用通用的名称，而是使用其他事物中相应部分的名称。"① 他详细分析了托尔斯泰的小说《霍尔斯托密尔》。在这部作品中，托尔斯泰采用了一匹马的视角来讲故事。这匹马总是对人们口中冒出的"自己的""我的""他的"这类词语搞不懂，只是感觉似乎跟自己和马厩总管之间有某种关系，但到底是什么关系无法理解。直到很久以后才弄明白，人类之间关于某一件东西只能有一个人可以说"我的"，谁能够把最多数量的东西称为"我的"，谁就会被认为是最幸福的人。因此，这匹马得出结论：人与动物的区别在于，人类在生活中追求的不是去做他们认为最好的事，而是尽可能把更多的东西称为"我的"。什克洛夫斯基指出，托尔斯泰在这篇小说中正是以一种陌生化的手法展现出了私有制这种观念。

基于陌生化概念，什克洛夫斯基在对艺术史的阐释中，进一步提出了"突出"的命题：

> 艺术作品是在与其他作品联想的背景上，并通过这种联想而被感受的。艺术作品的形式决定于它与该作品之前已存在过的形式之间的关系。艺术作品的材料必定特别被强调，被突出。不单是戏拟作品，而是任何一部艺术作品都是作为某一样品的类比和对立而创作的。新形式的出现并非为了表现新的内容，而是为了代替已失去艺术性的旧形式。②

陌生化是针对习惯化、程式化的日常认知态度而提出的，"突出"则将这种对习惯化、程式化的"抵抗"挪移到了对艺术史的理解中。什克洛夫斯基强调，艺术的意义在于创造新形式，新形式之所以显出"新"，是与已存在的旧形式对比而言的。一部真正具有新形式的艺术作品，应该是突出的。所谓"突出"，具体是指艺术作品的材料通过形式得到更鲜明的强调，甚至可以说，材料应该被形式"大声喊出来"。突出，不是简单模仿，而是有意识地与已有作品形式保持对立的自觉创作。由突出这个观念出发，艺术史应该是一部新形式取代旧形式的历史。这样来

---

① ［苏联］什克洛夫斯基：《散文理论》，刘宗次译，百花洲文艺出版社1997年版，第11页。
② ［苏联］什克洛夫斯基：《散文理论》，刘宗次译，百花洲文艺出版社1997年版，第31页。

看，突出原则其实就是体现在艺术史观中的陌生化理想，同时也隐含了早期形式主义学派在历时思考方面的某些特点。

这种陌生化和突出的思想，后来影响到布拉格学派的穆卡洛夫斯基，形成了更具系统化的突出理论。穆卡洛夫斯基将语言视为一个系统，标准语言形成了语言系统的规范性背景，而诗歌语言则是对这一规范的有意违反和扭曲。他将一首诗同样视为一个系统，其中有些成分被突出，有些成分则自动化成为背景。突出与自动化相对立，是指非自动化的语言成分："诗的语言的功能在于最大限度地把言辞'突出'。""客观地说，自动化使一事件程式化，突出则意味着对这种程式的破坏。"① 实际上，穆卡洛夫斯基在此已经是在结构主义的新视野中来推进对陌生化问题的系统理解了。

陌生化和突出，作为早期俄国形式主义的两个核心概念，其实质是一种静态式、经验型面对文学艺术的方式。它们的局限在于，将文学活动与生活现实、历史意识相割裂，把文学仅仅视为一种自足的心理经验（陌生感受）、一种表面的形式突变（突出原则）。一旦我们引入人类生活的整体视野，就会发现，文学既是感性形式的，更是社会实践的，它的感性形式是伴随社会实践的发展而逐渐生成、成熟、老化乃至被取代的。只有在艺术形式的探究中注入现实意识和历史意识，才能从根本上揭示出艺术感受和艺术技巧的"前世今生"。

第二节　雅各布森

罗曼·雅各布森（1896—1982），莫斯科语言学学会的主要创始人。雅各布森于 1920 年移居捷克斯洛伐克，1926 年成立布拉格学派，1941 年迫于犹太人身份流亡美国，先后任职于纽约社会研究所、哥伦比亚大学、哈佛大学。他既是语言学家，又是诗歌批评家。他较早运用索绪尔语言学进行诗学研究，在布拉格时期又推演出结构主义语言学思想，并建立了一种语言学诗学批评方法。雅各布森还是俄国形式主义与法国结构主义两大文学思潮传承过渡的核心人物。他的代表论著有《现代俄罗斯诗歌》、《论捷克诗歌》、《论艺术的现实主义》、《文学和语言学的研究问题》（与迪尼亚诺夫合著）、《主导》、《语言学与文学》等。这里主要介绍

---

① ［捷克］穆卡洛夫斯基：《标准语言与诗的语言》，邓鹏译，见伍蠡甫、胡经之主编：《西方文艺理论名著选编》下卷，北京大学出版社 1987 年版，第 418 页。

雅各布森在莫斯科与布拉格时期的代表性观点。

一、文学性与主导

如果说什克洛夫斯基擅长撰写宣言，那么雅各布森则更重视科学分析。作为语言学家，雅各布森致力于借助语言学介入诗学研究，建设一种符合文学特性的文学科学。因此，雅各布森的形式主义探讨可以称为语言学诗学。

雅各布森的语言学诗学奠基于"文学性"（literariness）这一根本观念。什么是"文学性"？雅各布森在 1921 年发表的《现代俄罗斯诗歌》一文中提出：

> 文学性是文学的科学对象，亦即使该作品成其为文学作品的那种内涵。各种科学也都可以利用作为有缺陷的第二手资料的文学文献，但是文学科学必须认定"手法"是它研究惟一的"主角"。①

就此而言，文学性可以从手法、语言、词三个层次展开递进式的理解：

首先，文学性作为手法。雅各布森指出，文学性是使文学成为文学的某种内涵。其实，这是比照科学研究而设置的客体对象，它体现了雅各布森诗学研究中强烈的科学化意识。他试图先确定诗学研究的规范对象，使文学研究成为真正的科学。诸如个人生活、心理经验、政治、哲学等传统的文学史材料，都只是"有缺陷的第二手资料"，是"文学文献"，而文学性的真正主角应该是"手法"。无疑，这一观点与什克洛夫斯基的理论形成了呼应。

其次，文学性作为语言。雅各布森认为，就艺术手法本身来看，音乐是声音材料组织成的样式，舞蹈是姿势材料组织成的样式，而诗歌则是语言材料组织成的样式。文学中的手法具体可以落实为诗歌的语言，它是一种具有自身独立价值的语言。这就为文学性探讨与语言学视野提供了结合的可能。

最后，文学性作为词。雅各布森强调，就诗歌语言而言，文学性表现在"词使人感觉到是词"，而不只是语言的现实所指或者诗人的主观情绪。更具体而言，表现在"获得了自身的分量和意义"的"词和词序、词义及其外部和内部形式"②。

---

① ［俄］雅各布森：《现代俄罗斯诗歌》，见［爱沙尼亚］扎娜·明茨、伊·切尔诺夫编：《俄国形式主义文论选》，王薇生译，郑州大学出版社 2005 年版，第 321 页。
② 转引自［捷克］库尔特·康拉德：《再论内容与形式的辩证法》，佟景韩译，见《美学文艺学方法论》下卷，文化艺术出版社 1985 年版，第 530—531 页。

立足于"文学性",雅各布森展开了较为系统的语言学诗学探讨。其主要成就包括:其一,语义论层面的"隐喻与转喻"理论;其二,系统论层面的"诗的功能"理论。

第一,隐喻与转喻。索绪尔语言学认为,语言意义的生成基于句段关系和联想关系。前者是组合功能,可以连词成句;后者是选择功能,可以在相似表达中选择恰当词语置于句中。雅各布森将这一思想运用于诗学研究,在文学作品中发现:隐喻与语言构建的选择功能一样,基于相似性原则;转喻则与语言构建的组合功能一样,基于相关性原则。这两种关系存在于词语、句法等各个层面,是文学意义生成的基本方式。因此,隐喻与转喻由传统的修辞格而提升为了文学性的两种基本构成方式。雅各布森认为,抒情诗歌、浪漫主义偏向于隐喻式意义建构,散文小说、现实主义侧重于转喻式意义建构,甚至绘画、电影等其他艺术类型的意义生成也均在这两种"语义学途径"① 的控制之中。

第二,诗的功能。雅各布森认为,诗学的首要问题是:"究竟是什么东西使一段语言表达成为艺术品?"他指出,要回答这一问题,必须弄清楚诗歌语言同其他语言之间的区别。与什克洛夫斯基区分文学语言和日常语言不同,雅各布森引入了"功能"视角。在他看来,诗歌语言与其他语言的区别,实质是语言功能的侧重不同。他将普通语言视为一种言语沟通活动,包括发送者、接受者、语境、信息、接触、信码六个要素,每种要素都对应语言的一种功能:情绪功能、意动功能、指称功能、诗的功能、交际功能、元语言功能。雅各布森反对将诗简单归结为诗的功能,而是采取系统论思考方式,认为"诗的功能并不是语言艺术的惟一功能,而是它的主要的和关键性的功能"② 。这意味着他突破了什克洛夫斯基的陌生化理论,诗歌语言不再是一种自足存在的特殊语言,而被理解为诗的功能占主导地位的一个普通语言功能系统。

在对文学性的语言学探索过程中,雅各布森逐渐走向了结构主义语言学。语言学方法论的突破,使他提出了"主导"(the dominants)理论:

> 一件艺术品的核心成分,它支配、决定和变更其余成分。正是主导保证

---

① [俄]雅各布森:《隐喻和转喻的两极》,见[法]福柯等著:《激进的美学锋芒》,周宪译,中国人民大学出版社 2003 年版,第 417 页。

② [俄]雅各布森:《语言学与诗学》,滕守尧译,见赵毅衡编选:《符号学文学论文集》,百花文艺出版社 2004 年版,第 180 页。

了结构的完整性。①

由此可见，雅各布森受索绪尔语言学影响，发展出了一种结构主义思考方法。他将艺术作品理解为一种共时结构，其内部核心成分决定了整个结构的性质。"主导"的意义在于，它完全突破了"艺术是陌生化手法"这种早期形式主义对艺术的单纯理解。艺术不再与非艺术简单对立，文学语言也不再与日常语言简单对立。在雅各布森看来，艺术、语言、词成为了种种不同层面的结构，这些结构本身都是异质体，它们的性质是由结构中的主导成分所决定。按照雅各布森的解释，主导概念从多方面拓宽了我们对文学的理解。

第一，艺术风格上，不同时代、不同艺术家、不同诗派，均有不同的主导成分，是主导的差异影响了诗歌中时代风格、作家风格、流派风格的面貌；第二，艺术功能上，诗歌不等同于单一的美学功能，早期形式主义孤立自足的艺术观是错误的。一方面，诗歌除了美学功能，还有情绪、交际、指称等其他功能；另一方面，美学功能不仅存在于诗歌当中，诸如演说、新闻、广告等其他载体也可容纳美学功能。因此，诗歌仅是一种美学功能在其系统中占主导的语言信息。第三，艺术门类上，主导视野引发了过渡文类或边缘艺术的问题。在文学与其他艺术之间，插图是绘画与诗的过渡，浪漫曲是音乐与诗的过渡；在文学内部，书信、日记、笔记、旅行见闻等在特定时期都曾包含了文学的主导成分，作为文学形式发挥过重要作用。

主导关注单一艺术内部各成分之间、各艺术门类之间的转换、变形，使它成为了形式主义研究的新的中心问题。同时，有关"传统的继承与反叛"这个艺术难题也有了全新理解的可能：每件艺术品既保持着传统，又打破了传统。

二、文学史演变

早期的俄国形式主义者不赞同维谢洛夫斯基的历史诗学，他们反对发生学和传记式的文学研究。无论陌生化，还是文学性，最初都是作为一种静态方法论而提出。但是，1921 年后，俄国形式主义也逐渐将目光投入文学史领域。其中，雅各布森的努力和成就较为显著。

1921 年，雅各布森发表《论艺术的现实主义》一文，展现了他对文学史探讨

---

① ［俄］雅各布森：《主导》，任生名译，见赵毅衡编选：《符号学文学论文集》，百花文艺出版社 2004 年版，第 8 页。

的独特思路。雅各布森认为，传统的艺术史和文学史缺乏科学性，更像是随笔，原因在于：第一，传统的艺术史和文学史缺乏明确界域。它们包罗万象，交织着心理学、哲学乃至社会问题，在不同主题间跳跃。第二，传统的艺术史和文学史缺乏科学术语。它们使用日常语言词汇，没有严格的界定和筛选，无视术语的一词多义问题。因此，雅各布森试图探索一种颇具形式主义特色的文学史研究途径。他聚焦于"现实主义"这个常见术语，尝试通过对它的梳理来提供一种独特的文学史探讨途径。

首先，雅各布森提出，应该对被广泛滥用的现实主义作严格的理论辨析。根据术语现有使用状况，他总结了现实主义的两种基本解释：定义 A，把有关作者提出的他认为是真实的作品称为现实主义的；定义 B，凡是评论作品的人感觉是真实的作品，就称为现实主义的。前者偏重作者对作品真实性的决定权，后者偏重受众对作品真实性的判断权。

其次，雅各布森指出，这两者的内部和外部还同时并存着其他若干种不同理解。定义 A 的内部又可分为 A1 和 A2——定义 A1：作者具有改变现有艺术标准的倾向，此倾向被理解为接近现实；定义 A2：作者具有维持现有艺术传统的倾向，此倾向被解释为忠实现实。定义 B 的内部又可分为 B1 和 B2——定义 B1：受众是当前艺术习惯的变革者，将改造艺术习惯理解为接近现实；定义 B2：受众是当前艺术习惯的保守者，将改造艺术习惯看成是歪曲现实。定义 C：现实主义是 19 世纪一种艺术流派的特征与总和。定义 D：现实主义是一种小说手法，主人公首先一定要遇见与主要内容无关的某人，他们的谈话也与情节无关。定义 E：现实主义诉求于一种合乎逻辑的证据。雅各布森认为，艺术史家和文学史家其实从来没有弄清楚过这些不同含义的区分，而是把现实主义当作一个普适性术语来运用，导致了这个术语的含混性滥用。

雅各布森对现实主义的上述探讨，体现了形式主义在文学史方法论上的一些特点：第一，坚持科学性。文学史研究不能随意使用术语和选择对象，术语和对象必须经过严格筛选和辨析，有明确范围和内涵；第二，凸显文学性。文学史研究无须关注作家心理、时代哲学或社会问题，而应聚焦文学现象本身的文学性，如现实主义得以界定的诸多艺术标准、艺术手法和艺术配置；第三，强调共时性。文学史研究不能将文学简化为在时间轴上连续不断地发展演变，任何文学史对象（如现实主义）都是一个处于历史流变背景中的共时异质系统。

数年后，俄国形式主义的另一位学者迪尼亚诺夫写作了《论文学的演变》，提出文学史研究可分为两种主要类型："一是关于文学现象起源的研究，一是关于文学变化性的研究，也就是这个系列演变的研究。"① 前者是传统的文学史研究，后者则是新颖的文学演变研究。文学演变研究，注重的是"系列"，即将文学和文学作品视为一个体系，不再通过简单罗列文学或非文学现象来解释文学发展，而是研究文学或文学作品的系列内部或系列之间的种种关系。迪尼亚诺夫认为，"文学事实的存在取决于其差别的性质，换句话说，取决于它的功能"②。其实，迪尼亚诺夫的"系列"和"功能"，已经带有了很强的结构主义色彩。文学演变再也不像早期俄国形式主义的主张，仅仅是新形式对旧形式的简单取代，而成为了一个在不同系列视野中进行差异定位和比较的问题。

1928 年，迪尼亚诺夫和雅各布森合作发表了《文学与语言研究诸问题》，它是俄国形式主义理论内部解体的一个重要标志。其主要理论主张有：第一，文学史即"结构"和"系统"。两位作者认为，传统的文学史研究惯于讲述情节片段和采用作者轶事趣闻来进行文学史阐释，真正的文学史研究应该摒弃运用混淆的术语和随意的现象阐释文学史的路径，建立起一种"系统的科学"。文学史是一种"具有某种极为复杂和特殊的结构规律"的系统。第二，把文学史视为"功能的等级"，文学史即"功能"。传统文学史关注发生学的"文学影响"，文学演变则转而从功能角度探讨文学史演变。文学史需要关注功能，但更重要的是，界定诸功能在特定时代的文学中的不同等级及其造就的文学史面貌。第三，把文学史视为"系统的进化"。综合共时性和历时性视野，文学既是一个系统存在，也是一个进化物。文学演变是系统的演变，文学系统是演变的系统。由此，雅各布森和迪尼亚诺夫借鉴结构主义思想，用"系统""结构""功能""演变"这几个关键词，对文学史演变的阐释提出了一个较完整的方法论新框架。它由系统内部的规律、系统本身的演变、系统与系统之间的关系、系统间关系的演变四个层面组织而成。

当雅各布森后来又补充进"主导"这一观念时，他的文学演变观得以最终形成："诗的形式的演变，与其说是某些因素的消长问题，不如说是系统内种种成分之间相互关系的转换问题，换句话说，是个主导成分转换的问题。"③ 但是，这一

---

① ［俄］迪尼亚诺夫：《论文学的演变》，蔡鸿滨译，见［法］茨维坦·托多罗夫编选：《俄苏形式主义文论选》，中国社会科学出版社 1989 年版，第 101 页。

② ［俄］迪尼亚诺夫：《论文学的演变》，蔡鸿滨译，见［法］茨维坦·托多罗夫编选：《俄苏形式主义文论选》，中国社会科学出版社 1989 年版，第 104 页。

③ ［俄］雅各布森：《主导》，任生名译，见赵毅衡编选：《符号学文学论文集》，百花文艺出版社 2004 年版，第 11 页。

文学演变观是否真如雅各布森所言属于形式主义抑或属于结构主义，就值得深思了。

雅各布森尽管提出了系统功能论和主导演变论，但和什克洛夫斯基一样，其实质仍是一种语言论形而上学思维。他的局限在于，其讨论的文学的系统功能或主导演变，都是与社会实践背景相割裂的。正如詹姆逊批评什克洛夫斯基时指出的那样，这种文学史观关注的仅仅是"一种表面现象"，"破坏了对形式变迁的任何真正意义的历史意识"[①]。唯有从雅各布森看重的语言意识深入下去，探究到语言本身所具有的社会实践性质，才可能获得形式变迁的历史真相。

第三节 巴 赫 金

米哈伊尔·米哈伊洛维奇·巴赫金（1895—1975），苏联文学理论家、批评家，20世纪最有影响的思想家之一。巴赫金出生于一个没落贵族家庭。1924年始，以沃洛希诺夫、梅德维捷夫等朋友的名义发表一系列论著。1929年，因参与东正教神学讨论而遭流放，后历任中学和大学教师。代表论著有《弗洛伊德主义批判纲要》《文艺学中的形式主义方法》《马克思主义与语言哲学》《陀思妥耶夫斯基的诗学问题》《长篇小说话语》《拉伯雷的创作与中世纪和文艺复兴时期的民间文化》等。这里主要介绍巴赫金关于超语言学、对话与复调、狂欢化与怪诞现实主义三个方面的观点。

一、超语言学

"超语言学"是巴赫金在20世纪20年代提出的一种独特的语言哲学观，它奠定了巴赫金思想的理论基础。

巴赫金是在批判传统语言学的基础上提出超语言学理论构想的，他指出传统语言学研究有两条主要路径：第一，个人主义的主观主义；第二，抽象的客观主义。第一种研究路径以18世纪德国语言学家洪堡为代表，将语言视为一种活动，一种由个人言语行为实现的连续生成构造过程，个人心理是语言的源泉，语言学任务就是从个人心理出发阐释语言现象。在这个意义上而言，语言是永恒流动的

---

① ［美］弗雷德里克·詹姆逊：《语言的牢笼》，钱佼汝译，百花洲文艺出版社1995年版，第48页。

言语行为流，不存在任何稳定一致的东西。第二种研究路径以 19 世纪瑞士语言学家索绪尔为代表，将语言视为一个体系，一个稳定的、不变的、由规则一致的语言形式构成的体系。语言体系先于并独立于个人意识而存在，语言规则存在于体系内部而具有客观性。言说的个人行为，只是规则的折射和变形。由此可知，语言的体系与历史之间无任何联系。巴赫金指出，第一种路径的问题在于漠视了主观心理的客观性，根本不存在纯主观感受，内在感受都是由外在因素组织而成，包括对话者、社会氛围、社会视野、社会听众等。第二种路径的问题在于漠视了客观体系的社会性，将语言与意识形态内容分离，把活的言语视为死的语言。但是，语言体系永远是一个不断形成的过程，并仅仅存在于使用语言的个体主观意识的相互关系之间。

以这种双重批判为基础，巴赫金进而提出"辩证的综合"：第一，表述具有社会性；第二，语言具有历史性。前者针对主观主义，后者针对客观主义。就此，巴赫金总结道："语言是活生生的，并且正是在这里历史地形成的，在具体的言语交际中，而不是在抽象的语言学的语言体系和说话者的个人心理之中形成。"① 由此，巴赫金勾勒出了一种超语言学的视野，它注重语言的历史性和社会性、内在性和外在性的交融，缝合主观性与社会性、共时性与历史性之间的裂隙，致力于构建起一种"以表述是一个言语的现实现象和社会意识形态结构为基础"的"马克思主义的语言哲学"②。巴赫金认为："超语言学，研究的是活的语言中超出语言学范围的那些方面。"③ 为此，他提出了符号、话语、多重音性、评价等理论观点，构建起了超语言学的基本框架。

第一，符号。巴赫金认为，一切意识形态都既是现实的，又是符号的。符号，意味着它代表在它之外存在着的某个东西。因此，哪里有意识形态，哪里就有符号。语言就是一种独特的意识形态符号。第二，话语。巴赫金指出，"话语是一种独特的意识形态的现象"，而且"是最纯粹和最巧妙的社会交际（手段）"④。在此，话语区别于语言和言语，语言是客观主义的规范性表达，言语是主观主义的个体性表达，话语则是以"社会交际"为核心特征的意识形态表达，它具有符号性、意识形态性、生活交际性、内部话语功能性等诸多属性。第三，多重音性。巴赫金认为，在每一种意识形态符号的内部都交织着不同倾向的重音符号。"每一

---

① ［苏联］巴赫金：《周边集》，李辉凡等译，河北教育出版社 1998 年版，第 448 页。
② ［苏联］巴赫金：《周边集》，李辉凡等译，河北教育出版社 1998 年版，第 450 页。
③ ［苏联］巴赫金：《诗学与访谈》，白春仁、顾亚铃译，河北教育出版社 1998 年版，第 239 页。
④ ［苏联］巴赫金：《周边集》，李辉凡等译，河北教育出版社 1998 年版，第 354 页。

个话语都是各种社会声音混杂和斗争的小舞台。"① 正是重音符号的交织纠缠，才使符号成为活生生和运动发展的。第四，话题、意义和评价。就如何理解话语这一问题，巴赫金区分了话题、意义和评价。他认为，话题是语言含义的表层界定，它说明某个确定的东西；意义是语言含义的深层界定，它不说明而只是拥有具体话题中意义的一种潜在可能性；评价则是指一切具体内容都包含在活生生的言语之中，它展现为社会评价或他者态度。

二、对话与复调

对话是巴赫金思想中最核心的概念，它与复调一起构成了巴赫金超语言学思想在文学研究中的一个重要延伸。经由对话这一总视角，他分析了文学在语言、心理、表述乃至哲学等层面所存在的对话性。

第一，语言层面的对话性。基于对传统语言学的批判，巴赫金指出："对话关系是超语言学的研究对象。"② 对话关系是明确传统语言学与超语言学两者差异的关键。传统语言学无视对话关系，把词、句法、话语乃至文献仅仅视为与实际生活环境相隔绝的规则。但语言的各个层面，从简单的词语到复杂的文献，其实都充斥着各种视角、立场乃至世界观的交流或冲突，因此，对话关系及对话交际才是语言生命乃至文学生命的真正所在。

第二，心理层面的对话性。基于对弗洛伊德主义的批判，巴赫金指出，精神分析学是一种主观心理学，它将心理冲突归结为意识和无意识的对抗，实质是将内在经验非历史化和非社会化。其实，无意识、力比多、本我等概念都建立在语言基础上，具有社会历史性："它是说话的人们相互作用的产物，广而言之，是发生言谈的整个复杂的社会情境的产物。"③ 因此，文学的心理经验其实是社会经验的间接表达，而社会经验又是在个体对话关系中形成的。

第三，表述层面的对话性。基于对俄国形式主义的批判，巴赫金指出，形式主义的问题在于使文学沦为一种臆想中的封闭孤立存在。文学表达的主要方式，不是形式主义强调的词和句子，而是"表述"。表述是人内心世界的统一复合体，不能简化为句法形式，任何具体表述都是社会行为，任何文学表述都是具有交际性的信息沟通，沟通的内容与沟通的形式、方法和具体条件不可分割。因此，文

---

① ［苏联］巴赫金：《周边集》，李辉凡等译，河北教育出版社 1998 年版，第 386 页。
② ［苏联］巴赫金：《诗学与访谈》，白春仁、顾亚铃译，河北教育出版社 1998 年版，第 241 页。
③ ［苏联］巴赫金：《哲学美学》，晓河等译，河北教育出版社 1998 年版，第 455 页。

学表述也是在对话交际中产生、接受和被理解的。

第四，哲学层面的对话性。巴赫金始终自认为是一位"哲学家"，他的哲学思想核心正是"对话主义"。超语言学、社会心理和文学表述，最终都指向"人的存在方式"这一终极问题。巴赫金认为："存在就意味着进行对话的交际。"[①] 对话主义认为，人的主体性在自我与他者的对话中形成，具有社会性、历史性和交互性，对话不仅是理解语言、心理和艺术的重要途径，更是理解人之本质的根本视域。

"复调"（polyphony）是巴赫金运用对话主义对陀思妥耶夫斯基小说进行探讨而提炼出的一个概念，通常也称为复调小说理论。巴赫金认为：

> 复调的实质恰恰在于：不同声音在这里仍保持各自的独立，作为独立的声音结合在一个统一体中，这已是比单声结构高出一层的统一体。如果非说个人意志不可，那么复调结构中恰恰是几个人的意志结合起来，从原则上便超出了某一人意志的范围。可以这么说，复调结构的艺术意志，在于把众多意志结合起来，在于形成事件。[②]

复调，原本是一个音乐理论术语，指的是一种独特的多声部现象：各声部的旋律相互独立，通过和声对位，各声部又组合为一个统一的多声部。复调，不是多调或无调，而是依据严格调性组织而成的多旋律交响乐。

巴赫金将复调作为一个隐喻，从音乐理论移植到文学批评，用来诠释陀思妥耶夫斯基小说的审美特性，即"有着众多的各自独立而不相融的声音和意识"组成的"真正的复调"。[③] 巴赫金将陀思妥耶夫斯基创作的这种小说视为一种全新体裁，即复调型小说。在复调型小说中，作者和主人公是平起平坐的，主人公的意识并不等于作者的意识，主人公的声音和议论有着特殊的独立性。与复调型小说相对的，是"独白型小说"。在独白型小说中，作者与主人公处于不平等的地位，作者之于主人公犹如造物主，作者声音和作者意志高度权威化，主人公则沦为依附于作者意识的无生命的客体对象。巴赫金认为，陀思妥耶夫斯基是复调型小说的代表，托尔斯泰则是独白型小说的代表。以《罪与罚》为例，在这本小说的开头，主人公拉斯柯尔尼科夫有了第一次内心独白。这次内心独白，看似属于拉斯

---

① ［苏联］巴赫金：《诗学与访谈》，白春仁、顾亚铃译，河北教育出版社 1998 年版，第 340 页。
② ［苏联］巴赫金：《诗学与访谈》，白春仁、顾亚铃译，河北教育出版社 1998 年版，第 27 页。
③ ［苏联］巴赫金：《诗学与访谈》，白春仁、顾亚铃译，河北教育出版社 1998 年版，第 4 页。

柯尔尼科夫"孤身一人的意识",但其实却是"他人声音争斗的舞台"。① 在此之前,主人公所经历的各种事件(母亲来信,同马尔梅拉多夫相遇),都反映到了他的意识中,变成了他同缺席者们(母亲、妹妹、索尼娅等)的谈话。小说存在着双重复调:第一,作为作者,陀思妥耶夫斯基没有使用独白的形式叙述现成的思想,而是将思想看作不同声音不同意识间演出的生动事件;第二,作为主人公,拉斯柯尔尼科夫自身思想的表达,也不是通过他本人在报上撰写的文章获得介绍,而是通过他与波尔菲里在现实生活中的争论,乃至他本人在内心展开的辩论而呈现出来的。而托尔斯泰的作品,却是一个浑然一体的独白型世界。其中,主人公的议论从属于作者描绘他的语言的牢固框架,甚至连主人公的最终见解,也是以作者议论作为外壳而获得表现的。因此,主人公的自我意识,仅仅是被作者预先确定下来。在托尔斯泰的世界中,不会出现第二个同等重要的声音,一切都在作者权威叙述的掌控之下。由此来看,复调型作品,具有未完成性、独立性、内在自由主导等特征,而独白型作品,则具有封闭性、依附性、外在权威主导等特征。

巴赫金将复调视为一种艺术思维乃至哲学理念和人文精神的突破,它所体现出的是不同主体意识之间的交互对话性,揭示了人类生存本身的对话性。②

三、狂欢化与怪诞现实主义

在讨论陀思妥耶夫斯基作品的体裁问题时,巴赫金指出,他的小说无法纳入同时代占主导地位的小说形式之中,如传记小说、心理小说、家庭小说等,他的创作是一种全新的体裁。巴赫金认为,要认清陀氏的体裁,必须追溯到一类早已被遗忘的文学传统,即"狂欢化文学"。以此为基础,巴赫金后来在拉伯雷的研究中又提出了"怪诞现实主义"这一理论。

狂欢化文学的源头是庄谐体,即古希腊罗马文化时代的某种文学体裁,它与史诗、悲剧、历史、古典演说等严肃体裁相区别。它的范围包括歌舞剧、"苏格拉底对话"、筵席交谈作品、田园诗、"梅尼普讽刺文学"等。尽管外表纷繁,但均有着一个共同点:与狂欢节民间文艺有着深刻联系,或多或少都浸透着狂欢节对世界的独特感受。由此,巴赫金梳理了一条小说体裁发展的独特线索。他指出,欧洲小说的发展有三个源头:史诗、雄辩术、狂欢节。同样,相应也有三条线索:

---

① [苏联] 巴赫金:《诗学与访谈》,白春仁、顾亚铃译,河北教育出版社 1998 年版,第 115 页。
② [苏联] 巴赫金:《诗学与访谈》,白春仁、顾亚铃译,河北教育出版社 1998 年版,第 55—56 页。

叙事、雄辩、狂欢体。狂欢体的源头是古希腊罗马时代的庄谐体，后经中世纪民间文学一直延绵到陀思妥耶夫斯基的作品，即表现为对话型小说。巴赫金强调，陀思妥耶夫斯基的对话型小说源于"梅尼普体"，梅尼普体的主要特征体现为诙谐成分、自由虚构情节、神秘宗教因素、贫民窟自然主义等的结合。但是，这条狂欢体小说的谱系一直被主流文化所遗忘，文学主流研究长期只注意叙事和雄辩对小说的影响。因此，当巴赫金从复调小说回溯小说体裁史时，就发现了欧洲狂欢传统对文学的重要影响。

欧洲狂欢传统包括一切狂欢节式的庆贺、仪礼、形式的总和。它以异常活跃的生命力和经久不衰的魅力，影响了文学乃至文化史的演变。狂欢式的形式虽复杂多样，但共同基于狂欢节，形成了一整套具有象征意义的具体感性形式的语言。从大型的群众性戏剧到个别的狂欢节表演，没有舞台，不分演员和观众，人人都是积极参加者，颠覆了生活的日常状态。在狂欢式中，等级制被打破，距离感消失，人与人之间形成了新型相互关系，如随便而亲昵的接触、插科打诨、俯就、粗鄙等特征。狂欢化，是指这种欧洲狂欢传统渗入文学乃至小说发展中而形成的独特属性。在狂欢化文学中，人物形象间的亲昵化缩短了史诗和悲剧中人与人的距离，引起了作者对主人公的亲昵感；人物形象间的插科打诨引入了低身俯就和降格以求的书写逻辑。这些都极大地改变了文学语言的风格。

巴赫金的这些洞见，后来在他对拉伯雷小说《巨人传》创作的研究中得到了更为全面的阐述。在巴赫金看来，"拉伯雷就是民间诙谐文化在文学领域里最伟大的表达者"[①]。这可从三个方面来理解：

首先，拉伯雷笔下的文学形象具有非文学性和非官方性。非文学性，是指它不符合 16 世纪以来一切占统治地位的文学性标准和规范，不符合狭隘的传统文学标准；非官方性，是指它不能和任何专制的、教条的、片面严肃的标准相容。其次，唯有从民间文化数千年的发展史中才能把握拉伯雷的文学意义。具体而言，这种民间文化就是诙谐创作，特别是欧洲中世纪民间诙谐创作具有与近代资产阶级文化和美学观念格格不入的本性，因而长期受到了主流文化的漠视乃至有意遗忘。最后，民间诙谐文化虽然多种多样，但按其性质可以分为三种基本形式：第一，各种狂欢节类型的"仪式—演出"形式；第二，各种诙谐的语言作品，口头的、书面的，拉丁语的、各民族语言的，等等；第三，各种不拘形迹的广场言语，脏话、赌咒、发誓等。它们共同反映出一种看待世界的诙谐眼光，这些在拉伯雷

---

① ［苏联］巴赫金：《拉伯雷研究》，李兆林等译，河北教育出版社 1998 年版，第 4 页。

的作品中都有着极为丰富的展现。

基于这种民间诙谐创作传统的视野，巴赫金将拉伯雷的文学创作界定为"怪诞现实主义"①。怪诞现实主义，是指受到民间诙谐文化影响而保留下来的一种特殊审美观念的遗产。在怪诞现实主义中，物质和肉体是其文学形象展示的核心，在这一点上，它突出地显示了与正统官方文化理念的差异：物质和肉体是全民参与的，不是资产阶级的利己个体；物质和肉体是夸张硕大的，具有肯定和积极的性质；物质和肉体是节庆欢快的，不是刻板严肃的；物质和肉体是世俗粗野的，不是抽象理想的。总之，怪诞现实主义最深刻地展现为以物质和肉体的形象将一切高高在上的事物作"降格"处理。这种降格，其实质就是民间文化对于官方文化的颠覆和抗争，它同时具有颠覆和孕育的双重意义。

在巴赫金的民间文学论述中，狂欢节是民间诙谐文化的社会形式，怪诞现实主义则是民间诙谐文化的文学表征，两者共同构建了一种"狂欢诗学"，这使巴赫金思想具有了一种更为博大而丰富的文学—文化关怀：第一，它提供了一种狂欢性的艺术视界。狂欢型的思维，就是绕开日常生活态度，换一种眼光看世界的思维，严肃的变得滑稽了，高雅的变得低俗了，正常的变得荒谬了，艺术视界在此获得了新的自由。第二，它提供了一种颠覆性的民间精神。狂欢化的文学，有着鲜明的针对性，针对高雅、权威、专制，官方的语言、风格和体裁，发起一阵阵的嬉笑怒骂，采取调侃、俗化等手段，消减主流文化的权威性。第三，它提供了一种大众性的审美品格。狂欢式的形象，充斥着小丑、傻瓜、骗子等官方文化贬低的人物，他们以不登大雅之堂的脏话和笑声、讽刺和模拟，赋予粗俗、肉欲、低级的意象以象征寓意，从而发起一次次属于弱者的审美抗争。第四，它提供了一种杂语性的文学理解。狂欢节的仪式，杂乱无章，众声喧哗，不仅提供了别致的民间文化历史，更提供了新颖的文学体裁想象，小说不再是刻板的单声道独白型创作，而成为一幅交织着民间性和杂语性的斑驳画卷，这就是"小说性"。

无疑，巴赫金的诸种观点都受到了马克思主义的影响，并有力地发展了马克思主义的文学艺术观。超语言学打破了静态共时的普通语言学研究，而将语言和文学视为一种"对象性的、现实的关系"②，提出了立足于社会实践角度的新型研究思路。复调则恰恰发展了马克思所谓的"天才的谦逊"，即"用事物本身的乡音

---

① ［苏联］巴赫金：《拉伯雷研究》，李兆林等译，河北教育出版社 1998 年版，第 23 页。
② ［德］马克思：《1844 年经济学哲学手稿》，《马克思恩格斯文集》第 1 卷，人民出版社 2009 年版，第 165 页。

和表达事物本质的土语来说话"①，使得历史长河中"沉默的大多数"有了第一次发言的机会，为民间文化的"抗争政治"提供了一种十分有力的"弱者的武器"。

小　结

作为 20 世纪初在俄国兴起的两派文论思想，形式主义和巴赫金思想都在以后的理论脉络中产生了深远而重要的影响。形式主义的贡献在于，提醒人们将目光返回到文学本身，重新关注并深入解读隐含在语言、手法、技巧、程序中的文学性密码；其不足之处在于只看到文学与非文学的差异，将文学与生活、形式与意识形态完全隔绝开来，仍然处于一种二元对立的传统思维之中。相较而言，巴赫金则恰恰洞察到了形式主义的这种对立型差异思维的弊病，从而从根本上提出超语言学和对话、复调等理论，其贡献在于提供了一种理解差异的崭新视野，文学乃至文化差异不再是隔绝或对立状态，而是一幅众声喧哗、交往对话的充满生气的文化—文学想象图景。

俄国形式主义与巴赫金思想虽然有着重要分歧，但是两者也有三个共同基本特点：第一，注重语言方法的探究。两者均受到语言学研究的重要影响。形式主义强调"诗歌语言"，建立隐喻和转喻的艺术分析理论，均受共时语言学的影响。巴赫金强调"超语言学"，重视语言的历史性和社会性，则是出于对共时语言学的批判。第二，立足文本对象的分析。两者均基于文学文本的细致解读。形式主义认为文学不只是形象，还有手法、技巧、配置等；巴赫金则认为体裁、声音、语调、风格等更重要。前者偏于封闭性的文本解读，后者偏于开放性的文本解读，但其理论主张无异于文本中心意识。第三，强调差异意识的挖掘。两者均以差异性建构同一性。形式主义强调文学语言、艺术手法，基于同日常语言、形象思维的比较。巴赫金的对话、复调、狂欢，实质也是语言、艺术乃至文化史各层面的差异化探究。只是，前者偏于差异对立，而后者倾向差异共存。

按照马克思主义的观点，形式主义对艺术手法和文学性的探索，虽然具有一定的积极作用，但它对文学艺术与社会现实的关系的忽视又是偏颇的。恩格斯曾特别强调文学批评的最高标准是"美学观点"和"历史观点"的统一，并具体指

---

① ［德］马克思：《评普鲁士最近的书报检查令》，《马克思恩格斯全集》第 1 卷，人民出版社 1995 年版，第 111 页。

出，只有"较大的思想深度和自觉的历史内容"与"情节的生动性和丰富性"的完美融合，才是戏剧的未来。① 依此，包括戏剧在内的一切文学艺术类型，其实都应兼顾美学形式与社会内容的辩证统一。相较而言，巴赫金则在肯定艺术形式重要性的基础上，将艺术形式、意识形态与社会现实更深地结合起来，在艺术形式中看到了社会现实的曲折印痕，这是将社会历史分析与艺术分析相结合而进行的一次颇具创造性的理论探索。

思考题：

1. 俄国形式主义提倡与日常语言纯然对立的文学语言，你怎么看待这一问题？

2. 试比较什克洛夫斯基与雅各布森对于文学看法的异同。

3. 巴赫金的"复调小说"是只适用于西方的一种特殊文学类型，还是对于世界文学而言具有某种普遍适用性？

4. 你怎样看待"对话主义"在当代文学理论乃至文化理论中的价值和意义？

---

① ［德］恩格斯：《致斐迪南·拉萨尔（5月18日）》，《马克思恩格斯文集》第10卷，人民出版社2009年版，第172—178页。

第十二章　英美新批评文论

概　　述

英美新批评，也被称为"本体论批评""文本批评""客观主义批评"等，①
是 20 世纪 20 年代肇始于英国、30 至 60 年代兴盛于美国的文学理论与批评流派。
它将文学批评的重点由时代和作者转向作品，认为文学作品是一个独立的整体，
倡导对文本的形式结构和意义进行细读，推崇"科学化"的解读和客观主义批评。
新批评曾风靡于欧美大学的文学课堂，作为一个理论流派它虽已衰退，但作为文
学研究方法至今仍有较深的影响力。

新批评的批评旨趣是对以往的很有影响的实证主义、社会—历史批评与浪漫
主义文论的反拨。实证主义批评把文学当成历史文献，研究文学的目的几乎全是
为认识过去的历史或体现着时代精神的作者本人；社会—历史与传记批评把作者
生平及其社会背景研究作为文学研究的中心，作品似乎只是指引着批评家走向写
作时代和作者的路标；浪漫主义文论主张作者决定论，认为了解作者身世和性情
是理解作品的前提。新批评对以上这些文论主张都不赞同，认为这些都不是文学
研究的本体。

不过，尽管新批评派的许多成员主张文学研究要排除社会、历史和作者因素，
但新批评理论的产生本身仍然是社会现实的产物。早期新批评家们的立场大多有
保守倾向：休姆怀有"原罪说"的宗教观，艾略特信奉宗教救世思想，维姆萨特
是罗马天主教徒，兰色姆和他的三个学生退特、布鲁克斯、沃伦等"南方批评派"
则代表了怀念农业文明的"南方农业主义"。这一倾向源于当时特殊的社会语境：
自 19 世纪末以来，西方世界的宗教信仰渐渐淡化，历史变化和科学上的发现让现
代人再也无法依附传统神话而生活。新批评派的一些理论家认为：工业文明的过
度发展导致了人的异化，人对世界的感知变得麻木迟钝，在人类不能从宗教中获
得拯救的情况下，文学，特别是诗歌必须担当起这一重任，帮助人们克服混乱，
重建社会秩序，诗的作用就是"恢复事物的事物性"，保持人性的完整，这与俄国
形式主义者提出的"感觉更新"原则如出一辙。新批评后来的兴盛和社会现实也

---

① 这个理论流派的得名与美国学者兰色姆 1941 年出版的《新批评》一书有关，此时新批评派
的基本理论已经提出，"新批评"只是学界追认的一个称谓。

有直接的关系：第二次世界大战以后，东西方进入冷战阶段，具有自由思想的知识分子对冷战思维持怀疑态度，新批评执着于文本分析的"出世"态度符合很多人的心态。与此同时，美国的资本主义消费文化发展迅速，文学成为了可供消费的商品，由于新批评提供了一套易于操作的文本阐释方法，十分适于大学文学课的课堂教学，顺应了资本主义商业文化的发展对于文学批评的要求，因此在美国大学里寻到了最好的市场。这也是新批评在战后产生重大影响并走向鼎盛的主要社会原因。

第一节　艾略特、瑞恰慈和燕卜荪

英国美学家休姆和美国诗人庞德是新批评的先驱理论家，艾略特（1888—1965）、瑞恰慈（1893—1979）和燕卜荪（1906—1984）是新批评理论的直接创始人和开拓者。这里主要介绍艾略特、瑞恰慈和燕卜荪的理论和观点。

一、非个性与客观对应物

艾略特是 20 世纪最有影响的诗人和批评家之一，出生于美国，后定居于英国。艾略特注重对具体诗人的评价和鉴赏，也注重对文学进行全面、整体的思考。艾略特对深植于 19 世纪浪漫主义诗学中的原创性观念和个性价值观提出了批判，提出了"有机整体观""非个性化"和"客观对应物"等概念，倡导从作品本身出发进行内在研究。艾略特的文学批评观成为新批评关于作品的客观性、独立自足性等理论的先声，他也被视为新批评理论的创始人之一。

艾略特的有机整体观，是指把从古至今的所有文学作品都看成是一个有机整体。他认为，作者的历史意识既包括过去的"过去性"，还包括过去的"现存性"，这种历史意识会促使作者在写作时具有当代意识，同时会感到从荷马开始的整个欧洲文学及本国文学的存在。这样，在欣赏或批评一部作品时，只有把握了构成作品的每一个部分与作品整体间的联系，才能正确地评价一部作品。艾略特指出："诗人，任何艺术的艺术家，谁也不能单独的具有他完全的意义。他的重要性以及我们对他的鉴赏就是鉴赏他和已往诗人以及艺术家的关系。"[①] 艾略特强调的不是

[①]　［英］托·斯·艾略特：《传统与个人才能》，《艾略特诗学文集》，王恩衷编译，国际文化出版公司 1989 年版，第 2 页。

某位诗人写下的某个具体作品，而是作为一个完整体系的整个文学史，以及它与具体作品之间的有机互动关系。此外，艾略特的有机整体观还指作品的整体性以及作品内部各部分与整体之间关系的有机性。

从有机整体观推演而来的是艾略特的非个性化理论。以往，人们受浪漫主义文论的影响，普遍认为诗是诗人抒发感情之作，如华兹华斯所谓诗是"强烈感情的自然流露"，是表现诗人个性的。艾略特既摒弃浪漫主义夸大诗人主观性的做法，又反对古典主义"照相式"的单纯模仿外界事物、片面强调客观性的方法，有意要改变英国诗歌理性与感性相脱离的局面。他指出："诗不是放纵感情，而是逃避感情，不是表现个性，而是逃避个性。"① 就是说，应该把诗人放在文学史这个整体和文学传统之中加以考察，判断诗人的作品有无价值就要看它是否符合过去的标准，而并非是否具有个性。诗人应该不断地放弃自我个性才能前进，只有"做到消灭个性这一点，艺术才可以说达到科学的地步了"②。

为了做到"逃避感情"和"逃避个性"，艾略特在《哈姆雷特》一文中，提出了著名的"客观对应物"（objective correlative）的观点，认为应该寻求客观对应物来表达作者的感情，借以成为诊治浪漫主义情感放纵的药方。艾略特写道：

> 用艺术形式表现情感的唯一方法是寻找一个"客观对应物"；换句话说，是用一系列实物、场景，一连串事件来表现某种特定的情感；要做到最终形式必然是感觉经验的外部事实一旦出现，便能立刻唤起那种情感。③

这里的"客观对应物"，指的是诗人寻找到的把自身情感外在转化后的某种媒介。艾略特以莎士比亚为例分析了客观对应物对文学的重要性。他认为，哈姆雷特和莎士比亚面临着同样的问题，即不能为他们的情感找到一个适当的客观物："哈姆雷特在没有客观对应物时的困惑是其创造者面临自己的艺术难题时的困惑的延续。""哈姆雷特的轻率、他重复的言语、他的双关语等并不是蓄意的伪装计划的组成部分，而是一种排泄情感的方式。对于剧中人物哈姆雷特来说，这种戏谑代

---

① ［英］托·斯·艾略特：《传统与个人才能》，《艾略特诗学文集》，王恩衷编译，国际文化出版公司 1989 年版，第 8 页。
② ［英］托·斯·艾略特：《传统与个人才能》，《艾略特诗学文集》，王恩衷编译，国际文化出版公司 1989 年版，第 4 页。
③ ［英］托·斯·艾略特：《哈姆雷特》，《艾略特诗学文集》，王恩衷编译，国际文化出版公司1989 年版，第 13 页。

表了在行动中得不到发泄的情感，而对剧作家来说，它代表了一种无法用艺术形式表达出来的情感。"① 因此他认为，《哈姆雷特》是一个艺术上失败的戏剧，因为剧中的主要人物是由一种难以表达的情绪控制着，而不是由具体的物、事件而体现出来。

艾略特提出"客观对应物"概念，是试图克服 19 世纪文学中出现的主观主义和客观主义的对立，也就是浪漫主义与现实主义的对立。"客观对应物"这一概念提出后得以广泛流行，主要就是因为它迎合了 20 世纪文学批评中非个性化和反浪漫主义的倾向，后来又被视为象征主义的重要概念，这远超出了艾略特的预料。

和上述观点相联系的是，艾略特要求文学批评把注意力从社会历史、道德、心理以及作者传记等转移到诗，因为"诚实的批评和敏感的鉴赏，并不注意诗人，而注意诗"②，"将兴趣由诗人身上转移到诗上是一件值得称赞的企图"③。艾略特否定了传记式批评，因为掌握了社会知识和信息并不等于理解了诗。他结合切身经历说"我总是感到在读一首诗之前，关于诗人及作品了解得愈少愈好"，"对我来说，细致地准备历史及生平方面的知识，常常会妨碍阅读"④。

艾略特的"有机整体观"和诗歌创作的非个性化理论，要求文学研究重点关注文学作品的内部过程而非作者意图和读者反应，重视对文本的客观性、语言复杂化和情感结构的研究，摒弃了实证主义和印象主义的主观批评，这种批评观成为新批评的"细读""本体论"等理论的支点。

二、情感语言与实用批评

新批评派的另一位创始人是英国文艺理论家、批评家和诗人艾·阿·瑞恰慈（又译瑞卡兹或理查兹）。兰色姆认为，新批评在瑞恰慈手里从一开始就走上了正轨。⑤ 因此，有人把瑞恰慈称作"新批评之父"。

瑞恰慈著述颇丰，主要有《美学基础》（与奥格登、伍德合著）、《意义的意

---

① ［英］托·斯·艾略特：《哈姆雷特》，《艾略特诗学文集》，王恩衷编译，国际文化出版公司 1989 年版，第 13—14 页。

② ［英］托·斯·艾略特：《传统与个人才能》，《艾略特诗学文集》，王恩衷编译，国际文化出版公司 1989 年版，第 4 页。

③ ［英］托·斯·艾略特：《传统与个人才能》，《艾略特诗学文集》，王恩衷编译，国际文化出版公司 1989 年版，第 8 页。

④ ［英］托·斯·艾略特：《但丁》，《艾略特诗学文集》，王恩衷编译，国际文化出版社公司 1989 年版，第 72 页。

⑤ ［美］约翰·克罗·兰色姆：《新批评》，王腊宝、张哲译，江苏教育出版社 2006 年版，第 3 页。

义》（与奥格登合著）、《文学批评原理》、《科学与诗歌》、《实用批评》等。瑞恰慈运用语义分析方法，借助心理学研究，分析了情感语言和科学语言的区别，试图建立一种科学化的实用批评方法，从而为新批评派奠定了理论基础。

瑞恰慈十分重视语言的作用，认为"语言确实成功地对我们掩盖了几乎全部我们所谈论的事物"①。他从语义学出发，把语言的使用分为科学用法和感情用法。科学用法就是可以引起真假判断的表述，感情用法就是可以触发感情态度的表述。科学语言直接指向语词所指的对象或外部存在的真实，它要么是真的，要么是假的，不容混淆；情感语言用于表达情感，它虽也指向语词所指的对象，但不必或不可能被这一对象所证实，不一定要符合客观事实，只要能赢得读者情感上的共鸣就行了，非真非假，亦真亦假。由于诗歌提供了"指称服从态度的最清楚的例证"，所以是"感情语言的最高形式"。② 瑞恰慈将诗歌这种不必符合客观事实但能在情感上被接受的特殊语言定义为一种"拟陈述"③。就是说，诗的真理性与科学的"真"不同，指的是一种态度的可接受性。

瑞恰慈认为，情感语言（诗歌语言）的指称即使明摆着是虚假的，也绝非缺点。他说："当指称是真实的时候，它们的真实性决非优点，有些人在读莎士比亚时每每叹赏道：'多么真实啊！'他们这是在糟蹋他的作品，而且相对来说，这是在浪费时间。"④"《李尔王》或《堂吉诃德》倘若有了圆满的结局，那么结局的虚假性就在于那些已对作品的其余部分作出充分反应的读者无法接受这样的结局。"⑤这就是说，文学的"真"不一定是真实，而是具有可接受性、内在必然性和艺术家的真诚。

传达情感经验的语言体现出文学的独特性和复杂性，也是理解和批评文学作品的重点。瑞恰慈通过对情感语言与科学语言的区分对文学语言的特殊性进行了深刻揭示，阐发了文学真实与科学真实的区别。在他的启示下，新批评派的退特、韦勒克、布鲁克斯等学者也多次论述过文学与科学的区别。

---

① ［英］艾·阿·瑞恰慈：《文学批评原理》，杨自伍译，百花洲文艺出版社 1992 年版，第 15 页。

② ［英］艾·阿·瑞恰慈：《文学批评原理》，杨自伍译，百花洲文艺出版社 1992 年版，第 249 页。

③ ［英］艾·阿·瑞恰慈：《科学与诗》，徐葆耕编，曹葆华译，清华大学出版社 2003 年版，第 33 页。

④ ［英］艾·阿·瑞恰慈：《文学批评原理》，杨自伍译，百花洲文艺出版社 1992 年版，第 248—249 页。

⑤ ［英］艾·阿·瑞恰慈：《文学批评原理》，杨自伍译，百花洲文艺出版社 1992 年版，第 245 页。

　　瑞恰慈的语义批评是他提倡的实用批评和细读方法的核心。他认为，细致地辨析语义才是文学批评中的关键问题，只要完全理解了语义，批评者就能够完全地体会到作者的心理状态。他说："对于文学研究（或者其他任何交流方式的研究）来说，最重要的事便是了解语言的各种意义。"① 在这种思想指导下，瑞恰慈提出了一种文学评论的"新技术"，即"细读"（close reading）方法。细读是指对作品词语进行封闭地、细致地阅读和分析，它要求批评者排除与作品无关的杂念，对作品文本进行客观谨慎地阅读与考察。瑞恰慈认为，所有的好诗都吁求细读，它鼓励恰到好处地注意它的字面意义，这要靠读者的鉴赏力来发现。

　　细读方法是瑞恰慈在剑桥大学进行的文学教学实验的成果和总结。瑞恰慈用诗检验学生，也用学生来验证诗。他选了一些诗歌发给学生，尽量不去选含有"荒唐的、暧昧的、含混的、骑墙式的、亦此亦彼的见解"的诗歌，其中有莎士比亚和威尔·柯克斯的，也有瑞恰慈自己的，甚至还掺杂着学生的习作，诗歌没有标注作者、题目和时间，要求学生任意地去写评论。在没有老师的指导下，学生们作出了许多很有意思的解读：一些名家诗作被贬低，而一些名不见经传的作者的诗作却被大加赞赏，这让瑞恰慈大感惊讶。

　　根据实验中学生们的误读情况，瑞恰慈总结出了诗歌评价的十种典型的阅读障碍，它们多属于来自读者、作者和社会等方面的干扰因素，构成了衡量作品的某种标准，瑞恰慈将其概括为"外部标准"②。瑞恰慈认为，用外部标准进行文学批评就意味着没有认真地对待作品，应当予以避免。瑞恰慈指出，应该运用细读方法对文学语言的四种意义进行辨析。这四种意义分别是"字面意义""情感意义""语气"和"意图"。"字面意义"是指作者运用语言所谈到的事物，是激发读者感受和思考的契机；"情感意义"是作者对自己所谈到的事物的情感态度；"语气"是作者对于读者的态度，它往往能反映出作者对于自己和读者之间关系的看法；"意图"即作者的写作用意，是他运用这些语言所希望达到的效果。批评者在进行作品批评时只有仔细地辨析这四种意义，才能客观地评价一部作品。

　　此外，瑞恰慈还多次提出，辨析文学语言的不同意义应当结合语境来进行。词汇意义的功能"就是充当一种替代物，使我们能看到词汇的内在含义。它们的这种功能和其他符号的功能一样，只是采用了更为复杂的方式，是通过它们所在

---

① ［英］Richards, *Practical Criticism*：*A Study of Literary Judgment*（《实践批评：文学判断研究》），London：Kegan Paul, Trench, Trubner & Co. Ltd. 1930, p. 180.

② ［英］Richards, *Practical Criticism*：*A Study of Literary Judgment*（《实践批评：文学判断研究》），London：Kegan Paul, Trench, Trubner & Co. Ltd. 1930, p. 203.

的语境来体现的"①，一个词的意义就是"它的语境中缺失的部分"②。他的学生燕卜苏后来的"含混"理论，就是在这一观点的启发下提出的。

瑞恰慈在《实用批评》等著作中提出了独树一帜的文本细读方法，关注文学的语言构成，集中研究了文学作品本身，这样从作者到作品的研究重点的转移，为新批评派的批评实践提供了方法论的指导，直接影响了燕卜苏的"含混"理论、兰色姆的"本体论批评"、韦勒克的"内部研究"和"外部研究"等理论。

三、含混

最早将瑞恰慈的语义学批评方法用于实践的学者，是他的学生威廉·燕卜苏。燕卜苏在《朦胧的七种类型》（1930）一书中分析了200多部作品或片段，划分并分析了"含混"（ambiguity，又译朦胧、复义、歧义等）的多种类型，有力地支持并落实了新批评的细读法。

燕卜苏所谓的"含混"，指的是"一种非常明显的而且通常是机智的或骗人的语言现象"。在他看来，"任何导致对同一文字的不同解释及文字歧义，不管多么细微，都与我的论题有关"③。"当我们感到作者所指的东西并不清楚明了，同时，即使对原文没有误解也可能产生多种解释的时候，在这样的情况下，作品该处便可称之为朦胧。"④ 这里的含混、朦胧，其实就是诗歌语言的模糊性。艾略特曾将其概括为"歧性"，并对它的作用进行了肯定："诗之所以具有歧性，也许是因为这一事实：诗所包含的要比普通言语所能传达的更多，而不是更少。"⑤ 不过，他并没有对此详细论述。受到瑞恰慈的语义学分析的启发，燕卜苏对含混的类型和作用进行了细致的阐释。

燕卜苏认为，含混是诗歌强有力的一种表现手段，对含混的利用是"诗歌的

① ［英］I. A. 瑞恰慈：《论述的目的和语境的种类》，章祖德译，见赵毅衡编选：《"新批评"文集》，中国社会科学出版社 1988 年版，第 294—295、298 页。

② ［英］I. A. 瑞恰慈：《论述的目的和语境的种类》，章祖德译，见赵毅衡编选：《"新批评"文集》，中国社会科学出版社 1988 年版，第 298 页。

③ ［英］威廉·燕卜苏：《朦胧的七种类型》，周邦宪等译，中国美术学院出版社 1996 年版，第 1 页。

④ ［英］威廉·燕卜苏：《朦胧的七种类型》，周邦宪等译，中国美术学院出版社 1996 年版，第二版序言第 4 页。

⑤ ［英］托·斯·艾略特：《诗的音乐性》，《艾略特诗学文集》，王恩衷编译，国际文化出版公司 1989 年版，第 180 页。

根基之一"①。"实际上，当你感到一篇作品内涵丰富时，常常发现它是字字珠玑，每一部分像着了火一样，于是你会为之接连几天食不甘味。"② 他将含混分为了七大类型，如暗喻引起的含混、词义和句法结构带来的句义含混、双关和讽喻引起的含混、意图含混、矛盾式含混、对立含混等。下面以燕卜荪对赫伯特的《朝圣》中的分析为例论述他的含混理论。诗歌如下：

> 穿过矮林，我走向欲望（Passion）的荒野，
>
> 就是那有人称为沼泽的高地的地方：
>
> 它是一片荒芜，有时却很富饶。
>
> 就在这儿我的全部财产被掠夺，
>
> 只剩下一枚印有美丽天使的金币（Angel），
>
> 那是一位朋友系在我身上。

燕卜荪认为，这首诗中的含混既有双关也有讽喻，感情多样。如 Angel 是对金币和天使的双关称呼，既可以指物质，也可以指情感。诗歌采用的是一个旅行者的口吻，散文式的、平板式的，没有一点冲动，但这种口吻和诗中传达出的感情和经验形成了对比，主要是因为在这个故事里有一个词语 Passion，它暗示着一种讽喻意味，它的意义有很多，如被激怒而无耐性、对肉体的爱恋、所放弃的利禄之心等。这样，这首诗表现的未必是归隐之心，而可能给人留下追求名利后一无所获的哀婉和卑屈的印象，意义颇为复杂。③

燕卜荪对含混类型的阐释，证实了语言的多义性和复杂性是诗歌主要表现手段的事实，为新批评的批评实践树立起了良好的范例。

第二节　兰色姆、退特和布鲁克斯

继英国的瑞恰慈和燕卜荪之后，美国学者兰色姆（1888—1974）、退特

---

① ［英］威廉·燕卜荪：《朦胧的七种类型》，周邦宪等译，中国美术学院出版社 1996 年版，第 3—4 页。

② ［英］威廉·燕卜荪：《朦胧的七种类型》，周邦宪等译，中国美术学院出版社 1996 年版，第二版序言第 6 页。

③ ［英］威廉·燕卜荪：《朦胧的七种类型》，周邦宪等译，中国美术学院出版社 1996 年版，第 204—206 页。

（1888—1979）、布鲁克斯（1906—1994）和沃伦（1905—1989）等发展了新批评的主要观点，为新批评派的繁盛及其在大学文学教育中的推广作出了突出的贡献。

一、本体论批评

约翰·克娄·兰色姆是美国现代著名文论家、诗人，是新批评的一个承上启下的人物。兰色姆主张独立的文学批评，提出了本体论批评的口号。

兰色姆所说的本体论批评，首先意味着一种独立的批评，即更科学化，或者说更精确化和系统化的学问。它主要指的是"研究艺术的技巧"，包括研究某种艺术的独一无二的形式，如诗的格律（诗的倒装、反语法、违背语言常规、严密的文章逻辑）、诗的修辞或使诗歌得以获得审美距离并脱离历史的虚构和杜撰等手段。① 兰色姆批评了当时的新人文主义者和历史主义者，认为他们的批评都依附于历史，他们"一听到'美学'这个词就会全身发抖"，而忘记了"文学作品特殊的法则和结构"②。他认为批评应该是一门职业，因此文学"需要批评公司，或是批评有限公司"③。

其次，本体论批评也意味着把作品视为独立于作者和读者的经验和意识之外的存在。兰色姆说："一种诗歌可因其主题而不同于另一种诗歌，而主题又可因其本体即其存在的现实而各不相同……批评或许再次像康德当初想做的那样能以本体分析为依据的。"④ 他在这里说了两个意思：第一，诗歌的本体就是其存在的现实，批评要以对诗歌的分析为依据，即不考虑文本以外的因素。第二，诗歌有不同的"主题"，或为概念诗（坚决论述概念的诗，或柏拉图式的诗），或为事物诗（详细论述意向或事物的诗），或为玄学诗（其含义是简单、超自然、奇迹般的），它们虽因其"主题"不同或"本体上的区别"而各不相同，但都是以本体的身份而存在的。兰色姆借助对几种诗歌的比较讨论了本体论批评的主旨和内涵：柏拉图式的诗太理想主义了，事物诗太写实了，而玄学诗展现了美丽而丰富的隐喻，有着简单的、超自然的、奇迹般的含义，充满着曲喻和奇想，玄学所鼓舞的诗歌

---

① ［美］约翰·克娄·兰色姆：《批评公司》，见史亮编：《新批评》，四川文艺出版社 1989 年版，第 20 页。
② ［美］约翰·克娄·兰色姆：《批评公司》，见史亮编：《新批评》，四川文艺出版社 1989 年版，第 6、9 页。
③ ［美］约翰·克娄·兰色姆：《批评公司》，见史亮编：《新批评》，四川文艺出版社 1989 年版，第 4 页。
④ ［美］约翰·克娄·兰色姆：《诗歌：本体论札记》，蒋一平译，见赵毅衡编选：《"新批评"文集》，中国社会科学出版社 1988 年版，第 46 页。

是"这个文学领域中我们所知道的最有独创性、最令人兴奋、在理智上或许是最风趣的诗歌",是"我们诗歌中最出色的成就之一"①。因此,最值得对其作本体方面的探讨。

在实践层面,兰色姆将本体论的理论观点落在对具体作品的分析上,提出了"构架—肌质"理论。他说:"一首诗有一个逻辑的构架(structure),有它各部的肌质(texture)。"② 他以建筑上的墙和墙皮上的装饰作为例子,说明前者是构架,后者是肌质。所谓"构架",是指逻辑意义,即可以用散文概括的意义的部分,而所谓"肌质",才是诗的本体论部分。他说:"如果一个批评家,在诗的肌质方面无话可说,那他就等于在以诗而论的诗方面无话可说,那他就只是把诗作为散文而加以论断了。"③ 这就是说,肌质比构架更为重要。在兰色姆看来,肌质是"诗人可以随意想到的任何真实的内容,只要它自由、硕大、不受束缚,因而无法完全进入到结构当中去"④。因此,构架与肌质的关系是对立的。或更确切地说,兰色姆认为两者的关系是互相干扰的——肌质干扰构架的逻辑清晰性,对结构造成障碍,表现在诗歌创作中,类似于俄国形式主义所说的陌生化或阻拒性。

从本体论的立场出发,兰色姆提出文学批评应当从文本出发,关注文学作品本身,而不应当受到社会背景、历史观、作者的生平传记、伦理道德等外在因素的影响。他认为,新人文主义等只想把诗里的"意识形态"或主题或可以概括的意义孤立起来,不讨论诗本身,因此它们"只是伦理批评,而不是文学批评"⑤。文学批评的任务应该完全是美学观。他批评艾沃·温特斯这样的道德说教式批评家,认为他们"不是健全的批评家,他们总是听风就是雨,一惊一乍的"⑥。因此,他们对新批评的影响是有害的,真正的文学批评应该是以作品的美学品质为目标,而不应该以道德为标准。

---

① [美] 约翰·克娄·兰色姆:《诗歌:本体论札记》,蒋一平译,见赵毅衡编选:《"新批评"文集》,中国社会科学出版社 1988 年版,第 65—68 页。

② [美] 约翰·克娄·兰色姆:《纯属思考推理的文学批评》,张谷若译,见赵毅衡编选:《"新批评"文集》,中国社会科学出版社 1988 年版,第 97 页。

③ [美] 约翰·克娄·兰色姆:《纯属思考推理的文学批评》,张谷若译,见赵毅衡编选:《"新批评"文集》,中国社会科学出版社 1988 年版,第 98 页。

④ [美] 约翰·克娄·兰色姆:《新批评》,王腊宝、张哲译,江苏教育出版社 2006 年版,第 192 页。

⑤ [美] 约翰·克娄·兰色姆:《纯属思考推理的文学批评》,张谷若译,见赵毅衡编选:《"新批评"文集》,中国社会科学出版社 1988 年版,第 90—91 页。

⑥ [美] 约翰·克娄·兰色姆:《新批评》,王腊宝、张哲译,江苏教育出版社 2006 年版,第 146 页。

兰色姆是新批评发展史上的一个关键人物，他继承了艾略特、瑞恰慈等人的很多重要观点，而且吸引和培养了一大批新批评的追随者和中坚力量，如布鲁克斯、退特、沃伦等，为新批评在美国的繁荣作出了突出贡献。

二、张力、反讽和悖论

新批评的细读法是文学研究的重大革新，这种不再依附历史、作者传记和文学传统的研究方法为文学批评提供了新的标准和路径。克林斯·布鲁克斯（又译克林思·布鲁克斯）等人的《理解诗歌》《理解小说》等以细读为基础的教材的先后出版，使得新批评在学院批评中深得人心。布鲁克斯曾经形象地说道：

> 文学布丁糕点的滋味的最可靠证明就是去尝一口。研读厨师要看她遵循的菜谱，考虑她用的各种佐料，研究她做某种布丁糕点时的意图想法，看她制作时是精工细作还是粗制滥造，这一切都是绝对正确的。但进行判断的最主要事实还是在布丁糕点本身。最后决定还是要靠品尝，靠吃，靠切身的感受。①

布鲁克斯所说的"品尝"指的就是"细读"。退特提出的"张力"，布鲁克斯反复分析的"悖论""反讽"，维姆萨特等提出的"意图谬误"和"感受谬误"等重要概念或术语，都是他们在细读过程中提出的。

"张力"是新批评用来进行文本意义结构分析的一个概念，由退特在《论诗的张力》一文中提出，用来概括诗的突出性质（诗的整体效果）和考察、评价诗的意义构造。退特所说的"张力"，是逻辑术语"外延"和"内涵"去掉前缀而形成的。外延和内涵原本分别指概念的适用范围和在概念中反映出的对象的本质属性。在退特的引申中，外延指的是诗的意象之间概念上的联系，内涵指的是诗歌的感情色彩或联想意义等，"诗的意义就是指它的张力，即我们在诗中所能发现的全部外延和内涵的有机整体"②。退特认为，许多社会诗、平庸的抒情诗、只会使用大众语言的诗，要么是外延的失败，要么是内涵的失败，而好诗是"内涵和外延的统一"，具有张力是好诗的共同特点，如玄学派。退特以邓恩的名诗《临别莫

---

① ［美］克林思·布鲁克斯：《新批评》，周敦仁译，见赵毅衡编选：《"新批评"文集》，中国社会科学出版社 1988 年版，第 546—547 页。

② ［美］艾伦·退特：《论诗的张力》，姚奔译，见赵毅衡编选：《"新批评"文集》，中国社会科学出版社 1988 年版，第 117 页。

伤悲》中的一段为例说明张力之形成：

> 因此，我俩合一个灵魂
> 虽然离开，却还没有
> 造成裂痕，而是像黄金
> 展成金箔，薄如空气。

退特认为，邓恩将"灵魂"与"黄金"这两个有着完全不同空间感的意象放在一起，黄金的有限形象的外延意义和这个形象所表示的内涵意义（情人的灵魂的无限性）在逻辑上是矛盾的，但这种矛盾并不会使得这种内涵意义失去作用，因为只有黄金才能在空间中延展它的"高贵""坚韧"等暗示意义（内涵意义）。"如果我们舍弃黄金，我们就舍弃了诗意，因为诗意完全蕴蓄在黄金的形象中了。内包和外展在这里合二而一，而且相得益彰。"[①] 外延和内涵看似形成了一种矛盾，但是实际上合二为一，相得益彰，因而具有了诗的张力。

张力说强调的是内涵与外延的统一。诗要倚重内涵，也要倚重外延。诗既要有丰富的联想意义，又要有概念的明晰性，能把感觉与思想结合起来。布鲁克斯后来进一步明确了张力在诗歌整体构造中的作用：诗的结尾通过各种方式——命题、隐喻、象征——解决各种张力。诗的整体性是通过戏剧过程而非逻辑过程得以实现的，它代表各种力量之间的平衡，而非某种格式。[②] 这一提法扩展了张力论的内涵，将张力概念从诗歌的创作过程和结构特征层面，延伸到一种诗歌批评的理论，成为新批评强调诗歌各种矛盾对立统一的总称。

在新批评那里，悖论是指非逻辑地违背科学和常识，把不和谐和矛盾的东西结合在一起；反讽是指语境对于一个陈述语的明显的歪曲，字面意义与实际意义对立。二者都是相互矛盾冲突的意思的调和，都表现了一种矛盾的语义状态。它们的区别在于：悖论中矛盾的意义在字面上都出现，而反讽是指没有说出的实际意义与字面意义两个层次的互相对立。简言之，悖论为"似非而是"，反讽为"口非心是"。[③]

---

① ［美］艾伦·退特：《论诗的张力》，姚奔译，见赵毅衡编选：《"新批评"文集》，中国社会科学出版社 1988 年版，第 118 页。
② ［美］克林斯·布鲁克斯：《精致的瓮：诗歌结构研究》，郭乙瑶等译，上海人民出版社 2008 年版，第 192 页。
③ 赵毅衡：《重访新批评》，百花文艺出版社 2009 年版，第 162 页。

在新批评派的文学实践中，布鲁克斯对反讽和悖论的使用最广。布鲁克斯的《精致的瓮》精心选择了十首诗，分别用悖论、反讽等文学理论术语加以详细的分析。比如布鲁克斯对蒲柏《论人》的分析：

> 悬而未决，到底是他的心思还是躯体；
> 生就为了死亡，终究只会误入歧途；
> 同样在蒙昧中，理性亦然，
> 无论他思虑过周还是不全……
>
> 本造就出一半兴起，一半沉陷；
> 万物之伟大主宰，又属万物之祭献，
> 惟一的真理裁判，处在无休止的错误里；
> 荣耀，嘲辱，尘世之谜！

布鲁克斯认为，蒲柏的这首诗很好地使用了悖论，几乎句句都充满矛盾，诗人运用了一种崭新的、炫目的眼光来审视自我，使得这首诗有了一种"敬畏之奇"①。

布鲁克斯甚至把悖论的使用范围从语言扩展到结构，将其作为诗歌区别于其他问题的一个基本特征。"在某种意义上，悖论适合于诗歌，并且是其无法规避的语言……诗人表明真理只能依靠悖论。"② "悖论是从诗人语言的真正本质中涌出的。"③

"反讽"是西方文论中最古老的概念之一，其含义非常复杂。燕卜荪在《朦胧的七种类型》中列举的含混其实就包括了反讽造成的含混。布鲁克斯也承认反讽是一个"出现最多且最令人头痛"④ 的概念。他给反讽下的定义是：语境对于一个

---

① 参见［美］克林斯·布鲁克斯：《精致的瓮：诗歌结构研究》，郭乙瑶等译，上海人民出版社 2008 年版，第 10 页。
② ［美］克林斯·布鲁克斯：《精致的瓮：诗歌结构研究》，郭乙瑶等译，上海人民出版社 2008 年版，第 5 页。
③ ［美］克林斯·布鲁克斯：《精致的瓮：诗歌结构研究》，郭乙瑶等译，上海人民出版社 2008 年版，第 11 页。
④ ［美］克林斯·布鲁克斯：《精致的瓮：诗歌结构研究》，郭乙瑶等译，上海人民出版社 2008 年版，第 183 页。

陈述语的明显的歪曲。① 他以葛雷的《墓园挽歌》为例分析了反讽：

> 彩画的瓮，栩栩如生的雕像
>
> 能把消逝的呼吸召回府邸？
>
> 荣誉的声音能唤起沉默的尘土？
>
> 捧场能安慰死亡冰冷的耳朵？

布鲁克斯认为，在这个语境中，疑问号显然是修辞上的，答案早已包含在把"呼吸"说成"消逝"，把"死亡的耳朵"说成"冰冷"等诗行之中。诗行的形式是疑问句，但作者提出疑问的方式表明它们完全不是什么真正的疑问。

反讽形式也具有多样性，如悲剧性反讽、自我反讽以及嬉弄的、极端的、挖苦的、温和的反讽等。反讽的诗数量之多远超读者的意料。② 在《精致的瓮》中，布鲁克斯并没有着力去辨析反讽与悖论这两个概念的不同，而是把反讽看成是一种表现悖论的手段，或者是悖论的伴生物之一。

新批评非常看重反讽的功能。瑞恰慈认为反讽本身总是"最最上乘的诗歌"的一个特性，维姆萨特认为可以把新批评改名为"反讽诗学"。布鲁克斯甚至把大量现代诗中的反讽看成是大众文化语境下的必要策略，理由是：当代诗人面临的语境压力特别突出，公众的语言已经被好莱坞和畅销书败坏了，大众文化和商业艺术粉碎了"共同承认的象征系统"，"广告术和大量生产的艺术，广播、电影、低级小说使语言本身失血了，腐败了。现代诗人负有使一个疲沓的、枯竭的语言复活的任务，使它再能有力地、准确地表达意义。这种修饰和调节语言的任务是永恒的；但它是强加在现代诗人身上的一种特殊的负担。"③ 反讽在这里被看成是应对现代社会病症的语言上的良方。

三、意图谬误与感受谬误

新批评派对浪漫主义表现说、传记批评持一种强烈的批评态度。如兰色姆在

---

① ［美］克林思·布鲁克斯：《反讽：一种结构原则》，袁可嘉译，见赵毅衡编选：《"新批评"文集》，中国社会科学出版社 1988 年版，第 335 页。

② ［美］克林思·布鲁克斯：《反讽：一种结构原则》，袁可嘉译，见赵毅衡编选：《"新批评"文集》，中国社会科学出版社 1988 年版，第 336 页。

③ ［美］克林思·布鲁克斯：《反讽：一种结构原则》，袁可嘉译，见赵毅衡编选：《"新批评"文集》，中国社会科学出版社 1988 年版，第 345—346 页。

《新批评》一书中批评了三种传统文学批评方式，其中的心理主义式批评和传记批评就属于读者研究和作者研究。正是在这一批评传统上，维姆萨特和比尔兹利共同提出了"意图谬误"（intentional fallacy）和"感受谬误"（affective fallacy）这两个概念，对新批评方法论进行了一次彻底的总结，同时也引起了很多的争议。

所谓"意图谬误"，就是过分看重作者的创作意图而导致的误区，是"将诗和诗的产生过程相混淆……其始是从写诗的心理原因中推衍批评标准，其终则是传记式批评与相对主义"①。维姆萨特等人认为，传记式批评与相对主义这两种文艺批评，绕过了客观批评中通常令人生畏的障碍，看起来提供了方便的途径，但实际上却使人离开了批评，离开了诗歌本身。意图谬误和感受谬误都是"似是而非"，结果都会使诗本身作为批评判断的具体对象趋于消失。

维姆萨特等人认为，就衡量一部文学作品成功与否来说，作者的构思或意图既不是一个适用的标准，也不是一个理想的标准。理由是：第一，强调作者在构思方面的匠心就是诗的成因，并不等于承认了构思或意图即是批评家衡量诗人作品价值的标准。第二，批评家无法搞清诗人的意图。"如果诗人成功地做到了他所要做的事，那么他的诗本身就表明了他要做的是什么。如果他没成功，那么他的诗也就不足为凭了，这样批评家就是在离开诗而论诗——因为从诗中并没有透露出多少关于诗人意图的消息来。"② 第三，人们不必考察诗的哪一部分是意图，哪一部分是意义所在。"从这个角度说，诗就是存在，自足的存在而已。诗是一种同时能涉及一个复杂意义的各个方面的风格技巧。"③ 第四，诗歌不是批评家自己的，但同时它也不是作者自己的。作品一经产生，脱离作者而来到世界上，作者的用意已不再作用于它，它也不再受作者支配，这诗已是属于公众的。

维姆萨特等人强调诗的"自足的存在"，将矛头直指向传记式批评、历史性批评、社会批评，这一观点被视为典型的形式主义方法论，也是后来意图谬误理论引发很大争议的主要原因。

"感受谬误"是维姆萨特和比尔兹利针对读者反应和阅读效果而提出的观点，就是"将诗和诗的结果相混淆，也就是诗是什么和它所产生的效果……其始是从

---

① ［美］威廉·K. 维姆萨特、蒙罗·C. 比尔兹利：《感受谬见》，黄宏熙译，见赵毅衡编选：《"新批评"文集》，中国社会科学出版社 1988 年版，第 228 页。
② ［美］威廉·K. 维姆萨特、蒙罗·C. 比尔兹利：《意图谬见》，罗少丹译，见赵毅衡编选：《"新批评"文集》，中国社会科学出版社 1988 年版，第 210 页。
③ ［美］威廉·K. 维姆萨特、蒙罗·C. 比尔兹利：《意图谬见》，罗少丹译，见赵毅衡编选：《"新批评"文集》，中国社会科学出版社 1988 年版，第 210 页。

诗的心理效果推衍批评标准，其终则是印象主义与相对主义"①。他们反对的是文学批评中的心理主义和读者决定论，其典型表现是感受批评。

维姆萨特等人回顾了感受批评（感受说）的历史和分类，主要有：（1）唯情感论，即以读者受感染的程度衡量诗的价值；（2）唯想象论，即以作品产生的各种快感、生动逼真和感染力所激发的读者想象、思想的启迪以及灵魂的震颤来评判诗歌；（3）生理学类型，即以引发身体反应的阅读感受来评判诗歌，如经常被引用的"起鸡皮疙瘩"的体验，"掀去天灵盖""沿着脊椎骨一阵寒颤"的感受；（4）幻觉说，即以读者沉浸在文学世界中，将现实与虚拟混淆，产生幻觉作用的情况来评判诗歌。维姆萨特等人对这些感受说进行了批评，认为这一理论"由于其纲领本身的复杂含义，几乎没有产生什么实际的文学批评"②。理由是：在不同程度的生理经验及其价值的认识之间存在很大的差距，读者心中虽然激起了生动形象、浓厚的情感或高度的觉悟，但这种现象既不能予以驳斥，也不能作为客观的批评家考虑的依据，纯粹的传情报导或是过于强调生理的反应，或是过于空泛而不着边际。

根据维姆萨特等人的意见，在作品与作者、读者的复杂关系中，作者和读者都不必考虑，因为作品的意义是不以作者和读者为转移的。"批评家不是关于一首诗的统计数字报告的撰写人，而是诗的意义的启发人或诠释者"③，只要研究作品即可，"尽管各族文化有了变化，但诗篇却是永存的，它们能说明一切"④。这种观点彻底贯彻了新批评派的主张，不过也走向了过于重视形式的另一个极端。

第三节 韦 勒 克

雷奈·韦勒克（1903—1995，又译勒内·韦勒克）是诞生于奥地利的捷克裔

---

① ［美］威廉·K. 维姆萨特、蒙罗·C. 比尔兹利：《感受谬见》，黄宏熙译，见赵毅衡编选：《"新批评"文集》，中国社会科学出版社 1988 年版，第 228 页。

② ［美］威廉·K. 维姆萨特、蒙罗·C. 比尔兹利：《感受谬见》，黄宏熙译，见赵毅衡编选：《"新批评"文集》，中国社会科学出版社 1988 年版，第 240 页。

③ ［美］威廉·K. 维姆萨特、蒙罗·C. 比尔兹利：《感受谬见》，黄宏熙译，见赵毅衡编选：《"新批评"文集》，中国社会科学出版社 1988 年版，第 243 页。

④ ［美］威廉·K. 维姆萨特、蒙罗·C. 比尔兹利：《感受谬见》，黄宏熙译，见赵毅衡编选：《"新批评"文集》，中国社会科学出版社 1988 年版，第 249 页。

美国文学理论家和文学批评史家，是新批评后期的杰出代表。

一、外部研究与内部研究

在韦勒克和沃伦合写的《文学理论》一书中，韦勒克等人信守新批评的一些原则，强调"文学研究应该是绝对'文学的'"[①]，为新批评派的观点作了一次系统的理论总结，同时也把俄国形式主义、捷克结构主义和英美新批评的观点有机结合了起来。韦勒克等人将"虚构性""创造性"和"想象性"确立为文学的突出特征，将文学研究划分为内部研究和外部研究，将文学研究分为文学批评、文学理论和文学史三部分，这些理论都产生了很大影响。

在韦勒克等人的分类中，将作家研究、文学社会学、文学心理学以及文学与其他学科的关系之类不属于文学本身的研究归属于外部研究；对文学自身的要素，如作品的存在方式、叙述类型、语义、文体，以及音韵、节奏、意象、隐喻、象征、神话等因素的研究归属于文学的内部研究。

在韦勒克看来，外部研究指对文学的背景、文学的环境、文学的外因的研究，主要包括作家研究、文学社会学、文学心理学以及文学与其他学科的关系的研究，侧重的是文学与时代、社会、历史的关系。韦勒克并不完全反对文学的外部研究，他认为，文学研究者理所当然地需要侵入和占领毗邻的知识领域如外交史、军事史和经济史，文学作品产生于某些条件下，认识这些条件有助于理解文学作品。这种研究方法在作品释义上的价值，似乎是无可置疑的。"但是，这种研究无论如何都不是文学研究。"[②] 因为外在的研究大多成了因果式的研究，只是从作品产生的原因去评价和诠释作品，最后把它完全归结于它的起因，过高地估计了起因解释法在文学研究上的价值，这就形成了"起因谬说"[③]。

在韦勒克看来，大部分外部研究都是有问题的。研究者试图把某一系列的人类活动和创造孤立地提出来，作为决定文学作品的唯一因素，很容易犯以下的错误：其一，以为文学主要是创作者个人的产品，于是便断定文学研究主要必须从考察作者的生平和心理着手。其二，从人类组织化的生活中——经济的、社会的

---

① ［美］勒内·韦勒克、奥斯汀·沃伦：《文学理论》，刘象愚等译，江苏教育出版社 2005 年版，第 2 页。

② ［美］勒内·韦勒克、奥斯汀·沃伦：《文学理论》，刘象愚等译，江苏教育出版社 2005 年版，第 9 页。

③ ［美］勒内·韦勒克、奥斯汀·沃伦：《文学理论》，刘象愚等译，江苏教育出版社 2005 年版，第 73 页。

和政治的条件中——探索文学创作的决定性因素。其三，从人类精神的集体创造活动，如思想史、神学史和其他的艺术中，探索文学的起因。其四，以"时代精神"，即一个时代的精神实质、知识界气氛或舆论"环境"以及从其他艺术的特质中抽取出来的一元性力量，来解释文学。韦勒克认为，这些研究都把文学当作单一的某种原因的产物，"这样的研究方法永远不能解决分析和评价等文学批评问题"[①]。

韦勒克等人从传记、心理学、社会、哲学思想及文学以外的艺术等五种角度，分析了外部要素的重要性，并考察了它们与"文学的""以文学为中心"的研究是否相关、有怎样的关系。比如，韦勒克认为传记有助于揭示诗歌实际产生的过程，为系统研究诗人的心理和诗的创作过程提供了材料。但是，应当注意到："一件艺术品与现实的关系，与一本回忆录、一本日记或一封书信与现实的关系是完全不同的，前者是在另一个平面上形成的统一体。"[②] 作家的传记和作品之间有着"不少平行的、隐约相似的、曲折反映的关系"，作品"是诗人本身的经验、本身的生活传统的戏剧化表现"。[③] 但是作家的生活和作品不是简单的因果关系。"作家的思想、感情、观点、美德和罪恶也不能和他笔下的主人公混为一谈。"[④] 因此，传记式的文学研究并不是可靠的。再如，韦勒克认为，心理学明显地可以阐述创作的过程。很多人注意研究作家修改和重写时的习惯，研究许多有关作家习惯的逸事与评价，研究作品的修改、订正等问题，这将有助于我们认识文艺作品中的漏洞、不一致、转折和歪曲等与文艺批评有关的问题。对一些自觉的艺术家来说，心理学可能加深他们对现实的感受，使他们的观察能力更加敏锐，或让他们得到一种未曾发现的写作方式，但是这些研究与文学的相关性确实被过高地估量了。这是因为："诗人的心理结构和一首诗的构思之间，即在印象和表现之间，是有所差别的。"[⑤] 心理学本身只不过是艺术创作活动的一种准备，而且"许多伟大的艺术仍

---

① ［美］勒内·韦勒克、奥斯汀·沃伦：《文学理论》，刘象愚等译，江苏教育出版社 2005 年版，第 74 页。

② ［美］勒内·韦勒克、奥斯汀·沃伦：《文学理论》，刘象愚等译，江苏教育出版社 2005 年版，第 78—79 页。

③ ［美］勒内·韦勒克、奥斯汀·沃伦：《文学理论》，刘家愚等译，江苏教育出版社 2005 年版，第 81 页。

④ ［美］勒内·韦勒克、奥斯汀·沃伦：《文学理论》，刘家愚等译，江苏教育出版社 2005 年版，代译序第 10 页。

⑤ ［美］勒内·韦勒克、奥斯汀·沃伦：《文学理论》，刘家愚等译，江苏教育出版社 2005 年版，第 90 页。

在不断地违反心理学上的准则"①。因此，很多从心理学角度出发的研究不是真正的文学研究。

针对内部研究，韦勒克首先阐明：文学研究的合情合理的出发点是解释和分析作品本身，只有作品能够判断我们对作者的生平、社会环境及其文学创作的全过程所产生的兴趣是否正确。韦勒克列举了健康的批评倾向，就是集中精力去分析研究实际的作品，以现代的术语重新认识和评价经典的修辞、批评和韵律等方法，如法国的"原文诠释"派、德国的形式分析法、俄国形式主义文论及捷克和波兰所倡导的形式主义研究法以及英美的新批评等，这些方法给文学作品的研究带来了新的活力。不过，值得注意的是，韦勒克的内部研究不仅仅是形式研究。在韦勒克看来，内容（要传达的思想和情感）与形式（表达这些内容的所有的语言因素）的分野并非那么清楚，因为"内容暗示着形式的某种因素"。例如，小说中讲述的事件是内容的部分，而把这些事件安排组织成为"情节"的方式则是形式的部分。离开这种安排组织的方式，这些事件无论如何也不会产生艺术效果。韦勒克建议不要使用传统的两分法，即把所有一切与美学没有什么关系的因素称为"材料"，把一切需要美学效果的因素称为"结构"。这就恰当地沟通了内容和形式之间的边界线，"材料"和"结构"这对概念既包括内容，也包括形式，② 没有形式的内容实际上是不存在的、不真实的。

文学的外部研究和内部研究的提法，突出地表现了新批评对文本艺术性和审美性的关注。韦勒克强调内部研究，认为文学艺术的本质在于它独特的形式结构和语言风格，只有重视对作品的内部研究，才能真正理解作品的文学性和审美价值，这种观点有利于纠正文学研究中过度关注文学的外在条件和环境的倾向。

二、文学批评、文学理论与文学史

韦勒克在文学本体研究的范围中，对文学理论、文学批评和文学史三者进行了区别，并且对它们之间的联系进行了分析。

韦勒克把文学理论看成是对文学的原理、范畴和判断标准等问题的研究，研究具体的文学艺术作品是文学批评（其批评方法基本上是静态的）或文学史，它们和文学理论有着互相包容、辩证的关系：一方面，文学理论如果不植根于具体

①　[美] 勒内·韦勒克、奥斯汀·沃伦：《文学理论》，刘象愚等译，江苏教育出版社 2005 年版，第 99 页。

②　参见 [美] 勒内·韦勒克、奥斯汀·沃伦：《文学理论》，刘象愚等译，江苏教育出版社 2005 年版，第 157 页。

文学作品，也是不可能的。另一方面，"文学的准则、范畴和技巧都不能'凭空'产生……没有一套问题、一系列概念、一些可资参考的论点和一些抽象的概括，文学批评和文学史的编写也是无法进行的"①。

韦勒克在分析文学史的主要课题和研究方法时，提出了一个概念：透视主义。即"把其他类型的文学，看作一个整体，这个整体在不同时代都在发展着、变化着，可以互相比较，而且充满着各种可能性"②。这一概念强调文学的各种价值产生于历代批评的累积过程之中，是韦勒克防止文学批评中虚假的相对主义和虚假的绝对主义提出的，反映了一种文学研究的整体性观念。韦勒克指出，一件艺术品既是"永恒的"（即永久保有某种特质），又是"历史的"（即经过有迹可循的发展过程）。要研究某一部文学作品，就必须能够指出该作品在它那个时代的和以后历代的价值。文学不是一系列独特的、没有相通性的作品，也不是被某个时期的观念所完全束缚的一长串作品。因此，韦勒克主张，当代文学应该被列入严肃的研究范围之内，因为"每一作品本身即解答了某些艺术上的问题，不论这作品是昨天写成的还是1000年前写成的"③。

韦勒克的这种文学进化观念，显然和艾略特的有机整体观有着某种渊源。韦勒克将文学理论、文学批评和文学史结合起来，强调用新的综合方法来认识和评价文学作品，要重视当代作品的评价，避免由于深入文学个体而忽视整体，为新批评的文本实践提供了重要的理论指导。

小　结

新批评理论关注文学文本自身，有效地扭转了西方文学批评在历史学、伦理学、心理学和文体学方面的过分关注，被许多学者认为是真正意义上的文学评论。

由于新批评并非一个严密的学术流派，组成人员非常复杂，因此在许多问题上，其成员的理论并不一致。比如艾略特非常重视宗教和历史；瑞恰慈比较看重

---

① ［美］勒内·韦勒克、奥斯汀·沃伦：《文学理论》，刘象愚等译，江苏教育出版社2005年版，第33页。
② ［美］勒内·韦勒克、奥斯汀·沃伦：《文学理论》，刘象愚等译，江苏教育出版社2005年版，第37页。
③ ［美］勒内·韦勒克、奥斯汀·沃伦：《文学理论》，刘象愚等译，江苏教育出版社2005年版，第39页。

作者意图；燕卜荪很关注读者的作用；布鲁克斯认为新批评和历史研究并非格格不入，新批评在原则上与正统研究冲突最少；韦勒克也多次驳斥文学批评对历史的忽视这一倾向；等等。不过，他们在以下几点上还是较为一致的：第一，他们都反对文学研究只研究社会、历史、文化、作者、读者等文学作品以外的因素，特别反对以往只重作者、不重文本的做法。第二，他们都主张以语言研究为基础，以语义分析为基本方法，对文学语言和结构进行分析，认定文学批评的核心是作品本身。新批评主要关注的是文本整体，认为对于一件成功的作品，形式和内容是不可分的，形式就是意义。第三，他们的理论建构和批评实践紧密结合。新批评派的学者多有着丰富而深厚的文学创作体验，他们的非个性化、含混论、构架—肌质论、反讽论、张力论、意图谬误、感受谬误等都是在具体的文本细读中提出的，这些细读实践为读者理解作品、欣赏作品提供了多种途径与方法。

英美新批评在文学理论和研究方法上有新的发现，但很容易偏激，走向极端化，这也是他们的理论引起较大争议的原因。由于新批评对诗歌结构和组织成分的过分关注，使之无法摆脱形式主义的嫌疑。新批评派虽然没有完全否认文学与现实的关系，但还是倾向于在文学研究中排除历史研究和社会学研究。这无疑是其局限之所在。

按照马克思主义的观点，文学艺术虽然有着自己的内在规律和相对独立性，艺术生产和物质生产是不平衡的，但归根结底受社会物质基础的决定和制约，社会的发展过程是在多种因素相互作用下进行的，其中经济运动是最强有力的、最本原的、最有决定性的。"任何一个时代的经典文艺作品，都是那个时代社会生活和精神的写照，都具有那个时代的烙印和特征。"① 也就是说，文学批评是不可能脱离历史现实和意识形态制约的。事实上，马克思主义文学批评并不排斥审美和审美价值研究，而是强调审美分析应该和历史研究统一起来。恩格斯早就指出文学批评的最高标准就是美学的和历史的统一，他在分析拉萨尔的剧本《济金根》时，首先分析的就是它的形式，如情节的巧妙安排，剧本的戏剧性，韵律、道白和对话的表演性等，然后再分析剧本形式对思想内容的伤害以及剧本在历史内容上的进步性和矛盾性。马克思和恩格斯也多次从唯物史观出发，对语言的物质特性和中介品格进行了科学的论证，并且在作品分析中利用词汇意义、方言、俗语解读出了古代社会的伦理关系和现代巴黎社会的隐语含义。这种美学的和历史的

---

① 习近平：《在中国文联十大、中国作协九大开幕式上的讲话》，人民出版社 2016 年版，第 7 页。

文学批评方法的统一，正是新批评文论所欠缺的。

思考题：

1. 新批评派文论的主要特点有哪些?

2. 兰色姆的本体论批评的具体内容是什么?

3. 韦勒克划分文学研究的内部研究和外部研究有何意义?

4. 如何理解英美新批评的产生与社会历史语境的关系?

5. 英美新批评的共同点主要体现在哪些方面?

第十三章 结构主义文论

概 述

结构主义是在 20 世纪 60 年代的法国盛行一时的理论思潮，它不仅取代了存在主义并在当时的法国思想界占据了主导地位，而且迅速向欧美各国蔓延并在世界范围内产生了广泛影响。结构主义思潮的核心是结构主义方法，作为一种方法，概括起来说，也就是以系统整体的观念看待语言、社会和文化，找寻其中隐而不显的结构规则。结构主义研究的出发点不是孤立要素，而是各要素间的关系；结构主义研究的目标不是认识具体的文学现象，而是发现潜在于各种文学文化现象之下的共同规律。

1966 年，法国的一家文学期刊登出一幅漫画，这幅漫画题为《结构主义者的午宴》，画上描绘了四位结构主义思想家：列维-斯特劳斯、巴尔特、福柯和拉康。另一位法国哲学家阿尔都塞曾用结构主义方法研究马克思的著作，他因此也常被视作结构主义的代表人物之一。结构主义思潮一经产生，便被广泛运用于文学、人类学、心理学、哲学等诸多学科领域，它在文学研究领域的直接成果是结构主义"叙事学"，其代表人物有托多罗夫、格雷马斯、热奈特以及前期的巴尔特。

结构主义的产生既有共同的社会文化基础，也有共同的语言学思想源头。就前者来说，结构主义的产生主要源于法国思想界对萨特理论的不满，即对过度注重主观性与个人自由的存在主义的不满。就后者来看，其产生则与 20 世纪初的索绪尔语言学直接相关。索绪尔的系统整体的语言观念和二元区分思想曾影响了俄国形式主义和布拉格结构语言学，又通过俄国形式主义和布拉格结构语言学派的代表人物雅各布森，影响到列维-斯特劳斯的结构主义人类学。正是列维-斯特劳斯开始把"结构主义"作为一个哲学名词正式运用，并以一系列著作的出版，使结构主义取代存在主义而发展成一种影响广泛的思潮。

结构主义作为一种思想方法，既为人们认识各种纷乱的社会、文学和文化现象提供了强大的思想武器，也为人们的思考设置了一些限制。随着结构主义思潮的进一步发展，人们越来越意识到结构概念的局限性，认为社会和文化领域的丰富性、不确定性和变动性，是很难用一个统一、静态和封闭的结构所涵盖的。于是，从结构主义中又发展出以解构为指向的"后结构主义"。尤其是 1968 年法国的"五月风暴"运动之后，社会结构和政治结构的激变更增加了人们对结构主义的怀疑，于是后结构主义开始取而代之。但结构主义与后结构主义的界限并不总是十分清晰的，并且无论是结构主义还是后结构主义都存在着一定的局限性，都需要在马克思主义的指导下，在坚守中华文化立场和立足当代中国现实的基础上，结合当今时代条件，进行一些批判反思，才能使其为建设新时代的有中国特色的文论、文化服务。但为了实现这一目标，我们需要首先深入了解结构主义思潮本身，而要深入了解这一思潮本身，又需要首先追溯到结构主义与后结构主义共同的语言学理论基础，即索绪尔的结构主义语言学。

第一节 索 绪 尔

瑞士语言学家索绪尔（1857—1913），被称作"现代语言学之父"。索绪尔生前公开发表的著述不多，他那本在其去世后由其学生根据课堂笔记整理出版的《普通语言学教程》，却产生了划时代的影响。索绪尔把结构的观点运用于语言学研究，并以"语言"与"言语"、"能指"与"所指"、"共时性"与"历时性"、"聚合关系"与"组合关系"等一系列的二元概念，奠定了现代语言科学的基础，并作为一种可供操作的方法模式广泛应用于诸多学科领域。

一、语言与言语

在索绪尔的时代，历史比较语言学研究占据主导地位。但索绪尔认为，语言学必须致力于从总体上把握语言的本质，因此必须放弃语言的历史研究，选择特定时刻的语言系统的横断面，把它从历时态中"抽取"并固定下来。于是，他把语言的历时态研究排除在外，否定了语言起源问题的价值，专注于语言的共时态研究。

索绪尔把通常所说的言语活动（speech，法文为 langage）区分出两个对立概念：语言（language，法文为 langue）和言语（speaking，法文为 parole）。所谓"语言"，是由词汇和语法组成的规则系统，它是制约一切语言使用者的、超个人的"同质"的共时性的"社会制度"。所谓"言语"，作为对语言的具体使用，它是一种纯粹个人性、历时性的"异质性"活动。在索绪尔看来，人们通常所说的"言语活动"正由这两部分组成，它兼具社会性和个人性，涉及物理、心理、生理等众多领域。就语言学研究来说，只有把与个人"言语"事实有关的种种因素

"清除"出去，一开始就站在"语言"的阵地上，语言学才能作为一门真正的科学建立起来。换言之，语言学不是考量变动发展的具体言语现象，而是"以语言为唯一的对象"，亦即构成复杂言语现象后面的那些语言规则或原理。索绪尔对于语言与言语、共时性与历时性之间的区分，对 20 世纪以来的人文社会科学影响深远，结构主义的符号学、人类学、叙事学、诗学和文学批评无不是以这一区分为基本前提的。

二、所指与能指

传统认为，语词与事物之间存在着一一对应的关系，比如"北京"和一座城市的对应关系。但索绪尔认为，语言是由语言符号组成的具有内在结构规律的符号体系，它联结的不是"事物"和"名称"，而是"概念"和"音响形象"。他把概念称为"所指"（signified，法文为 signifié），把音响形象称为"能指"（signifier，法文为 signifiant），"所指"与"能指"共同联结成一个整体性的"符号"（sign，法文为 signe）。如"树"这个词就是一个语言符号，它的读音"shù"就是其能指，它的概念意义"木本植物"就是其所指。而在书面语言中，"树"这个文字符号的能指则是它的书写形象"树"。

对于这样确立起来的语言符号，索绪尔认为，它有两个基本原则。它的首要原则就是语言符号是任意的。综观索绪尔的论述，任意性原则包含两层意思。它首先是说，一个符号的所指和能指之间的联系是任意的，什么样的概念用什么样的声音来表示，完全是约定俗成的。比如对于"水"这一概念，汉语里读为"shuǐ"，英语里读作"[ˈwɔːtər]"，这完全是一种人为的约定，没有什么特别的根据。它其次是说，不仅声音能指的选择是任意的，而且人们用什么样的概念范畴（即所指）来表达组织世界的方式也是任意的。索绪尔认为，语言符号不是根据外界事物，而是根据符号与符号之间的差别创造出来的。语言不是一个实体性存在，而是由一系列的差别和对立构成的纯粹价值或关系系统。语言系统中任何一个要素的价值（包括概念），只在于它能与该系统中的其他要素进行区分，而不在于它与外界事物相对应。这样一来，索绪尔就以他的符号概念和任意性原则，打破了"词与物天然对应的神话"，也把"整个关于语言符号最终代表什么对应物的问题"[①] 避开了。在这里，语言符号只是与语言符号相关涉，而与语言外的事物或实

---

① ［美］弗雷德里克·詹姆逊：《语言的牢笼》，钱佼汝译，百花洲文艺出版社 1995 年版，第 27 页。

在世界没有关系。于是，语言被设想成一个独立自足的系统，语言学研究就是语言系统中符号之间关系的研究。由此来看，文学也即按照一定规则来组织词语符号，它是一个独立自主的结构系统，因此文学与社会历史的关联也就被割裂开来，文学研究也就是对文学作品的语言规则的研究。

正因为语言符号是任意的，它才是靠系统的规则强制性地发挥作用的。在一个语言群体中，一旦"人"的观念用"rén"这个声音来表达，它就是一个语言共同体必须遵守的强制性规约，不能随意更改。因此，索绪尔特意说明："任意性这个词还要加上一个注解。它不应该使人想起能指完全取决于说话者的自由选择。"① 人在一个已经约定好的语言系统面前是没有什么自由可言的，语言是根据自己系统的规则自主活动的。这样一来，不是人在控制语言，反倒是语言在控制人。索绪尔语言学的这一倾向被后来的结构主义和后结构主义充分渲染，成为当代西方哲学和文学理论中反主体性的语言学根据，福柯"人之死"、巴尔特"作者之死"之类的看法都与此有关。

索绪尔指出的语言符号的第二个原则是，语言符号的能指具有在时间的链条中依次出现的线条性。与此相关，索绪尔又对"句段关系"和"联想关系"进行区分。索绪尔指出，在话语中，各个词一个挨一个地排列在言语的链条上，彼此结成了以语言的线条或时间特征为基础的关系，这就排除了同时呈现两个要素的可能性。这种在时间长度中的结合是句段关系，又称"组合关系"。另一方面，在话语之外，各个具有共同点的词语，会在人们的记忆里联合起来，构成具有各种关系的"集合"。这些集合就是联想关系，又称"聚合关系"。句段关系体现了横向的、历时性的时间关系，它强调的是时间的线性或次序；联想关系体现的则是纵向的、共时性的空间并存关系。由于联想关系是潜存于大脑中的记忆联合，是"不在场的"，在所有的言语事实中，我们所能看到的都是组合关系，亦即句段关系。后来，雅各布森根据索绪尔对于组合关系和聚合关系的区分，发展出著名的关于诗歌隐喻和转喻的两极性理论，列维-斯特劳斯的结构主义神话学与诗学分析，以及拉康的后结构主义精神分析理论，也受到索绪尔和雅各布森这一理论的影响。

总而言之，索绪尔的这些语言观念和二元结构，直接影响了俄国形式主义和布拉格的结构语言学，又通过其代表人物雅各布森影响到列维-斯特劳斯的结构主义人类学。1945 年，列维-斯特劳斯发表《语言学和人类学中的结构分析》一文，

---

① ［瑞士］索绪尔：《普通语言学教程》，高名凯译，商务印书馆 1980 年版，第 104 页。

认为可以将音位学分析方法转换运用到人类学研究之中。这篇文章标志着法国结构主义思潮的萌生。

第二节 列维-斯特劳斯

克罗德·列维-斯特劳斯（1908—2009，又译克洛德·莱维-斯特劳斯）是法国著名的人类学家和哲学家，素有"结构主义之父"的美称。其重要著作有《忧郁的热带》、《神话的结构研究》、《结构人类学》、《野性的思维》、《神话学》（四卷）等。正是由于他在 20 世纪 50 年代一系列著作的出版，结构主义才发展成一种影响广泛的思潮。

列维-斯特劳斯认为，语言与神话、与人类的一切文化现象和社会生活形式都具有结构上的相似性，因此，神话和人类的一切文化现象和社会生活形式都可以用语言学模式加以分析。列维-斯特劳斯不仅把语言学的结构模式运用于亲属关系、图腾制度、神话流传等非语言学文化现象，取得了举世瞩目的成就，而且他还与文学理论家雅各布森合作，对法国象征主义诗人波德莱尔的诗歌《猫》进行解析，从而也为结构主义批评提供了卓越的范例。

一、神话的双重结构

结构主义对神话的研究，由于引入了新的方法而从根本上改变了人们对神话的看法。结构主义语言学提供了四种基本研究方法："第一，结构语言学把对有意识语言现象的研究转变为对其无意识底层结构的研究。第二，它不把术语看作是独立的实体，而是把分析术语间的关系当作自己的基础。第三，它引入了系统概念——'现代音位学不仅宣称音位始终是系统的一些部分，而且展现出具体的音位系统，并说明它们的结构'。""最后，结构语言学以发现一般规律为目标，既通过归纳法，也'通过演绎法，从而使这些规律具有绝对的性质'。"① 正是这种结构主义语言学方法促使列维-斯特劳斯推测，在各个民族的千变万化的神话形式背后，必定存在着某种不变的共同的无意识结构。这种结构跨越时空界限和种族差别，普遍地存在于人类思维的深层，纷繁多样的神话形式不过是这种普遍结构的

---

① ［美］特鲁别兹柯依：《现时的音位学》，转引自［法］克洛德·莱维-斯特劳斯：《结构人类学》，谢维扬、俞宣孟译，上海译文出版社 1995 年版，第 35—36 页。

具体表现。而他的工作就是依据语言学模式，从大量的神话材料中抽绎概括出人类神话思维的深层结构模式。

列维－斯特劳斯发现，神话具有把语言与言语、共时性与历时性统一起来的双重结构。"神话是语言"，但要让人知道，神话就必须被说出来，它因此又是"人类言语的一部分"。如前所述，语言是共时性系统，是语言结构不变的方面；具体说出来的言语则是历时性的，是语言中变化着的方面。对于共时并存的结构要素来说，它们之间没有时间先后关系，因此"语言在时间上属于可逆"；对于在时间过程中存在的言语来说，它们是有时间的先后顺序的，因此"言语在时间上则属于不可逆"。如果神话既属于语言，又属于言语，这就意味着神话使用了把前两个时间系结合起来的"第三种时间系"①。它既是"在时间中的"，因为它说的是很久以前发生的事；它又是"不在时间中"或超越时间模式的，因为它在过去、现在和将来不断地重复出现，亘古不衰地持续发挥作用。由此，列维－斯特劳斯得出结论说，神话"就是这种既是历史的又与历史无关的双重结构"，它对那些既属于言语范围又属于语言的"第三种标准上的一种绝对的东西"作出了解释。② 这第三种标准虽然依然具有语言的性质，但并不同于那种单纯的语言标准，神话的时间"既是可逆的又是不可逆的，既是共时的又是历时的"③。

与神话的这种双重结构相一致，对神话的阅读也需要一种类似管弦乐谱的双重阅读方式。对于乐谱，我们会发现，同样格式的音符相隔一段后还会出现，而这些不断重现的音符就构成"关系束"。所谓"关系束"，就是在历时性的发展过程中，反复出现的性质上具有相似性或类同性的一组关系。列维－斯特劳斯认为："一首管弦乐乐曲要有意义，就必须沿着一条中心线历时地去读，——即一页接一页，从左到右，——又沿着另一条中心线共时地去读，而所有写在竖行里的音符便组成一个大构成单元，即一个关系束。"④ 再比如，面对下面一连串的数字符号，我们既可这样从左到右作横向排列或作横向阅读：1、2、4、7、8、2、3、4、6、8、1、4、5、7、8、1、2、5、7、3、4、5、6、8……我们也可以这样来重新加以

① ［法］克洛德·莱维－斯特劳斯：《结构人类学》，谢维扬、俞宣孟译，上海译文出版社 1995 年版，第 224 页。
② ［法］克洛德·莱维－斯特劳斯：《结构人类学》，谢维扬、俞宣孟译，上海译文出版社 1995 年版，第 225 页。
③ ［法］克洛德·莱维－斯特劳斯：《结构人类学》，谢维扬、俞宣孟译，上海译文出版社 1995 年版，第 227 页。
④ ［法］克洛德·莱维－斯特劳斯：《结构人类学》，谢维扬、俞宣孟译，上海译文出版社 1995 年版，第 228 页。

配置：把所有的 1 放在一起，把所有的 2 放在一起，等等。那横向排列得到的是有先后顺序的历时性的"序列"，它相当于言语；我们重新排列得到的"竖行"就是具有共时性的"结构"，它相当于语言。它也是大的构成单元，是"关系束"。如下图所示：

```
1   2       4           7   8
    2   3   4       6       8
1           4   5       7   8
1   2           5       7
        3   4   5   6       8
```

列维-斯特劳斯以俄狄浦斯神话为例，具体分析了神话的这种共时性与历时性、语言与言语相互作用的双重结构特征。俄狄浦斯神话是一个神话系列，它包括三个神话故事：卡德摩斯寻找妹妹，俄狄浦斯弑父娶母，安提戈涅之死。列维-斯特劳斯根据上面所述的阅读方法对俄狄浦斯神话进行解读，他先分离出"神话素"，或称神话的"构成单元"，它也是从故事中拆分出来的最基本的"句子"，再把神话素进行重新配置，得出下表：

I	II	III	IV
卡德摩斯寻找被宙斯拐走的妹妹欧罗巴			
		卡德摩斯杀死凶龙	
	斯巴达人互相残杀		
			拉布达科斯（拉伊俄斯的父亲）＝瘸子（？） 拉伊俄斯（俄狄浦斯的父亲）＝靠左脚站立（？）
	俄狄浦斯杀死其父拉伊俄斯		
		俄狄浦斯杀死斯芬克斯	
			俄狄浦斯＝肿脚（？）

续表

I	II	III	IV
俄狄浦斯娶其母伊俄卡斯忒			
	厄忒俄克勒斯杀死其兄波吕尼刻斯		
安提戈涅不顾禁令葬其兄波吕尼刻斯			

列维-斯特劳斯指出，通过这样的重新排列，我们就发现四个竖栏，每一栏都包含属于同一束的几个关系。要是我们只是讲述神话，那我们就会不顾这些竖栏，而会横着从左读到右，从上读到下。但如果我们想要"理解"神话，我们就必须不顾历时这一维的一半（从上到下），而是一竖栏一竖栏从左读到右，把每一竖栏当作一个单元。因为"一个神话的真正的构成单元并非一些孤立的关系，而是一些关系束。并且只有作为这样的关系束，这些关系方才能投入使用和联结起来，以产生一种意义"①。通过对这些竖栏的解读，列维-斯特劳斯发现，第一栏的共同特点是"过分看重血缘关系"，第二栏则是"过分看轻血缘关系"；第三栏的共同特征是"对人的出自地下的起源的否定"，而第四栏则是"坚持人的出自地下的起源"。② 由此我们看到，第四栏与第三栏之间，就像第一栏与第二栏之间一样，它们都构成了对立关系。这样，在上述神话故事中，就存在着两组二项对立。神话的意义就存在于这种深层的二项对立结构之中。在这种深层结构中蕴含着神话对"人类究竟为大地所生"，还是"由两性结合所生"之类初始问题的思考，以及在这种思考中所遇到的困难或矛盾。神话虽然没有解决这个问题，但它通过把这两个问题联系起来思考，实现了两个彼此冲突的观念的调和。

通过这样的分析，列维-斯特劳斯不仅给以前混乱的东西规范了某种秩序，而且还揭示了神话思想中的基本逻辑程式。这一方法无论对分析人类文化现象，还是对于更深刻地认识人类思维的结构，都具有重要启发意义。但同时需要指出的是，列维-斯特劳斯的神话研究主要是对神话的内部结构的研究，它忽视了神话产

---

① ［法］克洛德·莱维-斯特劳斯：《结构人类学》，谢维扬、俞宣孟译，上海译文出版社 1995年版，第 227 页。

② ［法］克洛德·莱维-斯特劳斯：《结构人类学》，谢维扬、俞宣孟译，上海译文出版社 1995年版，第 231 页。

生的社会历史基础。马克思曾指出："任何神话都是用想象和借助想象以征服自然力，支配自然力，把自然力加以形象化；因而，随着这些自然力实际上被支配，神话也就消失了。"① 因此，神话是特定阶段的社会条件的结果，它并非是永恒不变的程式，在指出神话的这些内在规则后，还需要进一步探究社会、历史、文化是如何建构和发展这些程式的。否则，我们对神话思维的理解是不全面的。

二、二项对立与文本分析

列维-斯特劳斯与雅各布森合作，撰写的《波德莱尔的〈猫〉》一文，乃是结构主义诗学分析的名篇。他们从语音、句法和语义三个层面对《猫》展开分析，但语音、句法分析占据更大的比重。雅各布森关于诗歌的一种基本看法是："诗歌的功能把等值原则从选择轴投射到组合轴。"② 而这一理论的提出正是以前面提到的索绪尔对于句段关系与联想关系的区分为前提的。雅各布森指出，语言的两轴"纵聚合轴"和"横组合轴"，与语言的两种基本修辞方式"隐喻"和"转喻"有对应关系。因为"纵聚合轴"和"隐喻"一样都是以相似性（包括相反）为结构原则的，"横组合轴"和"转喻"则是按照邻近性（包括语法和语义上的毗连和邻近）组织起来的。隐喻和转喻的两极性正好代表了语言的两种基本模式——共时性模式与历时性模式，两种运作方式——选择方式与组合方式之间的对立。

雅各布森指出，在正常的言语过程中，隐喻与转喻始终是在共同发挥作用，但在不同的语言艺术形式中，一方往往取得了相对于另一方的优势。他认为诗歌语言主要是隐喻的，因为"诗歌的功能把等值原则从选择轴投射到组合轴"。这种"投射"意味着诗歌语言的横组合轴或者序列不是按照"邻近性"原则组织起来的，而是由那些相似或相悖的语义，相同或相近的音韵、句法或其他对等因素占据着的。这些对等也就是结构主义著名的"二项对立"原则。列维-斯特劳斯和雅各布森对波德莱尔《猫》的分析，正是基于这样的诗歌理论观点进行的。通过他们细致的分析，我们看到了存在于语音、语法和语义层面上的一系列二项对立关系。由于对音韵的讨论十分烦琐，这里重点讨论两位作者关于这首诗的句法结构和语义的分析。

---

① ［德］马克思：《1857—1858 年经济学手稿摘选》，《马克思恩格斯文集》第 8 卷，人民出版社 2009 年版，第 35 页。

② ［俄］Roman Jakobson, *Language in Literature*（《文学中的语言》），Cambridge：Harvard University Press，1987，p.71.

猫①

1 热恋的情人和谨严的学者们，

2 到了成熟的年纪，都同样爱猫，

3 家中的骄傲，强毅而温柔的猫，

4 畏寒而又深居简出，一如他们。

5 它们乃是学问和喜悦的朋友，

6 它们探求沉默和黑暗之恐怖；

7 如果它们肯屈尊为冥王服务，

8 可以代替马匹拉出殡的柩车。

9 它们在沉思时的高贵的风姿，

10 像陷于孤独的巨大的人面狮，

11 睡意沉沉地进入无边的梦乡；

12 它们的丰腰发出魔术的火花，

13 它们神秘的瞳孔充满像细沙

14 一样的金粉，闪着朦胧的星光。

在他们看来，全诗由三个复合句构成。这一句法结构可从整首诗中的三个句号看出来。这首诗既可以按照这种复合句结构一分为三，也可以按照"双韵诗节"和"单韵诗节"一分为二，另外，还可以按照各句间的语义关系把它们划分成几部分。但无论如何划分，都可以看到"整首诗的构成却恰恰是基于这两种排列方式之间，以及它们各自包含的对称成分和非对称成分之间的张力"②。

先看第一种划分方式，它以句号为界把这首诗分成三大部分。通过这样的划分，既可以看出诗歌在句法上的一些对称，也可以看出诗歌语义上的对立。第一部分以一种客观的、静态的图画方式提供了一种被动的真实景象，第二部分则赋予猫一种主动意向，它通过冥王对猫提出要求但遭到猫的抗拒表现出来。这两部

---

① 见［法］波德莱尔：《恶之花·巴黎的忧郁》，钱春绮译，人民文学出版社 1991 年版，第 150—151 页。

② ［俄］雅各布森、［法］莱维-斯特劳斯：《波德莱尔的〈猫〉》，滕守尧译，见赵毅衡编选：《符号学文学论文集》，百花文艺出版社 2004 年版，第 336 页。

分都是从外部来考察，但前一部分表现出了猫在与"情人"和"学者"关系中的被动性质，第二部分则表现出了猫在与"冥王"关系中的主动性质。而最后一部分正好相反，上面两部分的对立在这里被克服了，因为这时在猫的身上呈现出一种"积极的被动性"。这种性质是从内部而非外部表现出来的。

第二种划分方式，是按照双韵诗节和单韵诗节把这首诗分成两大部分。第一部分为两节四行诗，第二部分为两节三行诗。在前两节四行诗中，猫是外界观察者（情人、学者、冥王）的对象，陷入时空（家、季节）的禁锢之中，处于被动地位；而在后两节三行诗中，视角与时空的限制被废除（孤寂的深处、无边的梦），观察者的视角已经消失，猫变被动为主动。

第三种划分方式，是将整个文本重新排列，形成一种交叉式的组合。它将外层的两节诗，第一节四行诗和最后一节三行诗组成外层的一部分，将第二节四行诗和第一节三行诗组成内层的一部分。这样划分出来的两大部分之间同样形成了一种对照：在第一部分外层的两节诗中，独立的从句使"猫"具有了补语功能；而在第二部分内层的两节诗中，则赋予"猫"以主语功能。而在每个部分之内也形成了一种相互对照的相似关系。如在第一节四行诗中，猫类居民和人类居民居住在一起，而在最后一节三行诗中，"丰腰""瞳孔"都隐隐唤起一种猫与广阔宇宙的关系。

除了以上三种划分方法之外，还有第四种与之不同的划分方法。这种划分法是把前六行（1—6）分成一部分，后六行（9—14）分成一部分，把中间第7—8行看作一部分。之所以这样划分，是因为中间两行在各个方面都与其他两部分表现出明显差异，它就像音乐中的变调一样，通过音调和主题的突然摆动起到了一种独特的过渡和转换的作用。它引导读者从一个真实世界进入一个神秘的超现实或双重非现实的领域。如下表所示：

第1—6行	第7—8行	第9—14行
外在的		内在的
经验的	神秘的	
现实的	非现实的	超现实的

通过这两行诗，猫走向了与前面相反的形象。传统上的在家庭圈子里活动的猫开始走出这个圈子，在无尽的梦和广阔的沙漠中进行时间和空间的扩展。在全诗第一行中埋下的"情人和学者"之间的冲突的种子，在后面都以对称的方式在宇宙的层面显现出来了：丰满的腰臀暗示着情人的享乐，而猫的瞳孔则象征学者

的深邃睿智；"魔术"呈现出情侣的炽热和积极；"神秘"则揭示出学者沉思和冷静的态度。最后两位作者还谈到，诗人所塑造的猫是一个"阴阳合体"形象，诗歌的主题存在着在"男性"和"女性"之间的摆动，这种摆动让我们看到了"一个从爱情的极大限制中得到解脱的（或是没有陷入其中的）"和"一个被严肃的学者们解放了的宇宙"①。

列维-斯特劳斯和雅各布森对这首诗歌的细致分析，让我们看到了存在于这首诗中各种奇妙的对等关系，加深了我们对诗歌的理解和认识。但他们把大部分精力都放在寻找、阐明诗歌中对等原则的存在上，对于这些语音、句法对等所具有的意义却往往是点到为止，缺乏更为充分的阐释，并且他们对于对等原则或二项对立关系的看法也显得有些机械。其实，中国古代哲学思维原则之一，就是阴阳对反辩证思维，阴阳范畴不是静态的而是动态的，两者是可以相互转化的。阴阳对反的两极性组合，虽然也可以彰显不同事物之间的"对立"，但它更是要消除由单纯"阴"或单纯"阳"造成的界限和差异，去暗示、显现具有混整性的情感和事理。而文学的结构，无论是诗歌还是小说、戏剧的结构，都往往具有这种阴阳对反的相互转化的特性。美国汉学家浦安迪曾经说，中国传统叙事文学的美学结构，在中国传统批评家所使用的许多双语词汇上都有所透露，如"悲欢离合""冷热""虚实""动静"等。但最高明的批评家并不止于对二元对立的探讨，而是"更明确地探讨对偶结构中异与同的交流与渗透"②。由此亦可以看出，中国古代的阴阳对反观念实际上比结构主义的二项对立概念更适合说明文学结构的复杂情形。因此，在新时代的文学理论建构中，我们应该充分吸取中国传统文化的优秀资源。就这里来说，我们应该运用中国古代的朴素辩证法和马克思主义的辩证唯物主义观点看待诗歌以及人类思维中的二元对立问题，以克服结构主义方法中机械的、形而上学的成分。

第三节 巴 尔 特

罗兰·巴尔特（1915—1980，又译罗兰·巴特），法国著名的思想家、符号学家和文学理论家，其理论发展跨越了结构主义和后结构主义的不同时期。巴尔特

---

① ［俄］雅各布森、［法］莱维-斯特劳斯：《波德莱尔的〈猫〉》，滕守尧译，见赵毅衡编选：《符号学文学论文集》，百花文艺出版社 2004 年版，第 360 页。
② ［美］浦安迪：《中国叙事学》，北京大学出版社 1996 年版，第 53 页。

的代表作有《写作的零度》《神话——大众文化诠释》《符号学原理》《批评与真理》《S/Z》《文之悦》《罗兰·巴特自述》等。过人的才华、优美的文笔、犀利而多变的思想，使巴尔特成为法国思想界的先锋人物。巴尔特在符号学、叙事学、文化批评等领域，均获得了非常有影响的成就。

一、从"零度写作"到"作者之死"

《写作的零度》是巴尔特的处女作，其缘起是法国文坛重要人物萨特的《什么是文学》一文。在《什么是文学》一文中，萨特反对"为艺术而艺术"的态度，主张作家应该通过写作介入生活并干预政治。几年后，巴尔特发表了该作回应萨特的看法。与萨特强调文学应介入生活、干预政治、为一定的目的而写作不同，巴尔特主张一种中性的、不介入的"零度写作"，一种除了写作本身之外再没有其他目的的"不及物"写作。

在《写作的零度》中，巴尔特首先界定了什么是写作，又对西方写作史进行了梳理描述。巴尔特认为，写作不是交流的工具，"写作是一种硬化的语言，它独立自足"[1]。他把西方写作史划分为古典写作和现代写作两个大的阶段，又区分了政治式写作、传统的小说的写作和现代诗的写作等不同类型。政治式写作和传统的小说的写作都属于古典写作。他认为，在古典写作的深处"具有一种语言之外的'环境'，似乎有一种意图的目光存在着"。这种"目光"构成一种"权势或权势的阴影"，并"导致建立起一种价值学的写作"[2]。在对古典写作史的梳理中，巴尔特花了很大工夫分析传统的"小说的写作"。巴尔特认为，传统的小说的写作通过使用简单过去时的纯文学时态和第三人称的叙事技巧，创造了一个似真的、稳定的、秩序的和自足的世界。在这里一切都被安排得一清二楚、有条不紊，给人以踏实、安全和欣快的感觉。它是法国社会在资产阶级取胜时出现的一种既有工具性又有修辞性的写作，它代表了一种胜利者的意识形态，一种资产阶级的普遍性的神话学。

巴尔特认为，在古典时代，诗的语言与散文语言没有本质区别。但现代诗则完全打破了古典诗的语言和结构，共同表现出一种对于"字词的饥渴"。它摧毁了语言的关系，字词如同"垂直"的客体；客体化字词表现出非人本主义的特征，

---

[1] ［法］罗兰·巴特：《符号学原理》，李幼蒸译，生活·读书·新知三联书店 1988 年版，第 72 页。

[2] ［法］罗兰·巴特：《符号学原理》，李幼蒸译，生活·读书·新知三联书店 1988 年版，第 73 页。

把人引向非人化的超自然领域。字词也不再被社会性话语的总意图引导着向前，它也因此与一种语言的社会功能相对立。现代诗中的字词摆脱了一切限定和束缚，具有了一种百科全书的性质，它同时包含一切意义。字词也因此趋向一种"零状态"，同时蕴含着过去、现在和未来。传统意义上的写作已不复存在。现代诗实现了对写作的"谋杀"，也因此引发了巴尔特所说的那种"零度写作"。

所谓"零度写作"，在巴尔特看来，是一种不介入、不动心的无任何主观情感色彩的写作；一种既不包含"祈愿"亦不包含"命令"的直陈式、新闻式写作；"一种白色的、摆脱了特殊语言秩序中一切束缚的写作"；也可以说是一种消除了"语言的社会性和神话性"的非意识形态写作。这种写作达到了一种"不在"的风格。依据巴尔特的看法，这种写作由法国新小说派作家加缪在其《局外人》中首创，这种中性写作不再是胜利的意识形态的工具，而是一种"作家面对其新情境的方式，它是一种以沉默来存在的方式"[①]。在此基础上，巴尔特进一步提出了他对于写作的理想："文学应成为语言的乌托邦。"[②]

巴尔特所说的"零度写作"作为一种中立的、不介入的写作，其中不仅作者主体是缺席的，世界、事物也是"不在"那里的，所以说这一写作是"不及物"的。按照巴尔特的观点，文学的存在归功于我们发明出来用以加工世界并创造世界的"代码"，它与现实没有直接对应关系。文学并不是对既成的"客观存在"的反映，也不是什么"自然的"东西，我们误把写作看成是手段，是为达到某种隐秘的目的而使用的工具和载体。巴尔特指出，尽管写作可以为这种目的服务，但是多少年来它还起着另外的作用。确实有那些描写有关其他事物的作家，对他们来说，写作活动是"及物"的，它引向其他的东西。但还有另一种作家，对他们来说，"写作"这一动词是"不及物"的，其主要兴趣不在于带领我们"穿过"作品到达另一个世界，而在于生产"写作"。他们才是真正的"作家"，他们的专业"就在写作本身"[③]。后来，巴尔特在这条路上越走越远。随着他从结构主义者向后结构主义者的转变，早期在"及物"写作与"不及物"写作之间所作的区分几乎被取消，"不及物"写作不再是某一部分作家的追求，或某一类文学的特征，

---

① ［法］罗兰·巴尔特：《符号学原理》，李幼蒸译，生活·读书·新知三联书店 1988 年版，第102、103 页。

② ［法］罗兰·巴尔特：《符号学原理》，李幼蒸译，生活·读书·新知三联书店 1988 年版，第109 页。

③ ［英］特伦斯·霍克斯：《结构主义和符号学》，瞿铁鹏译，上海译文出版社 1987 年版，第114 页。

而成为写作的固有本性。在他看来，所有用语言进行的写作都不可避免地陷入一个能指复制能指的无限过程，而它的中心则始终保持为"空无"。就连宣称对客观现实进行忠实再现的现实主义文学也难能幸免。这一思想在他的后期著作《S/Z》中得到了集中体现。

与这种写作"不及物"的看法相关，巴尔特宣告了"作者之死"。"作者之死"是他的"零度写作"和"不及物"写作观念的必然延伸和发展。因为零度写作本身就是"不介入""不动心"的无主体写作，这其中已经暗含了"作者的死亡"。同样，当写作成为一种无外在功利目的、仅仅止于写作活动的状态时，写作已没有了意图，"声音就会失去其起因，作者就会步入他自己的死亡"①。巴尔特说："写作是对任何声音、任何起因的破坏。写作，就是使我们的主体在中销声匿迹的中性体、混合体和斜肌，就是使任何身份——从写作的躯体的身份开始——都会在其中消失的黑白透视片。"② 巴尔特强调，作者死亡是读者诞生的前提，而读者的诞生则意味着作品意义的开放性。随着作者的死亡，文本便没有了单一意义的来源，从而向读者无限开放，读者的创造能力在这类文本中也就有了释放的空间。在巴尔特看来，"一个文本是由多种写作构成的，这些写作源自多种文化并相互对话、相互滑稽模仿和相互争执，但是，这种多重性却汇聚在一处，这一处不是至今人们所说的作者，而是读者"。正是读者的不确定性、多元性保证了文本意义的敞开性。而"读者的诞生"是"以作者的死亡为代价"换取的。③

至此，巴尔特从"零度写作"到"作者之死"的关联被勾画出来了，它揭示了巴尔特的写作观，即无主体的、无事物的、非意识形态化的，仅仅把写作导向自身的写作。这种写作观在当代批评界产生了巨大影响，它对于反驳把文学归于单一的主体创造，把文学作为政治和意识形态的工具，让写作回到写作本身，并向一个更广阔、更自由的领域开放，具有一定的积极意义。不仅于此，巴尔特这种让写作回到写作本身的观念，还具有更深广的政治意义。他是想通过提出一种非意识形态化的零度写作或不及物写作，表达他对资产阶级意识形态的批判和抗拒。同样，他提出的"作者之死"是把矛头指向了作为文本意义本源的神学式的作者概念，它是建立在资产阶级个人主义基础之上的社会秩序的产物。

但同时也要认清，巴尔特所说的"零度写作""不及物写作"和"作者之死"，都只能作为一种写作的理想或批判策略而存在，它实际上是不可能真正实现

---

① ［法］罗兰·巴特：《罗兰·巴特随笔选》，怀宇译，百花文艺出版社1995年版，第301页。
② ［法］罗兰·巴特：《罗兰·巴特随笔选》，怀宇译，百花文艺出版社1995年版，第300页。
③ ［法］罗兰·巴特：《罗兰·巴特随笔选》，怀宇译，百花文艺出版社1995年版，第307页。

的。马克思曾经说，在语言中观念与社会性是并存的。"意识一开始就是社会的产物，而且只要人们存在着，它就仍然是这种产物。""语言和意识具有同样长久的历史；语言是一种实践的、既为别人存在因而也为我自身而存在的、现实的意识。语言也和意识一样，只是由于需要，由于和他人交往的迫切需要才产生的"[①]。由此可见，语言、意识与社会性是不可分割的，一旦运用语言进行写作，它就进入了社会交往过程，就不可能不表达观念意图，不可能完全不言及现实生活，也不可能不具有意识形态性，主体、现实、意识形态性都是不可能从写作中完全清除出去的。如果文学真的与主体、现实没有任何关系，我们也就不能指望新时代的文学发挥它的社会功能了。由此来看，巴尔特的这种具有批判性质的写作观，仍要从马克思主义意识形态的角度加以反思批判。

二、符号学与神话学

结构主义与符号学可谓一枚硬币的两面，巴尔特的符号学理论是结构主义符号学理论中最具标志性的成果之一。巴尔特符号学研究的最系统成果见于《符号学原理》一书，但巴尔特对符号学的思考则始于他的"神话学"。巴尔特对神话的符号学研究开辟了一条文本意识形态分析的新路径。他在《神话——大众文化诠释》中指出，神话是言语，是一种传播的体系，是一种讯息。神话作为言语活动，"它是一种意指作用的方式、一种形式"[②]，它属于符号学。因为"符号学是一种形式的科学"，"它除了内容之外还研究意指作用"[③]。

那么，巴尔特是如何对神话进行符号学研究的呢？

巴尔特的"神话"不是传统意义上的古老神话，而是指每一社会由大众传播媒介打造出来的"流行神话"或"现代神话"。在巴尔特看来，任何事情都可成为神话，只要它被"高声"地说出，被有意识地重复，被蓄意地自然化，最终使人们相信或强迫人们接受它所宣称的"冒牌事实"，它就构成了现代的"神话"。神话是一种言语，但它并不必然以分节言语的形式表达出来，一幅照片、一部电影、一场表演、一次展览，都可以成为神话语言的载体，也都可以从符号学角度加以

---

① ［德］马克思、恩格斯：《德意志意识形态》，《马克思恩格斯文集》第 1 卷，人民出版社 2009 年版，第 533 页。

② ［法］罗兰·巴特：《神话——大众文化诠释》，许蔷蔷、许绮玲译，上海人民出版社 1999 年版，第 167 页。

③ ［法］罗兰·巴特：《神话——大众文化诠释》，许蔷蔷、许绮玲译，上海人民出版社 1999 年版，第 170 页。

分析。

巴尔特指出，我们在任何符号学系统中，都面对三个不同的术语：能指、所指和符号。在神话里，我们再度发现这个三度空间类型。但神话是一个奇特的系统，它在一个比它早存在的符号学链上被建构：它是一个第二秩序的符号学系统。那就是说，在第一个系统中的一个"符号"，在第二个系统中变成了一个"能指"。如下图所示：

语言 {	1. 能指	2. 所指	
神话 {	3. 符号 I 能指		II 所指
	III 符号		

上图表明，神话里有两个符号学系统，其中一个与另一个相互交错：第一个是语言学系统，它由语言或与之同类的描绘方法构成，第二个则是神话本身。在这个双重体系中，神话本身的能指是由语言学系统中能指与所指结合构成的符号整体充当的，因此它是一个含蓄意指系统或二级符号系统。

巴尔特进一步指出，这样一来，语言学系统中的最终术语——符号，就成了神话系统中的最初术语——能指。为了更好地区分这同一现象在不同系统中的位置，巴尔特用不同的术语加以表示：在语言系统的层面，他称神话的能指为"意义"；在神话系统的层面，他称它为"形式"；而对于神话的所指，他仍然保留"概念"这个名称。在第一级语言符号系统中，对于能指与所指的关联，他仍然使用"符号"来表示，为避免混淆，在神话的符号系统中，他将神话的能指与所指的结合称为"意指作用"（signification）。如下图所示：

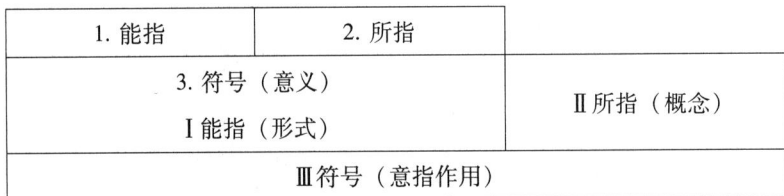

1. 能指	2. 所指	
3. 符号（意义） I 能指（形式）		II 所指（概念）
III 符号（意指作用）		

巴尔特用一个例子来说明他的含蓄意指或二级符号系统理论。他举的一个例子是《巴黎—竞赛》画报封面上的一幅照片。在封面上是一个穿着法国军服的年轻黑人在敬礼，双眼上扬，凝神地注视着一面法国国旗。上面所述就是这幅照片表面上的"意义"。但他认为这张照片对他还"意指"着：法国是一个伟大的帝国，她的所有子民，没有肤色歧视，忠实地在她的旗帜下服务，对所谓殖民主义

的诽谤者来说，没有什么比这个黑人效忠于他的所谓压迫者时所展示出来的狂热有更好的回答了。这样他就面对了一个"更大的符号体系"：在此有一个"能指"，即神话的"形式"，其自身已凭着前一个系统形成（一个黑人士兵正进行法国式敬礼），还有一个"所指"，即神话的"概念"（在此是法国与军队的有意混合），最后，还有通过能指呈现出来的所指存在，亦即通过神话的"形式"呈现出来的神话的"概念"。

因此这个"更大的符号体系"就是"二级符号系统"，或称"含蓄意指系统"，这个系统含蓄地意指了法兰西帝国的正当性。按照巴尔特在《符号学原理》中的说法，这个含蓄意指的所指，也是意识形态的一部分。巴尔特从含蓄意指符号学角度对现代神话所作的分析，具有一种意识形态批判的功能。不仅如此，巴尔特还通过"解神话"，进一步揭开神话运作的隐秘原则，以达到更直接地批判资产阶级意识形态的目的。

巴尔特说："在此，我们接触到神话的根本原则：它将历史转化为自然。"对那幅照片而言："当法国帝国特性达到自然的状态时，神话便同时存在了。"① 而当神话读者把神话作为神话来接受时，他也是把历史当作自然来接受了。而巴尔特的神话学研究正是不满于这种到处存在的把历史自然化的神话现象，才要借助符号学的任意性原则去"解神话"，也即"去自然化"。巴尔特指出，不论古老与否，神话只有一种历史性的基础。但人们却看到报纸、艺术和常识领域这些本来是历史性的现实，总是用一种"自然法则"包装起来，"自然"和"历史"在各个环节上混淆视听。而资产阶级的意识形态也正是在这种自然化的过程中披上"自然性""正义性"的外衣，悄悄地渗透到人们的日常生活中来。"自然性"是与天然如此的、不可改变的联系在一起的，而"历史的"则意味着可以改变的。资产阶级的意识形态通过"自然化"创造的是资本主义永恒性、普遍性的神话。因此巴尔特又说："不论什么样的群众在消费，神话总假定自然的不变性。""中产阶级是经过它们的修辞才刻画出假自然原理的一般前景，后者定义出当代中产阶级世界的梦想。"② 这种"梦想"就是禁止一切改变，把资本主义秩序"不朽"化。巴尔特还指出，这种"自然化"的神话不仅吞没逻辑语言，也把文学语言笼罩在自己的光晕之中。巴尔特的"解神话"因此不仅表现在他的大众文化阐释之中，也贯

① ［法］罗兰·巴特：《神话——大众文化诠释》，许蔷薇、许绮玲译，上海人民出版社1999年版，第189页。
② ［法］罗兰·巴特：《神话——大众文化诠释》，许蔷薇、许绮玲译，上海人民出版社1999年版，第210、211页。

穿在他的文学批评之中。他通过"解神话"式的文学批评，揭露了那种以"自然性"外衣包装起来的资产阶级意识形态化写作的欺骗性。

巴尔特早期受到了马克思的影响，这一点从他以上对资产阶级意识形态的批判中可以明显看出来。虽然他所进行的批判与马克思对资本主义的批判所依据的理论基础不同，所使用的理论武器不同，但在功能指向上还是具有某种相通之处的。他是要通过神话的符号学分析，解开神话运作的隐秘原则，揭开资产阶级意识形态过程的真实面目，尤其是对意指构成的分析揭示了资产阶级意识形态的运作潜规则，以此来打破人们对于资本主义秩序永恒性、普遍性的幻想，不可避免地引起人们对于现存秩序的"永世长存"的怀疑，以达到让现存世界发生某种变革的目的，因而具有相当的积极意义。神话学研究后来成为英国文化研究的基本策略。

第四节 托多罗夫

结构主义在文学理论中的直接成果可以说是叙事学。"叙事学"一词，由托多罗夫在 1969 年出版的《〈十日谈〉语法》中首次提出，它被界定为"关于叙事作品的科学"①。结构主义叙事学是在形式主义和结构主义语言学的共同影响下产生的。列维-斯特劳斯的神话结构分析、巴尔特的《叙事作品结构分析导论》、托多罗夫的《〈十日谈〉语法》、格雷马斯的《结构主义语义学》、热奈特的《叙事话语》，都是这方面的代表性成果。这里我们重点介绍托多罗夫的叙事学理论。茨维坦·托多罗夫（1939—　，又译兹维坦·托多罗夫）是法国著名的文学理论家、批评家、符号学家及结构主义叙事学的重要代表。其重要著作有《〈十日谈〉语法》《诗学》《幻想文学导论》《散文诗学》《象征理论》《米哈伊尔·巴赫金：对话原则》《批评之批评》等。

一、叙事语法

叙事语法是托多罗夫叙事学理论最重要的内容之一。所谓"叙事语法"，是指存在于所有叙事作品之中的共同的抽象的语法规则。就像前面所说的索绪尔要分

---

① ［法］兹维坦·托多罗夫：《〈十日谈〉语法》，法文版，第 10 页。见张寅德编选：《叙述学研究》，中国社会科学出版社 1989 年版，第 2 页。

析语言的内在规律一样，托多罗夫要探究的是叙事的内在规律，他借用语言学的诸多原理和概念来建构叙事学，所以叙事语法概念基于"普遍语法"的假设。所谓"普遍语法"，则是指撇开各语言间的明显差异，为所有说话者都共同遵守的话语规则。托多罗夫认为，二十几个世纪以来的探讨证明，这种普遍语法是确实存在的。但如果我们承认普遍语法，就不应该把它仅仅局限在语言范围里，它显然还包括心理活动。共同的心理活动使我们相信，同样的结构不仅在语言中存在，在语言之外的其他符号活动中也存在。如果叙述是一种符号活动，那么，在叙述符号活动中无疑也应存在着这种普遍语法。

托多罗夫的叙事语法研究始于《诗学》，但他在这方面的最系统成果则见于《〈十日谈〉语法》一书。托多罗夫将叙事语法分成四个层次：词类、命题、序列和故事。托多罗夫指出，在所有词类中，专有名词、形容词和动词对于叙事学来说具有特别重要的意义。因为人物或施动者往往是由专有名词来命名的，而形容词可以描写人物的特征（包括人物的状态、特质和身份），动词则可以描写人物的行动。专有名词与动词或形容词结合起来就构成"命题"。命题是构成情节的最小单位，它由两个必不可少的成分，人物（名词）和特征（形容词）或行动（动词）构成。由人物和特征或行动构成的一个命题，实际上也就是一个最基本的句子。如"德·弗拉侯爵夫人很漂亮"是一个由专有名词和形容词组成的命题；"国王打消了念头"则是一个由名词和动词组成的命题。命题可以以直陈式、必定式、祈愿式、条件式和推测式五种语式展开，而这样的几个命题就可以构成序列。序列也可以说就是按照一定的关系组织排列起来的命题或句子。序列超出语句的范围，涉及语句间的关系。序列中的语句可以按照时间、逻辑和空间三种基本关系组织起来。一个或几个序列，就构成了一个完整的故事。反过来，每个作品都可以简化为一个或几个序列，也可浓缩为一个放大了的句子。对于由多个序列构成的故事来说，序列与序列之间则可以用插入、连环和交替的方式加以接合。

托多罗夫通过对故事结构的研究指出："故事中一个平衡向另一个平衡过渡，就构成一个最小的完整情节。典型的故事总是以四平八稳的局势开始，接着是某一种力量打破了这种平衡，由此产生了不平衡的局面；另一种力量进行反作用，又恢复了平衡。第二种平衡和第一种相似，但不等同。"因此，"一个故事由两类成分组成：第一类描写平衡或不平衡的状态；第二类描写从一种状态向另一种状态的转变"。他把这两大成分与两大词类结合加以论述，认为"叙述'形容词'就是描写平衡或不平衡状态的谓语，叙述'动词'就是描写一种状态向另一种状态转变的谓语"。①

托多罗夫把《十日谈》的所有行动归结为三个基本动词：变更、触犯、惩罚。通过对《十日谈》中的故事进行研究，他发现它们存在着一些共同规律，他把其中的几个故事概括为一些序列，又把它们进一步简化为一个共同的抽象图式。为了简便易行，并用几个符号来表示：如用大写的 X、Y、Z 表示人物或行为者，用"+"表示连续，"→"表示因果关系，动词保持不变。做了这样的抽象化和符号化之后，就得出了这样的一个基本图式：

$$X 犯了戒律 \rightarrow Y 应该惩罚 X \rightarrow X 设法免受惩罚 \rightarrow \begin{cases} Y 也违犯戒律 \\ Y 相信 X 没犯戒 \end{cases} \rightarrow Y 没有惩罚 X$$

通过这样的研究，托多罗夫发现《十日谈》的故事有两大类：第一类可以称为避免惩罚型，第二类可以称作转变型。他说在第一类故事中，有一个完整的过渡，即平衡—不平衡—平衡。而不平衡总是由该受惩罚的违规行为引起的。在第二类故事中则只有第二部分，即从不平衡到最终的平衡。另外，这个不平衡并不是某个特殊的行动（一个动词）引起的，而是由人物的品性（一个形容词）决定的。

但不管是第一类故事，还是第二类故事，托多罗夫发现它们还有一个共同特点："那就是变更不断发生，罪恶总是免于被惩罚。"这一有意味的模式使他推测，薄伽丘故事中的这一价值观念的操作与他生活于其中的那个世界的文化是存在着联系的。托多罗夫认为，在《十日谈》和薄伽丘的世界中，"一种新的价值体系已经兴起，这种价值体系对与资本主义的自由贸易相关的个人勇气和创造是持欣赏态度的，而那种旧有的与限制贸易相关的价值体系正开始被它所取代"②。由此，托多罗夫从一种纯粹的叙事语法结构中引申出一种更深远的社会文化意义来。

通过以上描述可以看出，托多罗夫把叙事作品视作一个"大句子"，有助于我们从总体上把握叙事作品的结构；他对《十日谈》的语法结构所作的细致分析，不仅让我们空前清晰地看到了《十日谈》的结构，也为我们分析其他叙事作品的语法结构提供了可操作的方法模式。但需要注意的是，这种分析方法也存在着明显的缺陷，它意在为我们指出叙事作品语法的构成方式，而不是为我们提供对故事意义的解释。尽管托多罗夫也试图由内到外地推导出这种语法结构可能具有的社会文化意义来，但从总体上说，它仍然忽略了叙事作品与更广阔的社会、历史

---

① ［法］兹维坦·托多罗夫：《从〈十日谈〉看叙事作品语法》，黄建民译，见张寅德编选：《叙述学研究》，中国社会科学出版社 1989 年版，第 180 页。

② ［美］Lois Tyson, *Critical Theory Today*（《当今批评理论》），New York：Routledge，2006，p. 227.

文化的联系。

二、叙事话语

托多罗夫的叙事语法研究是与他对叙事的看法联系在一起的。他认为，叙事不同于故事。故事是或真或假的事件，叙事则是讲述故事的陈述语句，那就是叙事话语。对叙事作品的研究实际上也就是对叙事话语的研究，他的叙事语法研究正是从叙事话语研究开始的。托多罗夫将叙事话语分成三个方面：叙事时间、叙事体态和叙述语式。

叙事时间 托多罗夫指出，叙事作为话语不同于故事，叙事话语中的时间与故事发生的时间也不相同。叙事话语的时间是一种线性时间，而故事发生的时间则是立体的。在故事中，几个事件可以同时发生，但是话语的线条性则使得必须把它们一件一件地叙述出来。这样，一个复杂的形象就被投射到一条直线上了。为了解决这一矛盾，也为了达到某种美学目的，作家会采用不同的方法打断故事时间的自然接续，在话语中对这些事件进行重新排列组织。叙事时间表达的正是故事时间和话语时间之间的这种关系。托多罗夫划分出三大类不同的叙事时间形式。

第一种是"时间的歪曲"。它是指那种打乱正常的故事时间顺序的时间排列方式。如隐晦小说中先写结尾再写开头，恐怖小说中先写尸体再写威胁等。这类形式主要是针对故事中只发生了一件事的小说来说的。

第二种是"连贯，插入和交替"。托多罗夫指出，当小说包含多个故事时，会经常使用这类时间排列方式。所谓"连贯"，是指"并列"各个不同的故事。第一个故事刚结束，就开始第二个故事；所谓"插入"，是把一个故事插到另一个故事里去。如《一千零一夜》，就是把所有故事都插入到叙述者山鲁佐德的故事中；所谓"交替"，是同时叙述两个故事，它一会儿叙述这一个故事，一会儿叙述另一个故事。如霍夫曼的《公猫摩尔》，其中对猫的叙述和对音乐家的叙述就是交替进行的。

第三种是"写作时间和阅读时间"。它们分别指"写作的陈述时间和阅读的感知时间"①。托多罗夫指出，写作时间从被人们引入故事时起就成为一种文学要素；而把阅读时间带入叙述结构，触及的是一部作品的三维空间的美学含义。

---

① ［法］兹维坦·托多罗夫：《叙事作为话语》，朱毅译，见张寅德编选：《叙述学研究》，中国社会科学出版社 1989 年版，第 297 页。

叙事体态 叙事体态是"叙述者观察故事的方式",它也是叙事视角的问题,涉及"人物和叙述者的关系"。① 托多罗夫在综合改造传统的视角分类理论的基础上,把叙事体态分成三大类:

第一,叙事者>人物(从后面观察)。在这种情况下,叙事者比他的人物知道得更多,他可以知道他想知道的任何东西,而不必向我们解释他如何获得了这些知识。古典主义的叙事常使用这种公式。在传统视角理论中,它也被称作"全视角"叙事。

第二,叙事者=人物(同时观察)。在这种情况下,叙事者和人物知道得同样多。对于事件的原委,在人物发现之前,叙事者不能向我们提供。它因此也被称为"限制视野"的叙事。这种形式运用得比较普遍,尤其是在西方现代文学中。它又可分成不同的方面来说:一方面,叙述可采用第一人称或第三人称,但总是根据同一个人物对事件的观察来进行。如卡夫卡的《城堡》,开头用第一人称写,后面改用第三人称,但叙事体态始终是叙事者等于人物。另一方面,叙事者可以跟随一个或几个人物进行描写,但人物观察的事件可以不变。如果讲述的是不同人物所观察到的同一个事件,这既可以使事件获得一种立体观察的效果,也可以使我们把注意力集中到感受这一事件的人物身上。

第三,叙事者<人物(从外部观察)。在这种情况下,叙事者比任何一个人物都知道得少。他仅仅描写人物看到、听到的东西,但他没有进入任何人的意识。这种叙事体态因此也被称作"纯客观"的外视角叙事。在文学中,这类叙事比其他类型都少得多,系统地运用这种手法的作品只是在 20 世纪才有。试看 D. 哈梅特的《玻璃钥匙》中的一段话:

> 内德·博蒙特再次在马德维面前走过,并用颤抖的手指将雪茄烟头紧按在烟灰缸里。马德维两眼一直盯着男青年的背,直到他站立起来并转过身来。这时,金发男子做了鬼脸,既亲切又恼火。

托多罗夫指出,根据这样的描写,我们不可能知道这两个人物是朋友还是敌人,是满意还是不满意,更不知道他们做这些动作时在想什么。他们甚至没有姓名,作者称他们为"金发男子""男青年"。因此叙述者是一个什么也不知道,甚

---

① [法]兹维坦·托多罗夫:《叙事作为话语》,朱毅译,见张寅德编选:《叙述学研究》,中国社会科学出版社 1989 年版,第 298 页。

至什么都不想知道的旁观者。

叙述语式　叙述语式是叙述者讲故事所运用的话语类型,"涉及叙述者向我们陈述、描写的方式"①。托多罗夫认为存在着两种主要语式:描写和叙述,分别相当于话语和故事,这两种语式有两种来源:编年史和正剧。编年史是一种纯叙述,人物都不讲话。与此相反,在正剧里,故事并非转述,而是在我们眼前发生,这里没有叙述,叙述包含在人物的对白中。为了更好地说明它们之间的差别,他由此引出人物的话和叙述者的话之间的对立。托多罗夫认为,这一对立可以更好地解释,为什么当运用的语式是描写时,我们对动作就有身临其境的感觉,而在叙述时这种感觉就会消失。当然,在人物的话与描写、叙述者的话与叙述之间也不能完全对应等同。

最后,托多罗夫还谈到体态与语式的关系,提出了对叙述者与观看者加以区分的问题。他指出,叙事的体态和语式的关系十分密切,并且它们都涉及叙述者的形象,文学评论家们因此都曾有把它们混为一谈的倾向。如亨利·詹姆斯和其后的珀西·卢伯克认为叙事中有两种主要的文体:全景文体和场景文体。而"这两个术语各自包括两个概念:'场景',既是描写又是'同时'观察(叙述者=人物);'全景'则既是叙述又是'从后面'观察(叙述者>人物)"。但在托多罗夫看来,"这两种范畴应该区分清楚,然后才能了解它们的相互关系"②。在《诗学》中,托多罗夫也谈到过应区分讲述的人与观看的人的问题。托多罗夫的这些叙事话语分析,虽然还没有系统地展开,但它在许多方面具有开创之功,对当代叙事话语研究具有奠基的作用。

小　　结

概括起来说,结构主义文学理论有如下特征:第一,把各种文学和文化现象都看作"语言模式",用结构主义的语言学术语、语言学方法加以分析,语言学分析方法是文学研究的基础。第二,结构主义把各种具体的文学、文化现象看作言语,把整个文学或文化看作语言系统,这种研究的目的旨在寻找具体文本之下的

---

① [法]兹维坦·托多罗夫:《叙事作为话语》,朱毅译,见张寅德编选:《叙述学研究》,中国社会科学出版社 1989 年版,第 302 页。
② [法]兹维坦·托多罗夫:《叙事作为话语》,朱毅译,见张寅德编选:《叙述学研究》,中国社会科学出版社 1989 年版,第 305—306 页。

抽象的、普遍的文学或文化结构。第三，结构主义关心的是文本意义生成而非意义为何，它的目标不是发现具体作品的意义，而在于探讨、确立文学的意义生成的普遍法则。第四，结构主义具有反主体性和反实在论倾向，是一种带有形式主义和批判特征的理论。

与上述特征相联系，结构主义研究既有它的优势，也有它的局限。从其积极意义来看，首先，结构主义作为一种"内在性"和"抽象规律"研究，它排除了一切外在因素的干扰，把文学作品的语言置于最突出的位置上，运用二项对立的结构化模式，让我们透过纷繁复杂的文学和文化表象，清晰地看到了潜藏于所有文学作品之下的抽象规律和深层结构。这就深化了我们对于文学结构的认识，并有助于我们从总体上理解和把握文学的一般规律。其次，结构主义广泛运用语言学分析方法，在各个层次上展现了文学研究的可操作性，这有助于文学研究的科学化。再次，结构主义以符号任意性原则为武器，解构语言乃至文化的"自然化"幻觉，发展出了一种社会文化批判理论，这对于促进社会政治文化领域的变革也具有重要意义。但是，当结构主义方法被推向极致时就不可避免地产生局限性。比如，对抽象普遍结构的寻求，会忽视或抹杀文学作品的个性特征；对封闭的自足的内在结构的专注，忽略了文学广阔的社会、历史语境；过于强调文学结构的技术性分析，会扼杀了文学的灵性和诗情。另外，结构主义的文学研究还具反主体性，它只是对文学作品的结构进行客观揭示，不对作品的意义和价值进行阐释和评判，它因此也被称作"反人道主义"的文学研究。党的十九大报告提出："社会主义文艺是人民的文艺，必须坚持以人民为中心的创作导向，在深入生活、扎根人民中进行无愧于时代的文艺创造。"[1] 结构主义文论这种反主体性的、割裂文学与社会现实之间关系的抽象研究倾向，与这种新时代的文艺精神明显有抵牾之处，因此，尽管结构主义有它自身的优势，但我们仍需对它的局限性持一种批判、警醒的态度。

结构主义文学理论的优势和局限都与它的语言学方法论相关。索绪尔以一系列二项区分和符号任意性原则，打破了词与物天然对应的神话，破除了人能控制语言的迷梦，把语言界定为由一系列的差别和对立组成的独立符号系统，并把语言学的研究对象固定在共时性语言上，这对现代语言学的奠基具有重要意义。但这也意味着，人们不能从语言与现实、语言与主体的关系讨论语言了，而只能把

---

[1] 习近平：《决胜全面建成小康社会 夺取新时代中国特色社会主义伟大胜利——在中国共产党第十九次全国代表大会上的报告》，人民出版社 2017 年版，第 43 页。

语言作为一个自我封闭的形式系统，只能从语言系统的内部关系来加以讨论。这样一来，语言独立自主了，但也变得空洞无物了，其偏颇之处不言自明。马克思曾经说："对哲学家们说来，从思想世界降到现实世界是最困难的任务之一。语言是思想的直接现实。正像哲学家们把思维变成一种独立的力量那样，他们也一定要把语言变成某种独立的特殊的王国。这就是哲学语言的秘密，在哲学语言里，思想通过词的形式具有自己本身的内容。从思想世界降到现实世界的问题，变成了从语言降到生活中的问题。"① 又说："无论思想或语言都不能独自组成特殊的王国，它们只是现实生活的表现。"② 索绪尔的"语言"却正像马克思所预言的那种"哲学语言"，把语言看成了独立自足的王国。只有看清这种语言观的症结所在，才能看清基于这种语言观的结构主义文学理论的问题和局限。

思考题：

1. 索绪尔语言学提出了哪些基本对立？如何理解索绪尔语言学的符号任意性原则？

2. 如何理解神话的双重结构？依据列维－斯特劳斯和雅各布森对《猫》的分析，谈谈你对诗歌文本中的二项对立关系的理解。

3. 如何理解巴尔特的"零度写作"和"作者之死"？试运用他的符号学理论分析一则大众文化现象。

4. 什么是"叙事语法"？试选取一篇叙事作品，加以具体分析说明。

5. 结构主义文学理论的总体特征是什么？应如何评价其贡献及不足？

---

① ［德］马克思、恩格斯：《德意志意识形态》，《马克思恩格斯全集》第3卷，人民出版社1960年版，第525页。

② ［德］马克思、恩格斯：《德意志意识形态》，《马克思恩格斯全集》第3卷，人民出版社1960年版，第525页。

第十四章　西方马克思主义文论

概　　述

西方马克思主义①是第一次世界大战后欧洲发达资本主义国家兴起的一股左派思潮。佩里·安德森说："西方马克思主义是第一次世界大战后欧洲资本主义先进地区无产阶级革命失败的产物，它是在社会主义理论和工人阶级实践之间愈益分离的情况下发展起来的。"② 西方马克思主义的创始人——匈牙利的卢卡契、德国的柯尔施、意大利的葛兰西，均是来自国际共产主义运动的领导人和理论家。他们反思欧洲发达资本主义国家革命失败的教训，在各自国家探讨不同于俄国革命的发展道路。但是，由于种种原因，他们的理论探索基本上脱离了工人阶级的实践。其后，从法兰克福学派伊始的西方马克思主义基本上与政治活动相脱离，蛰居于学院内部。西方马克思主义理论家对马克思主义持认同或同情态度，但各人的具体情况也不尽一致。从 20 世纪 20 年代开始，西方马克思主义形成并逐渐走向鼎盛。30—60 年代西方马克思主义从国际共产主义运动内部演化为具有广泛国际影响的非正统马克思主义思潮。反思启蒙精神、工具理性、大众文化，分析法西斯主义成因，成为西方马克思主义的理论重心。这一时期，葛兰西提出了文化领导权（或霸权）理论。他注意到发达资本主义国家资产阶级统治方式的变化，即由暴力镇压转变到民主协商，这对西方马克思主义将研究重心由经典马克思主义所关注的政治经济领域，转移到文化与上层建筑领域产生了很大影响。20 世纪 70 年代西方马克思主义进入转型期，其理论向多元化发展，科学技术、生态危机、性别问题等进入其研究视野。80 年代之后，随着苏东剧变，国际共产主义运动陷入低潮，西方马克思主义逐步向后马克思主义转变，即尽管坚持社会主义的价值目标，认同马克思主义对资本主义的激进批判，但拒斥马克思主义的理论基础和分析范式，不再把工人阶级作为社会变革的主体。

文学理论是西方马克思主义理论的重要组成部分。一般来说，西方马克思主义文学理论有三个鲜明的特点：第一，哲学思辨性比较强，与哲学认识论和方法

---

① "西方马克思主义"的命名最早出现于梅洛-庞蒂 1955 年出版的《辩证法的历险》中。参见《辩证法的历险》中文版第二章，杨大春等译，上海人民出版社 2009 年版，第 28—62 页。

② ［英］佩里·安德森：《西方马克思主义探讨》，高铦等译，人民出版社 1981 年版，第 117 页。

论关系密切。西方马克思主义文学理论家大多具有哲学背景，他们的思考重心放在如何通过艺术和审美来改变资本主义社会的主体，进而改变其社会和文化。第二，就其与经典马克思主义的关系来看，西方马克思主义文学理论呈现出继承与修正并存、发展与误读共处的复杂情况。一方面，西方马克思主义文学理论家基本脱离实际的工人运动和社会实践，属于书斋里的思想家；另一方面，西方马克思主义文学理论也受到西方流行的各种哲学和文化思潮的影响，并且致力于把马克思主义与其他思潮相结合，难免有对马克思主义的一些误读或曲解。第三，从思想倾向来看，西方马克思主义及其文学理论主要把马克思主义理解为一种反抗资本主义的思想武器，以马克思主义批判精神的继承者自居。但是，与经典马克思主义相对集中于对资本主义所作的政治经济批判不同，它把批判的矛头聚焦于资本主义文化。这是因为 20 世纪国际工人运动陷入低潮、资本主义社会相对稳定、法西斯主义兴起，所以一批西方马克思主义思想家对意识形态、上层建筑问题尤为关注，这也包括对文学艺术的特别关注。这些思想家希望通过文学艺术的探讨来对抗资本主义社会和文化，这一思潮可视为 20 世纪西方反抗资本主义统治的左派激进话语的一部分。

西方马克思主义文学理论并不是一个统一的流派，其中有影响的分支有：法兰克福学派、结构主义的马克思主义学派、英国马克思主义学派等。西方马克思主义文学理论经历了早期和中晚期两个发展阶段。早期以卢卡契、布莱希特、本雅明、葛兰西等人为代表，关注现实主义、现代主义与艺术生产等问题，中晚期以阿多诺、洛文塔尔、伊格尔顿、詹姆逊、马歇雷等人为代表，关注艺术的否定性、大众文化、意识形态、后现代主义等问题。

第一节　卢卡契、布莱希特、詹姆逊

一、现实主义与整体性

卢卡契（1885—1971，又译卢卡奇），西方马克思主义及其文学理论的早期代表人物。主要著作有《小说理论》《历史与阶级意识》《欧洲现实主义研究》《现实主义问题》《历史小说》《审美特性》等。现实主义理论是卢卡契文学理论的核心，而他的现实主义理论又同他的物化理论和整体性理论相关联。在其西方马克思主义文学理论的奠基之作《历史与阶级意识》中，卢卡契提出了"物化"概念。物化是马克思在《资本论》中对资本拜物教所作的发生学分析时提出的，指的是在资本主义商品生产条件下，人与人的社会关系转化为物与物的社会关系，人的能力转化成物的能力。商品似乎具有支配生产者命运的神秘力量，资本也似乎具有使自身价值增值的魔力。卢卡契在发展马克思的物化概念时，吸收了韦伯对工具理性的论述，特别是资本主义生产过程把主体量化为客观要素以便具有可计算性的理论。卢卡契由此开辟了物化批判（或曰工具理性批判），并使之成了西方马克思主义的一个基本命题。卢卡契指出，物化在资本主义社会造成了一种意识结构。资本主义建立了世界市场，把一切都纳入市场交换体系之中，形成了一个经济和意识形态的统一体。但是由于资本主义生产的分工和专门化，经济的各种因素和各个部分以前所未有的方式独立出来，个人因为分工被孤立化、原子化，使资本主义的外表显得支离破碎。"由于工作的专门化，任何整体景象都消失了。"①表现在文学上，就是流于旁观和碎片化直观描写的现代主义文学大行其道。在他看来，这种文学有明显的局限性，这就需要用一种具有世界观意义的艺术原则，来解决部分与整体、偶然和必然之间的表面对立。于是，卢卡契就引入了马克思的整体性观念，作为辩证法的核心。这一概念强调整体性内在于主体自身，是主体所参与的现实历史过程的各个方面，包含一定的趋向和结果，因而整体性可以统一主体与客体，最终破除物化并促使无产阶级理解自己的历史使命。他写道：

> 面对资产阶级的这些优势，无产阶级唯一的武器，它的唯一有效的优势就是：它有能力把整个社会看作是具体的、历史的总体；有能力把物化形式把握为人与人之间的过程；有能力积极地意识到发展的内在意义，并将其付诸实践。②

据此，卢卡契坚信，现实主义是最能通达整体性的艺术原则。

卢卡契的现实主义理论涵盖了三个基本命题，每一个命题都与整体性原则密不可分。

首先，现实主义将作为社会关系总和的人视为思维中心和结构中心，把人物描写、个性刻画与具体的社会环境结合起来，由此深刻揭示人的本质。如他所言："人是政治动物，一种社会动物，亚里士多德的格言非常适合所有伟大的现实主义文学。阿喀琉斯和维特，俄狄浦斯和汤姆·琼斯，安东尼和安娜·卡列尼娜，他

---

① ［匈牙利］卢卡奇：《历史与阶级意识》，杜章智等译，商务印书馆 1992 年版，第 168 页。
② ［匈牙利］卢卡奇：《历史与阶级意识》，杜章智等译，商务印书馆 1992 年版，第 289 页。

们的个体存在……与他们所处的社会和历史环境密不可分。他们的人性内涵，他们的特殊个体性也与产生他们的语境分不开。"① 正是通过这样一种对现实情境中的人物及其社会关系的整体揭示，现实主义真实地反映了我们所生存的社会现实。

其次，现实主义的目标是要提供一幅关于现实的完整图画，去除现象与本质、个别与规律、直接性与概念之间的对立。② 卢卡契认为现实主义的模仿原则遵循了艺术反映的辩证法，一方面，现实主义的艺术反映具有独立的直接性，可以显现出生活运动完整的联系和结构，清晰地描写出所刻画人物的意识得以产生和发展的条件，具有丰富性和血肉感；另一方面，现实主义又只是反映现实的一种特殊形式，它把内容转化为形式，进行了高度的浓缩和抽象。因此现实主义就超越了个别反映对象与其现实间的具体联系，实现了对生活一般过程的审美综合。如他所言："现实主义……每一种对现实的反映都不是停留在自然主义的直接表面上，它是要再现对象的内涵整体、它的主要的、通过现象表现出来的感性规定，这就——有意或无意地——创造了一种世界。"③ 正是在这一点上，卢卡契把现实主义和自然主义、现代主义的直观描写区分开来。

最后，现实主义致力于创造典型。现实主义就是要深入人的社会关系，去凝练社会发展甚至整个人类发展的方向，进而表现出人物与现实的丰富多样性中那些持久的东西。因此，典型可以深刻反映客观现实及其联系。卢卡契的现实主义理论，关注作家主体的能动性和反映现实的整体性。他认为现实主义的叙事技巧最根本的是叙事结构，而具有阶级意识的作家可以通过对历史和未来的把握抵达历史的本质结构，因而作家在材料中所处的位置，类似于无产阶级在历史中所处的位置。

卢卡契现实主义理论的最大贡献，在于把现实主义视为一种审美原则或艺术形式。他把现实主义的形式归结为"叙事"，叙事既是具体的讲述，又是一种抽象的形式，是通过一定的叙事结构从原有的具体社会环境的辩证矛盾中所产生出来的新现实。同时，他依据现实主义原则，有力地批判了自然主义以来的现代主义文学的琐碎直观描写。在此基础上，他率先确立了艺术形式问题在西方马克思主

---

① ［匈牙利］Georg Lukács, The Ideology of Modernism（《现代主义的意识形态》）. In Terry Eagleton and Drew Milne, eds., *Marxist Literary Theory: A Reader*, Oxford: Blackwell Publishers, 1996, p. 143.

② ［匈牙利］卢卡奇：《艺术与客观真实》，见胡经之、张首映主编：《西方二十世纪文论选》第 4 卷，中国社会科学出版社 1989 年版，第 214 页。

③ ［匈牙利］卢卡契：《审美特性》第 1 卷，徐恒醇译，中国社会科学出版社 1986 年版，第 396 页。

义文学理论中的重要地位。卢卡契的现实主义理论主要是其研究马、恩文艺思想和欧洲近代文艺思潮的结果，同时又与他批判资本主义物化和坚持整体性辩证思维的立场相联系。但由于身处第一次世界大战后欧洲无产阶级革命失败的低潮期，卢卡契的现实主义和整体性理论有一定的理想化色彩。

二、现实主义与现代主义之争

布莱希特（1898—1956）是德国著名戏剧家和戏剧理论家，20 世纪 20 年代后期转向马克思主义，剧作有《三分钱歌剧》《伽利略传》《四川好人》等，戏剧理论与批评论著有《移情论批判》《论叙事剧》等。布莱希特质疑历史上长期占统治地位的注重情感共鸣和净化的戏剧，认为这类戏剧取消了观众的独立思考和批判精神，于是他从当时的表现主义戏剧和中国传统戏曲中汲取灵感，创立了一套完整的叙事剧理论。他力图把戏剧的功能从制造幻觉转变为提供反思性的人生经验，反映现实世界中具有重大社会与历史意义的问题，让观众清醒地意识到自己是在看戏而非现实情境。这就是他著名的"间离效果"（又译陌生化效果）理论。简言之，"对一个事件或一个人物进行陌生化，首先很简单，把事件或人物那些不言自明的，为人熟知的和一目了然的东西剥去，使人对之产生惊讶和好奇心"[1]。他力主以间离方法将观众从共鸣状态转变为自觉的批判状态。[2] 所以，布莱希特十分重视技术进步在舞台上的运用，对戏剧和文学中的新技术、新手法和新风格异常关注。

也许正是布莱希特的这一向前看的立场，与卢卡契坚持传统的现实主义观念有所抵牾，在 20 世纪 30 年代便爆发了一场关于现实主义与现代主义的论争，一般被称为"卢卡契与布莱希特之争"。论争的焦点表现在两个方面，第一是如何评价以表现主义为代表的现代主义艺术，第二是现实主义要不要在新形势下发展。

从第一个方面来看，卢卡契维护现实主义的正统地位，布莱希特则努力为现代主义以及某些新出现的艺术形式辩护。卢卡契比较了现实主义与现代主义，认为现实主义总是倾向于把人物的性格和遭遇置于人类所处的具体环境之中，"对于现代主义作家来说，人从根本上就是孤独的、反社会的，无法与其他人建立联系。……这种对于历史的拒绝带来了现代主义两个独有的特点：首先，主人公局

---

[1]　［德］布莱希特：《论实验戏剧》，《布莱希特论戏剧》，丁扬忠等译，中国戏剧出版社 1990 年版，第 62 页。

[2]　［德］布莱希特：《批判的立场是一种非艺术的立场吗》，《布莱希特论戏剧》，丁扬忠等译，中国戏剧出版社 1990 年版，第 250 页。

限于他个体的经验范围之内。无论对于他，还是对于他的创造者，自我之外显然不存在影响他或受他影响的业已存在的现实。其次，主人公自己也没有个人历史。他是'被抛入世界'：既没有意义，也不可预测"。因而，"现代主义不仅导致了传统文学形式的毁灭，还导致了文学本身的毁灭"①。应当说，卢卡契对现代主义的观察是敏锐的，现代主义作品的确失去了整体感，人格的分裂伴随着外在世界的分裂，具有一定的颓废倾向。但是，他未能理解的一个关键环节是，现代主义文学恰恰是凭借这种分裂的形式，来抵抗资本主义的整体控制，所以采用了与传统的现实主义全然不同的新的艺术形式和手法。布莱希特则认为，以表现主义为代表的现代主义，其新的表现形式的产生有其艺术的和社会的根源，马克思主义应当合理地借鉴这份遗产。"表现主义并不只是一件'令人难堪的丑事'……对那些真是愿意学习并想要从事物中找出有用的方面的现实主义者来说，这里有很多东西可以学习。"② 因此布莱希特不但在理论上认同现代主义，而且在其戏剧实践中积极探索各种新的表现形式。他的叙事剧就是一个范例。

从第二个方面来看，争论的焦点集中在现实主义要不要和怎么样发展。布莱希特不仅肯定了现实主义的某些成就，而且认为现实主义需要发展革新，不能把现实主义理解为停留于 1900 年的水平上的一种叙事形式。"把现实主义看作一个形式问题，把它同一种，唯一的一种（而且是一种旧的）形式联系在一起，那就等于给它做绝育手术。现实主义写作不是形式问题。一切有碍于我们揭示社会因果关系根源的形式都必须抛弃，一切有助于我们揭示社会因果关系根源的形式都必须拿来。"③ 他认为现实主义是一种对待物质世界和社会机制的态度和积极的、好奇的、实验的精神。巴尔扎克固然是个伟大的作家，但他不注重剪接的客观描写等手法都已经过时了，而诸如多斯·帕索斯这样的作家早已突破了巴尔扎克式的经典现实主义的叙事方式。卢卡契的态度更倾向于经典的现实主义文学，尤其是 19 世纪的法、俄等国经典的现实主义传统。他坚持认为，现实主义有一些相对稳固的特征，如曲折和变化的结构，塑造能反映某一特定发展阶段、发展趋向或社会集团本质的典型人物等。另一方面，他特别注意到现代主义文学的一些局限

① ［匈牙利］Georg Lukács, The Ideology of Modernism（《现代主义的意识形态》）. In Terry Eagleton and Drew Milne, eds., *Marxist Literary Theory*: *A Reader*, Oxford: Blackwell Publishers, 1996, pp. 144–145, p. 162.

② ［德］布莱希特：《论现实主义理论的形式主义性质》，见张黎选编：《表现主义论争》，华东师范大学出版社 1992 年版，第 295 页。

③ ［德］布莱希特：《关于表现主义的争论》，见张黎选编：《表现主义论争》，华东师范大学出版社 1992 年版，第 283 页。

性，注意到现代主义的一些问题，比如现实感的衰微和过于主观性，未经过滤和升华的印象式的直接摹写，晦涩难懂而隔绝于普罗大众的小众化倾向等。①

现实主义与现代主义之争触及文学理论中的一些重要问题，在西方马克思主义文学理论发展史上产生了深远的影响。应该说，布莱希特和卢卡契在通过艺术反抗资本主义统治这个根本目标上是一致的，但是在如何实现这个目标的方式和途径上出现了分歧。布莱希特敏锐地观察到卢卡契现实主义理论所包含的艺术形式诉求，认为现实主义的艺术形式应当与时俱进，并且在马克思主义文学理论史上较早地对现代主义的形式实验进行了客观的评价。但是布莱希特并不明白，卢卡契对现实主义的固守源于他对现实主义文学的整体性特征的认同，而整体性恰恰被他视为马克思主义辩证法的核心。此外，当时流亡在苏联的卢卡契生活在庸俗社会学、教条主义和主观唯意志论盛行的 20 世纪 30 年代，仍然矢志不渝地强调现实主义艺术形式的独立性，也有反对极左意识形态对艺术的不合理干涉的考虑。这一点布莱希特也估计不足。

三、文学的历史分期

詹姆逊（1934—　　，又译杰姆逊、詹明信），美国当代最重要的马克思主义文学理论家和文化批评家之一。著有《语言的牢笼》《马克思主义和形式》《政治无意识》《后现代主义与文化理论》《晚期资本主义的文化逻辑》《文化转向》等。在方法论上，詹姆逊继承了黑格尔、马克思、卢卡契的辩证法传统，并作了新的阐释。他认为辩证法的实质在于时间性，在于挑战坚守固定概念和事物的确定性的常识思维。詹姆逊主张"永远历史化"②，即注重探讨事物本身的历史根源，借以理解事物的概念和范畴的历史性。他坚持马克思主义关于生产方式决定意识形态的原则，强调生产方式影响一切意识形态产品，包括文学作品和思想观念，致力于对资本主义不同历史阶段的文化和文学问题的探究。

我们知道，文化和文学史的分期是一个复杂的问题，不同的理论有其不同的分析视角。詹姆逊坚持马克思主义关于经济基础和上层建筑关系的原理，提出了一个以不同生产方式和经济形态来解析文化和文学的历史分期系统，即资本主义阶段的文学经历了三个不同时期：现实主义、现代主义和后现代主义。

---

① 参见［匈牙利］卢卡奇：《争论不休的现实主义》，见董学文、荣伟编：《现代美学新维度——西方马克思主义美学论文精选》，北京大学出版社 1990 年版，第 3—42 页。

② ［美］詹姆逊：《政治无意识——作为社会象征行为的叙事》，王逢振、陈永国译，中国社会科学出版社 1999 年版，第 3 页。

在詹姆逊看来，资本主义的发展经历了三个不同的阶段。第一阶段是马克思写《资本论》的时期，称为市场资本主义阶段，这时资本主义的经济形态是国内市场的形成。第二阶段是列宁写作《帝国主义是资本主义的最高阶段》的时期，出现了垄断资本或帝国主义，比如大不列颠帝国、德意志帝国等，这一时期的经济形态是国内垄断资本主义和国际上的帝国主义和殖民主义，资本主义对内垄断和对外扩张，形成了世界市场。第三阶段则是第二次世界大战后的资本主义阶段，又称为晚近资本主义、后工业社会、跨国资本主义阶段等。这是资本和劳动力的国际流动和后福特模式的形成，塑造了一个新的全球化的格局。① 詹姆逊通过对资本主义发展的政治经济学的分析，进一步将这三个不同的资本主义历史形态，与西方文学发展的三个不同阶段对应起来。他认为不同的资本主义经济和政治形态，造就了不同的文学形态。这三个阶段依次是现实主义、现代主义和后现代主义。他写道：

> 第一阶段的艺术准则是现实主义的，产生了如巴尔扎克等人的作品，但随着时间的流逝，时代的进步，生物学意义上的"变异"在不断地发生，于是第二阶段便出现了现代主义。而到第三阶段现代主义便成为历史陈迹，出现了后现代主义。后现代主义的特征是文化工业的出现。②

詹姆逊着重于用马克思的生产方式理论来看待文学的历史分期。按照生产方式资本主义可以划分为市场资本主义、帝国主义（或垄断资本主义）和跨国资本主义三个阶段。西方文学史上的现实主义对应于市场资本主义；现代主义面临的形势超越了国内市场的界限，是垄断资本主义；而后现代主义则对应于失去中心的跨国资本主义。

对于现实主义、现代主义和后现代主义的特征，詹姆逊也进行了分析。他指出，现实主义所描写的是社会关系中的特定对象，而现代主义和后现代主义则转向更加抽象的存在。具体说来，他认为从内容或主题上说，对于理解现实主义来说十分重要的因素是金钱，这不仅因为金钱是现实主义直接表现的对象，而且因为金钱是市场经济的动力，决定了人们的生活方式，从而成为现实主义故事和叙

---

① ［美］杰姆逊：《后现代主义与文化理论——弗·杰姆逊教授讲演录》，唐小兵译，陕西师范大学出版社 1987 年版，第 5 页。

② ［美］杰姆逊：《后现代主义与文化理论——弗·杰姆逊教授讲演录》，唐小兵译，陕西师范大学出版社 1987 年版，第 5 页。

事形式的来源。这一点我们可以从巴尔扎克、狄更斯等经典的现实主义小说家的作品中看到。他还认为，现实主义说到底"是发现并且创造出现实感的一种方法"①。对于如何理解现代主义，詹姆逊认为时间最为关键。现代主义作品中无处不在的那种对往昔、对记忆的深沉感受是一种新的历史经验的产物。这种时间感所表达的内在经验和心理体验，同物化了的生存状态有关。它一方面表现为孤独、焦虑、颓废、存在与死亡的感觉，另一方面表现为一种期待和乌托邦。现代主义文学作品的时间表征，可以从乔伊斯的《尤利西斯》、艾略特的《荒原》或普鲁斯特的《追忆似水年华》等代表作中清楚地看到，突出地呈现为一种历史意识和对过去的记忆。詹姆逊写道："过去意识既表现在历史中，也表现在个人身上，在历史那里就是传统，在个人身上就表现为记忆。现代主义的倾向是同时探讨关于历史传统和个人记忆这两个方面。"② 到了后现代主义文学，空间作为一个重要问题凸显出来，时间或历史感消失了，失去了深度，走向了平面化。詹姆逊强调指出，后现代主义文学的特征是空间取代了时间，所以后现代的文学手法更加倾向于复制、拼贴、戏仿、生活与艺术的融合。

从风格上说，"现实主义与资本主义条件下的世俗化同时并存，它预先假定一种与真实相关的审美体验形式"③。现代主义追求创新与整体性叙述模型的建构，是坚定的形式主义，由于使社会内容体现于个人经验而走向晦涩。"现代主义涉及、包含社会内容，它通过某些特定的技巧进行置换，把内容置于形式之中并使它处于隐蔽状态，但又不是不可辨认。"④ 从现代主义转向后现代主义，詹姆逊用了一个形象的比喻，那就是从"蒙太奇"向"拼贴"的转变，所以后现代主义文学在把时间转换为空间的同时，在消解历史深度感的同时，便不可避免地把一切都空间化了，最终走向了平面化和零散化。

詹姆逊致力于把马克思主义关于生产方式决定上层建筑的理论运用到文学艺术的分析中，特别指出马克思关于生产方式从狩猎和采集、新石器时代的农业、亚细亚生产方式、城邦、奴隶制、封建主义、资本主义到共产主义的论述。"这些

① ［美］杰姆逊：《后现代主义与文化理论——弗·杰姆逊教授讲演录》，唐小兵译，陕西师范大学出版社 1987 年版，第 195 页。

② ［美］杰姆逊：《后现代主义与文化理论——弗·杰姆逊教授讲演录》，唐小兵译，陕西师范大学出版社 1987 年版，第 164 页。

③ ［美］詹姆逊：《关于布莱希特和卢卡奇之争的反思》，见王逢振主编：《詹姆逊文集》第 1卷，中国人民大学出版社 2004 年版，第 108 页。

④ ［美］詹姆逊：《关于布莱希特和卢卡奇之争的反思》，见王逢振主编：《詹姆逊文集》第 1卷，中国人民大学出版社 2004 年版，第 112—113 页。

共时模式并不单纯地指定具体和独特的经济'生产'或劳动过程和技术的模式，它们同时也标示出文化和语言（或符号）生产的具体和独特的模式（同其他传统马克思主义上层建筑中的政治、法律、意识形态等等在一起）。"① 这种努力使他的分析取得了显著的成效。此外，詹姆逊的文学理论和文学批评具有兼容并包的特征，即把马克思主义文学批评确立为最具包容性和综合性的理论框架，把各种相迥异、相互排斥的理论和方法融入自己的分析之中。

第二节　本雅明、马歇雷、伊格尔顿

一、作为生产者的作家

本雅明（1892—1940，又译本杰明），与法兰克福学派关系密切，是著名的西方马克思主义文学理论家和批评家。主要著作有《德国悲悼剧的起源》《单向街》《作为生产者的作家》《巴黎，19 世纪的首都》《机械复制时代的艺术作品》等。詹姆逊认为"本雅明无疑是 20 世纪最伟大、最渊博的文学批评家之一"②。本雅明的思想来源颇为复杂，既受马克思主义和德国文化传统的影响，又有犹太教影响的痕迹。本雅明具有独特的辩证思维和历史哲学。他曾说："没有一座文明的丰碑不同时也是一份野蛮暴力的实录。"③ 这使他对现代性的进程抱着既爱又恨的矛盾态度。

艺术生产理论是本雅明的主要学术成就。本雅明的艺术生产理论是对马克思艺术生产理论的一个继承和发展。本来，艺术生产理论是马克思在《德意志意识形态》《1844 年经济学哲学手稿》《资本论》等著作中提出来的，首先具有物质生产制约下的精神生产的哲学含义，如马克思说："思想、观念、意识的生产最初是直接与人们的物质活动，与人们的物质交往，与现实生活的语言交织在一起的。人们的想象、思维、精神交往在这里还是人们物质行动的直接产物。"④ 这里所说

---

① ［美］詹明信：《晚期资本主义的文化逻辑》，张旭东编，陈清侨等译，生活·读书·新知三联书店 1997 年版，第 186 页。

② ［美］詹明信：《晚期资本主义的文化逻辑》，张旭东编，陈清侨等译，生活·读书·新知三联书店 1997 年版，第 314 页。

③ ［德］本雅明：《历史哲学论纲》，见阿伦特编：《启迪——本雅明文选》，张旭东等译，生活·读书·新知三联书店 2008 年版，第 269 页。

④ ［德］马克思、恩格斯：《德意志意识形态》，《马克思恩格斯文集》第 1 卷，人民出版社 2009 年版，第 524 页。

的"思想、观念、意识的生产"应该包括早期的艺术创作；其次也具有资本主义商品生产条件下的一种生产的政治经济学含义。马克思指出："私有财产的运动——生产和消费——是迄今为止全部生产的运动的感性展现，就是说，是人的实现或人的现实。宗教、家庭、国家、法、道德、科学、艺术等等，都不过是生产的一些特殊的方式，并且受生产的普遍规律的支配。"① 这两方面的含义在马克思那里是统一的。

本雅明对艺术生产概念的使用偏重政治经济学这一层面，其艺术生产理论的基本内涵有二：

一是作家即文学的生产者。本雅明认为，新的文学类型如新闻报道等的发展扩大了民众对文学的参与度，打破了传统的作者与公众之间的区分，而进步作家改变生产形式和生产工具也使他们在阶级斗争中有更大的作为。在法西斯主义猖獗的时代，作家应该坚定地站在无产阶级一边，因为进步的政治倾向包含了艺术质量的因素，而技术的进步也保证了政治的正确，"在这里，对作为生产者的作家来说，技术的进步是其政治进步的基础"②。假如作家采取了代表艺术生产力和生产关系总体水平的最先进的技术，就能保证艺术质量和政治倾向的有机结合。

二是艺术生产方式理论。在《机械复制时代的艺术作品》中，本雅明从"艺术是一种社会生产形式"出发，考察了印刷术、石印术、照相术、电影等发明造就的技术复制时代的到来。"人类的感知方式随整个人类生存方式的变化而变化。人类感知的组织形态，它赖以完成的手段不仅由自然来决定，而且也由历史环境来决定。""艺术的机械复制改变了大众对艺术的反应。"③ 现代生产力和科学技术的发展使艺术生产进入了机械复制的时代，对原作的"韵味"造成巨大的冲击。"韵味"在本雅明那里指的是和仪式崇拜及权威性相关联的原作的本真性、独一无二性，机械复制导致艺术作品原有的膜拜价值被展示价值所取代。本雅明虽然对韵味的逐渐消失表示了惋惜，但又把原作的韵味、独一无二性置于马克思所说的商品拜物教位置进行批判，敏锐地觉察到社会的进步和接受者对艺术作品需求扩大之间的密切关系。本雅明赞扬了技术进步给艺术带来的革命性变化，大批量机

---

① ［德］马克思：《1844 年经济学哲学手稿》，《马克思恩格斯文集》第 1 卷，人民出版社 2009 年版，第 186 页。

② ［德］Walter Benjamin, *Reflections*：*Essays*, *Aphorisms*, *Autobiographical Writings*（《反思：散文、格言、自传写作》），New York：Harcourt Brace Jovanovich, 1986, p.230.

③ ［德］本雅明：《机械复制时代的艺术作品》，见阿伦特编：《启迪——本雅明文选》，张旭东等译，生活·读书·新知三联书店 2008 年版，第 237、254 页。

械复制艺术的出现打破了被复制对象的统治地位，扩大了欣赏范围和交流速度，同时现代技术的运用打破了观众常态的视觉过程整体感，引起震惊的心理效应，实现了艺术作品的审美价值和激励公众的政治功能。本雅明从马克思的艺术生产理论中得到启发，试图在技术概念的基础上建立唯物主义批评。他把艺术生产当作如同物质生产一样，由生产与消费，生产者、产品与消费者等要素构成。其中艺术家是生产者，艺术作品是产品或商品，读者观众是消费者。艺术的创作是生产，艺术的欣赏是消费，艺术发展的技术构成艺术生产力，代表了艺术发展水平，而艺术家与消费者之间的关系构成了艺术生产关系。艺术活动的特点、性质由艺术生产力与生产关系的矛盾运动所造成。当艺术生产力与生产关系发生矛盾时，就会发生艺术上的革命。所以本雅明极其推崇艺术生产技术技巧的作用，推崇电影、新闻报道、摄影、叙事剧等新兴文体形式及其表现技巧，认为这些技巧可消除形式与内容间传统的僵硬对立，改变传统的艺术感知方式。

本雅明较早注意到现代技术因素对艺术创作的重要意义，对马克思主义艺术生产理论的发展作出了贡献，特别是对机械复制与艺术发展关系的论述，使他甚至被奉为后现代的预言家。不过，我们在指出本雅明著作中天才洞见和辩证内涵的同时，也要注意到他对马克思主义的运用带有一定的机械唯物主义色彩，他高估了技术进步对艺术的积极意义，对艺术生产作为精神生产的精神性、独创性、个体性等有所忽略，因而对马克思的艺术生产理论又有所误读。

二、文学生产理论

马歇雷（1938—　）是结构主义马克思主义代表人物阿尔都塞的弟子，巴黎大学哲学教授，著有《文学生产理论》、《论作为一种观念形式的文学》（与巴利巴尔合著）、《文学在思考什么》等。马歇雷借鉴了马克思艺术生产理论中偏重于"精神生产"这一哲学层面的含义，并吸取了阿尔都塞把意识形态视为一个与社会信仰有关的幻象系统的观点，主要关注意识形态在文学生产中的复杂表现。

马歇雷的文学生产理论包含三个命题。

第一，文学既产生于意识形态，又生产出意识形态。在马歇雷看来，文学是上层建筑内部若干观念形式之一，与社会生产关系的基础相对应。文学生产是一种意识形态的生产。意识形态为文学生产提供了原料如思想观念、社会政治事件等，规定着文学参与社会主导想象模式的形成和运作，而文学的虚构叙述在使意识形态显示出来的同时，又改变了意识形态，生产出自己的意识形态。

第二，文学生产凭借其虚构性开辟出复杂多样的精神空间，形成了一个对意识形态幻觉进行抵制的相对自主的生产领域。意识形态明明是有限的、封闭的，但它却意识不到，反而宣称自己的完满，这就造成了意识形态的内在缺陷，为文学形式对意识形态整体性的颠覆准备了前提。马歇雷指出："虽然意识形态是封闭的、有限的，但它却错误地宣称自己在其范围内是无限的（能回答一切问题）……意识形态是一个虚假的整体。"① 文学语言与借用日常语言制造幻象欺骗民众的意识形态语言不同，文学语言中的空缺、断裂和矛盾使意识形态处于与异己力量的冲突中。"文学与其说是现实的再现，不如说是语言的角逐，它歪曲大于模仿。"② 虽然意识形态充当了文学生产的原料，但文学的虚构性使它发生扭曲与变形。"即使意识形态本身看起来总是坚固的、丰富的，但却由于它在小说中的在场，由于小说赋予它以可见的、确定的形式，它开始言说自己的不在场。借助于作品，使逃出意识形态的自发领域，摆脱对于自己、历史和时代的虚假意识成为可能。"③ 文学充满矛盾和差异的虚构叙述瓦解了意识形态幻象的整体性，这就形成了一个离心结构。后来在《论作为一种观念形式的文学》一文中，马歇雷从结构主义的马克思主义"社会构形"中引发出"文学构形"概念表示文学生产，认为文学构形是意识形态和语言的矛盾冲突运动的复杂结构，文学正是对这些矛盾冲突的"想象性解决"④。

第三，文学通过意识形态生产来挑战意识形态，"文本里存在着文本和它的意识形态内容之间的冲突"，"文学通过使用意识形态而挑战意识形态"。⑤ 也就是说，在马歇雷眼中事实上存在着两种意识形态：一般意识形态和文本意识形态。一般意识形态在文本的虚构叙述中以破碎的、局部的、歪曲的形式呈现出来；文本在将一般意识形态的运作机制和内在局限揭示出来的同时，也生产出自己的意识形态，揭露一般意识形态的欺骗性。马歇雷以凡尔纳的小说《神秘岛》为例对此加以分析，指出小说的初衷是摆脱笛福《鲁滨孙漂流记》的俗套，呈现一幅幸

---

① ［法］Pierre Macherey, *A Theory of Literary Production*（《文学生产理论》），London：Routledge & Kegan Paul, 1978, p. 131.

② ［法］Pierre Macherey, *A Theory of Literary Production*（《文学生产理论》），London：Routledge & Kegan Paul, 1978, p. 61.

③ ［法］Pierre Macherey, *A Theory of Literary Production*（《文学生产理论》），London：Routledge & Kegan Paul, 1978, p. 132.

④ ［法］埃蒂安纳·巴利巴尔、皮埃尔·马歇雷：《论作为一种观念形式的文学》，见［英］弗朗西斯·马尔赫恩编：《当代马克思主义文学批评》，刘象愚等译，北京大学出版社 2002 年版，第49页。

⑤ ［法］Pierre Macherey, *A Theory of Literary Production*（《文学生产理论》），London：Routledge & Kegan Paul, 1978, p. 124, p. 133.

存者被抛到荒岛上之后，只需知识技能便能改造自然、白手创业的传奇图景，并没有摆脱一般意识形态对叙述模式的制约。但随着故事的发展，这些幸存者得到了接踵而至的物质援助，于是幸存者的故事就成为鲁滨孙故事的翻版。这说明尽管《神秘岛》的一般意识形态内容原本是想证明资产阶级可以在一无所有的情况下运用科学知识创造一个新世界，然而小说的虚构叙述却暴露了意识形态的漏洞。因为文本向我们表明，孤岛英雄的创业必须依赖可见资本的运作。可见文本自身的意识形态颠覆了一般意识形态。

马歇雷的文学生产理论是在新的历史条件下对马克思关于艺术生产是一种"精神生产"说法的一个重要推进，并且在马克思主义文学理论和批评传统中较早注意到文学语言的独特地位和文学虚构的创造潜能。然而，尽管"人们是自己的观念、思想等的生产者，但这里所说的人们是现实的、从事实际活动的人们，他们受自己的生产力和与之相适应的交往的一定发展——直到交往的最遥远的形态——所制约"①。马歇雷把文学语言自身的异质性与断裂，视为可以瓦解意识形态的条件，事实上忽略了文学生产与物质生产的密切关联，淡化了生产方式的决定地位，这就体现了他的结构主义倾向的局限性。

三、文学与意识形态

伊格尔顿（1943— ）是英国著名的马克思主义文学理论家和批评家，著有《莎士比亚与社会》《批评与意识形态》《马克思主义与文学批评》《文学理论引论》《美学意识形态》《意识形态导论》《后现代主义的幻象》《理论之后》《马克思为什么是对的》等。

意识形态范畴及其与文学生产的关系，是伊格尔顿文学思想的核心内容。他在这个领域所做的工作体现在三个方面：

首先，伊格尔顿发挥了马克思的意识形态概念并用来解释文学生产，探讨了从生产方式到文学存在的多个中间环节。伊格尔顿坚持经济基础最终决定上层建筑，同时认为上层建筑和经济基础之间存在着辩证关系，因此他从生产方式的矛盾中勘察意识形态的来源，在意识形态概念中引入阶级关系、权力关系和话语理论，认为意识形态"通常指的是符号、意义和价值观用以表现一种支配性社会权

---

① ［德］马克思、恩格斯：《德意志意识形态》，《马克思恩格斯文集》第 1 卷，人民出版社 2009 年版，第 524—525 页。

力的方式，但是，它也能够表示话语和政治利益之间任何意味深长的连接"①。这就把经典马克思主义的意识形态概念，从哲学和社会政治层面推展至话语分析和文学研究中。伊格尔顿明确坚持文学的上层建筑性和意识形态性，认为文学不仅具有类似意识形态的观念性特征，而且文学的情感性、形象性和无意识性等与意识形态的表象运作也很接近。"文学是我们能够从经验上接近意识形态的最具有启发性的方式。只有在文学中，我们能够看到意识形态在阶级社会生活体验中复杂、连续、强烈而又直接的运作情形。"② 在此基础上，伊格尔顿把意识形态概念应用于从一般生产方式到文学文本生产整个流程的解释。为此，他提出了六个基本范畴：一般生产方式、文学生产方式、一般意识形态、作者意识形态、审美意识形态、文本。

一般生产方式是社会物质生产力和生产关系的总体，文学生产方式是诸多具体生产方式中的一种，是一定社会形态下文学生产力和文学生产中的社会关系的统一。在文学中存在着不同的生产方式，其中一个占据主导地位。文学生产方式的生产力指的是文学生产中的生产者、工具、生产技术和物质材料，文学生产关系指的是文学生产过程从写作、出版到发行各个环节参与者所产生的社会关系。一般意识形态是在某种生产方式下产生的占统治地位的意识形式；作者意识形态指的是由作者的社会阶层、性别、民族、宗教、地域等一系列独特因素造就的特点。文本是上述多种因素的产物。一般意识形态在以一定方式进入文本的过程中，文学的语言、形式也在对其进行重构，从而使之移位和变形。③

其次，伊格尔顿认为，一切艺术都产生于某种关于世界的意识形态观念之中。文学与意识形态的关系类似于演出与剧本、产品与材料的关系。作家作为社会的人，必然进入到现实的意识形态符号秩序中去，文学生产通过语言与意识形态发生关系，即文学是通过特定语言与意识形态联结在一起的，但文学本身又通过语言而源源不断地生产新的意识形态。"意识形态不是一套教义，而是指人们在阶级社会中完成自己的角色的方式，即把他们束缚在他们的社会职能上并因此阻碍他们真正理解整个社会的那些价值、观念和形象。……一切艺术都产生于某种关于

---

① ［英］Terry Eagleton，*Ideology：An Introduction*（《意识形态导论》），London：Verso，1991，p. 221.

② ［英］Terry Eagleton，*Criticism and Ideology*（《批评与意识形态》），London：Verso，1978，p. 101.

③ ［英］Terry Eagleton，*Criticism and Ideology*（《批评与意识形态》），London：Verso，1978，pp. 44-45.

世界的意识形态观念。"① 意识形态对作者来说可能是某种角色限制，他在创作时不可能不受某种群体、阶级或集团的价值观、理想、情感的制约，但他在运用这种意识形态的同时也是在构想和操演新的意识形态，成为审美意识形态。

最后，文学是一种审美意识形态。在伊格尔顿那里，一般意识形态是一个总体的集合概念，涵盖了政治、哲学、法律、道德、宗教、审美等领域。作者意识形态是群体观念或价值观的个体内化形式，文学生产把某种渗透了一般意识形态、作者意识形态的艺术观念、方法，以虚构性、情感性、形象性的方式体现于一定的文类、风格、意象之中，便成为审美意识形态，发挥类似意识形态的感化、训导、劝说作用。伊格尔顿以艾略特的诗歌《荒原》为例说明它是某种意识形态危机的产物，然后特别指出，文学是按照自身的特点和程式无意识地完成意识形态生产过程的。文学就是这样一种特殊的意识形态的生产形式。

伊格尔顿试图运用马克思主义关于经济基础和上层建筑、意识形态的基本原理，探讨从一般生产方式到文学文本的多重环节。伊格尔顿更多地注意到意识形态的复杂性和矛盾。在他那里，意识形态涵盖了一般意识形态、作者意识形态、文本意识形态、审美意识形态等亚结构，文学生产是多种意识形态以及一般生产方式、文学生产方式相互作用与冲突，进而生成文本的过程。按照马克思、恩格斯的说法，文学艺术作为一种特殊的意识形态，属于"更高地悬浮于空中的思想领域"②，与物质生产常常存在不平衡关系。伊格尔顿对意识形态与文学生产复杂关联性的探讨，有助于人们了解生产方式是如何决定文学文本生产的。

第三节　阿多诺、洛文塔尔

一、艺术的否定性

阿多诺（1903—1969，又译阿多尔诺），法兰克福学派乃至西方马克思主义最重要的哲学家、美学家、文学理论家之一，曾任法兰克福大学教授，著有《启蒙辩证法：哲学断片》（与霍克海默合著）、《棱镜：文化批判和社会》、《文学论集》、《否定的辩证法》、《美学理论》等。阿多诺不赞同卢卡契关于马克思主义辩

---

① ［英］伊格尔顿：《马克思主义与文学批评》，文宝译，人民文学出版社 1980 年版，第 20 页。
② ［德］恩格斯：《致康拉德·施米特》，《马克思恩格斯文集》第 10 卷，人民出版社 2009 年版，第 598 页。

证法的核心是整体性的说法，认为整体性是虚假的谎言，转而主张指向差异的否定性的辩证法，认为辩证法的运动"不是倾向于每一客体和其概念之间的差异中的同一性，而是怀疑一切同一性；它的逻辑是一种瓦解的逻辑：瓦解认识主体首先直接面对的概念的、准备好的和对象化的形式"①。阿多诺的否定的辩证法是其艺术的否定性说法的思想基础和方法论基础。

阿多诺的文学观以艺术的否定性和文化工业批判最有代表性。就艺术的否定性而言，阿多诺认为艺术是对世界的否定。这是阿多诺通过对现代主义文学艺术的观察得出的结论，其基本内涵包括三个方面：

其一，现代主义的碎片化和内在心理描写颠覆了资本主义外在的统一性和整体性。在现代主义文学那里，疏远化自身成了具有审美性质的手段，它描写人与僵化的社会关系的冲突，即人与人、个人与集体、人与自身的分离和疏远状况。比如普鲁斯特的小说《追忆逝水年华》，把人的活生生的整体分裂成单子，把小说由外在描写引向内在心理——人的感觉、印象、欲望等。"文学主体宣称自己从具体再现的习惯做法中解脱出来，同时承认自己的无能，也就承认了在独白中复现物质世界的优势力量。"② 现实世界只是充当作家描写内在心理世界的材料，这就对现实主义再现模式进行了颠倒。因此，阿多诺不赞成卢卡契对现实主义所怀有的整体性希望，认为由于物化的现实，人们陷入破碎和重复机械的生活，并且正是因为物化的普遍性，现实主义的真实再现恰恰是对现实存在的认同。"人们的经验不再具有同一性。构成叙述人的立场的生活本来自身保持着连续性并且自己有所表现，现在这种生活也瓦解了。……如果想要对自己的现实主义遗产保持忠诚，告诉我们现实事物是什么样的，那么，它就必须抛弃那种靠再现正面的东西来帮助社会干欺骗买卖的现实主义。"③

其二，艺术的否定性还在于文学自身的虚幻性质。艺术作品以其虚幻特质开辟了艺术创造的内在空间，彰显了艺术自身的存在价值。"正由于艺术作品脱离了经验现实，从而能够成为高级的存在，并可依自身的需要来调整其总体与部分之间的关系。艺术作品是经验生活的余象（after-images）或复制品，因为它们向后者

---

① ［德］阿多尔诺：《否定的辩证法》，张峰译，重庆出版社 1993 年版，第 142 页。

② ［德］Theodor. W. Adorno, The Position of the Narrator in the Contemporary Novel,（《当代小说中叙述者的位置》）. In *Notes to Literature*, Vol. 1, ed. Rolf Tiedemann, New York：Columbia University Press, 1993, p. 35.

③ ［德］Theodor. W. Adorno, The Position of the Narrator in the Contemporary Novel（《当代小说中叙述者的位置》）. In *Notes to Literature*, Vol. 1, ed. Rolf Tiedemann, New York：Columbia University Press, 1993, pp. 31-32.

提供其在外部世界中得不到的东西。在此过程中，艺术作品摒弃了抑制性的、外在经验的体察世界模式。"① 艺术作品借助自身的存在，要求现实中不存在的东西也要存在，艺术作品就是这种虚幻的表象。但是艺术又是一种社会现象。在此，阿多诺认为艺术以其作为现实的反题昭示其价值和社会性。"艺术之所以是社会的，不仅仅是因为它的生产方式体现了其生产过程中各种力量和关系的辩证法，也不仅仅因为它的素材内容取自社会；确切地说，艺术的社会性主要因为它站在社会的对立面。但是，这种具有对立性的艺术只有在它成为自律性的东西时才会出现。"② 按照这种逻辑，他比较推崇的是贝克特的小说、勋伯格的音乐。

其三，艺术的否定性还在于它对意识形态虚假性的揭露。"艺术作品的伟大之处就正在于，它让那些被意识形态掩盖了的东西得以表露出来。这一成功使它自然地跨越了错误的意识，不管它愿意与否。"③

就文化工业批判而言，阿多诺之所以称大众文化为"文化工业"而大加挞伐，也主要基于大众文化失去了否定性，放弃了社会批判的权利，走向了对资本主义社会现实的认同和肯定。阿多诺认为，资本主义按照商品生产的交换逻辑批量地生产大众文化产品，这些产品带有同质化和标准化的特征，把文学变成了欲望的实现和消费的对象，预先操纵了接受者的口味。由于缺乏反思性和反抗性，大众文化的产品充当了统治者的帮凶。"文化工业的每一个运动，都不可避免地把人们再现为整个社会所需要塑造出来的那种样子。"④ 文化工业强化了资本主义社会的控制形式，培养了衰落的无反思能力的个人。同时，文化工业产品在生产与传播上利用了机械复制等现代技术，整合了经济与文化、高雅艺术与低俗艺术，以表面上的丰富多样掩盖内容的贫乏和风格上的千篇一律，形成了一套特有的伪个性主义。阿多诺晚年还反思了以电视为代表的视觉文化的欺骗性。他指出，电视图像包含了多层附加的意义，其理性化的制作所产生的逼真的"虚拟现实"效果使隐藏的信息逃避了意识的控制，观众在毫无戒心的情况下充当了编导的共谋。"人们不仅会失去对现实真正的洞察力，而且最终他们的生存经验也会在琳琅满目的

---

① ［德］阿多诺：《美学理论》，王柯平译，四川人民出版社 1998 年版，第 7 页。
② ［德］阿多诺：《美学理论》，王柯平译，四川人民出版社 1998 年版，第 386 页。
③ ［德］阿多尔诺：《谈谈抒情诗与社会的关系》，见伍蠡甫、胡经之主编：《西方文艺理论名著选编》下卷，北京大学出版社 1987 年版，第 704 页。
④ ［德］霍克海默、阿多尔诺：《启蒙辩证法（哲学片断）》，洪佩郁、蔺月峰译，重庆出版社 1990 年版，第 118 页。

图像冲击下迟钝麻木。"①

　　阿多诺的文学理论和美学理论是他从先锋音乐和现代主义艺术的考察中总结出来的，包含了和卢卡契的现实主义理论论争和对话的因素。他对艺术否定性的看法，与他对资本主义全面物化的反抗立场有关。他对文化工业的诊断揭露了资产阶级意识形态和市场交换逻辑对大众文化无所不在的操控，在西方学术界产生了很大的影响。但是阿多诺对大众文化可能具有的颠覆和反抗潜能估计不足，因而具有浓厚的精英主义倾向。

二、大众文学批判

　　洛文塔尔（1900—1993）是法兰克福学派乃至西方马克思主义文学社会学研究的代表人物，曾任加州大学伯克利分校社会学教授。著有《文学与人的形象》《文学、通俗文化与社会》，以及四卷本文集《社会交流》等。洛文塔尔虽然在思想倾向和学术特色方面继承了法兰克福学派和西方马克思主义对资本主义社会文化的批判立场，但是有两个重要变化：一是把发端于欧陆的西方马克思主义的思辨精神与英美的实证研究相结合，致力于沟通人文科学与社会科学。他的文学社会学研究把理论思辨、精神分析、个案调查、数据分析有机结合，取得了较大成功。二是某种程度的悲观主义。作为第一代西方马克思主义理论家中在世时间最长的重要人物，洛文塔尔经历了两次世界大战、美苏冷战、20 世纪 80 年代欧美左派的失败、苏东剧变等重大历史事件。他晚年对无产阶级革命失去了希望，也对左派理论的前景产生了怀疑。他的名言"不是我们抛弃了实践，而是实践抛弃了我们"② 可谓自况。洛文塔尔在文学社会学领域所做的工作主要体现在以下两个方面。

　　首先，他深化了阿多诺对大众文化的分析和批判。他把文学划分为作为艺术的文学和作为商品的文学两种类型，"一方面是艺术，一方面是市场导向的商品"③。前者是纯文学，后者是大众文学，二者的分化始于 18 世纪。前者是个性化的创造、个人经验的表达，能够发现并记录时代的主要特征，是研究人与社会关

---

① ［德］Theodor W. Adorno, *The Culture Industry：Selected Essays on Mass Culture*（《文化工业：大众文化文选》），London：Routledge，1991，p. 171.

② ［美］Leo Lowenthal, *An Unmastered Past*（《无羁的过去》），Berkeley：University of California Press，1987，p. 61.

③ ［美］Leo Lowenthal, *Literature, Popular Culture, and Society*（《文学、通俗文化与社会》），New Jersey：Prentice-Hall，1961，p. xii.

系的根本资源之一。而大众文学不能给人提供真理与洞见，只能给人提供娱乐和信息。洛文塔尔进一步发挥了阿多诺的观点，认为恰恰是无反思能力的个体催发了大众文化。"个体的衰落导致了大众文化的产生，这种文化取代了民间艺术和高雅艺术。大众文化的产品毫无任何真正的艺术特性。然而，在其众多的媒介方式中，这种文化已被证明有其自身的艺术特性：标准化、俗套、保守、虚伪，是一种操纵消费者的商品。"① 大众文化的商业性、娱乐性及其给受众提供的虚幻满足，使其具有维护资本主义统治秩序的意识形态功能。

其次，洛文塔尔把西方马克思主义文学理论对文学生产和创造领域的研究转向文学的传播和消费问题，研究读者的阅读取向和文学消费情境的变迁，进而对社会文化走向进行判断和预测。比如在对大众文化的研究中，洛文塔尔选择 20 世纪上半叶的传记作为考察对象，指出在头 25 年开放、自由的社会需要树立榜样来鼓励人们自我奋斗，所以传主多来自生产领域，企业家、发明家、科学家的传记十分走红。而到了 30—40 年代之后，由于技术革命，奢侈品不断变为必需品，人们追求物质消费，安逸和舒适成为生活的目标，转而追捧演艺、体育、娱乐明星。他称这种现象为从"生产偶像"到"消费偶像"的转变。② 这类传记淡化传主与政治、社会的关系，热衷于展示传主的私人生活如父母亲朋、个人癖好、娱乐活动，用血统和天赋异禀解释传主的成功，消弭了人的创造性追求，提供了消费性的生活方式。而单调重复的大众文化之所以流行，正因为人们日常工作缺乏变化，需要不断重复的休闲活动为之辩护，并在对常识的认同和消费的满足中确认自己生存的合法性。洛文塔尔由此得出结论："在合作的资本主义社会中产生一个企业家已经成为一个纯粹的神话；中产阶级社会已经演变为消费社会。"③

洛文塔尔的文学社会学研究借鉴经验技术和实证分析，从中提取经验类型和理论命题，进行社会预测，弥补了西方马克思主义文学理论过于偏重思辨研究的缺陷。洛文塔尔关于大众文化的可复制性、商业性、娱乐性和保守性的批判给后人提供了思想启迪。但是洛文塔尔的文学社会学研究致力于文学与社会的互证，对作品自身的多义性有所忽略，并且他的二元对立的文学概念也体现了近代美学

---

① ［美］Leo Lowenthal，*Literature and Mass Culture*（《文学与大众文化》），New Brunswick：Transaction，1983，p. 14.

② ［美］Leo Lowenthal，*Literature，Popular Culture，and Society*（《文学、通俗文化与社会》），New Jersey：Prentice-Hall，1961，p. 115.

③ ［美］Leo Lowenthal. *An Unmastered Past*（《解蔽的过去》），Berkeley：University of California Press，1987，p. 133.

观念所暗含的等级秩序，把大众文化的构成和功能看成铁板一块，忽视了大众文化的多元特征和读者的抵抗潜能。

小　结

　　西方马克思主义文学理论是在欧洲无产阶级革命陷入低潮、资本主义统治相对稳定的时期产生和发展起来的。其学术贡献主要体现在两方面：一是把马克思主义的主要研究领域从政治经济问题转向文化、上层建筑、意识形态问题，从文学艺术层面对经济基础与上层建筑、意识形态的复杂关系作了进一步探讨，并且对艺术在资本主义社会的命运、艺术对主体的建构力量和所具有的反抗资本主义的潜能进行了多方面的思考，拓展了马克思主义文学理论的研究领域，在西方文学理论史上占有重要的地位。二是在一些具体问题如艺术生产理论，现实主义、现代主义与后现代主义，意识形态及其与文学生产的关系等问题上有所探讨和推进，发展了马克思主义文学理论。由于西方马克思主义文学理论家长期置身于资本主义现实，对资本主义的统治结构和文化现状有较为深切的观察，其见解常常切中资本主义文化的病症，增进了我们对于资本主义社会文化的认识。

　　与此同时，我们也应当看到，西方马克思主义文学理论在对经典马克思主义文学理论的理解和解释方面，又出现了一些不可忽视的偏差乃至失误。当然，我们对西方马克思主义文学理论继承与发挥经典马克思主义文学理论的复杂情况也要给予具体的分析与辩证的认识，避免作简单化的判断。比如卢卡契的物化学说、本雅明的艺术生产论和马歇雷的文学生产论对马克思的物化学说和艺术生产理论有延伸，又有误读甚至曲解。我们一方面要辨析事实，指明失误，另一方面也要承认上述理论探讨开辟了一些新的研究角度，对我们认识和批判资本主义社会文化也有某种积极意义，因此也要给予一定程度的肯定。马克思曾认为古典主义的"三一律"是依据自己的需要对亚里士多德《诗学》的一个曲解。但他又说："被曲解了的形式正好是普遍的形式，并且在社会的一定发展阶段上是适于普遍应用的形式。"① 我们对西方马克思主义文学理论的上述情况也可以作如是观。

　　但是，西方马克思主义文学理论是由卢卡契的物化批判所开启的，这种批判

---

① ［德］马克思：《致斐迪南·拉萨尔》，《马克思恩格斯全集》第 30 卷，人民出版社 1974 年版，第 608 页。

使得西方马克思主义文学理论对资本主义的批判比较重视主体心理能力的建构，在总体上有淡化经济基础决定作用的趋势。更重要的问题是，西方马克思主义文学理论把资本主义的社会问题在很大程度上归结为文化和社会心理问题，追求以理论批判替代现实改造和社会革命，有严重的脱离实际的倾向。正如马克思所说："批判的武器当然不能代替武器的批判，物质力量只能用物质力量来摧毁。"[1] 忽视社会实践使西方马克思主义文学理论要么具有程度不同的乌托邦式的空想化色彩，要么陷入悲观主义。

西方马克思主义文论和中国马克思主义文论都是马克思主义世界化和民族化的环节和产物，因而会面临一些相通的问题，所以西方马克思主义文论近年来在中国学界产生了很大的影响，但是二者形成的历史条件和文化背景不同。对于西方马克思主义文论，我们应当进行批判性总结并给予合理的借鉴，不宜不加分析地机械搬用。

思考题：

1. 卢卡契现实主义理论的基本内容是什么？怎样看待现实主义与现代主义之争？
2. 试述艺术生产理论的当代发展。
3. 试比较阿多诺和洛文塔尔对大众文化研究的异同。

---

[1]　［德］马克思：《〈黑格尔法哲学批判〉导言》，《马克思恩格斯文集》第 2 卷，人民出版社 2009 年版，第 11 页。

第十五章　读者接受文论

概　述

20 世纪 60 年代，西方文化处于变革期，价值观和时代精神发生了深刻转变，学术上也不断突破传统，新观念、新方法不断涌现，层出不穷。这一时期，读者接受文学理论应运而生。广义的读者接受文学理论（包括德国的接受美学和美国的读者反应理论等）兴起于 20 世纪 60 年代，极盛于七八十年代。这一思潮的兴起重塑了西方文学理论的地形图，90 年代以来渐渐被其他学术潮流代替，但其强调读者与作品关系已成为文学理论的基本内容之一。

波兰美学家英加登是读者接受文学理论的先驱，他吸收胡塞尔的现象学理论创立了读者阅读理论，并影响到伊瑟尔等人。德国学者伊瑟尔和姚斯被称为德国读者接受文学理论的"双子星座"，他们都是德国康斯坦茨大学的教授，由于他们和其他康斯坦茨大学同事的杰出贡献，德国的读者接受文学理论也被称为"康斯坦茨学派"。姚斯受到伽达默尔解释学的影响，提出文学接受史的研究观念。一般认为，姚斯在 1967 年发表的长篇论文《文学史作为向文学理论的挑战》是读者接受文学理论崛起的标志。美国的读者反应批评是读者接受文学理论中的另一支脉，代表人物有费什和卡勒等。读者反应批评最主要的理论贡献就是区分作品与文本，认为作家所创造的只是文本，还不是作品，只有读者参与到文本解读中，由读者最终实现作品。他们反对孤立的作家研究和文本研究，认为以前的文学研究方式忽略了读者，因此，这一理论强调读者是文学作品意义的生产者，在整个文学生产和阅读过程中，正是读者才真正完成了文学作品的意义生产。如马克思所言："因为产品只是在消费中才成为现实的产品。"①

根据马克思提出的生产—消费理论，文学作为精神产品，与物质商品生产—消费过程相似，遵守生产—消费的规律，在文学的生产和消费过程中完成自身，成为发挥实际功用的文学作品。如果局限于文学生产活动，那么文学作品只是一

---

① ［德］马克思：《1857—1858 年经济学手稿摘选》，《马克思恩格斯文集》第 8 卷，人民出版社 2009 年版，第 15 页。

个处于潜在状态的文学文本而已，还不是现实的文学作品。

第一节　英加登与伊瑟尔

一、未定点

罗曼·英加登（1893—1970），波兰著名哲学家、美学家、文学理论家，现象学运动的代表人物之一，也是读者接受文学理论的先驱。代表作有《论文学作品》《对文学的艺术作品的认识》《艺术本体论研究》《经验、艺术作品与价值》等。

英加登深受胡塞尔现象学思想的影响，强调文学理论应直接面对文学作品，对作品进行现象学的意向性分析。这一想法最终促发了倾向读者阅读的文学理论的出现。英加登的一个基本观点是，文本中存在着大量的未定点或"空白"，因而有赖于读者的阅读活动去充实。这一理论主要包括下面三个要点。

第一，英加登认为文学作品是一种"意向性客体"。所谓意向性客体，是指人的意识活动中的对象，是人的意识指向的东西，只有在意识指向活动中，对象才呈现出来，没有意识的参与，对象不具有意义。意向性客体这一概念力图解决主客体二元对立的难题，强调没有孤立的主体，也没有孤立的客体，客体是在主体意向活动中呈现出来的，因而总是与主体相关。意向性对象概念提醒我们，文学作品并不是与阅读主体无关的孤立对象，而是有赖于读者的意向性，所以文学作品的意义与读者的意向性相关。在文学过程中，读者的意向性活动就是阅读，意向性客体就是作品，而意向性主体就是读者。作品的意义只有在阅读中才能显现出来，没有意向性主体（读者）的参与，就没有意向性活动，也就不存在意向性客体。所以，作品只有在阅读中才能完成自己，才能产生出文学作品的丰富意义。

第二，按照意向活动由外及内、由低到高的顺序特点，英加登将文学作品分为四个相对独立又相互关联的层次：（1）语音基础层。指的是字音和建立在字音基础上的更高级的语音构成物，包括音调、音色、声音的力度等，这是文学作品最基本的层次。要注意的是，英加登并没有强调语音是意义的基础，而是说，这是意向活动最先触及的层次。（2）意义单元层。指的是不同等级的意义单元或整体的层次，即词、句、段等各级语言单位的意义。意义单元层已经能够展现一些具体的意义，比如段落能够模拟事件状况，进而不同的段落组合在一起提供作品粗略的结构框架。这仍然是意向活动从低向高、由片段意义向完整意义过渡的阶段。（3）再现客体层。这是作品构造起来的大致世界，包括人物、背景等，也就是我们平常所说的作品的整体框架。这一层次并不具体存在于某个段落或某个部分，而是通过阅读整个作品把握到的。在这一层次上，作品的基本结构已经搭好了，但还不能算是最终完成的作品，其中还存在着大量不确定的地方、大量的未定点。（4）意象世界层。① 如果说上面三个层次偏重客体，那么这一层次偏重于读者的参与。由于再现客体层存在着大量的未定点，读者阅读的一个重要功能就是填补这些未定点，并完成作品的世界。在英加登看来，不同的读者对未定点的联结虽然富有个性，但整体指向上是一致的。作品的意象世界主要还是由作品奠定基调，读者主要还是一种调适的作用。这一点相对于伊瑟尔和姚斯的理论显得保守许多。英加登指出，文学作品的意义并不单独存在于某个层次中，不同层次的"复调和声"② 才构成作品的整体意义。因此，文学作品的意义是多层次的复合体。

第三，文学作品的意义要在阅读活动中完成，这就要求将未定点补充起来，形成完整的审美认识，补充未定点的活动叫作文学作品的"具体化"。文学作品作为一种"意向性客体"，在各个层次上都存在着大量的未定点，这些未定点需要通过读者的阅读才得以确定和充实，成为富有血肉的艺术作品。一个读者对文学作品的解读就是一次具体化的过程，不同的具体化既补充未定点，增加了作品的内涵，又无法穷尽未定点和空白点，所以具体化的过程是不断地反复进行的，作品的意义也不断得以深化。作品"活"在读者阅读的具体化过程中，一旦具体化停止了，作品的"生命"也就结束了。

英加登的未定点理论涉及文学创作、作品和接受的辩证关系。用马克思的政治经济学术语来说："生产直接是消费，消费直接是生产。每一方直接是它的对方。可是同时在两者之间存在着一种中介运动。生产中介着消费，它创造出消费的材料，没有生产，消费就没有对象。但是消费也中介着生产，因为正是消费替产品创造了主体，产品对这个主体才是产品。产品在消费中才得到最后完成。"③ 生产创造出消费的需求，同时，消费也在消费着生产，是生产得以实现自身的手段。在物质性的生产和消费中是这样，在精神性的生产与消费中同样如此。作家创造出作为消费对象的文学作品，同时也就创造了消费它的主体以及消费的需求；同理，作为消费者的读者不但消费了文学作品，同时也在创造出新的文学创作的要求，并完成了从创作到接受的完整的文学活动过程。在阅读活动中，阅读主体

① ［波兰］罗曼·英加登：《论文学作品》，张振辉译，河南大学出版社 2008 年版，第 49 页。
② ［波兰］罗曼·英加登：《论文学作品》，张振辉译，河南大学出版社 2008 年版，第 348 页。
③ ［德］马克思：《1857—1858 年经济学手稿摘选》，《马克思恩格斯文集》第 8 卷，人民出版社 2009 年版，第 15 页。

也是凭借着作品创造和阅读才证明自己是一个读者，并把自己当作中介形式完成作者对作品的创造，使作品得以实现。无疑，读者在阅读中具有能动作用，在阅读中丰富作品的意义。英加登所论的未定点，正是读者在阅读作品中展现出来的，如果没有读者，未定点也展现不出来，正如产品没有消费，也就不能成其为产品一样。对于不同读者，作品展现的未定点也是不定的，就像同一件产品对不同消费者的价值也不相同。"生产既支配着与其他要素相对而言的生产自身，也支配着其他要素。过程总是从生产重新开始。交换和消费不能是起支配作用的东西，这是不言而喻的。分配，作为产品的分配，也是这样。"①

二、召唤结构

沃尔夫冈·伊瑟尔（1926—2007），读者接受文学理论的代表人物之一，是20世纪活跃于德国和美国的文学理论家和批评家。代表作有《隐含读者》《阅读活动》《虚构与想象》《阐释的范围》等。

伊瑟尔和姚斯被誉为读者接受文学理论的代表人物，他们同在康斯坦茨大学共事，理论颇为接近，不同之处在于姚斯从读者接受的历史入手，而伊瑟尔认为读者一定要与文本（text，又译本文）联系在一起。一些学者这样指出两者的差别："如果我们说姚斯研究的是宏观接受，那么，伊瑟尔研究的则是微观接受。"②

伊瑟尔受到英加登的强烈影响，他的读者接受文学理论主要从现象学发展而来，强调阅读活动的重要性，认为文学作品主要在阅读中展现自身的意义。伊瑟尔与英加登最大的不同在于区分了文本与作品。正是依赖这一区分，伊瑟尔的未定点概念比英加登更进一步。英加登的作品分层相对强调静态的层次呈现，未定点存在于各个层面上，读者以个人独特的阅读经验补充这些未定点，从而完成整个作品，又形成各不相同的作品意义。伊瑟尔则认为未经读者阅读的就不是完整的作品，文本敞开自己，吸引读者进入，读者的阅读是文本的内在要求。因此，伊瑟尔的未定点概念更强调文本具有一种内在的召唤结构（appeal structure），读者与文本是对话交流的关系，这种交流存在于阅读活动中，只有经过读者的阅读才完成整部作品。

那么，什么是召唤结构呢？伊瑟尔指出召唤结构由两个部分辩证地构成。首

---

① ［德］马克思：《1857—1858 年经济学手稿摘选》，《马克思恩格斯文集》第 8 卷，人民出版社 2009 年版，第 23 页。

② ［德］H. R. 姚斯、［美］R. C. 霍拉勃：《接受美学与接受理论》，周宁、金元浦译，辽宁人民出版社 1987 年版，第 367 页。

先，文本中存在着空白，只有靠读者的阅读才能填补这些空白，但这些空白又不是固定不变的，它们随着阅读行动而改变。伊瑟尔指出，虚构文本的空白具有典型的结构，其功能在于引起读者的建构活动，这种活动的实施使交互影响的文本内容变得明晰起来。如果英加登的未定点概念还有些确定的意思，那么伊瑟尔的"空白"概念则完全去掉了确定的意味，它指的是"文本整体系统中的空白之处"①，更强调文本空白与读者的互动关系。文本存在着空白，这就构成对读者的一种召唤，而读者会响应这种召唤，进入文本并展开具体的阅读。读者的阅读有他自己的期待视域，他会按照自己的期待视域来解读文本，阅读的过程又会不断地改变其视域。因此，阅读就是读者按照自己的期待视域理解文本并发展其期待视域的过程。所以空白存在于文本与读者之间，是读者阅读视野与文本既有结构之间的差异。有的文本有意扩大这一差异，比如《商第传》就采取了这样的策略，扩大文本的陌生性，促使读者带着自己的阅读期待，并赋予文本更为丰富复杂的意义，以此建构起一个完整的作品。这样的阅读反而会激发读者更大的兴趣。

其次，召唤结构的另一因素是否定。空白是文本对读者的吸引，而否定是文本对读者的某种阻碍，当然这一阻碍不是把读者拒之门外，而是让读者发现自己与文本的距离，进而引起读者的阅读兴趣。每个文本都有它独特的艺术规则和形态，而读者自身也有较为稳定的期待视域，这两者必须有距离或间隔。读者刚进入文本的时候，往往会在这些与自己期待视域不一致的艺术规则面前感到窘迫，产生一定的不适应，但这恰恰有助于激发他们的阅读兴趣。《商第传》中充满了反对传统叙事方式的手法，在很大程度上对读者理解文本构成了阻碍，但正是这种阻碍的存在，超出期待视域的部分才更有新奇感，太熟悉的文本形式反而会降低阅读快感。这与俄国形式主义的"陌生化"概念有些相近。读者面对阻碍的时候会主动调节自己的期待视域来适应文本，形成与文本的主动交流关系。所以，艺术会教给人很多东西，可以是生活的感悟，可以是情感的交流，也可以是某些社会文化的观念。这样，"文学文本的空白既能为宣传家、商人所用，也可用于审美目的"②。

在伊瑟尔的召唤结构理论中，期待空白和否定构成相互促进和转化的辩证关

---

① ［德］沃尔夫冈·伊瑟尔：《阅读活动——审美反应理论》，金元浦、周宁译，中国社会科学出版社 1991 年版，第 220 页。

② ［德］沃尔夫冈·伊瑟尔：《阅读活动——审美反应理论》，金元浦、周宁译，中国社会科学出版社 1991 年版，第 234 页。

系。空白潜在地引导读者进入文本，具有吸引的性质；而否定则明确地让读者发现自己与文本的距离，具有阻碍的性质。但否定的阻碍并不是完全拒绝，而是在吸引之上的阻碍。读者受到文本空白的吸引进入文本，并不是一下子就理解文本了，而是遇到文本对阅读的阻碍，正是在克服阻碍中不断进行理解，并构成往复的过程，丰富对文本的阅读理解。在潜—显、吸引—阻碍之间，读者完成了文本意义的建构，文本也完成了自己的使命，成为一个完整的文本。

然而，如果我们从马克思主义的系统观点来看，在伊瑟尔那里，虽然读者与作品的关系被强调出来了，但忽视了读者与作者、作品与作者的关系。文学的完整活动是从创作到作品再到接受的过程，伊瑟尔在强调读者消费这一层面的同时，似乎忽视了作者生产的另一层面。这很容易从一种片面走向了另一种片面。重温马克思关于生产与消费辩证关系的理论，有助于我们完整地、辩证地看待文学活动中诸多因素的关系。马克思这样写道：

> 消费创造出新的生产的需要，也就是创造出生产的观念上的内在动机，后者是生产的前提。消费创造出生产的动力；它也创造出在生产中作为决定目的的东西而发生作用的对象。如果说，生产在外部提供消费的对象是显而易见的，那么，同样显而易见的是，消费在观念上提出生产的对象，把它作为内心的图像、作为需要、作为动力和目的提出来。消费创造出还是在主观形式上的生产对象。没有需要，就没有生产。而消费则把需要再生产出来。①

可见，消费是离不开生产的，消费内在地包含着生产。从整个文学生产的发生来看，生产优先于消费，但整个文学生产过程一旦建立起来，文学的生产与消费就成为无法分离的两个部分，文学消费成为文学生产的理论前提，为文学生产指明了方向，它创造了文学生产的需求对象，并演变成文学生产的动力。根据生产—消费理论，我们看到伊瑟尔所说的召唤结构，不过是读者（消费者）的反射意向。它在文本中创造出新的生产需要，这一生产需要看起来是文本自身的，实际不过是阅读（消费）的观念在文本（生产）中的要求而已，作为文本生产的动力，也是文本生产的前提。因此，所谓"召唤结构"，应该是双向的，作者的文本

---

① ［德］马克思：《1857—1858 年经济学手稿摘选》，《马克思恩格斯文集》第 8 卷，人民出版社 2009 年版，第 15 页。

生产召唤读者的阅读消费，同时读者的阅读消费也在塑造这一召唤结构本身。

第二节 费什与卡勒

一、解释团体

斯坦利·费什（1938— ）是美国读者反应文学理论的重要代表，曾在美国多所大学任教。费什的代表作有《罪恶引起的震惊：〈失乐园〉里的读者》《课堂里有文本吗？解释团体的权威》《专业正确：文学研究与政治变革》等。

传统文学理论认为，诗人的创作是诗歌的直接来源，我们之所以把一个作品判断为一首诗，是因为诗人的创作。诗人创作了诗歌似乎是不言自明的，但费什却提出了异议。他认为，我们之所以把一首诗读成诗，不是因为诗人创作了它，而是因为我们按照诗的体裁把它当作诗而不是其他东西。比如有时我们不知道一首诗的作者是谁，但我们一样能把它当诗来解释；中国古诗里有很多无名氏的诗作，但这并不影响我们把这些诗作读成诗。形式因素在确定诗之为诗中是一个重要的指标，但它不是决定性的，它会随着具体的解释团体和解释语境的变化而发生改变。

费什曾做过一个有趣的实验。他在一所大学任教，有一年，他在同一个早晨在同一个教室连续上两门课，课程的内容不同，学生也不一样。前一批学生下课后，后一批学生走入课堂。一次，他留在黑板上的前一课程的作业没有擦掉，他有意让后一课程的学生做同样的作业，让这些学生指出黑板上那些词语的诗性含义。这些学生接受过一定的阅读训练，不出所料，他们按照以前在课堂上的训练对这些词语进行解读。虽然这些学生认为黑板上的词语未免有些晦涩难懂，但确信它们具有深刻的诗意，反复涵泳才能理解其中之意。他们不断发掘这些词语的深义，果然从本来毫无联系的单词中发现了深刻的意义。①

通过反省这一情况，费什发现了"解释团体"（interpretative community）的存在，在此基础上文学阅读以及意义生产才成为可能。

第一，人们无时无刻不处于特定的解释团体当中，是解释团体塑造了读者的阅读方式和阅读趣味，也制约了阅读文本的形态。所谓"解释团体"，指的是读者

---

① 参见［美］斯坦利·费什：《读者反应批评：理论与实践》，文楚安译，中国社会科学出版社1998年版，第46页。

所处的某一阅读传统和阅读群体，读者的阅读受到一系列牢固的阅读规则和习惯的制约，无论他们是否意识到，这些规则和习惯都支配着文学阅读。判断一首诗之为诗，不是出自个人的随性喜好，而是出自解释团体的阅读训练。公共阅读规则告诉读者何为诗，怎样的诗才是好诗，应该用什么方式去读诗，等等。"我们的读者的意识或者说知觉是由一套习惯性的观念所构建的，这些观念一旦发生作用，便会反过来构建一个合于习惯的，在习惯的意义上可被理解的客体。"① 解释团体的概念彰显出这样的公共阅读规则和公共阅读意识。

第二，对具体作品的评判来自解释团体的不同策略的组合。传统观点认为，作者创造了诗，读者从诗中体会到各种不同的含义。费什却认为，诗歌不是作者的创造，更准确地说，诗不是被创造出来的，而是被制作出来的，是由作者和读者所属的解释团体的解释策略制作的。如果我们把一首诗按照词的形式排列，那么这就是一首词，而不再是诗。如果我们把一段散文按照诗的格式进行排列，那么它就是诗，而不是散文。

第三，形成解释团体的最重要方式就是文学教育，而作业是文学教育中的关键的一环，它具有引导作用。在接受训练之前，学生的阅读往往带有个人偏好。教师布置作业，让学生练习，并且修改作业，给学生反馈；学生就会发现自己以前不适当的偏好，进而修正它们，逐渐发现文学文本是怎样写出来的，应该怎样进行阅读。这一过程不断进行，学生会对文本语词形成越来越敏锐的感受，进而形成自己的判断力。费什认为，这是一个不断发现语词意义的过程，也是丰富语词意义的过程。文本不是一个意义的蓄水池，而是不断探寻意义、创造意义的过程。由此可知，文学文本的意义不是由作者赋予并固定在文本中有待发现的东西，而是在读者的阅读中不断生成的东西。

费什认为，课堂作业是解释策略的产物。我们对作品所作的解释受制于已经牢固养成的规范和习惯，这些规范先于阅读而存在，我们只有依赖它们，才能在阅读中作出自己的判断，并且这一判断就处在公众普遍认可的习惯性阅读中。

因此，当我们承认，我们制造了诗歌（作业以及名单之类）时，这就意味着，通过解释策略，我们创造了它们；但归根结蒂，解释策略的根源并不在我们本身，而是存在于一个适用于公众的理解系统中。在这个系统范围内

---

① ［美］斯坦利·费什：《读者反应批评：理论与实践》，文楚安译，中国社会科学出版社1998年版，第58页。

（就我们现在所讨论的文学系统而言），我们虽然受到它的制约，但是它也在适应我们，向我们提供理解范畴，我们因而反过来使我们的理解范畴同我们欲面对的客体存在相适应。简言之，我们必须把我们自己也引入被制作的认识对象（客体）的名单中，因为像我们所看见的诗歌以及作业一样，我们自己也是社会和文化思想模式的产物。①

费什的解释团体论指出了文学阅读反应中复杂的社会和文化作用，指出了读者对文学作品的意义解释受制于一些看不见摸不着的解释团体，以及相应的阅读策略和规则。但是，我们也应该看到这一理论存在着一些不足。费什对解释团体的论述强化了阅读主体的主动性，但问题在于，除了主体的能动性之外，还要坚持阅读对象（作品）在阅读活动中的基础作用，没有它就无法进行特定作品的阅读。费什把所有的阅读活动都当作出于某种解释策略的行为，显然不符合人们的阅读实际。马克思说："希腊人是正常的儿童。他们的艺术对我们所产生的魅力，同这种艺术在其中生长的那个不发达的社会阶段并不矛盾。这种艺术倒是这个社会阶段的结果，并且是同这种艺术在其中产生而且只能在其中产生的那些未成熟的社会条件永远不能复返这一点分不开的。"② 马克思提醒我们，作品与它所产生的社会时代背景分不开，作品具有自身的固有特性，它们凝聚在作品中，是去不掉的。这些作品的固有特性会规定读者的阅读及其理解，纠正读者的随意解释行为，它们和阅读团体的解释策略一起发挥作用。我们应该更加辩证和完整地理解文学阅读及其读者解释团体的作用，不能只关注读者作用而忽略了文学作品的特性及其社会历史的作用。

二、文学能力

乔纳森·卡勒（1944—　），美国著名理论家，他把结构主义和解构主义引入美国学界，代表作有《结构主义诗学》和《论解构》等。

卡勒提出"文学能力"概念来描述读者对作品的接受，他所说的文学能力实际是内化了的阅读程式。卡勒说："所谓能力的观念，并不会像某些结构主义者担心的，重新又把单个的主体当作意义的本源。在这里，唯一的主体是一个抽象的、

① ［美］斯坦利·费什：《读者反应批评：理论与实践》，文楚安译，中国社会科学出版社1998年版，第57页。
② ［德］马克思：《1857—1858年经济学手稿摘选》，《马克思恩格斯文集》第8卷，人民出版社2009年版，第36页。

人际构成物……阅读主体已由一系列约定俗成的程式，有规律的、主体与主体之间的栅格构成。那个经验性的'我'已经在阅读行为中消溶于取代他的这些程式中。事实上，关于能力的观念之所以不可或缺，恰恰是因为能力与单个主体不是同步扩张的。"① 这里指明，"文学能力"概念并不是把重心放在单个读者身上，而是放在主体的阅读程式上，阅读程式让读者在阅读作品时产生某些感受，形成审美快感。什么是阅读程式呢？卡勒举了一个例子，比如我们从报纸新闻中剪出一段："昨天在七号公路上，一辆汽车以时速一百公里行驶撞上一棵法国梧桐。车内四人全部丧生。"把它按照诗歌的方式来排版：

> 昨天在七号公路上
> 一辆汽车以时速一百公里行驶撞上
> 一棵法国梧桐。
> 车内四人全部
> 丧生。②

读者就会有新的阅读感受出现，这是阅读程式的作用。新闻和诗歌是两种不同的类型，同一段文字如果按照不同的类型来排版，会让读者自然地将这一段文字归于某种类型。不同的类型有不同的阅读程式，新闻有新闻的程式，诗歌有诗歌的程式，同一段文字在不同的类型中必然产生不同的阅读要求和感受。在此基础上，卡勒论述了文学能力，它含有以下几个层面的意思。

第一，文学能力就是读者在阅读实践中展现出来的阅读程式。当然，必须要说明的是，"阅读程式"决不是一些固定下来的套路，按照这些套路就可以得出某些结论。阅读程式指的是深藏于文本阅读活动中的规则，读者可能已经掌握了这些规则，但他不知道为什么会产生这样的阅读效果，也说不清楚原因。阅读程式不是教出来的，而是在不断地阅读作品，在品评鉴赏中体会到的。它是在潜移默化、不知不觉中习得的。所以，阅读程式是一种潜在的、作为背景的文学能力。我们知道，卡勒的"文学能力"概念直接来源于美国语言学家乔姆斯基的"语言能力"理论。乔姆斯基认为，语言能力是人的一种内在能力，是语言使用者关于

---

① ［美］乔纳森·卡勒：《结构主义诗学》，盛宁译，中国社会科学出版社 1991 年版，第 374 页。
② ［美］乔纳森·卡勒：《结构主义诗学》，盛宁译，中国社会科学出版社 1991 年版，第 239 页。

它的所有知识，同时，它在各种语言应用中表现出来。① 如果说，语言应用指的是语言的实际使用情况，那么，这些使用无不以语言能力为准，是语言能力这一普遍语法的具体展现。

第二，阅读程式的构成多种多样，体裁、文学惯例、文化背景等都是阅读程式的构成因素，都会影响阅读效果。"文学惯例一旦发生了变化，那就会出现不计其数的稀奇古怪的阅读程式，它们或许都能起作用，因此我们说，某些作品难以阐释恰恰说明了阅读程式实际上受到某种文化背景的制约。"② 文学传统和文化背景改变了，阅读程式也会改变。小说曾经是通俗创作，不登大雅之堂，现在已经是高雅艺术的代表之一。一些曾经的怪异之作，现在成为文学经典。由文学史中得到的经验提醒我们，现在某些难以读懂的作品，也许是受制于文化背景或文学惯例，一旦改变文化背景或文学惯例就可能会产生新的理解。

因此，卡勒"文学能力"的重心不是要坚持一种阅读程式，而是研究不同的阅读程式带给阅读的效果影响。比如，我们习惯于说"文学是虚构的"，卡勒不否认这一点，他的不同之处在于，他把"文学是虚构的"这一说法当作一种阅读程式来看待，而不是当作无可置疑的真理来看待。这样一来，我们既可以说"文学是虚构的"，也可以说"文学是真实的反映"，这些不同的说法不过是不同的阅读程式，或文学惯例系统的表现。我们不可以把这些程式当作毋庸置疑的真理，而要当作某种话语形式，考察它的由来和使用方式。一个文本之所以看起来像是真实的，不是因为它描摹自然，而是因为它属于某种体裁，这一体裁已经被认为是自然的、可读的，它保障了一个文本同样也是自然的、可读的。某个具体的读者或具体的批评家可能会坚持某种阅读程式，在阅读实践中，这是难以避免的。当然，这个读者或批评家可以改变以前的阅读程式，用另一种阅读程式来阅读。但不管怎样，他总是处于某种程式或惯例系统之内，从来没有脱离具体程式的阅读。

第三，只有理想读者才能把阅读程式与主观能力统一起来，让客观存在的程式与主观的能力达到一一对应。卡勒深知"理想读者"的提法存在弊端，因为现实中根本不可能存在这样的理想读者，"理想读者"这一概念不过是"可接受性"这一概念的化身。③ "可接受性"就是说如果存在一个理想读者，他所能读出的一切感受，也就是文本阅读的一切可能性。"可接受性"的好处是，本来"理想读

①　参见［美］乔姆斯基：《句法理论的若干问题》，黄长著等译，中国社会科学出版社 1986 年版，第 2 页。

②　［美］乔纳森·卡勒：《结构主义诗学》，盛宁译，中国社会科学出版社 1991 年版，第 186 页。

③　［美］乔纳森·卡勒：《结构主义诗学》，盛宁译，中国社会科学出版社 1991 年版，第 187 页。

者"是一个假定的主体，为了降低这一假定主体的主观随意性，所以换成一个看起来客观一点儿的词——"可接受性"，这样一来，似乎就是从文本角度着眼来研究的，实际不过是一个人的两面。

第四，在文学能力中，读者的地位被强调了，作者的地位也就相应被降低，考察阅读过程往往存在忽略作者的情况，因为作者在阅读中只是隐蔽在场的。在卡勒看来，接受理论对作者的搁置只是因为读者的阅读便于考察，而作者的创作不容易建立一个规则来考察。作者主要是在创作部分考察的，但创作并不意味着完全的创新。"创作一首诗或一部小说的活动本身就意味介入了某种文学传统，或至少与某种诗歌或小说的观念有关。这一活动之所以可能，是因为存在着这种文学体裁，当然，作者可以反其道而行之，他可以设法推翻体裁的程式，但是，这恰好正是作者创作活动的范围背景，正如食言之所以可能，是由于存在着遵守诺言的社会习俗一样。"①

显然，卡勒的文学能力具有一种修辞上的效果。一方面，"文学能力"一词让我们以为这是在强调主体的某一主动性；另一方面，文学能力与阅读程式的联姻又给这一主体能力赋予了客观化的地位，也就是说，这一能力是与阅读主体的各种文学训练以及文学惯例结合在一起的，因此减少了主观随意性。

我们看到，马克思早就陈述过更加全面和辩证的看法，"五官感觉的形成是迄今为止全部世界历史的产物"②。"人以一种全面的方式，就是说，作为一个完整的人，占有自己的全面的本质。人对世界的任何一种人的关系——视觉、听觉、嗅觉、味觉、触觉、思维、直观、情感、愿望、活动、爱，——总之，他的个体的一切器官，……是通过自己的对象性关系，即通过自己同对象的关系而对对象的占有。"③ 如果我们把文学能力看作人的一种本质能力的话，这一能力必须通过对象性关系与外部对象发生联系。这外部对象不是一般的物质对象，而是具有建构性特征的认知对象，即各种文学训练和文学惯例联合而成的一个外部对象。这一外部对象是内部能力的展现，同时也建构起内部能力，反之亦然。正是在这内外相互作用的过程中，人对象化，对象人化。马克思说："只有音乐才激起人的音乐感；对于没有音乐感的耳朵说来，最美的音乐也毫无意义，不是对象，因为我的

---

① ［美］乔纳森·卡勒：《结构主义诗学》，盛宁译，中国社会科学出版社 1991 年版，第 177 页。
② ［德］马克思：《1844 年经济学哲学手稿》，《马克思恩格斯文集》第 1 卷，人民出版社 2009 年版，第 191 页。
③ ［德］马克思：《1844 年经济学哲学手稿》，《马克思恩格斯文集》第 1 卷，人民出版社 2009 年版，第 189 页。

对象只能是我的一种本质力量的确证，就是说，它只能像我的本质力量作为一种主体能力自为地存在着那样才对我而存在，因为任何一个对象对我的意义（它只是对那个与它相适应的感觉来说才有意义）恰好都以我的感觉所及的程度为限。"[①]在这里，马克思不仅指出了卡勒所指出的主体与对象的双向塑造维度，还指出了这一塑造的界限，即对象的意义以主体的感觉程度为限。这一点是非常重要的，缺少这一点，文学能力就成为过于宽泛而缺乏限定的概念。

第三节　姚　斯

汉斯·罗伯特·姚斯（1921—1997，又译耀斯、尧斯），德国文学理论家、美学家，读者接受文学理论中接受美学的创立者和主要代表。代表作有《文学史作为向文学理论的挑战》《审美经验与文学阐释学》《理解之途》等。

一、文学接受史

从文学过程来看，文学家、文学作品和读者构成了一个完整的文学活动过程。在姚斯看来，以往的理论对待读者与对待作者毫无区别，或者过于追究读者的社会地位，力图在一个社会结构中认识他；或者过分强调读者的阅读能力，将读者上升为职业的批评者，与批评家等同。然而，一旦我们如此去思考读者的时候，就会发现只有极少数读者能承担起阅读作品的任务，所以这样的理论实际上是在取消读者。姚斯认为，读者不能被取消，他不是作品的单向被动接受者，而是通过作品时刻在与作者进行双向交流，通过自己的接受行为让作品中隐含的审美意蕴得以实现。读者不断理解创作者的意旨，也赋予了作品许多创作者本人可能未曾预料到的新内涵，只有通过读者的接受，作品的价值才算真正得到实现。不同时代的读者对同一部作品有不同的看法，一个时代的不同读者对一部作品也会有因人而异的理解，它们形成了围绕着文学作品的整个接受和影响场域，文学作品的意义在这个场域中持续不断地丰富充实起来。

在思考读者地位这个问题时，姚斯与伊瑟尔不同，伊瑟尔喜欢在相对微观的阅读行为中研究读者的地位及其与文本的关系，而姚斯则把读者放在一个更宏观

---

① ［德］马克思：《1844 年经济学哲学手稿》，《马克思恩格斯文集》第 1 卷，人民出版社 2009 年版，第 191 页。

的文学史层面来看待其所产生的作用。他认为，作品的生命并不局限在作品本身，而是在人与作品的交流中得以展现和丰富。读者作为文学史中的一个能动的部分积极地参与到了文学史中，正是读者对文学作品的连续阅读构成文学作品的历史。以往我们一向以为文学史就是一系列经典的历史，是文学作品根据某种规则排列的。其实，文学经典是可变的，不同时代的读者眼中存在不同的文学经典，文学史必须依赖读者对文学作品的接受才能展现出真正的面目，那种认为文学经典一经树立就恒久不变的观点是缺乏辩证思考的。

提高文学史中读者地位有多重意义。首先具有否定性的意义，即文学史不再是一系列的文学经典和经典作家所构成的，那样的文学史完全把读者忽略了。其次是具有建设性的意义，文学史必须先容纳进读者这一能动因素，关注不同时代的读者对文学作品的接受中产生的一系列变化，并将这些变化当作主要脉络包含进文学史，所以文学亦即文学的接受史或效果史。在这个接受的过程中，"你还应该紧紧盯住这个无限过程中的那个可以通过感觉直观的循环运动，由于这个运动，人通过生儿育女使自身重复出现，因而人始终是主体"①。读者接受的过程是一个循环往复的过程，而在这一过程中，循环运动被人关注到，同时人也属于这一过程的一个例证，即人自身的种族延续，以保证主体一直存在。主体一直存在，才能把握对象无限循环的过程，所以主体在接受的循环过程中被突出出来。

二、历史距离与视域融合

文学史是接受史。姚斯的这一新观念改变了我们对文学史的思考路径。但是，对文学接受史来说，有一个难以解答的问题，那就是当下读者与历史文本之间复杂的历史关系。姚斯为了解决这个难题，引入了历史距离和视域融合的理论。其实，这一理论直接受到伽达默尔的阐释学理论的启发。伽达默尔指出，我们与历史对象之间总是有一定的距离，这一距离是理解得以产生的必要条件，理解总是在差异中进行，这就是历史距离。传统观念认为，理解一个历史对象就是我们到对象那里去，努力置身于历史语境之中，设身处地，尽量复原当时的历史情境，从而达到对事件的理解。这种看似客观的做法实际上是做不到的，因为预设了一个不可能的前提。这个前提假设我们的当下视域是纯粹中立客观的，就像一个透明的玻璃瓶子或者一张洁白无瑕的纸，等待着把历史情境装进去、写上去。但是，

---

① ［德］马克思：《1844 年经济学哲学手稿》，《马克思恩格斯文集》第 1 卷，人民出版社 2009年版，第 195—196 页。

这只能是一种理想化的假设，因为我们每个人都无法摆脱自己身上的历史维度，无论我们怎样改变看法，我们的看法总是在一个历史坐标上，是受到当时历史视域的限制。由于我们与历史对象之间存在着一定的时间距离，我们怎样理解历史对象就成为重要的问题。那么，我们能否去除各种历史阻碍而复原对象的语境并对作品作历史的理解呢？在伽达默尔看来，历史距离不是某种消极的东西，而是积极的东西，它是促使我们进入对方、理解对方的动力。如果不存在历史距离，也就不成其为历史理解了。只有主体与对象之间存在时间距离，才能谈得上历史理解问题。所以，伽达默尔创造了"视域融合"的概念，它指的就是当下主体的视域与历史文本当时视域的融会贯通。从根本上看，历史距离与视域融合是两个相互包含、相互触发的因素。

第一，历史距离促发了视域融合，视域融合也以历史距离为桥梁。所谓视域，就是指一个人审视事物时的眼界或视角。任何人都处在一定的视域中来观察和审视世界，用伽达默尔的话来说，视域属于处境概念，就是某种看的区域，它包含了处于某个立足点上看到的一切。① 对文学接受来说，问题是如何找到更加合理的视角来看待文学及其历史。在姚斯看来，我们与文学史上的作品的关系不是单纯的主体与对象的关系，在主体与对象之间，还存有大量的历史接受者的观点。我们现在的观点、现在的视域不是突然出现的，而是从文学史的各种观点中接受下来的。哪怕是一部新的文学作品，我们对它的理解也不是没有来源的，它通过艺术类型、修辞方法、表现形式等与文学史上的其他作品保持联系。伽达默尔认为，任何过去的历史视域都是在与当下视域的对照中产生的，是基于当下视域的重构。这样理解历史与当下的关系，我们必然要在这种历史与当下互相渗透、富有弹性的语境中发挥我们的理解能力。正是在这样的富有弹性的语境中，我们与历史融为一体，历史视域与当下视域产生了融合，这两种视域的融合产生了一个更大的视域，就好比不同视角所叠加而形成的一个"全景图"一样，"是为了在一个更大的整体中按照一个更正确的尺度去更好地观看"②。需要注意的是，视域融合不是指两个不同的、孤立的视域彼此进入对象，某个相同部分重合、产生交集，而是指双方已经处在一种交融的活动中了。它们在一种历史距离中相互区别，融合是第一步的，而区别则是第二步的。它们在融合的区别当中，既向对方提出问题，

① [德] 伽达默尔：《真理与方法——哲学诠释学的基本特征》，洪汉鼎译，商务印书馆2011年版，第427—428页。
② [德] 伽达默尔：《真理与方法——哲学诠释学的基本特征》，洪汉鼎译，商务印书馆2011年版，第432页。

又回应对方的提问。姚斯正是沿着伽达默尔对历史视域和当下视域的划分，发展视域融合概念的。

第二，视域融合之前存在着期待视域（horizons of expectation）。期待视域包括两个方面，一方面是读者的期待系统，另一方面是文学作品的期待系统。在读者进入作品之前，对作品的内容和形式总会有某些预期或者期待，这种期待来自个人的生活经验以及既有的审美经验，这就是读者的期待视域。比如今天的读者去阅读《红楼梦》，就会带有当下文化和个人的经验。文学作品的期待系统既是由作家来确定的，比如带有小说家富有个性色彩的独特语言、形象塑造方式等，同时，它也是由作家所承袭的全部文学传统来决定的。正因为有这种传统，该作品才会被认定为是"文学"。比如《红楼梦》，就负载了清代中国社会文化的传统和作者曹雪芹的个性信息。它就好像一种氛围，预先规定着读者必须以一种特殊的态度来对待，读者一旦走进这个作品，就得做好相应的心理准备，抛开实用或者认知的态度，调动既有的审美经验，调整自己的心理期待，等等。这就是文学作品的期待系统。

第三，文学作品所敞开的审美视域与读者的期待视域之间的差距是作品魅力的来源。从读者方面来讲，他在不同的文学类别中逐渐培养起来的趣味规定了他接受文学作品的大致方向，比如一个喜欢贝多芬的人可能无法接受施特劳斯；一个陶醉于古典音乐的人，乍一听摇滚乐往往无法忍受；喜欢古典绘画的人可能无法接受毕加索；等等。基于此，读者在进入作品前就会对作品抱有预先的期待，如果作品的审美内涵完全超越了读者的期待，作品就可能是无法理解的，如果完全与期待重合，作品就可能是缺少挑战性而令人乏味的。只有当作品既与读者的期待视域保持部分融合，又能在一定程度上溢出它时，才能最大限度地带给读者满足感。期待视域不会发生突变，也不会固定不变，新作品的出现总是在逐渐改变着我们的审美趣味。一种崭新的文学形态最初出现时可能引发大家的排斥感，但是随着对它的反复接受，人们的期待视域会慢慢地进行调整，逐渐地接纳它。这样的情形在文学史上比比皆是，如下文所举的福楼拜和费多的例子。

第四，历史距离不是要克服的东西，而是必须接受下来的事实。传统文学理论认为应当努力克服历史差距，读者对文本的阅读必须克服一系列阻碍，完全地把握作品，才能揭示作品的意义。但是，读者需要克服多大的阻碍才能理解作品？如果阻碍太大，是不是意味着对作品的理解是不可能的？传统文学理论无法解决这一难题。读者接受文学理论提出后，这一难题才得以消解。姚斯认为这种差距不是消极因素，而是一个积极因素，如果两者完全一致，读者就会变成完全被动的接受者，欣赏活动也可能变得索然寡味。正因为作品所展现给我们的与我们所期待的不尽相同，我们才会在新奇感的推动下饶有兴致地去欣赏作品，并且在经过这种主动的努力最终实现双方视域的融合时，才会因为拓展了自己既有的审美视域而得到满足感和愉悦感。

其实，马克思从消费作为生产的动力的角度曾论证说："消费本身作为动力是靠对象作媒介的。消费对于对象所感到的需要，是对于对象的知觉所创造的。艺术对象创造出懂得艺术和具有审美能力的大众，——任何其他产品也都是这样。因此，生产不仅为主体生产对象，而且也为对象生产主体。"① 视域融合同样如此。两个视域不是孤立的关系，我们从来不是先区分对象和主体，然后再谈主体对象的理解，而是在一个文学接受活动中，在文学作品上面感受到读者的需要和愿望，在读者这一文学主体中发现来自作品的塑造。在读者和作品之间没有一条不可逾越的鸿沟，而是一片广阔的未经艺术开垦的土地。所谓的融合，不能理解为跨越，而应该理解为发现，是发现主体与对象之间的新途径。

三、作为接受史的文学史

按照读者接受的理论，文学史就不是恒定不变的，其中关于作品判断的许多观点以及审美观念都会被改写。我们书写文学史的时候总是习惯于从现代人的审美和理论趣味出发组织文学史实，这样一来就可能会遮盖该作品在历史接受过程中的丰富性和复杂性，遮蔽了该作品在不同历史时代的接受者那里的不同情况。所以姚斯认为我们不能只顾及当代人的视域，更重要的是应该充分注意一部作品被读者接受时的历史状况。比如，一部作品刚刚诞生时是否满足了当时人们的期待？后代人与前代人对这部作品的反应是否相同？其间究竟发生了哪些改变？一般来说，一个时代的通俗作品是最适合那个时代的阅读品位的，而经典名作往往要超过那个时代的阅读品位。姚斯举了一个饶有趣味的例子。

法国作家福楼拜 1857 年创作《包法利夫人》的同时，他的朋友费多创作了《范妮》。从作品情节和创作方法来看，两者颇多相近之处。他们都描写了通奸的故事，费多让一个 30 岁女人的年轻情人嫉妒这个女人的丈夫。尽管她的欲望已得到满足，她还是在痛苦的折磨中夭折。福楼拜写的是女主角的丈夫品质端方然而个性枯燥无味，最终女主角走向了死亡。他们借用传统的三角关系，写出新的伦

---

① ［德］马克思：《1857—1858 年经济学手稿》，《马克思恩格斯全集》第 46 卷上册，人民出版社 1979 年版，第 29 页。

理期待，这一期待与当时社会的伦理状况是尖锐对立的，因而引起了强烈的反响。但两部作品并没有取得同样程度的成功。尽管福楼拜的小说招致了一场有碍风化的诉讼案，《包法利夫人》问世之初，与费多的小说《范妮》一年发行 13 版相比，仍然大为逊色。然而时光流转，费多的作品早已被人遗忘，而福楼拜的《包法利夫人》却位列经典。

对此，姚斯作出了文学接受史的分析。他认为，费多的《范妮》更适应那个时代读者的口味，流行的思想与被社会的时尚水准所压抑的愿望交织在一起，引发人们的好奇心，削弱了道德义愤。而福楼拜在形式上的创新，他的"非人格叙述"（不动情）的原则过于让当时的读者震惊，相对来讲要求更高的文学能力来接受。因此，在《包法利夫人》问世之初，只有少数慧眼之士将其当作小说史上的转折点来理解、欣赏。如今它已经享有了世界声誉，它所创造的小说读者群终于拥护这种新的期待标准。这种标准反而使费多的作品显得花里胡哨，抒情忏悔过于陈词滥调，《范妮》最终只得落入昨日畅销书之列。

通过对文学接受史的考察，我们能够对文学发展规律有更深的理解。如马克思所言："所说的历史发展总是建立在这样的基础上的：最后的形式总是把过去的形式看成是向着自己发展的各个阶段，并且因为它很少而且只是在特定条件下才能够进行自我批判——这里当然不是指作为崩溃时期出现的那样的历史时期——，所以总是对过去的形式作片面的理解。"[①] 从本质上说，读者接受史观不是直接把过去的形式看成向着自己发展的各个阶段，只是用了一种曲折的方式，即把读者放入各个历史阶段，而每一个历史阶段都把此前的形式当作向自身的发展。于是，这样建立起来的历史就显得比较客观，因为它看起来把历史放回了历史本身。那么，读者接受文学史观能否实现自我批判呢？似乎也不能，文学接受史观不过是用一种片面来改变另一种片面，而这并不能达到对历史的真正把握。

姚斯认为，坚持读者接受的文学史观，既要反对实证主义文学史观，也要反对历史主义文学史观。前者仅仅依据总体趋势、类型、年代等因素来安排材料，只关注编年史的事实堆积，作家及其作品的评价一带而过。后者依据伟大作家的年代，线性地排列材料，用"生平+作品"的模式予以评价。这样，次要的作家被忽略掉了，流派的发展也被肢解了。无论是过分强调历史，还是过分强调实证，都是错误的。在姚斯看来，上述文学史观都遗忘了读者，没有看到每一时代都有

① ［德］马克思：《1857—1858 年经济学手稿摘选》，《马克思恩格斯文集》第 8 卷，人民出版社 2009 年版，第 30 页。

它的文学期待。虽然在后代看来，这种文学期待是有问题的，但它是真实的，并且跟那个时代的思想、文化状况紧密结合在一起。不同时代形成不同的审美观念，具有不同的审美期待，这些审美期待相互间是不一样的，它们之所以保持连续性就是因为读者的存在。最初的读者的审美理解将会在一代又一代的读者那里得以丰富和充实，一部作品的意义就在这一过程中展现出来。读者在评价一部作品的时候，绝不是简单地对其进行评价，而是在传统文学经典与现代文学作品之间的不断平衡中进行评价。读者的接受不仅是对当代审美状况和审美观念的接受，还是对传统文学经验的接受，并通过读者的审美经验把两者结合在一起。所以，"现在必须把作品与作品的关系放进作品和人的相互作用之中，把作品自身中含有的历史连续性放在生产与接受的相互关系中来看。换言之，只有当作品的连续性不仅通过生产主体，而且通过消费主体，即通过作者与读者之间的相互作用来调节时，文学艺术才能获得具有过程性特征的历史"①。

小　结

读者接受文学理论对传统文学理论过分强调作者，以及现代文学理论过分强调作品是一个强有力的批判。"宗教、家庭、国家、法、道德、科学、艺术等等，都不过是生产的一些特殊的方式，并且受生产的普遍规律的支配。"② 文学作为生产力的一种特殊方式，自然也受到生产与消费普遍规律的支配。从马克思对生产与消费过程的具体分析来看，文学的整个过程无疑也可以用生产—消费模式来分析。作家的创作是文学生产的发端，作品是产品，而读者是消费者。只有同时具有这三个要素，才能谈得上文学过程。缺少任何一方面，都会导致整个过程的崩溃。从整个过程的角度分析，读者接受文学理论的确有补缺的作用，读者的地位得到了张扬，他不再是整个过程的被动接受者，相反，他还参与创作作品。没有他，就没有作品的产生。

读者接受文学理论凸显读者在整个文学过程中的重要地位，因而具有其革命性，与传统文学理论单纯强调作者的支配作用相比是一个进步。但读者的地位一

① ［德］H. R. 姚斯、［美］R. C. 霍拉勃：《接受美学与接受理论》，周宁、金元浦译，辽宁人民出版社 1987 年版，第 19 页。

② ［德］马克思：《1844 年经济学哲学手稿》，《马克思恩格斯文集》第 1 卷，人民出版社 2009 年版，第 186 页。

且被片面提高后也会形成一个误区：作者的作用在作品阅读和文学史思考中被淡化甚至被排除了，作者的声音被缩小到作品（文本）内部。如果说以往的理论有片面凸显作者的局限的话，那么，读者接受文学理论亦有过度彰显读者功能的错误。应该完整和辩证地理解文学活动中作者、作品和读者的交互关系，系统地解释文学史实。马克思关于生产和消费的辩证关系的解释，为我们提供了一个典范。因此对于读者接受文学理论，我们应该既看到其对传统理论的革新的一面，也要运用马克思主义文学理论观点，看到其不足的一面。只有两方面辩证地看，才能全面地把握问题的实质，推动问题的解决，使读者的阅读活动真正向前发展。

思考题：

1. 读者接受文学理论具有哪些特征？它与传统文学理论的区别是什么？
2. 怎样理解文本与作品？
3. 试用马克思的生产—消费理论分析文学阅读中的读者导向。

第十六章　后结构主义文论

概　　述

第二次世界大战结束以来，西方社会发生了深刻变迁，由此引发了许多激进的思潮，对西方文化的传统和根基进行批判和反思。后结构主义就是这样一种激进思潮，它彻底拆解传统的文化系统，对文学理论中的诸多传统观念和方法加以质疑，改变了西方文学理论的走向。

后结构主义（post-structuralism），在狭义上"主要是指以德里达为首的解构理论，它既是对结构主义传统的某种继承，又是对结构主义的科学主义的姿态的反讽，视结构主义把握符号世界的勃勃雄心为一场儿戏"①。从广义上讲，它泛指 20世纪 60 年代以来源于法国、盛行于西方学界的一般以解构论为主潮的哲学与文学理论思潮。"post-structuralism"中的前缀"post"有两种意指：一是时间层面上的，指结构主义之后；二是空间层面上的，指反拨结构主义。正像它的名称所寓指的，后结构主义是一种出现在结构主义之后、对结构主义进行再思考再建构的理论。前面我们已经提到，结构主义认为语言是约定的，因此人可以借助语言符号来建构自己的生活世界；而每一种语言符号的运行都受制于其内在统一、普遍、永恒的法则或结构。后结构主义认同结构主义关于世界是人借助语言符号建构的观念，但却不同意后者关于语言符号的结构法则是统一的、普遍的、永恒的观点，而认为它们是矛盾开裂的、具体多样的、动态多变的。用后结构主义奠基人德里达的话说，它们是"延异的"。世界是人们借助各种各样多元异质、复杂多变的语言符号建构成的，因而是无限丰富复杂的。

1966 年德里达在美国约翰·霍普金斯大学的一个演讲，标志着后结构主义的登场。其后，法国知识界一批学者，如福柯、拉康、巴尔特等，对西方哲学、文学等知识系统进行反思和批判，形成了后人所概括的后结构主义思潮。继德里达的约翰·霍普金斯演讲之后，美国文学理论界出现了一批追随者，其中影响最大的是当时执教于耶鲁大学的德·曼、米勒、布鲁姆、哈特曼等。由于他们的文学理论批评主张与德里达的解构主义文学观念一脉相承，因而被戏称为耶鲁解构主

---

① 王先霈、王又平主编：《文学理论批评术语汇释》，高等教育出版社 2006 年版，第 421 页。

义"四人帮"。后结构主义一出现，其理论的尖锐批判性便引起了人们的高度关注。继法国和美国之后，它又在欧、亚等地区传播，形成了一股影响广泛的思潮。

第一节 德 里 达

雅克·德里达（1930—2004）是后结构主义先驱和代表人物。曾在索邦大学、巴黎高等师范学校、巴黎高等社会科学院等机构任职，著述涉及哲学、人类学、社会学、法学、符号学、文学、文化研究等多个领域。他在这些著作中一方面彻底拆除旧的哲学概念和思想体系，另一方面全面重建新的理论术语和认知系统，开辟了一个新的理论空间。其《声音与现象》《书写与差异》和《论文字学》，是讨论语言和哲学思想问题的力作，而《播撒》和《文学行动》等是其讨论文学问题的重要著作。

一、无底的模仿

德里达的后结构主义有一核心概念——延异（différance），这个概念有"延"和"异"两层意思，"即作为区别、不同、偏差、间隙、空间化的差异/differing，和作为迂回、延缓、接替、预存、时间化的延衍/deferring。"① 这个概念主要指不同符号间的空间差异关系和时间延衍关系。德里达相信，"事物本身就是符号"②，符号和事物二而为一，无法分离，所以延异是指不同事物间的横向和纵向的差别关系。在德里达看来，事物本身无法自我呈现出来，只能借其他事物呈现出来，如客观物体只能借主观意识呈现出来，主观意识只能借语言符号呈现出来，等等。一个事物是在与不同于它的事物间的时空差别关系中呈现出来的，也就是事物本身延异运动的结果。所以，事物是多元的、矛盾的和异质的。德里达借"延异"这一概念来揭示事物的差别性、矛盾性、动态性等特性，开辟出一种思考的新路径。德里达的延异观念贯穿在他的整个思想理论体系中，是他文学理论的核心概

---

① ［法］Jacques Derrida, *Speech and Phenomena, and Other Essays on Husserl's Theory of Signs*（《声音与现象，和其他论述胡塞尔符号理论的论文》），Evanston：Northwestern University Press，1973，p. 149.

② ［法］Jacques Derrida, *Speech and Phenomena, and Other Essays on Husserl's Theory of Signs*（《声音与现象，和其他论述胡塞尔符号理论的论文》），Evanston：Northwestern University Press，1973，p. 49.

念之一。

进一步，德里达是如何基于延异说来建构后结构主义文学理论的呢？我们知道，模仿是西方文学理论最重要的概念之一，德里达为了阐发自己的文学理论，首先对模仿概念作了全新解释。

第一，德里达认为，文学的本质问题实质上是文学与真理的关系问题。关于文学和真理的关系，传统的解释受制于柏拉图的模仿论。德里达发现，柏拉图《斐里布斯》中的一个片段，虽然"没有以'模仿'命名，却阐释了整个模仿论系统"①。在那个片段中，柏拉图借苏格拉底之口说道：我们的心灵就像一本书，它记载了我们的记忆、感觉以及感情，如果它记载的东西是真实的，我们得到的意见和见解就是真实的，否则便是虚假的。德里达解析出这一片段包含了以下几个意思：其一，心灵是一种形式，是一本书，它模仿大脑中的记忆、感觉、感情和思想，简而言之，心灵就是思想感受；其二，大脑中的思想感受是对逻各斯②的模仿，它们的价值（真伪）则取决于外在于它们的本源——逻各斯；其三，画家步心灵书写者的后尘，图释了心灵之书；其四，绘画是心灵之书的摹本，心灵之书是思想感受的摹本，思想感受则是逻各斯的摹本，所以柏拉图断言绘画根本不能通向事物本身，它只涉及摹本，而且是摹本之摹本的摹本。这个判断和他所说的画家的床是对木匠的床的模仿，而木匠的床则与对床的理念的模仿相似。这里虽然只谈到了绘画，但在柏拉图那里绘画却指代所有的艺术形式，所以柏拉图关于绘画的思想也体现了他的文学观。这一观念可作如下表述：文学是心灵之书或者说是内心意象的摹本，内心意象是思想感受的摹本，思想感受是逻各斯或者说理念或真理的摹本，所以，文学也就是摹本之摹本的摹本，与真理隔着两层。柏拉图在文学艺术之外设置了一种普遍永恒的参照物（逻各斯），将文学艺术看成是逻各斯模仿的模仿，是一种虚假的、低劣的模仿形式。显而易见，柏拉图关于文学的看法是一种逻各斯中心主义的观点。

第二，依据柏拉图的模仿论，逻各斯或真理乃是世界运行的动力和规则，它是客观的、普遍存在的。但在德里达看来，人的世界是一个文化存在，人类文化的产物都是被人写过的，也就是所谓文本。同理，逻各斯或真理也是文化或人的认识的产物，离开人的经验，逻各斯或真理就无从揭晓。具体而言，它是人类对千差万异的事物进行归纳、整理和抽象后的结果，是从事物具体性和差异性基础

---

① ［法］Jacques Derrida, The First Session（《第一部分》）. In Derek Attridge, ed., *Acts of Literature*（《文学行动》）, New York：Routledge, 1992, p. 129.

② 逻各斯（logos），意指理性或理念。

上抽绎出来的宇宙统一性。这么来看，所谓逻各斯或真理说到底不过是人关于世界的一种叙述话语。

德里达认为，"从意义出现的那一刻起，除了符号外没有他物"①，世界就在话语所构成的文本中。就此而言，绘画、文学都不过是一种话语构成的文本，逻各斯或真理也不例外。不同仅仅在于，文学、绘画等是对具体事物的再现和模仿，而逻各斯或真理等是对事物的普遍性的再现和模仿。它们是人类描述世界的两种不同的话语，只有形式差异，没有本质之区别。两者之间不存在前者支配后者的等差关系，而是相互补充的平等关系。所以，德里达进一步指出："在绘画和逻各斯（或思维）之间存在着一种非常奇异的关系：一个往往是另一个的替补。""困难在于设想被模仿者有可能服从于模仿者，形象有可能先于模型，重复有可能出现在纯一之前。"② 这样，德里达从柏拉图的模仿说出发，最后终于拆解了西方几千年来的一种根深蒂固的真理观，抛弃了柏拉图及其后继者贬抑文学而高扬真理的逻各斯中心主义文学观。德里达的看法是：世上不存在什么超越文化之外的原理，真理和文学都是人类话语的产物。这就从传统的前者决定后者的等级关系，转向了两者相互补充的平等和差异关系。

第三，由此德里达进一步提出，文学文本并不是对现实的模仿，而是对其他话语文本的模仿，因而它是互文性的（inter-textual）。法国诗人马拉美在诗学短论《模仿》中提到的哑剧《皮耶罗弑妻》，就是这种互文性的典型文本。它讲述了一个奇怪的故事：皮耶罗的妻子克伦拜对丈夫不忠，皮耶罗将克伦拜绑到床上，挠她的脚心直至她大笑而死。这个故事源自何处？是怎么写成的？马拉美捧读的是《皮耶罗弑妻》的第二版。第二版是在模仿、修订和重写第一版的基础上形成的：剧本作者保罗·马格利特删除了第一版中由一个叫费尔德南·白西埃尔的人所作的前言，换上了自己的一则注解，完成了此新版本。那第一版又根在何处呢？它是马格利特对哑剧演员的表演的模仿。而哑剧演员的表演则是对皮耶罗用挠脚心的方式弑妻之故事的模仿。皮耶罗挠脚心弑妻的故事又源自哪里？德里达指出，这样的事"从未有人目睹过，如我们看到的那样，实际上从未有人犯过这样的罪"③。马格利

---

① ［法］Jacques Derrida, *Of Grammatology*（《书写学》），Baltimore：The Johns Hopkins University Press，1997，p. 50.

② ［法］Jacques Derrida, The First Session（《第一部分》）. In Derek Attridge, ed., *Acts of Literature*（《文学行动》），New York：Routledge，1992，p. 137–139.

③ ［法］Jacques Derrida, The First Session（《第一部分》）. In Derek Attridge, ed., *Acts of Literature*（《文学行动》），New York：Routledge，1992，p. 151.

特剧本的封面上有一个题铭："皮耶罗给妻子挠痒，使她大笑而死。"这个题铭摘自台奥菲里·高第耶的文学文本《皮耶罗之死》。显然这个皮耶罗挠脚心弑妻的事件出自文学文本《皮耶罗之死》的叙述话语。那么《皮耶罗之死》中的叙述话语又是从何而来的呢？德里达说："我们可以一直刨根问底，发现这个皮耶罗到底在什么地方读到过一位丈夫挠妻子的脚心直到了结她性命的故事。喜剧艺术所提供的所有线索，使我们发现自己陷于一个无休止的罗网之中。"① 这就是说，我们的追问除了引出一个又一个文本，引出无穷的文本罗网外，不会有其他根基性的东西。也许有人要说：对文学文本的观察直接源于自我，而不是源自对已有文本的模仿。可是任何观察本身无不是从一定的视角出发的，这视角并不是自然生成的，而是在一定的语言文化传统中被建构起来的，所以观察本身也是一种文本。差别仅在文本的媒介有所不同，或是文字文本，或是舞蹈文本，或是图像文本。

第四，在德里达那里，文学并不是不模仿，而正相反，它无时无刻不在模仿。不过，它的模仿对象不像传统模仿论所声称的是某种外在物质或精神实体（如自然、理念等），而是其他的文本，也就是符号本身。由此推论，文学说到底是一种话语文本对另一种话语文本的模仿，是用新话语文本陈述旧话语文本。这么来看，文学的特性也就呈现为一种无根基、无原点的模仿，所以是一种"无底的模仿"。

德里达"无底的模仿"观念彻底拆解了西方传统的客观真理模仿论，认为一切文学话语文本都是对已有的话语文本的重述和创新，文学世界根本上是一种由新旧话语文本合力编织成的虚构世界。他的无底模仿论给人们考察文学以一种新的思路，有助于人们深入地解释文学史上复杂的互文性现象以及作家间的影响关系。

但是，从历史唯物主义的观点看，这一观念虽很新颖但却有其明显缺陷。德里达的无底模仿论把文学看成是人们主观叙事的结果，看成是语言符号自身运作的产物，带有明显的主观唯心主义色彩，它否定了真理的客观性，否定了文学对现实世界的再现功能，颠倒了社会存在和社会意识的关系，这些都是需要我们加以警醒和注意的。

二、签名

德里达在讨论文学问题时经常运用的另一个重要术语是"签名"（signature），

---

① ［法］Jacques Derrida, The First Session （《第一部分》）. In Derek Attridge, ed., *Acts of Literature* （《文学行动》）, New York：Routledge, 1992, p. 156.

用以解构结构主义的写作观。从发生学的角度看，文学写作主要有两个层面：一是语言，二是主体。结构主义批评家在文学写作问题上一贯坚持以文学语言为本的思想。他们认为，就像语言的根基不是具体说话的人而是制约人说话的语言规则一样，文学写作的动力也不是作家，而是一定的文学传统、文学结构或曰"文学语言"。如巴尔特所言："马拉美首先充分地看到和预见到，有必要用言语活动本身取代直到当时一直被认为是言语活动主人的人；与我们的看法一样，他认为，是言语活动在说话，而不是作者。"①

结构主义这种文学语言决定文学主体的观念是在批判西方现代的文学主体观念的基础上发展起来的。文艺复兴，特别是启蒙运动以来，人的主体性得到了空前张扬，文学界将作家的主观精神（如思想、情感、经验、意识、无意识等）视作文学创作的源泉，作家们在全力表现自己的主观世界，批评家们也在殚精竭虑地窥探作家的主观世界。殊不知，任何一个主体在进行文学活动之前必须得深谙语言用法和文学形式，必须要进入一定的文学系统。事实上，写作中起关键作用的不是作家的主观精神而是文学的结构形式，这是一个再普通不过的常识。举个例子，当代作家金庸之所以能创作出许多令人着迷的武侠小说来，并不是因为他的思想比别人更深刻，情感比别人更丰富，而是因为他熟练地掌握了中国武侠小说的写作模式，知道如何将他了解的历史或现实材料编成生动的情节。可惜现代许多批评家、文学家、作家们由于为文学主体创造论观念所蒙蔽，未能意识到这一点。结构主义写作理论揭开了近现代文学主体创造论的盲点，将文学的语言形式和规则放置到了一个空前显要的位置上。不过它的局限性也是显而易见的：将理论重心全部放到了程式化的文学语言、写作模式上，完全忽略了文学写作的个性化特点。因为文学写作是一种艺术的创造活动，而艺术创造并不是以生产出某类性质和形状完全同一的机械产品为目的，而是以创造出有独特创意的艺术品为宗旨，所以文学在很大程度上基于文学主体的个性化创造。结构主义写作论抛弃了文学主体性，对文学写作的探究无异于缘木求鱼，未能把握文学写作的真谛。

在结构主义盛极一时之际，德里达就已敏锐地洞察到了它的严重痼疾。他指出，现代结构主义者一味强调文学的结构性，"给空间模式、数字功能、线条、形式以绝对优先地位"，将想象、观念、意义等动力因素归结到了程式、密码、结构、语言等形式因素中，完全忽略了文学写作的变化和创造性，因而给文学写作

---

① ［法］罗兰·巴特：《作者的死亡》，《罗兰·巴特随笔选》，怀宇译，百花文艺出版社1995年版，第302页。

带来了灾难性的后果。①

为了从根本上克服结构主义写作论的这一弱点，还文学写作以真面目，德里达创立了一种既强调文学结构形式的基础作用，又不否认文学主体的主导地位的新学说。这一学说的支点是德里达文学理论的另一个重要范畴——签名。

首先，签名通常是指一个人在一个文档或票据上写上自己的名字，如一个作家在他的作品上署名，一个取款的人在取款单上签名等。正像德里达所言，在现代社会"签名是世界上最通常的事"②。签名有两个特征：其一，"为了能发挥效力，即能为人们所辨认，一种签名必须具有可以重复、反复、能被模仿的形态，必须能从它当下的独特的生产意图中分离出来"③。即是说，它是一种社会行为，必须按规则、规程行事，必须是可重复的。举个例子，如果一个人写完一封信，把名字签写到文本末尾，它可以被人们当作签名，因为这是在按程式签写，大家都这么做，但如果将名字写在信中间的某一段文字中，就不会被当作签名，因为它未按一般程式签写，没人会这么签名。其二，签名具有其事件和形式的绝对唯一性，即是说，一种签名必须具有个性化特点，是绝对独特的唯一的，否则也不会被认可。比如说一封信或一张票据上的签字如果不是手写体而是印刷体，如果不是个性化的，那么它就是无效的。

其次，签名具有二重性，一方面是要遵循一般的程式，另一方面又要有个性化。一般签名是如此，文学签名概莫能外。法国作家弗朗西斯·蓬热的文学写作就是典型的例证。离开一般词语，离开已有的签名模式，个人签名将无从着手，因此蓬热签名活动的第一步是从仿照和依从大众化的东西开始：

> 他一开始便将自己投入了进去，他决然将自己投入了进去，他坚决地、真诚地把自己投入了进去，他将自己投入到他的名字中去，他不去写作和生产他无法签署的东西（他自己无法签署的东西，和别人无法签写的东西），他不去写作和生产仅为他一人私有的东西，从这个角度推断，任何事都不能绝

---

① ［法］Jaques Derrida, *Writing and Difference*（《书写和差异》），Chicago：The University of Chicago Press，1978，pp. 16-20.

② ［法］Jaques Derrida, Signature Event Context（《签名—事件—背景》）. In Peggy Kamuf, ed., *A Derrida Reader：Between the Blinds*（《德里达读本：在盲区之间》），New York：Columbia University Press，1991，p. 107.

③ ［法］Jaques Derrida, Signature Event Context（《签名—事件—背景》）. In Peggy Kamuf, ed., *A Derrida Reader：Between the Blinds*（《德里达读本：在盲区之间》），New York：Columbia University Press，1991，p. 107.

对地隶属于他自己。①

他的签名是从模仿某种大众化的东西开始，他所签写的东西都已经被别人（或他自己）签写过了，都带有一定的普遍性。这样，他的签名就与别人的签名混在一起，不是特殊的、纯正的。另一方面，他在模仿、利用大众化的同时又无时不在对这些普遍的东西进行个性化的改造，在混迹于不纯洁、不纯粹的混沌状态之际，又无时不在竭力进行着艰巨的纯洁化和纯粹化的工作："因此他热爱那纯正性：那对他本身纯正的东西，对别人纯正的东西，纯正即是永远唯一的事物，它所以纯正是因为在它那里没有不纯洁、没有感染、没有病菌或令人不快的东西，他要求所有状态中的纯正性。"② 蓬热对黑格尔等哲学家的写作不以为然，因为每个哲学家都否定了自己的名字、语言和语境独特性，用概念和一般性来说话，所以他们是不纯正的。③ 德里达喜欢拉·封丹等文学家的话语，因为此种话语是独特的、纯正的，用蓬热自己的话说："一是不乏味，更有趣；二是更纯正，未掺和令人不快的东西。"④

文学签名活动是一种先置身于已有规则中然后超越它的活动，是一种从大众化、普遍性走向个性化、纯粹化的活动。在德里达那里，文学签名是文学写作的另一称谓。德里达通过分析蓬热的文学签名过程形象地告诉我们：文学写作就是进入某种现存的文学写作结构形式中，把握它并穿透它，对它进行个性化的改造，最终创造出新的结构形式。

最后，真正的文学写作既是对已有的文学结构形式的模仿，又是对它的个性化改造；既以某种已有的文学话语文本为起点，又是对它的辨析、清理、改造和重构，是一种既继承又创新的活动。德里达将文学写作既遵循程式又超越它的行为称作"双重折叠"⑤。在他看来，文学写作的关键就是这种继往开来的个性化创

---

① ［法］Jaques Derrida, *Signsponge*（《蓬热的签名》），New York：Columbia University Press，1984，pp. 26-28.

② ［法］Jaques Derrida, *Signsponge*（《蓬热的签名》），New York：Columbia University Press，1984，p. 30.

③ ［法］Jaques Derrida, *Signsponge*（《蓬热的签名》），New York：Columbia University Press，1984，p. 32.

④ ［法］Jaques Derrida, *Signsponge*（《蓬热的签名》），New York：Columbia University Press，1984，p. 32.

⑤ 参见［法］Jacques Derrida, *Living On Border Lines*（《活在边界线上》）. In Harold Bloom, ed., *Deconstruction and Criticism*（《解构和批评》），New York：Continuum，1995，pp. 75-103.

造活动，而文学主体的创造力则是关键中的关键。就这样，德里达通过对文学签名的独出心裁的阐发，一步一步地解构了结构主义的写作是文学语言决定文学主体的观念，恢复了文学主体在文学写作活动中的主导地位。需要明确的是：德里达所界定的文学主体不再是那种承载思想情感或精神的内容主体，而是一种完全卸去了精神之重负、轻松自由地把玩文学话语的形式主体。

虽然德里达的文学写作论突破了结构主义拘泥于文学语言的观念，给文学主体以显著的地位，但他的文学主体说到底并不是传统意义上的主体，而是对文学程式进行变异的某种文学力量，带有纯粹的形式。所以说，这样的主体看起来存在着，但实际上是一种虚空的存在，仍是一种预设的存在，而不是活生生的现实主体。这一点，我们在理解德里达的签名理论时需要认真加以反思。我们认为，有必要把植根于社会和文化之中的现实主体当作文学主体，把他们的现实语境当作建构现实主体的基础，只有在这样的现实语境中的现实主体才是文学写作的真正主体。

第二节　德·曼

保罗·德·曼（1919—1983）是美国解构主义的先锋。他原是比利时人，1947 年移居美国，在哈佛大学获博士学位后一直在耶鲁大学任教。德·曼开始学术生涯时正值美国新批评的鼎盛期，作为一个在浓重哲学思辨色彩的文化氛围中成长起来的欧陆学生，德·曼一开始就对新批评持一种怀疑态度。除了缺乏恢宏的理论气度和厚重的历史感外，德·曼认为新批评还有一个致命的弱点，就是它的理论主张和批评实践的不一致性。尽管新批评在理论上不遗余力地强调一部作品是一个统一的有机整体，可在批评实践中却往往得出相反的结论。德里达的解构理论给德·曼以新的契机，在德里达的书写和延异理论的启示下，他体察到文学话语的建构性、矛盾性和异质性特点，于是通过重新阐释隐喻和修辞等概念，来解构传统的文学再现论和文学形式有机统一论。

一、隐喻

"隐喻"这一概念源自拉丁词 metaphora，原意为"转换物"，后引申为"用某物指代其他物"，"用形象性的词语指示实际的事物或行为"，等等，德·曼借之表述了他对语言和文学本质的看法。在其《盲点和洞见》《阅读的寓言》等多部著作中，他反复阐述了隐喻这个术语，其中收于《阅读的寓言》中的长文《隐喻》对该问题的讨论最为集中和充分有力。

第一，《隐喻》一文主要讨论了卢梭的《论人类不平等的起源和基础》中论述语言问题的几段文字①，表达了他自己对这一问题的看法。他认为动物没有历史，因为它们没有概念化的语言行为。② 只有人才能实施语言行为，因为语言是人所以为人的本质属性。

语言符号的基础是概念，那么概念是怎么形成的呢？德·曼认为，概念的形成有两个主要环节：命名和概念化。所谓命名是用一个语词指代人大脑中的观念，是实在事物在大脑中呈现的观念。这一点卢梭说得再明白不过："那（语词的）最早的发明者仅仅能够给他们所拥有的观念起名。"③ 由于事物之符号仅仅指代人们关于事物的观念，而这种观念只是人们对事物的某种属性的理解，所以它指代的不是事物本身，而是它的一种属性或可能性。人的主观理解有正误之分，所以它所指代的事物的属性也有真假之别。同时由于人的主观理解是有局限的，所以它只能指代事物的某一个层面或某一种属性，永远无法指代事物之全部，无法触及事物之整体和本质。

一个事物由客观实体转变为语词，必经主观理解和符号指示两个阶段，其中每一阶段都要经历将某类东西转换为另一类东西的过程，所以事物与它的符号之间存在着巨大的间隙。符号指代的是一种不同于它的观念，观念指代的是一种不同于它的事物之属性。因而符号、观念、事物之间只有差异关系而没有同一关系，是一种前者喻指后者的隐喻关系。如"红太阳"不是对客观实物太阳的如实呈现，而是对它的一种属性的喻指，它指代的是太阳反映在人视觉中的视像，而不是实物太阳。因此，所谓命名，实质上就是用事物的名称替代事物，说穿了是用一类东西置换另一类东西，用亚里士多德的话说是"隐喻"，它在本质上不是实指性的而是喻指性的。

传统上人们认为，概念化是"对某种范例性的经验事实的再现"④，实际上这

---

① ［法］卢梭：《论人类不平等的起源和基础》，高煜译，广西师范大学出版社 2002 年版，第85—91 页。

② ［美］Paul de Man, *Allegories of Reading*（《阅读的寓言》），New Haven：Yale University Press，1979，p. 144.

③ ［美］Paul de Man, *Allegories of Reading*（《阅读的寓言》），New Haven：Yale University Press，1979，p. 148.

④ ［美］Paul de Man, *Allegories of Reading*（《阅读的寓言》），New Haven：Yale University Press，1979，p. 152.

也是一种似是而非的认识。因为跟命名一样，概念化所处理的也不是事物本身，而是人们对事物的观察理解，不同仅在于它所表现的不是某个事物的属性，而是某类事物的属性。它抛开事物的具体差异，从中抽绎出某种共同性来，将之凝固到某一个语词中。概念化完全抛弃了具体的事物以及它的丰富多样性，仅仅指代抽象的事物以及它的一般属性，抹杀了生动鲜活的事物及其差异性，因而与事物的距离就更大了。"概念化被认为是对基于类同之上的事物之属性的置换或替代，完全与出现在从亚里士多德到雅各布森修辞理论中关于隐喻的古典界定相吻合。"①在概念中，实指性的成分更加稀薄，喻指性的成分更加浓厚，概念化对事物的歪曲更加严重，所以隐喻性更为明显。

第二，卢梭在《论语言的起源》中描述了人类最早给自己起名字的过程，该过程明确揭示了人类语言的隐喻特性：

> 原始人，当遇到其他人时，首先产生了恐惧感。他的恐惧使他将他们看得比自己高大和强壮；他便给他们起了个名字叫"巨人"。经过多次接触，他发现那设想中的巨人既不比自己大，也不比自己强壮，他们的身高与他原初加诸于语词"巨人"中的观念不相配。于是他发明了另一个表明他类同于他们的名字如语词"人"，并保留了语词"巨人"，用来指代他当初受骗时曾深深印在他脑海里的虚假之物。②

卢梭这里所说的"原始人"将人称作"巨人"和将人称作"人"的两个阶段，其实就是人类语言的命名和概念化两个环节。从卢梭对"原始人"将人称作"巨人"的行为中我们可以明显地看到，人类的语言命名有以下一些基本特征：一是"原始人"用语词"巨人"指代其伙伴的命名过程，是用语词符号替代外在事物，这一过程是置换性的；二是此语词符号所替代的不是事物本身，而是事物留在人的大脑中的印迹，如情感、思想、观念、假设或想象等，"语词'巨人'所指的东西简单说是'我恐惧'"③，是喻指性的；三是此语词符号所表达的情感、思想、观

---

① ［美］Paul de Man, *Allegories of Reading*（《阅读的寓言》），New Haven：Yale University Press，1979，p. 146.
② ［美］Paul de Man, *Allegories of Reading*（《阅读的寓言》），New Haven：Yale University Press，1979，p. 149.
③ ［美］Paul de Man, *Allegories of Reading*（《阅读的寓言》），New Haven：Yale University Press，1979，p. 150.

念、假设或想象只是人们对事物的一种主观设想，是事物的一种可能性，"一种既不能被经验或分析手段证实也不能被证伪的可能性"①，因而它是虚拟性的。

跟命名环节中的语词符号"巨人"一样，概念化环节中的语词"人"亦是置换性的，它是对现实中作为一种存在实体的人的置换，它与"巨人"的不同仅在于"巨人"指代的是"原始人"关于某一个人的意念，而它指代的是"原始人"关于某一组人的意念，它是"原始人"在多次观察他的同伴的基础上产生的，是对多个人的某种类同性的指代，是喻指性的。

语言符号的基础是概念，而概念之生成，无论借助命名还是借助概念化，都离不开用一物指代另一物，或者说用词语指代外物的方式，都离不开隐喻方式。隐喻是词语的本源，是语言的本质属性。而词语指代外物的过程说到底不是前者直接复现客观事物的过程，而是间接重组人的大脑印象的过程，因而它不是对事物的真实呈现而是歪曲反映，不是实指性而是喻指性的。

第三，人类语言源自隐喻，是隐喻性的。可过去由于人们一贯将语言看成是实指性的，因而使很多语言符号的这种隐喻特性被遮蔽了。历史就是典型的例证。由于人们一贯将它看成是对历史事件的真实记述，因而它歪斜地喻指历史的隐喻被完全遮蔽了起来。事实上，历史是一种叙事，是具体的人从特定的角度对历史事件的述说，因此也是喻指性的。以司马迁《史记》中的刘邦为例，此人并非史上汉朝第一代皇帝刘邦本人，而是司马迁眼中的刘邦，是对真人刘邦的历史叙事，是历史人物刘邦的喻指或者隐喻。

历史语言是隐喻性的，文学语言更不例外。因为文学语言不仅毫不掩饰自己的虚构性，毫不隐讳词语形象与现实事物两者之间的距离，而且反过来极力拉大词语形象与生活事件之间的距离，竭力彰显它的虚构性，使隐喻得到明显表现。如《水浒传》在用李逵、吴用等书本上的词语置换历史上的农民起义者时，有意用词语进行夸张描述，将文学形象打造成武艺非凡或智慧超群的人物，极力拉大词语与历史人物之间的距离，竭力彰显词语的虚构性，使其隐喻性得到淋漓尽致的表现。正因为在文学语言中隐喻性表现得最为充分，所以德·曼认为文学语言是人类语言的典范形式，远比历史语言、哲学语言优越。

文学语言的这种隐喻特性决定了文学世界必然是双重的：一方面，由于它是对外在事物（如事物之属性或大脑意象）的指代，所以其中必含有外在事物的成

---

① ［美］Paul de Man, *Allegories of Reading*（《阅读的寓言》）, New Haven：Yale University Press, 1979, p. 150.

分，有与外在世界相似的一面；另一方面，由于它是用自己的方式指代事物的，用语言符号呈现外在事物，将现实中的事物转换为书本上的词语形象，所以其中必然有语言符号因素，有与外在事物不同的一面。正是在这个意义上，德·曼认为："它指代一种永久的不确定状态：即表象与实质一致的实际世界和没有预设这种一致性的形象世界之间的不确定状态。"① 文学世界始终处于实际世界和形象世界、事物和语词、所指内容和能指形式、指代和重构等二元对立因素的矛盾运动之中，它是由这些自相矛盾的因素合力构成的，所以它既不是完全现实的，也不是完全虚构的，而是现实和虚构的合成物，是虚构性的现实。归根结底，文学是喻指性的。

第四，德·曼借阐发"隐喻"一词明确告诉人们：人类的本质属性是语言，语言的基础是语词，无论语词是符号性的还是概念性的，它们都不是对事物的再现而是对事物的置换，不是复制而是重构，不是实指而是喻指。文学语言是人类语言的典范形式，它本质上不是人类被动记述事物和世界的工具，而是人类主动塑造和建构世界的方式，是人类改造世界的有力武器。自古以来人们一贯认定，语言是记录事物的工具，文学是再现或表现现实事物的形式。德·曼的隐喻理论彻底突破了西方传统根深蒂固的语言文学工具论观念，明确传达了后结构主义的语言文学塑造现实事物的建构论观念，为人们重新认识语言文学的性质功能开启了一种全新的思路。

德·曼强调人对世界的积极介入，强调语言和文学建构客观世界的倾向虽有一定合理之处，但从马克思历史唯物主义的观点看，他完全无视客观实体的存在，极力否定人认识客观事物本质的可能性，明显带有主观唯心主义思想成分，其危险性在于在很大程度上会将文学创作引向不顾客观现实而随意臆造的文学嬉戏境地。

二、修辞

修辞，英文为 rhetoric，是德·曼解构主义学说中的另一关键词，主要用来描述语言文本形态。如前所述，在德·曼看来，一切语言都是隐喻性的，都是对事物的命名和指代，或者说是事物的语词转换形式。语言的隐喻本质决定了它在形态上必然是二元的、矛盾的：既是事物本身亦是事物的名称，既是物亦是词，既

① ［美］Paul de Man, *Allegories of Reading*（《阅读的寓言》），New Haven：Yale University Press, 1979, p. 151.

有所指的层面亦有能指的层面，既有实指的层面亦有喻指的层面，而且这两个方面永远既相互关联交织，又相互矛盾冲突，因而永远是自相矛盾的。德·曼给语言的这种必然的又无法避免的矛盾状态起了一个名字——"修辞"。

第一，人类所有的语言符号都是修辞性的，而那些喻指性的话语形式和表现方式，比那些实指性的话语形式和表现方式更富于修辞性。在已有的话语形式中，喻指性的文学比实指性的哲学、历史等更富于修辞性。传统的哲学、历史以所指意义为本，以语言形式为记述工具，把形式归并到内容中，把语言归并到思想中，把喻指归并到实指中，将"语言的现实和自然的现实、将实物和现象混为一谈"[①]，掩盖语言内部内容与形式、思想与语言、实指与喻指之间的矛盾和张力，强调语言内在的统一性，完全是逻辑语法性的。与之相反，文学话语，当我们称它为"虚构性的"时，实际上已预设了它的符号和意义之间的差异，已承认了它的能指和所指之间的张力。它将形式、形象和喻指放在第一位，毫不隐讳地凸显语言内部的这种不一致性和悖谬性，这是文学最典型的形态。"虽然有悖于通常的做法，但我还是宁愿毫不犹豫地将修辞、语言的形象性与文学等而视之。"[②] 所以说，文学就是修辞。

在已有的语言表现方式中，寓言比象征更具有修辞性。象征是用个别来指示一般的表达方式，是一种同一性的表达方式。在它那里，一般和个别、无限和有限、精神和物质、情感和意象、所指和能指是一体的、同一的，在逻辑上是统一的。而寓言正相反，是用一种东西指示另一种东西，因而是一种差异性的表达方式。在寓言中思想与形象、寓意与寓象、所指与能指呈现为二元分离状态，是矛盾的和有裂隙的。

第二，由于语言永远处于内部开裂、自我矛盾状态，其意义自然是多重的不确定的。以叶芝的诗《在学校的孩子们中》为例：

> 噢，栗树，根深花繁的栗树，
> 你是叶子？是花枝？还是树干？
> 噢，身子随着音乐摆动，

---

① ［美］Paul de Man, *The Resistance to Theory*（《抵制理论》），Minneapolis：University of Minnesota, 1986, p. 11.

② ［美］Paul de Man, *Semiology and Rhetoric*（《符号学和修辞》）. In Hazard Adams and Leroy Searle, eds., *Critical Theory Since 1965*（《1965 年以来的批评理论》），Tallahassee：Florida State University Press, 1986, p. 226.

> 噢，多么光彩夺目的景象，
>
> 我们如何能从舞蹈中分辨出舞蹈者？

最后一句话就有两种完全相反的意思：从语法的角度上说，它可以被当作一般问句，是在咨询如何通过舞蹈去了解舞者的方法，它一开始就设定舞蹈和舞者是相互分离的，有区别的；从修辞的角度上说，它可以被看作一个反问句，是在强调舞者和舞蹈的一体性，是说舞者和舞蹈合二为一，不分彼此。

第三，"文学符号学的一个最突出的特点是将语法结构和修辞结构连成了一体，没有明显意识到它们之间内在的差别"①。由于结构主义符号学等传统批评只注意到文学语言的逻辑语法结构，将批评聚焦于分析文学语言的逻辑统一性和明确意义，没有注意到文学语言的根本属性即它的喻指修辞结构，对它的矛盾裂隙性和多元含混意味视而不见，因而德·曼认为，未来的批评应将重心转向对文学语言的修辞结构，或者说转向对文学语言的矛盾多元性和含混性的发掘上。德·曼把这种以开发文学语言的修辞结构为目标、开掘文本的张力和反讽的批评方式，叫作"修辞学"。"修辞学用来从根本上摒弃逻辑，以打开偏离所指之轨道的多种可能性。"② 他明确提出，修辞阅读应将注意力主要放在对文学文本的内在不一致性的发掘上，放在对文本中形象和实物之间、陈述内容与陈述过程或程序之间的冲突的发掘上，放在对文学世界及其无穷蕴含的深刻揭示上。③

第四，德·曼借阐发术语修辞意在说明，文学语言文本是内在矛盾的和分裂的，是碎片化和含混多义的，未来的文学批评应将注意力主要集中到对文学语言的修辞结构和文学文本的矛盾歧义性的分析上。他的修辞说突破了探讨文学文本之内容逻辑有序性和形式有机统一性的批评理路，创立了以发掘文学文本所指的矛盾多义性和形式的内在分裂性的新理路。

不过，他的修辞批评是否真正切合文学作品的实际状况则很值得怀疑。我们

---

① ［美］Paul de Man, Semiology and Rhetoric（《符号学和修辞》）. In Hazard Adams and Leroy Searle, eds., *Critical Theory Since 1965*（《1965 年以来的批评理论》）, Tallahassee：Florida State University Press, 1986, p. 223.

② ［美］Paul de Man, Semiology and Rhetoric（《符号学和修辞》）. In Hazard Adams and Leroy Searle, eds., *Critical Theory Since 1965*（《1965 年以来的批评理论》）, Tallahassee：Florida State University Press, 1986, p. 226.

③ ［美］Paul de Man, *Allegories of Reading*（《阅读的寓言》）, New Haven：Yale University Press, 1979, p. 7；Paul de Man, *The Resistance to Theory*（《抵制理论》）, Minneapolis：University of Minnesota, 1986, p. 66.

知道，文学作品是由作家创作出来的，它最终必然受制于作家这样或那样的创作目的、意图或动机，而作家的创作动机常常是明确的，因而基于它的文学作品的含义必然是明确的。更有趣的是，如前面提到的"解释团体"和"文学能力"概念所表明的那样，我们在解释文学语言时并不是随心所欲不受限制，而是受制于解释团体的各种语言惯例和规则，受制于文化所赋予我们的文学能力。德·曼的修辞学说对此却认识不足，过于强调文学的内在矛盾性和含混性，关注解释的可能性，因而有点脱离文学实际，多有标新立异之嫌。

第三节　米　　勒

希利斯·米勒（1928—　），1952 年获哈佛大学博士学位，同年应聘到约翰·霍普金斯大学执教，1972 年来到耶鲁大学，与德里达、德·曼一道在美国掀起了解构主义浪潮。1986 年加盟加州大学厄湾分校现代语言系，之后转而倡导解构主义言语行为理论。他自 70 年代初走上解构主义道路后，40 年如一日，一直在孜孜不倦地从事解构主义的理论和批评活动，创立了一套完备的解构主义文学理论体系。他的文学理论观念集中在"重复""寄生"等一系列关键词中。

一、重复

重复（repetition）是米勒阐述文学本质的一个核心术语，最早出自米勒解构主义理论批评的代表作《小说和重复——七部英国小说》。所谓"重复"，用米勒的话说，是指"一种事例以这样或那样的方式在另一种事例中重新呈现出来"[1]，亦即"另一种事例"以这样或那样的方式重现"某种事例"，其重复的形态多种多样。小而言之，有文本内部"词语因素的重复"，即一种词语形式重复另一种词语形式，如《德伯家的苔丝》中的语词意象（阳光"透过了农舍的百叶窗缝儿，一直射到屋子里面"[2]　）重复作品的情节叙述（亚雷强暴苔丝），就是一个典型的例证。这样的重复将作品内部各种不同的话语形式联结在一起，组构成一种"线形序列"，使之成为一个整体，并赋予它们以特定的意义，我们可以将之视作横向的重复。大而言之，有"事件或场景"的重复，即文本中的事件或场景复现文本外

---

① ［美］Hillis Miller, *Fiction and Repetition*（《小说和重复》），Cambridge：Harvard University Press, 1982, p. 1.

② ［英］哈代：《德伯家的苔丝》，张谷若译，人民文学出版社 2003 年版，第 106 页。

的事件或场景。如文本描述的事件或场景重现"作者的大脑图景或他的生活，他的其他作品中的图景，心理的、社会的或历史的现实，为其他作者所写的其他作品中的事件或图景，出自神话或传说的历史轶闻的母题，出自人物或他的祖先的有意义的过去的因素，在书本写作之前曾一再发生过的事件"①，等等，可称之为纵向重复。米勒说："我陈列了作为重复的一种类型的各种方式，即小说再现社会的或心理的现实之类型的各种方式。"② 他在《小说和重复》中主要讨论的是第二种重复，即纵向重复。

首先，米勒称"任何小说都是重复和重复中的重复的编织物"③，小说等文学符号的本质特征是重复结构。何为重复结构呢？重复，顾名思义，就是一种东西在另一个场合再次现身。具体到文学中即是现实事物在文学语言符号中再次现身。用文学批评领域里通用的说法，便是文学逼真地模仿现实事物、将现实事物原原本本地复现出来。既然文学的功能是再现事物，所以文学的原型、根基自然非现实莫属。米勒在《小说与重复》的第一章中反复申述道：文学以现实事物为表现对象，是对现实事物的复现；以柏拉图为代表的理论家只注意到了文学复现现实事物时同一的一面，因而认为重复是同一性的，以尼采为代表的理论家只注意到了文学复现现实事物时变异的一面，因而认为重复是差异性的；事实上，文学对现实事物的复现既是同一的亦是变异的，它是同一性的重复和差异性的重复的结合体，在文学作品中"这两种重复紧紧交织在一起"④。由于现实事物本身无法自我呈现，它只能通过人的大脑反映出来，只能反映在记忆等大脑主观意识中，所以文学对现实事物的复现实质上就是对人的大脑记忆的复现。

文学对生活或作家的大脑意识的复现并不是直呈式的，不是对后者原封不动地和盘托出，而是有所歪曲的，是对后者的变异。具体而言，是将主观现实转换成另一种完全不同的东西，即书本上的语词形象。所以文学作品中的现实是由语言符号编织成的，是语词现实，它是虚拟性的。对此米勒说得再明白不过：小说

① ［美］Hillis Miller, *Fiction and Repetition*（《小说和重复》），Cambridge：Harvard University Press，1982，pp. 1–3.

② ［美］Hillis Miller, *Fiction and Repetition*（《小说和重复》），Cambridge：Harvard University Press，1982，pp. 1–3.

③ ［美］Hillis Miller, *Fiction and Repetition*（《小说和重复》），Cambridge：Harvard University Press，1982，p. 16.

④ ［美］Hillis Miller, *Fiction and Repetition*（《小说和重复》），Cambridge：Harvard University Press，1982，p. 16.

世界中存在物出自语言叙述，"它们是由语词构成的"①。以萨克雷《亨利·埃斯芒德》中的人物亨利·埃斯芒德为例，他不是真人亨利·埃斯芒德的直接呈现，而是萨克雷记忆中的亨利·埃斯芒德的语词转换形态，是一种语词构造物，一种介于记忆和语词之间的东西，是一种"影像或幻景"②。

其次，作家将自己大脑中的生活图景或意念转换成书本上的语词形象，这事实上是一个既再现和重复自己的主观现实又替换和重构后者的过程，所以作为他的创造物的文学文本一方面集结着他的主观意识（如记忆、经验等），另一方面融会了特定的语词形象，是内容和形式的结合体。以哈代的《被热恋的人》为例，其中主要塑造了主人公乔瑟林和叙述者两个形象。作者借乔瑟林追忆了自己的人生经历（如乔瑟林热恋三个阿维斯的经历中，就有哈代羡慕的他表妹的影子，乔瑟林追求马西娅的经历中，亦有哈代爱恋他妻子的踪迹），作者借叙述者回顾反思了自己的生活经历。作品的核心内容是作者的生活经历和人生经验。除作者的经历经验外，作品的另一个重要层面是作者组织这些内容的艺术表述方式："作为实实在在的人和作者的哈代，变成了书本《被热恋的人》内在形式的组成成分，此内在形式则是哈代曾借鉴过的作家所写的故事的各种版本之链条上的一环，他所借鉴过的作家主要有柏拉图、莎士比亚、弥尔顿、克拉肖、雪莱等。"③《被热恋的人》的构成既与作者的生活经历经验有关，又与他所接受的艺术传统有关，是生活和艺术的集合体，因而是二重的、异质的。

最后，文学既模仿、再现现实，同时又置换、变异现实，它在重复现实的基础上进一步重构它，打造新的奇异复杂的虚拟现实，这即是米勒关于文学与现实关系的基本看法，是其重复论的要义所在。关于文学与现实，或者说文学词语形象与它之外的作家精神以至现实事物的关系，人们历来都认为是一种后者决定前者、前者从属于后者的依附关系。如亚里士多德就认为，文学是对"根据可然或必然的原则可能发生的事"的摹写④，完全从属于生活，华兹华斯提出诗是"强烈

---

① ［美］Hillis Miller，*Fiction and Repetition*（《小说和重复》），Cambridge：Harvard University Press，1982，p. 20.

② ［美］Hillis Miller，*Fiction and Repetition*（《小说和重复》），Cambridge：Harvard University Press，1982，p. 88.

③ ［美］Hillis Miller，*Fiction and Repetition*（《小说和重复》），Cambridge：Harvard University Press，1982，p. 172.

④ ［古希腊］亚里士多德：《诗学》，陈中梅译注，商务印书馆1996年版，第81页。

情感的自然流露"①，完全从属于"感情"，弗洛伊德认为文学是人的无意识的升华，完全从属于无意识。米勒反对上述观念，提出文学与现实之间是一种文学在再现模仿现实的同时，进一步替代重构现实的再造关系。

米勒一举突破了西方源远流长的工具论观念，充分肯定了文学的独立地位，深刻地揭示了文学重构现实的建构功能。正像网络世界是人们在将现实事物转换成电子数据的基础上制作出来的虚拟世界一样，文学世界也是人们在将自己大脑中的现实图景或意念转换为词语形象的基础上打造出来的喻指世界，是一个完全有别于现实的另类世界。

不过需要指出的是，米勒一贯认为事物离开大脑意识无法显现，事物是人的大脑意识中的事物，它在根本上是主观的。此观念否定事物的客观性，也有明显的主观唯心主义倾向。与之关联在一起，米勒一贯认为文学符号仅重复和重构人的经验、记忆等大脑意识，而不关涉客观事物和现实实体，显然也是不符合实际的。此学说在无形中为人们进行脱离实际的主观臆造提供了理论依据，因而有严重的误导性，需要谨慎对待。

二、寄生

"寄生"（parasite）是米勒阐述文学阅读特性的一个关键词，最早出自他的一篇解构主义名作《作为寄主的批评家》。该文反诘了艾布拉姆斯等人对解构主义阅读方法的批评。艾布拉姆斯等提出："解构主义的阅读是附加在'明显或单义的阅读'之上的'一种明白而简单的寄生者'"②，是一种寄生性阅读。米勒接受了这种对解构主义批评性质的描述，但不同意它的评判：不错，解构主义就是这样一种寄生于已有的话语文本中，借从内部瓦解它建造新话语文本的寄生性的批评，但这有什么不对呢？

第一，就词语概念本身而言，所谓寄生，从生物学的角度看，"即是'那种栖居于其他的生物体中或受后者的庇护、为之所滋养、成长于其中的生物体'"③；从社会学的角度看，"即是陌生人，他不仅有一种简简单单地闯入某个家庭中、吃

---

① ［英］华兹华斯：《〈抒情歌谣集〉一八〇〇年版序言》，转引自伍蠡甫、胡经之主编：《西方文艺理论名著选编》中卷，北京大学出版社 1986 年版，第 43 页。

② ［美］Hillis Miller, The Critic As Host（《作为寄主的批评家》）. In Harold Bloom, ed., *Deconstruction and Criticism*（《解构和批评》）, New York：Continuum, 1995, p. 217.

③ ［美］Hillis Miller, The Critic As Host（《作为寄主的批评家》）. In Harold Bloom, ed., *Deconstruction and Criticism*（《解构和批评》）, New York：Continuum, 1995, p. 220.

光食物、杀死雇主的能量，而且在做这一切的过程中还有一种能将雇主变成它自己的巨量增殖性的副本的奇特的能力。它不是在'吃'，而是在再生产"①。所以寄生具有一种再生产的能力。

第二，说到文学文本，米勒虔信它压根就是寄生性的。世界上所有的事物都不是自给自足的，而是与其他的事物相伴相生的。从这个意义上说，世界万物都是寄生性的。文学文本同样如此，它有赖于它的反映对象，又有赖于其他的文本，所以文学文本也就是其他文本的寄生物。既然文学文本是寄生性的，是在吸收以前的话语文本的基础上形成的，是旧话语文本和新话语文本的合成体，它自然不是统一的和明晰的，而是多元的、模糊的。这一看法与德里达、德·曼等人的看法如出一辙。"任何一个'单一的因素'，都远非是明确的它所是，而是它内在自我分化，重新回到寄生者和寄主的关系中，在那里面它是其中的这一端或那一端。"② "我的例子展示了一种模式，……任何一部文学文本内部都不一致。"③由此而言，艾布拉姆斯等人期望在一种话语文本中找到某种"单一的明显的意义"，在米勒看来是一种不切实际的幻想，他们所倡导的那种着意探求某一个中心，探求某一种单一明确的意义的阅读方法，根本是一种不切实际的文学阅读法。所以米勒说："刻写在词语寄生者和它的关联物、主人和客人中的形象思想（但什么思想又不是形象的呢？）系统，引导我们认识到那对诗歌的'明显的或单义的阅读'与诗歌本身的状况并不一致。"④

第三，文学写作文本是寄生性的，文学阅读文本也不例外。一个阅读文本是一个读者在解读已有文本的基础上形成的，阅读者在解读中一方面栖居于他的阅读对象之中，细细咀嚼它，以最大限度地汲取其中有益的养分；另一方面，他又不断地对之下判断，品评它，从新的角度重新审视和重构它，使之不断丰富和增殖。所以，阅读是一种寄身于别的文本中的尽情享用，从中汲取营养并再造它，使之增殖的寄生性活动。由此可以说，阅读文本是借蚕食其他的文本而滋生的某种寄生物。既然一切阅读文本都是在体察、认同、刷新、再创造其他文本的基础上形成的，是寄生性的，那么

① ［美］Hillis Miller, The Critic As Host（《作为寄主的批评家》）. In Harold Bloom, ed., *Deconstruction and Criticism*（《解构和批评》）, New York：Continuum, 1995, p. 221.

② ［美］Hillis Miller, The Critic As Host（《作为寄主的批评家》）. In Harold Bloom, ed., *Deconstruction and Criticism*（《解构和批评》）, New York：Continuum, 1995, p. 224.

③ ［美］Hillis Miller, The Critic As Host（《作为寄主的批评家》）. In Harold Bloom, ed., *Deconstruction and Criticism*（《解构和批评》）, New York：Continuum, 1995, p. 224.

④ ［美］Hillis Miller, The Critic As Host（《作为寄主的批评家》）. In Harold Bloom, ed., *Deconstruction and Criticism*（《解构和批评》）, New York：The Seabury Press, 1979, p. 224.

解构主义坚持这种寄生性的阅读方法不仅未偏离正确的阅读路线，恰恰相反，它展示了一条切合话语文本本身的内在运作规律的独特阅读路径。

第四，米勒借对"寄生"一词不厌其烦的详尽阐发明白无误地告诉人们：一切话语文本都依附于别的话语文本之上，是寄生性的；阅读文本也不例外，它一方面栖居于它的消费对象中，尽情享用消耗它，吸收其中有用的东西；另一方面又借之扩张和发展自我，进行再生产活动。换一种说法，它既寄身于它的阅读对象之中，沿着文本自身的逻辑秩序、结构或本义前行，又置身于阅读对象之外，创造性地揭示它的盲区和不为人们所注意的方面，开发新的结构，给人们以新的启示。

在这里，米勒将读者的文学阅读提升到与作者文学创作同样的高度，读者阅读文本不是被动地阐释对象，而是主动地重构和开发对象，借以开辟新的思想空间，达到最终改变世界的目的。通过他的寄生性阅读理论，我们可以明确意识到：解构主义文学阅读批评方法本质上是一种致力于跟文学文本展开积极对话，借以深度开发它的建构性方法。

不过应该看到，米勒的寄生性阅读批评方法在极力强调文学阅读批评的建构性的同时却完全忽略了它的真理性品格。它无视作家的创作意向和创作过程，无视文学文本本身的思想内容和艺术独创性，把文学阅读批评完全当成是批评家借文学文本发挥个人创造性的场所，倡导一种抛开文学文本本身的内容形式、对准其中的盲区进行任意开发的主观臆造性阅读批评方法，显然有严重缺陷。

小　结

后结构主义文学理论是西方当代一股强劲而影响深远的理论思潮，它突破了西方传统中根深蒂固的文学工具论观念和文学文本有机统一论观念，创建了新的文学建构论和文学文本矛盾异质论，为人们重新认识文学的复杂性打开了一个全新的思想空间。它破旧立新，承前启后，是西方当代文学理论中颇具冲击力的理论思潮之一。

但是，从马克思主义唯物论的立场来看，后结构主义否定客观现实和真理，否定文学反映现实、揭示社会本质和规律的功能，坚持"文本之外无物"[①] 的观

---

① ［法］Jacques Derrida, *Of Grammatology*（《书写学》），Baltimore：The Johns Hopkins University Press，1997，p. 158.

念，最终将文学看作主体话语或叙事的产物，看作关于文本的文本，或者如伊格尔顿所言，是"关于我们谈话的谈话"①，这明显是唯心主义的。这一系列理论切断了文学与客观现实的联系，将人们引向了一种背离真切现实、沉溺于自说自话的语言游戏状态，完全无视文学的现实性和社会作用，具有形式主义文学批评的倾向。20 世纪 80 年代中期以后，随着女性主义、新历史主义、后殖民主义等极力强调文学的意识形态性和历史文化作用的文化研究学派的兴起，后结构主义思潮开始衰落。不过也应该看到，后结构主义文学理论虽有明显缺陷，但对一些文学理论中被忽略的问题的揭示，特别是对语言符号及其意义复杂性的解释，对文本和话语建构性的探索，为人们深入了解文学及其语言活动的特性，提供了另一种思路，具有重要启发意义。

思考题：

1. 德里达的文学模仿论与柏拉图的文学模仿论的本质区别是什么？德里达的文学写作论与现代结构主义写作论、传统的作家主观创造论有什么不同？

2. 德·曼借阐发隐喻揭示了语言和文学的什么样的本质属性？修辞阅读的目标是什么？

3. 希利斯·米勒是怎么理解现实和文学的关系的？解构主义文学批评是一种什么样的批评？

---

① ［英］伊格尔顿：《当代西方文学理论》，王逢振译，中国社会科学出版社 1988 年版，第 158 页。

第十七章　后现代主义文论

概　述

20 世纪中叶以来，整个世界发生了深刻转变。后工业社会的到来，科学技术的革新，消费文化的形成，极大地改变了西方社会和文化。亚非拉国家反帝、反殖民和民族解放运动风起云涌，第三世界兴起；以青年、女性、少数族裔为主体的民权文化运动席卷欧美，一大批青年学者加入大学和研究机构，他们不满"富裕"社会的种种弊端，反对越南战争，抗议性别、阶级与种族歧视，向资本主义体制发起挑战。在这样的条件下，尤其是在后结构主义的诸多观念的引领下，许多具有鲜明反思性和批判性的激进思想诞生了。这就是所谓的"后现代转向"①。

关于后现代转向，存在两种截然不同的看法。一种观点认为，"后"（post）意味着批判、超越与反思，在现代性与后现代性之间有某种剧烈的断裂。后现代主义作为一场思想文化运动，源于现代主义运动的弊端和问题，所以后现代主义是与现代主义尖锐对立的。另一种观点认为，后现代性是现代性的另一副面孔，是正在来临的时代的现代性，它不过是现代精神长久地、审慎地和清醒地注视自身而已，所以后现代主义是现代主义思潮的延续。② "后"究竟是意味着时间上的前后传承，还是逻辑上的转变，是一个尚有争议的问题。无论两者是断裂的还是连续的，有一点很清楚，那就是后现代主义思潮是西方知识分子对晚近资本主义社会文化危机的回应，是对理性主义和启蒙神话的质疑。这种质疑与抗拒的态度并未偏离马克思对资本主义社会的批判，它对性别、族裔、阶级和种族压迫的文化反抗同马克思对异化、商品拜物教、阶级斗争和殖民主义的批判是一脉相承的。

后现代主义文学理论是一种宽泛的说法，是后现代主义思潮的一部分，是后现代主义理论在文学理论领域的具体表现。在晚近资本主义的文化氛围中，一些

---

① "后现代"有一个概念家族：后现代、后现代性、后现代主义。它们的词根一致，字面意思是指现代之后（after）。但不少学者不同意这一看法，认为后现代并不是现代之后，它与现代错综纠结。如果说后现代是一个时期概念的话，那么，后现代性则是对这一时期的社会和文化特征的概括，而后现代主义一般认为是指 20 世纪 60 年末到 80 年代末的一场思想文化运动。

② 参见［英］Zygmunt Bauman, *Modernity and Ambivalence*（《现代性与矛盾性》），Oxford：Polity, 1991, p. 272.

文学理论家受到后结构主义和批判理论的影响，开始从性别、族裔、种族、文化冲突、历史真实、生态危机等层面切入文学，由此产生了女性主义、后殖民主义、新历史主义、文化研究和生态批评等文学理论流派。

第一节　波伏娃、肖瓦尔特、克里斯蒂娃

女性主义文学理论产生的背景是争取妇女权益的女性主义运动，这一理论的研究主题包括性别歧视、女性写作、女性阅读与女性文学史等。其代表人物有波伏娃（1908—1986）、肖瓦尔特（1941—　）、克里斯蒂娃（1941—　）等。

一、"第二性"

法国女作家波伏娃的《第二性》是女性主义理论的经典之作，在思想观念和批评实践上奠定了女性主义文学理论的基础。

"什么是女人？"这个问题暗含了社会中的某种性别偏见。在社会属性上，女人被视为男人的附属品，所以她们属于"第二性"。女人散布在男人中间，没有自己独立的身份和历史。这到底是自然形成的还是文化的建构？波伏娃一语中的："女人并不是生就的，而宁可说是逐渐形成的。在生理、心理或经济上，没有任何命运能决定人类女性在社会的表现形象。决定这种介于男性与阉人之间、所谓具有女性气质的人是整个文明。"① 一言以蔽之，女性是男性性别歧视的社会化产物。

在波伏娃看来，性别歧视源于社会经济地位上的不平等。在精神层面，男人是权力、地位和权威的象征，而女人不过是男人的镜像和影子。在物质层面，女人是贫穷的弱势群体，因为法律拒绝女人拥有自己的财产，这就使女人无法通过财富来改善并维护自己，更无法享受读书和写作的乐趣。一方面，身无分文让她寸步难行，无法像男人那样通过旅行、冒险或参加公共活动来丰富自己的人生经验；另一方面，她整日操劳、忙于家务，没有闲情逸致，也没有独立的空间来书写自己的情感和思想，这致使女性写作在漫长的文学史中只能以匿名的方式存在，一开始只是少数几个贵妇人自娱自乐的行为。18 世纪中叶以后，伴随有教养的中产阶级妇女的参与，女性写作才开始逐渐兴起。因此，只有当妇女获得经济上的独立，彻底摆脱对男性的依附时，妇女的文艺才能才会得到解放。这种看法和恩

---

① ［法］波伏娃：《第二性》，陶铁柱译，中国书籍出版社 1998 年版，第 309 页。

格斯的判断相一致："男子在婚姻上的统治完全是他的经济统治的结果，它将自然地随着后者的消失而消失。"①

性别歧视现象同样存在于以男性为主导的文学领域，因为男性作家笔下的女性形象不是被妖魔化就是被刻板地美化。波伏娃评析了五位男性作家笔下的女性形象。在蒙泰朗的作品中，男性往往是大男子主义者，他们对女人充满了厌恶和鄙视，女人被当作男人的陪衬和发泄性欲的工具。劳伦斯的作品以描写性爱闻名，追求男女两性在性爱关系中的完美结合。不过，作品中处处洋溢着对菲勒斯中心主义（phallocentric）的膜拜，男性是女性精神与欲望的引领者，女性则是男性欲望的自我献祭者。戏剧家克罗代尔笔下的女性对男性来说是危险的诱惑和生命的催化剂，它以上帝的名义神化了男权秩序，因为男人在上帝面前尊重女人，在俗世却将女人视为奴婢。超现实主义诗人布勒东在爱情的讴歌中极力地美化女性，女人是真、美和诗的真谛，是男人的一切，唯独不是她自己。司汤达的作品对女性投入了更多的热情和关爱，诗意地赞美了女性的自然、淳朴、宽容和真诚。这些男性作家各自以独特的方式虚构了女性的集体神话：女性仅仅是男性欲望与梦想的他者。女性形象的塑造暴露了男性作家的世界观与梦想之间的裂隙。

通过这样的分析，波伏娃的结论是显而易见的，那就是女人的从属地位不是上天的安排，而是男性意识形态建构的产物，是整个社会中男性与女性间政治和文化不平等的写照。只有揭露女性神话的这种意识形态性，认清女性"第二性"的文化压迫性质，转向对女性权益的大声呼吁，女性的平等地位及其文学写作才能合法存在。

二、女性主义诗学

肖瓦尔特是美国女性主义文学理论的领军人物。她常常感到精神分裂的苦恼，因为"我们既是男性传统（我们的老师、教授、论文指导老师和出版商）的女儿，这个传统要求我们保持理性、甘居边缘并心存感激；又是新妇女运动的姐妹，这个运动产生了另一种意识和责任，它要求我们抛弃故作姿态的女性气质、虚伪的成功和学术讨论中反讽的面具"②。针对这一困境，她提出女性批评家要超越女权

---

① ［德］恩格斯：《家庭、私有制和国家的起源》，《马克思恩格斯文集》第 4 卷，人民出版社 2009 年版，第 96 页。

② ［美］Elaine Showalter, Toward a Feminist Poetics（《走向女性主义诗学》）. In Elaine Showalter, ed., *The New Feminist Criticism*：*Essays on Women*，*Literature and Theory*（《新女性主义批评：妇女、文学与理论文集》），London：Virago，1986，p. 141.

批评，寻找新的语言和阅读方式，以便把女性的经验与智慧、苦恼与理性综合起来。

女权批评兴起于 20 世纪 60 年代末期。它是一种逆向的政治化解读，旨在从女性经验的视角重新阅读过去的文学经典，批判男性批评话语中被压抑、扭曲的女性意识。在《走向女性主义诗学》一文中，肖瓦尔特评析了欧文·豪对托马斯·哈代的小说《卡斯特桥市长》的解读。在小说开端，酩酊大醉的米哈伊尔·亨查德在乡间集市上以五畿尼的价钱把妻子和襁褓中的女儿卖给了水手纽森。欧文·豪评论道："像扔掉一件衣衫褴褛的破衬衣一样抛弃萎靡的糟糠之妻，连同她缄默的哀怨和令人发疯的逆来顺受。这种逃离不是暗中抛弃之后的偷偷溜走，而是像在集市上出售牲口一样公开地把她的身体卖给陌生人。仅凭这种无关道德的有意之举，他获得了第二次新生。"① 这种解读带有大男子主义的色彩，因为他无视女性被"出售"的悲惨命运，扭曲了妻子苏珊的形象。在欧文·豪的眼中，苏珊是一位颓废邋遢、逆来顺受、絮絮叨叨的女人。但在肖瓦尔特的阅读经验中，苏珊并非怨妇，面对哺育女儿的沉重负担和身为女性的心理压抑，她并没有怨天尤人，相反，她总能机敏地看透男人的心思并战胜环境。

这种对男权话语的批判性阅读，旨在从女性经验出发，指出男权话语中的性别偏见，重新评估那些为人推崇或被人忽视的文学作品。女性读者运用这种批评方式改变了我们对既定文本的理解，唤醒了女性的性别意识。但这种阅读同样会陷入男权话语的陷阱。肖瓦尔特认为："如果我们（仅仅）研究男性批评中刻板的女性印象和性别偏见以及女性在文学史中所扮演的受压迫形象，那么我们就无法了解女性真实的感知和经验，因为我们获悉的都是男性认为女性应该如此的东西。"②

与女权批评家不同，女性批评家把女性写作视为女性主义诗学的重要话题，旨在"建构一种用于分析女性文学的女性框架，发展出基于女性经验研究的新模

---

① ［美］Elaine Showalter, Toward a Feminist Poetics（《走向女性主义诗学》）. In Elaine Showalter, ed., *The New Feminist Criticism*：*Essays on Women*，*Literature and Theory*（《新女性主义批评：妇女、文学与理论文集》），London：Virago, 1986, p. 129.

② ［美］Elaine Showalter, Toward a Feminist Poetics（《走向女性主义诗学》）. In Elaine Showalter, ed., *The New Feminist Criticism*：*Essays on Women*，*Literature and Theory*（《新女性主义批评：妇女、文学与理论文集》），London：Virago, 1986, p. 130.

式，而不是靠改造男性模式和理论"①。它肯定女性经验和女性意识的价值，但否认存在一种本质论的女性气质和女性主体。肖瓦尔特在《荒野中的女性主义批评》一文中指出，在父权制之外寻觅女性意识或女性文化的荒野地带是一种乌托邦的幻想。两性文化之间是一种你中有我、我中有你的状态。因此，女性写作和女性批评必须是"双重声音的话语，包括缄默者和主导者，处于女性主义批评之内与之外的讲话"②。不难发现，肖瓦尔特的女性主义批评有别于早期的男女简单对立排斥的女权主义批评，发展出了更加复杂的批判方法。

建构女性文学史是女性批评的重要任务。在漫长的男权体制下，写作一向是男性的特权。女性从事写作如果不是荒唐可笑的，至少也是冒险的叛逆行为。无休止的操劳、不幸的婚姻和无处不在的性别偏见，曾经让许多妇女的才华在碌碌无为中流逝。即使在 19 世纪，简·奥斯汀、乔治·桑、乔治·艾略特、勃朗特姐妹等女性作家，也不得不以化名的方式从事文学写作。这种写作方式让许多女性作家湮没在男性建构的文学史中，无声无息。因此，挖掘被埋没的女作家就成为肖瓦尔特心中的追求。她呼吁妇女积极使用语言来发展女性特有的写作模式，表达并阐释女性独特而本真的经验，以便把女性从男性主宰的文学传统中解放出来。

三、新女性主义诗学

克里斯蒂娃是法国新女性主义诗学的代表人物。在性别理论的建构中，她广泛借鉴了精神分析学、符号学、马克思主义等理论资源，全面反思了女性主义思想的成就与局限，走出了一条从"诗学革命"到"女性政治"的思想发展道路。代表作有《诗歌语言的革命》《妇女的时间》《恐怖的权力》等。

克里斯蒂娃在男女性别的界定上承传了波伏娃的立场。她认为身为女人并非完全是由生理差异决定的，从生理特征来界定女性忽视了不同个体之间、群体之间的内部差异，这种忽视个体妇女的差异性特征而进行的泛化批评正是过去女性主义思潮的局限所在。因此，克里斯蒂娃主张把性别因素与阶级、族裔、民族等其他因素结合起来研究，关注女性群体的内部差异和女性主体的异质多元性。

每一个女人都是独一无二的。大写的妇女只存在于种种神话或宏大叙事的想象之中。这些神话产生了一种至高无上的权力，是"作为权力的恐怖以及权欲的

---

① ［美］Elaine Showalter, Toward a Feminist Poetics（《走向女性主义诗学》). In Elaine Showalter, ed., *The New Feminist Criticism：Essays on Women，Literature and Theory*（《新女性主义批评：妇女、文学与理论文集》), London：Virago, 1986, p. 131.

② 张京媛主编：《当代女性主义文学批评》，北京大学出版社 1992 年版，第 259 页。

恐怖主义的基石"①。在现实生活中，女人在生命意义的追问中以个体化的方式享有男人不可取代的尊严。这要求女人告别神话的诱惑，独自以女性身份面对自己的人生，享受或承受作为女性/母性带来的快乐和痛苦。因此，克里斯蒂娃赞成这样来理解女性，即有多少女人就有多少女性。

女性主体是在不断变化的过程中实现的言说主体。永恒不变的女性身份不过是男权话语人为建构的幻象。根据拉康的精神分析学，儿童在镜像阶段的咿呀学语是一种尚未形成秩序的语言，一种意义不断流动的能指符号。要打破能指符号的漂流状态，儿童必须压抑内在的冲动，转向语言的象征阶段。象征是一种规范化的语言系统，与理性、父权体制在价值观上是一致的。与之相对，能指符号的漂流源于内在的欲望与冲动，它与母性的身体有关，与孕育、分娩、吸收和排泄有关。这就将女性身体与沉默、流动的符号结合起来。在镜像阶段，尚未产生自我意识，我与非我是混沌未分的。这是一种"屈辱"的状态，因为它受到内在欲望与恐惧的支配，既无法控制自己的情绪，也无法把自我与母亲的镜像区分开来。要获得独立的身份意识，人就必须打破屈辱状态，进入语言的象征秩序。因此，独立的主体意识是在符号与象征的交融中实现的，并不存在纯粹的男性或女性。换言之，每一个女人的心理结构中都存在着一个陌生的男性，每一个男人的心理结构中也存在着一个陌生的女性。这种模糊两性差异的主体意识无疑从内部动摇甚至颠覆了男权话语的二元论结构。

作为言说主体，女人更能敏感地体验到边缘的异质性。在《诗歌语言的革命》中，克里斯蒂娃以隐喻的方式把屈辱状态理解为诗歌特有的语言。因为诗歌向欲望与恐惧的内在冲动开放，随时威胁言说主体的统一性。显然，诗性的语言不分男女，这就在暗中破坏了语言的象征秩序，获得了陌生化的情感体验效果。比如，马拉美通过颠覆句法规则，赋予语言以符号的音乐性，以"纯诗"的话语回忆并超越了屈辱状态。它既抛弃了弑父娶母的恋母情结，也拒绝了回归母性神话的自恋，是对屈辱状态的重写。因此，女性写作要抛弃自我审查的机制，以无限变化的欲望与信念呈现女人的声音，并在越界的嬉戏中享受双重视野带来的乐趣。

克里斯蒂娃认为，在与文本的嬉戏中，女人将重建包容他者的性别伦理。在《符号学》中，通过阐释巴赫金的对话理论，她率先提出了"互文性"概念。巴赫金曾经指出："任何一篇文本的写成都如同一幅语录彩图的拼成，任何一篇文本都

---

① 张京媛主编：《当代女性主义文学批评》，北京大学出版社 1992 年版，第 363 页。

吸收和转换了别的文本。"① 这种文本之间相互交错、彼此依赖的特性就是所谓的"互文性"。每个文本都是对其他文本的运用、吸收和转化，从一个文本中抽取的语义成分，总是超越此文本而指向先前其他的文本。这些文本将现在的话语置入了其不可分割的社会—历史文本之中。克里斯蒂娃认为，女性写作与女性阅读将在欲望与信仰的符号漂流中，重建人类社会文化的女性伦理。如其所言，这是一种基于母性体验的、以爱为基础的、两性完美结合的新伦理，即"对一个他者的爱，并非对自身的爱，并非对一个性别完全相同的人的爱，亦非对另一个与'我'融合（爱情或者性爱）的人的爱，而是在专注、温柔、忘我之中的缓慢、艰难、快乐的尝试"②。

综上所述，女性主义文学理论带有鲜明的文化政治色彩。首先，它强调女人的从属地位和文化身份是男权文化后天建构的产物。它试图打破男权文化沾沾自喜的确定性，确立两性平等的信念，根除社会改造中的性别歧视。其次，它强调女性经验和女性视角在女性写作、阅读和批评中的重要性。女性主义批评实践揭露了女性神话的意识形态性，试图唤醒文学活动中被忽略、被压抑的女性意识，重写文学史。最后，从早期的女权主义到晚近的女性主义，这一理论思潮内部也发生了许多深刻的变化。从男女简单化的二元对立到男女共存结构中的平等权益，女性主义文学理论提出了许多建设性的观念，对文学及社会文化产生了积极的影响。

第二节　萨义德、斯皮瓦克、巴巴

资本主义文明是建立在野蛮的殖民掠夺和种族压迫的基础之上的。如马克思所言："美洲金银产地的发现，土著居民的被剿灭、被奴役和被埋葬于矿井，对东印度开始进行的征服和掠夺，非洲变成商业性地猎获黑人的场所——这一切标志着资本主义生产时代的曙光。"③ 马克思对资本主义和殖民主义制度的批判，经由列宁、卢森堡和毛泽东，成为 20 世纪反帝反殖民运动的理论纲领。

后殖民理论承传了马克思主义的批判立场，把批判的焦点从殖民主义制度转

---

① 转引自［法］萨莫瓦约：《互文性研究》，邵炜译，天津人民出版社 2003 年版，第 4 页。
② 张京媛主编：《当代女性主义文学批评》，北京大学出版社 1992 年版，第 365 页。
③ ［德］马克思：《资本论》，《马克思恩格斯文集》第 5 卷，人民出版社 2009 年版，第 860—861 页。

向了殖民主义文化。它试图分析殖民统治以来殖民者与被殖民者之间的不平等关系，揭示西方知识体系、思维方式和价值等级观念中的种族歧视，重建被殖民者的自身形象和文化认同，重建自己的历史传统。其代表人物有萨义德（1935—2003）、斯皮瓦克（1942—　）、巴巴（1949—　）和罗伯特·扬（1950—　）等。

一、东方学

萨义德《东方学》的出版标志着后殖民理论登上历史舞台。《东方学》《巴勒斯坦问题》和《报道伊斯兰》被学界称为"东方学"批判的三部曲，旨在分析东方在西方文化中的表征问题。

萨义德所称的"东方学"具有三个层面的内涵：

第一，它是西方文化中一门书写、研究东方知识的学科。作为学科，它被讲授并且拥有自己的社团、期刊、传统、词汇与修辞。东方学诞生于 1312 年。在这一年，基督教在法国维埃纳召开的第十五届大公会议上，决定在巴黎大学、萨拉曼卡大学、意大利博洛尼亚大学和英国牛津大学等设立阿拉伯语、希腊语、希伯来语等系列教席。在东方学的建构中，中东的伊斯兰世界从西方分离出来，呈现为种种负面的想象和表达。现代东方学始于 18 世纪，它从基督教与伊斯兰教简单的二元对立中走出来，代之以科学和理性的分类，通过搜集来自伊斯兰世界的信息，翻译文本，解读伊斯兰世界的历史、文化、宗教、执政家族、思想、传统等方式来为西方的殖民主义政策提供支持。它并未消除西方文化中心论和种族歧视，反倒以此为前提把种族的等级制区分系统化、固定化了。

第二，它是一种话语形式。作为西方想象、认知、研究和批判的对象，东方并不是真正的东方经验的再现，而是西方以话语的形式建构并强加给东方的幻象。换言之，东方说穿了不过是西方殖民欲望的投射，即"西方男性对于东方的神秘感和性事的个人要求，以及在政治和经济方面教导和控制东方的集体目标"[①]。在西方的凝视中，东方始终以负面的形象得以表述，它怪异、落后、冷漠、柔弱、保守、怠惰。这种僵化的偏见暗示了西方与东方之间的不平等关系。在貌似科学和客观的东方学中，西方至上和帝国有理的观念以隐蔽的形式渗透到无意识的领域。

第三，它是一种建立在一系列二元对立基础上的思维方式。东方学是通过文明与野蛮、成熟与幼稚、进步与落后、科学与迷信、民主与专制等一系列僵化的

[①] ［英］齐亚乌丁·萨达尔：《东方主义》，马雪峰等译，吉林人民出版社 2005 年版，第 2 页。

对立来把自己合理化的。这种二元论思维在西方"自我"和东方"他者"之间人为缔造了不可逾越的鸿沟，强化了帝国主义的种族偏见。

在《文化与帝国主义》一书中，萨义德进一步阐释了权力与知识之间有害的结盟。文化帝国主义既建立在强大的军事和经济力量上，也建立在对原住民的形象、文化与历史的想象性的话语建构中。如其所言，帝国主义的"力量与合法性并存，一种力量存在于直接的统治中，另一种力量存在于文化领域。这两种力量的并存是老牌帝国主义霸权的一个特点"①。因此，对某个领地或国家的控制，不仅是行使政治经济权力的问题，而且是如何掌握想象的文化领导权问题。

在西方强大的由知识建构的权力网络中，文学（尤其是叙事文学）扮演了并不光彩的角色。在殖民主义的庇护下，文学叙事对帝国主义实践、理论与态度的形成具有重要的作用。下面以吉卜林的小说《基姆》为例加以阐释。

"帝国号手"吉卜林以饱含深情的笔墨对印度生活进行了细致描写。主人公基姆拥有双重身份，他既是来自底层的小人物，一名自幼流浪在拉哈尔街头的爱尔兰孤儿；又是来自宗主国的白人，一名训练有素的英国驻印情报人员，卷入英俄大博弈的洋大人。双重文化身份使基姆堂而皇之地穿越界限，享受帝国控制带来的冒险与愉悦。克莱顿上校的双重身份与基姆如出一辙，他既是负责研究印度的人种学家，又是英国驻印情报机关的负责人。这暗示了知识与权力的共谋。对于克莱顿上校来说，印度是一个神秘的、柔弱的、充满色情想象的他者，了解印度是为了更好地统治印度，帝国主义造成的苦难与不幸没有在他的思考范围之内。事实上，英国的殖民"摧毁了印度社会的整个结构"，"印度人失掉了他们的旧世界而没有获得一个新世界，这就使他们现在所遭受的灾难具有一种特殊的悲惨色彩，使不列颠统治下的印度斯坦同它的一切古老传统，同它过去的全部历史断绝了联系"。② 显然，小说接受了庞大的殖民体系和印度被奴役的宿命，因为吉卜林并未向我们展示冲突中的两个世界。相反，他悄悄抹去了冲突的痕迹。

显然，东方学并不是一个中立的、客观的知识体系或学科，而是一种具有浓厚的西方中心主义色彩的意识形态。尤其是18世纪末至20世纪中期的现代东方学时期，东方学更是被西方殖民当局利用，自觉或不自觉地成为西方殖民主义的帮凶。在东方学的建构中，以英国文学为代表的许多描写东方历史、地理与文化的

---

① ［美］萨义德：《文化与帝国主义》，李琨译，生活·读书·新知三联书店2003年版，第415页。

② ［德］马克思：《不列颠在印度的统治》，《马克思恩格斯文集》第2卷，人民出版社2009年版，第679页。

文学作品，在对东方的他者想象与文学叙事中，或隐或显地表达了某种帝国主义或殖民主义的思想偏见，成为文化偏见和种族歧视政策诞生的温床。这是值得我们反思与警醒的。

二、差异与混杂

从后殖民主义的视角来看，西方价值观、思想和文学，在性别、阶级和种族等文化层面具有高度的排他性和压抑性，它是以话语形式存在的文化殖民主义。揭露并批判殖民主义话语中隐蔽的权力逻辑，再现文化的差异性和混杂性，正是印度裔美国人斯皮瓦克和霍米·巴巴的理论追求。

斯皮瓦克自称为"实践型的女性马克思主义解构主义者"①。这一说法暗示了斯皮瓦克思想的复杂性和多面性，使她能够在性别、阶级和种族属性的文本分析中超越简单的二元论话语结构，并对第三世界底层妇女展开深入分析。

在《在他者的世界》中，斯皮瓦克对女性主义批评中"新帝国主义的操作机制"进行了批判。不同于波伏娃和克里斯蒂娃等西方女性主义学者，印度背景的斯皮瓦克在思考女性问题时，关注的不是一般性的男性与女性的关系问题，而是转化为在西方主导的女性话语体系中，第三世界妇女的地位如何？她们仅仅是第一世界妇女言说的客体吗？她们是否被排斥在讨论之外而没有发言权？斯皮瓦克发现，作为西方内部的他者，第三世界妇女无形、无声地重复、验证了西方女性话语的"政治正确"。显然，西方的女性话语完全忽视了第三世界妇女，忽视了她们内部的差异性和多元性。比如，在西方殖民主义文学中，第三世界妇女在异国情调的想象中往往被妖魔化。以夏洛蒂·勃朗特的《简·爱》为例，简·爱的爱情与幸福是建立在阁楼上疯女人的不幸、痛苦乃至死亡之上的，这个疯女人就是来自殖民地加勒比海的伯莎·梅森。她的几次出场具有强烈的神秘性和异质性，她声音"古怪而悲哀""压抑而低沉"，"恶魔般的笑声"狂野、刺耳，"鬼一样的面孔"色如死灰，眼睛"呆滞无光"。在简·爱等人的眼中，她是发疯的野兽或魔鬼。她的声音被剥夺了，没有倾诉、辩解，更没有抗议。

如果说第三世界妇女在西方女性文本中被剥夺了真实的声音和形象，那么第三世界底层妇女则遭受了双重剥夺。"底层"（subaltern）概念源自意大利马克思主义者葛兰西，特指那些没有阶级意识的下层民众。斯皮瓦克借这个词来表示殖民

---

① ［美］Gayatri Chakravorty Spivak, *In Other World：Essays in Cultural Politics*（《在他者的世界：文化政治学论文集》），London：Routledge，1988，p. 117.

地那些不幸的、被殖民的弱势阶层。她们无论在殖民者的殖民话语中，还是在被殖民者的精英话语中，都无法真实地"再现"自己的音容笑貌，只能承受被"代表"的命运。比如，关于寡妇殉身的案例，底层被压抑的历史拥有双重来源，一个隐藏在 1829 年英国废除寡妇殉身习俗的策略中，另一个寓于古代印度的印度教教义中。前者以人权的名义和法律的形式宣称"白人正在从褐色男人那里救出褐色女人"；后者以宗教的名义和习俗的形式鼓励妇女献祭，因为那是"好妻子的象征"。在历史转型的特殊时刻，寡妇殉身仪式成为一个意识形态斗争的战场。在殖民话语体系中，对第三世界妇女的保护变成了建设好社会的能指。在印度精英话语体系中，仁慈和开明的精英对妇女自愿殉身的"勇气"表示赞赏。显然，底层女性的主体意识在殖民精英和当地领袖的代表中被成功地抹掉了。因此，受到性别和种族双重歧视的底层女性显然没有自己说话的空间和权益。

更进一步的问题是，在帝国的语境中被殖民者能够说话吗？面对类似的问题，巴巴给出了更积极的回答。巴巴认为，那些承担教化使命的文本结构，不是封闭的、统一的，而是开放的、分裂的。当被殖民者的弱势文化与殖民者的强势文化遭遇时，被殖民者能够巧妙地挪用殖民文化的资源，利用殖民话语的缺陷，反戈一击。这是一种模拟策略。模拟是戏谑性的模仿，讽刺性的妥协。通过部分的重复、修正和颠覆，本土话语貌似尊重殖民话语的纯粹性，实则嘲弄了这种话语。如巴巴所言："模拟是殖民性的定位过程，一种在被隔断的话语中跨类别的、差异性的知识。通过差异和欲望的重复滑落，模拟破坏了自恋的权威。"[①]

混杂是文化模拟的必然策略。"混杂"概念源于巴赫金，旨在从内部否定某种单一的、权威的声音。它是话语实践中你中有我、我中有你的杂交状态，一种过去与现在、自我与他者相互交错的时刻。通过见缝插针的质疑和差异的书写，被殖民者既破坏了殖民话语的稳定性，又通过文化的协商重建了文化的混杂性。这种混杂在文化之间建立了一个相互纠缠渗透的"第三空间"，一个既模仿学习又质疑否定的场域。第三空间既不是两种文化之间简单的调和，也不是独立于殖民与反殖民文化之外的第三者，而是介于两者之间的一种文化，是一个矛盾的、混杂的、不断进行差异生产的意义空间。巴巴在《文化多样性与差异》一文中写道："正是第三空间——通过本身的不可呈现性，构成了阐发的话语空间——它确保了文化意义和符号没有原始的统一性或固定性；即使同样的符号也可以挪用、转译、

---

① ［美］Homi K. Bbabha, *The Location of Culture*（《文化的定位》），London：Routledge，1994，p. 129.

再历史化，并重新加以解读。"①

综上所述，后殖民批评是后殖民理论在文学领域中的具体运用，旨在通过对文学经典的重新解读，反思并批判西方文学中隐蔽的殖民主义话语。殖民主义话语是一种僵化重复的二元对立模式，具有种族主义的压抑性和排他性特征。在强权话语的干涉下，东方、第三世界、第三世界妇女在无形中被他者化了。无论在殖民主义话语中，还是在被殖民者的精英话语中，都存在一种帝国主义式的强权逻辑，被殖民者，尤其是来自底层的被殖民者，常常要承受无法言说的苦痛。一种混杂的模拟策略，或许有助于在两种文化之间建构彼此渗透、相互平等的"第三空间"。

第三节 格林布拉特、怀特

新历史主义是 20 世纪 80 年代在美英兴起的文学理论派别，于 20 世纪 90 年代产生了广泛的影响。这一理论主张通过特定时期的文学文本与非文学文本的相互阐释，来解读文学作品并阐述其复杂意义。其代表人物有格林布拉特（1943— ）和海登·怀特（1928— ），前者有《文艺复兴时期的自我塑造》《莎士比亚的谈判》等，后者有《元史学》《话语的转义：文化批评论集》《形式的内容》等。

一、文化诗学

"新历史主义"和"文化诗学"是两个经常被混用的概念，不过，格林布拉特更青睐后者。他在《通向一种文化诗学》中直言不讳地指出：新历史主义不是系统的理论或教义，而是具体的文学批评实践和文化研究。

第一，新历史主义批评是相对于旧历史主义批评而言的。旧历史主义批评反对文学研究掺杂过多的主观因素，主张在具体的社会文化语境中客观把握作者的意图和作品的意义。按照历史唯物论的观点，文学是在特定的历史语境中产生的，是时代精神和社会状况的反映，作为一种历史现象，作者的思想不可避免地受到主导意识形态的影响。不过，旧历史主义批评似乎走向了极端。一方面，它倾向于把主导意识形态当成道德、知性和审美上令人满意的知识与信仰结构，致力于

① ［澳］Bill Ashcroft, Gareth Griffiths, Helen Tiffin, eds., *Post-Colonial Studies Reader*（《后殖民研究读本》），London：Routledge，1995，p. 208.

发现唯一的政治图景，遮蔽了社会内在的冲突；另一方面，它往往把文学作品作为孤立的研究对象，把历史语境视为一体化的背景，忽视了文学与历史之间多层次的复杂性。

新历史主义修正了上述观念。它首先批判了旧历史主义的独白话语。格林布拉特认为，资本主义话语体系不是独白式或一体化的，更不是复调式或碎片化的。自 16 世纪开始，资本主义总是"在确立不同话语领域与消解这些话语领域之间成功而有效地振摆。正是这种一刻不停的振摆，而不是固定在某一位置上，这才形成了资本主义所独有的力量"①。各种不同话语领域之间没完没了的流通，疆界的不断破坏与重组，这就是资本主义不同于其他话语体系的内在特征。文学作品一经产生便会以话语的形式参与流通，在社会和文化网络中发挥作用。新历史主义者认为，文学既不是政治的传声筒，也不是彻底的破坏者，作为戏剧性地表现反抗的舞台，文学仅仅是调节社会冲突的安全阀。

新历史主义主张文学研究应平等对待文学文本与非文学文本、主流历史话语与边缘化的轶闻野史之间的关系，因为既不存在连续的、牢靠的历史话语，也不存在明确的、稳定的文学话语。我们所了解的历史不是确定的事实序列，而是以档案、文件、传说、历史文献等方式讲述的话语。无论是言说的历史内容还是言说历史的方式，都具有高度的选择性。同样，文学作品也不是封闭的文本，而是各种复杂因素协商谈判的产物。"谈判的一方是一个或一群创作者，他们掌握了一套复杂的、人所公认的创作成规，另一方则是社会机制和实践。为使谈判达成协议，艺术家需要创造出一种在有意义的、互利的交易中得到承认的通货。"这种通货是"以快感和兴趣来衡量"的，而社会回报给作者的则是"主宰通货——金钱和声誉"。②

第二，文化诗学反对形式主义批评。从俄国形式主义、英美新批评到结构主义，这些形式主义批评都专注于孤立的文本细读，侧重研究文本的音韵、修辞、意象、结构等形式特征，从而使文学远离了社会的政治、经济和文化的冲突，文本就这样被悄悄地从历史语境中剥离出来。针对这种非历史化的倾向，格林布拉特试图在文学阐释中恢复批评的历史维度，重建文本与语境之间的互动关系。在此基础上，他提出了文学阐释的三个相关语境，即作者创作的语境、读者接受的语境和批评者阐释的语境。

---

① 张京媛主编：《新历史主义与文学批评》，北京大学出版社 1993 年版，第 9 页。
② 张京媛主编：《新历史主义与文学批评》，北京大学出版社 1993 年版，第 14 页。

作者创作的语境包括作者创作文学作品的意图、社会处境、文化氛围等。我们只能通过具体的文本叙述尽可能设身处地地想象作者的语境，因为我们无法穿越已经逝去的历史。首先，作者的过去只能以文本的话语形式（传记、回忆录、书信、报告、访谈等）得以再现或讲述。其次，各种文本之间相互挪用、建构了作者写作时的"互文性"网络，这些混杂的话语影响了语境的构成。最后，历史语境塑造了自我，自我是多种历史合力博弈的产物。按照辩证唯物主义和历史唯物主义思想，任何作家都不是在真空中创作的，而是在既定的历史条件中创作，所以他们无疑参与了文化和历史的进程。

读者接受的语境旨在研究不同读者群欣赏作品时的社会心理和接受效果。格林布拉特在《莎士比亚的谈判》中提出，戏剧结构和戏剧性修辞会有效地消解它的颠覆效果。在《亨利四世》和《亨利五世》中，王权的贪婪与暴力激起了反抗也带来了惩罚。福斯塔夫对王权的抗拒被漫画化，亨利王子一开始将其当作朋友，后又将其处置。观众在品味"别人被捉弄"的快乐时，把对王权的怀疑和抗拒也带走了。一方面，戏剧的形式结构和修辞策略使观众很难抑制对亨利王子胜利的肯定；另一方面，伊丽莎白时代处处洋溢着王权引发的兴奋和敬畏，这种对王权膜拜的社会心理也影响了读者的接受效果。

阐释的语境是指批评者在具体的文学批评实践中直面自我在当代批评中的处境。他们承认自己在批判、分析文化文本时所使用的方法和语言，分享并参与了当代文化机制的运转。他们也毫不掩饰自己同批评文本之间的话语谈判关系。显然，它部分吸收了读者反应批评和解释学理论的研究成果，却又不同于这些理论而偏重于文本的历史解释，由此构成了文化诗学的方法论。

二、历史诗学

怀特的历史诗学奠定了新历史主义的基础。其贡献主要表现在两个方面：一是破除了史学研究和文学研究中二元对立的话语模式，如事实与虚构、实证与想象、理论与叙事、历史与美学等；二是在文化阐释和叙事话语中重建了文学的历史维度和历史的诗性维度。

在批评实践中，文学洞见与历史意识常常被片面地对立起来。一方面，史学研究试图向自然科学靠拢，矢口否认历史话语中的叙事性和想象性。历史被视为昔日重现，是史学家以价值中立的姿态对历史事件的客观反映。另一方面，现代文学忙于卸下历史的重负，谴责史学家对审美感性和诗意想象的压抑。历史被视为文学内部的敌人，它假装虔诚、尊重灵魂，却暗中侵蚀了文学的想象力和创造性。如怀特所言："历史学家似乎是疾病的携带者，它不仅把过时的制度、思想和价值强加于现在之上，而且赋予了那些过时的形式以虚假的权威。"①

这是一种偏见，因为历史书写同样需要叙事和想象。过去的历史事件是不可重复的，我们无法身临其境，进行经验性的研究，我们只能通过遗留下来的文献档案、调查报告等历史资料来研究它。这些资料为我们呈现了杂乱无章的事件。这些事件本身并不是历史，因为它们毫无意义。只有当史学家在碎片化的事件中发现故事，并按照时间顺序把它们组织成有头有尾、内含因果关系的编年史时，它们才获得历史的形式和意义。因此，历史是讲故事的艺术，是以叙事性散文话语为形式的一种言辞结构。正是"叙事性"揭示、解释了特定历史事件的连贯性及其意义。

历史想象的深层结构是诗性的，它来源于话语的比喻功能。比喻是话语的灵魂，比喻的转义性特征为话语奠定了基础，话语运作为文学向历史的转义提供了语言学基础。正如怀特所言："占主导地位的比喻方式以及与之相伴随的语言规则，构成了任何一部史学作品那种不可还原的'元史学'基础。"② 比喻的运作在于本体与喻体之间的转换，是两种不同事物的思想之间的互动。通过语义的并置，比喻成功地在本体与喻体之间建立了新的语义联系，帮助我们的思想实现了语义上的转换。在此意义上，比喻的转义功能具有认识论的价值。通过叙事理论和比喻理论，历史便与诗学相互沟通了，呈现出复杂的网状结构。本着文史相通相济的原则，它重建了历史的文学性和文学的历史性，拓宽了文学研究的文化视野。

综上所述，新历史主义批评旨在反思、批判传统的历史主义和形式主义批评模式，重建文学的历史性维度和历史的文学性维度。它主张平等地对待文学文本和非文学文本，恢复文学批评的历史维度，并重建文学文本与文化语境之间的复杂关系。它重建了历史书写的诗性维度，揭示了历史叙事中的文学性及其隐含的意识形态，加深了人们对历史和历史叙事的认识。

第四节　威廉斯、霍尔

文化研究有广义和狭义之分。广义的文化研究是指 20 世纪 60 年代率先在英国

---

① ［美］海登·怀特：《后现代历史叙事学》，陈永国、张万娟译，中国社会科学出版社 2003 年版，第 49 页。

② ［美］海登·怀特：《元史学》，陈新译，译林出版社 2004 年版，第 3 页。

兴起，然后扩展到美国和其他西方国家的一种文化批判思潮；狭义的文化研究特指英国伯明翰学派，以 1964 年"伯明翰大学当代文化研究中心"的成立为标志，形成了一整套研究当代文化现象的理论和方法。

一、文化唯物主义

雷蒙德·威廉斯（1921—1988）是英国文化研究和新左派的代表人物。他的文化唯物主义思想，立足于英国资本主义社会，突破了此前利维斯主义的精英文化路径，发展了西方马克思主义文化批评的范式，重构了文化与文学研究的物质实践性。

面对当代资本主义文化的发展现状，威廉斯抛弃了 19 世纪以来英国的精英主义文化观，转而强调文化的历史性和日常性。他提醒我们注意"文化"一词在工业化时期的语义变化：文化原来指心灵状态或习惯，或者指知识与道德活动的群体，现在则是指整体的生活方式。这种语义的历史演变，一方面记录了习俗制度和日常生活方式的社会转型；另一方面也标示了人们的情感结构和思维方式的变化。如威廉斯所言，文化现在"不但成为衡量一体化的尺度，而且成为解释我们一切共同经验的一个模式"①。换言之，这种语义的变化不是内部微妙的延伸、转移或修正，而是根本性的倒转。它不再专指高雅的少数人文化，而是包含了整个生活方式。威廉斯在 1958 年发表的文章中，以鲜明的标题指出了这个变化：文化是平凡的。它不过是普通男女集体经验、记忆和情感的表达而已。简言之，文化是由全体社会成员共同创建、享有和认可的意义、价值和制度。

这一定义旨在联系特定的社会和传统来分析知识和想象性作品，以及生产组织、习俗制度等生活方式。一方面，它不再是少数人的特权，而是普通人共享的生活方式；另一方面，它不再等同于高雅的文学艺术趣味和高深的思想知识，而转向了雅俗共赏的文化，工人阶级文化和大众文化便进入了研究视野，日常生活的物质实践性引起了关注。这一转变是深刻的，它为"文化唯物主义"奠定了思想基础。

强调文化生产和文学实践的物质性、历史性，这是威廉斯贯穿始终的文化立场。威廉斯指出："历史唯物主义注重对文学和艺术进行社会和政治分析，把它们视为各种各样的社会活动与物质生产的一部分，即文学艺术的发展变化始终与历

---

① ［英］雷蒙德·威廉斯：《文化与社会》，吴松江、张文定译，北京大学出版社 1991 年版，第 21 页。

史进程相适应，这就是我所要说明的文化唯物主义立场。"① 从这种文化立场出发，威廉斯阐发了"基础与上层建筑"的文化命题。

第一，他反对把"基础"和"上层建筑"简化成特定领域的抽象范畴。如其所言："马克思原本的批判锋芒一直主要是针对思想'领域'同'活动'的分离（即他所谓的意识与物质生产的分离），同时也一直针对着与之相关的那种通过强行使用抽象范畴而造成对于特定内涵——现实的人类活动——的剥夺。所以，现在那种常见的'基础'与'上层建筑'抽象概念，不过是顽固坚持马克思所抨击过的思想方式而已。"② "基础"是与生产活动紧密联系的、动态的、充满矛盾的过程。"上层建筑"不仅是一种"体制""意识形式"，而且是一种"政治的和文化的实践"。

第二，文化唯物主义不是抽象地研究基础与上层建筑之间的"决定"关系，而是研究二者之间不可分割的现实运作过程。威廉斯指出："我们必须把'决定'再评价为设定限制和施加压力，而不是某种被预告、预示和控制的内容"。③ 这一思路不是强调外在条件的先决性，而是重视基础与上层建筑之间的构成性关系。威廉斯认为，二者之间的关系不是建立在社会心理上，而是建立在物质性的文化表意实践之上。

第三，文化唯物主义着力于强调文化表意实践的物质基础。历史的决定因素是社会生活的生产和再生产。马克思的基本判断在这里起到了方法论的指导作用，"人们自己创造自己的历史，但是他们并不是随心所欲地创造，并不是在他们自己选定的条件下创造，而是在直接碰到的、既定的、从过去承继下来的条件下创造"④。从城堡到宫殿、从教堂到监狱、从工厂到学校、从战争的武器到被控制的新闻舆论，维系资本主义的社会和政治秩序，是以物质生产的方式来实现的。

第四，文化唯物主义注重于文化动态变化过程的分析，将历史唯物主义引入文化研究。威廉斯通过对文化动力学的考量，发现文化并不是铁板一块，而是蕴含了各种复杂的力量，由此构成一个动态的结构。一般来说，某一社会的文化往

① ［英］Raymond Williams, *Marxism and Literature*（《马克思主义与文学》），Oxford：Oxford University Press，1977，p. 43.

② ［英］Raymond Williams, *Marxism and Literature*（《马克思主义与文学》），Oxford：Oxford University Press，1977，p. 78.

③ ［英］Raymond Williams, *Marxism and Literature*（《马克思主义与文学》），Oxford：Oxford University Press，1977，p. 165.

④ ［德］马克思：《路易·波拿巴的雾月十八日》，《马克思恩格斯文集》第 2 卷，人民出版社 2009 年版，第 470 页。

往同时包含三种不同形态，即主流文化、残余文化和新兴文化。三者之间的兴衰更替与人们情感结构的历史变化紧密相连。情感结构是社群中的个体所共有的，它的存在使人们的交往成为可能，这一结构使一代人能够对他们所继承的文化作出反应。工人阶级要想获得文化领导权，首先要改变人们的情感结构，即人们的情感模式和思维方式，然后才有可能改变文化生活中各种主导性和从属性的社会关系，真正实现自下而上的文化变革。

威廉斯对"基础与上层建筑"命题的反思是为了把文化从附属性的"第二秩序"中解放出来，重构文化生产和文学实践的革命属性，即文化和文学活动同政治、经济一样，是社会实现总体性革命的重要组成部分。

二、编码与解码

斯图尔特·霍尔（1932—2014）是伯明翰学派的核心人物，曾经长期主持伯明翰大学当代文化研究中心。他的代表作有《文化、传媒、语言》《表征：文化表象与意指实践》等。

自20世纪60年代文化研究出现，一直存在着两种不同的研究范式：文化主义和结构主义。文化主义以经验或意识为中心，来阐释整个生活方式中各个因素之间的关系；而结构主义则把日常生活中的经验或意识同结构性的意识形态范畴结合起来，旨在研究意识形态观念是如何在日常生活经验中被认可、调节或抵制的。威廉斯主张文化主义范式，霍尔则倾向于结构主义范式。

霍尔认为，文化研究重要的不是探究文化为何物，而是要追问文化如何运作。在他看来，文化的运作要通过一系列复杂的表征，它们是文化的表意实践，其基本形式就是话语。话语生产出文化，也生产出理解文化的方法，因此文化说穿了就是意义的生产与消费。而意义的生产和消费则是通过符号学所揭示的编码—解码过程来实现的。[①] 因此，话语分析主要集中于编码与解码这两个环节。

《电视话语中的编码与解码》是霍尔转向结构主义范式的重要著述。在这篇经典的文章中，霍尔主张，任何历史事件在变为可传播的事件之前，必须要变成用电视话语讲述的"故事"。信息的话语形式在整个传播交流中占有特殊的位置，它包括编码和解码两个既有区别又有联系的过程。编码是把历史事件转化为话语符号的生产过程，解码是把话语符号转化为具体信息的消费过程。由于信息的解码

---

① 参见［英］斯图尔特·霍尔编：《表征——文化表象与意指实践》第一章，徐亮、陆兴华译，商务印书馆2003年版，第13—76页。

往往会以结构性的"反馈"方式再次融入信息的生产即"编码"过程，所以电视信息的解码过程也可视为电视符号生产过程的一个环节。由此推论，意义是在编码和解码的双向过程中建构起来的，它既不完全取决于信息发送者的意图，也不完全取决于信息接收者的意愿。

由于信息发送者与信息接收者在社会关系和地位上的结构性差异，信息在编码与解码的过程中常常是不对称的。换言之，信息在文化交流中并不是沿着"发送者—信息—接收者"的线性轨迹运转的。意义的编码不可避免地会受到话语形式规则的影响，偏离甚至扭曲信息发送者的意图。正如霍尔所言："所谓'扭曲'和'误解'恰恰因传播交流的双方缺乏对等性而产生"[1]。信息交流的不对称性表明，信息在文化传播中具有不确定性或不透明性。电视解说员的理想是"完全清晰的传播"，但是他们不得不面对"被系统扭曲的传播"。

霍尔着重讨论了三种不同的解码方式。第一种是在主导符码范围内解读信息的意义。当信息接收者倾向于认同某种主导意识形态的定义时，会自觉不自觉地按照信息编码的参照符码来解读意义。这种解码就是观众理解与信息编码大体一致。第二种是以协商的符码来解读信息的意义。这种解码是相容因素和对抗因素的融合，它认可主导符码的合法性和领导权地位。不过，在具体情境中，它依据背离规则的例外来运作，从而使主导符码适合于"局部条件"和解读者特殊的社会地位。简单地说，就是观众理解与信息编码有所差异。第三种是以对抗的符码来解读信息的意义。解读者会依据性别、阶级、族裔、国族、种族等文化身份来选择自己的符码，把信息具体化，以便在具体的情境中建构属于自己的话语规则。这种解码的结果是观众理解与信息编码差距甚大，观众并没有按照编码的路径来理解。

霍尔的编码—解码理论揭示了文化生产与消费中的可能性。虽然主导、协商和对抗三种解码方式并不能穷尽解码的各种类型，但是它告诉我们，从文化生产者的信息编码到消费者的信息解码，其间存在着从照单全收到拒斥抵抗的各种复杂的可能性。这一发现彻底改变了文化研究中对意义生产与消费关系简单化和机械化的理解。比如早期法兰克福学派对文化工业的考察，坚信资本主义的文化工业是对大众的精神奴役，是把资本主义商业文化及其意识形态灌输给公众，并取消他们的自觉抵制和批判意识。[2] 霍尔的编码—解码模式则把大众文化的生产与传

---

① 罗钢、刘象愚主编：《文化研究读本》，中国社会科学出版社 2000 年版，第 349 页。
② 参见［德］马克斯·霍克海默、西奥多·阿道尔诺：《启蒙辩证法——哲学断片》，渠敬东、曹卫东译，上海人民出版社 2003 年版，第 161—166 页。

播看作是一个充满变数的动力学过程，信息的发送者和接受者不对等的复杂情况，必然使得编码和解码之间存在着差异。结合前面提到过的巴尔特的结构主义理论，以及读者接受或反应理论，可以得出一个明确的看法，那就是读者或观众并不是被动的信息接受者，面对同一信息，他们仍会基于自己的文化和传统，基于自己的身份认同，作出创造性的理解和解释。因此，文化表征的意指实践活动是开放性的，这一原理不仅适合于电视话语的分析，也适合于文学文本的解析。

第五节 鲁克尔特、布伊尔

生态批评是 20 世纪 90 年代初针对当代环境与生态问题而兴起的文学理论思潮。它从生态文明的视角重新审视文学作品中人与自然、社会以及自身的生态审美关系，挖掘包含生态意识的文学类别，倡导和谐共生的生态理念与绿色阅读的生态批评。代表作有威廉·鲁克尔特（1926—　）的《文学与生态学：一项生态批评的实验》和劳伦斯·布伊尔（1939—　）的《环境的想象》。

一、生态批评

20 世纪 70 年代以来，一些从事文学与文化研究的学者开始发展具有生态意识的文学批评。1978 年，美国学者威廉·鲁克尔特首次提出"生态批评"的概念，主张"将生态学与生态学概念应用于文学研究"[①]。1992 年，在美国西部文学学会的年会上，"文学与环境研究学会"的成立标志着生态批评的正式形成。学会旨在促进文学与环境研究的跨学科思考，鼓励生态文学作品的创作。

生态批评具有强烈的生态忧患意识和责任意识，主张在跨学科的视野中，运用生态视角研究文学与自然的关系。其核心思想主要表现在三个方面。

第一，生态批评从社会历史角度思考人与自然关系的演变，反思人类在工业化发展过程中对自然的开发与破坏。正如恩格斯所说："我们不要过分陶醉于我们人类对自然界的胜利。对于每一次这样的胜利，自然界都对我们进行报复。"同时，"我们连同我们的肉、血和头脑都是属于自然界和存在于自然界之中的"。[②] 因

---

① ［美］William Rueckert, Literature and Ecology：An Experiment in Ecocriticism（《文学和生态学：生态批评中的实验》），In *Iowa Review* 9. 1（Winter 1978）：71–86.
② ［德］恩格斯：《自然辩证法》，《马克思恩格斯文集》第 9 卷，人民出版社 2009 年版，第 559—560 页。

此，生态批评要求重新审视人与自然的关系，建立一种包含健康的人类躯体、精神与自然在内的人与自然的和谐共生关系。

第二，生态批评的核心思想原则是生态整体观。生态批评借鉴生态学与生态哲学美学思想，从关注人类本体生存的深度进行文学思考。它试图"运用一种以地球为核心的研究方法来从事文学研究"①。这是一种包含人类、自然与社会在内的生态整体观，是对人的生态存在本性、生态思维方式和生态审美方式的整体研究。它强调生态系统内各部分的相互依赖与联系，质疑割裂人与自然的狭隘人类中心主义自然观。

第三，生态批评提倡一种蕴含生态构想的新人文主义与理性观念。生态批评反思早期人文主义思想中一些有关人类与自然关系的狭隘观念，这些观念过分强调人类对自然的统治能力，遮蔽了自然。现在人们需要建立一种新的生态伦理与理性话语，克服早期人文主义中那些狭隘观念对自然与人类自身生态根基的忽视。

在文学理论和批评的实践中，生态批评进行了颇有成效的探索。首先，生态批评侧重研究经典文学作品中的自然原型。自然原型是指在文学传统中反复出现、表达民族经验、反映社会文化心理的典型自然形象。它们已成为一种社会心理积淀，是影响人们进行相关文学创作的蓝本，如伊甸园、阿卡狄亚、处女地、边疆等。这些自然原型共同构成了一种田园传统。其次，生态批评侧重分析自然文学或以自然为主题的文学现象，研究这类文学在写作、阅读和批评中的种种问题。最后，生态批评自觉地借鉴其他人文社会科学的理论和方法进行文学研究。

当然，生态批评面临一些有争议的问题或有待商榷的观点，例如：怎样辩证看待人类中心主义问题、万物有灵论或者自然的"复魅"思想，等等。②

二、绿色阅读

劳伦斯·布伊尔的生态批评思考，试图建立融入生态维度的"环境想象"。他希望自身的生态批评思考与写作能够有助于化解现代社会的环境危机，挽救濒临危险的自然世界。他形象地把以自然为主题的文学作品称为"绿色文学"，而把自

---

① ［美］Cheryll Glotfelty, Introduction（《导言》）. In Cheryll Glotfelty & Harold Fromm, eds., *The Ecocriticism Reader: Landmark in Literary Ecology*（《生态批评读本：文学生态学中的里程碑》）, Athen: The University of Georgia Press, 1996, p. viii.

② 参见曾繁仁：《生态美学导论》，商务印书馆 2010 年版，第 38—39 页。

己对生态问题的理解称为"绿色思考和绿色阅读"①。

找出病因，寻找替代性的思想是生态批评的首要目标。生态危机不仅是自然环境的危机，而且是生态思想的危机。这需要我们重新反思文学中的生态环境要素。第一，作品中非人类环境的在场并非是一种陪衬或背景，因为这种在场清楚地表明，人类历史与自然历史之间是密切相连的。第二，在以环境为取向的作品中，人类的利益并非唯一的合法利益。第三，人类应对环境肩负起责任，这是重要的伦理取向。② 这牵涉思考生态环境问题的态度、情感、意象与叙事等。

为了把文本的生态批评与"挽救濒临危险的自然世界"结合起来思考，布伊尔将目光投向了美国传统的自然文学。文学对自然的描述往往涉及生态环境的想象问题，这些想象又会影响到读者对生态环境的理解和对待生态环境的态度。他据此认为，生态环境的想象将促进读者与环境之间形成一种关联。例如，它们可以将读者和他们所处之地或从未涉足之地关联起来，可以引导人们对这些地点的未来加以构想，并影响人们对这些地点、环境或自然世界的关注。总之，这些生态环境的想象会对读者产生潜移默化的影响，强化他们对这些地点的理解。布伊尔确信，对自然文学的绿色阅读，将促使人们建立更加关心自然世界的伦理观。③ 这意味着人类要建立符合生态思考的环境观，同时应当承担应有的生态环境义务。

以麦尔维尔的《白鲸》为例，捕鲸船及其船长对白鲸的惨烈追逐与喋血杀戮令人触目惊心。布伊尔指出，当时的捕鲸叙事过度强调捕鲸活动的勇敢、冒险与令人兴奋之情，而忽视鲸鱼遭受驱赶、重创与猎杀的苦痛。文本中的巨鲸形象很恐怖，无声无息、不具嗅觉、口鼻异位、面孔缺失，事实并非如此。比如，露脊鲸生性温和隐忍，抹香鲸生性友好恬静。鲸鱼也有家庭，母鲸照看幼鲸，相互扶助。这些会引发我们的想象：如鲸鱼一般，非双目并视形成的视野会是何种感觉？触摸其如明胶般通透的皮肤，会感触到何种肌理？同时也让我们知晓，其耳廓虽微小但听力并不羸弱。《白鲸》受制于狭隘的人类中心主义视野，很难将同情的目

---

① ［美］Lawrence Buell, *The Environmental Imagination*: *Thoreau*, *Nature*, *and the Formation of American Culture*（《环境想象：梭罗、自然和美国文化的构成》），Cambridge：Harvard University Press，1995，p. 1.

② ［美］Lawrence Buell, *The Environmental Imagination*: *Thoreau*, *Nature*, *and the Formation of American Culture*（《环境想象：梭罗、自然和美国文化的构成》），Cambridge：Harvard University Press，1995，pp. 7–8.

③ ［美］Lawrence Buell, *The Environmental Imagination*: *Thoreau*, *Nature*, *and the Formation of American Culture*（《环境想象：梭罗、自然和美国文化的构成》），Cambridge：Harvard University Press，1995，pp. 1–6.

光投向因极度创痛与失血而精疲力竭的濒死巨鲸。

生态环境在西方现代文化中一直受到忽视，一直被用来服务于人类的利益。要克服这种偏见，必须强调人与自然和谐共生的生态整体观。首先，要剖析引发这一问题的根源，确定其形式和特性。其次，在美国的思想传统中寻找有助于应对问题的思想资源，探索替代性的思想模式。同时，这种探索不应排除那些来自远古文化或带有异国、乌托邦特色的思想模式。① 在批评实践中，布伊尔重点分析了以梭罗为代表的自然文学传统，倡导在"绿色阅读"中重新评价自然，寻找阐释自然环境的人文话语，激发社会文化中的生态环境想象。

综上所述，生态批评对经典文学中人与自然关系的重新审视，批判了狭隘的人类中心主义思想，在绿色思考与绿色阅读中重建了人与自然和谐共生的关系。面对全球性的生态危机，生态批评对加快生态文明建设，构筑尊崇自然、绿色发展的生态体系，具有重要的思想启迪价值。

小　结

后现代主义文学理论是晚近激进思潮的重要组成部分。20 世纪以来，社会矛盾不断激化，为缓和社会矛盾、修补制度弊端，西方所开的后现代主义药方，既是西方社会发展到一定阶段的产物，也深刻影响了西方社会。在学术立场上，后现代主义文学理论具有突出的政治和文化的参与性。它往往从性别、族裔、种族、生态等文化政治的视角出发，批判和颠覆"垂死的白种欧洲异性恋男性"主导的文学观，通过重读经典和重写文学史，摧毁了西方知识和文化价值上的大一统观念。在研究对象上，后现代文学理论具有较大的包容性和开放性。它既研究经典的、高雅的文学作品，也研究流行的、通俗的文学作品；既研究诗歌、小说、戏剧等文学文本，也研究流行音乐、电影电视、摄影广告等文化文本。它打破了文学雅、俗的界限，拓宽了文学研究的领域。在研究方法上，后现代文学理论具有较强的批判性与多元性，突破了文学研究传统的格局而进入更加广泛的领域，就像文化研究那样，形成了后现代文学理论的跨学科性。

后现代主义文学理论是对文本中心论和形式主义批评的修正，但有矫枉过正

---

① ［美］Lawrence Buell, *The Environmental Imagination：Thoreau, Nature, and the Formation of American Culture*（《环境想象：梭罗、自然和美国文化的构成》），Cambridge：Harvard University Press, 1995, p. 21.

之嫌。首先，它重话语分析而轻物质实践，夸大了文化的作用，其建构论倾向不可避免地弱化了批判力量。马克思说得好，"意识的一切形式和产物不是可以通过精神的批判来消灭的"，"只有通过实际地推翻这一切唯心主义谬论所由产生的现实的社会关系，才能把它们消灭"。① 其次，它倾向于把文学文本政治化，倾向于对文学的意识形态批判，而对文学文本本身的诸多特征视而不见。"政治正确"变成了文学评价体系中的首要标准，文学批评降格为政治批评的附属品。最后，后现代文学理论是解构大于建构，批判多于建设，因此这一理论思潮中隐藏了导向相对主义和虚无主义的危机。对此，我们要高度警惕，坚定中国特色社会主义文化自信，以马克思主义为指导，以问题为导向，创造具有中国立场、中国价值与中国风格的当代文学理论体系。

思考题：

1. 什么是后现代文学理论？后现代文学理论有哪些特征和局限性？

2. 我们的文化身份是先天存在的，还是人为建构的？

3. 如何评价文学和文学批评中隐蔽的性别歧视、阶级剥削和种族压迫的问题？

4. 如何看待文学与历史、文学与政治、文学与生态之间的关系？

5. 如何评价后现代文学理论对经典文学和文学史的解构？

---

① ［德］马克思、恩格斯：《德意志意识形态》，《马克思恩格斯文集》第 1 卷，人民出版社 2009 年版，第 544 页。

阅 读 文 献

■ [德] 马克思、恩格斯：《马克思恩格斯论文学与艺术》（上、下），陆梅林辑注，人民文学出版社 2002 年版。

■ [苏] 列宁：《列宁论文学与艺术》，中国社会科学院文学研究所文艺理论研究室编，人民文学出版社 1983 年版。

■ 毛泽东：《毛泽东论文艺》（增订本），人民文学出版社 1992 年版。

■ 邓小平：《邓小平论文艺》，人民文学出版社 1989 年版。

■ 习近平：《在中国文联十大、中国作协九大开幕式上的讲话》，人民出版社 2016 年版。

■ [古希腊] 柏拉图：《文艺对话集》，朱光潜译，人民文学出版社 1963 年版。

■ [古希腊] 亚理斯多德、[古罗马] 贺拉斯：《诗学·诗艺》，罗念生、杨周翰译，人民文学出版社 2008 年版。

■ [英] 锡德尼、扬格：《为诗辩护·试论独创性作品》，钱学熙、袁可嘉译，人民文学出版社 1998 年版。

■ [法] 布瓦洛：《诗的艺术》，任典译，人民文学出版社 2009 年版。

■ [德] 温克尔曼：《论古代艺术》，邵大箴译，中国人民大学出版社 1989 年版。

■ [德] 莱辛：《拉奥孔》，朱光潜译，人民文学出版社 1979 年版。

■ [德] 康德：《判断力批判》，邓晓芒译，杨祖陶校，人民出版社 2017 年版。

■ [德] 歌德：《歌德谈话录》，朱光潜译，人民文学出版社 1978 年版。

■ [德] 席勒：《席勒美学文集》，张玉能编译，人民出版社 2011 年版。

■ [德] 黑格尔：《美学》（第 1—3 卷），朱光潜译，商务印书馆 1979—1981 年版。

■ [德] 海涅：《论浪漫派》，章国锋、胡其鼎主编：《海涅全集》第 8 卷，孙坤荣译，河北教育出版社 2003 年版。

■ [法] 巴尔扎克：《巴尔扎克论文艺》，艾珉、黄晋凯选编，袁树仁等译，人民文学出版社 2003 年版。

■ [英] 亨利·詹姆斯：《小说的艺术》，朱雯等译，上海译文出版社 2001 年版。

■ [俄] 别林斯基：《别林斯基文学论文选》，满涛、辛未艾等译，上海译文出版社 2000

年版。

■［俄］车尔尼雪夫斯基：《车尔尼雪夫斯基文学论文选》，辛未艾译，上海译文出版社 1998 年版。

■［法］丹纳：《艺术哲学》，傅雷译，广西师范大学出版社 2000 年版。

■［法］波德莱尔：《1846 年的沙龙：波德莱尔美学论文选》，郭宏安译，广西师范大学出版社 2002 年版。

■［奥地利］弗洛伊德：《弗洛伊德论美文选》，张唤民、陈伟奇译，上海知识出版社 1987 年版。

■［瑞士］荣格：《心理学与文学》，冯川、苏克译，生活·读书·新知三联书店 1987 年版。

■［美］勒内·韦勒克、奥斯汀·沃伦：《文学理论》，刘象愚等译，江苏教育出版社 2005 年版。

■［法］克洛德·莱维-斯特劳斯：《结构人类学》，谢维扬、俞宣孟译，上海译文出版社 1995 年版。

■［匈牙利］卢卡奇：《历史与阶级意识》，杜章智等译，商务印书馆 1992 年版。

■［德］本雅明：《启迪——本雅明文选》，阿伦特编，张旭东等译，生活·读书·新知三联书店 2008 年版。

■［德］阿多诺：《美学理论》，王柯平译，四川人民出版社 1998 年版。

■［英］伊格尔顿：《马克思主义与文学批评》，文宝译，人民文学出版社 1980 年版。

■［波兰］罗曼·英加登：《论文学作品》，张振辉译，河南大学出版社 2008 年版。

■［德］H. R. 姚斯、［美］R. C. 霍拉勃：《接受美学与接受理论》，周宁、金元浦译，辽宁人民出版社 1987 年版。

■［法］雅克·德里达：《文学行动》，赵兴国等译，中国社会科学出版社 1998 年版。

■［美］保罗·德·曼：《解构之图》，李自修等译，中国社会科学出版社 1998 年版。

■［美］萨义德：《文化与帝国主义》，李琨译，生活·读书·新知三联书店 2003 年版。

■［英］雷蒙德·威廉斯：《文化与社会》，吴松江、张文定译，北京大学出版社 1991 年版。

■［俄］什克洛夫斯基等著：《俄国形式主义文论选》，方珊等译，生活·读书·新知三联书店 1989 年版。

■ 赵毅衡编选：《符号学文学论文集》，百花文艺出版社 2004 年版。

■ 赵毅衡编选：《"新批评"文集》，中国社会科学出版社 1988 年版。

■ 张寅德编选：《叙述学研究》，中国社会科学出版社 1989 年版。

■ [美] 詹姆逊：《后现代主义与文化理论》，唐小兵译，陕西师范大学出版社 1987 年版。

■ 张京媛主编：《当代女性主义文学批评》，北京大学出版社 1992 年版。

■ 罗钢、刘象愚编：《后殖民主义文化理论》，中国社会科学出版社 1999 年版。

■ 罗钢、刘象愚主编：《文化研究读本》，中国社会科学出版社 2000 年版。

■ 张京媛主编：《新历史主义与文学批评》，北京大学出版社 1993 年版。

■ 曾繁仁：《生态美学导论》，商务印书馆 2010 年版。

■ 伍蠡甫、胡经之主编：《西方文艺理论名著选编》（上中下），北京大学出版社 1985—1987 年版。

■ 朱立元、李钧主编：《二十世纪西方文论选》（上下），高等教育出版社 2002 年版。

人名译名对照表

［德］	阿多诺，西奥多·维森格胡恩特	Theodor Wiesengrund Adorno
［意］	阿奎那，托马斯	Thomas Aquinas
［意］	阿利基耶里，但丁	Dante Alighieri
［英］	阿诺德，马修	Matthew Arnold
［俄］	艾亨鲍姆，鲍里斯·米哈伊洛维奇	Boris Mikhailovich Eikhenbaum
		（Борис Михайлович Эйхенбаум）
［意］	艾柯，安贝托	Umberto Eco
［英］	艾略特，托马斯·斯特尔那斯	Thomas Stearns Eliot
［德］	爱克曼，约翰·彼得	Johann Peter Eckermann
［古罗马］	奥古斯丁，奥勒留	Aurelius Augustinus
［美］	巴巴，霍米	Homi K. Bhabha
［法］	巴尔特，罗兰·热拉尔	Roland Gérard Barthes
［法］	巴尔扎克，奥诺雷·德	Honoré de Balzac
［苏］	巴赫金，米哈伊尔·米哈伊洛维奇	Mikhail Mikhailovich Bakhtin
		（Михаил Михайлович Бахтин）
［古希腊］	柏拉图	Plato
［法］	鲍德里亚，让	Jean Baudrillard
［德］	本雅明,瓦尔特·本迪克斯·舍恩弗利斯	Walter Bendix Schönflies Benjamin
［美］	比尔兹利，门罗·柯蒂斯	Monroe Curtis Beardsley
［俄］	别林斯基，维萨里昂·格里戈里耶维奇	Vissarion Grigoryevich Belinsky
		（Виссарио́н Григо́рьевич Бели́нский）
［法］	波德莱尔，夏尔·皮埃尔	Charles Pierre Baudelaire
［法］	波伏娃，西蒙·德	Simone de Beauvoir
［德］	布莱希特，贝尔托	Bertolt Brecht
［美］	布鲁克斯，克林斯	Cleanth Brooks
［法］	布瓦洛，尼古拉斯	Nicolas Boileau-Despréaux
［美］	布伊尔，劳伦斯	Lawrence Buell
［俄］	车尔尼雪夫斯基,尼古拉·加里夫洛维奇	Nikolay Gavrilovich Chernyshevsky
		（Никола́й Гаврилович Черныше́вский）
［法］	丹纳，伊波利特·阿道尔夫	Hippolyte Adolphe Taine

［法］	德里达，雅克	Jacques Derrida
［法］	狄德罗，丹尼斯	Denis Diderot
［英］	狄更斯，查尔斯·约翰·赫法姆	Charles John Huffam Dickens
［俄］	迪尼亚诺夫，尤里·尼古拉维奇	Yury Nikolaevich Tynyanov
		（Юрий Николаевич Тынянов）
［法］	笛卡尔，勒内	René Descartes
［美］	蒂利希，保罗	Paul Tillich
［俄］	杜勃罗留波夫,尼古拉·亚历山大洛维奇	Nikolay Alexandrovich Dobrolyubov
		（Николай Александрович Добролюбов）
［德］	恩格斯，弗里德里希	Friedrich Engels
［法］	凡尔纳，朱尔·加布里埃尔	Jules Gabriel Verne
［美］	费什，斯坦利·尤金	Stanley Eugene Fish
［美］	费斯克，约翰	John Fiske
［英］	弗吉尼亚·伍尔夫，阿德琳	Adeline Virginia Woolf
［奥地利］	弗洛伊德，西格蒙德	Sigmund Freud
［法］	伏尔泰（弗朗索瓦-马利·阿鲁埃）	Voltaire（François-Marie Arouet）
［德］	伽达默尔，汉斯-格奥尔格	Hans-Georg Gadamer
［法］	高乃依，皮埃尔	Pierre Corneille
［德］	高特雪特，约翰·克里斯托弗	Johann Christoph Gottsched
［法］	戈蒂耶，泰奥菲尔	Théophile Gautier
［德］	歌德，约翰·沃尔夫冈·冯	Johann Wolfgang von Goethe
［美］	格林布拉特，斯蒂芬·杰伊	Stephen Jay Greenblatt
［意］	葛兰西，安东尼奥	Antonio Gramsci
［德］	哈贝马斯，尤尔根	Jürgen Habermas
［德］	海涅，克里斯蒂安·约翰·海因里希	Christian Johann Heinrich Heine
［古罗马］	贺拉斯(昆图斯·贺拉修斯·弗拉库斯)	Horace（Quintus Horatius Flaccus）
［德］	赫尔德，约翰·哥特弗雷德·冯	Johann Gottfried von Herder
［德］	黑格尔，乔治·威廉·弗里德里希	Georg Wilhelm Friedrich Hegel
［英］	华兹华斯，威廉	William Wordsworth
［美］	怀特，海登	Hayden White
［英］	霍尔，斯图亚特	Stuart Hall
［英］	霍加特，理查德	Richard Hoggart
［美］	卡勒，乔纳森	Jonathan Culler
［意］	卡斯特尔维屈罗，洛德维加	Lodovico Castelvetro

［德］	康德，伊曼努尔	Immanuel Kant
［德］	柯尔施，卡尔	Karl Korsch
［英］	柯勒律治，塞缪尔·泰勒	Samuel Taylor Coleridge
［法］	克里斯蒂娃，茱莉亚	Julia Kristeva
［法］	拉伯雷，弗朗索瓦	François Rabelais
［法］	拉康，雅克·马利·埃米尔	Jacques Marie Émile Lacan
［英］	拉克劳，厄尼斯特	Ernesto Laclau
［法］	拉辛，让	Jean Racine
［德］	莱辛，戈特霍尔德·埃夫莱姆	Gotthold Ephraim Lessing
［美］	兰色姆，约翰·克罗	John Crowe Ransom
［古罗马］朗吉弩斯		Longinus
［法］	朗松，古斯塔夫	Gustave Lanson
［英］	利维斯，弗兰克·雷蒙	Frank Raymond Leavis
［法］	列斐伏尔，亨利	Henri Lefebvre
［法］	列维-斯特劳斯，克洛德	Claude Lévi-Strauss
［匈牙利］卢卡契，格奥尔格		Georg Lukács
［法］	卢梭，让-雅克	Jean-Jacques Rousseau
［美］	鲁克尔特，威廉	William Rueckert
［德］	路德，马丁	Martin Luther
［美］	洛文塔尔，利奥	Leo Löwenthal
［德］	马克思，卡尔	Karl Marx
［法］	马拉美，斯特凡	Stéphane Mallarmé
［法］	马歇雷，皮埃尔	Pierre Macherey
［俄］	马雅可夫斯基，弗拉基米尔·弗拉基米罗维奇	Vladimir Vladimirovich Mayakovsky （Влади́мир Влади́мирович Маяко́вский）
［美］	曼，保罗·德	Paul de Man
［美］	米勒，约瑟夫·希利斯	Joseph Hillis Miller
［美］	米利特，凯特	Kate Millet
［法］	莫里哀（让-巴蒂斯特·波克兰）	Molière（Jean-Baptiste Poquelin）
［捷克］穆卡洛夫斯基，扬		Jan Mukarovsky
［德］	尼采，弗里德里希·威廉	Friedrich Wilhelm Nietzsche
［英］	佩特，沃尔特·霍雷肖	Walter Horatio Pater
［美］	坡，埃德加·爱伦	Edgar Allan Poe
［英］	蒲柏，亚历山大	Alexander Pope

［法］	普鲁斯特，马塞尔	Marcel Proust
［古罗马］	普罗提诺	Plotinus
［英］	屈雷顿，约翰	John Dryden
［瑞士］	荣格，卡尔·古斯塔夫	Carl Gustav Jung
［英］	瑞恰慈，艾弗·阿姆斯特朗	Ivor Armstrong Richards
［法］	萨特，让-保罗	Jean-Paul Sartre
［美］	萨义德，爱德华·沃第尔	Edward Wadie Said
［苏］	什克洛夫斯基，维克多·鲍里索维奇	Viktor Borisovich Shklovsky
		（Виктор Борисович Шкловский）
［法］	圣伯夫，夏尔·奥古斯丁	Charles Augustin Sainte-Beuve
［德］	施莱格尔，奥古斯特·威廉·冯	August Wilhelm von Schlegel
［德］	施莱格尔，弗里德里希·冯	Friedrich von Schlegel
［美］	斯皮瓦克，佳亚特里·查克拉沃蒂	Gayatri Chakravorty Spivak
［美］	梭罗，亨利·大卫	Henry David Thoreau
［瑞士］	索绪尔，费尔迪南·德	Ferdinand de Saussure
［英］	汤普森，爱德华·帕默	Edward Palmer Thompson
［美］	退特，约翰·奥利·艾伦	John Orley Allen Tate
［法］	托多罗夫，茨维坦	Tzvetan Todorov
［俄］	托尔斯泰，列夫·尼克拉耶维奇	Lev Nikolayevich Tolstoy
		（Лев Никола́евич Толсто́й）
［俄］	托马舍夫斯基，鲍里斯·维克托洛维奇	Boris Viktorovich Tomashevsky
		（Борис Викторович Томашевский）
［俄］	陀思妥耶夫斯基,费奥多尔·米哈伊洛维奇	Fyodor Mikhailovich Dostoyevsky
		（Фёдор Миха́йлович Достое́вский）
［法］	瓦雷里，保罗	Paul Valéry
［英］	王尔德，奥斯卡	Oscar Wilde
［英］	威廉斯，雷蒙·亨利	Raymond Henry Williams
［德］	韦伯，马克斯	Max Weber
［美］	韦勒克，雷内	René Wellek
［美］	维姆萨特，威廉·科兹	William Kurtz Wimsatt，Jr.
［俄］	维谢洛夫斯基,亚历山大·尼古拉耶维奇	Alexander Nikolayevich Veselovsky
		（Алекса́ндр Никола́евич Весело́вский）
［德］	温克尔曼，约翰·约阿希姆	Johann Joachim Winckelmann
［美］	沃伦，罗伯特·佩恩	Robert Penn Warren

［英］	锡德尼，菲利普	Philip Sidney
［德］	席勒,约翰·克里斯托夫·弗里德里希·冯	Johann Christoph Friedrich von Schiller
［法］	夏多布里昂，弗朗索瓦-勒内·德	François-René de Chateaubriand
［美］	肖瓦尔特，伊莱恩	Elaine Showalter
［奥地利］	勋伯格，阿诺德	Arnold Schoenberg
［俄］	雅各布森，罗曼·奥西波维奇	Roman Osipovich Jakobson
		（Рома́н О́сипович Якобсон）
［古希腊］	亚里士多德	Aristotle
［英］	燕卜荪，威廉	William Empson
［英］	杨，罗伯特	Robert J. C. Young
［德］	姚斯，汉斯·罗伯特	Hans Robert Jauss
［英］	伊格尔顿，特里	Terry Eagleton
［德］	伊瑟尔，沃尔夫冈	Wolfgang Iser
［波兰］	英加登，罗曼·维托尔德	Roman Witold Ingarden
［法］	雨果，维克多	Victor Hugo
［英］	约翰生，塞缪尔	Samuel Johnson
［英］	詹姆斯，亨利	Henry James
［美］	詹姆逊，弗雷德里克	Fredric Jameson
［法］	左拉，爱弥尔·爱德华·夏尔·安托尼	Émile Édouard Charles Antoine Zola

后　记

　　《西方文学理论》是马克思主义理论研究和建设工程重点教材，是在教育部实施马克思主义理论研究和建设工程领导小组领导下组织编写的。在编写过程中，得到了教育部马克思主义理论研究和建设工程重点教材审议委员会的指导，得到了中宣部、中央党校、中央编译局、求是杂志社、中国社会科学院等有关部门和有关专家学者的支持。同时，广泛听取了高校教师和学生的意见建议。

　　本教材由首席专家曾繁仁主持编写，周宪、王一川任副主编。曾繁仁撰写导言、第七章第二节，尤战生撰写第一章、第三章，张志庆撰写第二章，凌晨光撰写第四章、第五章、第七章第三节，李鲁宁撰写第六章、第七章概述、第七章第一节，石天强撰写第八章，钱翰撰写第九章，刘莉撰写第十章，罗成撰写第十一章，胡疆锋撰写第十二章，赵奎英撰写第十三章，汪正龙撰写第十四章，王峰撰写第十五章，肖锦龙撰写第十六章，周计武撰写第十七章概述、第十七章第一节至第四节，李晓明撰写第十七章第五节。陈炎、蒋述卓、王先霈等参加了学科专家审议并提出了修改意见。顾海良、杨慧林作了出版前的审读。

2014 年 11 月 4 日

第二版后记

定期修订马克思主义理论研究和建设工程重点教材是保证其编写质量的重要途径。党的十九大胜利召开后，为推动习近平新时代中国特色社会主义思想进教材、进课堂、进头脑，深入贯彻落实党的十九大和十九届二中、三中全会精神，教育部统一组织对已出版教材进行了全面修订。本书经国家教材委员会高校哲学社会科学（马工程）专家委员会审查通过。

曾繁仁主持了本次教材修订工作，周宪、王一川、尤战生、张志庆、凌晨光、李鲁宁、石天强、钱翰、刘莉、罗成、胡疆锋、赵奎英、汪正龙、王峰、肖锦龙、周计武参加了具体的修订工作。

2018 年 6 月

郑重声明

高等教育出版社依法对本书享有专有出版权。任何未经许可的复制、销售行为均违反《中华人民共和国著作权法》，其行为人将承担相应的民事责任和行政责任；构成犯罪的，将被依法追究刑事责任。为了维护市场秩序，保护读者的合法权益，避免读者误用盗版书造成不良后果，我社将配合行政执法部门和司法机关对违法犯罪的单位和个人进行严厉打击。社会各界人士如发现上述侵权行为，希望及时举报，我社将奖励举报有功人员。

反盗版举报电话　　（010）58581999　58582371
反盗版举报邮箱　　dd@hep.com.cn
通信地址　　北京市西城区德外大街 4 号
　　　　　　高等教育出版社法律事务部
邮政编码　　100120

读者意见反馈

为收集对教材的意见建议，进一步完善教材编写并做好服务工作，读者可将对本教材的意见建议通过如下渠道反馈至我社。
咨询电话　　400-810-0598
反馈邮箱　　gjdzfwb@ pub.hep.cn
通信地址　　北京市朝阳区惠新东街 4 号富盛大厦 1 座
　　　　　　高等教育出版社总编辑办公室
邮政编码　　100029